Knaur

Von Lindsey Davis sind außerdem erschienen:

Silberschweine
Kupfervenus
Eisenhand
Poseidons Gold
Die Gnadenfrist
Letzter Akt in Palmyra

Über die Autorin:

Lindsey Davis wuchs in Birmingham auf und studierte in Oxford, um danach als Beamtin zu arbeiten. Nach dreizehn Jahren im Staatsdienst kündigte sie und begann zu schreiben.
Mit den »Silberschweinen« gelang ihr auf Anhieb ein Bestseller.

Lindsey Davis

Bronzeschatten

Roman

Aus dem Englischen
von Christa Seibicke

Knaur

Besuchen Sie uns im Internet:
www.droemer-weltbild.de

Vollständige Taschenbuchausgabe
Droemersche Verlagsanstalt Th. Knaur Nachf., München
Mai 2000

Dieser Titel ist bereits unter der Bandnummer 71105 erschienen.
Umschlaggestaltung: Agentur Zero, München
Umschlagabbildung: AKG, Berlin
Druck und Bindung: Elsnerdruck, Berlin
Printed in Germany
ISBN 3-426-61890-7

2 4 5 3 1

Zum Gedenken an Margaret Sadler,
eine überaus liebe und treue Freundin

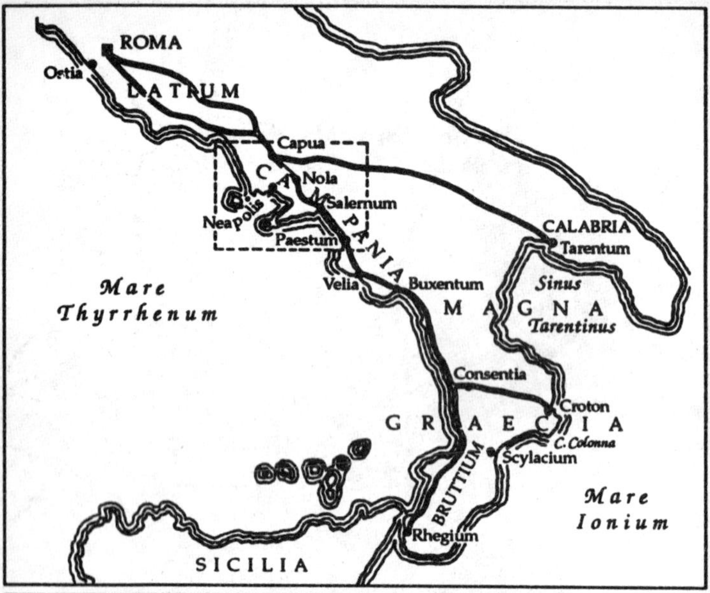
ROMA
Ostia
LATIUM
Capua
CAMPANIA
Nola
Salernum
Neapolis
Paestum
CALABRIA
Tarentum
Mare Thyrrhenum
Velia
Buxentum
Sinus Tarentinus
MAGNA GRAECIA
Consentia
Croton
C. Colonna
Scylacium
BRUTTIUM
Mare Ionium
Rhegium
SICILIA

CAMPANIA
Sinuessa
Vulturnus
Capua
Nola
Campi Phlegraei
Neapolis
Cumae
Baiae
Vesuvius
Herculaneum
Puteoli
Misenum
Oplontis
Sarnus
Nuceria
Sinus Cumamus
Pompeji
Stabiae
Salernum
Mare Thyrrhenum
Surrentum
Montes Lactarii
Amalfi
Positanum
Capreae
Villa Iovis
Sinus Paestanus
Paestum

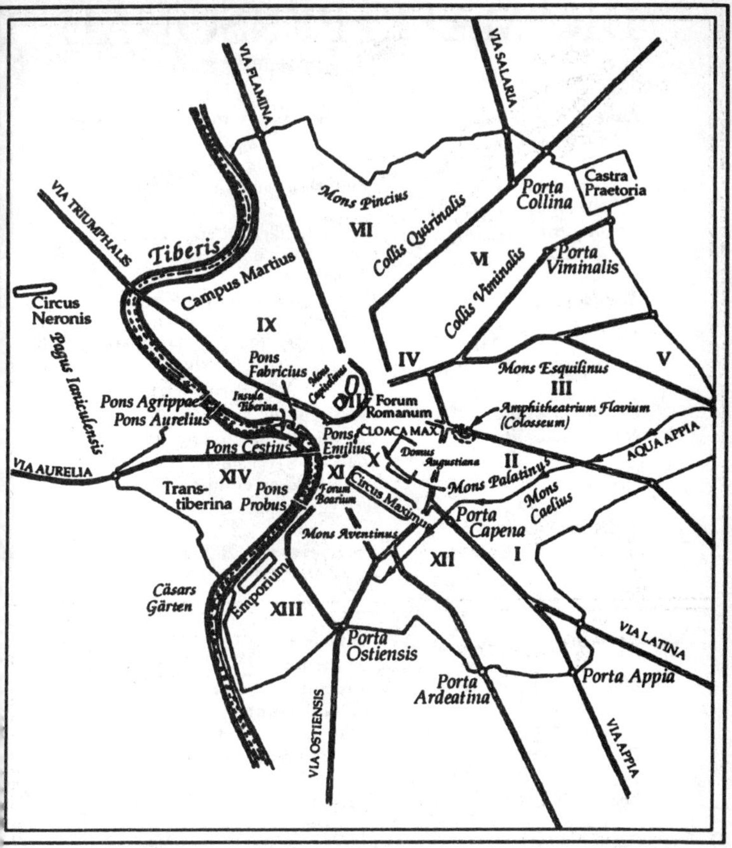

ROM ZUR KAISERZEIT

DRAMATIS PERSONAE

Kaiser Vespasian	Herr der Welt (und knapp bei Kasse)
Seine Söhne:	
Titus	(Ein Schatz)
Domitian	(Eine Heimsuchung)
Seine Beamten:	
Anacrites	Ein »Sekretär« (Oberspion)
Momus	Ein »Sklavenaufseher« (noch ein Spion)
M. Didius Falco	Ein Privatermittler (kein Spion)

GEÄCHTETE MITGLIEDER EINER KÜRZLICH NIEDERGEWORFENEN VERSCHWÖRUNG

Gn. Atius Pertinax	(Verstorben)
Name unbekannt	Eine Leiche in einem Lagerhaus (reichlich verwest)
A. Curtius Longinus	Aus religiösen Gründen fern von Rom
A. Curtius Gordianus	Dito
L. Aufidius Crispus	Macht eine Kreuzfahrt

DAS PERSONAL

Barnabas	Lieblings-Freigelassener von Pertinax
Milo	Gordianus' Verwalter; ein Muskelprotz
»Knirps«	Milos Spezi; ein schmächtiger Typ
Bassus	Crispus' Bootsmann

FALCOS FREUNDE UND VERWANDTE

Falcos Mutter	Eine, mit der nicht zu spaßen ist
Galla (die Ausgenützte)	Eine Schwester, verheiratet mit einem Flußschiffer
Larius	(Ein Romantiker) Sohn von Galla und dem Schiffer
Maia (die Vernünftige)	Noch eine Schwester, verheiratet mit:
Famia (ein Viehdoktor)	Ein unbeschriebenes Blatt
Mico (der Stukkateur)	*»Berufen Sie sich ruhig auf mich!«*
L. Petronius Longus	Hauptmann der Aventinischen Wache; Falcos bester Freund. Ein netter Mann
Arria Silvia	Petros Frau. Eine tüchtige Person
Petronilla, Silvana, Tadia	Beider Töchter

Ollia	Das Kindermädchen der Töchter
Ein Fischerjunge	Das Anhängsel des Kindermädchens
Lenia	Inhaberin der Wäscherei Adler
Julius Frontinus	Ein Praetorianer, der Falcos Bruder kannte, das aber gern ungeschehen machen würde
Geminus	Ein Auktionator, der Falcos Vater sein könnte, aber hofft, daß er es nicht ist
Glaucus	Falcos Trainer; ansonsten ein vernünftiger Mann
D. Camillus Verus	Ein Senator mit einem Problem
Julia Justa	Seine Frau
Helena Justina	Beider Problem. Ex-Frau von Atius Pertinax (ihr Problem) und Ex-Freundin von Falco (seins)
Name unbekannt	Camillus' Pförtner (ein Trottel)

BEKANNTSCHAFTEN VON EINER DIENSTREISE

Name unbekannt	Ein Priester im Tempel des Herkules Gaditamus auf dem Aventin
Tullia	Eine Kellnerin aus der Transtiberina mit großen Rosinen im Kopf
Laesus	Ein ehrlicher Schiffskapitän aus Tarentum
Ventriculus	Ein Klempner in Pompeji (leidlich ehrlich, für einen Klempner)
Roscius	Ein liebenswerter Gefängniswärter in Herculaneum
S. Aemilius Rufus Clemens	Ein Magistrat in Herculaneum mit sehr eindrucksvoller Ahnentafel (und nicht viel Verstand)
Aemilia Fausta	Seine Schwester, früher verlobt mit Aufidius Crispus
Caprenius Marcellus	Ein betagter Ex-Konsul. Adoptivvater von Atius Pertinax (auch nicht sehr gescheit)
Bryon	Pertinax' Pferdetrainer auf dem Landgut des Marcellus

WEITERE BEKANNTE

Name unbekannt	Eine geweihte Ziege
Nero (alias Schandfleck)	Ein Ochse, der seine Ferien genießt
»Langohr«	Ein ziemlich verdutzter Esel
»Zerberus« (alias Fido)	Ein zutraulicher Hofhund
Pertinax' Vollblüter:	
Ferox	Ein Champion
Goldschatz	Eine Witzfigur

TEIL I

Ein ganz normaler Tag

Rom

71 n. Chr. im Spätfrühling

Sei mit dem Herzen bei der Arbeit
und schöpfe Erquickung daraus ...

Marcus Aurelius: SELBSTBETRACHTUNGEN

I

Kurz vor dem Ende der Gasse fingen die Härchen in meiner Nase an zu jucken. Es war Ende Mai, und in Rom herrschten seit einer Woche sommerliche Temperaturen. Die Sonne knallte tagtäglich mit solcher Kraft aufs Dach des Lagerhauses, daß drinnen sicher der Moder gärte. Da dufteten jetzt wahrscheinlich alle Gewürze des Morgenlandes um die Wette, und in dem Leichnam, den zu bestatten wir gekommen waren, blubberte es wohl schon vor Fäulnisgasen und Verwesung.

Ich hatte vier Freiwillige von der Prätorianergarde bei mir, außerdem einen Hauptmann mit Namen Julius Frontinus, der mit meinem Bruder im Feld gewesen war. Wir beide sprengten mit Brachialgewalt die Sperrketten am Hintereingang und machten anschließend einen Rundgang über den Verladehof, während das Fußvolk sich mit den Riegeln am wuchtigen Innentor abquälte.

Während wir noch warteten, knurrte Frontinus: »Falco, von heute an wollen wir so tun, als wäre ich deinem Bruder nie begegnet. Also stell dich drauf ein: Das hier ist die letzte Drecksarbeit, in die du mich mit reingezogen hast ...«

»Kleine Gefälligkeit für den Kaiser, ganz vertraulich ... Festus hätte dir sagen können, wie man so was nennt!«

Prompt betitelte Frontinus den Kaiser mit einem Lieblingsausdruck meines Bruders, der leider nicht druckreif ist.

»So ein Caesar hat's wirklich gut«, sinnierte ich gutgelaunt. »Schicke Garderobe, freies Logis, immer den besten Platz im Circus – und so viele gesüßte Mandeln, wie das Herz begehrt!«

»Warum hat Vespasian ausgerechnet *dir* diesen Job angehängt?«

»Weil man mich leicht einschüchtern kann. Außerdem brauche ich Geld.«

»Aha, na das ist wenigstens einleuchtend.«

Ich bin Didius Falco, Marcus für meine Freunde. Als sich diese Geschichte zutrug, war ich dreißig Jahre alt und ein freier Bürger Roms. Was im Klartext bedeutet, daß ich in einem Slum zur Welt gekommen, bislang da hängengeblieben war und, von ein paar unvernünftigen Momenten abgesehen, auch damit rechnen mußte, dort zu sterben.

Ich war ein Privatermittler, dessen Dienste gelegentlich vom Palast in Anspruch genommen wurden. Eine verweste Leiche von der Liste des Censors verschwinden zu lassen entsprach ganz den Anforderungen, die man an mich und meine Arbeit stellte. So ein Job war unhygienisch, illegal und raubte mir den Appetit.

Meineidige, kleine Bankrotteure und Betrüger waren meine Kunden. Ich sagte vor Gericht als Zeuge aus, um hochgeborene Senatoren eines so ausschweifenden Lebenswandels zu überführen, daß er sich selbst unter Nero nicht vertuschen ließ. Ich holte reichen Eltern ihre entlaufenen Kinder zurück, die anderswo besser aufgehoben gewesen wären, und führte aussichtslose Prozesse für Witwen ohne Erbschaft, die schon in der Woche darauf ihre windigen Liebhaber heirateten – sowie ich ihnen ein paar Kröten gesichert hatte. Die meisten Männer versuchten, sich vor der Bezahlung zu drücken, während die meisten Frauen mich in Naturalien zu entlohnen trachteten. Was darunter zu verstehen ist, können Sie sich selber ausrechnen; ein knuspriger Kapaun oder ein schöner Fisch wurden mir jedenfalls nie angeboten.

Nach meiner Militärzeit verdiente ich mir so fünf Jahre lang freiberuflich mein Geld. Dann stellte der Kaiser mir in Aussicht, mich, vorausgesetzt, ich würde künftig für ihn arbeiten, in einen höheren Rang zu erheben. Einen solchen sozialen Aufstieg aus eigener Tasche zu finanzieren war so gut wie unmöglich, andererseits würde eine Beförderung meine Familie stolz und meine Freunde neidisch machen und obendrein den übrigen Mittelstand gründlich verärgern. Deshalb redete alle Welt mir ein, daß dieses irre Wagnis schon einen kleinen Verstoß gegen meine republikanischen Prinzipien wert sei. Und so wurde ich kaiserlicher Agent – durchaus kein Honigschlecken. Ich war der Neue, folglich halste man mir die unangenehmsten Jobs auf. Wie diese Leiche zum Beispiel.

Der Gewürzhof, zu dem ich Frontinus geführt hatte, lag im Gewerbegebiet und so nahe beim Forum, daß das emsige Treiben von dort bis zu uns herüberdröhnte. Die Sonne stand hoch; eine Schar Schwalben schraubte sich in den blauen Himmel. Eine magere Katze ohne Sinn für Diskrction spähte durchs offene Tor herein. Von den Nachbargrundstücken drang das Quietschen eines Flaschenzugs herüber, und man hörte einen Arbeiter pfeifen, ansonsten aber schien das Gelände menschenleer, wie üblich bei Lagerhäusern und Holzplätzen, besonders, wenn ich mal jemanden suche, der mir ein Brett billig verkauft.

Endlich war es der Wache gelungen, das Schloß aufzubrechen. Frontinus und ich wickelten uns jeder einen Schal um den Mund, dann stießen wir einen der hohen Türflügel auf. Der dumpfige Gestank, der uns ins Gesicht schlug, ließ uns unwillkürlich zurückweichen; der feuchte Schwall schien einem direkt in die Kleider zu fahren, die im Nu klamm an der Haut klebten. Wir warteten, bis die Luft sich einigermaßen geklärt hatte, und traten ein. Doch schon nach den ersten Schritten stockten wir wieder. Nackte Angst lähmte uns.

Über dem Raum hing eine geradezu unheimliche Stille – bis auf jenen Fleck, wo ein Fliegenschwarm unablässig surrend seine Kreise zog. Im oberen Teil des Speichers, wo durch trübe Fensterritzen spärliches Licht hereinsickerte, flirrten Sonnenstäubchen. Nach unten zu wurde das Licht immer schwächer. Nur undeutlich erkannten wir daher, was dort mitten auf dem Fußboden lag: die Leiche eines Mannes.

Der Verwesungsgeruch ist schwächer, als man denkt, aber trotzdem unverwechselbar.

Im Nähertreten verständigten Frontinus und ich uns mit einem Blick. Unschlüssig blieben wir vor dem Toten stehen. Dann lüpfte ich vorsichtig einen Zipfel der Toga, die ihn bedeckte, ließ das Tuch aber gleich wieder fahren und wich zurück.

Elf Tage hatte der Leichnam hier im Gewürzspeicher gelegen, bevor es einem Intelligenzbolzen im Palast einfiel, daß man ihn wegschaffen sollte. Nach der langen Zeit im warmen Mief zerfiel das Fleisch wie ein gargekochter Fisch.

Wir traten einen Moment beiseite, um uns zu wappnen.

»Hast *du* den alle gemacht?« würgte Frontinus schließlich hervor.

Ich schüttelte den Kopf. »Nein, leider nicht.«

»War's Mord?«

»'ne diskrete Hinrichtung – so vermeidet man einen unangenehmen Prozeß.«

»Und was hatte er verbrochen?«

»Landesverrat. Warum glaubst du wohl, wollte ich die Prätorianer dabeihaben?« Die Prätorianer waren die kaiserliche Leibwache.

»Aber warum dann die Geheimniskrämerei? Wieso hat man an ihm kein Exempel statuiert?«

»Weil unser neuer Kaiser offiziell mit einhelligem Jubel empfangen worden ist, also gibt es keine Verschwörungen gegen Caesar Vespasian!«

Frontinus lachte höhnisch.

In Rom wimmelte es nur so von Leuten, die Komplotte schmiedeten, auch wenn die meisten davon fehlschlugen. Dieser Mann hatte sich bei dem Versuch, dem Schicksal ins Handwerk zu pfuschen, zwar klüger angestellt als die meisten, doch nun lag er mausetot auf dem staubigen Estrich in einer eingetrockneten Lache seines eigenen Blutes. Etliche seiner Mitverschwörer waren aus Rom geflohen, ohne sich auch nur die Zeit zu nehmen, eine Tunika zum Wechseln oder eine Flasche Wein für unterwegs einzupacken. Zumindest einer von ihnen war ebenfalls tot – man fand ihn erdrosselt in seiner Zelle im gefürchteten Mamertinischen Gefängnis. Inzwischen waren Vespasian und seine beiden Söhne mit einmütigem Jubel in Rom empfangen worden und hatten sich daran gemacht, nach zweijährigem erbittertem Bürgerkrieg wieder Ordnung im Reich zu schaffen. Der Kaiser schien ganz Herr der Lage.

Die Verschwörung war niedergeschlagen worden; jetzt galt es nur noch, dieses verfaulende Beweisstück beiseite zu schaffen. Die gewieften Palastsekretäre ahnten, daß sich das unangenehme Geschehen schlecht vertuschen ließe, wenn die Familie des Toten Gelegenheit zu dem üblichen Pompbegräbnis mit Prozession, Flötenspiel und gemieteten Trauergästen bekam. Folglich bekam ein untergeordneter Beamter den Auftrag, einen taktvollen Laufburschen aufzutreiben. Dieser Mann schickte nach mir. Ich hatte eine große Familie zu ernähren und einen cholerischen Hausherrn, dem ich seit etlichen Wochen die Miete schuldete; für Beamte, die eine unorthodoxe Beisetzung arrangieren wollten, war ich also leichte Beute.

»Tja, daß wir hier rumstehn, schafft ihn auch nicht weg ...«

Entschlossen schlug ich die Toga zurück und entblößte die Leiche.

Der Tote lag noch genauso da wie vor elf Tagen, und hatte sich doch furchtbar verändert. Wir konnten förmlich sehen, wie die Eingeweide unter dem Gewicht der Maden zusammensackten. Das Gesicht mochte ich gar nicht erst anschauen.

»Beim Jupiter, Falco, der Mistkerl kommt aus 'ner guten Familie!« Frontinus' Miene verdüsterte sich. »Du müßtest eigentlich wissen, daß keiner von denen ohne Meldung im *Tagesanzeiger* dahingeht. Wie sollen die Götter im Hades sonst ahnen, daß der Schatten einer bedeutenden Persönlichkeit den besten Platz auf Charons Fähre beansprucht ...?«

Er hatte recht. Falls irgendwo eine Leiche mit

den schmalen Purpurstreifen des römischen Adligen auftauchte, würden übereifrige Beamte darauf bestehen zu erfahren, wessen Sohn oder Vater dieser ehrenwerte Herr gewesen sei.

»Hoffentlich ist er nicht allzu prüde«, gab ich zurück. »Wir werden ihn ausziehen müssen ...«

Julius Frontinus wiederholte leise den rüden Ausdruck meines Bruders.

II

Wir arbeiteten zügig, obwohl wir ständig gegen ein würgendes Ekelgefühl ankämpfen mußten.

Es galt, den Toten aus zwei Tuniken herauszupellen, die schon bestialisch nach Verwesung stanken. Nur der hartgesottenste Trödler würde diese Lumpen so gründlich durchsehen, daß ihm die gestickten Namensschildchen auffielen, die in den Kragen eingenäht waren. Aber wir mußten auf Nummer Sicher gehen.

Wieder draußen im Hof, sogen wir in gierigen Zügen die frische Luft ein und verbrannten alles, was brennbar war; sogar seine Schuhe und den Gürtel ließen wir verkohlen. Unsere Leiche trug mehrere Ringe. Frontinus zog sie ihm irgendwie ab; den Goldreif, der seinen Stand anzeigte, eine große Smaragd-Kamee, einen Siegelring und noch zwei, von denen einer einen Frauennamen eingraviert hatte. Verkaufen konnte man sie nicht, weil sie womöglich in die falschen Hände geraten wären; ich würde sie später in den Tiber werfen.

Zum Schluß schlangen wir ein Seil um den nun fast nackten Leichnam und wuchteten ihn auf eine Bahre, die wir mitgebracht hatten.

Die stummen Prätorianer sperrten die Gasse ab, bis Frontinus und ich unsere Last in einen Kanalschacht der Cloaca Maxima geworfen hatten. Wir lauschten: Da! Tief unten, nahe den Steinstufen am Einstieg, ein dumpfes Klatschen. Die Ratten würden ihn schnell genug finden. Sobald das nächste Sommergewitter sich über dem Forum entlud, würde das, was noch von ihm übrig war, durch den wuchtigen Bogen unter dem Pons Emilius in den Fluß gespült werden und dann entweder an den Pfeilern hängenbleiben, um vorbeifahrende Schiffer zu erschrecken, oder aber weiterschwimmen, um schließlich in einer Ruhestätte im Meer zu landen, wo gleichgültige Fische sein Skelett vollends blankputzen mochten.

Das Problem war erledigt; Rom würde keinen Gedanken mehr an seinen vermißten Bürger verschwenden.

Wir wanderten zurück, verbrannten die Bahre; wischten den Fußboden im Lagerhaus auf; schrubbten uns Hände, Arme, Beine und Füße sauber. Dann holte ich einen Eimer frisches Wasser, und wir wuschen uns noch einmal gründlich. Ich ging nach draußen, um das Schmutzwasser auf die Straße zu gießen.

Ein Mensch in einem grünen Umhang mit hochgeschlagener Kapuze blieb stehen, als er mich am Tor stehen sah. Ich nickte grüßend, ohne ihm in die Augen zu schauen. Er ging weiter. Ein ehrbarer Bürger, der guten Gewissens seinen Geschäften nachging, ohne etwas von dem schauerlichen Geschehen zu ahnen, das er eben verpaßt hatte.

Es wunderte mich freilich, daß er trotz des herrlichen Wetters so vermummt war; manchmal könnte man meinen, in Rom schlichen dauernd Leute durch finstere Seitengäßchen, die unerkannt bleiben wollten.

Ich sagte, ich würde abschließen.

»Gut, dann rücken wir ab!« Frontinus würde seine Jungs auf einen wohlverdienten Schluck einladen. Mich bat er nicht dazu – was mich nicht überraschte.

»Danke für deine Hilfe. Auf bald, Julius ...«

»Nicht, wenn ich es verhindern kann!«

Als sie gegangen waren, blieb ich noch kurz am Tor stehen. Das Herz war mir schwer. Jetzt, da ich allein war, hatte ich Muße, mich umzuschauen ... Im Hof fiel mein Blick auf einen interessanten Haufen, der, diskret von einem Stoß alter Felle verdeckt, die Außenmauer stützte. Als Sohn eines Auktionators war ich einfach außerstande, einen herrenlosen Gegenstand, der sich eventuell würde verscherbeln lassen, zu ignorieren, also schlenderte ich darauf zu.

Unter den Fellen steckten ein munteres Spinnenpaar und jede Menge Bleibarren. Die Spinnen waren mir fremd, die Barren dagegen alte Bekannte; die Verschwörer hatten sich den Weg an die Macht mit gestohlenem Silber erkaufen wollen. Später hatten die Prätorianer alle Barren mit Edelmetallgehalt im Tempel des Saturn verwahrt, aber die Diebe, die das ungemünzte Silber aus den britischen Minen schmuggelten, hatten den Verschwörern große Mengen Blei untergejubelt – wertlos für Bestechungen – und so ihre Auftraggeber munter betrogen. Offenbar war das Blei hier für den Abtransport durch einen kaiserlichen Armeezug zurückgelassen und mit militärischer Präzision gestapelt worden, jede Reihe exakt im rechten Winkel zu der darunter. Für einen Mann mit den richtigen Kontakten hatten Bleibarren durchaus einen gewissen Wert ... Ich deckte sie wieder zu, wie sich das für einen ehrlichen Staatsdiener gehört.

Ich ließ das Tor offen und ging noch einmal zu dem Kanalschacht über der Cloaca Maxima zurück. Von all den stinkenden Leichen gescheiterter Existenzen, die Rom verschandelten, war dies die letzte, die ich freiwillig so respektlos behandelt hätte. Jeder Verräter hat eine Familie, und seine kannte ich. Sein nächster männlicher Verwandter, der diese Beisetzung von Rechts wegen hätte leiten sollen, war ein Senator, dessen Tochter mir sehr, sehr viel bedeutete. Ein typisches Falco-Dilemma: Weil ich bei einer höchst wichtigen Familie Eindruck schinden wollte, mußte ich meinen guten Charakter dadurch beweisen, daß ich ihren toten Verwandten ohne jede Zeremonie in einer öffentlichen Kloake verschwinden ließ ...

Ächzend wuchtete ich den Kanaldeckel wieder hoch, streute hastig eine Handvoll Erde hinunter und murmelte dazu die entsprechenden Worte: »*Den Göttern der Schatten empfehle ich diese Seele* ...«

Ich warf ihm noch eine Kupfermünze für den Fährmann hinunter und hoffte, daß mir Fortuna hold war und ich nie wieder von ihm hören würde.

Aber es sollte nicht sein. Die Schicksalsgöttin schneidet mir höchstens mal eine Grimasse, als hätte sie sich grade ihren heiligen Finger in einer Tür geklemmt.

Zurück im Lagerhof trat ich das Feuer aus und verstreute die Asche. Dann legte ich mir Ketten über die Schulter, mit denen ich das Tor verschließen wollte. Kurz vorm Gehen machte ich noch eine letzte Kontrollrunde; meine Muskeln spannten sich unter der Last der schweren Eisenglieder.

Der ganze Raum roch jetzt nach Zimtrinde. Die rastlosen Fliegen kreisten weiter über dem Fleck am Boden, als geistere die Seele des Toten noch immer dort herum. Säcke, prall gefüllt mit orientalischen Spezereien von unschätzbarem Wert, duckten sich reglos im Schatten der Mauern und verströmten einen herbsüßen Duft, der mir mächtig unter die Haut ging.

Ich wandte mich zum Gehen. Aus dem Augenwinkel nahm ich eine Bewegung wahr. Panische Angst überfiel mich – als hätte ich ein Gespenst gesehen. Aber ich glaube nicht an Gespenster. Aus dem staubflimmernden Dämmer stürzte eine vermummte Gestalt auf mich zu.

Es war ein Mensch aus Fleisch und Blut, der eine Faßdaube packte und damit nach meinem Kopf zielte. Obwohl er mit dem Rücken zum Licht stand, kam er mir irgendwie bekannt vor. Es blieb keine Zeit, mich nach seinem Problem zu erkundigen. Ich wirbelte herum und schleuderte mit aller Kraft die Ketten gegen seine Rippen. Dann verlor ich den Halt, das schwere Gewicht riß mich zu Boden, und ich schlug mir den rechten Ellbogen und das rechte Knie auf.

Mit etwas Glück hätte ich ihn schnappen können. Das Glück ist selten mein Bundesgenosse. Während ich mich noch wild rudernd von den Eisenketten befreite, machte der Schurke sich aus dem Staub.

III

Ich war nur für einen Augenblick zum Kanalschacht zurückgekehrt, hätte aber auf so was gefaßt sein müssen. Das war schließlich Rom; hier braucht man eine Schatzkammer bloß drei Sekunden unbewacht zu lassen, und schon macht irgendein Dieb sich das zunutze.

Ich hatte das Gesicht des Mannes nicht gesehen, wurde aber das Gefühl nicht los, ihn wiedererkannt zu haben. Die grüne Kapuze, die er so sorgsam tief in die Stirn gezogen hatte, war unverwechselbar: der Mann, den ich gesehen hatte, als ich vorhin den Wassereimer ausleerte. Ich verfluchte erst ihn, dann mich und humpelte schließlich auf die Gasse hinaus, Blut sickerte an meinem Bein herunter.

Da, wo die Sonne hinschien, strahlten die Mauern wohlige Wärme ab, aber im Schatten fröstelte mich. Der Durchgang hinter dem Lagerhaus war kaum drei Fuß breit und mündete auf der einen Seite in eine unheimliche Halsabschneidergasse. Das andere Ende lag hinter einer buckligen Kurve. Zu beiden Seiten des Weges lagen muffige Höfe, vollgestopft mit ausgedienten Handwagen und Stapeln schwankender Fässer. Fettige Zugseile baumelten in gähnenden Toreinfahrten. Auf Nägel aufgespießte grimmige Verbotstafeln warnten Besucher vor Toren, die aussahen, als hätte sie schon seit zehn Jahren kein Mensch mehr geöffnet. Beim Anblick dieser miesen Gegend schien es unglaublich, daß das bunte, geschäftige Treiben des Forums nur zwei Gehminuten entfernt war – aber das war eben Rom. Wie ich schon sagte.

Keine Menschenseele in Sicht. Nur eine Taube flatterte auf einen Dachfirst und verschwand durch einen geborstenen Ziegel. Einmal knarrte ein Faßlager. Sonst war nichts zu hören. Bis auf mein Herz.

Er konnte praktisch überall sein. Wenn ich ihn hier in einer Richtung suchte, mochte er in eine andere entwischen. Während ich mich auf meine Suche konzentrierte, konnte er oder auch ein anderer Schurke, der vielleicht gar nichts mit ihm zu tun hatte, unversehens auf mich losstürzen und mir den Lockenkopf einschlagen. Und wenn das geschah, oder wenn ich in einem dieser aufgelassenen Speicher durch den morschen Estrich brach, würde mich womöglich tagelang niemand finden.

Ich humpelte zurück. Mit einem alten Nagel öffnete ich das Schloß zum Lager und drehte eine Runde über den sonnendurchglühten Hof. Mit der Militärzange, die Frontinus dagelassen hatte, klemmte ich die Torketten wieder fest, wie sich das für einen verantwortungsbewußten Bürger gehört. Dann ging ich.

Der Leichengestank hatte sich in meinen Kleidern festgesetzt. Der Geruch war unerträglich; ich ging nach Hause, um mich umzuziehen.

Ich wohnte im Dreizehnten Bezirk. Das waren zehn Minuten zu gehen, wenn wenig Verkehr herrschte, aber jetzt um die Zeit brauchte ich dreimal so lange, um mich durch das Gewühl zu drängen. Der Trubel schien ärger denn je. Als ich endlich zu Hause ankam, war ich wie taub und völlig erledigt.

Das Falco-Apartment war das Beste, was ich mir leisten konnte, also eine grausliche Bleibe. Ich wohnte zur Miete in einer miesen Mansarde über der Wäscherei Adler in einer Straße, die hochtrabend Brunnenpromenade hieß (aber niemals einen Brunnen besessen hatte und auch keine Promenade war). Um zu diesem imposanten Domizil zu gelangen, mußte ich von der vergleichsweise luxuriösen, befestigten Via Ostia abbiegen und mich durch eine Reihe von verschlungenen Torwegen zwängen, die immer schmaler und bedrohlicher wurden. Da, wo die Fahrrinne praktisch ins Nichts zusammenschrumpfte, lag die Brunnenpromenade. Ich schlängelte mich zwischen etlichen Wäscheleinen mit feuchten Togen hindurch, die den Eingang zur Wäscherei blokkierten, und stieg dann die sechs steilen Treppen zu der himmelhohen Bruchbude hoch, die mir zugleich als Büro und Wohnung diente.

Oben angekommen klopfte ich, nur so zum Spaß und auch, um etwaiges Getier zu verscheuchen, das sich womöglich während meiner Abwesenheit hier verlustierte. Schließlich bat ich mich einzutreten und entriegelte die Tür.

Ich hatte zwei Zimmer, jedes knapp acht Fuß

im Quadrat. Der wackelige Balkon wurde extra berechnet, aber mein Vermieter Smaractus gab mir einen Rabatt in Form von Tageslicht, das durch ein Loch im Dach hereinschien (plus kostenloser Wasserzufuhr, wann immer es regnete). Es gab Multimillionäre in Rom, die ihre Pferde besser unterbrachten, aber andererseits waren Tausende von Unbekannten noch schlechter dran.

Mein Penthouse war die richtige Bleibe für Leute, die oft ausgingen. Dennoch hatte ich mich in diesem erbärmlichen Loch fünf Jahre lang ganz wohl gefühlt. Billig war es nie gewesen; in Rom gab es keine günstigen Wohnungen. Manche meiner Nachbarn waren ziemlich unangenehme Typen, aber vor kurzem hatte sich ein liebenswerter Gecko bei mir einquartiert. Wenn ich die Balkontür offenließ, konnte ich vier Gäste bewirten, und falls ein Mädchen dabei war, das nichts dagegen hatte, auf meinem Schoß zu sitzen, sogar fünf. Ich lebte allein; was anderes war finanziell auch gar nicht drin.

Begierig darauf, endlich aus meiner stinkenden Tunika rauszukommen, durchquerte ich schnell das vordere Zimmer. Hier hatte ich einen Tisch, an dem ich aß, schrieb oder über das Leben nachdachte, außerdem eine Bank, drei Hocker und einen Herd, Marke Eigenbau. Im Schlafzimmer standen mein durchgelegenes Bett, ein Gästesofa, eine Kleidertruhe, die gleichzeitig als Waschtisch diente, und eine Trittleiter, um im Notfall das lecke Dach zu flicken.

Erleichtert stieg ich aus den Kleidern, benutzte den Rest Wasser in einem Krug dazu, mich nochmal gründlich abzuschrubben, und kramte dann eine Tunika heraus, die erst zwei neue Risse aufwies, seit meine Mutter sie das letzte Mal geflickt hatte. Ich kämmte mich flüchtig, rollte meine zweitbeste Toga zusammen für den Fall, daß ich später noch in ein seriöses Lokal einkehren sollte, und stapfte wieder nach unten.

Als ich meine schmutzigen Sachen in der Wäscherei abgab, begrüßte Lenia, die Inhaberin, mich mit heiserer Stimme.

»Falco! Smaractus wartet auf deine Miete!«

»Na so eine Überraschung! Sag ihm, im Leben kriegt man nicht immer alles, was man sich wünscht.«

Lenia saß in dem Winkel, den sie sich als Büro eingerichtet hatte. Da hockte sie in ihren schmierigen Schlappen und schlürfte Pfefferminztee. Bevor diese bedauernswerte Närrin beschloß, in Immobilien zu investieren (und sich ihre Zukunft zu verbauen), indem sie sich unseren Vermieter Smaractus als Ehemann angelte, hatte Lenia zu meinem ärmlichen Freundeskreis gezählt. Sobald ich sie dazu überreden konnte, diesem Scheusal den Laufpaß zu geben, würde sie wieder dazugehören. Lenia war eine aus dem Leim gegangene Schlampe, die fünfmal mehr Kraft hatte als man ihr ansah, und auffallenden, Henna-roten Zotteln, die sich dauernd unter dem Tuch hervorstahlen, das sie um den Kopf geschlungen trug. Sie mußte sich ständig die Strähnen aus der Stirn streichen, um zu sehen, wo sie hintrat.

»Er meint es ernst, Falco!« Sie hatte wäßrige Augen, und ihre Stimme schepperte wie vierzig getrocknete Erbsen in einem Blechnapf.

»Schön. Ich mag Männer, die ihre Ziele ernsthaft verfolgen.«

Unterdessen hatte Lenia nicht mehr meine ungeteilte Aufmerksamkeit, was ihr zweifellos nicht entgangen war. Bei ihr saß nämlich eine Frau, die sie jetzt als Secunda vorstellte, eine Freundin. Die Zeiten, da ich es für nützlich gehalten hatte, mit Lenia zu flirten, waren lange vorbei, und so machte ich nun ihrer Freundin schöne Augen.

»Guten Tag. Ich bin Didius Falco. Ich glaube, wir hatten noch nicht das Vergnügen?« Die Dame klingelte mit ihren Armreifen und lächelte vielsagend.

»Vor dem nimm dich in acht!« warnte Lenia.

Secunda war voll erblüht, aber noch nicht überreif; sie war alt genug, um eine interessante Herausforderung darzustellen, und doch so jung, daß diese Herausforderung anzunehmen ein Vergnügen versprach. Sie musterte mich gründlich, ich hielt ihrem Blick stand.

Man bot mir Pfefferminztee an, aber angesichts seiner unappetitlichen grauen Färbung lehnte ich aus gesundheitlichen Gründen ab. Secunda reagierte auf meinen drohenden Abzug mit wohltuendem Bedauern; ich nahm die Miene eines Mannes an, der sich möglicherweise würde aufhalten lassen.

»Irgend so ein Trödler mit 'nem Frettchengesicht hat nach dir gefragt, Falco«, erklärte Lenia mürrisch.

»Ein Klient?«

»Wie soll ich das wissen? Manieren hatte er keine, könnte also dein Typ sein. Ist einfach reingeplatzt und hat deinen Namen genannt.«

»Ja, und dann?«

»Ist er wieder gegangen. War mir auch recht so.«

»Aber«, ergänzte Secunda zuckersüß, »er wartet draußen auf Sie, glaube ich.« Ihr entging nichts – wenn es sich um Männer handelte.

Lenias Kabuff war zur Straße hin offen, abgesehen von den dicht behängten Wäscheleinen. Ich zupfte so lange daran herum, bis ich durch ein Guckloch hinausspähen konnte, ohne selbst gesehen zu werden. Ein grüner Mantel mit hochgeschlagener Kapuze wanderte zwei Häuser weiter vor der offenen Falltür von Cassius' Brotladen auf und ab.

»Der da in Grün?« Sie nickten. Ich runzelte die Stirn. »Irgendein Schneider hat da scheint's einen Coup gelandet! Offenbar sind grüne Capes mit spitzen Kapuzen diesen Monat der letzte Schrei ...« Ich würde es bald genau wissen; mein ältester Neffe hatte nächsten Donnerstag Geburtstag, und wenn das wirklich die neueste Mode war, würde Larius sich garantiert so einen Kaftan wünschen. »Ist er schon lange da?«

»Er kam gleich nach dir und hat seitdem gewartet.«

Ein mulmiges Gefühl machte sich in meiner Magengegend breit. Ich hatte gehofft, der Bürger in Grün sei nur ein harmloser Dieb, der spitz gekriegt hatte, daß in dem Lagerhaus was im Gange war, und sich ranpirschte, um vielleicht was abzustauben, sobald Frontinus und ich gegangen waren.

Nun, da er mir bis nach Hause gefolgt war, erschien die Sache in einem anderen Licht. Soviel Neugier konnte nicht harmlos sein. Also hatte er sich nicht rein zufällig für dieses Lagerhaus interessiert. Vielmehr mußte er jemand sein, der unbedingt herauskriegen wollte, *was* sich da tat und *wer* dort herumstöberte. Das wiederum verhieß Ärger für diejenigen von uns im Palast, die glaubten, wir hätten die Verschwörung gegen den Kaiser endgültig zu Grabe getragen.

Während ich ihn noch beobachtete, verlor der Grüne die Lust am Spionieren und trollte sich Richtung Via Ostia. Ich mußte mehr über ihn herausbekommen. Also hob ich grüßend den Arm vor Lenia, bedachte Secunda mit einem Lächeln, das ihr Blut hoffentlich in Wallung halten würde, und nahm die Verfolgung auf.

Cassius, der Bäcker, der offenbar auch ein Auge auf den Fremden gehabt hatte, schenkte mir im Vorbeigehen einen nachdenklichen Blick und ein altbackenes Brötchen.

IV

Beinahe hätte ich ihn auf der Hauptstraße verloren. Mein Blick fiel nämlich flüchtig auf meine Mutter, die an einem Gemüsestand die Zwiebeln begutachtete. Ihrem grimmigen Gesicht nach zu urteilen, genügten die Zwiebeln ihren Ansprüchen ebensowenig wie die meisten meiner Freundinnen. Meine Mutter lebte in dem Wahn, daß mein neuer Job in Diensten des Palastes ein anständiges Gehalt, geregelte Arbeitszeiten und damit saubere Tuniken hieß. Es widerstrebte mir, sie schon nach so kurzer Zeit entdecken zu lassen, daß ich wie gehabt Schurken nachsteigen mußte, die ausgerechnet dann auf der Straße herumspazierten, wenn ich lieber zu Mittag gegessen hätte.

Es bedurfte schon ordentlicher Beinarbeit, ihr auszuweichen, ohne dabei seine Spur zu verlieren. Zum Glück war der Farbton seines Mantels ein Quietschgrün, das zwar den Augen weh tat, dafür aber leicht wiederzufinden war.

Ich folgte ihm hinunter zum Fluß, den er auf der Sublicius-Brücke überquerte; ein zehnminütiger Fußweg fort von der Zivilisation und hin zu den Bruchbuden im Transtiberinischen Bezirk, wo die Straßenhändler unterkriechen, wenn sie nach Einbruch der Dunkelheit vom Forum verjagt werden. Der Vierzehnte Bezirk gehörte zwar schon seit der Zeit meiner Großeltern zu Rom, aber es trieben sich genug dunkelhäutige Immigranten dort herum, um die Gegend noch heute fremd wirken zu lassen. Nach dem, was ich am Vormittag hatte erledigen müssen, war es mir egal, ob einer von diesen Typen mir sein Messer in den Rücken stieß.

Wenn es einem egal ist, dann versuchen sie's erst gar nicht.

Wir gingen jetzt im tiefen Schatten enger Straßenschluchten, in die gefährlich baufällige Balkone hineinragten. Magere Hunde streunten durch den Rinnstein. Zerlumpte segelohrige Zigeunerkinder brüllten hinter den verängstigten Kötern her. Wenn ich ehrlich war, so mußte ich mir eingestehen, daß *mich* der ganze Bezirk ängstigte.

Der grüne Mantel legte ein gleichmäßiges Tempo vor, wie ein braver Bürger, der sich schon aufs Essen freut. Er war von mittlerer Statur, mit schmalen Schultern und jugendlichem Gang.

Sein Gesicht hatte ich immer noch nicht gesehen; trotz der Hitze behielt er die Kapuze auf. Er war zu lichtscheu, um ehrlich zu sein, soviel stand fest.

Zwar ließ ich aus Berufsethos ein paar Wasserträger und Pastetenverkäufer zwischen uns gehen, aber nötig war diese Vorsichtsmaßnahme nicht. Er wich niemandem aus und zog nirgends den Kopf ein, obgleich das in dieser miesen Gegend doch sehr angebracht gewesen wäre. Er schaute sich nicht einmal um.

Ich schon. Regelmäßig. Niemand schien mich zu beschatten.

Über unseren Köpfen waren Wäscheleinen gespannt, an denen fadenscheinige Decken zum Lüften hingen, und darunter baumelten an Seilen Körbe, Messinggeräte, billige Fähnchen und löchrige Bettvorleger. Die Afrikaner und Araber, die damit handelten, schienen ihn zu kennen, aber als ich vorbeikam, fielen unflätige Bemerkungen. Na, wer weiß, vielleicht bewunderten sie mich einfach, weil ich ein so hübscher Bursche war. Der Duft von frischem Fladenbrot und süßem, fremdländischen Kuchen stieg mir in die Nase. Hinter halb geöffneten Läden schrien abgearbeitete Frauen mit schrillen Stimmen faulen Männern ihren Frust entgegen. Gelegentlich riß den Männern die Geduld, und sie setzten sich zur Wehr. Ich lauschte voll Mitgefühl und ging schneller. In dieser Gegend gab es Kupfermesserchen mit eingekerbten Zaubersprüchen zu kaufen, aus orientalischen Blumen destillierte Suchtmittel und Kinder, die aussahen wie Engel, obwohl das Geschäft mit dem Laster sie bereits mit heimtückischen Krankheiten verseucht hatte. Hier konnte man für Geld alles bekommen, die Erfüllung eines Herzenswunsches oder einen schäbigen Tod – für jemand anderen oder für einen selbst.

Ich verlor ihn südlich der Via Aurelia, in einer merkwürdig stillen Straße etwa fünf Minuten diesseits der Grenze zum Vierzehnten Bezirk.

Er war in eine schmale Seitengasse eingebogen, und als ich um die Ecke bog, war von ihm nichts mehr zu sehen. Versteckte, dunkle Torwege gähnten alle paar Schritte unheilvoll in den nackten grauen Mauern, auch wenn der Ort vielleicht nicht besonders unheimlich war.

Ich überlegte, was zu tun sei. Kolonnaden, in denen ich mich hätte rumdrücken können, gab es wie gesagt nicht, und die Siesta meines grünen Freundes würde womöglich den ganzen Nachmittag dauern. Ich hatte keine Ahnung, wer er war oder warum wir uns gegenseitig beschatteten, und war mir auch nicht sicher, ob ich das eigentlich noch wissen wollte. Es war hoher Mittag, die heißeste Stunde des Tages, und ich verlor allmählich das Interesse. Falls irgendwer in der Transtiberina mich für einen Spitzel hielt, dann würde man mich morgen mit einem Monogramm eines Verbrechers in der Brust in der Gosse finden.

Ich entdeckte ein Kneipenschild, betrat den kühlen, dämmrigen Raum, und als die bucklige, großbusige Wirtin herangewatschelt kam, bestellte ich gewürzten Wein. Außer mir war kein Gast zu sehen. Der winzige Laden hatte nur einen Tisch. Die Theke war im Dustern kaum zu erkennen. Ich tastete die Bank nach Splittern ab und setzte mich dann vorsichtig. Es war eine von diesen Spelunken, wo man eine Ewigkeit auf sein

Getränk warten mußte, weil die alte Fettel es sogar für einen Ausländer jeweils frisch zubereitete. Soviel Gastfreundschaft machte mich leicht verdrießlich und unvorsichtig; beides Empfindungen, die mir nur allzu vertraut waren.

Die Frau trollte sich wieder, und ich blieb mit meinem Becher allein.

Ich faltete die Hände und dachte über das Leben nach. Da ich zu müde war, um das Leben im allgemeinen in Angriff zu nehmen, beschränkte ich mich auf mein eigenes.

Ich war deprimiert. Meine Arbeit war grauenhaft, und das Gehalt spottete jeder Beschreibung. Obendrein stand ich kurz davor, die Affäre mit einer jungen Frau zu beenden, die ich noch kaum kannte und eigentlich nicht verlieren wollte. Sie hieß Helena Justina. Sie war die Tochter eines Senators, und daß sie sich mit mir traf, war nicht direkt verboten, trotzdem hätte es einen schönen Skandal gegeben, wenn ihre Freunde dahintergekommen wären. Es war eine von diesen Katastrophenbeziehungen, die man anfängt mit dem Wissen, daß sie keine Zukunft haben, und dann sofort wieder abbricht, weil eine Fortsetzung noch schmerzhafter ist als die Trennung.

Ich hatte keinen Schimmer, was ich ihr jetzt sagen sollte. Sie war ein wunderbares Mädchen. Ihr unerschütterliches Vertrauen zu mir stürzte mich in Verzweiflung. Trotzdem spürte sie wahrscheinlich, daß ich dabei war, mich von ihr zu lösen. Und die Gewißheit, daß sie die Situation bereits durchschaut hatte, war alles andere als hilfreich beim Verfassen meiner Abschiedsrede ...

Ich wollte vergessen, und darum nahm ich einen

 kräftigen Schluck. Aber als der heiße Zimt meinen Gaumen kitzelte, weckte das die Erinnerung an das Lagerhaus. Plötzlich fühlte meine Zunge sich an wie ein Reibeisen. Ich ließ den Becher stehen, warf ein paar Münzen auf den Teller und rief Adieu. Ich war schon auf dem Weg nach draußen, als eine Stimme hinter mir laut *»Danke!«* sagte. Nachdem ich mich umgedreht hatte, blieb ich dann allerdings.

»Nicht der Rede wert, Schätzchen! Kann die Frau, die mich zuerst bedient hat, zaubern, oder bist du jemand anders?«

»Ich bin ihre Tochter!« Sie lachte.

Man konnte sehen, daß sie's war (jedenfalls so ungefähr). In zwanzig Jahren mochte dieser bildschöne, schlanke Körper genauso reizlos aussehen wie der ihrer Mama – aber bis dahin würde sie noch ein paar faszinierende Phasen durchlaufen. Jetzt war sie etwa neunzehn, ein Stadium, das mir besonders gefiel. Die Wirtstochter war größer als ihre Mutter, was ihre Bewegungen anmutiger erscheinen ließ; sie hatte große dunkle Augen und kleine weiße Zähne, einen frischen Teint, trug Glitzerohrringe und jene Miene vollkommener Unschuld, die von schamlosen Verstellungskünsten zeugte.

»Ich bin Tullia«, sagte die Erscheinung.

»Guten Tag, Tullia!«

Tullia lächelte mich an. Sie war ein kuscheliger Armvoll Weiblichkeit und hatte Zeit; ich dagegen war ein Mann, dessen Lebensgeister nach Trost lechzten. Ich lächelte freundlich zurück. Wenn ich schon die Dame meines Herzens verlieren mußte, dann sollten die Frauen mit lockerer Moral ruhig ihre verruchtesten Tricks an mir ausprobieren.

Ein Privatermittler, der sein Geschäft versteht, braucht nicht lange, um sich mit einer Bardame anzufreunden. Ich begann ein harmloses Geplänkel mit Tullia und kam dann ganz zwanglos zum Thema. »Ich suche jemanden. Kann sein, daß du ihn hier schon mal gesehen hast – er trägt oft einen Mantel in einem ziemlich häßlichen Grün.«

Daß die schöne Tullia sich auf Anhieb an meinen Typen erinnerte, wunderte mich nicht. Bestimmt waren die meisten Männer hier in der Gegend ihretwegen erpicht darauf, bei ihrer Mutter Stammgast zu werden. »Er wohnt gleich gegenüber.« Sie kam zur Tür und zeigte mir das quadratische Fensterchen des Zimmers, in dem er sich eingemietet hatte. Ich fing an, ihn zu mögen. Seine Umgebung machte einen recht ungesunden Eindruck. Alles deutete darauf hin, daß der Mann in Grün keinen Deut besser dran war als ich.

»Ob er jetzt wohl zu Hause ist?«

»Ich kann ja mal nachsehen«, erbot sich Tullia.

»Ach, wie denn?«

Sie schaute zur Decke. Die Kneipe hatte die übliche Stiege an der Innenwand, die zu einer Dachkammer hinaufführte, in der die Eigentümer wohnten und schliefen. Wahrscheinlich war ein schmales, längliches Fenster über dem Eingang die einzige Licht- und Luftzufuhr. Eine aufgeweckte junge Dame, die sich für andere Menschen interessierte, würde natürlich ihre Freizeit an diesem Fenster verbringen und sich die Männer anschauen, die draußen vorbeigingen.

Tullia machte kehrt und wollte schon leichtfüßig die Treppe hinaufspringen. Ich hätte mich ihr anschließen können, ahnte aber, daß ihre Mutter oben auf der Lauer liegen würde, und das nahm mir die Lust am Abenteuer.

»Danke, aber im Augenblick möchte ich ihn nicht behelligen.« Wer immer er war und was er auch im Schilde führte, niemand würde mich dafür bezahlen, daß ich ihn beim Essen störte. »Weißt du etwas über ihn?«

Sie sah mich argwöhnisch an, aber ich hatte ungezwungene Manieren und meine Locken waren echt; außerdem hatte ich ihrer Mutter ein anständiges Trinkgeld hingelegt. »Er heißt Barnabas. Vor etwa einer Woche ist er hier aufgekreuzt ...« Während sie sprach, machte ich mir so meine Gedanken. Den Namen Barnabas hatte ich doch vor kurzem erst irgendwo gehört. »Er hat drei Monatsmieten im voraus bezahlt – ohne einen Mucker! Und als ich ihn deswegen einen Dummkopf genannt habe, da hat er bloß gelacht und gesagt, er würde eines Tages ein reicher Mann sein ...«

Ich grinste. »Möchte wissen, warum er dir das erzählt hat?« Zweifellos aus demselben Grund, der Männer immer dazu bringt, Frauen sagenhafte Reichtümer zu versprechen. »Was hat dieser hoffnungsvolle Unternehmer denn für einen Beruf, Tullia?«

»Gesagt hat er, er sei Getreidehändler. Aber ...«

»Aber was?«

»Auch darüber hat er gelacht.«

»Scheint ja 'n richtiger Komiker zu sein!« Daß der Kapuzentyp sich als Kornhändler ausgab, paßte nicht mehr zu dem Barnabas, den ich im Sinn hatte. Der war der freigelassene Haussklave eines Senators und würde Weizen nicht von Hobelspänen unterscheiden können.

»Du stellst aber ’ne Menge Fragen«, bemerkte Tullia listig. »Was bist du eigentlich von Beruf?« Ich drückte mich mit einem vielsagenden Blick um die Antwort herum. »Aha, Geheimnisse! Möchtest du lieber hinten raus?«

Ich kundschafte immer gern einen Ort aus, an den ich vielleicht zurückkehren möchte, und so huschte ich schon bald über einen Hof hinter der Weinschenke, mit entsprechendem Tempo, da der Hof zu einem Privathaus gehörte. Tullia schien sich hier wie daheim zu fühlen; der glückliche Eigentümer hatte zweifellos Sinn für ihre Talente. Sie ließ mich durch eine unverschlossene Pforte hinaus ins Freie.

»Tullia, falls Barnabas mal wieder auf ein Glas bei euch reinschaut, könntest du ihm ausrichten, daß ich nach ihm suche ...« Ihn nervös zu machen konnte nichts schaden. In meinem Job gewinnt man keinen Lorbeerkranz, wenn man Fremden gegenüber schüchtern ist, die einen auf dem Heimweg beschatten. »Und sag ihm, wenn er zu dem Haus auf dem Quirinal kommt – ich glaube, er weiß, welches gemeint ist –, dann hätte ich eine Erbschaft für ihn. Aber er muß sich vor Zeugen ausweisen.«

»Wird er denn wissen, wer du bist?«

»Beschreib ihm einfach meine feingeschnittene, klassische Nase! Und sag ihm, Falco hätte nach ihm gefragt. Willst du das für mich tun?«

»Nur, wenn du mich recht schön drum bittest!«

Dieses Lächeln hatte schon hundert Männern vor mir ihre Gunst verheißen. Hundert und einer von uns müssen entschieden haben, daß wir großzügig über die Konkurrenz hinwegsehen könnten. Ich unterdrückte ein Schuldgefühl wegen einer gewissen Senatorentochter und bat Tullia auf die netteste Art, die mir zu Gebote stand. Es schien zu funktionieren.

»Das machst du nicht zum erstenmal.« Sie kicherte, als ich sie losließ.

»Tja, wer eine klassische Nase hat, riskiert, daß er von schönen Frauen geküßt wird. Und du hast das auch schon vorher getan – wie ist deine Entschuldigung?«

Wirtstöchter brauchen selten eine Entschuldigung. Sie kicherte aufs neue. »Komm bald wieder. Ich warte auf dich, Falco.«

»Ich komme. Verlaß dich drauf, Prinzessin!«

Vermutlich Lügen. Auf beiden Seiten. Aber in der Transtiberina, wo das Leben noch härter ist als auf dem Aventin, müssen sich die Menschen von der Hoffnung nähren.

Die Sonne schien noch, als ich über die Tiber-Insel in die Stadt zurückwanderte. Auf der ersten Brücke, dem Pons Cestius, blieb ich stehen und holte die Ringe des Toten vom Lagerhaus aus meiner Tunikatasche.

Die Smaragd-Kamee fehlte; ich mußte sie unterwegs verloren haben.

Flüchtig kam mir der Gedanke, daß die Wirtstochter sie gestohlen haben könnte, aber dann sagte ich mir, daß sie für so was viel zu hübsch sei.

V

Ich wandte mich nach Norden. Unterwegs kaufte ich einen Pfannkuchen, gefüllt mit warmem Schweinehack, den ich im Gehen aß. Ein Wachhund wedelte mit dem Schwanz, aber ich sagte ihm, er solle sich mit seinen grinsenden Fängen woandershin scheren.

Das Leben ist unfair. Oft genug zu unfair, als daß man ein freundliches Lächeln ignorieren dürfte; ich machte kehrt und teilte meinen Pfannkuchen mit dem Hund.

Ich war auf dem Weg zu einem Haus im Nobelviertel hoch oben auf dem Quirinal. Sein Besitzer war ein junger Senator gewesen, der an derselben Verschwörung beteiligt gewesen war wie der Mann, den Frontinus und ich am Morgen in die Kloake geworfen hatten. Auch der Senator war tot. Man hatte ihn festgenommen, um ihn zu verhören, und dann erdrosselt im Mamertinischen Gefängnis aufgefunden – ermordet von seinen Komplizen, die offenbar sichergehen wollten, daß er nicht den Mund aufmachte.

Jetzt wurde seine Villa geräumt. Haushaltsauflösungen waren das Familiengewerbe der Didius, und so meldete ich mich denn freiwillig, als der Fall im Palast zur Sprache kam. Übrigens war der erlauchte Besitzer einmal mit der mir so teuren Helena Justina verheiratet gewesen, und ich wollte wissen, wie sie gewohnt hatten.

Die Antwort lautete: ausgesprochen luxuriös. Mir das anzusehen war ein großer Fehler gewesen. Melancholisch näherte ich mich jetzt wieder dem Haus.

Die meisten Römer werden von ihren Nachbarn zum Wahnsinn getrieben: durch den Abfall im Treppenhaus und die ungeleerten Toiletteneimer; die ungehobelten Kaufleute mit ihren schlampigen Läden im Parterre und die grölenden Huren im Obergeschoß. Hier war alles anders. Das zweistöckige Herrenhaus erhob sich stolz über den Felsen des Quirinals. Durch eine unauffällige, aber schwer gepanzerte Tür gelangte ich von der Straße in einen ruhigen Vorhof mit zwei Pförtnerhäuschen. Über dem Atrium wölbte sich der Himmel, und der geschmackvolle Kachellambris funkelte im Lichte der schräg einfallenden Sonnenstrahlen. Ein herrlicher Springbrunnen im zweiten Hof sorgte für Kühlung und Frische; melodisches Plätschern über exotischen Palmen in schulterhohen Bronzeurnen. Reichverzierte, marmorverkleidete Korridore zweigten zu beiden Seiten ins Innere des Hauses ab. Für den Fall, daß der Besitzer seiner steifen Empfangsräume überdrüssig wurde, verbargen sich auf einer oberen Etage, hinter schweren Damastvorhängen, kleine Ruheräume.

Ehe ich mit meiner eigentlichen Arbeit im Hause beginnen konnte, mußte ich herausfinden, ob meine Sorge berechtigt war und das Individuum, das mich heute morgen verfolgt hatte, in irgendeiner Verbindung zu dieser vornehmen Villa stand.

Ich ging also zurück zum Pförtner.

»Sag mal – wie hieß gleich der Freigelassene, an dem dein Herr so einen Narren gefressen hatte?«

»Sie meinen Barnabas?«

»Richtig. Und hat dieser Barnabas mal einen scheußlichen grünen Mantel besessen?«

»Ach, *der* Fetzen!« Pikiert verzog der Pförtner das Gesicht.

Barnabas, der Freigelassene, war von der Bildfläche verschwunden.

Ich hatte es bisher ganz praktisch gefunden, diesen Barnabas zu übersehen. Um seinen Ruf als edelmütiger Herrscher zu fördern (ein Ruf, den er nie besessen hatte, aber gern erwerben wollte), hatte Vespasian beschlossen, die kleinen persönlichen Legate des Toten zu respektieren. Dafür war ich zuständig. Das bescheidene Abschiedsgeschenk des Senators an seinen Lieblingsfreigelassenen belief sich auf die Kleinigkeit von einer halben Million Sesterze. Ich hatte sie sicher in meinem Bankschließfach auf dem Forum verwahrt, wo die Zinsen bereits einen Rosenbusch in einem schwarzen Keramiktopf für meinen Balkon abgeworfen hatten. Bis jetzt war ich der Meinung, wenn Barnabas sein Erbe wollte, dann würde er aus eigenem Antrieb zu mir kommen.

Die Ereignisse des heutigen Tages raubten mir freilich meinen Gleichmut. Um dieses Lagerhaus herumzuschnüffeln zeugte von geradezu krankhaftem Interesse an Vorgängen, von denen jeder vernünftige Freigelassene nichts wissen wollte, und der Angriff auf mich war erst recht eine Eselei gewesen. Da ich spürte, daß ich mich noch nicht auf meine Arbeit würde konzentrieren können, nahm ich mir die Rotzlöffel vor, die wir noch nicht zum Sklavenmarkt geschickt hatten.

»Wer von euch kennt Barnabas?«

»Was ist Ihnen die Auskunft wert?«

»Gebt mir was, worüber ich nachdenken kann, dann vergesse ich vielleicht, euch durchzuprügeln ...«

Diesen Tölpeln die Würmer aus der Nase zu ziehen war wirklich Schwerarbeit. Ich gab es schließlich auf und ging zu Chrysosto, einem levantinischen Sekretär, der einen hohen Preis erzielen würde, wenn wir ihn erst mal zur Auktion freigaben. Vorläufig brauchte ich ihn noch für die Inventur.

Chrysosto war ein aufgeblasener Mensch mit fahler Haut und Triefaugen, was daher kam, daß er seine Nase beständig in zugige Ritze steckte, aus denen man eine Nase tunlichst heraushalten sollte. Heute trug er eine weiße Tunika spazieren, die viel zu kurz geraten war, obwohl die Beine, auf die er sich soviel einbildete, bloß die üblichen blassen Gehwerkzeuge waren, die überall in den Büros herumschleichen, inklusive der behaarten Knorpelknie und der abgelatschten Sandalen. Mit seinen Hammerzehen hätte man Zeltpflöcke einschlagen können.

»Hör mal einen Moment auf mit dem Gekritzel. Was war eigentlich so Besonderes an diesem Barnabas?«

»Oh, Seine Gnaden und Barnabas sind auf demselben Gut aufgewachsen.«

Unter meinem stechenden Blick verbarg Chrysosto seine hageren Stelzen hinter dem Tisch. Vermutlich war er ursprünglich mal ganz talentiert gewesen, hatte aber als Schreiber eines Mannes mit trägem Hirn und cholerischem Temperament bald gelernt, seine Initiative zu unterdrücken.

»Wie ist er denn so?«

»Halt ein kalabrischer Mistkerl.«

»Hast du ihn gemocht?«

»Nicht besonders.«

»Meinst du, er wußte über die Pläne deines Herrn Bescheid?«

»Barnabas hat getan, als wüßte er alles.«

Dieser gut informierte Kalabrese war aus der Sklaverei freigelassen worden; wenn er sich absetzen wollte, war das theoretisch seine Sache. Da sein Gönner ein Verräter war, hatte ich ursprünglich durchaus Verständnis dafür, daß er sich aus dem Staub gemacht hatte. Jetzt fragte ich mich allerdings, ob er getürmt war, weil er ein krummes Ding vorhatte.

»Hast du eine Ahnung, warum er fortgelaufen ist, Chrysosto? Ist der Tod deines Herrn ihm sehr nahegegangen?«

»Schon möglich, aber niemand hat ihn seitdem zu Gesicht gekriegt. Er war die ganze Zeit in seinem Zimmer. Das Essen ließ er sich vor die Tür stellen. Von uns konnte keiner besonders gut mit ihm, also hat sich auch niemand weiter um ihn gekümmert. Sogar als er ins Gefängnis ging und den Leichnam abholte, hat hier keiner davon gewußt. Daß er die Beisetzung angeordnet hatte, habe ich erst erfahren, als der Leichenbestatter mit der Rechnung kam.«

»Ist denn niemand zur Einäscherung gegangen?«

»Es wußte ja keiner davon. Aber die Asche ist in der Familiengruft beigesetzt worden. Gestern war ich selber dort, um dem Herrn die letzte Ehre zu erweisen. Da steht eine neue Urne, aus Alabaster...«

Seine Zugehörigkeit zum Hochadel hatte den

 jungen Senator also davor bewahrt, in einer Kloake zu verschwinden. Nachdem er im Gefängnis den Tod gefunden hatte, war seine Leiche für eine kostspielige Feuerbestattung freigegeben worden, auch wenn die Zeremonie heimlich und nur in Gegenwart seines Freigelassenen stattfand.

»Noch eins, Chrysosto. Als dein Herr Barnabas die Freiheit schenkte, hat er ihm da ein Geschäft eingerichtet – irgendwas mit Getreideimport vielleicht?«

»Nicht daß ich wüßte. Die beiden haben eigentlich immer nur über Pferde geredet.«

Mittlerweile bereitete dieser Barnabas mir beträchtliche Kopfschmerzen. Die Neuigkeit von seiner Erbschaft, die ich ihm durch Tullia hatte übermitteln lassen, mochte ihn aus seinem Versteck locken, vorausgesetzt, er wollte das Geld kassieren. Um ein bißchen nachzuhelfen, schickte ich einen Läufer zum Forum, damit er dort ein Plakat anschlug, das eine bescheidene Belohnung für Auskünfte über Barnabas versprach. Das mochte einen hilfsbereiten Bürger dazu verführen, ihn an die Wache auszuliefern.

»Was soll ich denn als Belohnung einsetzen, Falco?«

»Versuch's mit drei Sesterzen. Wenn jemand nicht allzu durstig ist, reicht das für den Dämmerschoppen ...«

Wobei mir einfiel, daß es Zeit war für meinen.

VI

Um mir eine Erfrischung zu genehmigen, brauchte ich das Haus nicht zu verlassen. Der Mann, der hier gewohnt hatte, hieß Gnaeus Atius Pertinax und hatte alles zurückgelassen, was das Leben angenehm macht: Getränke waren reichlich vorhanden, und ich hatte freien Zugang zu seinem Keller.

Da Pertinax ein Verräter war, fiel sein Besitz an den Staat, das heißt, er wurde von unserem jovialen neuen Kaiser kassiert. Ein paar eher kärgliche Bauernhöfe in Kalabrien (darunter auch der, auf dem Barnabas und sein Herr aufgewachsen waren) hatte man bereits eingezogen. Einiges, was von Rechts wegen noch immer seinem alten Vater gehörte, wurde widerwillig zurückgegeben: ein paar lukrative Pachtverträge und zwei stattliche Rennpferde. Dazu kamen noch zwei, drei Schiffe, aber der Kaiser überlegte noch, ob er die nicht doch für seine Flotte konfiszieren sollte. Inzwischen hatten wir diese Villa in Rom beschlagnahmt, vollgestopft mit Kostbarkeiten, die Pertinax zusammengerafft hatte, wie Playboys das so zu tun pflegen: durch Erbschaften, raffinierte Geschäfte, Geschenke von Freunden, Bestechungspräsente von Handelspartnern und Erfolge auf der Rennbahn, wo er einen unnachahmlichen Riecher hatte. Die Villa auf dem Quirinal wurde von drei kaiserlichen Agenten aufgelöst: Momus, Anacrites und meine Wenigkeit.

Wir hatten fast vierzehn Tage dazu gebraucht. Und wir taten unser Bestes, um diese Plackerei gebührend zu genießen. Allabendlich erholten wir uns in einem Bankettsaal, der noch immer schwach nach Sandelholz duftete; hier lagen wir ausgestreckt auf geschnitzten Elfenbeinbänken mit Matratzen aus feingekämmter Wolle und arbeiteten uns durch die Restbestände des fünfzehn Jahre alten Albaner Weißweins, die der verblichene Hausherr übriggelassen hatte. Auf einem der Dreifußtische stand der silberne Weinwärmer mit einer Kammer für die glimmende Holzkohle, einem Aschenbehälter und einem zierlichen Spund zum Ausgießen des Nektars, sobald die richtige Temperatur erreicht war. In schlanken Lampenständern mit drei Klauenfüßen brannte köstliches Duftöl, während wir einander davon zu überzeugen suchten, daß uns ein Leben in solchem Luxus zuwider wäre.

Den Sommerspeisesaal der Villa hatte ein begabter Freskenmaler ausgestattet; jenseits eines Gartens erblickte man phantastische Szenen vom Falle Trojas, aber selbst der Garten erwies sich bei näherem Hinsehen als minutiöses Gemälde auf der Innenwand, ein vollkommenes Trompe-l'oeil, bis hin zu den Pfauen, die von einer getigerten Katze gejagt wurden.

»Die Weine unseres verstorbenen Gastgebers«, erklärte Anacrites, der sich gern als Connaisseur aufspielte (von der Sorte, die viel Wind macht, aber keine Ahnung hat), »sind beinahe so geschmackvoll wie die Ausstattung seines Hauses!«

Anacrites bezeichnete sich selbst als Sekretär und war ein Spion, ein angespannter Typ von kräftiger Statur mit leerem Gesicht, ungewöhnlich grauen Augen und so dünnen Brauen, daß sie fast unsichtbar waren.

»Na, dann trink aus!« kommandierte Momus grob.

Momus war der typische Sklavenaufseher: kurzgeschorener Schädel, damit sich keine Läuse einnisten konnten, Weinbauch, ölige Visage, Stoppelkinn, krächzende Stimme als Berufskrankheit und zäh wie ein rostiger Nagel in einem Holzbrett. Er war zuständig für die Personalabwicklung. Die Freigelassenen hatte er, um sich ihrer Dankbarkeit zu versichern, mit kleinen Geldgeschenken abgespeist, und nun verfrachtete er schubweise die Sklaven, die wir in Hütten zusammengepfercht am Ende des weitläufigen Villengrundes gefunden hatten. Der Senator hatte sich seine eigenen Nagelpfleger und Haarkräusler gehalten, dazu Pastetenbäcker und Soßenköche, Bade- und Schlafzimmersklaven, Hundebetreuer und Vogelzähmer, ferner einen Bibliothekar, drei Buchhalter, Harfenisten und Sänger, ja sogar eine ganze Staffel fixer junger Burschen, die nichts weiter zu tun hatten, als zwischen den Buchmachern hin und her zu laufen, um seine diversen Wetten zu plazieren. Für einen noch jungen Mann ohne familiäre Verpflichtungen hatte er sich hervorragend eingerichtet.

»Na, kommst du voran, Falco?« fragte Momus, der gerade eine vergoldete Parfumschale als Spucknapf mißbraucht hatte. Ich kam gut aus mit Momus; er war ein Gauner, ein Saukerl, schlampig und verschlagen – ein erfreulich eindeutiger Typ.

»Beim Katalogisieren der bescheidenen Habe eines Senators kann ein schlichter Junge vom Aventin noch allerhand lernen!« Ich sah, wie Anacrites lächelte. Freunde hatten mir gesteckt, daß er in meiner Vergangenheit rumgeschnüffelt hätte, und zwar so gründlich, daß er inzwischen vermutlich wußte, in welchem Stock welches baufälligen Mietshauses ich wohnte und ob das Zimmer, in dem ich vor dreißig Jahren zur Welt gekommen war, zum Hof oder zur Straße hin lag. Bestimmt wußte er inzwischen, ob ich so einfältig war, wie ich aussah.

»Ich frage mich«, grunzte Momus, »warum ein Kerl mit soviel Zaster das alles aufs Spiel gesetzt und sich gegen den Kaiser versündigt hat?«

»Das hat er also getan?« fragte ich naiv. Wir drei verbrachten mehr Zeit damit, uns gegenseitig zu belauern, als nach Verschwörern zu fahnden. Momus, der eifrige Lauscher an der Wand, tat bald so, als wäre er eingeschlafen. Damit konnte er mich freilich nicht täuschen. Seine Plattfüße in den schwarzen beschlagenen Stiefeln, mit denen sich so gut nach Sklaven treten ließ, bildeten einen präzisen rechten Winkel.

Ich spürte, wie Anacrites mich beobachtete, ließ ihn aber ruhig gewähren. »Na, hast du ’n erfolgreichen Tag gehabt, Falco?«

»Tote Kerls und scharfe Weiber von morgens bis abends!«

»Die Sekretäre im Palast lassen dich wohl ganz schön im dunkeln tappen, wie?«

»Scheint so die allgemeine Strategie zu sein.«

Anacrites half mir, den Frust über die verlorene Zeit mit Albaner runterzuspülen. »Ich versuche mir ein Bild von dir zu machen, Falco. Was bist du für ein Mensch?«

»Oh, ich bin der Sohn eines Auktionators, bis mein leichtsinniger Vater die Familie hat sitzenlassen. Na, und jetzt verschachere ich die Antiquitäten dieses Playboys an die Nippesverkäufer auf der Saepta Julia ...« Er machte immer noch ein neugieriges Gesicht, deshalb fuhr ich fort: »Mit meinem Job ist es so, als ob man eine Frau küßt – wenn ich nicht höllisch aufpasse, könnte was Ernstes daraus werden!«

Anacrites durchforstete die Privatpapiere des Toten; soviel wußte ich. (Ein Auftrag, den ich selber gern übernommen hätte.) Anacrites war schmallippig, verschlossen, ein unsicherer Kandidat. Im Gegensatz zu Momus, der ohne mit der Wimper zu zucken vier numidische Sänftenträger als zwei Geflügeltranchierer, einen Wagenlenker und einen Fächertänzer aus Xanthus hätte verkaufen können, prüfte Anacrites seine Dokumente mit der Gewissenhaftigkeit eines Revisors, der damit rechnet, daß ein anderer Revisor seine Arbeit nachkontrolliert.

»Falco, ich finde, Momus wundert sich mit Recht«, bohrte Anacrites weiter. »Wozu das Risiko?«

»Nervenkitzel? Nach Neros Tod war das Intrigenspiel darum, wer der neue Caesar werden würde, aufregender als alles andere. Und unser Mann war der geborene Spieler. Er würde zwar ein großes Vermögen erben, aber bis dahin war ein einziges Haus auf dem Quirinal für einen Emporkömmling, der in Rom Beachtung finden wollte, vielleicht nichts Besonderes.«

Anacrites schürzte die Lippen. Ich tat es ihm nach. Wir blickten uns um. Für uns war die kostspielige Pertinax-Villa etwas ganz Besonderes.

»Und was hast du in den Papyrusrollen Seiner Gnaden entdeckt?« fragte ich beiläufig.

»Ach, eine ziemlich fade Korrespondenz!«

 klagte Anacrites. »Seine Freunde waren lauter Großmäuler von der Rennbahn, ohne jede literarische Ader. Aber seine Bücher sind tadellos geführt und auf dem neuesten Stand. Der Mann hat für sein Geld gelebt.«

»Hast du Namen gefunden? Einzelheiten der Verschwörung? Beweise?«

»Nur Biographisches. Und das meiste davon hätte auch ein halber Tag im Büro des Censors ans Licht gebracht. Atius Pertinax stammte aus Tarentum; sein leiblicher Vater war ein Mann von Stand und hatte viele Freunde im Süden, aber weder Geld noch Einfluß. Mit siebzehn machte Pertinax dieses Manko wett: Er nahm einen greisen Ex-Konsul namens Caprenius Marcellus für sich ein, der enormes Prestige und Geld wie Heu hatte, aber keinen Erben ...«

»Und dann«, mutmaßte ich, »hat dieser reiche Knopf den eben erblühten jungen Gnaeus vom Stiefelabsatz Italiens gepflückt und ihn adoptiert?«

»Nach bester Tradition. Und damit hatte der frischgebackene Pertinax *Caprenius Marcellus* plötzlich nicht nur große Rosinen im Kopf, sondern auch einen Monatswechsel, um sie zu finanzieren. Sein neuer Vater vergötterte ihn. Er tat Dienst als Tribun in Makedonien ...«

»Eine gemütliche warme Provinz!« unterbrach ich wieder, diesmal in gereiztem Ton. Ich hatte meinen Militärdienst in Britannien absolviert: kalt, feucht, windig – und zur damaligen Zeit (während der großen Rebellion) furchtbar gefährlich.

»Versteht sich! Ein junger Mann mit großer Zukunft muß Vorsicht walten lassen! Zurück in

Rom, heiratet er die Tochter eines eher begriffsstutzigen Senators und wird nach diesem ersten Schritt in die große Gesellschaft prompt selbst in den Senat gewählt – im ersten Anlauf, tja, die Kinder der Reichen haben eben überall Vortritt.«

Ich stand auf und schenkte mir nach. Anacrites schwieg und nippte an seinem Becher. Also steuerte ich ein bißchen Kolorit bei, das ihm vielleicht noch unbekannt war: »Mit der Tochter des Senators, dieser vermeintlich so fabelhaften Partie, hat er sich aber überschätzt. Nach vier Jahren Ehe reichte sie die Scheidung ein, ein schwerer Schlag für Pertinax.«

»*Tatsächlich!*« Anacrites lächelte ölig. Es gehörte zu seinem Nimbus als Spion, mehr über andere Leute zu erfahren, als die von sich selber wußten. Und trotzdem war ich besser über die Ex-Frau von Atius Pertinax unterrichtet als er.

Zum Beispiel wußte ich, daß sie vor vierzehn Tagen einen Bürger namens Falco verführt hatte – entschieden gegen dessen bessere Einsicht, wenn auch überhaupt nicht gegen seinen Willen.

Ich leerte mein Glas in einem Zug. Den Blick darauf gerichtet, fuhr ich fort: »Ich bin Pertinax einmal begegnet.«

»Ihn höflich darzustellen ist mehr, als ich ohne ein neues Glas vermag!« Diesmal bedienten wir uns beide von dem bernsteinfarbenen Nektar aus dem silbernen Samowar. Anacrites, der gern den Kultivierten spielte, verdünnte seinen Wein mit warmem Wasser. Ich sah zu, wie er geziert den Finger eintauchte, um den Wasserstrahl aus dem mit Juwelen besetzten Krug zu dosieren, und dann sein Glas schwenkte, um Wein und Wasser zu vermischen. Ich nahm das Wasser so, wie ich es mag, in einem Extrabecher.

Fürs erste ließ ich das Wasser stehen und kostete genüßlich den Wein. »Gemeiner Kerl. Ein echter Fuchshai! Damals, als ich über ihn gestolpert bin, war er gerade Ädil geworden. Pertinax hat mich unter einem Vorwand verhaften und zusammenschlagen lassen. Dann nahmen seine hilfsbereiten Handlanger meine Wohnung auseinander und machten mein Mobiliar zu Kleinholz.«

»Hast du Beschwerde eingereicht?«

»Gegen einen Senator?« Ich schnaubte verächtlich. »Nachher ist der Richter ein Onkel von ihm und ich wäre wegen Mißachtung der Obrigkeit im Gefängnis gelandet.«

»Der Ädil hat also mit dem Schlagstock sein Mütchen an dir gekühlt, und dafür wühlst du jetzt in den makedonischen Kuriositäten Seiner Gnaden rum!«

»Auge um Auge«, sagte ich lächelnd und drehte behutsam den weißschimmernden Stiel meines Weinglases zwischen den Fingern.

»Wie wahr!« Seine wäßrigen Augen verrieten mir, daß er angestrengt nachdachte. »Du hast Pertinax also persönlich kennengelernt ...« Ich ahnte, was jetzt kommen würde. »Wie man munkelt, ist dir seine Frau auch nicht fremd?«

»Ich hab mal für sie gearbeitet. Hitziges Naturell und strenge Grundsätze – nicht dein Typ!« Die Kränkung kam ganz ruhig über meine Lippen.

»Und wie steht's mit dir, ist sie *dein* Typ?«

»Kaum. Schließlich ist sie die Tochter eines Senators. Ich pinkle in den Rinnstein, kratze mich in der Öffentlichkeit am Hintern und bin auch schon dabei erwischt worden, wie ich meinen Teller abgeleckt habe.«

»Ah! Sie hat sich nicht wieder verheiratet. *Ich* tippe drauf, daß diese Scheidung bloß ein Täuschungs –«

»Nix da!« Ich war empört. »Pertinax ist verhaftet worden, weil seine Frau ihn angezeigt hat.«

Jetzt war Anacrites eingeschnappt. »Niemand hat es für nötig gehalten, mir das zu sagen! Ich hatte mir fest vorgenommen, die Frau demnächst zu verhören ...«

»Na, dann viel Glück.«

»Und warum hat sie ihn ans Messer geliefert? Aus Rachsucht?«

Eine berechtigte Frage; trotzdem brachte sie mich in Rage. »Das hatte rein politische Gründe. Ihre Familie unterstützt Vespasian. Sie hatte ja keine Ahnung, daß Pertinax' Kumpane ihn zum Schweigen bringen würden, bevor er vernommen werden konnte ...«

Der Spion zuckte zusammen; er wußte, wie seine Kollegen aus dem Strafvollzug sich in der Abgeschiedenheit einer Gefängniszelle Geständnisse verschafften. »Alsdann, Pertinax Marcellus – heil dir und Lebewohl!« rief Anacrites mit geheuchelter Hochachtung.

Ich persönlich würde es vorziehen, mir den Weg über den Styx ohne Passierschein zu bahnen, als mit dem Segen des kaiserlichen Oberspions im Hades zu landen.

Für Anacrites wurde es Zeit, dem Kaiser Rapport zu erstatten. Momus schlief inzwischen tief und fest.

Anacrites sah mich mit undurchdringlichen

 Augen unverwandt an; ich würde mit ihm zusammenarbeiten können – solange ich immer eine Nasenlänge Vorsprung hatte.

»Du beobachtest mich im Auftrage Vespasians«, sagte ich, »während Momus ...«

»Allabendlich über uns beide Meldung macht!« ergänzte Anacrites im verächtlichen Ton des mit allen Wassern gewaschenen Hofbeamten. Seine linke Braue hob sich spöttisch. »Bleibt die Frage, Marcus Didius Falco, wo wir dich einordnen sollen.«

»Ich begleiche bloß meine alte Rechnung mit Pertinax!«

Anacrites konnte sich nicht dazu durchringen, mir zu vertrauen; kluges Kerlchen. Daß ich ihm ebenso wenig traute, versteht sich wohl von selbst.

Als er an diesem Abend die Villa verließ, entrollte ich meine verknitterte Toga und schloß mich ihm an. Wir brachen sehr leise auf, um den schlafenden Momus nicht zu wecken.

VII

Eine laue Maiennacht in Rom. Wir blieben auf der Schwelle stehen und schnupperten die linde Luft. Über den Zwillingsgipfeln des Kapitols funkelte ein Meer winziger Sterne. Es roch nach farcierter Wurst, und plötzlich bekam ich Bärenhunger. In weiter Ferne erklang Musik, und unbekümmertes Männerlachen erfüllte die Luft.

Anacrites und ich gingen, um unwillkommenes Nachtgelichter abzuschrecken, forschen Schritts den Vicus Longus hinunter. Rechts am Forum vorbei kamen wir über den Clivus Victoriae zum Palatin. Die Prunkgemächer waren noch hell erleuchtet, obwohl das Bankett, das der Kaiser oder seine Söhne gegeben haben mochten, bestimmt schon zu Ende war; unsere penible neue Dynastie achtete streng auf Etikette.

Am Cryptoporticus, Neros prunkvoller Eingangsgalerie, ließen uns die Prätorianer mit flüchtigem Nicken passieren. Wir gingen hinauf. Die ersten, denen wir begegneten, und die letzten, mit denen ich zusammentreffen wollte, waren der Senator Camillus Verus und seine Tochter Helena.

Ich schluckte nervös; Anacrites lächelte verständnisvoll (der Mistkerl!) und verkrümelte sich eilends.

Der Senator sah aus wie frisch gebügelt. Ich zwinkerte seiner Tochter innig zu, obwohl er dabeistand; sie schenkte mir ein mattes, eher gequältes Lächeln. Markantes Gesicht und ebensolcher Charakter: ein Mädchen, mit dem man sich überall sehen lassen konnte – solange die Gastgeber es nicht übelnahmen, wenn ihnen jemand rundheraus erklärte, was mit ihrem Leben nicht in Ordnung sei. Helena trug strenges Grau; der schwere, mit Volants besetzte bodenlange Saum ihres Kleides zeigte, daß sie verheiratet gewesen war; auf dem dunklen Haar saß ein spitz zulaufendes, schlichtes Golddiadem. Die Schriftrolle, die Camillus unter dem Arm trug, verriet mir, daß die beiden gekommen waren, dem Kaiser ein Gesuch zu unterbreiten, und ich ahnte auch, worum es sich dabei handelte: Camillus Verus war ein treuer Anhänger Vespasians; er hatte einen Bruder gehabt, auf den das ganz und gar nicht zutraf. Dieser Bruder konspirierte vielmehr gegen die neue Dynastie der Flavier; er wurde entlarvt, gerichtet und dort liegengelassen, wo er den Tod gefunden hatte. Ich hatte mich schon gefragt, wie lange der Senator brauchen würde, um sich zu der Einsicht durchzuringen, daß er für die Seele seines Bruders verantwortlich war. Jetzt wußte ich es: elf Tage. Er war gekommen, Vespasian um den Leichnam aus dem Lagerhaus zu bitten.

Helena stupste ihren Vater an, und ich hörte sie sagen: »Falco kommt wie gerufen. Er wird für uns herausfinden ...«

Die Gemahlin des Senators war ihrem Mann eine gute Frau, aber ich verstand sehr gut, warum er heute seine Tochter mitgebracht hatte. Unter der Zurückhaltung, die sie in der Öffentlichkeit zeigte, war Helena Justina sehr praktisch und couragiert. Zum Glück war sie in Gedanken immer noch bei ihrer Audienz im Thronsaal und reagierte daher kaum auf unsere Begegnung. Ihr Vater erklärte, was sie hergeführt hatte; er klagte, der Kaiser mache Schwierigkeiten (kein Wunder); dann mischte Helena sich ein: Ich solle den Fall übernehmen!

»Das läßt sich aber schlecht mit meiner Arbeit für den Palast vereinbaren ...«

»Seit wann haben Sie denn solche Hemmungen?« unterbrach Camillus angriffslustig. Ich grinste nur, ohne näher auf ihr Angebot einzugehen.

»Senator, gesetzt den Fall, ein Trupp Prätorianer außer Dienst hätte ihren Bruder ins ewige Vergessen befördert – wollen Sie dann wirklich darüber Bescheid wissen?«

Helenas Schweigen verhieß nichts Gutes. Besonders für einen gewissen Jemand nicht; ich konnte mir denken, für wen. Ich versuchte, mich nicht an die unerquicklichen Einzelheiten der Hadesfahrt ihres Onkels zu erinnern. Vielleicht konnte sie ja Gedanken lesen.

Ich schützte dringende Geschäfte anderswo vor, aber Camillus bat mich, bei Helena zu bleiben, bis er eine Sänfte gefunden habe. Damit eilte er davon.

Wir beide standen in einem dieser Palastkorridore, die fast so weitläufig sind wie ein Saal; weit und breit kein Mensch; nur hin und wieder eilte ein Beamter vorbei. Ich hatte nicht vor, das zarte Pflänzchen unserer Liebe in der kalten Pracht einer neronischen Empfangshalle zu zertreten, darum machte ich ein finsteres Gesicht und schwieg.

»Du weißt Bescheid!« beschuldigte Helena mich ruhig, sobald ihr Vater außer Hörweite war.

»Selbst wenn es so wäre, dürfte ich doch nicht darüber sprechen.«

Sie warf mir einen Blick zu, gegen den sogar die Stacheln eines Stachelschweins stumpf waren.

Während wir uns anschwiegen, erfreute ich mich an ihrem Anblick. Der üppige Faltenwurf ihres Matronengewandes unterstrich noch die aufregenden Rundungen, die er verhüllen sollte und die sich mir erst vor zwei Wochen so unvermutet dargeboten hatten. Heute abend erfüllte mich ihre Gegenwart wieder mit dem schon vertrauten Gefühl, daß wir beide einander besser kannten als irgend jemand sonst auf der Welt (und das, obwohl wir noch nicht einmal die Hälfte vom anderen erforscht hatten ...). »So habe ich dich am liebsten«, neckte ich. »Was für schöne Augen du hast, wenn du wütend bist!«

»Erspar mir die Süßholzraspelei! Eigentlich«, bemerkte ihre Hoheit spitz, »hätte ich schon früher mit einem Wiedersehen gerechnet.«

In der Öffentlichkeit sah sie immer so schutzbedürftig aus, daß ich gleich einen Schritt nähertrat. Sehr behutsam zeichnete ich mit dem Finger ihr weiches Profil von der Schläfe bis zum Kinn nach. Sie reagierte so spröde, daß ich annehmen mußte, ich sei ihr völlig gleichgültig, aber ihre Wangen verfärbten sich unter meiner Berührung. »Ich habe viel an dich gedacht, Helena.«

»Wohl daran, wie du mich loswerden kannst?« Ich hatte zehn Tage gebraucht, um mich zu dem Entschluß durchzuringen, daß ich diese Affäre beenden müsse – und zehn Sekunden, um die Entscheidung zu widerrufen. »Ach, ich weiß schon!« fuhr sie zornig fort. »Jetzt ist Mai. Damals war April. Ich war das Mädchen vom *letzten* Monat. Du wolltest doch bloß –«

»Du weißt verdammt gut, was ich wollte! Auch das sollte ich dir eigentlich nicht verraten«, langsam beruhigte ich mich wieder. »Aber glauben Sie mir, Verehrteste, ich halte sie für etwas ganz Besonderes.«

»Was du jetzt vergessen hast«, klagte Helena. »Oder du willst, daß *ich* vergesse ...«

Als ich eben im Begriff war, ihr zu beweisen, wie gut ich mich erinnerte und wie wenig mir daran lag, daß sie oder ich etwas vergaßen, erschien ihr erlauchter Vater wieder auf der Bildfläche.

»Ich komme dich besuchen«, versprach ich

Helena im Flüsterton. »Ich muß etwas mit dir besprechen ...«

»Oh, es gibt also doch das eine oder andere, was du uns anvertrauen darfst?« Sie sprach mit Absicht so laut, daß ihr Vater es hören konnte. Camillus hatte unseren Streit bemerkt, ging aber mit einer nervösen Fahrigkeit darüber hinweg, die seinen wahren Charakter Lügen strafte. Wenn die Situation es verlangte, konnte er nämlich durchaus energisch durchgreifen.

Ehe Helena mir zuvorkommen konnte, sagte ich zu ihm: »Die Seele Ihres Bruders wurde mit geziemender Ehrerbietung auf ihre letzte Reise geschickt. Wenn es die Unterwelt wirklich gibt, schlendert er jetzt über die Wiesen des Hades und läßt Cerberus Stöckchen apportieren. Bitte fragen Sie mich nicht, woher ich das weiß.«

Er gab sich bereitwilliger mit meiner Auskunft zufrieden als Helena.

Ich schützte dringende Geschäfte vor und verabschiedete mich von den beiden.

Gemeinsam warteten Anacrites und ich vor dem Arbeitszimmer des Kaisers mit jener nervösen Spannung, die angesichts eines bedeutenden Mannes niemand ganz abschütteln kann; schließlich kann dessen Gunst nur allzu schnell in ihr Gegenteil umschlagen. Anacrites kaute an einem Fingernagel herum. Ich war niedergeschlagen. Vespasian konnte mich gut leiden. In der Regel bewies er mir seine Zuneigung dadurch, daß er mir unlösbare Aufgaben zuteilte, mit denen ich kaum etwas verdiente.

Wir wurden hereingerufen. Die Hofschranzen machten einen Bogen um uns, als seien wir von einer fernöstlichen Seuche befallen.

 Vespasian war keiner dieser spindeldürren, sehnigen Aristokraten, sondern ein stämmiger Soldat, genauer gesagt ein ehemaliger General. Die elegante purpurne Tunika trug er so lässig wie einen braunen Bauernfries. Er stand im Ruf, sich mühsam mit Hypotheken und Krediten die Macht erkämpft zu haben, aber er sonnte sich gern in kaiserlichem Glanz und stürzte sich mit soviel Elan und Sachverstand in die Arbeit, wie kein Caesar mehr seit Augustus.

»Camillus Verus war eben bei mir!« rief er mir entgegen. »Und er hatte dieses eigensinnige Frauenzimmer dabei, seine Tochter!« Seine Stimme klang gereizt; der Kaiser wußte um meine Beziehung zu der Dame, und er billigte sie nicht. »Ich habe gesagt, ich wüßte von nichts.«

»Das habe ich ihnen auch gesagt!« beteuerte ich mit schlechtem Gewissen.

Er funkelte mich an, als wären wir durch meine Schuld in diese Bredouille geraten, beruhigte sich aber rasch wieder. »Nun, was habt ihr mir zu berichten?«

Ich überließ Anacrites das rare Vergnügen, dem mächtigsten Herrscher der Welt Sand in die Augen zu streuen. »Wir machen Fortschritte, Caesar!« Mir wurde fast übel, als ich ihn so prahlen hörte.

»Habt ihr schon Beweise gefunden?« forschte Vespasian weiter.

»Eine Anzeige, erstattet gegen Pertinax Marcellus von seiner Ex-Frau ...«

Ich wollte wütend dazwischenfahren, als er sich so mit meinen Informationen über Helena brüstete, aber der Kaiser kam mir zuvor. »Lassen Sie Camillus' Tochter aus dem Spiel!« (Anacrites wußte nicht, wie gut Vespasian und Helenas Vater miteinander standen; er hatte ja auch nicht danach gefragt.)

»Zu Befehl, Caesar.« Hastig schlug der Spion ein anderes Thema an. »Nach Nero purzelten die neuen Kaiser ja wie Würfel auf einem Spieltisch. Ich denke, diese irregeleiteten Seelen haben Ihr Stehvermögen unterschätzt ...«

»Die wollen einen Snob mit vornehmem Stammbaum auf ihrem Thron sehen!« höhnte Vespasian. Er selbst war bekannt für seine nüchterne Haltung.

»Und mit einem Anflug von Wahnsinn, damit auch der Senat Vertrauen zu ihm faßt«, warf ich ein. Vespasians Lippen wurden schmal. Wie die meisten Menschen hielt auch er mein republikanisches Engagement für ein Zeichen von Hirnerweichung. Einen Augenblick lang waren wir alle aus dem Konzept geraten.

Schließlich nahm der Kaiser wieder das Wort. »Ich finde es unverzeihlich, daß diese Verräter sogar meinen jüngeren Sohn verführen wollten!« Daß jemand ernsthaft versucht haben könnte, den jungen Domitian Caesar zum Marionettenkaiser umzumodeln, war schwer vorstellbar; Domitian dagegen, der einen sehr beliebten und männlich entschlossenen älteren Bruder hatte, war sein Leben lang von der Idee fasziniert, die natürliche Ordnung umzustürzen. Er war zwanzig und hatte noch Jahrzehnte der Rebellion vor sich.

Anacrites und ich starrten den Fußboden an. Ein Meisterwerk der Handwerkskunst und über die Maßen geschmackvoll: alexandrinisches Mosaik – ein großes, kühnes Schlangenmuster in Schwarz und Perlweiß.

»Sie können mir nicht verdenken, daß ich mein eigen Fleisch und Blut verteidige!« beharrte der liebende Vater eigensinnig. Wir schüttelten düster den Kopf. Er wußte, daß wir Domitian Caesar für ein Ekel hielten. Der alte Mann verriet seine Gefühle nicht. Weder Vespasian noch sein erstgeborener Sohn Titus übten in der Öffentlichkeit je auch nur die leiseste Kritik an Domitian (und doch glaube ich, daß sie ihm hinter verschlossenen Türen manchmal kräftig die Leviten lasen).

Atius Pertinax hatte mit dem Herzenssohn des Kaisers paktiert, deshalb prüfte Anacrites die Papiere des Verstorbenen doppelt und dreifach. Denn falls wir irgendwo auf Beweismaterial gegen Domitian stießen, wollte Vespasian das so schnell wie möglich vernichtet sehen.

»Ach was!« rief der Kaiser, dem das ewige Spekulieren allmählich langweilig wurde. »Die Verschwörung ist tot: Also vergeßt sie gefälligst!« Der Ton der Lagebesprechung änderte sich schlagartig. »Rom muß sich wohl oder übel an mich gewöhnen. Mein Vorgänger hat bereitwillig abgedankt ...«

So konnte man es auch sehen. Der letzte Kaiser, Vitellius, war vom entfesselten Mob auf dem Forum ermordet worden, seine Legionen hatten sich ergeben, sein Sohn lag noch in den Windeln, und seine Tochter wurde von Vespasian eilends mit einer so kolossalen Mitgift verheiratet, daß ihr Gatte jahrelang dankbar damit beschäftigt sein würde, ihr Vermögen zu zählen.

Vespasian bleckte ärgerlich die Zähne. »Durch dieses Fiasko habe ich vier leere Sitze im Senat. Die Gesetze sind da ganz unmißverständlich. Senatoren müssen in Rom wohnen. Aber Faustus Ferentinus segelt einfach nach Lycia, um dort mit einer uralten Tante Pfefferminztee zu trinken. Ich habe ihm nachträglich meine Erlaubnis gegeben, schon aus Achtung vor der Tante ...« Es wäre ein schwerwiegender Fehler, aus Vespasians Respekt vor alten Damen zu schließen, daß der Kaiser ein Schwächling sei; vielmehr verbarg sich unter diesem konzilianten Äußeren ein unbeugsamer Wille.

»Drei andere Clowns sind aufs Land verschwunden; Gordianus und sein Bruder Longinus haben sich auf Priesterämter zurückgezogen, und Aufidius Crispus sonnt sich in der Bucht von Neapolis auf einer Jacht. Wenn es jemandem gefällt, meine Thronbesteigung mit dem Rückzug ins Privatleben zu feiern, so habe ich nichts dagegen. Aber ein Senator *muß* nun einmal über seine Schritte Rechenschaft ablegen! Curtius Longinus ist bereits nach Rom zurückbeordert worden, um sich vor mir zu verantworten, und dann werde ich ihm wohl ein Angebot machen müssen, das er nicht ablehnen kann ...« Dies schien ein heimliches Schlüsselwort hier im Palast zu sein, aber niemand hatte sich bisher die Mühe gemacht, es mir zu erklären. »Er hat sich bei den Priestern vom Kleinen Tempel des Herkules Gaditanus einquartiert und wird morgen zur Audienz erwartet. Anacrites, ich wünsche, daß Sie daran teilnehmen.«

Was mir an meiner Arbeit hier am meisten gegen den Strich ging, war, daß man mich von allen wirklich wichtigen Dingen ausschloß. Grollend scharrte ich mit dem Absatz über den vornehmen alexandrinischen Fußboden; dann gab ich mir einen Ruck. »Caesar, wir haben da möglicherweise ein Problem.«

Und ich schilderte dem Kaiser, wie ich im Lagerhaus überfallen worden war, später Barnabas beschattet hatte und warum dessen Verbindung zum Hause des Pertinax wichtig sein könne.

Der Oberspion machte ein Schafsgesicht. »Davon hast du mir gar nichts gesagt, Falco!«

»Entschuldige, es war mir entfallen.«

Feixend beobachtete ich, wie Anacrites hin und her gerissen war zwischen seiner Wut auf mich und dem Bemühen, das Gesicht zu wahren. »Bloß ein übergeschnappter Freigelassener, der sich einbildet, er schulde seinem verstorbenen Herrn eine große Geste«, urteilte er wegwerfend.

»Schon möglich«, räumte ich ein. »Trotzdem möchte ich gern wissen, ob es in Pertinax' Papieren irgendeinen Hinweis auf eine vielleicht nicht ganz koschere Beteiligung an Getreidegeschäften gibt.«

»Nein«, antwortete Anacrites scharf. »Und ich denke nicht daran, bloß auf die Aussage einer Kellnerin aus der Transtiberina hin teure Palasttalente zu mobilisieren!«

»Du hast deine Methoden, ich habe meine.«

»Und die wären?«

»Zum Beispiel weiß ich, daß man Neuigkeiten am ehesten in den Badehäusern am Fluß und in den Weinschenken in der Transtiberina hört!«

»Eure Methoden sind beide gut«, unterbrach Vespasian. »Darum beschäftige ich euch ja auch alle beide!«

Während unseres Streits war der Kaiser sehr nachdenklich geworden. Anacrites schaute verlegen, aber ich war wütend. Da standen wir nun rum und diskutierten über Hochverrat wie über Handelsergebnisse aus Cicilia oder den Preis keltischen Biers, und dabei wußte Vespasian genau, was mich beschäftigte. Und er wußte auch, warum. Sechs Stunden war es jetzt her, daß ich mit dieser halbverwesten Leiche hantiert hatte, und immer noch verschlug der Gestank des Toten mir den Atem, und meine Hände rochen nach seinen Ringen. Und vor meinem inneren Auge wollte sein gespenstisches Leichenantlitz nicht verschwinden. Heute hatte ich dem Reich einen nicht unbedeutenden Gefallen erwiesen, aber offenbar traute man mir nur solche Entsorgungsaufgaben zu – Arbeiten, die für manikürte Hände zu eklig waren.

»Geben Sie auf Ihre Leber acht, wenn Sie soviel Zeit in Weinschenken zubringen!« empfahl mir Vespasian mit seinem hämischen Grinsen.

»Sinnlos!« gab ich barsch zurück. »Ich meine, Caesar, es ist sinnlos, daß ich in Spelunken Gesundheit und Unschuld riskiere, um an Informationen heranzukommen, wenn sich kein Mensch danach richtet!«

»Was denn für eine Unschuld? Geduld, Falco. Erst einmal will ich den Senat aussöhnen, das hat Vorrang – und Sie sind schließlich kein Diplomat!« Ich funkelte ihn wütend an, hielt aber den Mund. Vespasian atmete merklich auf. »Können wir etwas gegen diesen Barnabas unternehmen?«

»Ich habe ihm ausrichten lassen, daß ich in Pertinax' Haus auf ihn warte, aber allmählich bezweifle ich, daß er kommen wird. Er wohnt in der Nähe eines Gasthauses, das ›Zum Sonnenuntergang‹ heißt, südlich der Via Aurelia ...«

Eine Hofschranze kam herein mit der Geschwindigkeit eines Mannes, der nach einem herzhaften Frühstück zu den Latrinen zockelt.

»Caesar! Der Tempel des Herkules Gaditanus brennt!«

Anacrites setzte sich in Bewegung, aber Vespasian hielt ihn zurück. »Nein. Sie gehen runter in die Transtiberina und nehmen diesen Freigelassenen fest. Stellen Sie fest, ob er eingeweiht war in die Verschwörung, und dann lassen Sie ihn, wenn möglich, wieder laufen. Machen Sie ihm klar, daß, wer hier weiter Schlamm aufwühlt, von mir kein Pardon zu erwarten hat.« Unwillkürlich stellte ich mir Vespasian als riesigen Frosch vor, der auf einer Wasserlilie über dem aufgewühlten Teich thront. Da wandte der Kaiser sich an mich. »Falco kann sich den brennenden Tempel ansehen.«

Brandstiftung ist ein schmutziges Geschäft; es erfordert keine Diplomatie.

VIII

Ich ging allein zum Tempel. Bewegung und Einsamkeit taten mir ausgesprochen wohl.

Mochte die Krise auch noch so groß sein – ich mußte allein gehen – und zu Fuß. Ich lief mir die Hacken krumm, bewahrte aber meinen Stolz und meine Berufsehre.

Jedesmal, wenn ich meinen Flickschuster bezahlte, wurde mir diese Ehre ein bißchen weniger wichtig.

Der Kleine Tempel des Herkules stand auf dem Aventin, also in meinem Viertel; deshalb konnte ich dort so zwanglos aufkreuzen wie irgendein Gaffer aus der Gegend, der auf dem Heimweg vom Bordell die Flammen gesehen hat und dieses Spektakel als zweiten Hochgenuß des Abends willkommen heißt. Es war ein armseliges Heiligtum, eingezwängt zwischen einer syrischen Bäckerei und dem Stand eines Scherenschleifers. Auf den beiden ausgetretenen Eingangsstufen ließen sich die Tauben zu einem Schwätzchen nieder; über den vier Säulen und einem verzogenen Holzgiebel wölbte sich ein baufälliges rotes Dach, das reichlich Zeugnis dafür ablegte, wohin die Tauben flogen, wenn sie unten aufgescheucht wurden.

Andauernd brennt irgendwo ein Tempel nieder. In ihren Bauvorschriften steht offenbar nichts von Löscheimern und Rampen zur Brandbekämpfung – als sei ein Heiligtum schon dadurch, daß es den Göttern geweiht ist, ausreichend versichert. Aber die Götter werden es offenbar irgendwann leid, Altäre mit unbeaufsichtigten ewigen Lichtern zu bewachen.

Der Brandherd war noch ein gutes Stück entfernt. Auf dem Platz vor dem Tempel waren viele Leute zusammengelaufen. Ich drängte mich nach vorn durch.

Die Vigilanten vom Aventin lehnten in benachbarten Säulenhallen, und die lodernden Flammen färbten ihre Gesichter düsterrot. Es war ein wüster Haufen, auch wenn die meisten von ihnen eine liebende Mutter daheim hatten und der eine oder andere sogar wußte, wer sein Vater war. In ihrer Mitte entdeckte ich meinen alten Freund Petronius Longus, einen breitschultrigen, gesetzten Offizier mit einem Schlagstock im Gürtel. Er stand nachdenklich da und kratzte sich am Kinn. Er sah aus wie ein Mann, mit dem man sich getrost in eine Ecke verziehen kann, um über die Frauen zu plaudern, über das Leben und darüber, wo man den besten spanischen Schinken bekommt. Er war Hauptmann der Wache, aber das hatte unsere Freundschaft noch nie beeinträchtigt.

Ich schlängelte mich zu Petronius durch. Die Hitze war so stark, daß sie einem das Mark in den Knochen hätte schmelzen können. Wir ließen den Blick über die Menge schweifen, vielleicht umschlich noch immer ein Brandstifter mit irrem Blick den Schauplatz seines Verbrechens.

»Didius Falco«, begrüßte mich Petronius, »immer als erster zurück im Quartier, um den besten Platz am Feuer zu ergattern!« Wir hatten unseren Militärdienst im bitterkalten Norden absolviert: fünf Jahre in der Zweiten Augustischen Legion in Britannien. Die eine Hälfte der Zeit verbrachten wir an der Front und die andere mit Gewaltmärschen oder in Feldlagern unter freiem Himmel. Als wir heimkamen, hatten wir uns geschworen, daß wir nie wieder frieren wollten. Petronius heiratete; er meinte, es sei hilfreich. Verschiedene sehr entgegenkommende junge Damen hatten versucht, mir die gleiche Unterstützung angedeihen zu lassen, aber ich hatte sie alle abgewimmelt.

»Kommst du von deiner Freundin?«

»Von welcher denn?« feixte ich. Dabei wußte ich es ganz genau. Seit mindestens vierzehn Tagen gab es nur noch eine. Ich verscheuchte die

Erinnerung daran, wie ich sie heute abend gekränkt hatte. »Was für ein vollkommen vermeidbarer Unfall ist denn hier passiert, Petro?«

»Das Übliche. Die Acolyten würfeln in einem Wirtshaus am anderen Ende der Straße, und in einer Räuchervase schwelt noch Glut ...«

»Ist jemand verletzt?«

»Glaube ich kaum. Die Türen sind abgeschlossen ...« Petronius Longus las in meinem Gesicht, daß ich diese Frage nicht ohne Grund gestellt hatte, und wandte sich seufzend wieder dem Tempel zu.

Wir waren machtlos. Selbst wenn seine Männer die beschlagene Doppeltür mit einem Rammbock aufbrechen würden, konnte das Innere des Tempels jeden Augenblick in einem Feuerball explodieren. Schon schlugen Flammen aus dem Dach. Schwarzer stinkender Rauch zog zum Fluß hinunter. Hier draußen auf der Gasse ließ die flimmernde Hitze unsere Gesichter durchsichtig wie Glas erscheinen. Das Inferno im Inneren konnte keiner überleben.

Die Türen standen noch und waren noch verschlossen, als das Dach einstürzte.

Irgend jemand spürte endlich die Feuerwehr in einem Imbißstand auf, und sie retteten wenigstens das ausgebrannte Gerippe des Tempels. Dafür mußten sie zuerst einen Brunnen finden, der in Betrieb war, und als sie den hatten, gingen sie wie üblich schrecklich tollpatschig zu Werke. Petronius hatte die meisten Schaulustigen verjagt, aber ein paar arme Kerle, auf die daheim ein zänkisches Weib wartete, standen noch herum, weil sie hier wenigstens ihren Frieden hatten. Wir schlugen Greifhaken in einen Türflügel und rissen die verkohlten Bohlen mit ohrenbetäubendem Kreischen heraus. Ein erstarrter, vermutlich menschlicher Torso lag zusammengekrümmt gleich jenseits der Schwelle. Ein Priester, der eben gekommen war, sagte uns, das geschmolzene Amulett, das am Brustbein klebte, sehe ungefähr so aus wie das von Curtius Longinus, dem Verschwörer, den Vespasian zurückbeordert hatte.

Longinus war sein Hausgast. Der Priester hatte vor ein paar Stunden mit ihm zu Abend gegessen; als er sich jetzt abwandte, war er ganz grün im Gesicht.

Petronius Longus warf einen Ledervorhang über den verkohlten Fleischklumpen. Er begann mit den Verhören, während ich mich umsah. »Ist es üblich, daß die Tempeltüren des Nachts verschlossen sind?« fragte er. »Warum sollten wir abschließen?« Der Priester des Herkules hatte einen vollen, schwarzen Bart; er war schätzungsweise zehn Jahre älter als wir, wirkte aber massiv wie eine Zitadelle. »Wir sind schließlich nicht der Tempel des Jupiter, der vollgestopft ist mit erbeuteten Schätzen, oder der Tempel des Saturn mit seiner legendären Sammlung. Manche Heiligtümer müssen bei Einbruch der Dunkelheit gesichert werden, damit sich keine Landstreicher einschleichen, aber bei uns, Hauptmann, ist das nicht üblich.«

Ich konnte mir denken, warum. Abgesehen davon, daß der barsche alte Herkules Gaditanus vermutlich was übrig hatte für Landstreicher, gab es kein bequemes Schlafplätzchen in diesem Tempel und schon gar nichts zu stehlen. Das backsteingemauerte Gelaß war kaum größer als die Vorratskammer in einem Bauernhaus.

Die Terrakottafigur des Gottes, die unter dem Gewicht niederprasselnder Dachziegel umgefallen war, paßte gut hierher, wo alles irgendwie zusammengeschustert war. Selbst der Priester hatte den hungrigen Blick eines Mannes, der in einem Armenviertel arbeitet und sich den ganzen Tag mit hirngeschädigten Boxern herumplagen muß. Sein orientalisches Gesicht unter dem Bart war hübsch; er hatte große, traurige Augen, die zu wissen schienen, daß sein Gott zwar beliebt war, aber nicht ernst genommen wurde.

»Wer hatte Dienst im Tempel?« fragte Petronius weiter. Er wirkte erschöpft; der Anblick des Toten war ihm an die Nieren gegangen. »Wußten Sie, daß dieser Mann hier war?«

»Ich hatte Dienst«, bekannte der Priester. »Curtius Longinus hätte morgen eine Audienz beim Kaiser gehabt. Er betete im Tempel, um sich zu sammeln ...«

»Um was ging es denn da?«

»Fragen Sie den Kaiser!« fuhr der Priester ihn an.

»Wer hat den Schlüssel zum Tempel?« unterbrach ich mit einem prüfenden Blick auf die kläglichen Überreste des Heiligtums.

»Der hängt immer an einem Haken neben dem Eingang.«

»Jetzt nicht mehr!« korrigierte Petronius ärgerlich.

Richtig: Der Haken war da, aber leer.

Der Priester blickte hilflos auf die rauchenden Trümmer. Noch immer sprangen Funken zwischen den Rissen in der Ausmauerung der Innenwände empor. Er wollte den Schaden nicht in Augenschein nehmen, solange Petronius und ich dabei waren.

»Ich muß seinem Bruder schreiben ...«

»Nein, das werden Sie nicht tun!« befahl ich. »Der Kaiser wird Curtius Gordianus benachrichtigen.«

Der Priester wandte sich zum Gehen, und ich würde ihn begleiten. Ich nickte Petro zu, dem mein eiliger Aufbruch nicht paßte. Ich gab ihm einen freundschaftlichen Klaps und folgte dem schwarzbärtigen Burschen.

Am Ausgang stießen wir mit einem nervösen Hänfling zusammen, der für Anacrites arbeitete; er war so sehr damit beschäftigt, sich bemerkbar zu machen, daß er uns gar nicht bemerkte. Als ich mich umdrehte, ging er gerade Petro auf die Nerven. Petronius Longus stand breitbeinig da und lauschte mit dem entrückten Blick eines rechtschaffen müden Mannes, der dringend einen Schluck braucht und gerade überlegt, ob es eine Amphore von seinem üblichen blutroten Fusel sein soll, auf den er immer so schlecht schläft, oder jener köstliche Setiner, den er hinten im Regal hat ausreifen lassen. ... Der Spion kriegte nichts aus ihm raus. Verbindliche Impertinenz ist eine Spezialität der Aventinischen Wache.

Als der Priester sich auf den Heimweg machte, blieb ich neben ihm.

»Ist Curtius Longinus erst heute abend nach Rom zurückgekommen?« Er nickte stumm. Der Schock war ihm in die Glieder gefahren; er hatte keine Lust, sich zu unterhalten. Mit den Gedanken war er ganz woanders, aber seine Beine machten mechanisch große ausholende Schritte vorwärts; ich mußte mich anstrengen, um mitzuhalten, ohne meine Würde einzubüßen. »Er hatte also noch keine Gelegenheit, sich mit jemandem zu treffen?« Er schüttelte den Kopf.

Ich wartete. Ihm war offenbar etwas eingefallen. »Während des Essens wurde er herausgerufen, weil ein Bekannter ihn sprechen wollte.«

»Wissen Sie, wer?«

»Nein. Er blieb nur einen Moment draußen. Ich nehme an«, folgerte der Priester und verlangsamte vor lauter Stolz auf seine deduktiven Kräfte seinen Schritt, »Longinus wird ihr Treffen auf später verschoben haben.«

»Und zwar hier in Ihrem Tempel! Durchaus möglich. Woher wissen Sie, daß der geheimnisvolle Mensch ein Mann war?«

»Mein Diener hat Curtius Longinus den Namen des Besuchers genannt.«

Ich richtete im stillen ein Dankgebet an Herkules. »Sie tun sich und Ihrem Tempel einen Gefallen, wenn Sie mir sagen –«

»Was sollte das wohl helfen?« Der Priester war skeptisch.

»Warten Sie nur, bis unser neuer Kaiser sein städtisches Wiederaufbauprogramm vorstellt. Die Neueinweihung eines Tempels fördert den Ruf eines Herrschers sehr!«

»Ich denke, die Staatskasse hat kein Geld ...«

»Nicht mehr lange. Vespasians Vater war Steuereinnehmer. Er weiß, wie man den Bürgern das Geld aus dem Kreuz leiert; das liegt ihm im Blut.«

Er hatte seinen Türschlüssel aus der Tasche gezogen. »Sie gehen ja ziemlich großzügig mit dem noch unverdienten Einkommen des Kaisers um. Wer sind Sie eigentlich?«

»Ich heiße Didius Falco. Ich vertrete hier den Palast ...«

»Hola!« Er reckte den Hals und wollte mich beleidigen. »Wieso läßt sich ein intelligenter, braver Sohn Roms auf so zwielichtige Geschäfte ein?«

»Das frage ich mich auch oft! Aber nun verraten Sie mir schon endlich, wer dieser Mann war, der Longinus sprechen wollte!«

»Ein gewisser Barnabas«, sagte der Priester.

IX

Inzwischen war es stockfinster, aber da ich wußte, daß er meist bis spät in die Nacht arbeitete, strapazierte ich mein Stiefelleder weiter und latschte zurück, um Vespasian einen zweiten Besuch abzustatten.

Ich wartete, bis er die Fliegenfänger und Weinmischer hinausgescheucht hatte, die gar nicht damit rechnen, einer Audienz beiwohnen zu dürfen. Dann wartete ich noch, bis auch die anmaßenden Schreiberlinge hinausexpediert waren.

Danach machten wir es uns bequem. Ich streckte mich auf einem kaiserlichen Lesediwan aus und sah zur hohen, gewölbten Decke empor. Der Raum war mit dunkelgrünen Brescia-Paneelen getäfelt und von milchweiß schimmernden Travertin-Pfeilern unterteilt. Die muschelförmigen Wandleuchter waren vergoldet. Ich war in dunklen Häusern aufgewachsen, wo die Dachbalken meine Locken streiften; weitläufige Räume in eleganten Farbkombinationen machen mich nervös. Ich lag so verkrampft auf diesem Diwan, als hätte ich Angst, mein Körper würde einen unschönen Fleck auf der Seide hinterlassen.

Der Kaiser stützte sich auf einen Ellbogen und mampfte Äpfel. Sein breites, sonnengebräuntes Gesicht hatte haargenau die knorrige Nase und das fröhlich hochgereckte Kinn, die man auf den Münzen sieht, mitsamt den Lachfältchen um die Augen.

»Nun, Falco?« Stirnrunzelnd betrachtete er den Apfel in seiner Hand. Der sah aus wie eins dieser viereckigen, mehligen Dinger, die von seinen Gütern in den Sabiner Bergen kamen; Vespasian zahlte nie für irgendwas, was er auch selbst anbauen konnte.

»Caesar, ich möchte diese Sumpfwilden wahrhaftig nicht loben, aber ihre wunderbar saftigen Äpfel macht den Britanniern auf der ganzen Welt keiner nach!«

Vespasians militärische Laufbahn hatte in Britannien eine ruhmreiche Wendung genommen. Mein Wehrdienst in Britannien war zwanzig Jahre später und alles andere als ruhmreich gewesen. Einer wie Anacrites hatte ihm das bestimmt gesteckt.

Der alte Mann hielt einen Moment inne, als hätte meine Anspielung auf die knackigen kleinen rotbackigen Winteräpfel aus Britannien, die dem Gaumen mit unerwarteter Süße schmeicheln, eine lang verklungene Saite angeschlagen. Wäre mir Britannien nicht so gründlich verhaßt gewesen, dann hätte ich vielleicht selbst einen Anflug von Heimweh verspürt.

»Was ist im Tempel passiert?«

»Ich fürchte, ich bringe schlechte Nachricht, Caesar. Curtius Longinus ist tot. Zum Glück für ihn ist die Feuerbestattung gerade groß in Mode hier in Rom.« Der Kaiser stöhnte und hämmerte mit mächtiger Faust auf sein Ruhebett ein. »Caesar, für das Aufspüren Ihrer Widersacher ist doch eine Prämie ausgesetzt. Gilt das auch für den Verrückten, der sie alle macht?«

»Nein.« Er wußte, daß das ein schwerer Schlag für mich war.

»Das ganze Reich bewundert Caesars Güte!«

»Sparen Sie sich Ihren Sarkasmus«, knurrte er drohend.

In mancher Beziehung paßten wir schlecht zusammen. Vespasian Caesar war ein Senator und stammte aus einer verarmten Familie, war aber von altem Adel. Ich dagegen war ein introvertierter Grobian mit aventinischem Akzent und ohne jeden Respekt vor Höherem. Daß wir trotzdem erfolgreich zusammenarbeiten konnten, war ein typisch römisches Paradoxon.

Während er sich über meine Unheilsbotschaft ärgerte, nutzte ich sein Schweigen, um ihm die ganze Geschichte zu erzählen.

»Caesar, der vermißte Freigelassene, von dem ich Ihnen berichtet habe, hatte Wind davon bekommen, daß Longinus wieder in Rom war. Ich bin sicher, daß die beiden sich getroffen haben. Offenbar hat dieser Barnabas das Feuer gelegt. Hat Anacrites ihn in der Transtiberina aufgestöbert?«

»Nein. Der Freigelassene hatte sich aus dem Staub gemacht. Als er das Feuer legte, mußte er seine Flucht schon vorbereitet haben. Er hat also vorsätzlich gehandelt. Was mag er vorhaben, Falco?«

»Entweder einen verrückten Rachefeldzug für seinen Herrn, der im Gefängnis umgekommen ist – oder ein noch weit gefährlicheres Spiel.«

»Sie meinen, entweder gab Barnabas Longinus die Schuld an Pertinax' Tod – oder Longinus mußte vor der Audienz zum Schweigen gebracht werden? *Hat* Curtius Longinus Pertinax' Ende verschuldet?«

»Nein, Caesar. Den hat vermutlich jener Mann zu verantworten, den ich heute morgen für Sie in die Cloaca Maxima geworfen habe.«

»Aber was hätte Longinus mir enthüllen können?«

»Ich weiß es nicht. Vielleicht kann sein Bruder uns weiterhelfen.«

Der Kaiser brütete vor sich hin. »Falco, warum kommt es mir so vor, als ob im selben Moment, da wir eine Verschwörung zu Grabe tragen, schon eine neue entsteht?«

»Wohl weil es so ist.«

»Ich kann meine Zeit nicht damit verschwenden, vor Anschlägen davonzulaufen.«

»Nein, Caesar.«

»Falco, ich brauche Sie. Diese Geschichte wirft ein sehr schlechtes Licht auf meine Regierung – wenn ich nach jemandem schicke, dann sollen die Leute wissen, daß keine böse Absicht dahinter steht! Den zweiten Curtius-Bruder hierher nach Rom zu holen ist zu gefährlich. Jemand sollte so schnell wie möglich zu ihm fahren und ihn warnen. Dazu gehört nicht viel. Überbringen Sie ihm mein aufrichtiges Beileid. Und bedenken Sie, er ist ein Senator und stammt aus einer alten, angesehenen Familie. Berichten Sie ihm einfach, was geschehen ist, schärfen Sie ihm ein, daß er auf der Hut sein muß, und bitten Sie ihn, mir zu schreiben ...«

»Ein Botenjunge! Caesar, *Sie* haben mich gebeten, für den Palast zu arbeiten! Und jetzt muß ich um meine Aufträge kämpfen wie um Wasser in der Wüste ...« Sein Gesichtsausdruck ließ mich innehalten. »Was ist mit dem Segler Crispus in Neapolis? Müßte man den nicht auch warnen?«

»Wollen Sie sich aufs stürmische Meer hinauswagen?«

»Nicht unbedingt; ich werde leicht seekrank und kann nicht schwimmen. Aber ich will einen richtigen Auftrag.«

»Tut mir leid.« Er zuckte geradezu boshaft lässig die Schultern. »Aber Anacrites freut sich schon auf das milde Seeklima. Er wird die Vorladung überreichen.«

»*Anacrites* darf sich also auf den Spielwiesen der Reichen herumtummeln, während *ich* mich auf einer Strecke von dreihundert Meilen auf dem Rücken eines bockigen Maultiers abquäle und mir dann einen Kinnhaken einhandele, wenn ich Gordianus erzähle, wie sein Bruder umgekommen ist. Caesar, habe ich wenigstens Vollmacht, über seine Rückkehr zu verhandeln? Darf ich ihm das Angebot machen, das er nicht ablehnen kann? Was ist, wenn er mich danach fragt? Was ist, wenn er mir von sich aus seine Bedingungen nennt?«

»Das wird er nicht tun, Falco – und wenn er's doch tut, lassen Sie sich was einfallen.«

Ich lachte. »Das heißt im Klartext, ich habe eigentlich keinerlei Autorität; wenn ich ihn rumkriege, wird mir vielleicht ein hochnäsiger Höfling Ihren Dank aussprechen, aber falls etwas schiefgeht, bin ich allein auf mich gestellt.«

Vespasian nickte ungerührt. »Das nennt man Diplomatie.«

»Diplomatie kostet bei mir extra.«

»Darüber können wir reden, wenn Ihr Versuch geglückt ist! Das Heikle an Ihrer Aufgabe«, fuhr er in versöhnlicherem Ton fort, »wird sein, von Curtius Gordianus zu erfahren, warum man seinen Bruder Longinus nach dem Leben trachtete.«

Inzwischen war der Kaiser bei seinem letzten Apfel angelangt. »Wie steht es«, fragte er, »könnten Sie Rom sofort verlassen? Wie kommen Sie denn mit der Räumung von Pertinax' Villa voran?«

»Sehr gut! Die kostbaren Sachen sind schon alle verteilt. Jetzt verhökern wir Kleinkram auf den Flohmärkten: Ramsch wie Krüge mit wackligen Henkeln und verbeultes Kochgeschirr. Sogar in den feinsten Häusern finden sich körbeweise stumpfe alte Messer, die zu keinem Besteck passen ...« Ich stockte, denn nach allem, was mir zu Ohren gekommen war, hatte es in den Küchenschränken von Vespasians Familie genauso ausgesehen, bevor er Kaiser wurde.

»Erzielt ihr denn auch gute Preise?« erkundigte er sich eifrig; ich mußte grinsen. Was der kaiserliche Geizhals sich unter einem guten Preis vorstellt, waren gepfefferte Summen.

»Sie werden nicht enttäuscht sein, Caesar. Ich beschäftige einen Auktionator namens Geminus. Er behandelt mich wie seinen eigenen Sohn.«

»Anacrites meint, das wären Sie auch!« konterte Vespasian. Für so hinterlistig hätte ich Anacrites nicht gehalten. Mein Vater brannte mit einer rothaarigen Putzmacherin durch, als ich sieben Jahre alt war. Ich hatte ihm das nie verziehen, und meine Mutter wäre tödlich beleidigt, wenn ich inzwischen mit ihm Geschäfte machte. Falls

 Geminus wirklich mein Vater war, dann wollte ich das gar nicht so genau wissen.

»Anacrites«, bemerkte ich schroff, »lebt in seiner eigenen romantischen Welt.«

»Das bringt sein Beruf so mit sich. Was halten Sie übrigens von Momus?«

»Nicht viel.«

Vespasian grummelte, daß es mir nie jemand recht machen könne; ich stimmte ihm zu. »Ein Jammer, das mit Longinus«, seufzte er und wollte die Audienz beenden. Ich wußte, was er damit meinte; jeder Kaiser kann Menschen, die nicht seiner Meinung sind, hinrichten lassen, aber ihnen die Freiheit schenken, auf die Gefahr hin, daß sie ihren Angriff wiederholen, das erfordert Stil.

»Ihnen ist doch klar, daß der Bruder Gordianus glauben wird, Sie hätten das Feuer im Tempel befohlen? Wenn ich nun mit meinem sonnigen Lächeln dort auftauche, wird er mich für Ihren privaten Kammerjäger halten – oder bin ich das etwa?« forschte ich mißtrauisch.

»Wenn ich einen harmlosen Mörder losschikken würde«, antwortete Vespasian, der meine Beleidigung wie eine willkommene Abwechslung hinnahm, »dann würde ich mir jemanden suchen, der nicht gar so moralisch urteilt.«

Ich dankte ihm für das Kompliment, auch wenn es nicht als solches gedacht war, und als ich den Palast verließ, verfluchte ich mein Pech; durch den Feuertod des Priesters Longinus war mir eine Prämie entgangen. Um in den zweiten Rang aufzusteigen, mußte ich vierhunderttausend Sesterze in italienischen Grund und Boden investieren. Vespasian zahlte meine Auslagen plus einen kümmerlichen Tagessatz. Wenn ich keinen Nebenverdienst fand, würde ich damit nur auf knapp neunhundert im Jahr kommen. Und allein zum Leben brauchte ich mindestens tausend.

X

Ungeachtet der Gefahren auf den nächtlichen Straßen marschierte ich zurück zum Hause Pertinax. Es gelang mir, den Quirinal mit nichts Schlimmerem als einem blauen Fleck am Arm zu erreichen, nachdem ein Betrunkener ohne Ortssinn mit mir zusammengestoßen war. Sein Ortssinn war besser, als es den Anschein hatte; während wir wie wild herumpirouettierten, erleichterte er mich um meine Börse: die mit Kieselsteinen gefüllte, die ich für Straßenräuber wie ihn stets bei mir trage.

Ich legte ein paar Straßen im Laufschritt zurück, für den Fall, daß er sich bei mir beklagen wollte.

Ich erreichte die Villa ohne weitere Zwischenfälle.

Wegen der Sperrstundenregelung in Rom konnten wir Rollfahrzeuge nur nach Einbruch der Dunkelheit auf den Quirinal bringen; ein Erbschaftsverwalter betreibt ein gespenstisches Geschäft. Vier Karren standen jetzt vor dem Hauptportal und wurden von den Gehilfen des

 Auktionars beladen: Zwischen Diwane aus indischem Zitronenholz und lackierte ägyptische Anrichten zwängten sie Lampen, um das Gewicht auszubalancieren. Ich unterstützte die Träger, die gerade einen fest verschraubten Wäscheschrank durch die Halle schleppten.

»Falco!«

Gornia, der Aufseher, wollte mir etwas zeigen. Unsere Schritte hallten in dem leeren roten Flur wider, als wir auf ein Schlafzimmer zusteuerten, das ich bisher noch nicht betreten hatte. Die getäfelte Tür wurde von zwei Porträtbüsten eingerahmt.

»Oh, *wunder*schön!«

Ein Damenzimmer: eine köstliche Oase der Ruhe. Fünfmal so groß wie jeder der Räume, in dem ich bisher gewohnt hatte, und noch dazu um die Hälfte höher. Die Bemalung der unteren Wandtäfelung täuschte taubengrauen Marmor vor, die obere Hälfte des Raumes war in Himmelblau gehalten, mit zarten Pastellborten als Deckenabschluß; im Zentrum jeder Wand prangte ein Medaillon. Das Fußbodenmosaik bildete verschlungene Muster in Grautönen, natürlich exklusiv für dieses Zimmer entworfen. Auch der Platz für das Bett war eigens geplant; dort hatte man die Decke etwas abgesenkt und so eine behagliche Schlafnische geschaffen.

Das Bett war nicht mehr da. Überhaupt war nur noch ein einziger Gegenstand übriggeblieben. Gornia deutete auf eine kleine, aus orientalischem Holz geschnitzte Truhe mit vier runden, bemalten Füßen.

»Indische Importware? Gibt es dazu einen Schlüssel?« Gornia reichte mir ein kühles Messinginstrument. Dabei sah er mich so ängstlich an, als fürchte er, wir könnten ein mumifiziertes Baby entdecken. Ich blies den Staub vom Schloß und schloß auf.

Nichts Wertvolles. Alte Briefe und ein paar schlichte Bernsteinketten, in Form und Farbe ganz willkürlich zusammengewürfelt. So etwas hebt ein hoffnungsvolles junges Mädchen für den Tag auf, an dem sie einmal ein Kind hat, das damit spielt. Das Schriftstück, das zuoberst lag, machte Appetit: *Steinbutt in Kümmelsauce.*

»Nichts für Anacrites. Behalten Sie die Truhe; ich werde das Nötige veranlassen ...« Gornia bedankte sich, und zwei Träger trugen sie fort.

Ich blieb allein zurück und kaute an meiner Unterlippe. Inzwischen war mir klar, wer einmal in diesem Zimmer gewohnt hatte: Helena Justina, die Ex-Frau des Verschwörers.

Das Zimmer gefiel mir. Und sie ebenso. Sie gefiel mir so ausnehmend gut, daß ich versucht hatte, ihr aus dem Weg zu gehen.

Und nun machte eine alte Truhe, die einmal ihr gehört hatte, mir Herzklopfen, als wäre ich ein liebeskranker Zwölfjähriger.

Jetzt war das Zimmer leer bis auf einen wuchtigen Kronleuchter an einer vergoldeten Kette. Ein Luftzug ließ seine kostbaren Kristalle klingeln, und bizarre Schatten geisterten über die Wände. Ich floh durch eine Falttür in ein ummauertes Gärtchen – eigentlich nur ein Ruheplatz mit Feigenbaum und ein paar Rosmarinsträuchern. Bestimmt hatte Helena gern hier gesessen; morgens, um ihre warme Ptisane zu trinken, und nachmittags zum Briefeschreiben.

Ich ging wieder hinein und stellte mir vor, wie dieses schöne Zimmer einmal ausgesehen haben mochte, als es noch ihre persönlichen Dinge barg: ein hohes Bett und die unvermeidlichen Korbsessel und Schemel; Vitrinen und Regale; Parfumflakons und Ölfläschchen; silberne Schminktiegel; Sandelholzschachteln für Schmuck und Halstücher, Spiegel und Kämme; Kleidertruhen. Zofen, die geschäftig hin und her eilen. Eine Harfenistin, die ihr vorspielt, wenn sie traurig ist. (Dazu war reichlich Zeit: vier unglückliche Jahre.)

Pertinax hatte in einem anderen Flügel geschlafen. So sind sie, die Reichen. Wenn Pertinax wünschte, daß seine edle junge Frau ihm seine ehelichen Rechte gewährte, schickte er einen Sklaven, der sie durch zugige Gänge zu ihm führte. Vielleicht war sie manchmal auch aus eigenem Antrieb zu ihm gegangen, aber das bezweifelte ich. Und hatte sich kaum je die Mühe gemacht, sie hier zu überraschen. Helena Justina hatte sich von Pertinax scheiden lassen, weil er sie vernachlässigte. Dafür haßte ich ihn. Er schwelgte im Luxus, aber sein Gefühl für Prioritäten war völlig unterentwickelt.

Als ich zum Atrium zurückschlenderte, schnürte Kummer mir die Kehle zu. Draußen stolperte ich über Geminus.

»Du siehst aber elend aus! Such dir endlich eine ordentliche Arbeit, bei der du auch was verdienst!«

Eigentlich hatten wir schon alle Statuen fortgeschafft, aber während wir schwatzten, tauchte doch noch eine auf. Geminus taxierte heimlich die Arbeit und beäugte dann unverhohlen lüstern das dargestellte Frauenzimmer. Sie war von Meisterhand geschnitzt und dann in Bronze gegossen, eine wahre Augenweide: Helena Justina, wie sie leibt und lebt.

Ich pfiff leise. Es war ein raffiniertes Kunstwerk. Wie hatte jemand diese stets unter der Oberfläche schwelende Aufmüpfigkeit in Metall einfangen und den Anflug eines Lächelns um ihre Mundwinkel festhalten können ... Ich schnippte ein paar Asseln von ihrem Ellbogen und tätschelte dann ihren hübschen bronzenen Po.

Geminus war der Auktionator, den Anacrites angeschwärzt hatte – als jenen Mann, der mich einst der Welt aufgebürdet hat. Ich konnte verstehen, was die Leute zu dieser Annahme verführte. (Genau wie ich, wenn ich mir meine Familie anguckte, begreifen konnte, warum mein Vater es vorgezogen hatte, sich dünn zu machen.) Er war ein stämmiger, verschwiegener, launischer Mann um die Sechzig mit dichtem grauem Haar, lauter Locken. Er sah gut aus (wenn auch nicht so gut, wie er glaubte). Er hatte einen Riecher für Skandale und einen Blick für Frauen, der ihm sogar in der Saepta Julia, wo die Antiquitätenhändler verkehren, einen Namen gemacht hatte. Wenn einer meiner Klienten ein Erbstück zu verkaufen hatte, vermittelte ich ihm das Geschäft (falls der Klient eine Frau und ich zufällig unabkömmlich war, vermittelte ich sie gleich mit).

Wir standen da und spielten Kunstkritiker. Helenas Statue war unsigniert, stammte aber von einem guten griechischen Bildhauer. Sie war atemberaubend schön, mit vergoldetem Kopfschmuck und abgetönten Augen. Das Kunstwerk zeigte Helena als ungefähr achtzehnjähriges

Mädchen mit hochgesteckten Haaren, wie es früher Mode gewesen war. Sie war festlich gekleidet, aber der Faltenwurf der Gewänder ließ raffiniert erahnen, wie sie darunter aussah.

»Sehr hübsch«, meinte Geminus, »ein sehr hübsches Stück!«

»Wo war denn diese Schönheit versteckt?« fragte ich die Träger.

»In einem Kabuff neben den Küchenlatrinen.«

Das konnte ich verkraften. Ich hätte mir nur ungern vorgestellt, wie Pertinax sie in seinen Privatgemächern betrachtete. (Alles, womit dieser Trottel sein Schlaf- und Arbeitszimmer schmückte, waren silberne Statuetten von seinen Rennpferden und Bilder von seinen Schiffen.)

Geminus und ich bewunderten die gelungene Linienführung. Mein Gesichtsausdruck muß ihm aufgefallen sein.

»Castor und Pollux! Bist du etwa scharf auf die, Marcus?«

»Nein«, sagte ich.

»Lügner!« gab er zurück.

»Stimmt.«

In Wirklichkeit hatte die Dame, als sie eine nähere Bekanntschaft wünschte, selbst die Initiative ergriffen. Aber das ging ihn nichts an.

Frauen verändern sich sehr zwischen achtzehn und dreiundzwanzig. Es tat weh, sie so zu sehen, noch unberührt von Pertinax und Kummer, und mir zu wünschen, ich hätte sie vor ihm gekannt. Irgendwas in ihren Zügen machte mir unangenehm bewußt, daß ich heute – und schon mein ganzes Leben lang – viel zu eifrig anderswo geflirtet hatte.

»Zu unterwürfig. Er hat sie nicht getroffen«,

murmelte ich. »Im wirklichen Leben funkelt die Dame einen an, als würde sie einem die Nase abbeißen, wenn man sich zu nahe heranwagt ...«

Geminus prüfte, ob mein Rüssel zu Schaden gekommen sei, und kniff mich dabei gleich besitzergreifend hinein. »Wie nahe wagst du dich denn normalerweise ran?«

»Ich habe sie ganz zufällig getroffen. Letztes Jahr in Britannien. Sie hat mich als Leibwächter für die Rückfahrt nach Rom engagiert. Es war alles ganz korrekt, weit und breit kein Skandal, verstehst du ...«

»Was ist los? Verlierst du deinen Charme?« spottete er. »Nur wenige adlige junge Damen reisen vierzehnhundert Meilen in Begleitung eines ansehnlichen jungen Mannes ohne sich ein bißchen Trost zu gönnen!« Er starrte sie an. Einen Moment hatte ich ein ganz komisches Gefühl, als wären zwei Menschen, die mir viel bedeuteten, eben einander vorgestellt worden.

Ich hielt immer noch ihr Rezept in der Hand. »Was ist denn das?«

»Ein Rezept für Steinbutt in Kümmel. Bestimmt das Lieblingsgericht ihres Gatten ...« Ich seufzte grimmig. »Du kennst doch den Spruch: Für den Preis dreier Pferde kann man einen anständigen Koch kaufen, und mit drei Köchen ersteigert man vielleicht einen Steinbutt – ich hab noch nicht mal ein Pferd!«

Er beäugte mich lauernd. »Willst du sie haben, Marcus?«

»Hätte ja doch keinen Platz für sie.«

»Die Statue?« Er grinste breit.

»Oh, die Statue!« antwortete ich und lächelte traurig mit.

Wir entschieden, daß es im höchsten Maße unschicklich sei, das Bildnis einer adeligen Dame auf dem Markt zu verkaufen. Vespasian würde auch dieser Meinung sein; er würde ihrer Familie anbieten, die Statue zu einem schwindelerregenden Preis zurückzukaufen. Geminus war ebenso voreingenommen gegen den Kaiser wie ich, deshalb trugen wir Helena Justina nicht in die Inventarliste ein.

Ich schickte die Statue an ihren Vater, verpackte sie selbst für den Transport, und zwar in einen kostbaren ägyptischen Teppich, der ebenfalls nicht inventarisiert worden war (der Auktionator hatte ihn für sich reserviert).

Die Phantasie kann einem, spät nachts in einem leeren Haus, seltsame Streiche spielen.

Gornia und seine Träger waren schon fort, und Geminus stand im Eingang. Ich wollte nur noch rasch im Empfangszimmer meine zerknitterte Toga holen. Als ich wieder herauskam, rieb ich mir die müden Augen. Die Lampe im Gang spendete nur schwaches Licht, und doch meinte ich, im Atrium jemanden zu sehen – wahrscheinlich einer der Sklaven.

Er betrachtete die Statue.

In dem Moment, als ich mich umdrehte, um die Tür zu schließen, verschwand er. Er hatte helles Haar, war schlank, ungefähr in meinem Alter, und seine scharfen Züge erinnerten mich an jemanden, dem ich einmal begegnet war ... *Unmöglich.* Einen bedrückenden Augenblick lang glaubte ich, ich hätte den Geist von Atius Pertinax gesehen.

Ich hatte in letzter Zeit bestimmt zuviel gegrübelt und war übermüdet. Die Beschäftigung mit

Toten den ganzen Tag hatte mich verwirrt. Ich glaubte nicht daran, daß enteignete Geister grollend auf die Erde zurückkehren und in ihren totenstillen Häusern umgehen.

Ich ging zum Atrium. Ich öffnete etliche Türen, konnte aber niemanden entdecken. Ich kehrte zu der Bronzestatue zurück und starrte sie meinerseits an. Nur ihr Gesicht guckte aus dem Teppich heraus, in den ich sie vorhin eingerollt hatte.

»Da wären wir also, du, ich und er. Er ist ein Gespenst, du bist eine Statue und ich bin wahrscheinlich ein Verrückter ...«

Das ernste Gesicht der blutjungen Helena sah mich mit leuchtenden, ummalten Augen an und schenkte mir die Andeutung eines Lächelns, das entrückt schien, süß und aufrichtig.

»Du bist ganz und gar Frau, Prinzessin!« erklärte ich ihr und gab dem teppichumwickelten Hinterteil noch einen liebevollen Klaps. »Absolut unzuverlässig!«

Der Geist war in einer marmornen Wandverkleidung verschwunden; die Statue blickte hoheitsvoll. Der Verrückte fröstelte und lief dann eilends hinter Geminus her nach Hause.

XI

Meiner Meinung nach sind die schönsten Häuser Roms nicht die eleganten Villen mit den geschlossenen Fensterläden auf dem Pincio, sondern die pittoresken Wohnungen in meinem Bezirk, drüben am Ufer des Tibers, mit ihren lauschigen Treppchen hinunter zum Fluß und den herrlichen Ausblicken. Geminus wohnte hier. Er hatte Geld und Geschmack und war auf dem Aventin geboren; klar, daß er sich hier ansiedelte.

Um mich zu trösten, behauptete er immer, die Häuser würden oft überflutet. Und wenn schon; er konnte genug Sklaven losschicken, um den Tiber wieder aus seinem Haus rauszuschöpfen. Und wenn einem Auktionator die Möbel naß werden, kann er sich leicht neue beschaffen.

Heute abend fuhr er im üblichen bescheidenen Stil nach Hause – eine herrschaftliche Sänfte mit sechs muskelstarrenden Trägern, eine protzige Fackelträgerriege und seine beiden Leibwächter; ich ließ mich von ihm mitnehmen. Unterwegs pfiff er durch die Zähne, eine unangenehme Angewohnheit von ihm; wir sprachen kaum. Als er mich zwei Gassen von meiner Wohnung entfernt rausließ, maß er mich mit finsterem Blick.

»Halte dich an deinesgleichen, Marcus; das Adelsvolk ist zum Rupfen da und nicht zum Turteln!« Ich war nicht in der Stimmung, ihm zu widersprechen. Außerdem hatte er ja recht. »Na, was ist, möchtest du darüber reden?«

»Nein.«

»Du willst etwas, was dir kein Glück –«

»Bitte sag mir nicht, was ich will«, unterbrach ich ihn giftig. Dann stieg ich aus.

Geminus beugte sich aus der Sänfte und fragte: »Würde Geld helfen?«

»Nein.«

»Du meinst, nicht, wenn's von mir kommt.«

»Egal, von wem es kommt.« Ich starrte stur auf die Straße, während seine Sänfte sich wieder in Bewegung setzte.

»Ich werde dich nie verstehen!« rief er zurück.

»Gut«, sagte ich.

Als ich vor meinem Wohnblock ankam, hörte ich das unheimliche Gekecker von Smaractus, meinem Hausherrn, den Lenia mit neuem Wein und deftigen Zoten verwöhnte. Ich war völlig erledigt. Der sechste Stock schien eine Meile weit weg zu sein. Ich hatte vorgehabt, im Parterre in einem Korb mit schmutzigen Togen zu schlafen, aber Smaractus' Selbstgefälligkeit reizte mich dermaßen, daß ich wie ein Blitz nach oben stürmte.

Unter mir wurde ein Fenster aufgerissen. »Falco?« Ich konnte nicht schon wieder einen Streit über meine unbezahlte Miete aushalten, also rannte ich einfach weiter die Treppe hinauf.

Im sechsten Stock hatte ich mich einigermaßen beruhigt.

Während ich im Dunkeln die Tür öffnete, hörte ich zwei oder drei ausgekochte Küchenschaben davonrascheln. Ich zündete eins von meinen Binsenlichtern an, leuchtete blitzschnell in die Ecken und schlug hoffnungsvoll nach den übrigen. Dann hockte ich mich auf die Bank, gönnte meinen müden Augen eine Erholung vom gleißenden Marmor der Reichen und schaute auf die grauen Lattenwände meiner Heimstatt.

Ich unterdrückte einen Fluch, ließ dann meine Beherrschung fahren und machte mir ausgiebig Luft. Mein Gecko huschte mit pikiertem Gesichtsausdruck an der Decke herum. Als ich mein halbes Repertoire abgespult hatte, fiel mir plötzlich eine eiserne Kasserolle auf, die auf meinem Bratrost stand; da war noch die Hälfte vom gestrigen Kalbsschmorbraten drin. Aber als ich unter den umgedrehten Teller linste, der mir als Dekkel diente, sah das Gericht so pappig aus, daß ich es nicht essen konnte.

Ein Schriftstück für mich lag auf dem Tisch: gutes Papyrus und Vespasians Siegel. Auch daran ging ich achtlos vorbei.

Ich mußte mir eingestehen, daß die einzige Statue, für die ich Platz hatte, eine dieser drei Zoll hohen Tonminiaturen wäre, wie die Leute sie in Tempeln auf die Altäre stellen. Aber nirgends war Raum für ein ausgewachsenes Frauenzimmer, das Platz für seine Kleider brauchte und einen Schmollwinkel, um sich zurückzuziehen, wenn sie sich von mir gekränkt fühlte. Ich vermißte sie schrecklich.

Ich war wie ausgepumpt, und doch siegte jetzt Vespasians Brief über meine Apathie. Während ich am Siegel zerrte, ließ ich mechanisch die Ereignisse des heutigen Tages Revue passieren.

Ein Mitglied einer ausgehobenen Verschwörerbande war einen sinnlosen Tod gestorben; ein Freigelassener, der nicht von Bedeutung hätte sein sollen, war es plötzlich. Dieser Barnabas erwies sich als unwiderstehliche Herausforderung. Lächelnd entrollte ich das Schriftstück.

a) Auf Befehl des Vespasian Augustus; M. Didius Falco eskortiert die Urne mit der Asche des A. Curtius Longinus, Senator (verschieden) zu seinem Bruder A. Curtius Gordianus (Priester), mutmaßlich in Rhegium, Abreise umgehend.

b) Reisepapiere anbei.

Klare Aussage. Natürlich war die Asche nicht dabei; um die freizubekommen, würde ich irgend jemandem den Lieferschein quittieren müssen. Rhegium heißt eigentlich Croton. (Palastschreiber nehmen es nie sehr genau; sie müssen ja auch nicht die fünfundvierzig Meilen Umweg übers Gebirge wandern, wenn sie sich mal irren.) Wie gewöhnlich hatten sie auch vergessen, meinen Reisepaß beizulegen, und von meinem Honorar war nirgends die Rede.

Ein energisches Geschnörkel am Rand – die Handschrift des Kaisers – wollte folgendes wissen:

c) Wieso soll ich den Tempel des Herkules wiederaufbauen? Kann ich mir nicht leisten. Erklärung dringend erbeten!

Ich fand mein Tintenfaß hinter einem halben Kohlkopf und schrieb auf die Rückseite:

Caesar!
a) Der Priester war kaisertreu.
b) Die Großzügigkeit des Herrschers ist allgemein bekannt.
c) Der Tempel war nicht sehr groß.

Dann versiegelte ich den Brief wieder und adressierte ihn, um ihn zurückzuschicken.

 Unter dem Kohlkopf (den meine Mutter dagelassen haben mußte) entdeckte ich ein weiteres Kommuniqué: von ihr: Sie stellte lakonisch fest:

Du brauchst neue Löffel.

Ich kratzte mich am Kopf. Sollte das ein Versprechen sein oder eine Drohung?

Für den Palast hatte ich heute mehr als genug getan; ich ging zu Bett. Normalerweise war das eine einfache Prozedur; ich stellte meinen Lieblingsweinbecher auf die Truhe, schälte mich aus der Tunika, schlüpfte unter die kratzige Decke und nahm meinen Schlaftrunk im Bett. Heute warf ich mich in voller Montur oben drauf. Ich schaffte es, lange genug an Helena zu denken, um ihr all meine Sorgen anzuvertrauen, aber gerade als ich zu dem kam, was danach folgen mochte, übermannte mich der Schlaf. Wäre sie bei mir gewesen, hätten die Dinge wahrscheinlich denselben Verlauf genommen ...

Mein Beruf ist eine freudlose Angelegenheit. Die Bezahlung ist lausig, die Arbeit schlimmer, und wenn man jemals eine Frau findet, die den Aufwand lohnt, fehlt's einem an Zeit und Geld; und wenn's daran nicht hapert, dann hat man meist einfach nicht die Energie.

Ich wußte nicht mehr, wie ich morgens aus dem Haus gegangen war; heute abend war ich zu erschöpft, um zu essen, und zu deprimiert, um einen Schluck Wein zu genießen. Ich hatte mein Mittagessen mit einem Wachhund geteilt, mit einem Kaiser Beleidigungen ausgetauscht und mir eingebildet, den Geist eines Ermordeten gesehen zu haben. Jetzt tat mir der Nacken weh; meine Füße brannten; mein Kinn gehörte rasiert; ich sehnte mich nach einem Bad. Ich hätte einen Nachmittag auf der Rennbahn verdient. Statt dessen mußte ich dreihundert Meilen weit fahren, um zu einem Mann zu kommen, dem ich nicht auf den Zahn fühlen durfte und der mich vermutlich nicht empfangen würde.

Für einen Privatermittler war das ein ganz normaler Tag.

TEIL II

Als Tourist in Kroton

Süditalien

(Magna Graecia)

Etliche Tage später

»... Kroton, eine altehrwürdige Stadt, einstmals die Zierde Italiens ... so du weltgewandt bist und immerwährende Lügerei dich nicht schreckt, wirst du hier auf der Straße des Reichtums wohl vorankommen. In dieser Stadt gelten nämlich literarische Ambitionen nichts, Redekunst ist wertlos, Mäßigkeit, Sitte und Anstand werden weder gepriesen noch belohnt.«

Petronius: SATIRICON

XII

Vespasian hatte mir einen Reisepaß ausstellen lassen. Dieses Kleinod leierte ich seinen Schreibern aus dem Kreuz und holte mir einen staatseigenen Maulesel aus dem Stall an der Porta Cabena. Der alte Wachturm steht noch immer am Anfang der Via Appia, die Stadt ist jedoch längst an ihm vorbeigewachsen und der ruhige Vorort erfreut sich bei an die Zukunft denkenden Millionären großer Beliebtheit. Helena Justinas Vater wohnte in dieser Gegend, und so lieferte ich gleich ihre Schatulle mit den Rezepten ab. Bestimmt hätte sie mich hereingebeten, um sich zu bedanken, aber sie war eine Dame der Gesellschaft mit vielfältigen Verpflichtungen, und der Pförtner behauptete, sie sei nicht zu Hause.

Das war nicht der erste Krach zwischen dem jungen Janus und mir. Camillus' Familie hatte nie ein Fußbodenmosaik mit der Warnung *cave canem* nötig gehabt; dieses räudige zweibeinige Exemplar scheuchte jeden Fragesteller von der Schwelle, bevor der auch nur eine Sandale in die Tür quetschen konnte. Er war etwa sechzehn. Er hatte ein ausgeprägtes Pferdegesicht, auf dem seine momentan üppig blühende Akne sich großflächig ausbreiten konnte, und darüber nur wenig Platz für sein zum Glück winziges Spatzenhirn. Eine Unterhaltung mit Janus machte mich immer furchtbar müde.

Ich weigerte mich zu glauben, daß Helena das angeordnet hatte. Sie war durchaus imstande, mich mit einfacher Schiffskarte in den Hades zu befördern, aber wenn sie das wollte, dann würde sie es mir selber sagen. *Ein* Problem war damit allerdings gelöst. Denn wie sollte ich ihr sagen, daß ich sie nicht wiedersehen könne, wenn dieser Stoffel mich nicht reinließ?

Ich fragte, wo sie denn sei; das Früchtchen wußte es nicht. Ich ließ ihn wissen, daß er ein Lügner sei, denn sogar als tüdelige alte Schraube ohne Haare oder Zähne wird Helena einmal immer noch viel zu gut organisiert sein, als daß sie ohne ein Wort zu ihrem Personal in ihre Sänfte steigen und abrauschen würde. Ich hinterließ schöne Grüße an den Senator, ließ Helenas Schatulle da und verließ Rom.

Zuerst zog ich auf der Via Appia nach Süden, um die Küste zu meiden, die ich nicht ausstehen kann. Ab Capua führt die Via Appia nach Tarentum, im Absatz des italienischen Stiefels, ich wandte mich nach Westen, auf die große Zehe zu. Jetzt war ich auf der Via Popilia, Richtung Rhegium und Sizilien, und würde kurz vor der Straße von Messina wieder abbiegen.

Ich mußte Latium, die Campania und Lucania durchqueren und weit nach Bruttium hinein – also halb Italien durchwandern; die Reise dauerte ewig. Nach Capua kamen Nola, Salernum, Paestum, Velia, Buxentum, dann ein langer Marsch an der Tyrrhenischen Küste entlang bis zur Straße nach Cosentia im tiefen Süden. Sowie ich von der Hauptstraße abschwenkte, um die Halbinsel zu überqueren, wurde das Gelände plötzlich steil. Ausgerechnet da machte das Maultier, das ich auf der letzten Zwischenstation eingetauscht hatte, Zicken und bewies mir, daß

ich mich zu Recht vor einer Gebirgstour gegraust
hatte.

Cosentia: Provinzhauptstadt der Bruttier. Eine bucklige Ansammlung einstöckiger Hütten. Der Ort lag in den Bergen, war schwer zugänglich und jahrhundertelang nicht so bedeutend gewesen wie Bruttiums zweite Stadt, Kroton. Trotzdem war Cosentia die Hauptstadt; alter Stamm, diese Bruttier.

Ich übernachtete in Cosentia, machte aber kaum ein Auge zu. Dies war *Magna Graecia*; Großgriechenland. Rom hatte die Magna Graecia längst erobert; theoretisch. Trotzdem war ich auf der Hut, solange ich durch dieses unwirtliche Territorium ritt.

Die Straßen waren jetzt fast menschenleer. In Cosentia war außer mir nur noch ein anderer Reisender im Gasthof abgestiegen – ich bekam den Mann nie zu Gesicht. Der Bursche hatte sein eigenes Paar Pferde, und die erkannte ich wieder; ein kräftiger Rotschimmel, der fast ein Rennpferd war, und einen Schecken als Lasttier. Seit Salernum, wenn nicht schon länger, hatten wir den gleichen Weg genommen, aber ich war immer schon auf und davon, bevor er morgens erschien, und wenn er mich abends eingeholt hatte, lag ich bereits im Bett. Hätte ich gewußt, daß wir in Cosentia immer noch zusammen sein würden, ich hätte mich bemüht, wachzubleiben und ihn kennenzulernen.

Ich hasse den Süden. All diese altmodischen Städte mit den wuchtigen Tempeln zu Ehren von Zeus und Poseidon; all diese Philosophenschulen, die einem Minderwertigkeitskomplexe einflößen; all diese düster dreinblickenden Athleten und die grüblerischen Bildhauer, die sie in Stein hauen. Ganz zu schweigen von den irrsinnigen Preisaufschlägen für Fremde und den schlechten Straßen.

Wenn man der *Äneis* glaubt, so wurde Rom von einem Trojaner gegründet; während ich durch den Süden reiste, kribbelte mir ständig die Kopfhaut, als hätten diese griechischen Kolonisten mich zu ihrem alten Feind mit der phrygischen Mütze auserkoren. Die Leute hatten anscheinend nichts anderes zu tun, als an ihren staubigen Portalen herumzulungern und Fremde zu beobachten. Cosentia war schon schlimm genug; Kroton, das sich für bedeutender hielt, würde demnach noch schlimmer sein.

Der Weg nach Kroton bedeutete ernsthaftes Alpintraining. Die Temperatur fiel so tief, wie mein Weg steil war. Die dichten Kastanien- und Türkischen Eichenwälder der Ebene von Sila wurden in höheren Lagen von Buchen und Weißtannen abgelöst; Erlen und Espen klammerten sich in die Felsspalten der Gipfelregion. Die Einheimischen nannten diesen abenteuerlich gewundenen Pfad eine gute Straße. Ich unterbrach meine Reise stets vor Einbruch der Dunkelheit; selbst am hellichten Tag war mir, als könnte ich Bergwölfe heulen hören. Einmal, als ich auf einer sonnigen, von wilden Erdbeeren bestandenen Lichtung rastete, schlängelte sich plötzlich eine Viper unter meinem Bein hervor und verschwand blitzschnell hinter einem Felsen. Beschimpfungen von den römischen Callgirls im Circus Maximus waren mir lieber.

Dieses Kaff war Hannibals letzte Zuflucht in

Italien gewesen. Ich schätze, wenn ein Heide wie Hannibal hier noch mal durchkäme, wäre man immer noch bereit, ihn mit einem Bankett auf Gemeindekosten zu begrüßen. Für mich dagegen gab es hier kein freundliches Willkommen.

Schweißbäche rannen mir zwischen den Schulterblättern herab, als ich ankam. Der Wirt der städtischen *Mansio* war ein hagerer Mensch mit Schlitzaugen, der mich für einen Buchprüfer vom Schatzamt hielt; ich erklärte ihm hochnäsig, daß ich so tief noch nicht gesunken sei. Er nahm mich trotzdem gründlich unter die Lupe, bevor er sich dazu bequemte, mir ein Zimmer zu geben.

»Bleiben Sie lange?« winselte er.

»Das habe ich eigentlich nicht vor. Ich suche einen Priester mit Namen Curtius Gordianus. Kennen Sie ihn?«

»Nein.«

Ich war mir sicher, daß er log. In der Magna Graecia gehört es zum guten Ton, römische Beamte anzulügen.

Ich war zwar in meinem eigenen Land, fühlte mich aber wie ein Fremder. Die ausgedörrten alten Städte des Südens sind voller Staub, heimtückischer Insekten und korrupter Familienclans, die den Kaiser nur dann respektierten, wenn es sich finanziell lohnte. Die Leute sahen griechisch aus, ihre Götter waren griechisch, und sie sprachen griechische Dialekte. Auf meinem ersten Spaziergang durch Kroton kriegte ich prompt schon in der ersten halben Stunde Ärger.

XIII

Eine Toga wäre in Kroton fehl am Platz gewesen. Nur die Magistrate bei Gericht besaßen überhaupt Gesellschaftskleidung. Zum Glück ist es nicht meine Art, eine fremde Stadt durch zu vornehme Kluft zu beschämen. Ich trug eine ungebleichte Tunika unter einem langen grauen Staubmantel, dazu schlichte Ledersandalen und einen weichen, geflochtenen Gürtel. Die Überreste eines guten römischen Haarschnitts waren dezent, niemand konnte daran Anstoß nehmen, da mein Kopf unter etlichen Lagen weißen Stoffs verborgen war. Ich hatte keine Angst vor einem Sonnenstich; ich war als Priester verkleidet.

Ein Forum ist der rechte Platz, um Leute zu finden. Also wanderte ich, höflich den Bürgern von Kroton die schattige Straßenseite überlassend, dorthin. Arrogantes Pack, diese Leute.

Kroton war eine ausufernde Angelegenheit und viele Häuser von etlichen Erdbeben arg ramponiert. Hunde, die aussahen wie Wölfe, streunten auf der Suche nach etwas Eßbarem durch die Höfe oder jagten in jaulenden Rudeln durch die Nebenstraßen. Auf den Balkonen über mir warteten übergewichtige junge Frauen mit zusammengekniffenen Augen und protzigen Klunkern, bis ich vorbei war, ehe sie ihre obszönen Kommentare über mein Äußeres abgaben; ich verkniff mir jede Antwort, denn mutmaßlich waren diese damenhaften Töchter Krotons mit den höchsten Männern der Stadt verwandt. Außerdem war ich als Priester zu fromm für witzigen Straßenklatsch.

Lebhaftes Geschnatter und durchdringender Fischgeruch wiesen mir den Weg zum Forum.

Der Lärm war ohrenbetäubend. Immerhin hatte dieser Markt gesunde Sachen anzubieten. Es gab Sardinen, Sprotten und Anchovis, alle hellglänzend wie neue Zinnleuchter, und frisches Gemüse, das selbst meine Mutter, kritischer Sproß eines Kleinbauern in der Campania, prall und saftig genug gefunden hätte. Der übliche Tinnef fehlte freilich auch nicht: Stapel unglaublich blanker Kupferkessel, die ihren Glanz gleich beim ersten Ausprobieren einbüßen, und haufenweise billige Tunikalitze, deren häßliche Farben in der Wäsche zerlaufen. Weiter hinten türmten sich Berge von Wassermelonen, Tintenfische und Seeschlangen; frische Girlanden für die Bankette heute abend und von gestern übriggebliebene Lorbeerkränze zu Schleuderpreisen; riesige Honigtöpfe und daneben gebündelt die Kräuter, von denen sich die Bienen genährt hatten.

Ich fragte einfach nur nach dem Preis für Süßholzwurzeln. Jedenfalls glaubte ich das.

In der Magna Graecia wurde Griechisch gesprochen. Dank eines verbannten maltesischen Kaufmanns, der früher bei meiner Mutter logierte und mein vierteljährliches Schulgeld zahlte – eine der kleinen Geschenke des Lebens –, hatte ich die Grundlagen einer römischen Erziehung genossen. Griechisch war meine Zweitsprache; ich konnte mich in Positur stellen und sieben Verse von Thukydides rezitieren und wußte, daß Homer nicht nur ein Hundename war. Aber mein thrakischer Lehrer mit dem schütteren Bärtchen hatte den praktischen Wortschatz ausgelassen, den man braucht, um sich mit einem

 Friseur in Buxentum über Rasiermesser zu unterhalten, einen verschlafenen Kellner in Velia um eine Schneckengabel zu bitten – und um niemand zu beleidigen, wenn man in Kroton um würzige Kräuter feilscht. Ich war überzeugt, daß ich wüßte, was Süßholzwurzel heißt; andernfalls hätte ich mich nicht einmal meiner Mutter zuliebe (die ein Geschenk aus dem Süden erwartete und mir vorsorglich empfohlen hatte, was ich kaufen solle) auf diesen Handel eingelassen. Tatsächlich muß ich aus Versehen eine saftige griechische Zote gerissen haben.

Der Standinhaber glich einer zwergenwüchsigen Saubohne, die am Stock gehangen hat, bis sie in der Schote geschrumpelt ist. Er stimmte ein Geheul an, das drei Straßen weit zu hören war. Menschen strömten herbei und drückten mich gegen den Stand wie eine Flunder. Ein paar ortsansässige Tagediebe, die einen Markttag für gelungen ansahen, wenn er ihnen Gelegenheit bot, einen unbewaffneten Priester zusammenzuschlagen, drängten sich nach vorn. Unter meiner Tunika steckte mein von Vespasian gezeichneter Geleitbrief, aber hier wußten sie womöglich noch nicht einmal, daß Nero sich erstochen hatte. Außerdem war mein Paß in lateinischer Sprache ausgestellt, und diese hinterwäldlerischen Schläger würden schwerlich Respekt davor haben.

Ich konnte mich in dem Gedränge nicht rühren. Also setzte ich eine hochmütige Miene auf und zog meine keusche Kapuze tiefer ins Gesicht. Ich entschuldigte mich in meinem besten Griechisch bei dem Kräuterhändler. Er geiferte nur um so heftiger. Stämmige Krotoner stimmten in sein

Gezeter ein. Offensichtlich war ich auf einen jener südlichen Marktplätze geraten, wo Bauern mit Mondgesichtern und zwei linken Ohren bloß darauf lauern, einen Fremden in die Zange zu nehmen, weil er angeblich seinen eigenen Mantel gestohlen hat.

Der Tumult wurde immer bedrohlicher. Wäre ich über den Stand gesprungen, hätten sie mich von hinten gepackt, ein billiger Nervenkitzel, auf den ich gern verzichtete. Der Stand war bloß ein mit Stoff bespanntes Gerüst, also ließ ich mich fallen, raffte meine priesterlichen Gewänder und robbte unter der Plane durch wie eine Ratte.

Ich landete zwischen zwei Stößen kegelförmiger Körbe, vor meiner Nase das Knie des Kräuterhändlers. Da er offenbar keine Vernunft annehmen wollte, biß ich ihn kurzerhand ins Bein. Er machte schreiend einen Satz; ich krabbelte ins Freie.

Jetzt stand nur ein wackliger Tisch zwischen mir und einem vorzeitigen Begräbnis. Die Menge tobte; der Tisch schlingerte; dann warf ich mich mit der Hüfte dagegen, und er fiel den Krotonern mit Schwung vor die Füße. Als alle zurückfuhren, hob ich beide Hände zum Gebet.

»Oh Hermes Trismegistos ...« (Hier sollte ich zum besseren Verständnis des Lesers anmerken, daß es mir nicht gelungen war, meine Abreise vor meiner Mutter zu verheimlichen. Deshalb war die einzige Gottheit, die *vielleicht* mit einem Auge über mein Wohlergehen wachte, Hermes, der dreifache Große, dem meine Mama zu Hause in Rom ganz bestimmt furchtbar in den Ohren lag.) »... geflügelter Götterbote, steh mir bei!« (Falls auf dem Olymp gerade Flaute herrschte, würde er sich womöglich über einen Auftrag hier unten freuen.) »Gewähre einem Botenbruder den Schutz deines geheiligten Merkurstabes!«

Ich hielt inne. Vielleicht könnte Neugier die Gaffer dazu bewegen, mich am Leben zu lassen. Wenn nicht, würde es mehr als eine gepumpte Flügelsandale brauchen, um mich aus dieser Notlage zu befreien.

Keine Spur vom jungen Hermes und seinem Schlangenstab. Das verdutzte Volk verstummte kurz, drängte gleich wieder näher. Plötzlich sprang aus dem Gewühl ein sonnengebräunter, barfüßiger Mann mit Schlapphut. Ich war natürlich unbewaffnet; ich war ja ein Priester. *Er* schwang ein riesiges Messer.

Und doch, ich war gerettet. Im Nu hielt diese Erscheinung nämlich die Waffe dem Kräuterhändler an die Kehle. Die scharfe Schneide blinkte – es war eins von jenen Messern, mit denen die Matrosen wahlweise an Bord gefährlich verhedderte Taue kappen oder aber sich gegenseitig umbringen, während sie sich an Land einen guten Tropfen genehmigen. Der Kerl hier war mehr oder weniger nüchtern, machte aber trotzdem den Eindruck, Leuten, die ihn schief anguckten, den Garaus zu machen sei seine bevorzugte Freizeitbeschäftigung.

Jetzt röhrte er der Menge entgegen: »Einen Schritt näher, und ich stech das Kräutermännchen ab!«

Dann raunte er mir zu: *»Fremder – lauf um dein Leben!«*

XIV

Ich raffte die wehenden Stoffbahnen meiner frommen Kutte und sauste am Gericht vorbei, ohne beim Magistrat nachzufragen, ob er meinen Fall verhandeln wolle. Vor dem dritten finsteren Seitengäßchen hörte ich die bloßen Füße meines Retters hinter mir.

»Danke!« keuchte ich. »Das war knapp. Sie sind offenbar ein praktischer Mensch!«

»Was haben Sie angestellt?«

»Ich habe keine Ahnung.«

»Die übliche Geschichte!«

Wir nahmen die Straße stadtauswärts und saßen bald darauf in einem Lokal am Strand. Er empfahl die Fischsuppe mit Safran.

»Meeresfrüchte«, wandte ich vorsichtig ein, »in einer Schenke ohne Namensschild in einem fremden Hafen – davor hat mich meine Mutter immer gewarnt. Was gibt's denn hier sonst noch?«

»Fischsuppe – ohne Safran!«

Er grinste. Er hatte eine vollkommen gerade Nase, die im unkleidsamen Winkel von dreißig Grad an seinem Gesicht pappte. Links hatte er die hochgezogene Braue eines munteren Spaßmachers und rechts den hängenden Mundwinkel eines traurigen Clowns. Jede Gesichtshälfte für sich war ganz ansehnlich; nur bei der Zusammensetzung haperte es.

Wir bestellten beide die Suppe – *mit.* Das Leben ist kurz genug. Da kann man ruhig mal kräftig hinlangen und stilvoll sterben.

Ich zahlte eine Flasche Wein, mein Freund bestellte die Beilagen: einen Laib Brot, eine Schale Oliven, hartgekochte Eier, Kopfsalat, Breitling, Sonnenblumenkerne, Essiggurken, Wurstaufschnitt und so weiter. Nach ein paar Appetithäppchen machten wir uns miteinander bekannt.

»Laesus.«

»Falco.«

»Kapitän der *Skorpion*, Heimathafen Tarentum. Früher bin ich die Alexandria-Route gefahren, aber inzwischen fahre ich lieber kürzere und weniger stürmische Strecken. Ich will hier in Kroton jemanden treffen.«

»Ich stamme aus Rom. Bin gerade angekommen.«

»Und was führt Sie nach Bruttium?«

»Was das auch gewesen sein mag, es war offenbar ein arger Fehler!«

Wir prosteten einander zu. »Sie haben noch gar nicht verraten, wovon Sie leben, Falco.«

»Stimmt.« Ich brach einen Kanten von dem Brotlaib herunter und konzentrierte mich dann darauf, einen Olivenkern blank zu nagen. »Das hab ich nicht getan!«

Ich spuckte den Kern aus. Ich war nicht so unhöflich, vor einem Mann, dem ich mein Leben verdankte, Geheimnisse zu haben; Laesus wußte, daß ich nur Spaß machte. Wir taten so, als sei das Thema abgehakt.

Das Wirtshaus, in dem wir gelandet waren, hatte für die Uhrzeit erstaunlich viele Gäste. In Lokalen am Strand war das oft so, denn deren Stammgäste, die Seeleute, haben kein Zeitgefühl. Ein paar Gäste standen drinnen an der Theke, doch die meisten drängten sich auf den Bänken im Freien und warteten wie wir geduldig aufs Essen.

Ich erzählte Laesus, daß es in den Tavernen am Kai ganz genauso ist; man sitzt stundenlang geduldig da und bildet sich ein, in der Küche würde aus einer fangfrischen Seebarbe ein köstliches Filet extra zubereitet. Dabei ist der Koch ein fauler Esel, der sich dünngemacht hat, um etwas für seinen Schwager zu erledigen; auf dem Rückweg zankt er sich mit einem Mädchen, dem er Geld schuldet, dann schaut er sich einen Hundekampf an und läßt sich endlich in einem Konkurrenzlokal auf ein zünftiges Spiel mit ein paar Soldaten ein. Spätnachmittags kommt er dann schlechtgelaunt zurück, wärmt im alten Fett einen schon leicht angegammelten Fisch auf und wirft eine Handvoll Muscheln dazu, die zu säubern er sich nicht die Mühe macht. Eine Stunde später gibt man sein Essen im Hafen wieder von sich, weil man viel zuviel Wein getrunken hat, während man auf den Koch wartete ...

»Ein Essen vom Kai behält man nie lange genug bei sich, um sich zu vergiften!«

Er lächelte bloß. Seeleute sind daran gewöhnt, sich die Hirngespinste der Landratten anzuhören.

Unsere Fischsuppe kam. Sie war gut – hafenmäßig und herzhaft. Ich hatte es gerade geschafft, sie so zu löffeln, daß ich mit der Zunge die Krebssplitter aussortieren konnte, als Laesus hinterhältig meinte: »Da Sie sich offenbar genieren, es mir zu sagen, will ich mal raten ... Sie sehen aus wie ein Spitzel.«

Ich war gekränkt. »Ich dachte, ich sehe aus wie ein Priester!«

»Falco, Sie sehen aus wie ein Spitzel, der sich als Priester *verkleidet* hat!«

Ich seufzte, und wir tranken noch ein Glas Wein.

Mein neuer Freund Laesus war ein sonderbarer Kauz. An einem Ort, wo ich keinen Grund hatte, irgend jemandem zu vertrauen, wirkte er absolut zuverlässig. Er hatte schwarze Knopfaugen wie ein Rotkehlchen. Seine Seemannsmütze behielt er immer auf; das heißt, eigentlich war es eher ein Hut, der mit seiner runden Filzkrone und der glockigen Krempe aussah wie ein umgestülpter Wiesenchampignon.

Die Gäste verschwanden allmählich. Wir blieben mit zwei alten Matrosen und ein paar Reisenden übrig, die sich wie ich in diesen verträumten Hafen geflüchtet hatten. Und dann war da noch ein Trio junger Damen namens Gaia, Ipsyphille und Meröe, drei blasse Persönlichkeiten mit geschürzten Röcken, die dauernd zwischen den Tischen auf und ab trippelten. In Ermangelung frischer Trauben oder gerösteter Kastanien konnte man diese saftigen Früchte im Oberstock als Nachtisch probieren.

Gaia war auffallend hübsch.

»Möchten Sie mal Ihr Glück versuchen?« fragte Laesus, der meinen Blick offenbar zu deuten wußte.

Er war von Natur aus großzügig und bereit, mir, falls ich mit einem der Mädchen nach oben gehen wollte, meinen Platz am Tisch freizuhalten. Ich schüttelte mit trägem Lächeln den Kopf. Dann schloß ich, immer noch lächelnd, die Augen und dachte an ein anderes hübsches Mädchen, das ich kannte – und an ihren vernichtenden Blick, wenn sie mich dabei erwischte, wie ich einen billigen Ringelpiez mit einer Hafenhure erwog. Die elegante, würdevolle Helena Justina hatte warme Augen, so goldbraun wie in der Wüste gereifte Dattelpalmen – und das Schnauben eines schlechtgelaunten Kamels, wenn Ihre Durchlaucht verärgert war ...

Als ich wieder aufblickte, war Gaia mit einem anderen Kunden nach oben gegangen.

»Sagen Sie mal«, wandte ich mich an Laesus, »wenn Sie aus Tarentum kommen, ist Ihnen da je ein Senator namens Atius Pertinax begegnet?«

Er schluckte erst hinunter. »Ich pflege keinen Umgang mit Senatoren.«

»Er war Schiffsbesitzer, darum frage ich. Während meines Rittes durch die Wälder von Sila ist mir der Gedanke gekommen, daß Pertinax, weil er aus dem Süden stammt, vielleicht auch seine Schiffe hier hat bauen lassen ...«

»Verstehe. Hat der Mann Ärger?«

»Oh, den allerschlimmsten. Er ist tot.« Laesus machte ein bestürztes Gesicht. Ich schlürfte pietätlos meinen Wein.

»Wie war er denn so? Ich meine, wie alt und so?«

»Knapp unter Dreißig. Schlank, schmales Gesicht, leicht reizbar – er hatte übrigens einen Freigelassenen mit Namen Barnabas.«

»Ach, Barnabas, den kenne ich!« Laesus warf seinen Löffel hin. »Jeder in Tarentum kennt Barnabas!« Ich fragte mich, ob man auch wußte, daß er mittlerweile zum Mörder geworden war.

Laesus erinnerte sich, daß Barnabas vor vier, fünf Jahren im Namen seines Herrn zwei neue Handelsschiffe in Auftrag gegeben hatte. »*Kalypso* und *Circe*, wenn ich mich recht entsinne.«

»*Circe* stimmt. Die haben wir in Ostia sichergestellt.«

»Sichergestellt?«

»Ja, der neue Eigentümer muß noch ermittelt werden. Sonst noch was zu den beiden?«

»Nee. Die sind 'ne Nummer zu groß für mich. Schuldet dieser Pertinax Ihnen Geld, Falco?«

»Nein. Ich soll Barnabas das Erbe auszahlen, das sein Herr ihm hinterlassen hat.«

»Ich kann mich ja mal in Tarentum umhören, wenn Sie wollen.«

»Besten Dank, Laesus.« Die jüngste Marotte des Freigelassenen, Senatoren bei lebendigem Leib zu rösten, verschwieg ich, schließlich legte Vespasian Wert darauf, die politischen Hintergründe nicht an die große Glocke zu hängen. »Ich interessiere mich auch aus persönlichen Gründen für die zwei. Waren sie eigentlich beliebt?«

»Barnabas war ein hochnäsiger Ex-Sklave. Die Leute, bei denen er seinen Wein schnorrte, hoffen schon lange, daß Rom ihn zurechtstutzt.«

»Das kann ja noch kommen! Und wie war es mit Pertinax?«

»Jeder, der Schiffe besitzt und Rennpferde, kann sich einreden, daß er beliebt ist! 'ne Menge Schleimscheißer haben ihn wie einen großen Mann behandelt.«

»Hmm! Das war dann später in Rom wohl anders. Da hat er sich nämlich in eine dumme Sache eingelassen; vielleicht könnte das der Grund sein – er wäre nicht der erste Junge aus der Provinz, der es Rom zeigen wollte und dann von dem Empfang, den man ihm dort bereitet hat, um so enttäuschter war.«

Die Leute, die mit uns am Tisch gesessen hatten, brachen auf. Nun konnten wir die Füße auf die gegenüberliegende Bank ausstrecken und es uns überhaupt bequemer machen.

»Mit wem sind Sie denn hier in Kroton verabredet, Laesus?«

»Oh ... bloß mit einem alten Kunden.« Wie alle Seeleute war er äußerst verschwiegen. »Und was ist mit Ihnen?« wollte Laesus wissen. »Auf dem Markt haben Sie sich als Boten bezeichnet – gilt das Barnabas?«

»Nein, ich suche einen Priester. Curtius Gordianus.«

»Was hat *der* denn angestellt.«

»Nichts. Ich bringe ihm eine rein private Nachricht.«

»Ein Spitzel«, bemerkte er, »hat scheint's einen komplizierten Beruf.«

Ich grinste. »Ich wünschte, ich wäre einer! Ich kenne nämlich einen; der macht seinen Bürokram und fährt auf Exkursion in schicke Badeorte, weiter nichts ... Laesus, mein guter Freund, wenn das hier eine von einem launigen Hofpoeten verfaßte Abenteuergeschichte wäre, dann würden Sie jetzt rufen: »*›Curtius Gordianus – nein, welch ein Zufall! Mit dem esse ich ja heute zu Abend!‹*«

Er machte den Mund auf, als wolle er genau das sagen, zögerte so lange, bis er auch das letzte Quentchen Spannung rausgekitzelt hatte – und gab dann lachend auf.

»Von dem Kerl hab ich noch nie gehört!« erklärte Laesus liebenswürdig.

XV

Der Schiffskapitän Laesus war ein wunderbarer Fund für mich; obwohl ich sagen muß, daß er mich, nachdem er mir das Leben gerettet hatte, in ein Lokal schleppte, wo mir entsetzlich schlecht wurde.

Auf dem Rückweg zur Mansio war ich pappsatt von der Fischsuppe, aber das währte nicht lange. In meiner Portion muß wohl eine schlechte Auster gewesen sein. Zum Glück habe ich einen stabilen Magen; meine Familie sagt oft zum Spaß, wenn sie eines Tages keine Lust mehr haben, auf ihr Erbe zu warten, dann wäre Gift das letzte Mittel, mit dem sie mir zu Leibe rücken würden.

Während die anderen Gäste auf dem unsäglich zerkochten Schweinebauch herumkauten, den der Wirt ihnen vorsetzte, wälzte ich mich auf dem Bett und stöhnte vor mich hin; später erholte ich mich im Badehaus und setzte mich anschließend mit einem Buch in den Garten.

Nach dem Essen kamen die anderen Gäste herausspaziert, um beim letzten Tageslicht einen Krug Wein zu genießen. Ich nahm, mit Rücksicht auf meinen Zustand, nur einen Becher kaltes Wasser.

Tische waren reichlich aufgebaut; das ersparte dem Wirt, ein fauler Spitzbube wie die meisten seines Metiers, die Arbeit, Blumenbeete anzulegen und für ihre Pflege zu sorgen. Die meisten Tische waren unbesetzt. Niemand brauchte also meinen Frieden zu stören, um Platz zu finden; deshalb setzte ich, als die Leute auf mich zusteuerten, die starre Miene eines Mannes auf, der sich lieber bei seiner Ferienlektüre die Augen verdirbt als aufzublicken und mit zudringlichen Fremden Bekanntschaft zu schließen. Erfolg hatte ich mit dieser Taktik freilich nicht.

Sie waren zu zweit. Einer war ein Alptraum auf Beinen – die Beine glichen Ulmenstämmen, und darüber saß ein halsloser muskulöser Klotz; sein Spezi war ein schnurrbärtiger Knirps mit bösartigem Gesicht, dem der Wind durch die Rippen blies. Alle Gäste steckten die Nase tief in die Weinbecher; ich hielt mir die Schriftrolle wie ein Kurzsichtiger dicht vor die Augen, ohne mir freilich viel davon zu versprechen. Die beiden Neuankömmlinge sahen sich um und steuerten prompt auf mich zu.

Die zwei nahmen an meinem Tisch Platz. Beide hatten jenen wissend lauernden Gesichtsausdruck, der das Schlimmste befürchten läßt. Ein Ermittler muß eigentlich gesellig sein, aber mit Einheimischen, die so selbstsicher daherkommen, bin ich vorsichtig. Die anderen Gäste guckten stur in ihr Glas; keiner bot seine Hilfe an.

Im Süden ist es durchaus an der Tagesordnung, daß Gauner sich den Zutritt zu einer Mansio erschwindeln, sich drinnen einer friedlichen Gruppe aufdrängen und die armen Leute so einschüchtern, daß die sich von ihnen ins Vergnügungsviertel der Stadt abschleppen lassen. Die Reisenden kommen noch glimpflich davon, wenn sie sich nur einen Kater und eine Abreibung einhandeln, ihr Geld loswerden, eine Nacht im Gefängnis zubringen und sich eine üble Krankheit einfangen, die sie daheim an ihre

Frauen weitergeben. Ein einzelner Mann fühlt sich da sicherer; aber nicht viel. Ich setzte meinen Gelehrtenblick auf; ich war reserviert; ich bemühte mich nach Kräften, den Eindruck zu erwecken, als sei der Beutel an meinem Gürtel zu schlecht gefüllt für eine lange Nacht mit saurem Rotwein und einer dunkelhäutigen Tänzerin samt Tambourin.

Dank des Taschendiebs auf dem Markt war der Beutel wirklich leer. Zum Glück war es meine Köderbörse; Reisegeld und Paß trug ich an einer Schnur um den Hals. Und noch hatte ich sie. Aber Vespasians Lohn war zu mickrig, um eine Tambourinspielerin mit Rosinen im Kopf zu reizen.

Ich verteidigte mein Revier lange genug, um einigermaßen mein Gesicht zu wahren, dann schob ich einen getrockneten Grashalm als Lesezeichen in meine Schriftrolle, klemmte mir den Rollstab unters Kinn und rollte das bereits Gelesene wieder auf.

Meine neuen Bekannten trugen weiße Tuniken mit grüner Borte; ihre Kleidung sah aus wie eine Livree, und nach ihrem selbstbewußten Auftreten zu urteilen, war es die Livree eines untergeordneten Stadtrats, der sich bedeutend vorkam. Der Größere beäugte mich wie ein Bauer, der etwas ekelhaft Glitschiges am Spaten findet.

Nachdenklich trank ich mein Wasser und ließ den Dingen ihren Lauf.

»Wir sind auf der Suche nach einem Priester«, knurrte der Größere.

»Ihr kommt mir aber nicht sehr fromm vor!«

Ich hatte Laesus' Rat beherzigt und mich nach

dem Bad in eine alte dunkelblaue Tunika gewikkelt. Mit meinen Filzlatschen zusammen ergab diese indigofarbene Katastrophe ein bequemes Kostüm für einen gemütlichen Leseabend daheim. Wahrscheinlich sah ich aus wie ein schlampiger Philosophiestudent, der sich an einer Sammlung schlüpfriger Legenden berauscht. Tatsächlich befaßte ich mich mit Cäsars Schrift über die Kelten, und jede Unterbrechung war eine Wohltat für meine geplagten Gedärme, denn der stolze Julius fing an, mir auf den Geist zu gehen; schreiben konnte er, keine Frage, aber sein Dünkel machten das Mißtrauen meiner Altvorderen seiner eigenmächtigen Politik gegenüber nur zu verständlich.

Ich hatte nicht den Eindruck, daß meine Besucher eine Diskussion über die Politik des Julius Caesar anstrebten.

»Wer ist denn der Priester, den ihr sucht?« fragte ich vorsichtig.

»Irgend so'n blöder Ausländer.« Der Muskelprotz zuckte die Achseln. »Hat auf dem Marktplatz einen Riesentumult angezettelt.« Sein kleiner Freund kicherte.

»Davon habe ich gehört. Hat'n unanständiges Wort für Lakritz benutzt, der Kerl. Kann ich mir gar nicht vorstellen. Lakritz ist doch ein griechisches Wort.«

»Sehr leichtsinnig«, nörgelte das Kraftpaket. Aus seinem Munde klang das, als sei der nachlässige Umgang mit Sprache ein todeswürdiges Verbrechen. »Was wollen Sie von Gordianus?«

»Was geht euch das an?«

»Ich bin Milo«, erklärte er mir stolzgeschwellt. »Sein Verwalter.«

 Milo stand auf. Ich kam zu dem Schluß, daß Gordianus etwas zu verbergen habe: Sein Hausverwalter war gebaut wie der Türsteher eines äußerst zwielichtigen Spielkasinos.

Kroton ist berühmt für seine Athleten, und der berühmteste von allen hieß Milo. Gordianus' Verwalter hätte leicht Modell stehen können für jene Andenkenfiguren, denen ich auf dem Markt widerstanden hatte. Als Kroton seinerzeit Sybaris einnahm (den ursprünglichen Sündenpfuhl in der Tarentinischen Bucht), hatte *jener* Milo den Sieg gefeiert, indem er mit einem Bullen über der Schulter durchs Stadion sprintete, das Tier anschließend mit einem einzigen Fausthieb tötete und dann roh zu Mittag verspeiste ...

»Gehen wir rein«, sagte *dieser* Milo zu mir und sah mich dabei an, als hätte er durchaus Appetit auf einen halben Zentner rohe Lende.

Ich lächelte wie ein Mann, der so tut, als hätte er die Situation im Griff, und ließ mich von ihm abführen.

XVI

Milo befahl seinem Gartenzwerg, draußen Wache zu schieben.

Wir zwängten uns in die mir zugewiesene Zelle; ich für mein Teil hätte mich bestimmt mehr amüsiert bei einem ausschweifenden Nachtbummel am Arm einer langfingrigen, schnurrbärtigen Tänzerin. Was hier mit mir geschehen würde, daran bestand kein Zweifel; die Frage war nur, wann.

Es war ein Dreibettzimmer, aber nur wenige Touristen fanden einen Sommerurlaub in Kroton verlockend, und daher hatte ich das Zimmer für mich allein. So konnte wenigstens kein Unbeteiligter etwas abbekommen. Milo füllte fast den gesamten Raum aus. Ich empfand diesen Milo als eine Art Schicksalsprüfung. Er war groß und stark. Er wußte, daß er groß und stark war. Er verbrachte die meiste Zeit damit, sich im Gefühl seiner Größe und Stärke zu sonnen, indem er normale Menschen in kleinen Räumen an die Wand drängte. Seine dick eingeölten Muskeln glänzten im Schein meines Binsenlichts. Aus der Nähe roch er merkwürdig fad und antiseptisch.

Mit dem mühelosen Druck zweier gewaltiger Daumen, die mir offenbar gern weit heftigeren Schmerz zugefügt hätten, drückte er mich auf einen dreibeinigen Schemel. Um mir Sorgen zu machen, warf er all meine Sachen durcheinander.

»Gehört das dir?« fragte er und fingerte an meinem *Gallischen Krieg* herum.

»Na ja, ich kann lesen.«

»Wo hast du das geklaut?«

»Hab 'nen Auktionator in der Familie. Da kann ich mir in den Secondhandläden in Rom das Beste rausfischen ...«

Bekümmert beobachtete ich sein Treiben. Der Band schien seinerzeit ein echtes Schnäppchen, auch wenn ich ihn würde zurückverkaufen müssen, um die nächste Rolle der Ausgabe zu erstehen. Die hier hatte fehlerlose Ecken, gutes, mit

Zedernöl versiegeltes Papier, und ein Knauf am Rollstab zeigte sogar noch Spuren von Vergoldung. (Die andere Rolle hatte beim Kauf gefehlt, aber ich hatte mir einen Ersatz geschnitzt.)

»Cäsar!« stellte Milo beifällig fest.

Ich pries mich glücklich, daß ich gerade Militärgeschichte las und mich nicht mit so einem laschen Thema wie etwa Bienenhaltung beschäftigte. Dieser Hornochse setzte offenbar seinen massigen Körper für moralische Kreuzzüge ein. Er hatte den eiskalten Blick eines Rohlings, der im Auslöschen des Lebens von Prostituierten und Poeten seine ganz persönliche Berufung sieht. Genau der Typ, der einen Diktator wie Cäsar idealisiert – zu dämlich, um zu kapieren, daß Cäsar ein arroganter Snob mit viel zuviel Moos war und einen Milo noch mehr verachtet hätte als die Gallier (die wenigstens tolle Menschenopferriten, Druiden und seetüchtige Schiffe hatten.

Milo legte meinen Cäsar so ungeschickt wieder hin wie ein Schläger, der darauf dressiert ist, keine teuren Sachen kaputtzumachen – außer vielleicht, wenn sein Herr ihm ausdrücklich befiehlt, ein armes Opfer einzuschüchtern und vor dessen Augen eine unbezahlbare Keramik zu zerlegen.

»Spionage lohnt sich!«

»Das bezweifle ich«, sagte ich nachsichtig. »Für mich jedenfalls nicht. Ich bin aber auch kein Spion, sondern Kurier. Ich kriege bloß einen Sesterz pro Tag und die Gelegenheit herauszufinden, daß die Magistrate in Bruttium ihre Straßen nicht reparieren.«

Milo, in Gedanken immer noch beim großen Cäsar, wandte sich ab. Ich brachte meine Schriftrolle in Sicherheit und zuckte zusammen, als

mein Ölflakon auf dem Boden zerschellte, als er
mein Gepäck aus den beiden schlichten Sattelkörben kippte. Er nannte sich zwar Hausverwalter, aber ich hätte ihm nicht mal zugetraut, einen Stoß Tischdecken zu falten. Sechs verfilzte Tuniken, eine Reservetoga, zwei Halstücher, ein Hut, ein Schwamm, ein Rückenschaber und ein Kästchen mit Schreibgerät landeten auf dem Boden, ehe er das Messer fand, das ich im Flechtwerk einer der Körbe versteckt hatte.

Er drehte sich um, zog mein Messer aus der Scheide und kitzelte mich damit am Kinn. Ich zuckte nervös, als er mit der Spitze den Lederriemen um meinen Hals aufspießte und meine bescheidene Barschaft samt Paß zutage förderte. Dann mußte er das Messer weglegen, um mit beiden Pranken den Paß zu halten, den er schwerfällig studierte.

»*M. Didius Falco.* Was willst du in Kroton?«

»Ich habe eine Botschaft für Gordianus.«

»Was für eine Botschaft?«

»Streng vertraulich.«

»Spuck's aus.«

»Aber es ist eine persönliche Mitteilung des Kaisers.«

Milo knurrte, was in Kroton vielleicht als eleganter Ausdruck eines logischen Gedankens durchgehen konnte. »Gordianus empfängt keine hergelaufenen Kuriere.«

»Mich schon, wenn er erst weiß, was ich ihm bringe.«

Milo rückte mir von neuem auf den Pelz. Es war, als würde man von einem außer Rand und Band geratenen Zugochsen bedroht, der gerade bemerkt, daß er vor fünf Minuten von einer Hornisse gestochen worden ist. Ergeben schaute ich zu einem Wandbrett hoch, auf dem der Gastwirt ein paar Extraflöhen gnädig ihr Nest in einer zusammengerollten Decke gelassen hatte. Das Regal hing dicht unter der Decke, was einen davor bewahrte, sich den Kopf anzustoßen; andererseits konnte man in einer bitterkalten Nacht eine Menge Zeit damit verbringen, im Dunkeln nach einer überzähligen Zudecke zu suchen. Jetzt stand dort oben eine edle Porphyrvase, gut einen Fuß hoch und von einem hübsch kannelierten Deckel gekrönt, den ich sorgsam mit Garngeflecht festgezurrt hatte. Ich wußte, was drin war, und wollte den Inhalt nicht zwischen meiner Unterwäsche wiederfinden.

»Her damit!« befahl Milo.

Ich reckte mich langsam und langte nach oben. Mit fester, ruhiger Hand packte ich die beiden Griffe. Das Gefäß bestand aus dem kostbaren grünen Stein des Peleponnes und war massiv; sein Inhalt wog so gut wie nichts, aber es geht trotzdem ganz schön in die Schultern, wenn man eine Porphyrvase über dem Kopf balanciert wie eine nicht mehr ganz standfeste Karyatide. Dieser Stein läßt sich fast nicht bearbeiten, und Vespasian hatte sich diese Rarität allerhand kosten lassen; es war ein makellos gemeißeltes Kunstwerk, das, sollte es mir aus den Händen gleiten, eine ziemliche Delle in den Fußboden schlagen würde.

»Schauen Sie«, ächzte ich mit erhobenen Armen, »das ist ein persönliches Geschenk für Curtius Gordianus. Ich würde Ihnen nicht raten nachzuschauen, was drin ist ...«

Milo hatte eine einfache Methode für den Fall, daß man ihm riet, etwas nicht zu tun: Er tat es.

»Was hast du ihm mitgebracht?« Begierig, einen Blick zu riskieren, machte er einen langen Hals.

»Seinen Bruder«, sagte ich.

Dann ließ ich die Urne auf Milos Schädel niederkrachen.

XVII

Etwa zwölf Meilen südlich von Kroton beschließt eine Landzunge mit Namen Kap Colonna einen langgezogenen, öden Küstenstrich am Nordrand des Golfes von Syclacium. Direkt am Wasser, ein typisch griechischer Standort, steht ein riesiger Hera-Tempel mit Blick auf das schmerzhaft flirrende Ionische Meer. Es ist ein bedeutendes Heiligtum im klassischen Stil – oder für einen Mann in Schwierigkeiten (zum Beispiel Curtius Gordianus, der mit knapper Not einem Scharmützel mit den Prätorianern entronnen war) ein sicheres Refugium, weit, weit weg von Rom.

Gordianus führte hier den Titel eines Oberpriesters. Große Tempel haben oft ortsansässige Patrone, aber bis ich Milos Knirps in der Mansio das Fürchten lehrte und ihm die Zunge löste, hatte ich nicht damit gerechnet, daß der durch Erbfolge bestimmte Oberpriester sich nicht nur hier einquartiert hatte, sondern sein Amt auch ausübte. Die Erfüllung eines Senators liegt wohl kaum darin, Altäre zu schmücken.

 Trotz des hellen Sonnenscheins zauberte die kühle, klare Luft mir eine Gänsehaut auf die Arme, der scharfe, salzige Meeresgischt straffte die Haut über meinen Wangenknochen, und eine steife Brise zerrte an meinen Haaren. Als ich durch die dorische Säulenhalle schritt, verschlug die erhabene Stille mir fast den Atem.

An einem Altar im Freien zelebrierte ein verschleierter Priester ein Opfer. Die Familie, deren Geburtstag oder Zukunft hier gedacht wurde, scharte sich in ihren besten Kleidern um ihn, mit von der Sonne und dem Seewind geröteten Wangen. Tempeldiener trugen schön verzierte Kästchen mit Weihrauch und glänzenden Kesselchen, in denen er verbrannt werden sollte; junge Helfer, die den Posten ihrer Schönheit verdankten, hantierten mit Becken und Äxten für die Opferschlachtung, während sie heimlich den jungen Sklaven der Familie schöne Augen machten. Der angenehme Duft von Apfelholz sollte ebenso die Aufmerksamkeit der Göttin erregen wie der widerliche Geruch von versengtem Ziegenhaar, das der Priester eben, getreu dem Ritus, über dem Altarfeuer schwenkte.

Etwas abseits stand eine weiße Ziege mit blumenbekränzten Hörnern und besorgter Miene; ich zwinkerte ihr zu, als ich von der Kolonnade heruntersprang. Unsere Blicke trafen sich; sie machte sich mit einem verzweifelten Meckern Luft, biß ihren halbwüchsigen Hirten in die empfindliche junge Leistengegend und nahm Reißaus, Richtung Strand.

Milos Knirps stürzte der Ziege hinterher. Die Helfer des Priesters wieselten munter hinterdrein. Die untröstlichen Pilger, deren schöne Feier nun verdorben war, lehnten ihre teuren Lorbeerkränze an den Altar, damit niemand drauftreten konnte, und trabten hinter den anderen her, zum Strand hinunter. Die Ziege hatte schon etwa die Spurtstrecke eines Stadiums zwischen sich und ihre Verfolger gebracht. Da ich wieder meine religiösen Gewänder trug, schickte es sich nicht, sie anzufeuern.

Bis die Kavalkade zurückkehrte, würde viel Zeit vergehen. Der Oberpriester schrie wütend auf und ging auf die Tempelstufen zu. Ich folgte ihm, obwohl seine Haltung entmutigend wirkte; ein schlechter Start für meine neue Rolle als Diplomat.

Aulus Curtius Gordianus war Ende Vierzig, etwas größer als ich und von nachlässigem, ungepflegtem Äußeren. Er hatte die großen, schwimmhäutigen Ohren, die roten Äuglein und die faltige, ungesund gräuliche, unbehaarte Haut eines Elefanten. Wir setzten uns nebeneinander an die Sockelkante.

Der Pontifex seufzte gereizt, hielt schützend die Hand über die Augen und schaute dem Zirkus hinterher.

»Oh, das ist lächerlich!« schäumte er.

Ich warf ihm einen flüchtigen Blick zu, als wären wir zwei Fremde, die ein amüsanter Zufall zusammengeführt hat. »Das Opfer muß aus freien Stücken zum Altar kommen.« (Ich hatte als Zwölfjähriger eine sehr fromme Phase durchgemacht.)

»Genau!« Er spielte den aufgeschlossenen, jovialen geistlichen Herrn, aber die Erbitterung des suspendierten Senators kam rasch durch. »Sie machen den Eindruck eines Boten, der damit rechnet, daß seine Ankunft mir im Traum geweissagt worden ist!«

 »Ich nehme an, der umtriebige Mensch auf seinem Esel, der eben an mir vorbeigeritten ist, hat Ihnen von mir berichtet. Ich hoffe, Sie haben ihn mit einem Denar belohnt. Und wenn er wieder in Kroton ist, stellt sich hoffentlich heraus, daß es ein falscher war!«

»Sind Sie denn einen Denar wert?«

»Nein. Aber die erhabene Persönlichkeit, die mich schickt, zählt dafür um so mehr.«

Ich wartete, bis Gordianus sich umdrehte, um mich endlich richtig anzusehen. »Wer ist das? Und wer sind Sie? Ein Priester?«

Er war sehr schroff. Manche Senatoren sind so.

»Sagen wir, ich verrichte meinen Dienst am Altar des Staates.«

»Sie sind kein Priester!«

»Jeder Mann ist der Oberpriester im eigenen Haus«, intonierte ich demütig. »Aber wie steht's mit Ihnen? Ein Mann Ihres Ranges darf sich doch nicht selbst ins Exil schicken!« Ich spürte, wie die Sonne mir auf den Kopf brannte, und hörte nicht auf, ihn zu reizen. »Ein Oberpriester hat hier gewiß eine schöne, ehrenwerte Pfründe – aber kein Mensch erwartet von einem Senator mit einer Million im Bankfach, daß er sich schindet und tagtäglich in der rauhen Seeluft Ziegen häutet! Nicht einmal dann, wenn Sie den Dienst an der Herrin des Olymp zusammen mit den Olivenhainen Ihrer Familie geerbt haben sollten – oder haben Sie und Ihr edler Bruder sich diese Priesterämter einfach gekauft? Na? Ich höre: Was kostet denn heutzutage so ein prima Posten?«

»Zu viel«, antwortete er, sich offenbar nur mühsam beherrschend. »Was haben Sie mir zu sagen?«

»Senator, so kurz nach einem Bürgerkrieg ist Ihr Platz in Rom!«

»Wer hat Sie geschickt?« fragte er kühl.

»Vespasian Augustus.«

»Und war das seine Botschaft?«

»Nein. Das ist meine Meinung, Senator.«

»Dann behalten Sie Ihre Meinung gefälligst für sich!« Er raffte seine Gewänder. »Wenn die göttliche Vorsehung nicht einschreitet und dieser Ziege ein Bein stellt, wird sie wohl rund um den ganzen Tarentinischen Golf nach Norden fliehen; wir können also in Ruhe reden.«

»Schickt es sich denn, eine heilige Handlung zu unterbrechen?« fragte ich spöttisch.

»Das hat ja wohl die Ziege besorgt.« Er sah auf einmal müde aus. »Dank Ihrer Hilfe übrigens! Diese bedauernswerten Leute werden morgen noch einmal mit einem anderen Tier herkommen müssen ...«

»Oh, es kommt noch viel ärger, Senator.« In den meisten Tempeln gilt ein Priester, der gerade einen Todesfall in der Familie hatte, als unrein. Leise setzte ich hinzu: »Curitius Gordianus, Ihre Gemeinde wird einen neuen Priester brauchen.«

Zu spitzfindig: Ich konnte an seinem Gesicht sehen, daß er mich völlig mißverstanden hatte.

XVIII

Das Haus des Oberpriesters von Colonna stand gleich neben dem Tempel. Es war eine schlichte Bleibe – wie man das am Meer so hat: weiträumig, lichtdurchflutet, gepflegt. Das Mauerwerk war sonnengebleicht und die Balustrade verwittert. Die kleinen Fenster und Veranden vor den Türen boten Schutz vor dem Wind. Drinnen sah ich vergoldete Kandelaber, leichtes Mobiliar für schöne Tage im Freien und Sturmlaternen für böige Nächte.

Als die Tür zuschlug, reckten mehrere Sklavinnen so verdutzt den Kopf aus den Fenstern, als sei Gordianus zu früh zum Essen gekommen. Die Atmosphäre paßte überhaupt nicht zum Stil des sogenannten Hausverwalters Milo; in Wahrheit führten wohl die Frauen hier das Zepter. Sie hatten überall gelüftet, und es roch nach frischem Lavendel. Reisigbesen raschelten über eingesprengte Fußböden, und es roch nach gebratener Leber – vielleicht eine Leckerei, die der Pontifex bei einer früheren Opferung für sich reserviert hatte. (Jeder Priester, der sein Geschäft versteht, sichert sich die besten Stücke: der beste Grund für einen Staatsbürger, seinen Zivildienst als Priester abzuleisten.)

Gordianus führte mich in ein Nebenzimmer. Überall waren Kissen verstreut, und zwischen den Silberschalen und Weinkrügen auf der Anrichte standen kleine Vasen mit Wiesensträußen. Der Lohn des Verrats: ein behagliches Leben.

»Senator, ich bin Didius Falco.« Er verzog keine Miene. Ich legte meinen Paß vor; er warf einen flüchtigen Blick darauf. »Ihr Verwalter ist in Kroton – an einen Bettpfosten gefesselt.«

Gordianus entledigte sich seines Obergewandes. Noch war er Herr der Lage, sah aber bekümmert drein. »Wird man ihn finden?«

»Kommt darauf an, wie oft in der Mansio die Decken gezählt werden.«

Er wurde nachdenklich. »*Sie* haben Milo überwältigt?«

»Ich habe ihn mit einem Stein erwischt.«

»Aber warum denn nur?«

»Er hielt mich für einen Spitzel.« Ich ließ den Priester spüren, daß die Inkompetenz seines Verwalters mich zur Weißglut brachte. »Seinem miesen Gymnasium macht Milo alle Ehre, aber sein Verstand bräuchte dringend ein bißchen Training! Palastbote ist ein undankbarer Beruf. Erst sind die homerischen Helden, die auf dem Markt von Kroton Hühner verkaufen, über mich hergefallen und dann Ihr dämliches Personal ...«

Ich genoß die Tirade, schließlich mußte ich mir Autorität verschaffen. Dank seiner edlen Abstammung konnte Gordianus jederzeit auf den Beistand des Senats bauen; ich arbeitete für Vespasian, und wenn ich einen Senator – und sei er auch ein Verräter – gegen mich aufbrachte, dann konnte ich mitnichten auf den Kaiser bauen.

»Milo behauptet, Sie wollen mich nicht empfangen. Mit Verlaub, Senator, aber das ist sinnlos und außerdem eine Beleidigung für den Kaiser. Soll ich denn nach Rom zurückkehren mit der Botschaft für Vespasian, daß seine Hoheitsgebiete in der Magna Graecia endlich eine starke Hand bräuchten und der Pontifex im Tempel der

Hera sich weigert, das Schicksal seines älteren Bruders zu erfahren?«

»Was denn für ein Schicksal?« Curtius Gordianus durchbohrte mich mit einem Blick voll Verachtung. »Ist mein Bruder etwa eine Geisel? Will Vespasian mir drohen?«

»Dafür ist es zu spät, Senator. Sie und Ihr Bruder haben sich mit jemandem angelegt, der weit weniger Skrupel hat als der Kaiser.«

Als ich nun endlich seine volle Aufmerksamkeit hatte, schilderte ich in knappen Worten den Tempelbrand.

Er saß ausgestreckt auf einer Ottomane. Als ich ihm sagte, Curtius Longinus sei tot, zuckte er unwillkürlich zusammen und schwang seine klobigen Beine vom Sitz. Dann lähmte ihn das schreckliche Ende, das sein Bruder gefunden hatte, mitten in der Bewegung. Er verharrte in unangenehm verkrampfter Stellung und konnte offenbar die Tragödie nicht fassen, solange ein Fremder ihn beobachtete.

Ich besann mich auf meine guten Manieren und ging leise hinaus, um die Porphyrurne zu holen. Draußen streichelte ich mein Maultier, schaute aufs Meer hinaus und ließ die Sonnenstrahlen meine Haut wärmen. Der schmerzliche Verlust, der dieses Haus getroffen hatte, betraf mich zwar nicht, aber das Überbringen von Unglücksbotschaften ist bedrückend. Ich löste die Schnur, die die beiden Teile der großen Vase zusammenhielt, lugte hinein und schloß den Deckel schnell wieder.

Die Asche eines Menschen ist ein kümmerliches Häufchen.

Als ich wieder ins Zimmer trat, stand Gordianus mühsam auf. Ich räumte ein Tischchen ab, um Platz für die Urne seines Bruders zu schaffen. Zornesröte stieg ihm ins Gesicht, aber gleich darauf hatte er sich wieder in der Gewalt und verbarg seinen Schmerz vor mir.

»Ist das Vespasians Antwort?«

»Senator?« Ich sah mich nach einem Platz für die Tintenfäßchen und Pistazienschalen um, die ich fortgenommen hatte, um die Urne absetzen zu können.

»Mein Bruder wurde nach Rom zitiert, um unseren Standpunkt zu vertreten ...«

»Der Kaiser hat gar nicht mit ihm gesprochen«, unterbrach ich und paßte die Nippsachen auf ein Bord. »Vespasian hat Ihrem Bruder ein ehrenhaftes Begräbnis ausgerichtet und diese Urne aus seiner Privatschatulle bezahlt. Wenn Sie sich gefaßt haben, Senator, dann will ich versuchen, Ihnen zu erklären ...«

Der Priester der Hera griff nach einer kleinen Bronzeglocke und läutete sie ungestüm. »Verlassen Sie auf der Stelle mein Haus!«

Mit einer Einladung zum Mittagessen hatte ich freilich nicht gerechnet.

Bedienstete stürzten ins Zimmer; angesichts der Erregung des Priesters blieben sie wie angewurzelt stehen. Bevor er ihnen befehlen konnte, mich achtkantig rauszuschmeißen, machte ich ihn noch mit ein paar wichtigen Tatsachen bekannt.

»Curtius Gordianus, Ihr Bruder wurde das Opfer eines Freigelassenen, der zu Atius Pertinax Marcellus gehörte. Sie werden ja wissen, wie Pertinax gestorben ist. Dieser Freigelassene, Barnabas, machte offenbar die Bundesgenossen seines

 Herrn für dessen Tod verantwortlich; er hat Ihren Bruder getötet. Und vielleicht wird er als nächstes an Ihnen Rache nehmen! Senator, ich bin hier, um Sie des kaiserlichen Wohlwollens zu versichern. Sie werden die vorgeschriebene neuntägige Trauer einhalten wollen. Danach hoffe ich, Sie wiederzusehen.«

Draußen in der Halle stieß ich mit Milo zusammen, der eben angekommen war. Er hatte eine mordsmäßige Beule an der Stirn, und mittendrin eine Platzwunde.

Ich wiegte nachsichtig den Kopf. »Das ist aber ein böser Kratzer! Mach dir keine Sorgen um die Urne: Ich hab das Blut abgewaschen!«

Ich war zur Tür hinaus, bevor er antworten konnte.

Als ich wieder zum Tempel kam, stolperte eine müde Prozession vom Strand herauf. Die Ziege bockte den ganzen Weg über. Irgendwie weckte ihre mißliche Lage mein Mitgefühl. Auch ich verbrachte den Großteil meines Lebens damit, dagegen anzumeckern, daß man mich dem sicheren Verderben entgegenführte.

Da sonst niemand da war, fragte der älteste Bittsteller mich um Rat.

»Geht heim«, befahl ich, munter drauflos improvisierend. »Fegt das Haus mit Zypressenzweigen aus ...«

»Aber was wird mit der Ziege?«

»Diese Ziege«, erklärte ich würdevoll (und mit dem Gedanken an einen leckeren Braten, über offenem Feuer geröstet und mit Salbei und Meersalz gewürzt), »ist jetzt der Göttin Hera geweiht. Laßt sie nur getrost bei mir!«

Die Pilger sammelten ihre Kränze ein und trollten sich heimwärts; die Acolyten sprangen in den Tempel, um sich ungestört jenen Spielen zu widmen, die diese schrecklichen jungen Stipendiaten genießen, sowie sie sich unbeaufsichtigt wissen. Feixend nahm ich die Ziege in Empfang.

Das Tier zitterte kläglich an seinem langen Strick. Es war ein hübsches kleines Ding. Zu ihrem Glück fühlte ich mich, obwohl ich nichts zu beißen hatte, in meiner priesterlichen Verkleidung plötzlich viel zu keusch und rein, als daß ich es über mich gebracht hätte, Heras geweihte Ziege aufzuessen.

Ehrlich gesagt: Ich wäre nie imstande gewesen, ein Geschöpf zu schlachten, das mich mit so traurig schmachtenden Augen ansah.

XIX

Ich kann mir nie merken, ob die neuntägige Trauer mit dem Todestag beginnt oder dem Zeitpunkt, da man benachrichtigt wird. Gordianus hielt sich an die zweite Möglichkeit; schlecht für meine Körperpflege, aber ihm blieb so mehr Zeit, sich zu erholen.

Neun Tage lang durchstreifte ich das Küstenvorland, während meine Ziege das Treibholz inspizierte und ich sie über die höheren Dinge des Lebens belehrte. Ziegenmilch und Weizenküchlein vom Altar hielten mich am Leben. Zum Schlafen kuschelte ich mich zwischen mein Maultier und die Geiß. Ich badete im Meer, roch aber trotzdem nach Tier, und konnte mich nirgends rasieren.

Wenn Besucher in den Tempel kamen, verkrümelte ich mich. Wer zu seiner Erbauung ein Heiligtum aufsucht, möchte dort kein bärtiges Wrack und keine durchgegangene Ziege vorfinden.

Nach zwei Tagen erschien ein Hilfsgeistlicher als Gordianus' Vertretung. Unterdessen hatte ich die Acolyten in Handballmannschaften eingeteilt und veranstaltete mit ihnen Punktespiele unten am Strand. Wenn die Jungs erschöpft waren, versammelte ich sie um mich und las ihnen aus meinem *Gallischen Krieg* vor. Frische Luft und Vercingetorix sorgten dafür, daß sie zumindest tagsüber nicht auf dumme Gedanken kamen; was sie des Nachts trieben, darum kümmerte ich mich lieber nicht.

Nach Einbruch der Dunkelheit, wenn alles ruhig wurde, ging ich für gewöhnlich allein in den Tempel, setzte mich vor die Beschützerin des Herdfeuers und der ehelichen Liebe, dachte an nichts und mampfte ihre Weizenküchlein. Die Göttin Hera muß gewußt haben, daß Zeus, ihr donnergewaltiger Gatte, und die Zunft der Privatermittler die gleichen Schwächen haben; zuviel Freizeit – und zu viele kapriziöse Frauenzimmer mit verlockenden Vorschlägen, wie sie zu nutzen sei.

Manchmal stand ich am Wasser und dachte an Helena Justina, die das ebenfalls wußte. Als ich an den jungen Türhüter im Hause des Senators dachte, der mir unter einem fadenscheinigen Vorwand den Zutritt verweigert hatte, traf mich die Erkenntnis wie ein Blitz; sie war vernünftig und weitblickend. *Helena Justina hatte mich verlassen!*

Am zehnten Morgen, als ich schon ganz benommen war vor Hunger und Einsamkeit, kam einer der Acolyten zu mir an den Strand herunter. Dieser sündige kleine Niemand hieß Demosthenes – ein typischer Ministrant, altklug, aber mit ungewaschenen Ohren.

»Didius Falco, die Leute denken allmählich schlecht von Ihnen und Ihrer Ziege!«

»Unsinn! Das ist eine anständige Ziege.« Demosthenes blickte mich mit unergründlichen Augen an, er war hübsch, aber nicht vertrauenswürdig. Die Ziege ahmte seinen Blick nach.

Der Acolyt rümpfte die Nase. »Curtius Gordianus ist im Tempel, Falco. Er läßt ausrichten, daß Sie sein Bad benutzen dürfen. Soll ich Ihnen den Rücken schrubben?« setzte er anzüglich hinzu. Ich antwortete, daß Gefälligkeiten von ihm mir nur Ärger mit meiner Ziege einbringen würden.

Inzwischen hatte ich gelernt, mit den fehlenden Annehmlichkeiten Krotons zu leben. Ich ging zum Tempel, band meine Gefährtin am Portikus fest und betrat das Heiligtum.

»Danke für das Angebot, bei Ihnen zu baden«, rief ich schon von weitem. »Ich gebe zu, daß ich mich mittlerweile als Sklaven an einen einäugigen nabataeanischen Kameltreiber verkaufen würde, wenn er mir zuvor nur eine Stunde in einem Dampfbad gewährt! Senator, wir müssen dringend über Ihren Aufenthalt hier sprechen!«

»Domitian Cäsar hat mein Reisegesuch bewilligt ...«

»Ich meine, ob Sie in Kroton sicher sind. Der Kaiser wird Ihren Urlaub bestätigen.« Er machte ein verdutztes Gesicht. »Der Kaiser hat die Parole ausgegeben, daß Domitian Cäsars offizielle Amtshandlungen zu unterstützen sind.«

»Und was ist mit den inoffiziellen?« Er lachte bitter.

»Oh, die Parole lautet, ihn aufs schärfste zurechtzuweisen – und sie dann lächelnd zu vergessen.«

Wir gingen hinaus zur Vortreppe.

Gordianus bewegte sich langsam, immer noch wie betäubt von seinem schmerzlichen Verlust. Er setzte sich und sackte sofort in sich zusammen wie Sauerteig in einer Schüssel.

»Sie sind um Ihren Job nicht zu beneiden, Falco!«

»Oh, er hat auch seine Vorteile: viele Reisen, Bewegung an der frischen Luft, Umgang mit Leuten aus allen Schichten ...« Die Ziege zerrte so lange an ihrem Strick, bis sie auf meinem Tunikaärmel herumkauen konnte. Ich scheuchte sie mit beiden Händen zurück; sie meckerte mit blödem Gesicht.

»Gewalttätig werden und Unheil verkünden!« höhnte Gordianus. Ich beobachtete ihn über den Schopf der Ziege hinweg und kraulte ihre großen weißen Ohren; sie kniete nieder und machte sich daran, meinen Gürtel weichzukauen. »Falco, was wissen Sie über diese Geschichte?«

»Also, um mich vorsichtig auszudrücken: Es gibt viele Leute – auch abgesehen von den Anhängern des verstorbenen, nicht sonderlich beweinten Kaisers Vitellius –, die die neue Dynastie nicht rückhaltlos begrüßen. Dennoch ist wohl klar, daß die Flavier bleiben werden. Der Senat hat Vespasian einstimmig im Amt bestätigt. Er ist schon ein halber Gott, und alle klugen Sterblichen setzen eine ehrerbietige Miene auf ... Sind Sie bereit, mit anzuvertrauen, was Ihr Bruder dem Kaiser sagen wollte?«

»Er sollte für uns beide sprechen. Wir hatten, wie Sie sich auszudrücken belieben, eine ehrerbietige Miene für die Flavier aufgesetzt.«

»Das ist bitter«, versetzte ich mitfühlend. »Da muß Sie ja der Unfall Ihres Bruders besonders hart getroffen haben ...«

»Sie meinen seine Ermordung!«

»Ja ... aber was konnte er dem Kaiser mitteilen wollen, das jemand anders unbedingt verhindern mußte?«

»Nichts!« schnauzte Gordianus mich ungeduldig an. Ich glaubte ihm. Es ging hier also um etwas, was Longinus erst nach seiner Rückkehr nach Rom herausgefunden hatte ... Während ich noch darüber nachgrübelte, meinte Gordianus verletzt: »Sie denken sicher, daß alles allein unsere Schuld ist.«

»Nicht ganz. Curtius Gordianus, es gibt tausenderlei Unglücksfälle mit tödlichem Ausgang. Ein Schreiber im Büro des Censors hat mir einmal erklärt, daß Bleirohre ebenso wie Kupferkessel oder Pilze, von jungen Frauen für ihre betagten Gatten zubereitet, ja selbst Schwimmen im Tiber und Gesichtscremes lebensgefährlich sein können; aber vielleicht war der Mann bloß ein Pessimist ...«

Gordianus wiegte sich unruhig hin und her. »Mein Bruder wurde vorsätzlich getötet, Falco. Und Ersticken ist ein qualvoller Tod!«

 Ich stellte ganz leise richtig: »Der Tod durch Ersticken tritt sehr rasch ein. Und soweit man weiß, müssen die Opfer kaum leiden.«

»Mein Bruder und ich«, erklärte er nach einiger Zeit, »hielten Flavius Vespasianus für einen sabinischen Abenteurer aus talentloser Familie, der das Imperium zum Gespött machen und ruinieren würde.«

Ich schüttelte den Kopf. »Ich bin überzeugter Republikaner – aber auf Vespasian lasse ich nichts kommen.«

»Weil Sie für ihn arbeiten?«

»Ich arbeite für Geld.«

»Und wenn Sie genug haben, steigen Sie aus?«

»Ich tue meine Pflicht!« erwiderte ich scharf. »Ich zahle meine Steuern und versäume keine Wahl! Ich bin hier, um Sie und Vespasian miteinander auszusöhnen, damit er Zeit bekommt, um aus den Trümmern, die er von Nero geerbt hat, wieder etwas aufbauen zu können.«

»Ist er der Aufgabe gewachsen?«

Ich zögerte. »Sieht ganz so aus.«

»Ach, Falco, für die meisten Römer bleibt er trotzdem ein Abenteurer.«

»Oh, ich glaube, das weiß er!«

Gordianus starrte aufs Meer hinaus. Er war zusammengesunken wie eine Seeanemone, ein matschiger grauer Klecks, der am Mauerwerk klebt und zusehends blasser wird, je näher die Sonne rückt.

»Haben Sie Kinder?« fragte ich in der Hoffnung, ihn irgendwie zu erreichen.

»Vier. Und jetzt noch die zwei von meinem Bruder.«

»Und Ihre Frau?«

»Die ist tot, den Göttern sei Dank...« Jede Frau, die was auf sich hält, hätte ihm dafür bestimmt liebend gern einen Tritt gegeben; ich dachte dabei ganz besonders an *eine*. Vielleicht las er es mir vom Gesicht ab. »Und Sie? Sind Sie verheiratet, Falco?«

»Nicht direkt.«

»Also jemanden im Auge?« Ich zögerte kurz und nickte dann. »Kinder haben Sie demnach keine?« fragte er weiter.

»Nicht, daß ich wüßte – und das sage ich nicht einfach so dahin. Mein Bruder hatte ein Kind, das er nie gesehen hat; so was wird mir nicht passieren.«

»Was geschah mit Ihrem Bruder?«

»Er ist gefallen. In Judaea. Ein Heldentod angeblich.«

»Wie lange ist das her?«

»Drei Jahre.«

»Ah ... wie wird man mit einem solchen Schicksal fertig?«

»Wir ertragen die plumpe Aufdringlichkeit von Leuten, die den Toten kaum gekannt haben; wir errichten ihm Monumente, die seinen wahren Freunden keinen Eindruck machen! Wir gedenken seiner an seinem Geburtstag, trösten seine Frau, sorgen dafür, daß seine Kinder mit ein wenig elterlicher Kontrolle aufwachsen ...«

»Und hilft das?«

»Nein, nicht wirklich ... Nein.«

Beide lächelten wir bitter, dann wandte Gordianus sich mir zum erstenmal richtig zu.

»Vespasian hat Sie offenbar geschickt, weil er auf Ihre Überredungskünste vertraut. Anscheinend meinen Sie es ehrlich. Also, was raten Sie mir?«

 Ich dachte immer noch an Festus und antwortete nicht gleich.

»O Falco, Sie können sich nicht vorstellen, was mir alles durch den Kopf gegangen ist!« Und ob ich das konnte. Gordianus gehörte zu jenen von Zweifeln geplagten Defätisten, die ihre ganze Brut über die Klinge springen lassen und anschließend einen getreuen Sklaven dazu bringen, daß er sie auch noch niedermetzelt. Ein Typ wie Gordianus sollte sich nie auf Hochverrat einlassen. Wenn er sich in diesem Schlamassel behauptete, dann hatte er nichts Schlimmeres getan, als was viele Senatoren tagtäglich beim Mittagessen im Kopf durchspielen.

Darum waren diese Leute auch so wichtig. Darum ging der Kaiser so behutsam mit ihnen um. Manch ein Komplott wird über den kalten Artischocken vom Dienstag ausgeheckt und ist bei der Sardellenpaste vom Mittwoch schon wieder vergessen. Curtius Gordianus strahlte dagegen eine glühende Leidenschaft aus. Nur hatte er sich mit Amateuren eingelassen, die aus lauter Trotz ihr Spiel noch weitertrieben, obwohl jeder andere aus reinem Selbsterhaltungstrieb längst wieder zu achtbaren Zerstreuungen zurückgekehrt wäre – zu Trinken und Glücksspiel zum Beispiel, oder zu dem beliebten Sport, die Frau des besten Freundes zu verführen.

»Also, Falco, welche Alternative bleibt mir?«

»Vespasian wird nichts dagegen haben, daß Sie sich auf Ihre Güter zurückziehen ...«

»Ich soll meine Ämter niederlegen?« Als echten Römer schockierte dieses Ansinnen ihn zutiefst. »Ist das ein Befehl?«

»Aber nein. Verzeihen Sie, ich ...«

Er warf mir einen forschenden Blick zu. Ich erinnerte mich der selbstbewußten Attitüde, mit der er sich bei unserer ersten Begegnung als Oberpriester vorgestellt hatte, und entschied, daß sein zerbröseltes Ego nur mittels eines angesehenen öffentlichen Amtes wieder aufgepäppelt werden könne.

»Der Kaiser war sehr beeindruckt davon, daß Sie ein geistliches Amt übernommen haben, wenn es ihm auch lieber wäre, Sie würden sich für einen anspruchsvolleren Posten zur Verfügung stellen ...« Ich hörte mich schon an wie Anacrites.

»Zum Beispiel?«

»Paestum.«

Jetzt verschlug es Gordianus die Sprache. Nach dem Exil an dieser rauhen Küste war der mächtige Tempelbezirk von Paestum der schiere Luxus. »Paestum«, wiederholte ich das Zauberwort. »Eine zivilisierte Stadt in angenehmem Klima. Dort duften die Veilchen am süßesten, und die Rosen der Parfümeure blühen zweimal im Jahr ...« (Paestum: an der Westküste Kampaniens – und in Vespasians Machtbereich)

»In welcher Position?« Jetzt redete er endlich wie ein Senator.

»Darüber zu verhandeln, habe ich keine Vollmacht. Aber auf dem Weg hierher hörte ich, daß im großen Heratempel eine Stelle frei ist ...«

Er nickte, ohne zu zögern.

Ich hatte es geschafft. Ich hatte Curtius Gordianus aus dem Exil zurückgelockt und mir mit etwas Glück einen Bonus verdient. (Oder, um realistisch zu bleiben, ich würde ihn mir verdienen, falls Vespasian die von mir vorgeschlagene Lösung billigte, falls wir uns je einigen konnten, was diese Lösung für das Imperium wert sei – und falls er auch wirklich zahlte.)

Es war geschafft! Ich stand auf und fühlte mich verdreckt und müde.

Während ich zusah, wie Gordianus über sein unverhofftes Glück in Verzückung geriet, verdrängte ich den Gedanken an die grausame Ironie meiner eigenen Lage. Selbst wenn ich diesen Bonus bekam, wäre das nur eine kleine Rate auf die vierhunderttausend Sesterze, mit deren Hilfe ich mich Helena vielleicht hätte erklären können. *So ein Ermittler betreibt ein freudloses Geschäft. Die Bezahlung ist lausig, die Arbeit noch schlimmer, und wenn man jemals eine Frau findet, dann fehlt's einem am Geld, an der Zeit oder der nötigen Energie ...* Und außerdem läuft sie einem ja sowieso wieder weg.

Eine erholsame Stunde mit reichlich heißem Wasser im Bad des Pontifex geaalt würde helfen.

Dann fiel mir ein, daß Milo, dieser unbeholfene Tropf, in der Mansio von Kroton mein Lieblingsölfläschchen zerbrochen hatte.

XX

Ich war gerade sauber, frisch geschrubbt und eben im Begriff, mich zu entspannen, als der Tumult losbrach.

Da es sich um ein Privatbad handelte, standen etliche Glas- und Alabasterkrüge mit ausgesuchten Ölen auf einem Marmorbord. Ich inspizierte sie diskret und hatte mich bereits auf eine ganz bestimmte grüne Flasche mit Haarpomade kapriziert ...

Als ich in der luxuriösen Dampfkabine lag und langsam abschaltete, glaubte ich die ganze Geschichte durchschaut zu haben. Die Brüder Curtius konnten einen altehrwürdigen Stammbaum vorweisen, der bis Romulus und Remus zurückreichte. Für sie war Vespasian ein Niemand. Seine Erfolge als General zählten ebensowenig wie die vierzig Dienstjahre, die er Rom geschenkt hatte. Schließlich besaß er weder Geld noch berühmte Vorfahren. Man kann nicht dulden, daß Leute mit nichts als Talent in die höchsten Positionen aufsteigen. Was würde sonst aus den Stümpern und Dummköpfen des Hochadels?

Longinus und Gordianus, zwei leicht zu beeinflussende Trottel mit mehr Status als Verstand, waren vermutlich leichte Beute für tatkräftige Männer mit niederträchtigeren Ideen. Longinus hatte teuer dafür bezahlt, und Gordianus wollte jetzt im Grunde nichts weiter als einen Ausweg, den er vor seinen und den Söhnen des Bruders rechtfertigen konnte ...

An diesem Punkt unterbrach lautes Fußgetrappel meine Tagträumerei.

 Als ich mit dem Sklaven, der mich geholt hatte, aus dem Haus kam, wurde eine zusammengesunkene Gestalt in einem Tragegurt vom Tempel herübergetragen. Milo hatte auf der Veranda einen heftigen Wortwechsel mit Gordianus; als ich erschien, mit feuchten Locken, nach wunderbaren Salben duftend und mit einem knappen Handtuch als Lendenschurz, rief der Oberpriester eisig: »Und *Falco* war im Bad!«

Ich sagte: »Besten Dank für das Alibi. Um was für'n Verbrechen geht's denn?«

Gordianus, dessen normale gräuliche Blässe einem noch ungesunderen Kalkweiß gewichen war, deutete auf den Bewußtlosen, der an uns vorbei ins Haus getragen wurde; der Priester, der den Pontifex während der offiziellen Trauerzeit vertreten hatte. Der Schleier, der am Altar sein Gesicht verdecken sollte, hing noch immer über dem Kopf, war aber jetzt scharlachrot gefärbt.

»Der arme Kerl wurde mit einer blutenden Kopfwunde gefunden. Man hat ihn mit einem Lampenständer niedergeschlagen. Und irgendwer hat Ihre Ziege im Tempel zurückgelassen ...«

»Falls das ein Versuch war, mich hineinzuziehen, so muß ein dummer Tropf am Werk gewesen sein!« unterbrach ich zornig. »Ich nehme sie nie mit ins Heiligtum der Göttin, und das wissen Sie auch!« Ein Sklave hatte mir eine Tunika gebracht, und ich schlüpfte hinein, was, da ich noch naß war, nicht ganz einfach war.

»Falco, der Schlag war schlecht gezielt; kann sein, daß der Mann am Leben bleibt – wenn er Glück hat ...«

»Hören Sie auf herumzurätseln! Der Anschlag galt Ihnen!« Ich zupfte an der Tunika, die an meinen feuchten Gliedern klebte, und wandte mich dann seinem Verwalter zu, der mich finster anschielte. »Milo, wenn Pilger im Tempel waren, bin ich immer weggegangen. Hast du die Augen offengehalten?« Das Kraftpaket schaute alles andere als hilfsbereit drein. Er erinnerte sich noch zu gut daran, wie ich ihm in Kroton eins übergebraten hatte. »Denk nach, Milo! Wir haben keine Sekunde zu verlieren! War irgend jemand da, der dir nicht ganz geheuer vorkam? Der Fragen gestellt hat? Der dir aus irgendeinem Grund aufgefallen ist?«

Es war harte Arbeit, aber schließlich entlockte ich ihm doch die Beschreibung eines Mannes, der vielleicht in Frage kam. Dieser Mann hatte darauf bestanden, daß Gordianus persönlich seine Opferfeier zelebriere. Das Hauspersonal hatte ihn abgewimmelt mit dem Hinweis, der Pontifex werde erst heute wieder seines Amtes walten.

»Und war er heute morgen wieder da?« Milo glaubte, ja.

»Wie kannst du dir da so sicher sein?« fuhr Gordianus dazwischen.

»Wegen der Pferde ...« murmelte Milo.

Das brachte mich auf Trab. »Pferde? Doch nicht etwa ein Möchtegern-Schecken und ein Rotschimmel mit nervösen Ohren?« Milo bejahte widerstrebend.

»Und Sie kennen diesen Schurken, Falco?« empörte sich Gordianus, als sei ich mit dem Mann im Bunde.

»Er ist mir gefolgt, zumindest ab Salernum; vielleicht aber auch schon seit Rom ...« Unsere Blicke trafen sich. Wir hatten beide den gleichen Gedanken.

»Barnabas!«

Ich packte den Priester am Ellbogen und zerrte ihn ins Haus, wo er sich, ob zu Recht oder zu Unrecht, sicherer fühlen mochte.

Für mich stand fest, daß der Angreifer längst über alle Berge war; trotzdem schickten wir Milo samt etlichen Lakaien los, die Gegend zu durchstreifen. Vor der Küste sahen wir ein Schiff liegen, was uns in dem Verdacht bestärkte, der Angreifer könne Komplizen haben, die ihm mitsamt seinen Pferden, auf dem Wasserwege zur Flucht verholfen hatten. Gordianus stützte stöhnend den Kopf in die Hände. Er konnte das Bild nicht loswerden, wie sein Stellvertreter, durch den Schleier unkenntlich gemacht, niedergeschlagen wurde, als er, die Hände auf den Hauptaltar gestützt, ins Gebet versunken stand ...

»Ich habe meine Verwandten in Rom zurückgelassen. Sind sie dort sicher, Falco?«

»Vor Barnabas? Ich bin kein Orakel, Senator. Ich sitze nicht, Lorbeerblätter kauend, in einer Höhle.« Verzweifelt biß er sich auf die Unterlippe. »Er hat Ihren Bruder ermordet. Vespasian hat ausdrücklich befohlen, daß man ihn dafür zur Verantwortung zieht. Jetzt hat er versucht, Sie anzugreifen. Wenn er seinen Irrtum begreift, versucht er es vielleicht noch einmal.« Er starrte mich nur an. »Senator, das beweist, was ich vermutet hatte – Ihr Bruder Longinus stellte eine Bedrohung dar. Und Sie tun das offenbar auch. Was immer Ihr Bruder wußte, er hätte Ihnen an jenem Abend, zwischen seiner Begegnung mit dem Freigelassenen im Hause des Priesters und dem Besuch im Herkulestempel, eine Botschaft schicken können. Barnabas fürchtet offenbar, daß er es getan hat. Wenn also irgendeine Nachricht von Longinus kommen sollte, dann ist es in *Ihrem* Interesse, mir zu sagen ...«

»Natürlich«, versprach er wenig überzeugend.

Ich vergaß mich, packte ihn bei den Schultern und schüttelte ihn. »Gordianus, Sie sind nur dann sicher vor Barnabas, wenn ich ihn zuerst schnappe! Er wird seine Strafe bekommen, aber wir müssen ihn finden. Können Sie mir irgendwie weiterhelfen?«

»Sind *Sie* hinter ihm her, Falco?«

»Ja«, sagte ich, denn obwohl dieses zweifelhafte Privileg Anacrites zugesprochen war, hatte ich insgeheim beschlossen, ihm, wenn möglich, zuvorzukommen.

Immer noch unter dem Schock dieses drastischen Beweises für die Gefahr, in der er schwebte, starrte Gordianus geistesabwesend vor sich hin. »Sie und Pertinax standen einander doch sehr nahe«, bohrte ich weiter. »Kennen Sie seinen Freigelassenen? War der schon immer so gefährlich?«

»Oh, mit seinem Personal hatte ich nie zu tun ... Macht er Ihnen angst?«

»Nicht sehr – aber ich nehme ihn ernst!« Etwas entspannter fuhr ich fort: »Nicht viele Freigelassene würden Mord zu den Pflichten rechnen, die sie ihrem Herrn schuldig sind. Warum also bei ihm diese übertriebene Loyalität?«

»Barnabas glaubte, seinem Herrn sei ein einmaliges Schicksal bestimmt. Pertinax selbst war davon übrigens genauso überzeugt! Sein Adoptivvater hat ihm ungeheure Flausen über den Wert seiner Person in den Kopf gesetzt. Wenn Pertinax am Leben geblieben wäre, dann hätte man sich vor *ihm* fürchten müssen.«

»War er ehrgeizig?« Tot oder lebendig, dieser Pertinax war einmal mit Helena verheiratet gewesen, und jede Erwähnung seines Namens gab mir einen Stich. »Wollte er Macht?«

»Pertinax war ein unterbelichteter Tölpel!« schimpfte Gordianus, dem jetzt offenbar der Geduldsfaden riß. Ich war völlig seiner Meinung. »Haben Sie ihn denn gekannt?« fragte er überrascht.

»Nicht nötig«, antwortete ich düster. »Ich kannte seine Frau.«

Curtius Gordianus schwieg einen Augenblick und sagte dann: »Nehmen Sie sich in acht. Atius Pertinax war ein destruktiver Mensch. Er mag ja tot sein, aber ich glaube, wir sind vor dem unheilvollen Einfluß dieses Mannes noch nicht sicher!«

»Wie meinen Sie das, Senator?« Wenn er den orakelnden Oberpriester markieren wollte, hatte ich keine Lust, ihn ernst zu nehmen.

Plötzlich lächelte er. Sein Gesicht legte sich dabei in unschöne Falten, und seine Zähne waren von der Sorte, die man tunlichst nicht in der Öffentlichkeit entblößen sollte – fleckig und mit lauter abgebrochenen Ecken. »Wer weiß, vielleicht kaue ich ja nachmittags Lorbeerblätter!«

Na, das erklärte wenigstens den Zustand seiner Zähne.

Ich konnte das Thema nicht weiter verfolgen, denn der Suchtrupp war zurückgekehrt – natürlich ohne unseren Mann. Aber sie hatten doch etwas gefunden, was mir vielleicht weiterhelfen würde. Im Tempel, hinter dem Sockel des Allerheiligsten, hatte ein Notizbuch gelegen, das wohl eher dem Angreifer als dem Hilfspriester gehör-

te: Es enthielt ein paar Notizen, die offenbar
Wirtshausrechnungen galten (*Heu: ein As; Wein: zwei Asse; Essen: ein As ...*). Das schien auf einen gewissenhaften Menschen hinzudeuten, der Gastwirten nicht über den Weg traute – die Auswahl war riesig! Was mir besonders ins Auge sprang, war eine Liste mit lauter Daten (hauptsächlich im April, aber auch noch im Mai) und daneben Namen (*Galatea, Lusitania, Venus von Paphos, Concordia ...*). Pferde waren damit wohl nicht gemeint, denn die hatten eher kriegerische Namen. Kunstwerke vielleicht – die Auktionsliste eines Händlers? Wenn es sich um Statuen oder Bilder handelte, die alle innerhalb von sechs Wochen den Besitzer gewechselt hatten, dann mußte irgendwo eine berühmte Sammlung aufgelöst worden sein; Geminus würde sich da auskennen. Eine weitere Möglichkeit war, daß es sich hier um eine Segelliste handelte und die Namen Schiffe repräsentierten.

Für mich gab es jetzt am Kap Colonna nichts weiter zu tun. Ich wollte fort. Beim Abschied warnte Gordianus mich eindringlich: »Dieser Freigelassene ist zu gefährlich, als daß einer allein mit ihm fertig werden könnte. Falco, Sie brauchen Hilfe. Sobald Milo mich nach Paestum begleitet hat, schicke ich Ihnen den Mann zur Verstärkung ...«

Ich bedankte mich höflich und schwor mir insgeheim, diesem Schicksalsschlag wenn irgend möglich auszuweichen.

Als ich wieder nach Kroton kam, traf ich zufällig Laesus. Ich hatte nicht erwartet, ihn wiederzusehen, und *er* schien ebenfalls erstaunt, *mich* zu sehen. Ich erfuhr, daß dieser neunmalkluge Laesus, während ich am Strand von Kap Colonna herumgeplanscht hatte, nach Tarentum gesegelt war. Mein grundehrlicher neuer Freund erzählte mir, er habe sich auf Pertinax' ehemaligem Gehöft (jetzt Teil der kaiserlichen Besitzungen) nach Barnabas erkundigt.

»Wen haben Sie denn gefragt?«

»Na, wer hätte wohl am ehesten was von ihm gehört? Seine Mutter, die garstige Hexe. Beim Zeus, Falco!« klagte Laesus. »Das heimtückische alte Luder hat mich mit einer Pfanne voll siedenden Fetts aus dem Haus gejagt!«

»Laesus, Sie müssen die Weiber einwickeln, bevor die 'ne Waffe zu fassen kriegen. Werfen Sie das nächste Mal eine Börse über die Schwelle, aber denken Sie dran, daß so eine Alte normalerweise auf zwanzig Meter Entfernung sieht, ob ein Beutel bloß mit Steinen gefüllt ist!«

Laesus war viel zu aufgeregt, um sich meine Lektion zu Herzen zu nehmen. »Die wollte kein Geld, sondern mein Blut. Das widerliche Weib ist als Sklavin zur Welt gekommen, ist aber jetzt frei und hat Leute, die sich um sie kümmern – dafür hat Barnabas wohl gesorgt.«

»Ihr liebender Sohn! Wie war sie denn so?«

»Gerochen hat sie wie die Achselhöhle von 'nem Tiger. Außerdem hat sie rein gar kein Zeitgefühl. Aber falls die bekloppte alte Schachtel überhaupt was weiß, dann können Sie die Erbschaft von dem Freigelassenen getrost behalten. Soweit ich verstanden habe, hält seine Mutter ihn für tot.«

Ich lachte.

»Laesus, ich wette, das denkt meine Mutter von mir auch; das heißt aber nur, daß ich ihr seit einer Woche nicht mehr geschrieben habe!«

Die Ereignisse am Kap Colonna hatten bewiesen, daß Barnabas alles andere als tot war.

Ich hätte mit dieser zänkischen alten kalabrischen Schlampe selber reden sollen. Aber das Leben ist einfach zu kurz; man kann nicht alles selber machen.

Ich zeigte Laesus das Notizbuch, das wir im Heratempel gefunden hatten.

»Sehen Sie sich mal die Liste an: Nonen des April, *Galatea* und *Venus von Paphos*; vier Tage vor den Iden, *Flora*; zwei Tage vor Maibeginn, *Lusitania, Concordia, Parthenope* und *Die Grazien* ... Sagt Ihnen das irgendwas? *Ich* denke, es handelt sich um Schiffe. Entweder eine Werftliste oder – um die Jahreszeit wahrscheinlicher – ein Fahrplan ...«

Laesus sah mich mit seinen blanken schwarzen Rotkehlchenaugen an. »Ich erkenne da keinen Namen wieder.«

»Sie haben mir doch erzählt, daß Sie früher nach Alexandria gesegelt sind!«

»Aber von Alexandria ist doch da gar nicht die Rede«, wehrte sich Laesus mit der verkniffenen Miene eines Mannes, dem einer die berufliche Kompetenz absprechen will. »Ist schon lange her, daß ich die Route gefahren bin«, setzte er kleinlaut hinzu.

Ich grinste ihn unbarmherzig an. »Ja, ja, seitdem ist viel Zeit vergangen und ’ne Menge Wein durch Ihre Kehle geflossen, wie? Alexandria war nur so’ne Idee von mir.«

»Na gut, lassen Sie mir die Liste da, und ich werde mich mal umhören ...«

Ich schüttelte den Kopf und steckte das Notizbuch wieder in meine Tunika. »Danke, aber die behalte ich lieber. Ist ja vielleicht auch gar nicht wichtig.«

Es spricht sehr für den Charme dieses Kerls, daß ich, obwohl mir schon beim Anblick einer großen Pfütze schwummerig wird, beinahe bereit gewesen wäre, mit Laesus in seinem Kahn nach Rhegium zu schippern. Aber an Seekrankheit kann man auch sterben. Ich zog es vor, an Land zu bleiben.

Ich machte Laesus meine Ziege zum Geschenk und ahnte, daß sie vermutlich auf einem Bratrost am Strand enden würde. Hinterher hatte ich Gewissensbisse deswegen. Aber es gibt nun mal zweierlei, womit ein Privatermittler sich besser nicht belastet: Frauen und Kuscheltiere.

Ich erwähnte mit keinem Wort, daß sie geweiht war. Ein geweihtes Tier zu töten bringt furchtbares Unglück, aber nach meiner Erfahrung nur, wenn man weiß, was man tut.

Die Ziege folgte Laesus ohne weiteres: ein unzuverlässiges Geschöpf, wie die meisten meiner Freunde. Wenn sie denn schon von einem Seemann verspeist werden müsse, dann hätte sie keinen netteren finden können. Das sagte ich ihr zum Abschied.

XXI

Also dann; zurück zum Kaiser und ihm berichtet, wie gut ich seine Sache in Bruttium vertreten hatte.

Diese Woche in Rom war das reinste Fiasko. Meine Mutter war böse, weil ich ihr keine Süßholzwurzeln mitgebracht hatte. Lenia piesackte mich so lange, bis ich die Miete für drei Wochen rausrückte. Und von Helena Justina kein Wort. Im Hause ihres Vaters erfuhr ich, daß sie Rom verlassen habe, um den Sommer auf irgendeinem Landsitz zu verbringen; ich war zu stolz, um den Türsteher nach der Adresse zu fragen. Ihr Vater, ein sympathischer Mann, mußte meine Stimme erkannt haben; er schickte mir einen Haussklaven hinterher, um mich zum Essen einzuladen, aber ich war zu niedergeschlagen, um anzunehmen.

Einigermaßen beklommen fand ich mich im Palast ein, um meinen Rapport abzuliefern. Bevor ich zu Vespasian ging, machte ich mich auf die Suche nach Anacrites.

Ich fand ihn in einem winzigen Büro, wo er Rechnungen studierte, und ich konnte ihm das Geständnis abluchsen, daß er seinen Auftrag, Aufidius Crispus, den Verräter, der nach Neapolis geflohen war, aufzustöbern, nicht hatte erfüllen können. Im Falle Barnabas hatte er ebenfalls nichts erreicht; nicht einmal meine Neuigkeit, daß der Freigelassene wieder einen Senator angegriffen habe, konnte ihn aufrütteln. Anacrites überprüfte jetzt die Unternehmer, die den Triumph des Kaisers in Judaea organisiert hatten, und war in Gedanken nur noch bei Offerten und Tagesraten; an Verschwörungen schien er jegliches Interesse verloren zu haben.

Ich trollte mich, um meine Audienz beim Kaiser nicht zu versäumen, und fühlte mich sehr allein.

Nachdem ich meine Geschichte zu Ende erzählt hatte, dachte Vespasian lange nach.

»Cäsar, ich bin doch hoffentlich nicht übers Ziel hinausgeschossen?«

»Nein«, antwortete er nach einigem Zögern, »nein, das war schon recht so.«

»Und werden Sie Gordanius als Geistlichen in Paestum einsetzen?«

»Aber ja! Anständig von ihm, daß er sich damit zufrieden gibt!«

Ein Aufstand gegen den Kaiser war offenbar eine sehr lohnende Masche! Gordanius hatte den Spaß eines aufregenden Komplotts mit seinen Kumpanen gehabt und sich hinterher einfach nach Colonna zurückgezogen, den frisch gebakkenen Bries vom Altar weggeschleckt und in aller Seelenruhe auf seine Belohnung gewartet. Ich sagte nichts, aber vielleicht konnte man mir am Gesicht ablesen, was ich dachte.

Wir hatten eine kurze, ergebnislose Debatte über Geld, dann starrte Vespasian mich wieder auf eine so merkwürdige Art an, daß mir langsam mulmig wurde. Wieder hatte ich das schmerzliche Gefühl, vom geheimen Hofprotokoll ausgeschlossen zu sein, aber kurz bevor ich vor lauter Entrüstung drauf und dran war, alles hinzuschmeißen und ein halbes Jahr auf dem Aetna die Schafe zu hüten, sagte er trocken: »Ich hätte Sie auch hinter dem Sportsegler herschicken sollen!«

Ich brauchte einen Moment, ehe ich begriff, daß hier vielleicht ein neuer Auftrag winkte.

»Ach ja?« fragte ich (beiläufig).

»Hmm!« brummte er (mit grimmigem Lächeln). »Anacrites beteuert zwar, er hätte sein Bestes getan, aber meinen Brief an Crispus hat er zurückgebracht mit dem Vermerk ›Empfänger unbekannt‹«.

»Ach, was für ein Pech!« rief ich aus.

Das Gefühl, das jetzt in mir aufkeimte, war mir schon wesentlich lieber. Der Kaiser muß das gemerkt haben.

»Sie werden wohl«, bemerkte er leutselig, »so kurz nach Ihrer Rückkehr nicht schon wieder fort wollen aus Rom?«

Ich machte ein ernstes Gesicht und schüttelte den Kopf. »Ich habe eine alte Mutter, Cäsar, die mich nur ungern wegläßt. Außerdem«, fügte ich bedächtig hinzu, denn das Folgende war mir ernst, »außerdem hasse ich Aufträge, an denen schon wer anders herumgemurkst und dabei alle Spuren zertrampelt hat.«

»Dafür habe ich vollstes Verständnis. Aber Aufidius Crispus gehört halb Latium«, erklärte Vespasian, nicht ohne einen Anflug von Neid in der Stimme. »Da muß ich mir doch Sorgen machen, wenn er gar nichts von sich hören läßt.«

Latium war traditionelles Anbaugebiet für Wein und Oliven. Ein neuer Kaiser, der seine Widersacher an die Kandare nehmen wollte, durfte einen Latiner, der unter den Winzern seiner Heimat tonangebend war, nicht aus den Augen verlieren.

Ich grinste den Kaiser an. Keiner von uns erwähnte das geheiligte Wort »Diplomatie«.

»Tja, Cäsar, viele Leute schrecken zurück, wenn ein Palastspitzel sie grüßt!«

»Crispus könnte noch sehr viel unangenehmeren Besuch bekommen. Ich möchte, daß Sie ihn warnen – als freundschaftliche Geste meinerseits. Suchen Sie ihn, Falco; und finden Sie ihn, bevor Barnabas es tut!«

»Ich finde ihn bestimmt. Alles, was dazu nötig ist, wäre ein neues Gesicht, jemand, der nicht aussieht wie ein Staatsbeamter ...«

»Genau! Der Brief liegt bei meinem Sekretär. Es ist erstklassiger Papyrus. Wenn Sie Crispus treffen, dann passen Sie auf, daß er Ihnen nicht gleich in den Weinbecher fällt.«

Ich wies darauf hin, daß die Preise am Golf von Neapolis berüchtigt seien, konnte ihn aber nicht zu einer Erhöhung meines Tagessatzes bewegen.

»Sie können auf Staatskosten reisen«, war die einzige Konzession, zu der er bereit war. »Wir haben da ein Schiff mit Namen *Circe*, das ich Pertinax' Vater zurückgeben will. Der Heimathafen war, soviel ich weiß, Pompeji. Sie können Sie dem alten Herrn bringen.«

Ich beschloß im stillen, für mich selbst doch lieber eine Reisemöglichkeit über Land zu besorgen. Trotzdem eröffnete der freie Zugang zu einem Handelsschiff gewisse Perspektiven. Plötzlich erinnerte ich mich wieder einer bislang sträflich vernachlässigten Ware, mit der sich zum einen mein Lebensunterhalt aufbessern ließe und die zum anderen den Grundstock für eine glaubhafte Maskerade liefern würde ... Ich würde in Campania als Reisender in Blei auftreten.

Auf dem Rückweg schaute ich noch einmal kurz in Anacrites' Kabuff vorbei, wo er immer noch über einem Stoß langweiliger Rechnungen brütete. Ich schenkte ihm ein strahlendes Lächeln und winkte ihm obendrein fröhlich zu, um ihn ein wenig aufzuheitern.

Anacrites warf mir einen Blick zu, der keinen Zweifel zuließ: Ich hatte mir gerade einen Feind fürs Leben gemacht.

Anacrites zum Trotz besserte sich meine Laune beträchtlich, während ich die Reise nach Neapolis vorbereitete. Einen Ex-Putschisten hatte ich ohne größere Schwierigkeiten aufgestöbert. Warum sollte ich bei diesem zweiten weniger Glück haben? Männer aufspüren und Frauen nachsteigen – das war mein Lebenselixier. Ich hatte gelernt, beides locker und entspannt anzugehen.

Wenn ich eine Ahnung von dem *anderen* Mann gehabt hätte, den ich in der Campania außerdem jagen würde, hätte das meine Laune wahrscheinlich geändert.

Und wenn ich geahnt hätte, welche Frau ich dort finden würde, dann wäre ich vielleicht gar nicht erst losgefahren.

TEIL III

Beschauliche Familienferien

Der Golf von Neapolis

Ende Juni

»... Orgien, Liebschaften, Ehebruch, Abstecher nach Baiae, Strandfeste, Bankette, musikalische Unterhaltung, Bootspartien ...«

Cicero: REDE FÜR CAELIUS

XXII

Wir überquerten die Ebene von Capua, als wieder einmal der Notstand ausbrach.

Inzwischen war meinem Freund Petronius Longus, dem Wachthauptmann, eingefallen, daß er nach unseren letzten gemeinsamen Ferien gesagt hatte: nie wieder. Ich benutzte Petros Brut als Tarnung. Einer meiner zahlreichen Neffen, Larius, der gerade vierzehn geworden war, kam auch mit, weil seine Mutter meinte, er mache gerade eine schwierige Phase durch. Meine Schwester fand, er brauche eine starke Hand. Es sah freilich nicht so aus, als würde er die zu spüren kriegen. In meinen Augen war eine Reise ans Meer dazu da, verantwortungslos genossen zu werden.

Ich hatte dieses Bonmot in Gegenwart von Arria Silvia, Petros Frau, losgelassen; ein Fehler, aber längst nicht der einzige, der mir bisher unterlaufen war, und dabei waren wir noch zehn Meilen vom Meer entfernt.

Allmählich spürte man die Nähe der Küste. Petronius und Silvia glaubten, wir führen nach Baiae, dem besten Seebad am Golf, aber Baiae lag für meine Zwecke zu weit nördlich. Ich überlegte, wann ich wohl mit dem Geständnis würde rausrücken können.

Capua hatten wir bereits umgangen. Zur Linken begleiteten uns weiterhin die zerklüfteten, weiß-narbigen Gipfel des Apennin, aber die regendurchweichten Hügel zur Rechten flachten zusehends ab und gingen bald in Flachland über.

 Wir hielten Ausschau nach dem Vesuv, der sich kurz vor Neapolis von der Bergkette abheben würde.

Petronius hielt die Zügel. Ich steuerte mein Teil bei, aber er kutschiert ausgesprochen gern, und da es seine Familie war, die hinten im Wagen herumturnte, schien es ganz natürlich, daß er die Führung übernahm. Wir waren in einem Ochsenkarren unterwegs: drei Erwachsene, drei kleine Mädchen, Freßkörbe, jede Menge Amphoren, genug Kleidung für sechs Monate, mehrere junge Katzen in dem Stadium, da sie gern auf Entdeckungsreise gehen, mein Sorgenkind Larius und ein fünfzehnjähriges Nachbarmädchen, das Silvia als Hilfe mitgebracht hatte. Diese Ollia war ein tumbes Geschöpf mit dem Hang zu tieftraurigen Stimmungen, in denen sie wild und heftig schluchzte. Sie war ein einfaches Mädchen mit einem Wunschtraum, konnte sich aber noch nicht entscheiden, wovon sie eigentlich träumte.

Ich hatte Silvia davor gewarnt, daß Ollia am Strand über kurz oder lang von irgendeinem Fischerjungen verführt werden würde. Silvia zuckte bloß die Achseln. Sie war ein kleines, zähes Persönchen. Petronius in seiner Gutmütigkeit ertrug sie ganz gut, aber ich hatte eine Heidenangst vor ihr.

Petronius Longus hatte seine Frau vor fünf Jahren bekommen. Sie war die Tochter eines Kupferschmieds. Kaum, daß wir aus Britannien heimgekehrt waren, hatte ich bemerkt, wie Silvia und ihr Vater sich auf Petro versteiften wie zwei alte Weiber, die auf dem Markt eine frische Sprotte für ihren Festtagsschmaus aussuchen. Ich sagte nichts dazu. Es hatte keinen Sinn, ihn aufzuregen. Er hatte schon immer eine Schwäche für zierliche Mädchen mit flachem Busen und spöttischer Stimme, die ihn herumkommandierten.

Bislang ging diese Ehe erstaunlich gut. Silvias Vater hatte sie mit einer Mitgift ausgestattet, deren stattliche Höhe bewies, wie froh er war, die Tochter los zu sein. (Petronius, dieses stille Wasser, das es gleichwohl faustdick hinter den Ohren hatte, gestand mir später, daß er die ganze Zeit schon ein Auge auf die Barschaft des Kupferschmieds geworfen hatte.) Die Jungvermählten stritten sich gewiß auch hin und wieder, behielten das aber für sich. Als sie in ziemlich rascher Folge Petronilla, Silvana und Tadia in die Welt setzten, sprach nichts dafür, daß Petro es nur getan hätte, um als dreifacher Vater seine Bürgerrechte aufbessern zu können. Er vergötterte seine Kinder, und ich hegte den Verdacht, daß er sogar in seine eigene Frau verliebt sei. Aber auch wenn Silvia in mancher Beziehung schrecklich stolz auf ihn war, blieb er für sie im Grunde doch immer eine Sprotte.

Petro nahm seine Vaterrolle ganz gelassen; er fuhr ruhig mit seiner jeweiligen Beschäftigung fort, während seine lärmende Rasselbande auf ihm herumkletterte. Die beiden Größeren hangelten sich an seinem mächtigen Rücken hoch, um anschließend wie auf einer Rutschbahn wieder hinabzugleiten, wobei die Litze seiner Tunika zum Teufel ging. Tadia, die Jüngste, betrachtete im Augenblick von meinem Schoß aus die Landschaft. Da sie wußte, daß sie nicht am Daumen lutschen sollte, biß sie auf meinem herum. Privatermittler sind eiskalte, hartherzige Rohlinge, die Frauen wie wertloses Treibgut behandeln, aber

 Tadia war erst zwei Jahre alt; sie begriff noch nicht, daß ich, freundlicher Onkel Marcus, jedes hübsche Mädchen als Spielzeug benutzen und dann achtlos beiseite werfen würde, sobald die nächste Schöne ihn anlächelte ...

Petronius hatte den Wagen angehalten.

Tadia blickte aus großen, angsterfüllten Augen zu mir auf und sah aus, als wolle sie jeden Moment zu weinen anfangen. Ihr Vater meinte vorwurfsvoll: »Das Kind muß offensichtlich aufs Klo, warum sagst du nichts?«

Petros Tadia war bekannt dafür, daß sie alle Kümmernisse schweigend erduldete; genau die Art Frau, die ich mir immer gewünscht hatte, aber einfach nicht finden konnte.

Mittlerweile waren wir alle müde und fingen an, uns zu fragen, ob diese Reise eine gute Idee gewesen war.

»Na, was ist, ich hab angehalten!« (Petronius war ein zielstrebiger Fahrer, der Unterbrechungen haßte, obgleich wir mit drei Kindern unter fünf Jahren natürlich viele in Kauf nehmen mußten.)

Keiner rührte sich. Also bot ich mich an, sie abzuhalten.

In der Ebene von Capua gibt es keine öffentlichen Toiletten. Aber kein Mensch würde sich daran stören, wenn eine Zweijährige in Nöten die Ernte bewässerte.

Petronius Longus wartete mit dem Ochsenkarren, während Tadia und ich durch die Landschaft staksten. Wir brauchten dringend einen Busch. Aber unsere unmittelbare Umgebung bot nur lichtes Strauchwerk. Mit Zwei war Tadia eine

Dame von Welt, und das hieß, sie weigerte sich, ihr Höschen herunterzulassen, solange im Umkreis von fünf Meilen jemand in einem Fuchsbau sitzen und sie beobachten mochte.

Die Suche nach einer geeigneten Tarnung für Tadia führte uns so weit ins Feld hinein, daß wir die Straße kaum noch sehen konnten. Ringsum herrschte paradiesischer Friede. Eine Grille zirpte uns von einem blühenden Besenginsterzweig aus zu, und vom Boden stieg der warme, betörende Duft von wildem Thymian auf. Ich hätte gern noch ein Weilchen getrödelt und die Landschaft genossen, aber Petronius vertrat eisern die Ansicht, daß eine Familie auf Reisen zügig ihrem Ziel zustreben müsse.

Tadia und ich bescherten ihrem Busch eine gründliche Dusche, dann machten wir kehrt.

»Hmm, Tadia Longina, sieh nur, der hübsche Schmetterling! Komm, den schauen wir uns näher an ...« Tadia beobachtete den Schmetterling, indes ich nervös zur Straße hinüberspähte.

Ich hatte eine dunkle Staubwolke aufwirbeln sehen. Reiter umschwirrten unsere Gefährten wie Spatzen, die ein paar Brotkrumen stibitzen wollen. Dann richtete sich Arria Silvias zarte Gestalt im Wagen auf, und von weitem sah es aus, als rezitiere sie die Rede Catos des Älteren, in der er den Senat überzeugt, daß Carthago zerstört werden muß ... Die Reiter stoben ziemlich überstürzt davon.

Ich nahm Tadia auf den Arm, rannte zur Straße zurück, fing ein entlaufenes Kätzchen wieder ein und schwang mich neben Petronius auf den Bock. Mein Freund ließ sofort den Ochsen antraben.

Silvia schwieg verkniffen, während ich versuchte, mir meine Aufregung nicht anmerken zu lassen; Petronius fuhr ruhig weiter.

»Was war denn da eben los?« fragte ich leise.

»Ach ...« Er dehnte erst einmal ausgiebig die Schultern, ehe er antwortete. »Da kam so'n halbes Dutzend unflätiger Krautjunker mit wehrfesten Helmen und fragten nach irgendeinem Idioten, der ihnen auf die Füße getreten hat. Sie vergriffen sich an unseren Kätzchen und bedrohten uns, bis Silvia ihnen heimgeleuchtet hat ...«

Wenn Arria Silvia richtig loslegt, ist das ungefähr so angenehm, als ob einem eine Mücke in der Nase rumfliegt. »Ich habe getan, als sei ich ein harmloser Tourist aus Rom, der bloß angehalten hat, um sich mal richtig mit seiner Frau zu streiten ...« Ich überlegte, worüber die beiden sich wohl stritten; so, wie ich sie kannte, ging es wahrscheinlich um mich. »Dann haben sie sich Richtung Capua getrollt. Ihr griesgrämiger Anführer, ein Kerl im grünen Umhang, meinte, ich sei sowieso der Falsche ...«

»Wen haben sie denn gesucht?« erkundigte ich mich schüchtern.

»Einen Blödmann namens Falco«, knurrte Petronius.

XXIII

Ende Juni: Alle, die es irgendwie einrichten konnten, hatten Rom verlassen. Manche zogen sich in ihre Landhäuser zurück. Die meisten Leute, die ihre Ferien am Meer verbringen wollten, waren offenbar zwei Tage vor uns angekommen. Dieser Ansturm verschlimmerte meine Lage; ich wollte uns so rasch wie möglich sicher unterbringen.

Zumindest wußte ich jetzt, woran ich war: Barnabas schlich immer noch in diesem gräßlichen giftgrünen Umhang herum. Er war hier in der Campania – und mir auf den Fersen.

Rings um die Bucht gibt es viele Städte und Dörfer, aber ein paar davon gefielen uns nicht, und den übrigen waren wir nicht genehm. Neapolis, mit seinen schönen Sommerpalästen, wirkte so protzig, daß wir es uns bestimmt nicht hätten leisten können, während Puteoli, bis zum Aufblühen Ostias vor etwa dreißig Jahren das beliebteste Seebad Roms, nach wie vor ein lauter Handelshafen war. In Misenium wimmelte es von Beamten, die ihren Jahresurlaub hier verbrachten. Baiae, der mondäne Kurort war im Niveau gesunken, aber selbst in den schmutzigsten Quartieren wollte man keine Kinder aufnehmen. Surrentum war herrlich, aber nur vom Meer her oder über eine endlose Serpentinenstraße zu erreichen; wenn mich wirklich ein geistesschwacher Mörder verfolgte, konnte Surrentum zu einer gefährlichen Falle werden. Pompeji war zu vulgär, Herculaneum zu prüde und das Thermalbad in Stabiae gerammelt voll mit kurzatmigen alten Herren und ihren hochnäsigen Frauen. An den Hängen des Vesuvius gab es hübsche Dörfer, aber wir hatten den Kindern nun mal das Meer versprochen.

»Wenn noch *ein* unverschämter Wirt die Nase über unsere Kätzchen und das Nachtgeschirr rümpft«, raunte Petronius drohend, »dann werde ich sehr unangenehm aus der Rolle fallen!«

»Wie wär's denn mit Oplontis?« schlug ich beiläufig vor, bemüht, ein argloses Gesicht zu machen.

Oplontis war ein kleines Fischernest im Herzen der Bucht, das sich schon von weitem mit dem durchdringenden Duft nach gegrillten Barben als Feriensitz empfahl. Der Stolz des Fleckens war ein ungemein eleganter, streng abgeriegelter Villenkomplex. Die Schmuggler tranken friedlich ihren Fusel, und die Schiffsjungen taten so, als flickten sie ihre Netze, während sie uns angafften. Hier schienen wir endlich richtig zu sein. Das Kaff machte einen preiswerten Eindruck. Es war klein und überschaubar; wenn hier ein bewaffneter Trupp aus Herculaneum hereinpreschte, würden aus allen Häusern die Neugierigen zusammenströmen. Oplontis war (rein zufällig) genau der Ort, wo ich von Anfang an hin wollte.

Wir fanden ein zahnlückiges, schwarzgekleidetes altes Weib, das uns zwei schäbige Kammern im ersten Stock eines heruntergekommenen Gasthofs vermietete. Ich merkte, wie Petronius im Geiste einen Plan entwarf, nach dem wir, sollte unverhofft irgendein Finsterling im Hof auftauchen, seine Familie durch den rückwärtigen Stall evakuieren konnten.

Wir waren die einzigen Gäste; warum, war
nicht schwer zu erraten.

»Für eine Nacht wird's schon gehen«, machte Petronius sich Mut. »Morgen suchen wir uns dann was Besseres ...« Er wußte, wenn erst einmal alles abgeladen war, würden wir den Rest unseres Aufenthaltes hier hängenbleiben.

»Wir hätten in Baiae bleiben sollen!« klagte Silvia. Selbst wenn alle schon hundemüde sind, bringen anderer Leute Ehefrauen immer noch die Kraft zum Nörgeln auf. Larius schnupperte pausenlos; ihm war ein faszinierender Duft in die Nase gestiegen. Seetang vielleicht. Oder vielleicht auch nicht.

»Larius, steck dir eine Klammer auf die Nase!« fuhr ich ihn an. »Wart's ab, bis du die öffentlichen Latrinen in Stabiae kennenlernst oder die Senkgruben von Pompeji!«

Im Hof klammerte sich ein mickriger Weinstock an eine Pergola. Daneben gab es einen Brunnen, an dem Larius und ich uns wuschen, während Silvia die Betten verteilte. Sie suchte ganz offensichtlich Streit mit Petro. Eins unserer Zimmer hatte ein Fenster, das nur mit einem Fell verhängt war, und so konnten Larius und ich den Familienkrach mit anhören; die Wendung »*nichts wie Ärger!*« kam mehrmals vor: Das galt mir.

Petros hübsches Turteltäubchen erklärte ihm nachdrücklich, daß sie morgen in aller Frühe mit ihren Kindern heimfahren würde. Seine Antwort war zu leise, als daß ich sie verstanden hätte. Wenn Petro fluchte, war er erstaunlich ordinär, aber er wurde nie laut dabei.

Allmählich entspannte sich die Lage; endlich

kam Petro herunter. Er kippte sich einen Eimer Wasser über den Kopf und setzte sich dann zu uns auf die Bank; sein Bedürfnis nach Alleinsein war unverkennbar. Er zog eine rauchgrün glasierte Flasche hervor und setzte sie an die Lippen – wie ein Reisender, der weiter gefahren ist als vorgesehen und obendrein noch eine Menge Beleidigungen hat einstecken müssen.

»Wie ist das Quartier?« erkundigte ich mich vorsichtig, eine eher rhetorische Frage.

»Miserabel. Vier Betten und ein Eimer.«

»Ist Silvia sauer?«

»Das legt sich wieder.« Ein müdes Lächeln spielte um Petros Lippen. »Wir haben die Kinder und Ollia in einem Zimmer untergebracht; ihr beide werdet bei uns schlafen müssen.«

Wenn wir mit unserer großen Gruppe billig unterkommen wollten, ging das nicht ohne taktische Probleme ab: Silvia und Petro hatten darunter am meisten zu leiden. Ich bot an, mit Larius auf ein Stündchen zu verschwinden; Petro knurrte nur gereizt.

Er nahm wieder einen Zug aus seiner Flasche. Das Gefühl, sauber gewaschen an einem beschaulichen Fleckchen zu sitzen (mit einem guten Tropfen vor sich), besänftigte ihn bald soweit, daß er zur Attacke übergehen konnte: »Du hättest mich warnen sollen, Falco!«

»Hör zu, ich suche mir was anderes zum Pennen ...«

»Nein. Wenn ein brutaler Schläger hinter dir her ist, will ich dich in Sichtweite!«

Ich seufzte, sagte jedoch nichts, weil seine Frau gerade herunterkam.

Silvia schien jetzt ruhiger. Sie war stolz darauf,

mit jeder Krise fertig zu werden, und um das zu demonstrieren, erschien sie jetzt mit einem Tablett und vier Bechern. Larius schenkte ein; ich trank nichts. Ich freute mich darauf, die berühmten Weine von Surrentum und dem Vesuvius zu probieren, allerdings bestimmt nicht heute abend.

»Falco, du hättest uns warnen sollen!« warf Arria Silvia mir so verbittert vor, als glaube sie, Petro habe versäumt, mir die versprochene Standpauke zu halten.

Ich seufzte. »Silvia, ich muß arbeiten. Es geht um einen heiklen Fall, und ich möchte gern möglichst unauffällig bleiben. Sowie ich den Mann gefunden habe, mit dem ich reden muß, verschwinde ich, und ihr könnt in Ruhe Ferien machen. Petronius hat nichts mit der Sache zu tun ...«

Silvia schnaubte verächtlich. »Ich kenne euch zwei! Ihr werdet mich mit den Kindern in diesem gräßlichen Kaff sitzenlassen und tun, was ihr wollt. Ich werde weder wissen, wo ihr seid noch was ihr treibt oder worum es eigentlich geht. Wer«, fragte sie energisch, »waren diese Männer heute Nachmittag?« Silvia hatte einen untrüglichen Riecher für das, was ihre männlichen Begleiter gern verheimlichen wollten.

»Der Kerl in Grün war vermutlich ein Freigelassener namens Barnabas, der eine alte Rechnung begleichen will. Fragt mich nicht, wer ihm die Kavallerie geborgt hat. Und außerdem hat mir jemand erzählt, er sei tot ...«

»Ach, dann war das wohl sein Geist?« höhnte Petronius.

Ich beschloß, mich auf Silvia zu konzentrieren, und schenkte ihr ein Glas Wein ein; sie hatte eine gouvernantenhafte Art, daran zu nippen, die mir auf die Nerven ging. »Du weißt doch, daß ich für Vespasian arbeite. Gewisse Leute wollen ihm den Purpur nicht gönnen, die soll ich nun dazu überreden, sich mit den Tatsachen abzufinden ...«

»Überreden!« wiederholte Silvia ungläubig.

Ich nickte. »Offenbar besteht die neue Diplomatie aus wohldurchdachten Argumenten – und saftigen Bestechungsgeschenken.«

Ich war zu müde zum Streiten und hatte außerdem viel zuviel Bammel vor ihr. Silvia erinnerte mich flüchtig an Helena in ihren ärgsten Momenten, aber eine Kontroverse über nichts und wieder nichts mit Ihrer Durchlaucht hatte mir jedesmal soviel geistige Befriedigung verschafft, wie manche Männer aus einer Partie Dame schöpfen.

»Hast du eigentlich von Vespasian schon mal Geld gesehen?« stichelte Petro. Meine Antwort wäre ziemlich unfreundlich ausgefallen, aber schließlich waren wir zum Vergnügen hier, also hielt ich mich zurück. In einer verdreckten Pension am Golf von Neapolis wird einem Selbstbeherrschung allerdings nicht gedankt.

»Ich will auf der Stelle wissen, was du hier machst!« forderte Silvia streng.

»Mein Ausreißer hat sich auf ein Schiff geflüchtet, das irgendwo in dieser Gegend gesichtet wurde ...«

»Wo genau?« hakte sie nach.

»Tja, also zufällig vor der Küste von Oplontis.«

Silvia war unerbittlich: »Wir sind also nicht durch Zufall in diesem elenden Nest gelandet!« Ich versuchte es mit einer unverbindlichen Miene. »Und was wirst du tun, wenn du dieses Schiff gefunden hast, Falco?«

»Dann rudere ich raus und rede mit ihm.«

»Dazu brauchst du meinen Mann ja wohl nicht!«

»Nein.« Innerlich fluchte ich. Ich kann rudern, hatte mir aber vorgestellt, daß Petronius die Knochenarbeit übernehmen würde, während ich das Steuer übernahm. »Es sei denn«, begann ich vorsichtig, »du kannst ihn für eine Weile entbehren ... dann könnte er mit nach Pompeji kommen und mir helfen, eine Ladung Bleibarren zu löschen, die ich als Tarnung brauche.«

»Nein, Falco!« Silvia schäumte.

Petronius blieb stumm. Ich wich seinem Blick aus.

Arria Silvia warf mir einen Blick zu, der so giftig war wie Eisenhut. »Wozu fragst du mich eigentlich? Ihr beide macht ja doch, was ihr wollt!«

Der richtige Zeitpunkt, um mit Larius nach oben zu gehen und auszupacken.

Das dauerte nicht lange. Unsere Zimmer fanden wir am Ende eines finsteren Korridors. Es waren zwei muffige Kabuffs, von deren Lehmwänden der Putz abblätterte. Unebene Weichholzleisten ersetzten die schadhafte Bettbespannung. Wir schlugen unsere Strohsäcke zurück, um nach Wanzen zu fahnden, aber eine Wanze, die auf Bequemlichkeit hielt, hätte hier nirgends ein Nest gefunden; der grobe Bezug war speckig vor Dreck und barg nur ein paar kümmerliche Strohbüschel, die uns in den Rücken pieksen würden wie Berggeröll.

Ich vertauschte meine Stiefel mit Sandalen und ging wieder nach unten. Ich wollte vorschlagen, daß wir Erwachsenen irgendwo Essen gingen und

Ollia bei den Kindern blieb. Larius kramte in einem Ranzen herum; er sollte mir folgen. Unten an der Treppe blieb ich stehen und brüllte zu ihm hinauf, weil der zerstreute Luftikus rumtrödelte.

Petronius Longus saß noch immer am alten Platz; den Kopf an die Pergola gelehnt, die langen Beine ausgestreckt und das Gesicht entspannt, genoß er den Abendfrieden. Er haßte Streit, konnte ihn aber, wenn er unvermeidlich war, relativ unbeschadet über sich ergehen lassen. Jetzt, da er nicht mehr zu fahren brauchte, begann er, allen Widrigkeiten zum Trotz, sich wohl zu fühlen. Sein brauner Schopf war noch zerzauster als gewöhnlich. Der Becher in seiner Hand war leer. Den anderen Arm hatte er um seine Frau gelegt.

Nach fünfjähriger Erfahrung mit den Fährnissen der Ehe kamen diese beiden, wenn sie allein waren, viel besser zurecht, als ihr Auftreten in der Öffentlichkeit vermuten ließ. Arria Silvia war an Petros Seite geschlüpft. Sie weinte, war jetzt einfach eine enttäuschte junge Frau, die sich über Gebühr verausgabt hatte. Petro ließ sie an seiner breiten Schulter schluchzen, während er weiter vor sich hin träumte.

Gerade als ich mich an dieser weisen Lektion übers Eheleben erbauen wollte, trocknete Silvia sich die Augen. Ich sah, wie Petro in die Gegenwart zurückfand und sie fester an sich zog. Ich kannte ihn seit Jahren und hatte ihn mehr Frauen küssen sehen, als seine Frau hätte wissen dürfen; jetzt gab der alte Taugenichts sich sehr viel mehr Mühe und ihr nicht nur einen flüchtigen Schmatz, um den häuslichen Frieden wiederherzustellen. Hinterher sagte er etwas zu ihr, aber ganz leise, und sie antwortete ihm. Dann standen beide auf und spazierten, eng umschlungen und die Köpfe dicht aneinandergeschmiegt, auf die Straße hinaus.

Ich spürte ein heftiges Zerren in den Eingeweiden, das freilich nichts mit dem Magen zu tun hatte. Larius erschien. Ich erklärte ihm, ich hätte meine Meinung geändert, und zerrte ihn ins Haus zurück. Die schwierige Phase, die mein Neffe durchmachte, äußerte sich unter anderem darin, daß der junge Brummbär, egal, wo man ihn hinbrachte, immer ein Gesicht machte, als wäre er lieber zu Hause geblieben.

XXIV

Am nächsten Tag schien die Sonne; in meiner Stimmung überraschte mich das.

Ich machte einen Spaziergang durch den Ort; rechts und links von mir schimmerten die beiden Arme der Bucht im zartgrauen Dunst. Capri, das vor mir liegen mußte, war ganz in Nebel gehüllt, und wenn ich mich umdrehte, war auch der Kegel des Vesuvius nur als verschwommener Schattenriß zu erkennen. Die milchige, alles verhüllende Dunstglocke würde bald einem heißen, strahlend blauen Tag weichen.

Ich war wie gerädert. Mein Neffe hatte trotz unserer knubbeligen Matratze tief und fest geschlafen. Petronius schnarchte. Seine Frau (wie ich letzte Nacht festgestellt hatte) ebenfalls.

»Falco sieht ganz niedergedrückt aus. Wir müssen ihm ein Mädchen suchen!« flötete Arria Silvia gutgelaunt beim Frühstück und schlug ihre spitzen Vorderzähne in einen Pfirsich.

»Laß den nur fünf Minuten in Pompeji sein«, frotzelte Petro, »dann findet er schon selber eins.«

Mir ging zuviel im Kopf herum für derart belanglose Tischgespräche. Da war ich nun mitten in der Hauptsaison in der Campania. Gestern, bei der Ankunft, hatte ich überall lachende Gesichter gesehen – aufgeschlossene junge Frauen in schönster Blüte, entspannt und wohlig erregt von der linden Seeluft, alle äußerst spärlich bekleidet und begierig nach einem Vorwand, um auch dies Wenige noch auszuziehen ... Da war ich also nun, ein schneidiger Draufgänger in einer fast neuen senffarbenen Tunika (ein Schnäppchen vom Stoffmarkt, das meine Mutter zusammen mit zwei Rollen Zickzacklitze abgestaubt hatte). Und selbst wenn eine Frau, wie die Venus von Praxitiles, einem Brunnen entstiegen und auf meinen Schoß gesprungen wäre, mit nichts als einem Paar modischer Sandalen und einem Lächeln bekleidet, ich hätte sie runtergehoben und mich getrollt, um allein meinen trüben Gedanken nachzuhängen.

Zum Frühstück gab es Wasser und Obst. War man derlei von zu Hause nicht gewöhnt, konnte man das Obst auch weglassen.

Wir Männer verschwanden noch am selben Tag nach Pompeji.

Gleich vor der Stadt, an der Mündung des Sarnus, lag ein kleiner Hafen, von dem aus auch Nola und Nuceria beliefert wurden. Wir ließen den Wagen am Hafen stehen; die Kaimauer war zu steil, als daß man ihn hätte hinaufbugsieren können. Larius wollte dableiben und sich die Schiffe ansehen, aber ich hatte keine Lust, meiner Schwester beichten zu müssen, daß ihr Erstgeborener am Kai des Sarnus mit einem stämmigen Bootsmann ein böses Erwachen erlebt hätte; darum schleppten wir ihn mit. Petro und ich gingen durch den Fußgängertunnel links neben der Kaimauer; Larius nahm uns zum Trotz den Gang für die Lasttiere. Während wir oben auf ihn warteten, hörten wir ihn wütende Selbstgespräche führen.

Pompeji hatte Wein, Korn, Wolle, metallverarbeitende Industrie, Olivenöl, das Flair zielstrebiger Prosperität und zehn schmucke Wachtürme auf wuchtigen Stadtmauern.

»Ein Bollwerk für die Zukunft!« Eines meiner witzigeren Bonmots.

Gut; ich weiß, was in Pompeji geschah – aber das war acht Jahre bevor der Vesuvius ausbrach. Jeder Student der Naturwissenschaften, dem auffiel, daß Pompejis Hausberg wie ein Vulkan aussah, folgerte, daß er erloschen sei. Die Playboys von Pompeji freilich glaubten an die Kunst, an Isis, die Gladiatoren der Campania und Bargeld, mit dem sich die tollsten Weiber kaufen ließen; von dieser protzigen Jeunesse dorée befaßte sich kaum jemand mit Naturwissenschaften.

Damals verdankte Pompeji seinen Ruhm zwei denkwürdigen Ereignissen: einem Krawall im Amphitheater, bei dem Pompejaner und Nucerianer wie die Vandalen übereinander herfielen und etliche Tote zu beklagen waren; außerdem einem verheerenden Erdbeben. Als wir (ein paar Jahre nach dem Beben) hinkamen, ähnelte die Stadt noch immer einer riesigen Baustelle.

Das Forum lag in Trümmern, woran vor allem die Bevölkerung Schuld trug, die ihre Architekten beauftragt hatte, es *in größerem Maßstab* wieder aufzubauen. Wie üblich nutzten die Architekten dies als Vorwand, sich in abenteuerliche Träume zu versteigen und ihren Etat zu verpulvern, ohne Zeitpläne einzuhalten. Ein freigelassener Sklave, der sich einen Namen machen wollte, sanierte den Isistempel, und das Amphitheater hatten die Bürger abgestützt, für den Fall, daß sie wieder ihre Nachbarn verdreschen wollten. Jupiter- und Apollotempel dagegen waren eingerüstet, die Statuen hatte man in der Krypta ausgelagert, und es war ein schweres Stück Arbeit, sich zwischen den Schubkarren der Bauunternehmer durchzukämpfen, um, vorbei an den Lebensmittelständen im Säulengewölbe, in die Oberstadt zu gelangen.

Petronius und ich fanden, für Larius sei dies ein pädagogisch wertvoller Ort. Venus war ihre Schutzgöttin, also wollten die Stadträte auch, daß sie sich bei ihnen wohl fühlte. Groß in Mode für jedes halbwegs elegante pompejanische Vestibül war ein Wandgemälde des Priapus mit seiner nimmermüden Erektion; je reicher eine Familie war, desto riesiger der Lustzapfen, den der Gott der Fortpflanzung den Bewohnern an der Tür entgegenstreckte. Fremde hatten es gar nicht so leicht, zwischen einem Bordell und einem Privathaushalt zu unterscheiden. (Nach dem liederlichen Ruf der Stadt zu urteilen, machte es wohl nicht viel aus, wenn man sich mal irrte.)

Als sie meinen Neffen gewahr wurde, der mit seinem staunenden Unschuldsblick durch die Gegend lief, lächelte eine Prostituierte vor einem echten Hurenhaus ihn mit ihren paar schwarzen Zahnstummeln an. »Hallo, Kleiner! Hast du Lust, ein hübsches Mädchen kennenzulernen?«

In einer Kreidezeichnung an der Wand des Bordells demonstrierte der Gott der Fruchtbarkeit wieder einmal sehr plastisch, was von einem Jüngling erwartet wurde; die Puffmutter wirkte allerdings nicht sehr vertrauenswürdig.

»Wir schauen uns nur ein bißchen um«, entschuldigte ich uns freundlich. Larius duckte sich wieder unter meine Fittiche. »Tut mir leid, Großmama ...« Aus unerfindlichen Gründen fing die alte Vettel an zu keifen. Petronius wurde nervös, und so verzogen wir uns in den sicheren Hafen eines Weingartens.

»Denk bloß nicht, daß ich dich mit dem Laster bekannt mache«, raunte ich Larius zu. »Deine Mutter will, daß ich auf dich aufpasse. Frag deinen Vater, wenn wir heimkommen.«

Der Mann meiner Schwester Galla war ein fauler Flußschiffer, für den nur der Umstand sprach, daß er so gut wie nie daheim war. Er war ein hoffnungsloser Schürzenjäger. Wir hätten das allesamt verkraften können, wenn es meiner Schwester nichts ausgemacht hätte, aber Galla war ungewöhnlich heikel und litt darunter. Manchmal verließ er sie; öfter noch warf sie ihn raus. Gelegentlich ließ sie sich erweichen, »um der Kinder willen« (dieses abgeleierte alte Märchen); wenn sie Glück hatte, blieb der Familienvater einen Monat lang, dann hängte er sich an das nächste kurzsichtige Blumenmädchen, meine Schwester brachte noch ein armes Wurm zu Welt, und die ganze Brut war wieder einmal sich selbst überlassen; wenn sie gar nicht mehr aus noch ein wußten, schickte man die Kinder zu mir.

Larius zog wie üblich einen Flunsch. Ich wußte nicht, ob vor Verlegenheit, oder weil ich ihn so fest an die Kandare nahm.

»Kopf hoch!« ermunterte ich ihn. »Wenn du denn wirklich dein Taschengeld zum Fenster rauswerfen willst, frag Petronius, wieviel es kostet. Er ist ein Mann von Welt ...«

»Ich bin glücklich verheiratet!« protestierte Petronius – bequemte sich dann aber doch, meinem Neffen zu erklären, daß man für einen Kupferas eine ganz passable Einführung bekäme.

»Ich wünschte«, meinte Larius arrogant, »man würde endlich aufhören, mir gute Laune zu verschreiben!« Damit schlurfte er zu dem Brunnen an der Kreuzung und trank einen Schluck Wasser. Ein Zuhälter sprach ihn an, und er kam schnell zurück; Petro und ich taten so, als hätten wir nichts gesehen.

Ich lehnte an der Theke, steckte die Nase in den Becher und versuchte mich mit der Tatsache abzufinden, daß ich ein halbes Dutzend Neffen hatte. Gallas mürrischer Larius war nur der erste in der Reihe, der mit Vierzehn seine Knabentunika abstreifte. Da mein eigener Vater sich verkrümelt hatte, war ich zum Familienoberhaupt aufgerückt. Da war ich nun in die hohe Politik hineingestolpert, durchstreifte die Küste nach einem Renegaten, versteckte mich vor einem Mörder, verzehrte mich vor Kummer, weil die Frau, an der mein Herz hing, mir den Laufpaß gegeben hatte – und hatte obendrein noch meiner Schwester versprochen, daß ich ihren Sohn auf dieser Reise irgendwann über die Geheimnisse des Lebens aufklären würde. Falls das seine gräßlichen Schulfreunde nicht bereits erledigt hatten ... Petronius Longus ist immer gut zu einem Mann, der in einer Krise steckt; er klopfte mir auf die Schulter und bezahlte großzügig für mich mit.

Als wir hinausgingen, ertappte ich mich dabei, wie ich mich verstohlen umblickte, als fürchtete ich, ein finsteres Gespenst im grünen Umhang könne mir nachschleichen.

XXV

Wir waren mit einem Mann verabredet. Wie unter diesen Umständen üblich, waren wir darauf gefaßt, daß er uns an der Nase herumführen und dann bis aufs Hemd ausnehmen würde. Da der Mann ein Klempner war, konnte man praktisch damit rechnen.

Unser Weg führte uns nordwärts, vorbei am Fortuna-Augustus-Tempel, zum Wasserturm neben dem Vesuvius-Tor. Pompeji verfügte über vernünftig angehobene Bürgersteige, aber um die Zeit, als wir auftauchten, beanspruchten die Einheimischen die ganz für sich allein, und wir drei ehrlichen Fremdlinge mußten auf der Straße durch ihren Abfall waten. Wenn man sich darauf konzentrierte, die Sandalen immer schön vorsichtig neben den klebrigen Eselsmist zu setzen, fiel es schwer, auch noch auf das Straßenbild zu achten, aber in steilen Seitengäßchen erhaschten wir doch hier und da einen Blick auf Spalierspitzen und Walnußbäume, die über hohe Gartenmauern hinauslugten. Schöne zweistöckige Villen säumten die Hauptverkehrsstraßen; allerdings hatte die Stadt offenbar gerade mit einer Wirtschaftskrise zu kämpfen, denn viele Häuser wurden in Wäschereien und Lagerspeicher umgewandelt oder in Wohnungen aufgeteilt und stückweise vermietet.

Vor dem Erdbeben hatte das Aquädukt von Serinum nach Neapolis die Wasserversorgung der Stadt gesichert, ein stattliches Artefakt mit einer Nebenleitung, die in einem großen, viereckigen Turm mündete. Ursprünglich zweigten hier drei Hauptwasserleitungen ab, eine für die Springbrunnen und die beiden anderen für Gewerbebetriebe und Privathaushalte, aber das Erdbeben hatte die Zisterne zerstört und die Verteilerrohre zerbrochen. Der Mann, den wir suchten, werkelte halbherzig an dem Wasserspeicher herum. Er trug die übliche einärmelige Arbeitstoga, hatte zwei kleine Warzen am Kinn und gefiel sich in der schrulligen, leicht ermatteten Attitüde eines Mannes, der viel zu klug ist für seinen Beruf.

»Sind Sie schon lange dabei?« fragte ich und versuchte, meine Verwunderung darüber zu verbergen, daß man auf dem Land acht Jahre brauchte, um einen lecken Wassertank zu flicken.

»Wir warten noch immer auf einen Stadtratsbeschluß.« Klirrend setzte er den Eimer mit Meißeln und Schraubenschlüsseln ab. »Falls Sie vorhaben, sich in Pompeji ein Haus zu kaufen, dann graben Sie im Garten einen tiefen Brunnen und beten Sie, daß es viel regnet.«

Diese neue Bekanntschaft hatte mein Schwager, der Stukkateur, vermittelt; er hatte sie, wie all seine Empfehlungen, mit dem geflügelten Wort eingeleitet: *Beruf dich ruhig auf mich* ... Er hieß Mico. Ich berief mich nur mit äußerster Vorsicht auf ihn.

»Micos Name«, räumte ich ein, »treibt selbst hartgesottene Vorarbeiter mit dreißigjähriger Erfahrung zum nächsten Brunnen, wo sie sich ersäufen mochten – Sie erinnern sich wohl noch an ihn?«

»Und ob!« knirschte der Klempner zwischen zusammengebissenen Zähnen hervor.

»Ich denke«, warf Petronius ein, der meinen tolpatschigen Schwager ebenfalls kannte und ihn ebenso verachtete wie wir, »nach einer Schlägerei im Amphitheater und einem Erdbeben bestätigt ein Besuch vom jungen Mico das Sprichwort, das da heißt: Katastrophen kommen immer im Dreierpack!«

Micos Klempner, der übrigens Ventriculus hieß, war ein stiller, in sich gekehrter Mann, allem Anschein nach eine ehrliche Haut. »Schon ein übles Früchtchen, dieser Mico«, bestätigte er.

»Die reinste Nervensäge!« bekräftigte ich und lächelte zum erstenmal auf dieser Reise. Meinen Schwager schlechtmachen ist immer gut für meine Stimmung. »Sie sind also ein Freund von Mico?«

»Ist das nicht jeder?« brummte Ventriculus. Mico ist tatsächlich überzeugt, daß jeder, der ihm begegnet, ihn gleich ins Herz schließt. In Wirklichkeit lassen die Leute sich nur von der schrecklichen Großzügigkeit überrumpeln, mit der er alle Welt freihält (er spendiert tatsächlich – und zwar reichlich; wenn Mico einen erst mal in eine Kneipe bugsiert hat, hält er einen stundenlang fest). »Was«, frotzelte Ventriculus, »kann einen liebenden Bruder nur dazu bewegen, seine Schwester diesem Mico zur Frau zu geben?«

»Meine Schwester hat das selbst übernommen.«

Ich hätte hinzufügen können, daß sie sich jedem hingab, der sie haben wollte; für gewöhnlich hinter dem Venustempel auf dem Aventin, aber das hätte einen Schatten auf den Rest der Familie geworfen, den die nicht verdiente.

Der Gedanke an meine Verwandten brachte mich dermaßen aus der Fassung, daß ich mit der Tür ins Haus fiel und Ventriculus erklärte, was ich von ihm wolle. Er lauschte mit der Duldermiene eines Mannes, der seit acht Jahren darauf wartet, daß sein Stadtrat dringend notwendige Reparaturen genehmigt. »Wir haben schon noch Kapazitäten frei; ich kann auch einen Gastarbeiter einstellen ...«

Also marschierten wir quer durch Pompeji zurück zum Hafen. Der Klempner trottete schweigend neben uns her, wie ein Mann, den der Umgang mit Bauingenieuren gelehrt hat, auch Irre höflich zu behandeln.

Über den Problemen mit meinem Neffen hatte ich ganz vergessen, mich nach der Ankunft des Schiffes zu erkundigen, aber wenn der Kaiser befiehlt, daß ein Schiff von Ostia nach Sarnus gebracht wird, dann darf man darauf vertrauen, daß die Mannschaft in See sticht, ohne vorher noch um ein Meeresnymphchen zu würfeln.

Die *Circe* lag bereits im Hafen vor Anker. Sie

war eins der Langboote, die Atius Pertinax in Tarentum hatte bauen lassen – ein riesiger Rahsegler mit dreißig Fuß tiefem Laderaum und zwei großen Steuerpaddeln rechts und links vom Heck, das so elegant geschwungen war wie ein Schwanenhals. Die *Circe* war stabil genug, daß man mit ihr den Indischen Ozean hätte durchsegeln und sie mit Elfenbein, Pfeffer, Tragantgummi, Bergkristall und schimmernden Perlen vollbeladen zurückbringen können. Aber sie hatte seit ihrer Jungfernfahrt ein härteres Leben geführt; Pertinax hatte sie letztes Jahr rund um Gallien geknüppelt. Und jetzt war sie bis zu den Schandeckeln mit kühler atlantischer Fracht beladen – mit rechteckigen Barren britischen Bleis.

Ventriculus pfiff anerkennend, als wir an Bord gegangen waren und ich die Luken öffnete.

»Ich habe Ihnen doch gesagt, worum es sich handelt«, bemerkte ich, als er die Barren verwundert untersuchte.

»Ich hoffe doch«, meinte er rundheraus, »daß die nicht dem Staatsschatz abhanden gekommen sind?«

»Bloß aussortiert«, antwortete ich.

»*Gestohlen?*«

»Nicht von mir.«

»Und wie sind Sie drangekommen?«

»Die sind Teil einer Betrugsaffäre, in der ich ermittelt habe. Sie wissen ja, wie das so geht. Die Barren hätten als Beweisstücke dienen können und wurden deshalb erst einmal an einem sicheren Ort verwahrt, während die hohen Herren sich den Kopf zerbrachen, ob sie einen Prozeß anstrengen oder den Skandal doch lieber vertuschen sollten.«

»Und was ist dabei rausgekommen?«

»Gar nichts. Man hat das Interesses verloren. Eines Tages bin ich dann über die Dinger gestolpert. Es gibt keine Frachtpapiere dazu, und der Schatzkämmerer im Saturntempel wird den Verlust nie bemerken.« Na ja, vielleicht.

»Ist da noch Silber drin?« erkundigte sich Ventriculus, und als ich den Kopf schüttelte, machte er ein enttäuschtes Gesicht.

Petronius starrte in die offene Ladeluke mit dem aschfahlen Gesicht dessen, der sich verbittert daran erinnert, wie man ihn einst auf einen gottverlassenen Grenzposten in eine Provinz am Ende der Welt abgeschoben hat: nach Britannien, wo einem Regen und Wind ständig ins Gesicht peitschten. Er haßte Britannien fast genauso wie ich. Aber eben doch nur fast. Er schwärmte noch immer von den berühmten Austern der Ostküste, und seine Augen leuchten, wenn eine Frau mit rotgoldenem Haar vorbeigeht.

»Weiß Vespasian, daß du dir das Zeug unter den Nagel gerissen hast?« fragte er besorgt. Er hatte einen verantwortungsvollen Beruf mit anständigem Gehalt; seine Frau hing fast ebenso an dem Gehalt wie Petronius an seinem Posten.

»Ich hab 'ne Sonderkonzession!« versicherte ich ihm munter. »Vespasian macht gern einen raschen Denar nebenher.«

»Hast du ihn *gefragt*, ob er mit dir halbe-halbe macht?«

»Er hat nie nein gesagt.«

»Aber auch nicht ja! Falco, also wirklich ...«

»Petro, es besteht wirklich kein Grund zur Sorge!«

»Du hast sogar das Schiff geklaut!«

»Das Schiff«, korrigierte ich würdevoll, »wird

auftragsgemäß dem Millionär zurückgegeben, der es für seinen Sohn gekauft hat; sobald wir fertig sind, werde ich dem alten Trottel mitteilen, wo seine schwimmende Immobilie vor Anker liegt. Und jetzt sollten wir endlich zupacken, wir haben hier allerhand zu schleppen ... O Parnassus! Wo ist der Bengel hin?«

Von plötzlicher Angst erfaßt, sprang ich an Deck und suchte mit den Augen den Hafen nach Larius ab. Da kam dieser grüne Junge auch schon über den Kai geschlendert und beglotzte sich in aller Seelenruhe die anderen Schiffe. Ich entdeckte ihn sofort – und ganz in seiner Nähe einen runzligen Schauermann, dessen ledernes Gesicht aussah wie neunzig Jahre Sonnenbrand und der uns von einem Poller aus sehr aufmerksam beobachtete.

XXVI

Es wurde ein harter Tag.

Den Morgen brachten wir damit zu, die Barren auf unseren Ochsenkarren umzuladen. Ventriculus hatte eine Werkstatt im Theaterbezirk gemietet; das Stabianische Tor lag am nächsten, doch der Weg dort hinauf war so steil, daß wir statt dessen einen Riesenumweg über die Nekropolis in Kauf nahmen; leider ging die Expedition nicht ohne ein paar abgestoßene Ecken an Marmorgräbern vonstatten. Unser Ochse, den wir Nero nannten, sah bald ziemlich elend aus. Er war von Natur aus gutmütig, hielt es aber offenbar nicht für seine Pflicht, in den Ferien mordsschwere Bleibarren zu schleppen.

Ventriculus machte sich sofort an die Arbeit. Ich hatte ihn gebeten, die Barren zu Wasserrohren zu verarbeiten. Dazu mußten sie freilich erst einmal eingeschmolzen und anschließend zu schmalen Streifen ausgewalzt werden. Das Tafelblei ließ man abkühlen und rollte es dann um Rundhölzer, bis sich die beiden Kanten zusammenklemmen ließen und mit einer Extraportion flüssigen Bleis zusammengeschweißt werden konnten. (An dieser Naht liegt es, daß die Rohre, hochkant betrachtet, leicht birnenförmig wirken.) Wir einigten uns auf einen gängigen Innendurchmesser: *quinaria*, etwa eineinviertel Finger im Durchmesser – die praktische Haushaltsgröße. Wasserrohre sind denkbar unhandlich: Schon eine zehn Fuß lange Quinaria wiegt sechzig römische Pfund. Larius, mit seiner Zerstreutheit, war ständig in größter Gefahr.

Sowie alle Barren in der Werkstatt waren und der Klempner einen Posten Rohre fertig hatte, schickten wir den Karren nach Oplontis zurück; Ventriculus spendierte noch einen Sack bronzene Wasser- und Absperrhähne, woraus man schließen konnte, was für einen Profit *er* bei diesem Handel machte. Wir hatten vereinbart, daß ich mit einer Musterkollektion von Ort zu Ort ziehen und die auch gleich verkaufen sollte; aber wann immer sich Gelegenheit bot, würde ich größere Aufträge annehmen, die Ventriculus später erfüllen konnte. Eine große Lieferung wollte ich gleich jetzt nach Oplontis schicken, das hieß: nur ein Fahrer und keine Passagiere; Petronius würde die Fuhre übernehmen. Er war stark genug, sich selbst zu beschützen, und mit Nero kam er auch gut zurecht. Außerdem wußte ich, daß Petronius, obwohl er sich mit keinem Wort beklagt hatte, so schnell wie möglich zurück wollte, um seine Frau zu besänftigen. Ich fühlte mich regelrecht als Wohltäter, als ich ihn losschickte.

Ich lud den Klempner und Larius in die Stabianischen Bäder ein, wo wir uns ausgiebig erfrischten. Dann machten der Junge und ich vor dem Heimweg noch einen Abstecher zum Hafen, weil ich mit dem Kapitän der *Circe* ein paar Takte reden wollte. Ich zeigte ihm das Notizbuch, das ich aus Kroton mitgebracht hatte, und schilderte ihm meine Theorie, daß sich die Namens- und Datenliste auf Schiffe bezog.

»Da können Sie recht haben, Falco. Ich kenne eine *Parthenope* und eine *Venus von Paphos* aus Ostia ... Das sind Getreidefrachter.«

Während unseres Gesprächs verlor ich meinen Neffen abermals aus den Augen.

Er hatte träumend am Kai gesessen. Flüchtig hingeworfene Graffiti zweier Gladiatoren bezeugten, wo er sich zuletzt vergnügt hatte: Im Gegensatz zu den Flaschen mit Stoppelknien, die in der Stadt die Wirtshauswände zierten, beeindruckte das Gekritzel von meinem Taugenichts durch kräftige Linienführung; er konnte wirklich zeichnen. Aber künstlerisches Talent ist noch lange kein Garant für Grips. Larius im Auge zu behalten war ungefähr so leicht, wie ein Chamäleon stubenrein zu machen. Schiffe faszinierten ihn ganz besonders, ich fürchtete schon, er könne sich irgendwo als blinder Passagier an Bord geschlichen haben ...

Plötzlich tauchte er wieder auf: in angeregter Unterhaltung mit dem tiefgebräunten Typen, dem ich zuvor dabei zugesehen hatte, wie er uns beobachtete.

»*Larius!* Du dämlicher Knilch mit einem Spatzenhirn, wo zum Hades bist du gewesen?« Er machte den Mund auf, aber ich ließ ihn nicht zu Wort kommen. »Hör endlich auf, dauernd zu verschwinden! Es reicht mir, daß ich dauernd auf der Hut sein muß vor diesem verrückten Mörder. Da kann ich gern darauf verzichten, auch noch dauernd den Horizont nach dir abzusuchen!«

Vielleicht wollte er sich entschuldigen, aber meine Angst war in einen solchen Zorn umgeschlagen, daß ich dem neugierigen Schauermann bloß flüchtig zunickte und meinen Neffen am Ohrläppchen davonzerrte. Der Gedanke an Barnabas ließ mir abermals den kalten Schweiß unter der Tunika ausbrechen. Ich warf einen letzten Blick über den Hafen – vielleicht beobachtete uns ja der Freigelassene von irgendwoher –, dann stürmte ich dem Rattenloch entgegen, das wir unser Ferienheim nannten.

Oplontis war eine Raststelle auf dem Weg nach Herculaneum. Es war eigentlich nicht weit, aber anstrengend genug für zwei, die den ganzen Tag Bleibarren geschleppt hatten. Pompeji erhob sich auf einer Anhöhe (vermutlich ein altes Lavafeld, obwohl wir damals noch nicht darüber nachdachten); als wir uns im milden Zwielicht nordwärts wandten, lag plötzlich das ganze Küstenpanorama vor uns.

»Sehr malerisch!« kommentierte Larius ironisch. Ich war unwillkürlich stehengeblieben, um zu verschnaufen, und ließ nun den wunderschönen Blick auf mich wirken. »Onkel Marcus, jetzt ist doch eine gute Gelegenheit für unser peinliches Gespräch unter Männern. »›*Larius*‹«, äffte er mich nach, *warum sagt deine begriffsstutzige Mutter eigentlich immer, du seist schwierig?*«

Er war halb so alt wie ich und doppelt so verzweifelt, aber wenn er mal über sein Elend hinwegsah, hatte er einen wunderbaren Humor. Ich mochte Larius sehr gern.

»Na, und warum behauptet sie's?«

»Keine Ahnung.« In der Sekunde, die ich brauchte, um die hilfreiche Frage zu stellen, hatte er sich in den mürrischen Rüpel zurückverwandelt.

Während mein Neffe die Aussicht bewunderte, sah ich ihn mir einmal gründlich an.

Er hatte eine intelligente Stirn unter seinem ungekämmten Schopf, der ihm bis tief über die ernsten, dunkelbraunen Augen fiel. Seit ich ihn bei den letzten Saturnalien mit Nüssen nach seinen kleinen Brüdern hatte werfen sehen, mußte er mindestens drei Fingerbreit gewachsen sein. Sein Körper war derart rasch in die Höhe geschossen, daß sein Hirn so schnell nicht mitkam. Füße und Ohren und jener Körperteil, über den zu reden er sich auf einmal genierte, waren die eines Mannes, der mich um gut einen Fuß überragte. Während er mühsam in diesen Körper hineinwuchs, fand Larius, er sähe lächerlich aus; ehrlich gesagt, stimmte das auch. Vielleicht würde er sich mit der Zeit zu einem hübschen Burschen auswachsen – oder auch nicht. Mein Onkel

 Scaro sah sein Leben lang aus wie eine Amphore mit Schlagseite und übergroßen Henkeln.

In Anbetracht seiner sauertöpfischen Antworten hielt ich ein Gespräch unter Männern heute abend nicht für ersprießlich. Also wanderten wir weiter, aber nach kaum zehn Schritten stieß er einen theatralischen Seufzer aus und bat: »Bringen wir's doch hinter uns. Ich verspreche dir, daß ich zuhöre.«

»Besten Dank!« Ich saß in der Falle. Nach einem verzweifelten Blick in die Runde erkundigte ich mich förmlich: »Was hält denn dein Lehrer von dir?«

»Nicht viel.«

»Das ist ein gutes Zeichen!« Ich spürte, wie er mich zweifelnd von der Seite musterte. »Also los, was macht deiner Mutter soviel Kummer?«

»Hat sie's dir nicht gesagt?«

»Sie wollte, aber ich hatte keine drei Tage Zeit übrig. Also, sag du's mir.«

Wir gingen wieder ein paar Schritte. »Sie hat mich beim Gedichtelesen erwischt«, gestand er schließlich.

»Ihr guten Götter!« Ich konnte mir das Lachen nicht verkneifen. »Was war's denn – derbe Verse von Catullus? Über Männer mit großen Nasen, rachsüchtige Huren auf dem Forum und hitzige Liebespaare, die einander an den Geschlechtsteilen nuckeln? Glaub mir, ein frugales Mal mit Ziegenkäse und Semmeln macht erstens größeres Vergnügen und ist zweitens auch sehr viel nahrhafter ...« Larius trat unruhig von einem Fuß auf den anderen. »Deine Mutter hat vielleicht nicht ganz unrecht«, setzte ich in sanfterem Ton hinzu. »Der einzige Mensch, von dem Galla weiß, daß er

Elegien in Notizbücher kritzelt, ist ihr seltsamer Bruder Marcus. Und der hat ständig Ärger, ist immer knapp bei Kasse und hat meist eine spärlich bekleidete Seiltänzerin im Schlepptau ... Deine Mutter hat recht, Larius: Schlag dir die Poesie aus dem Kopf. Schau, es ist genauso anrüchig, aber sehr viel rentabler, grüngefärbte Liebeselixiere zu verkaufen oder Architekt zu werden!«

»Oder Privatermittler?« fragte Larius spöttisch.

»Nein, *der* Beruf bringt zu wenig ein!«

Draußen in der Bucht tanzten jetzt schwache Lichtpünktchen; die Nachtfischer entzündeten ihre Lampen, um die Fangschwärme anzulocken. Während unserer Wanderung war unbemerkt in Strandnähe ein einzelnes Schiff aufgetaucht; es kam vermutlich von Surrentum her und steuerte jetzt die Mitte der Bucht an. Trotzdem sahen wir es nur sehr undeutlich. Es war wesentlich kleiner als Pertinax' Handelsschiff, eher die Art Spielzeug, das jeder reiche Villenbesitzer in Baiae an seinem Landungssteg vertäut hatte – es erinnerte mich an jenes andere Boot, das mich im Moment beschäftigte, das, mit dem der Verschwörer Crispus sich so elegant davongestohlen hatte.

Larius und ich blieben stehen. Wie es da so lautlos übers Wasser glitt, bot das Schiff ein hinreißendes, etwas melancholisches Bild. Wie gebannt beobachteten wir, wie dieser schneeweiße Traum die Bucht durchmaß – vermutlich brachte ein untersetzter junger Anwalt, der sich mit seinen Vorfahren im Senat brüstete, ein Dutzend untadeliger Mädchen, die es gleichwohl mit der Moral nicht so genau nahmen, von einem Strandfest in Positanum nach Hause. Geschmeidig lenkte er seine kostspielige Caïque nun mit silbrig schäumendem Kielwasser zu einem seiner Besitztümer ...

Mein Neffe rief ganz aufgeregt: »Ob das wohl die *Isis Africana* ist?«

»Und was«, fragte ich mit kühlem Kopf zurück, »ist bitte diese *Isis Africana*?«

Ganz zapplig vor lauter Spannung legte Larius los: »Ein Segelboot, das diesem Aufidius Crispus gehört. *Isis Africana* heißt die Jacht, nach der du die ganze Zeit suchst ...«

XXVII

Wieder beschleunigten wir unseren Schritt, während unsere Blicke weiter der Jacht folgten. Aber mit zunehmender Dunkelheit verlor sie sich in der Bucht.

»Sehr raffiniert!« höhnte ich. »Das verdanke ich wohl deinem teerfleckigen Spitzel am Kai, oder?« Larius beachtete mich gar nicht. Ich versuchte, meiner Wut Herr zu werden. »Larius, wir hätten ihm einen Denar Trinkgeld geben sollen, damit er dem Besitzer nicht steckt, daß wir uns nach ihm erkundigt haben.« Wir marschierten weiter. Ich raffte mich zu einem Versöhnungsversuch auf. »Hör zu, ich möchte mich entschuldigen. Sag mir, daß ich ein undankbares, schlechtgelauntes Schwein bin.«

»Ja, das bist du ... Ach, es ist bloß sein Alter; das

wächst sich aus!« verkündete Larius niedergeschlagen ins Blaue hinein.

Lachend fuhr ich ihm durchs Haar.

»Das Leben eines Privatermittlers«, gestand ich zwanzig Schritt später, »ist nicht so aufregend, wie du glaubst – statt mit schweren Jungs und leichten Mädchen hat man es meist bloß mit miserabler Küche und wundgelaufenen Füßen zu tun!« Die Bewegung an der frischen Luft tat dem Jungen gut, dafür packte der Weltschmerz jetzt mich.

»Was sollen wir machen, wenn wir sie finden, Onkel Marcus?« fragte er unvermittelt.

»Die *Isis Africana*? Das kann ich erst entscheiden, wenn ich in Ruhe das Terrain sondiert habe. Dieser Crispus scheint jedenfalls ein ganz Ausgekochter zu sein ...«

»Wie meinst du das?«

»Hat große Rosinen im Kopf.« Ich hatte mich in Rom gründlich informiert. »Der erlauchte Lucius Aufidius Crispus ist ein Senator aus Latium. Er besitzt Ländereien in Fregellae, Fundi, Norba, Formiae, Tarracina – fruchtbare Böden in namhaften Gebieten – und obendrein eine Riesenvilla im Seebad Sinuessa, wo er in der Sonne sitzen und sein Geld zählen kann. Aber seine Laufbahn im öffentlichen Dienst hat ihm immer nur die falschen Provinzen eingebracht: Noricum, du meine Güte! Du gehst doch zur Schule; weiß du, wo Noricum liegt?«

»Über die Alpen und dann rechts?«

»Kann sein – jedenfalls, als Nero starb und Rom unter den Hammer kam, da hatte kein Mensch von Noricum gehört und von Crispus natürlich auch nicht. Trotzdem sieht der Mann den kaiserlichen Purpur in seinem Horoskop. Ausgekocht würde ich's nennen, wenn er nun auch Fregellae, Fundi, Norba, Formiae und Tarracina davon überzeugen könnte, diese Farbe für ihn zu sehen.«

»Der Lokalmatador, der es der Welt zeigt?«

»Genau! Und deshalb ist der Mann gefährlich, Larius. Deine Mutter würde mir nie verzeihen, wenn ich dich da mit reinzöge.«

Empörung ließ ihn einen Moment verstummen, aber er war zu neugierig, um lange zu schmollen. »Onkel Marcus, du hast immer gesagt, daß Politik nur was für Idioten ist ...«

»Stimmt! Aber ich war es einfach leid, zänkischen Weibern zur Scheidung von duckmäuserischen Schreibwarenhändlern zu verhelfen, und für diese Duckmäuser zu arbeiten war noch ärger; die wollten mich immer mit schlechtem Papyrus bezahlen, auf das ein anständiger Mensch nicht mal einen Fluch kritzeln würde. Ja, und dann wurde ich gebeten, mich für den Palatin zu schinden. Wenn der Kaiser seine Verpflichtungen einhält, müßte dabei wenigstens ein guter Profit rausspringen.«

»Es geht dir also ums Geld?« Larius schien verwirrt.

»Geld ist Freiheit, mein Junge.«

Wenn er nicht zu weich für die schweren Jungs und für die leichten Mädchen zu schüchtern gewesen wäre, hätte dieser Larius einen guten Ermittler abgegeben; er konnte stur weiterfragen, bis derjenige, den er verhörte, ihm am liebsten eine aufs Maul gegeben hätte. (Außerdem hielten seine Quadratlatschen die Straße nach Oplontis besser aus als meine Füße; ich hatte schon jetzt einen wundgelaufenen Zeh.)

Unerbittlich nahm er mich weiter in die Mangel. »Wozu brauchst *du* denn eigentlich Geld?«

»Für frisches Fleisch, Tuniken, die ordentlich sitzen, alle Bücher, die ich kriegen kann, ein neues Bett mit vier gleich langen Beinen, einen lebenslangen Vorrat an Salerner, den ich mit Petro picheln kann ...«

»Eine Frau?« unterbrach er meinen unbeschwerten Redefluß.

»Oh, das glaube ich kaum. Wir reden doch von Freiheit, oder?«

Ein leicht vorwurfsvolles Schweigen folgte. Dann fragte Larius leise: »Onkel Marcus, glaubst du nicht an die Liebe?«

»Nicht mehr, nein.«

»Aber man erzählt sich, daß es dich vor kurzem erst so richtig erwischt hätte ...«

»Besagte Dame hat mich verlassen. Wegen meiner desolaten Finanzlage.«

»Oh«, stammelte er.

»Allerdings: Oh!«

»Wie war sie denn so?« Es klang gar nicht anzüglich; nein, er schien ehrlich neugierig.

»Wunderbar. Erinnere mich bloß nicht dran. Im Augenblick«, sinnierte ich und kam mir plötzlich mit meinen dreißig Jahren uralt vor, »wünsche ich mir nichts weiter als eine große Kupferschüssel mit dampfend heißem Wasser, für meine wehen Füße!«

Wir trotteten weiter.

Aber Larius konnte es nicht lassen. »War diese Dame –«

»Larius, ich würde gerne damit prahlen, daß ich für sie meine Stiefel ausziehen und hundert Meilen weit barfuß über einen Schlackenpfad marschieren würde. Aber ehrlich gesagt vergehen mir die romantischen Gefühle, wenn ich 'ne Mordsblase am Zeh habe!«

Der Junge ließ sich nicht beirren. »Hat sie dir viel bedeutet?«

»Nicht sehr viel«, sagte ich. (Aus Prinzip.)

»Dann war sie also nicht«, bohrte Larius weiter, »›*die, deren Leben das deine mit süßer Bestimmung erfüllt*‹ ...? Catull«, setzte er hinzu, für den Fall, daß ich das vielleicht nicht wußte. (Das hätte er sich sparen können; ich war auch mal vierzehn gewesen und voll bis an die Kiemen mit Träumen von Verführung und melancholischer Poesie.)

»Nein«, sagte ich. »Aber sie hätte diejenige sein können – und damit du's weißt, *das* ist ein Original Falco!«

Larius murmelte leise, daß es ihm leid täte wegen meines aufgescheuerten Zehs.

XXVIII

Als wir uns dem Gasthof in Oplontis näherten, sah ich zwei Gestalten am dunklen Strand herumschleichen.

Ich sagte Larius nichts und brachte ihn im Schatten der Mauern direkt zu den Stallungen. Hier stießen wir auf Petro, der gerade den Ochsen versorgte. Der arme Nero schlief schon fast auf seinen plumpen Hufen; nachdem er den halben Tag mein Blei geschleppt hatte, war er sogar zu müde, um sich zum Futtertrog runterzubeugen. Und so stopfte ihm denn Petronius Longus, der stahlharte Hauptmann der Aventinischen Wache, liebevoll murmelnd das Heu büschelweise ins Maul.

»Komm, mein Guter, nur noch ein bißchen ...«, hörten wir ihn schmeicheln, als würde er einem weinerlichen Kind seine Suppe hineinlöffeln. Larius kicherte; doch Petro genierte sich nicht. »Ich will ihn schließlich in guter Verfassung nach Hause bringen!«

Ich erklärte meinem Neffen, daß Petronius und sein Bruder (ein nimmermüder Unternehmertyp) mit drei weiteren Verwandten ein Syndikat gegründet hatten, nur um diesen Ochsen zu kaufen. Es gab jedesmal böses Blut, wenn Petro auf dem Hof seines Vetters draußen auf dem Land erschien, um seine Geldanlage auszuborgen.

»Aber wie soll Nero denn mal aufgeteilt werden?« fragte Larius.

»Oh, die vier anderen sagen, ihnen gehöre je ein Bein, und ich bekomme die Eier«, antwortete Petro mit ernster Miene; der Naivling aus der Großstadt. Er stopfte noch eine letzte Garbe Heu nach und gab es dann auf.

Larius, der gewitzt war, aber noch nicht gewitzt genug, kauerte sich hin, um nachzusehen, sprang empört wieder auf und rief: »Das ist ja ein Ochse! Der ist kastriert, der hat gar keine ...«

Ein Blick auf unsere Gesichter ließ ihn verstummen; der Groschen war gefallen.

»Hör mal, Petro«, sagte ich. »Das Tier ist doch mindestens vier Jahre alt. Welcher Wahnsinnige hat ihn denn Nero getauft, während der Kaiser noch am Leben war?«

»*Ich*«, antwortete Petronius, »aber erst letzte Woche, als ich ihn abgeholt habe. Die anderen nennen ihn Schandfleck. Abgesehen davon, daß der Ärmste schon mit einem Lockenschopf und Hängebacken geschlagen ist, war der Trottel, der ihn kastrieren sollte, ein Stümper, und nun ist Nero so geil wie weiland der ruhmreiche verblichene Kaiser: Ochsen, Färsen, Torpfosten; der Depp bespringt einfach alles ...«

Petronius Longus verstand keinen Spaß, wenn es um die Politik ging; unter Bürgern, die wußten, daß sie von einem verrückten Lyraspieler regiert wurden, Ordnung zu halten, hatte er als sehr frustrierend empfunden.

Nero, dem ein langer Spuckfaden vom Maul troff und der, im Moment wenigstens, nicht den Eindruck machte, als könne er überhaupt springen, schloß die mausgrauen Lider und lehnte sich gegen die Bretterwand. Doch plötzlich besann er sich und schoß liebevoll auf Petronius zu. Petro konnte ihm gerade noch ausweichen, und wir zogen uns wie Männer von Welt ans Tor zurück.

»Übrigens habe ich eine Neuigkeit«, sagte ich zu Petro. »Unser Schiff heißt *Isis Africana* – Larius hat Detektiv gespielt.«

»Kluges Kerlchen!« Petro kniff meinen Neffen in die Wange (wohl wissend, daß Larius das nicht ausstehen konnte). »Ich hab auch was für dich, Falco. Auf dem Heimweg habe ich an der Abzweigung zu einem dieser Bergdörfer haltgemacht ...«

»Weshalb?« unterbrach Larius.

»Sei nicht so neugierig! Um Blumen zu pflükken. Du, Falco, bei der Gelegenheit habe ich mich bei einem Bauern nach der Prominenz hier in der Gegend erkundigt. Erinnerst du dich noch an den uralten Ex-Konsul, den wir im Zusammenhang mit der Pertinax-Verschwörung überprüft haben?«

»Du meinst Caprenius Marcellus? Seinen Vater? Den Invaliden?«

Persönlich war ich ihm nie begegnet, aber ich erinnerte mich natürlich an Marcellus: einer der dienstältesten Senatoren Roms mit sieben ehemaligen Konsuln in seinem ruhmreichen Stammbaum. Lange Zeit hatte er keinen Erben für sein unermeßliches Vermögen – bis er Pertinax sah und ihn als Adoptivsohn in die Familie aufnahm. (Entweder war er *sehr* kurzsichtig, oder die Abstammung von sieben Konsuln machte noch keinen gewitzten Senator.)

»Ich hab den Alten mal in Setia gesehen«, erinnerte sich Petro. »Gute Weingegend! Der Mann war reich wie Crassus. Dem gehören überall in der Campania Weinberge, einer sogar auf dem Vesuvius.«

»Offiziell hat Marcellus mit dem Komplott nichts zu tun gehabt.« Obwohl ihm das Lagerhaus gehörte, in dem die Verschwörer ihre Silberbarren gehortet hatten, aber seine Ahnentafel und sein Vermögen hatten ihn weitgehend geschützt. Wir hatten ein paar Routinefragen gestellt und uns dann respektvoll zurückgezogen. »Er ist angeblich zu schwach, um noch aktiv Politik zu machen – und wenn das stimmt, dann ist er nicht hier. Wenn er wirklich so schwer krank ist, kann er ja nicht reisen. Trotzdem lohnt es sich vielleicht, wenn wir uns mal auf seinem Gut umschauen ...«

 Plötzlich kam mir der Gedanke, daß Barnabas womöglich in dieser Villa rustica untergeschlüpft sei. Eine Villa auf dem Vesuv, deren Besitzer fernab das Krankenlager hütet, wäre ein ideales Versteck. Bestimmt war Petronius auch schon auf diese Idee gekommen.

Um das Thema zu wechseln, berichtete ich von den beiden merkwürdigen Gestalten, die mir beim Heimkommen am Strand aufgefallen waren. Kurz entschlossen bewaffneten wir uns mit einer Sturmlaterne, befahlen Larius, immer schön hinter uns zu bleiben, und machten uns auf die Suche.

Die beiden waren noch da. Falls sie jemandem auflauern wollten, benahmen sie sich freilich wie blutige Anfänger; wir hörten gedämpftes Gemurmel. Als unsere Schritte sie aufstörten, machte der kleinere Schatten sich von dem anderen los und rannte kreischend zum Gasthof. Der Geruch von leicht ranzigem, billigem Rosenwasser stieg mir in die Nase, dann erhaschte ich einen flüchtigen Blick auf ein mir nicht unbekanntes Milchgebirge und ein ängstliches Mondgesicht. Ich mußte unwillkürlich lachen.

»Das ging aber schnell! Ollia hat ihren Fischerjungen offenbar schon gefunden!«

Und genauso war es. Er schlenderte mit jenem selbstsicheren, neugierigen Blick an uns vorbei, der all diesen Gigolos eigen ist. Der Traum eines jeden naiven kleinen Mädchens. Er hatte die liebevoll gepflegte Haartolle, die kurzen, stämmigen Beine und die muskulösen braunen Schultern, die wie geschaffen dafür waren, den Stadtgänschen zu imponieren, während er seine Netze auswarf.

»Gute Nacht!« rief Petro mit der festen Stimme eines Wachthauptmanns, dem man nichts vormachen kann. Der junge Hummernfischer trollte sich ohne eine Antwort. Nach Aventinischen Maßstäben machte er nicht viel her, und ich konnte mir denken, daß auch sein Lehrherr einiges an ihm auszusetzen fand.

Wir ließen Petronius im Hof zurück: einen Mann, der das Leben ernst nahm und auf einem letzten Rundgang überprüfte, ob auch alles seine Ordnung hatte, ehe er zu Bett ging.

Larius, der vor mir her die Treppe zu unserer Kammer hinaufstieg, drehte sich um und flüsterte nachdenklich: »Ein Mädchen kann er doch nicht haben, hier, wo seine Familie dabei ist. Aber für *wen* pflückt er dann Blumen?«

»Arria Silvia?« Ich versuchte möglichst unbeteiligt zu klingen. Da blinzelte mich mein Neffe (der mit jedem Tag mehr Erfahrung sammelte) von oben her so entgeistert an, daß ich vor Lachen kaum noch die Treppe raufkam.

Arria Silvia schlief. Auf ihrem Gesicht unter dem zerzausten Haar lag ein rosiger Schimmer. Sie atmete mit der tiefen Zufriedenheit einer Frau, die fürstlich gespeist hat und dann, nach einem Spaziergang durch die kühle Nachtluft, von einem Gatten, der für seine Gründlichkeit bekannt ist, wieder aufgewärmt worden ist. In einem Essigkrug neben ihrem Bett stand ein großer Strauß Heckenrosen.

Als ein Weilchen später auch Petronius nach oben kam, hörten wir ihn leise vor sich hin summen.

XXIX

Jeder kennt diese unangenehme Situation: Ein Mann und ein halbwüchsiger Knabe stehen vor der Tür und wollen einem etwas verkaufen, das man nicht braucht. Wenn man nicht höllisch aufpaßt, drehen diese käsigen Kümmerlinge einem einfach alles an, von falschen Horoskopen über wacklige Kochtöpfe bis hin zu einem gebrauchten Streitwagen mit unechten Silberspeichen, der, wie sich dann später herausstellt, ursprünglich scharlachrot angemalt war und eine völlig neue Karosserie bekam, nachdem die alte bei einem Unfall zum Hades gegangen war ...

Larius und ich wurden so ein Mann und ein Junge. Unsere Ladung Schwarzmarktware gab uns Carte blanche zum Betreten von Privatanwesen. Niemand hetzte uns die Vigilanten auf den Hals. Wir zockelten rund um die Bucht und führten unseren Nero unzählige gepflasterte Auffahrten hinauf, die wir manchmal schon fünf Minuten später wieder hinuntertrabten. Aber erstaunlich oft dauerten unsere Besuche länger, und unsere Auftragsliste war, wenn wir gingen, ordentlich gewachsen. Viele schöne Villen am Golf von Neapolis haben jetzt britische Wasserrohre, und die meisten haben sie nicht als offiziell registriertes, ehemaliges Regierungseigentum erworben. Etliche Leute machten sich unsere günstigen Preise zunutze und ließen gleich sämtliche Anschlüsse erneuern.

Mich überraschte das nicht; schließlich hatten wir an den korinthischen Portalen der Reichen angeklopft. Deren Ururgroßväter hatten ihre Schatztruhen vielleicht noch durch ehrliche Arbeit in den Olivenhainen oder mit dem Lohn für politische Dienste (sprich: Kriegsbeute) gefüllt, aber die nachfolgenden Generationen hielten ihr Vermögen zusammen, indem sie um Sonderangebote feilschten, die unter dem Ladentisch weggingen, weil sie am Zoll vorbei nach Italien geschmuggelt worden waren. Die Hausverwalter dieser feinen Herrschaften standen ihnen an Niedertracht nichts nach. Diese großkotzigen Fatzken kauften von uns funkelnagelneue Rohre zu einem Spottpreis (und sahnten hinterher bei ihren Herren kräftig ab), aber trotzdem versuchten sie noch, uns beim Bezahlen alte Eisennieten und wertloses makedonisches Kleingeld anzudrehen.

Nachdem er ein paar Tage lang den Mund überhaupt nicht aufgemacht hatte, taute Larius plötzlich auf und entwickelte einen Verkäuferjargon, als sei er im Korb unter einem Marktstand auf die Welt gekommen. Außerdem konnte ich mich auf seine Rechenkünste verlassen. Es dauerte nicht lange, und der Rohreverkauf machte uns richtiggehend Spaß. Das Wetter blieb schön, Nero war brav, und manchmal gelang es uns, genau in dem Moment an einer freundlichen Küchentür anzuklopfen, wenn drinnen das Essen aufgetragen wurde.

An Informationen war schwerer ranzukommen als an Maismehlkuchen. Wir hatten bald in fast jeder Strandvilla zwischen Baiae und Stabiae vorgesprochen. Sogar die netteren Herrschaften behaupteten, von Crispus und seiner Jacht nichts zu wissen. Ich hatte Stunden damit zugebracht, rheumatischen Türstehern zuzuhören, wie sie etwa mit einer unbedeutenden Legion, angeführt von einem syphilitischen Legaten, der später unehrenhaft entlassen wurde, durch Pannonien marschiert waren. Unterdessen trieb Larius sich auf den Pieren herum und hielt Ausschau nach der *Isis Africana.*

Da unsere Nachforschungen beharrlich erfolglos blieben, verlor das Bleiverhökern allmählich seinen Reiz. Das war das Zermürbende am Job eines Privatermittlers: dauernd Routinefragen stellen zu müssen, ohne brauchbare Antworten zu bekommen; mich bis zur Erschöpfung abzurakkern, immer mit dem unbehaglichen Gefühl im Hinterkopf, daß mir das eigentlich Wichtige entgangen sei. Ich trat buchstäblich auf der Stelle. Das bedrückte mich so, daß ich mich nie richtig entspannen konnte, ja nicht einmal mehr die Gesellschaft meiner Freunde heiterte mich auf. Mein Magen machte mir zu schaffen. Sämtliche Moskitos der Phlegraeanischen Sümpfe hatten meine Witterung aufgenommen und stürzten sich auf diesen einmaligen Festschmaus. Ich hatte Heimweh nach Rom. Ich wünschte mir eine neue Freundin, aber obgleich mir eine Menge Frauen über den Weg liefen, war keine darunter, die mir gefiel.

Larius gegenüber versuchte ich, fröhlich zu wirken, aber langsam wurde auch seine angeborene Gutmütigkeit arg strapaziert. Eines Tages regnete es zu allem Überfluß auch noch eine Weile. Nero kriegte schlechte Laune und war kaum zu bändigen. Schließlich ließen wir ihn nach eigenem Gusto dahinzockeln.

So landeten wir auf einer typischen Campaniastraße, die sich zwischen üppigen Rebenfeldern und Gemüsegärten dahinschlängelte. Prächtige Kohlköpfe standen in Reih und Glied in den kleinen Kuhlen, die man um sie herum gezogen hatte, um den Tau aufzufangen. Ein überwölbtes Spalier markierte die Einfahrt zu einem Bauernhof, vor dem braunes Hühnervolk aufgeregt herumgackerte. Eine auffallend hübsche Magd kletterte so ungeniert über ein Gatter, daß wir sehr viel von ihren Beinen zu sehen kriegten und noch dazu einiges von dem, was sich weiter oben abspielte.

Nero hatte aufgehört, sich mit den Hühnern zu unterhalten, und Larius gaffte das Mädchen an. Im Näherkommen lächelte sie ihm zu.

»Zeit, daß wir mal wieder was verkaufen«, meinte Larius mit unbewegtem Gesicht. Die Jungfer war zu klein, zu jung und zu rosig für meinen Geschmack, aber ein wirklich atemberaubender Blickfang.

»Ist das Ihre Einschätzung, Tribun?«

»Aber ganz entschieden, Legat!« rief Larius. Das Mädchen ging an uns vorbei; sie schien es gewohnt zu sein, daß Schieber in Ochsenkarren sie mit den Augen verschlangen.

»Also gut, wenn sie ins Haus geht«, entschied ich. Sie ging rein.

Larius meinte, ich solle ruhig schon vorgehen; seine Eingeweide narrten ihn mit jenen Saltosprüngen, die den Aufenthalt in der Fremde so erquicklich machen. Ich ging also, das Herz seiner Angebeteten zu rühren, während er sich wieder fit machte. Als ich unter den Torbogen trat, verschwand die fahle Sonne gerade wieder hinter einer drohenden Wolke.

Ein Instinkt sagte mir, daß Hausierer, die Kleiderhaken im Angebot hatten, dieses Gehöft wahrscheinlich auslassen würden. Es war eine heruntergekommene, verwitterte Schrotthalde, ein bunt zusammengewürfelter Haufen von Gebäuden, die man offenbar aus geborstenen Planken und ausrangierten Türen zusammengezimmert hatte. Der Geruch von Ziegenpisse und abgestandenem Kohl schlug mir entgegen. Die Hühnerställe waren windschief, und die Kuhställe standen einen Fuß tief im Morast. Drei Bienenkörbe lehnten an einem Flechtrahmen; keine Biene, die was auf sich hielt, würde sich hineinverirren.

Das Mädchen war verschwunden. Hinter den verkommenen Stallungen ging das baufällige Wohnhaus des abwesenden Besitzers, der die Klitsche wahrscheinlich als Investition gekauft und nie mit eigenen Augen gesehen hatte, langsam aber sicher vor die Hunde.

Ich kam gar nicht bis zum Haus. Mein gesunder Menschenverstand bewahrte mich davor; ein entsetzlicher Köter, der neben der Tür angekettet war, spielte bei meinem Anblick verrückt. Die Glieder seiner zwölf Fuß langen Kette wogen bestimmt zwei Pfund das Stück, aber Fido schüttelte sie wie einen Kranz Rosenknospen auf einer Festtafel, während er aufgeregt hin und her rannte, weil er mich offenbar für den nächsten Festschmaus hielt. Der Spektakel lockte einen unrasierten Rüpel hinter der Hausecke vor, der mit geschwungenem Knüppel auf den Hund zustürzte. Das Vieh verdoppelte seine Anstrengung, mir an die Kehle zu springen.

Ich machte kehrt, zog meinen Fuß aus einem

Kuhfladen und lief zurück zur Straße. Der Mann ließ Hund Hund sein und setzte mir nach. Er holte rasch auf. Ich sprintete durch den Torbogen und schrie verzweifelt nach Larius, bis ich sah, daß er Nero und den Karren schon für eine rasche Flucht gewendet hatte. Ich taumelte auf den Wagen. Nero muhte verstört und zog an. Larius, der sich hinten im Karren postiert hatte, fuchtelte wild mit einem Stück Bleirohr herum. Der Bauer hätte leicht das andere Ende packen und Larius außer Gefecht setzen können, gab aber bald auf.

»Das war knapp!« grinste ich, als der Augapfel meiner Schwester zu mir auf den Bock geklettert kam.

»Ich hatte schon damit gerechnet, daß sie vielleicht verheiratet ist«, antwortete Larius bescheiden, sobald er wieder zu Atem gekommen war.

»Danach konnte ich sie leider nicht mehr fragen ... Tut mir leid!«

»Schon gut, ich hatte dabei eher an dich gedacht.«

»Feiner Kerl, mein Neffe!« ließ ich die Landschaft wissen. (Auch wenn Landpomeranzen mit roten Wangen und Strohhalmen im Haar noch nie mein Typ gewesen sind.) Ich verstummte traurig, während ich an eine dachte, die ganz und gar mein Typ war.

Larius seufzte. »Onkel Marcus, die Sterne stehen nicht günstig. Sollen wir für heute lieber aufhören?«

»Zum Hades mit Crispus! Komm, wir fahren auf den Berg, suchen uns einen freundlichen Winzer und besaufen uns mit gutem Vesuver!«

Wir bogen von der Küstenstraße ab, und Nero

 zog uns den Berg über Pompeji hinauf. Wenn Petronius richtig informiert war, dann würden wir an den Ländereien von Caprenius Marcellus vorbeikommen, jenem reichen alten Konsul, der seinerzeit den Fehler gemacht hatte, Atius Pertinax zu adoptieren.

Es ging auf zwölf, aber mir war bereits klar, daß die Villa Marcella nicht zu den Häusern gehörte, in denen Larius und ich zum Mittagessen eingeladen wurden.

XXX

Ein Bildstock, geweiht meinem alten Freund Merkur, Schutzpatron der Reisenden, bewachte die Auffahrt zum Anwesen des Caprenius Marcellus. Die Götterstatue ruhte auf einer abgeflachten Säule aus weichem pompejischen Lavagestein und trug einen Kranz aus frischen Blumen ums Haupt; wir befanden uns auf dem Grund und Boden eines wahrhaft reichen Mannes.

Ich beriet mich mit meinem Neffen, der offenbar froh war, einem Kater zu entgehen; noch ehe wir uns entschieden hatten, ergriff Nero die Initiative und bog verwegen in die Auffahrt ein. Der Ex-Konsul Marcellus war sagenhaft reich; der Weg, der zu seiner Villa führte, bot Besuchern reichlich Gelegenheit, eine neidvolle Miene aufzusetzen, bevor sie das Herrenhaus erreichten.

Passanten, die anklopfen und um einen Schluck Wasser bitten wollten, würden unterwegs verdursten.

Wir rollten etwa eine Meile weit durch Weinberge, in denen hie und da ein verwitterter Gedenkstein für Freigelassene oder Sklaven der Familie aufragte. Dann weitete sich die Fahrbahn zu einer schön befestigten Kutschpromenade; Nero tat seine Bewunderung kund, indem er den Schwanz hob und einen Schwall Jauche verspritzte. Wir fuhren durch eine Zypressenallee an einer angenehm im Halbschatten gelegenen Pferdekoppel entlang; zwei traurige Nymphen mit ziemlich abgetragenen Gewändern standen als Majordomus vor einer Reihe Buchsbaumpfauen, die sehnsüchtig in einen terrassenförmig angelegten Landschaftsgarten hinüberspähten.

Hier, auf den tiefer gelegenen Hängen des Vesuvius, wo das Klima geradezu ideal war, lag das Gut, das bestimmt zwanzig Generationen überdauert hatte; ihm vorgelagert war eine elegante neue Villa im gefälligen Stil der Campania.

»Ganz nett!« meinte mein Neffe.

»Ja, ein hübsches Fleckchen Erde! Du bleibst hier; ich sehe mich mal um. Und wenn jemand kommt, dann pfeif!«

Unsere Ankunft fiel gerade in die Zeit der Siesta. Ich zwinkerte Larius zu und trollte mich, froh, endlich einmal wieder auf Entdeckungsreise gehen zu können. Vorsicht war geboten; als Konsul hatte Caprenius früher das höchste Magistratsamt von Rom bekleidet, und nach dem Kummer über die Schande seines Sohnes und dessen viel zu frühen Tod war er bestimmt empfindlich.

Ich nahm an, daß das Haupthaus verschlossen sein würde und deshalb zuerst die ältere Villa rustica in Angriff. Ich schlenderte über den Hof.

In dem langgestreckten Bau mir gegenüber stand praktischerweise eine Tür offen, und so ging ich flugs hinein. Von einem kurzen Flur gingen etliche kleine Räume ab, die früher wohl zum alten Wohntrakt gehört hatten, jetzt aber als Vorratskammern benutzt wurden. In einem Innenhof entdeckte ich Olivenpressen und Ölkeltern; sie sahen blitzsauber aus und verströmten einen schwachen, aromatischen Duft. Über eine Halbtür am Ende des Korridors hinweg blickte ich in eine große Scheune; eine schlanke getigerte Katze hatte sich auf einem Getreidesack zusammengerollt. Irgendwo schrie ein Esel; von fern hörte ich einen Schleifstein quietschen. Ich machte kehrt.

Der benebelnde Duft hatte mir schon beim Eintritt verraten, daß in den Kammern rechts und links Weinfässer gelagert sein mußten – und zwar in stattlicher Zahl. Zwanzig transportfertige Amphoren waren draußen auf dem Gang aufgereiht. In der ersten Kammer standen die Keltern, bereit für die neue Lese; in einem Raum dahinter würden die Fässer lagern. Ich hörte etwas rascheln und klopfte daher, um nicht unhöflich zu erscheinen, an, bevor ich ins Allerheiligste vordrang.

Drinnen bot sich das herzerfrischende Szenario von Bottichen und Kufen, und über allem waberte Alkoholdunst. Die dicken Mauern waren fensterlos, dadurch behielt der dämmrige Raum seine gleichmäßig kühle Temperatur. Ein rußiger Kerzenstummel brannte auf einem Holztisch zwischen irdenen Töpfchen und Probierbechern. Gerätschaften, die aussahen, als gehörten sie in ein Feldlazarett, hingen an den Wänden, und ein auffallend großer, älterer Mann füllte vom letztjährigen Wein gerade einen Krug ab.

»Da lacht einem das Herz im Leibe«, sagte ich leutselig. »Ein Winzer labt sich an einem besonders guten Tropfen vom Selbstgekelterten und schaut vergnügt drein!« Ohne zu antworten, ließ er das Rinnsal aus dem großen Korbballon langsam durch den Trichter fließen. Ich lehnte mich an den Türrahmen und hoffte, ein Schlückchen abzubekommen.

Mit einemmal strömte der Wein stärker, und der Krug war randvoll. Der Alte kippte die Korbflasche zurück, drehte den Trichter ab und setzte den Spund ein. Dann richtete er sich auf und lächelte mir zu.

Früher hatte er gewiß zu den hochgewachsensten Männern der Campania gezählt. Das Alter hatte ihn gebeugt und seinen Körper schrecklich ausgezehrt. Sein runzliges Gesicht war fast durchsichtig, und er trug eine langärmelige Tunika, als ob er ständig fröre, auch wenn er die Ärmel jetzt während der Arbeit zurückgeschlagen hatte. Seine Züge wurden vollkommen beherrscht von einer mächtig hervorspringenden Nase.

»Verzeihen Sie, daß ich hier einfach so hereinplatze«, sagte ich.

»Zu wem wollten Sie denn?« erkundigte er sich liebenswürdig. Ich trat beiseite, um der Nase den Vortritt zu lassen, dann traten wie beide auf den Hof.

»Das kommt ganz drauf an. Wer ist denn zur Zeit hier?«

Seine Augen verengten sich. »Kommen Sie geschäftlich?«

»In Familienangelegenheiten. Ist der Konsul in Setia? Hat er einen Verwalter hier?«

Der Mann blieb abrupt stehen. »Sie wollen den Konsul sprechen?«

»Na ja, *wenn's möglich wäre ...*«

»Wollen Sie oder wollen Sie nicht?« herrschte er mich an.

O Jupiter! Der Konsul war auf dem Gut! (Damit hatte ich nicht im Traum gerechnet.)

Mein Begleiter schwankte leicht; offenbar hielt er sich nur unter großen Schmerzen aufrecht. »Geben Sie mir Ihren Arm!« befahl er gebieterisch. »Kommen Sie!«

Es gab kein Entkommen. Ich sah Larius draußen im Karren warten, aber der Winzer klammerte sich fest an meinen Arm. Ich nahm ihm vorsorglich den Weinkrug ab.

Da ging er dahin, mein schöner Plan, erst ein Schlückchen von seinem feurigen Vesuver zu probieren, ihm dabei geschickt auf den Zahn zu fühlen und dann zu verduften, bevor irgend jemand mich bemerkt hatte ...

Als wir auf die Front des Hauptgebäudes zuschritten, sah ich, daß es eine große zweistöckige Villa mit Mittelerker war, von dem man gewiß eine herrliche Aussicht über die Bucht hatte. Und das Haus war keineswegs verschlossen! Aus den Fenstern im Obergeschoß hing Bettzeug zum Lüften, während im Schatten zwischen den Säulen Pflanzenkübel standen, die man offenbar eben erst gegossen hatte, denn sie waren noch tropfnaß. Zwei langgestreckte Seitenflügel umrahmten den feudalen Portikus. Hinter dem imposanten Prachtbau stieg eine Rauchfahne auf, vermutlich vom

Kamin eines Badehauses. Der Flügel gleich über
uns hatte einen Dachgarten; als ich den Kopf in den Nacken legte, erkannte ich fächerförmig am Spalier gezogene Pfirsichbäume und exotische Blütengewächse, die sich malerisch um die Balustrade rankten.

Ich wuchtete den Türgriff im Bronzemaul eines Löwenhauptes hoch, öffnete das Tor und ließ meinem Gefährten den Vortritt. In dem luftigen Atrium blieb er stehen, um seine Kräfte zu sammeln. In einem rechteckigen Teich mit Marmoreinfassung stand eine anmutige Figurine. Alles in diesem Haus atmete Tradition und Würde. Zur Rechten stand der Tresor. Links war ein kleiner Altar für die Hausgötter aufgebaut, vor den jemand ein Sträußchen mit blauen und weißen Blumen gestellt hatte.

»Wie heißen Sie?«

»Didius Falco.« Fünf, sechs Sklaven kamen herbeigeeilt, hielten sich aber in respektvoller Entfernung, als sie uns beide miteinander reden sahen. Plötzlich war ich mir sicher. Lächelnd blickte ich zu dem hochgewachsenen Mann auf. »Und Sie müssen Caprenius Marcellus sein, verehrter Konsul!«

Er war bloß ein alter Brummbär in einer groben wollenen Tunika. Ich hätte mich geirrt haben können. Da er nicht widersprach, hatte ich recht.

Der Ex-Konsul musterte mich über seinen Gesichtserker hinweg. Ich hätte gern gewußt, ob er schon von mir gehört hatte; sein strenges, asketisches Gesicht verriet nichts.

»Ich bin Privatermittler und komme im Auftrag des Kaisers ...«

»Das ist keine Empfehlung!« Als er jetzt sprach, waren die sauberen Vokale und die korrekte Betonung des Gebildeten deutlich hörbar.

»Verzeihen Sie, daß ich einfach so hereinplatze. Aber da sind ein, zwei Dinge, über die ich mit Ihnen reden müßte ...« Er wurde zusehends abweisender. Seine Sklaven rückten diskret näher; gleich würde er mich hinauswerfen lassen. Rasch, bevor Marcellus ihnen ein Zeichen geben konnte, ackerte ich mich weiter vor. »Falls es Sie interessiert«, rief ich, froh über diese glückliche Eingebung, »Ihre Schwiegertochter war erst vor kurzem meine Klientin ...«

Ich hatte gehört, daß er Helena sehr mochte, aber seine Reaktion verblüffte mich doch. »Wenn das so ist«, antwortete der Konsul kühl und nahm mir den Krug aus der Hand, »dann folgen Sie mir bitte.«

Das Gehen fiel ihm jetzt offenbar leichter, denn er schritt rüstig am Lararium vorbei, wo seine munteren Hausgötter mit ihren bronzebeschuhten Zehen auf das knospende Bukett deuteten, das ein frommes Familienmitglied auf ihren Altar gestellt hatte. Keine zwei Minuten später ahnte ich, wer das gewesen war. Wir betraten ein Nebenzimmer. Von dort führte eine Flügeltür hinaus in einen ummauerten Garten, wo ein niedriger Tisch zu einem Imbiß gedeckt war.

Mindestens zehn Haussklaven standen, eine Serviette über dem Arm, zwischen den Pflanzenkübeln in Bereitschaft. Ich wurde freilich nicht ans kalte Bufett gebeten. Der Ex-Konsul hatte an dem Tag zwar einen Gast, aber der bekleidete einen weit höheren Rang als ich.

Vor einem grauen Marmorpiedestal arrangierte eine junge Frau ein Blumengebinde; sie stand mit dem Rücken zu uns, aber ihren raschen, sicheren Handgriffen merkte man an, daß ein Strauß, den sie einmal gesteckt hatte, auch so blieb. Ich erkannte die weich geschwungene Nakkenlinie. Sie hörte uns kommen. Ich hatte meine Gesichtsmuskeln darauf trainiert, niemals Staunen zu zeigen, aber ein Lächeln, unter dem meine ausgedörrten Lippen aufplatzten, brach sich Bahn, noch ehe die Dame sich umwandte.

Es war Helena Justina.

Wir waren beide gleich groß. Ich konnte, ohne mit der Wimper zu zucken, in diese streitlustigen Augen blicken. Meine Beine waren trotzdem auf einmal wie aus Watte.

Seit ich sie zuletzt gesehen hatte, hatte die Landluft ihre klare Haut gebräunt und ihr Haar war satt rot gefärbt. Etwas so Natürliches wie Landluft war dabei allerdings nicht im Spiel gewesen. Heute trug sie die Haare mit Bändern zu einer hinreißend schlichten Frisur hochgesteckt, die die zwei, drei Zofen bestimmt anderthalb Stunden und mehrere Anläufe gekostet hatte. Sie war ganz in Weiß. Ihr Kleid wirkte so frisch und duftig wie eine Lilienblüte, die sich eben unter den ersten Sonnenstrahlen des neuen Tages entfaltet, und seine Trägerin, deren Reize es überaus vorteilhaft zur Geltung brachte, zog meine Aufmerksamkeit an, wie Pollen die Bienen ködert.

»Juno und Minerva!« rief sie dem Konsul wütend entgegen. »Wer ist denn das? Ihr Rattenfänger – oder bloß eine verirrte Wanderratte?«

Alle Farben im Raum leuchteten heller, als ihre Stimme erklang.

XXXI

Jetzt zappelte ich wirklich am Haken. Wenn Helena sich von ihren Gefühlen mitreißen ließ, hatte ihr Gesicht mehr Glanz und Ausdruck als manche hochgerühmte Schönheit. Mein Herz schlug rascher und rascher und machte keine Anstalten, sich zu beruhigen.

»Dieser Eindringling behauptet, du würdest für ihn bürgen.« Marcellus schien daran zu zweifeln.

»Oh, aber das wird sie, Konsul, bestimmt!«

Ihre dunkelblauen Augen maßen mich mit eisiger Verachtung. Ich grinste selig wie ein verspieltes Hündchen, das vor der Herrin Männchen macht, um sich noch ein paar Streicheleinheiten zu erbetteln.

Als Beau einer Senatorentochter hatte ich nicht gerade meinen besten Auftritt. Zum Verhökern unserer Bleirohre trug ich die einärmelige rote Arbeitertunika und um die Taille einen arg zerknautschten, fleckigen Lederbeutel, in dem ich Vespasians Brief an Crispus und mein Vesperpaket aufbewahrte; heute hatte Silvia uns Äpfel mitgegeben, die, in der Leistengegend getragen, einen faszinierenden Effekt bewirkten. Aber bei jeder Bewegung klirrten das metallene Klapplineal und das Zeichendreieck an meinem Gürtel aneinander. Mein Oberkörper war sonnenverbrannt, und ich konnte mich nicht erinnern, wann ich mich das letzte Mal rasiert hatte.

»Er heißt Marcus Didius Falco.« Sie sprach den Namen aus wie eine Witwe, die einen Dieb verklagt: eine Witwe, die sich sehr wohl zu wehren

wußte. »Er wird Ihnen mehr Märchen auftischen
als die Sibylle von Cumae; engagieren Sie ihn nur, wenn es unbedingt sein muß, und vertrauen Sie ihm nicht!«

Nie zuvor hatte mich jemand so unverschämt behandelt; ich strahlte sie hilflos an und las ihr jedes Wort von den Lippen. Der Konsul lachte nachsichtig.

Marcellus machte Anstalten, sich zu einem Diwan hinüberzuschleppen – eine jener niedrigen gepolsterten Ruhebänke, wie sie von Invaliden bevorzugt werden. Die Sklaven waren uns ins Haus gefolgt – zehn, zwölf plattfüßige Bauerntölpel, die alle so ehrerbietig dreinschauten, daß es mich krank machte –, und als er sich nun ächzend in Bewegung setzte, rückten sie in geschlossener Formation vor. Aber es war Helena, die ihm als erste beisprang. Sie rückte die Liege heran und hielt sie fest, bis er sich langsam und umständlich niedergelassen hatte.

Ein Mann, um den Helena Justina sich kümmerte, konnte sich aufs Alter freuen: Da hätte er reichlich Muße und Spielraum, seine Memoiren zu schreiben, während sie seine Diät überwachte und im Haus für Ruhe sorgte, damit er sein Nachmittagsschläfchen halten kann ... Ohne mich eines Blickes zu würdigen, nahm sie die Weinflasche und trug sie hinaus.

»Ein herrliches Geschöpf!« krächzte ich. Der Alte lächelte zufrieden. Ein unverschämter, halbnackter Handwerker durfte seine eigenwillige Schwiegertochter nur aus der Ferne bewundern; daß ihr Leben und meines einander nie berühren würden, verstand sich von selbst.

»Der Meinung sind wir auch.« Er schien es

 gern zu hören, daß man sie pries. »Ich kenne Helena Justina von Kindheit an. Es war ein großer Tag für die Familie, als sie meinen Sohn geheiratet hat ...«

Da sie inzwischen von Pertinax geschieden und der ja ohnehin tot war, war ich um eine Antwort verlegen. Zum Glück kam sie bald wieder herein (umhüllt von wippenden, scharlachroten Schleifen und dem herbsüßen Duft eines sündhaft teuren Parfums von der Malabarküste ...).

»Also Falco heißt der Schelm! Ein Spitzel – versteht er sein Handwerk?« fragte der Konsul.

»Ausgezeichnet«, sagte sie.

Dann trafen sich unsere Blicke.

Ich wartete ab und versuchte, die Stimmung im Haus zu erfassen. Irgend etwas lag in der Luft – und zwar nichts, was mit Malabardüften zu tun gehabt hätte. Ihre Durchlaucht ließ sich in einiger Entfernung in einem Sessel nieder, wie eine wohlerzogene junge Frau, die sich diskret aus den Geschäften der Männer heraushält. (Das war natürlich Unfug; Helena Justina mischte sich ein, wo immer sie nur konnte.)

Marcellus gab mir das Stichwort. »Also, Sie wollten mich sprechen?« Ich entschuldigte mich zunächst für meinen unpassenden Aufzug und sprach ihm mein Beileid zum Tode seines adoptierten Erben aus. Er war ganz Herr der Lage. Seine Miene schien unverändert.

Als nächstes erläuterte ich, daß und wie ich zum kaiserlichen Testamentsvollstrecker der Pertinaxschen Güter bestellt worden sei. »Wer den Schaden hat, braucht für den Spott nicht zu sorgen! Zuerst findet ein pflichtvergessener Gefängniswärter Ihren Sohn erdrosselt auf; dann werden die fünf Senatskollegen Ihres Sohnes, die mit ihrem Intaglioring sein Testament bezeugt haben, von Vespasians Beamten als Erbschaftsverwalter beiseite gedrängt – eine schöne Verschwendung von Siegelwachs und dreisträhnigem Notarsgarn!«

Das Gesicht des Konsuls war undurchdringlich. Immerhin machte er nicht den Versuch, Pertinax zu verleugnen. »Haben Sie meinen Sohn gekannt?« Interessante Frage: Konnte alles mögliche bedeuten.

»Ich bin ihm einmal begegnet«, räumte ich vorsichtig ein. Daß der tückische junge Dreckskerl mich damals brutal hatte zusammenschlagen lassen, behielt ich lieber für mich. »Betrachten Sie bitte mein Erscheinen als Geste der Wiedergutmachung, Konsul. Ein Schiff, die *Circe*, wird Ihnen zurückerstattet. Sie liegt in der Mündung des Sarnus in Pompeji vor Anker und steht Ihnen ab sofort zur Verfügung.«

Ein meertüchtiges Handelsschiff: für einen ärmeren Mann ein Lebensretter. Für einen Multimillionär wie Marcellus nichts weiter als ein Segler seiner Flotte, an dessen Existenz sein Buchhalter ihn hin und wieder erinnerte. Trotzdem polterte er sofort los: »Ich dachte, ihr hättet die *Circe* in Ostia beschlagnahmt!«

Diese gründliche Kenntnis der Hinterlassenschaft seines Adoptivsohns machte mich stutzig. In meinem Beruf gibt einem manchmal schon die nebensächlichste Unterhaltung wertvolle Hinweise (ein Hitzkopf kann sich dabei leicht verrennen und Indizien vermuten, wo nie welche waren ...).

Da ich sah, daß ihm meine Spekulationen

nicht entgangen waren, versicherte ich gelassen: »Ich habe veranlaßt, daß man die *Circe* hierher überführt. Sie gehört wieder Ihnen.«

»Verstehe. Werde ich dazu Papiere brauchen, die mich als Eigner ausweisen?«

»Wenn Sie mir Schreibzeug zur Verfügung stellen, Konsul, dann bekommen Sie sofort das Zertifikat.« Er nickte, und ein Sklave brachte Papyrus und Tinte.

Ich benutzte meine eigene Binsenfeder. Seine Leute staunten nicht schlecht, daß ein heruntergerissener Schmutzfink wie ich schreiben konnte. Es war ein schöner Augenblick. Sogar Helena Justina lächelte über den Irrtum der Sklaven.

Ich unterzeichnete mit schwungvollem Schnörkel und drückte dann meinen Siegelring in den Wachstropfen, den der Sekretär mißmutig für mich aufs Blatt tröpfeln ließ. (Das Siegel verschmierte ein bißchen, aber das war nicht weiter schlimm; mein Ring war damals so abgewetzt, daß man sowieso nicht mehr darauf entziffern konnte als ein einbeiniges Kerlchen mit halbem Kopf.)

»Sonst noch etwas, Falco?«

»Ich versuche, einen Freigelassenen von Pertinax zu finden, dem ein persönliches Legat ausgesetzt wurde. Er heißt Barnabas und stammt vom Gut des leiblichen Vaters Ihres Adoptivsohns. Können Sie mir da weiterhelfen?«

»Barnabas ...« stammelte er mit zittriger Stimme.

»Oh, aber du kennst doch *Barnabas*!« ermunterte Helena Justina ihn vom anderen Ende des Zimmers her.

Ich schwieg nachdenklich und verstaute meine Feder in meinem Ledertäschchen. »Atius Pertinax und sein Freigelassener hätten einander sehr nahe gestanden, heißt es. Barnabas hat den Leichnam Ihres Sohnes aus dem Gefängnis geholt und sein Begräbnis ausgerichtet. Und Sie wollen mir weismachen, daß er sich danach nie mehr gemeldet hat?«

»Wir hatten nichts mit ihm zu schaffen«, versetzte Marcellus kühl. Ich kannte die Spielregeln. Konsuln sind wie die Chaldäer, die einem das Horoskop stellen: Sie lügen nie. »Sie sagen ja selbst, daß er aus Calabria stammt; ich schlage vor, Sie suchen dort nach ihm!« Eigentlich hatte ich vorgehabt, mich auch noch nach dem verschwundenen Sportsegler Crispus zu erkundigen, aber irgend etwas hielt mich zurück. »War das alles, Falco?«

Ich nickte, ohne zu widersprechen.

Diese Unterredung hatte mehr Fragen aufgeworfen als geklärt. Aber mit einer harten Konfrontation war hier nichts zu machen; ich hielt es für geraten, mich zurückzuziehen. Für Caprenius Marcellus existierte ich schon nicht mehr. Er begann einen qualvollen Kampf mit seinen steifen Gliedern, um sich vom Diwan zu erheben. Offensichtlich gehörte er zu jener Sorte Kranker, die gern viel Wesen um sich und ihr Leiden machen; ich kannte ihn zwar erst seit einer halben Stunde, aber trotzdem hatte es mich mißtrauisch gemacht, daß seine Schmerzen so ganz nach Belieben kamen und gingen.

Sein Gefolge rückte an. Auch Helena Justina bemühte sich um den Alten; ich nickte kurz, für den Fall, daß sie es zu bemerken geruhte, und ging hinaus.

Noch bevor ich das Atrium erreicht hatte, erklang der rasche, leichte Schritt, den ich so gut kannte, hinter mir.

»Ich habe eine Nachricht von meinem Vater, Falco. Ich komme ans Tor!«

XXXII

Larius, der sich nie von hochherrschaftlichen Villen einschüchtern ließ, hatte unseren Ochsen an Marcellus' elegantem Kutschbock geparkt. Mein Neffe saß da und drückte seine Pickel aus, indes Nero, der einen Schwarm Schmeißfliegen mitgebracht hatte, sich an der sauber geschnittenen Rasenkante gütlich tat.

Ihre Durchlaucht und ich standen nebeneinander auf dem Treppenabsatz. Ihr Parfum hämmerte so raffiniert auf meine Sinne ein wie ein Bronzeschlegel auf einen getriebenen Gong. Ich fürchtete schon, sie würde wieder auf das Begräbnis ihres Onkels zu sprechen kommen. Sie erwähnte es mit keinem Wort, und doch spürte ich, daß ihr Zorn immer noch dicht unter der Oberfläche schwelte. »Auf Urlaub hier?« fragte ich heiser.

»Ich versuche bloß, dir aus dem Weg zu gehen!« versetzte sie schlagfertig.

Na schön; wenn das ihre Einstellung war – »Also dann ... danke, daß du mich zu meinem Ochsen begleitet hast ...«

»Sei doch nicht gleich so empfindlich! Ich bin hergekommen, um meinen Schwiegervater zu trösten.«

Sie hatte sich nicht nach mir erkundigt, aber ich informierte sie trotzdem. »*Ich* versuche, Aufidius Crispus aufzuspüren – im Auftrage des Kaisers.«

»Arbeitest du gern für ihn?«

»Nein.«

Ihre Durchlaucht krauste die Stirn und legte den Kopf schief. »Unzufrieden?«

»Darüber spreche ich nicht«, versetzte ich schroff – um dann, weil es Helena war, auf der Stelle einzulenken: »Es ist hoffnungslos. Der Palast mag mich ebensowenig wie ich ihn. Jeder Auftrag, den ich kriege, ist Dreckarbeit ...«

»Wirst du die Stellung aufgeben?«

»Nein.« Schließlich hatte ich mich ihr zuliebe ins Joch spannen lassen. »Hör zu, tust du mir einen Gefallen und sagst Marcellus nicht, wie ich mit seinem Sohn stand?«

»Ach, ich verstehe!« entrüstete sich Helena Justina. »Der Konsul ist ein hinfälliger alter Mann, kann kaum noch laufen, und da ...«

»Reg dich ab. Ich will den alten Knacker ja gar nicht belästigen ...« Ein Koloß von einem Diener war aus dem Haus getreten und sagte zu Helena, Marcellus habe ihn geschickt, und er bringe ihr einen Parasol zum Schutz gegen die starke Sonne.

Ich wies frostig darauf hin, daß wir im Schatten ständen. Der Sklave rührte sich nicht.

Meine Geduld war fast am Ende.

»Gnädigste, meine Umgangsformen mögen ja vielleicht nicht besser sein als die einer Küchenschabe in einem Mauerspalt, aber Sie brauchen trotzdem keinen Leibwächter, wenn Sie sich mit mir unterhalten!« Ihr Gesicht erstarrte.

»Warte dort drüben!« bat Helena Justina den Diener; der sah sie trotzig an, schlurfte aber außer Hörweite.

»Und du hör auf, den wilden Mann zu markieren!« befahl sie mir mit einer Stimme, die Kristallglas hätte schneiden können.

Ich beherrschte mich. »Also, was will dein Vater?«

»Dir für die Statue danken.« Ich zuckte die Achseln. Helena sah mich prüfend an. »Falco, ich weiß, wo diese Statue gestanden hat. Sag mir, wie du an sie gekommen bist!«

»Mit der Statue hat alles seine Richtigkeit.« Daß sie sich in alles einmischte, machte mich allmählich wütend. »Es ist eine gute Arbeit, und dein Vater wird sie, denke ich, am besten zu würdigen wissen. Hat sie ihm übrigens gefallen?«

»Mein Vater hat sie selbst in Auftrag gegeben. Als Geschenk für meinen Mann ...« Sie verschränkte die Arme und wurde rot. Helena machte immer noch ein besorgtes Gesicht. Endlich dämmerte mir, warum: *Sie fürchtete, ich hätte das Ding gestohlen!*

»Tut mir leid, daß ich dir deine Illusionen rauben muß. Aber ich war zufällig ganz legal im Haus deines Ex-Mannes!«

Auf einmal hatte ich es sehr eilig und hastete die Stufen hinunter. Helena folgte mir. Ich wollte eben auf den Ochsenkarren klettern, da hörte ich sie leise fragen: »Warum suchst du diesen Barnabas? Geht es wirklich um eine Erbschaft?«

»Nein.«

»Hat er etwas verbrochen, Falco?«

»Sieht ganz so aus.«

»Was Ernstes?«

»Kommt drauf an, ob man Mord ernst nimmt.«

Sie biß sich auf die Lippe. »Soll ich mich mal für dich umhören?«

»Nein, du hältst dich da besser raus.« Ich zwang mich, sie anzusehen. »Nimm dich in acht, Helena! Barnabas hat schon mindestens ein Menschenleben auf dem Gewissen – und es kann gut sein, daß er noch nicht zufrieden ist.« Er könnte zum Beispiel mir nach dem Leben trachten, aber das verschwieg ich lieber. Es hätte sie beunruhigen können. Vielleicht auch nicht – und das wäre schlimmer gewesen.

Wir standen jetzt in der prallen Sonne, und der Tölpel mit ihrem Parasol hatte einen Vorwand, uns nachzusteigen. Ich wandte mich zum Gehen, flüsterte ihr aber rasch noch zu: »Wenn du etwas über Barnabas weißt, muß ich unbedingt mit dir sprechen!«

»Warte im Olivenhain«, gab sie hastig zurück. »Ich komme gleich nach dem Essen ...«

Allmählich fühlte ich mich umzingelt. Larius bewunderte so diskret die Aussicht, daß mich schauderte. Der schamlos neugierige Nero schnüffelte wißbegierig an mir herum und sabberte mir den Tunikaärmel voll. Und dann pflanzte sich auch noch der Leibwächter neben seiner Herrin auf, um sie mit dem Parasol zu beschirmen, einem riesigen gelben Seidengebilde aus flatterndem Fransensaum, das aussah wie eine monströse Qualle.

Helena Justina stand in ihrem blütenweißen Kleid und mit den roten Schleifen im Haar da wie eine zarte, lichte, festlich geschmückte Grazie auf einer Vase. Ich schwang mich auf den Bock. Ich blickte zurück und sagte, ohne es zu wollen: »Ach, übrigens, ich habe ja gewußt, daß du mir früher oder später den Laufpaß geben würdest, aber ich dachte, du hättest wenigstens soviel Anstand, mir Bescheid zu sagen, wenn es soweit ist!«

»Was?« Die Frau wußte ganz genau, was ich meinte.

»Du hättest schreiben können. Keinen langen, feierlichen Abschiedsbrief, nur ein schlichtes *Danke und verzieh dich, du Niete* hätte vollauf gereicht. Von so einem kleinen *»Lebwohl«* hättest du schon keinen Krampf in den Fingern gekriegt!«

Helena Justina richtete sich auf. »Wann denn, Falco? Du hattest dich schon ohne ein Wort nach Kroton abgesetzt!«

Unter ihrem Parasol hervor traf mich ein Blick abgrundtiefer Verachtung; dann machte sie kehrt, eilte leichtfüßig die Stufen hinauf und verschwand im Haus.

Ich ließ Larius kutschieren. Ich fürchtete, mir könnten die Hände zittern.

Sie verwirrte mich. Ich hatte mir so sehr gewünscht, sie wiederzusehen, aber nun war ich völlig aus dem Gleis geworfen.

Nero stürmte schnurstracks auf den Olivenhain zu, als wolle er damit prahlen, wie gut er den Weg kannte. Larius hatte einen Arm auf die Knie gestützt und ahmte so unbewußt Petronius nach, wenn der die Zügel führte. Jetzt musterte er mich kritisch.

»Du siehst aus, als hätte dir jemand mit 'nem Besen die Ohren ausgeputzt.«

»Denk dir was weniger Feinfühliges aus!«

»Entschuldige, Onkel Marcus«, bohrte er ungerührt weiter, »aber *wer war das?*«

»*Das?* Oh, die mit den flatternden Bändern? Die ehrenwerte Helena Justina. Vater im Senat und zwei Brüder im diplomatischen Dienst. Einmal verheiratet; einmal geschieden. Standesgemäße Erziehung, leidlich hübsch nebst eigenem Vermögen im Wert von einer Million ...«

»Sie macht einen sehr netten Eindruck!«

»Sie hat mich eine Ratte genannt.«

»Ich dachte mir schon, daß ihr euch nahesteht!« erklärte mein Neffe mit dem freimütig beiläufigen Sarkasmus, den er in diesen wenigen Tagen bewundernswert perfektioniert hatte.

XXXIII

Auf der Fahrt hinunter zum Olivenhain brütete ich stumm vor mich hin. Larius pfiff gutgelaunt.

Im Augenblick galten meine Gedanken weniger Helena als vielmehr Caprenius Marcellus. Er war vielleicht nicht mehr politisch aktiv, aber geistig immer noch sehr rege. Bestimmt wußte er zu Lebzeiten seines Sohnes alles über das Komplott – hatte die Verschwörung womöglich sogar unterstützt. Ich hätte wetten mögen, daß er auch wußte, wo Aufidius Crispus war.

Ob Marcellus seine Schwiegertochter eingeladen hatte, um sie über die Entwicklung in Rom auszufragen?

Im übrigen stand für mich jetzt fest, daß Helena mich verlassen hatte. Es war kaum zu glauben. Noch vor sechs Wochen war alles ganz anders gewesen. Die Erinnerung überkam mich wie ein mächtiger, heißer Strom, der durch meine Lenden flutete und mich wie magisch auf meinem Sitz festbannte ... Woran sie jetzt wohl denken mochte? Wahrscheinlich überlegte sie, ob sie lieber ein, zwei Pfund Aufschnitt aus Luca oder einen Schafskäse aus dem Lactarii-Gebirge zu Mittag verspeisen solle. Helena hatte einen Wahnsinnsappetit; wahrscheinlich würde sie beides nehmen.

Larius und ich aßen unsere Äpfel im Olivenhain.

Ich richtete mich auf eine lange Wartezeit ein. Der Konsul würde sich durch seinen dreistündigen Imbiß trödeln und jeden Bissen fester Nahrung extra hinunterspülen; er hatte schließlich ein stattliches Quantum Wein abgefüllt für einen alten Mann und ein Frauenzimmer, das, jedenfalls nach meiner Erfahrung, beim Alkohol sehr enthaltsam war. Marcellus schien zu jenen Invaliden zu gehören, die aus ihrer Lage das Beste machen.

Ich nutzte die Zeit, bis Helena in der Villa würde verschwinden können, zu einem Gespräch mit Larius.

Er wußte mehr vom Leben als ich damals mit vierzehn. Offenbar war die Ausbildung heute ein ganzes Stück besser; ich hatte seinerzeit nur die sieben Elemente der Rhetorik gelernt, außerdem schlechtes Griechisch und die Anfangsgründe der Arithmetik.

»Ich sollte dir vielleicht mal ein paar Tips geben, was die Frauen betrifft, Larius ...« Ich liebte die Frauen, aber meine Erfolge gaben Anlaß zu zynischer Distanz.

Schließlich gab ich gewisse praktische Informationen preis, freilich unter Beibehaltung eines streng moralischen Tons. Larius blickte skeptisch drein.

»Alles, worum ich dich bitte, ist, daß du deinen Verstand gebrauchst. Als Familienoberhaupt muß ich schon genug hungrigen Waisen die Mäuler stopfen. Es gibt Mittel und Wege, sich zu schützen: Man übt männliche Zurückhaltung im Augenblick der Leidenschaft oder ißt Knoblauch, um sich die Frauen vom Leib zu halten. Knoblauch ist obendrein auch noch gesund! Manche Leute schwören allerdings auch auf einen in Essig getränkten Schwamm ...«

»Wozu denn?« Larius machte ein verdutztes Gesicht. Ich erklärte es ihm. Er machte ein Gesicht, als hielte er das für keine verläßliche Methode (und da hatte er insofern recht, als es nämlich sehr schwer ist, eine junge Dame zu finden, die bereit wäre, die erforderliche Prozedur mitzumachen).

»Mein Bruder Festus hat mir einmal erzählt, wenn man weiß, wohin man sich wenden muß, und bereit ist, den Preis zu zahlen, dann kann man dünne, kalbslederne Scheiden kaufen und seine empfindlichen Gerätschaften vor Krankheiten schützen; Festus schwor, er hätte so ein Ding. Gezeigt hat er's mir allerdings nie. Angeblich hilft das auch, lockenköpfige, kleine Ausrutscher zu verhüten ...«

»Stimmt das?«

»Die Existenz der kleinen Marcia spricht dagegen, aber vielleicht war an dem Tag ja auch gerade sein kalbsledernes Dingsbums in der Wäsche ...«

Larius wurde rot. »Gibt's da nicht noch was anderes?«

»Betrink dich so, daß nichts mehr geht. Zieh in die Wüste. Such dir eine Freundin mit heiklem Gewissen, die oft Kopfweh kriegt ...«

»Gerissene Fachleute«, erklärte eine helle, ätzende Frauenstimme, »kaprizieren sich auf Senatorentöchter! Die verschenken ihre Gunst gratis, und falls ein ›lockenköpfiger Ausrutscher‹ droht, wissen sie *ganz bestimmt*, an wen man sich wendet wegen einer Abtreibung – und wenn die Dame vermögend ist, kann sie die sogar selber bezahlen!«

Helena Justina hatte sich offenbar noch vor dem Nachtisch von der Tafel ihres Onkels weggestohlen und, hinter einem Baum versteckt, unser Gespräch belauscht. Jetzt kam sie zum Vorschein: ein hochgewachsenes Mädchen mit einer Zunge so scharf wie spanischer Pfeffer. Ihr Gesicht war kalkweiß; sie wirkte verschlossen und hatte einen scharfen Zug um den Mund – wie damals, als ich sie kennenlernte und sie nach der Scheidung so schrecklich unglücklich war.

»Bitte, behaltet ruhig Platz!« Larius und ich machten einen halbherzigen Versuch, unser Hinterteil zu lüpfen, und ließen uns dann wieder ins Gras fallen. Helena setzte sich neben uns, brachte es aber fertig, klassenbewußt und unnahbar zu wirken. »Wer ist das, Falco?«

»Larius, der Sohn meiner Schwester. Seine Mutter meinte, ein Tapetenwechsel würde ihm guttun.«

Sie schenkte meinem Neffen das liebliche Lä-

cheln, das sie mir verweigert hatte. »Tag, Larius.«
Sie hatte eine unkomplizierte Art, mit Jugendlichen umzugehen, die ihm offenbar gefiel. »Vor deinem Onkel mußt du dich in acht nehmen: Er ist ein Heuchler.«

Larius fuhr zusammen. Sie maß mich mit irritierendem Blick. »Na ja, Falco führt natürlich ein gefährliches Leben. Tatsächlich wird er eines Tages an einem Hirntumor sterben, wenn nämlich eine wutschäumende Frau einen großen Topf auf seinem Kopf zerschlägt ...«

Larius war jetzt ernstlich erschrocken. Ich gab ihm ein Zeichen, und er verkrümelte sich.

Es schickte sich nicht für eine Senatorentochter, unbemerkt auf den Plan zu treten, wenn ich gerade versuchte, meinen Pflichten als Ersatzvater nachzukommen.

»Das war eben ein starkes Stück, Gnädigste!« Ich sah ihr zu, wie sie heftig atmend Grashalme auszupfte.

»Ach ja?« Sie ließ von der wehrlosen Botanik ab und wandte sich mir zu. »Gehören Privatermittler eigentlich zu einem Barbarenstamm, dessen Götter ihnen gestatten, ohne die üblichen Risiken herumzuhuren?« Schockiert über ihre Wortwahl wollte ich widersprechen, aber sie fuhr mir über den Mund. »Die Ratschläge, die du dem Jungen gegeben hast, waren einfach zu albern.«

»Das ist unfair ...«

»Na, hör mal, Falco: Essiggetränkte Schwämme? Kalbslederne Scheiden? *Männliche Zurückhaltung?*«

Mit peinlicher Deutlichkeit brandete die Erinnerung in mir auf ... »Helena Justina, was zwischen uns geschehen ist ...«

»War ein großer Fehler, Falco!«

»Sagen wir, es kam etwas überraschend ...«

»Einmal vielleicht! Aber beim zweiten Mal doch wohl nicht mehr.«

Stimmt.

»Tut mir leid ...« Ich stammelte meine Entschuldigung, und sie runzelte die kräftigen Brauen auf so arrogante Art, daß es mich wütend machte. Ich nahm mich zusammen und fragte: »Stimmt irgendwas nicht?«

»Vergiß, was ich gesagt habe«, antwortete sie bitter. »Verlaß dich auf mich.«

Wenn sie in einer solchen Stimmung war, sprach man sie besser nicht an, aber ich versuchte es doch. »Ich dachte, du hättest begriffen, daß *du* dich auf *mich* verlassen kannst!«

»Oh, um Himmels willen, Falco ...« In gewohnt forschem Ton wechselte sie das Thema. »Nun sag mir endlich, warum du mich hier rausgelockt hast!«

Ich lehnte mich gegen einen Olivenstamm. Mir war ganz schwindlig. Vielleicht vor Hunger.

»Hast du gut gegessen? Bei Larius und mir gab's Äpfel. Meiner war der, an dem eine Made sich schon gütlich getan hatte.« Ein Schatten ging über ihr Gesicht, allerdings wohl kaum, weil sie bereute, uns keinen Korb mit Essensresten rausgebracht zu haben. Trotzdem: Wenn ich sehe, wie eine Frau sich Sorgen um meinen Appetit macht, werde ich immer weich. »Mach dir keine Sorgen um uns ... Erzähl mir lieber von Barnabas!«

Im Nu war die Spannung zwischen uns wie weggeblasen.

»Natürlich hab ich ihn gekannt«, begann Helena bereitwillig. »Es wäre durchaus denkbar, daß er hier ist. Er und Gnaeus haben oft den Sommer hier verbracht; sie hatten ihre Rennpferde auf dem Gut ...« Es ging mich zwar überhaupt nichts an, wurmte mich aber jedesmal, wenn sie ihren niederträchtigen Ex-Mann bei seinem vertraulichen Namen nannte. »Was hat der Tropf denn angestellt, Falco? Doch nicht wirklich jemanden umgebracht?«

»Allerdings. Der Palast glaubt an einen fehlgeleiteten Rachefeldzug, aber ich denke, es steckt mehr dahinter! Halte dich von ihm fern. Er ist viel zu gefährlich.« Sie nickte: ein unerwartetes Vergnügen. Nur sehr selten war es mir gelungen, die Dame zu beeinflussen (was mich freilich nicht davon abhielt, ihr ständig gute Ratschläge zu erteilen). »Als du noch mit ihm zu tun hattest, was war er da für ein Mensch?«

»Ich mochte ihn nicht um mich haben; er verachtete mich anscheinend, und das hat wohl auf meinen Mann abgefärbt. Wir waren selbst in unserem eigenen Haus nie allein; Barnabas war immer dabei. Die beiden redeten über ihre Pferde und ließen mich links liegen. Überall gingen sie zusammen hin – hast du schon herausgefunden, warum sie sich so nahestanden?«

»Weil sie miteinander aufgewachsen sind?«

»Ja, aber das war nicht der Hauptgrund.«

»Dann weiß ich es nicht.«

Sie schaute mich so ernst an, daß ich lächeln mußte. Wenn man sich einmal richtig in ein Mädchen verguckt hat, fällt es schwer, das wieder zu vergessen. Sie wandte sich ab. Mein Lächeln erlosch.

»Barnabas war das Kind einer Sklavin auf dem Anwesen der Familie Pertinax. Mein Mann war der legitime Sohn. Aber sie hatten beide denselben Vater«, erklärte Helena ruhig.

Nun ja, das war eigentlich nichts Besonderes. Ein Mann hält sich Sklaven, damit die seine Bedürfnisse erfüllen, und zwar alle. Vielleicht hatte Pertinax Senior, im Gegensatz zu Larius, keinen väterlichen Beistand gehabt, der ihn zu moralisch einwandfreiem Lebenswandel anhielt.

»Ist das wichtig?« fragte Helena.

»An den Tatsachen ändert es nichts – aber sie reimen sich jetzt natürlich viel besser zusammen.«

»Ja. Es gab sonst keine Kinder auf dem Gut. Diese beiden waren von klein auf unzertrennlich. Die Mutter meines Ehemaligen starb, als er fünf war. Danach hat sich wohl niemand mehr so recht um ihn gekümmert.«

»Gab es auch Rivalität zwischen den beiden?«

»Kaum. Barnabas – er war der ältere – wurde zu Gnaeus' Beschützer, und Gnaeus hat ihm stets die Treue gehalten ...«

Sie stockte. Ich blieb stumm.

Sie begann von neuem. »Sie waren wie Castor und Pollux. Da war kaum Platz für dritte.«

Die alte Traurigkeit ergriff wieder Besitz von ihr; Trauer um die vergeudeten Jahre. Vier, um genau zu sein; nicht gar soviel, gemessen an einem Menschenleben. Aber Helena Justina war als pflichtgetreues junges Mädchen in die Ehe gegangen; bereit, alles zu tun, damit diese gutgehen möge. Zwar hatte sie schließlich die Scheidung verlangt, aber das Gefühl des Scheiterns hatte Narben hinterlassen.

»Pertinax war nicht gefühllos, Falco. Barnabas und der Konsul waren die beiden Menschen, die er geliebt hat.«

»Dann war er ein Narr«, entfuhr es mir. »Er hätte wenigstens drei Menschen lieben sollen!«

XXXIV

Ein Marienkäfer ließ sich auf Helenas Kleid nieder; das gab ihr einen Vorwand, um sich von mir abzuwenden; sie lockte ihn auf ihren Finger und hatte nur noch Augen für ihn. Er war sowieso der hübschere von uns beiden.

»Verzeih mir.«

»Keine Ursache«, sagte sie, aber das stimmte nicht.

Nach kurzem Schweigen fragte sie mich, was sie tun solle, falls sie eine Spur von Barnabas fände. Ich erklärte ihr, wo ich in Oplontis wohne und daß sie mich am besten abends während der Essenszeit erreichen könne. »Es ist nicht weit. Du könntest einen Sklaven schicken ...«

»Wohnst du allein mit deinem Neffen in Oplontis?«

»Wo denkst du hin! Larius und ich, wir haben eine sehr muntere weibliche Entourage ...« Sie blickte auf. »Petronius Longus ist mitgekommen. Er hat einen Schwarm kleiner Mädchen dabei.« Helena hatte Petronius kennengelernt; wahrscheinlich hielt sie ihn für respektabel (was er in Gegenwart von Frau und Kindern in der Regel auch war).

»Ah, du hast Familienanschluß! Dann fühlst du dich also nicht einsam?«

»Es ist nicht meine Familie«, gab ich schroff zurück.

Sie runzelte die Stirn, fing aber gleich wieder an. »Macht dir dein Strandurlaub denn keinen Spaß?«

Ich seufzte, besiegt von ihrer Hartnäckigkeit. »Du weißt doch, wie ich zum Meer stehe. Auf einem Schiff wird mir schlecht; sogar vom Land aus macht die See mich nervös, weil ich dauernd befürchten muß, einer meiner Freunde könnte einen Ausflug auf die Wellen vorschlagen ... Außerdem bin ich beruflich hier.«

»Wegen Aufidius Crispus? Wie weit bist du gekommen?«

»Ich habe einer Menge Leute neue Wasserrohre verkauft; daher auch mein gräßlicher Aufzug.« Sie sagte nichts dazu. »Hör mal, Helena, wann, glaubst du, weißt du mehr von Barnabas?«

»Heute muß ich erst einmal dafür sorgen, daß die Aufregung, die du verursacht hast, sich wieder legt. Morgen wollte ich eigentlich mit meinem Schwiegervater nach Nola fahren.« Helena schien zu zögern, doch dann fuhr sie fort: »Vielleicht kann ich dir helfen, Crispus zu finden. Ich kenne Leute, die er meist besucht, wenn er an Land kommt.«

»Zum Beispiel deinen Schwiegervater?«

»Nein, Falco!« wies sie meinen Verdacht auf politische Gaunereien in der Villa Marcella streng zurück.

»Oh, Entschuldigung!« Ich wetzte mich nervös an meinem Olivenstamm und grinste sie verlegen an. »Ich werde ihn schon finden«, versicherte ich.

Helena war ganz in Gedanken. »Versuch's mal

beim Magistrat von Herculaneum. Er heißt Aemilius Rufus. Ich kenne ihn seit Jahren. Seine Schwester war mal mit Crispus verlobt. Aber es ist nichts daraus geworden. Sie war zwar scharf auf ihn, aber er verlor das Interesse ...«

»Typisch Mann«, ergänzte ich hilfsbereit.

»Genau!«

Ich seufzte melancholisch. »Scheint lange her zu sein ...«

»Ist es ja auch!« erwiderte sie gereizt. »Was ist los?«

»Ach, ich dachte nur so ...«

»Woran?«

»An dich ... Eine, die ich so gut zu kennen glaubte und nie wirklich kennen werde.«

Das Schweigen, das jetzt folgte, ließ keinen Zweifel: Noch eine unpassende Bemerkung von mir, und die Unterhaltung wäre unwiderruflich beendet.

»Du wolltest mich doch besuchen, Falco.«

»Ich weiß, wann ich nicht erwünscht bin.«

Auf einmal sah sie erschöpft aus. »Warst du überrascht, mich hier zu finden?«

»Nichts, was eine Frau tut, kann mich überraschen!«

»Ach, hör doch auf mit den Klischees!«

»Entschuldige!« Ich grinste. »Prinzessin, wenn ich auch nur den leisesten Schimmer gehabt hätte, daß *du* heute auf der Kundenliste stehen würdest, dann hätte ich mich in Schale geworfen. Ich komme nämlich gern wie ein Mann daher, den eine Frau nur ungern wieder ziehen läßt!«

»Ja, ich hatte schon begriffen, daß du mich verlassen wolltest«, stellte Helena unvermittelt fest.

 Der Marienkäfer flog davon, aber sie fand bald einen anderen sechsbeinigen Freund, den sie auf ihrem Handrücken krabbeln lassen konnte. Ganz reglos saß sie da, um das Tierchen nicht zu verscheuchen.

Ich dachte an alles, was ich ihr hatte sagen wollen; nichts davon kam mir über die Lippen. Schließlich stotterte ich: »Was meinst *du* denn dazu?«

»Oh ... wahrscheinlich ist es so am besten.«

Ich reckte das Kinn; daß sie keine Schwierigkeiten machte, machte seltsamerweise alles nur noch komplizierter. »Menschen hätten leiden müssen, wenn wir weitergemacht hätten«, sagte ich. »Darunter zwei, die mir besonders am Herzen liegen: du und ich.«

»Schon gut, Falco ... war ja bloß ein Flirt.«

»Ein ganz besonderer«, versicherte ich ihr galant, obwohl mir der Hals eng wurde.

»Ach ja?« hauchte sie kaum hörbar.

»Für mich schon ... Bleiben wir Freunde, Helena?«

»Aber natürlich.«

Ich lächelte kläglich. »Ach ja, das schätze ich so an Senatorentöchtern – immer kultiviert!«

Helena Justina schüttelte brüsk den Käfer von ihrer Hand.

Hinter uns raschelte es, und mein Neffe stolperte auf die Lichtung.

»Entschuldige, Onkel Marcus!« Seine Befangenheit war überflüssig, weil leider nichts im Gange war. »Aber ich glaube, die Nervensäge mit dem Sonnenschirm ist auf dem Weg hierher!«

Im Nu war ich auf den Beinen. »Dein neuer Leibwächter scheint ja ein hartnäckiger Kerl zu sein!« Helena übersah geflissentlich meine Hand, die ihr beim Aufstehen helfen wollte.

»Er ist nicht *mein* Leibwächter!« sagte sie kurz angebunden.

Wir gingen zurück zur Auffahrt. Als wir den Ochsenkarren erreichten, drängte Helena: »Bleibt unter den Bäumen und laßt euch nicht sehen!«

Ich nickte Larius zu, und er ging mit Nero in Deckung. Noch immer keine Spur von ihrem Wärter. Plötzlich packte ich sie an den Schultern und drehte sie zu mir herum. »Helena, als *ich* noch dein Leibwächter war, da gab es keine Interessenskonflikte. *Ich* bekam meine Befehle ausschließlich von dir – und wenn du ungestört sein wolltest, habe ich mich zurückgezogen!«

Ein Farbtupfer bewegte sich zwischen den Zypressen über uns. Ein warnender Blick, dann ließ ich sie los. Ihre linke Hand streifte die meine, den Druck meiner Finger zu erwidern.

Irgend etwas hatte mir die ganze Zeit schon Kopfzerbrechen bereitet; jetzt wußte ich, was es war.

An dem Finger, an dem man normalerweise den Trauring trägt, saß bei ihr ein schmaler Reif, der eben wie ein alter Freund an meinem Daumen vorbeigestreift war. Es war ein Ring aus britischem Silber, den ich Helena geschenkt hatte.

Sie mußte ihn vergessen haben. Ich sagte nichts, um sie nicht in Verlegenheit zu bringen; womöglich hätte sie sich sonst genötigt gefühlt, den Ring abzunehmen, jetzt, da unsere Affäre als beendet galt.

Ich ging hinüber zu Larius und dem Ochsen, machte aber nach ein paar Schritten noch einmal kehrt. »Wenn du sowieso nach Nola kommst, dann – ach nein, vergiß es.«

»Sei doch nicht so umständlich! Um was geht's?«

Nola war berühmt für seine Bronzewaren. Meine Mutter erwartete ein Geschenk aus der Campania und hatte gleich taktvoll das Richtige vorgeschlagen. Ich sagte es Helena. Die elegante Senatorentochter maß mich mit kühlem Blick.

»Ich will sehen, was sich machen läßt. Auf Wiedersehen, Falco!«

Larius und ich hockten unter den Olivenbäumen, während ich die Zeit abschätzte, die ein hochgewachsenes, wütend ausschreitendes Mädchen brauchen würde, um an den Gärten und der Reitbahn vorbei das Herrenhaus zu erreichen.

»Wirst du sie wiedersehen?« erkundigte sich mein Neffe.

»Gewissermaßen.«

»Du meinst heimlich?«

»Ich habe sie gebeten, etwas für mich zu kaufen.«

»*Was?*« Argwohn keimte in seiner romantischen Seele, er ahnte, daß ich etwas ganz Unverschämtes getan hatte.

»Einen Bronzeeimer«, gestand ich kleinlaut.

XXXV

Kurz bevor wir die Landstraße erreichten, kam uns eine aristokratische Sänfte entgegen, die, getragen von einem halben Dutzend Sklaven, in würdevoll gemessenem Tempo aufs Haus zuwankte. Talkfenster schützten den Insassen vor neugierigen Blicken, aber die goldbetreßte Livree seiner Sklaven und die prächtigen karminroten Beschläge sprachen für sich. Zum Glück war die Auffahrt der Villa Marcella breit genug für beide Gefährte, denn mein Neffe würde niemals einem Höhergestellten Platz machen.

Den ganzen Weg zurück nach Oplontis war Larius so wütend über die Art, wie ich Helena behandelt hatte, daß er nicht mit mir sprach. Verdammter Romantiker!

Immer noch stumm versorgten wir Nero für die Nacht.

»Du wirst sie nie wiedersehen!« Larius konnte nicht anders, er mußte seiner Verachtung endlich Luft machen.

»O doch, das werde ich.«

Sie würde mir den Eimer kaufen; danach hatte er wahrscheinlich recht.

Die Petronius-Brut spielte unten im Hof mit Myrtenzweigen und Schlamm. Sie kehrten uns den Rücken zu, zum Zeichen dafür, daß sie in ihrer phantasievollen Tätigkeit nicht gestört werden wollten. Die Kätzchen sprangen um sie herum. Anscheinend paßte niemand auf die Kinder auf.

Wir machten einen Spaziergang hinunter zum

Meer. Das Kindermädchen Ollia lag am Strand, und neben ihr stellte der Fischerjunge seine glänzenden Brustmuskeln zu Schau. Er hielt Monologe, wie Gigolos es gern tun; Ollia starrte aufs Meer hinaus und lauschte gebannt. Ein sehnsüchtiger Ausdruck lag auf ihrem Gesicht.

Ich nickte dem Mädchen grimmig zu. »Petronius?«

»Ist spazierengegangen.«

Ihr Fischerjunge war nicht älter als mein Neffe; er trug die Art Schnurrbart, die ich auf den Tod nicht ausstehen kann – einen spärlichen schwarzen Köderwurm, der wie angenäht über seinem ausdruckslosen Mund hing.

Larius trottete neben mir her. »Wir sollten Ollia retten.«

»Laß ihr doch ihren Spaß!«

Mein Neffe maulte; dann ließ er mich zu meiner Überraschung einfach stehen. Ich spürte mein Alter, als ich sah, wie er zurückschlenderte und sich neben dem Paar in den Sand kauerte. Die beiden Knaben funkelten sich an, während Ollia weiter aufs Meer hinausstarrte, eine übergewichtige, gefühlsduselige Schlampe, überwältigt von ihrem ersten Erfolg auf gesellschaftlichem Parkett.

Ich kehrte diesem kläglichen Tableau den Rücken und marschierte weiter den Strand entlang. Ich dachte an Pertinax und Barnabas. Und an Crispus. Warum wurde ich seit einer Weile das Gefühl nicht los, daß Crispus und Barnabas mich an der Nase herumführten und ich mit meinen Ermittlungen ständig haarscharf an der Wahrheit vorbeischrammte ...?

Dann dachte ich an andere Dinge, die für meine Arbeit nicht von Bedeutung waren.

Gereizt wich ich den ersten Flutwellen aus und spielte Ball mit einer weggeworfenen Eierkiste, bis ich mir langsam vorkam wie Odysseus in der Höhle des Polyphem: Ein einzelnes riesengroßes Auge beobachtete mich haßerfüllt.

Es war auf eine Schiffsplanke gemalt. Rot und schwarz, mit der schamlosen Verlängerung ägyptischer Götterbilder. Vermutlich gab es ein Pendant dazu am stolzen Bug des Schiffes, aber da dieses seitlich zur Küste lag, hätte ich schon einen zahmen Delphin gebraucht, um das nachprüfen zu können. Der Segler war in sicherer Entfernung vor Anker gegangen, kein neugieriger Urlauber würde den Besitzer belästigen. Die Jacht roch nach jenem unverschämten Wohlstand, der sich gern vor möglichst großem Publikum zur Schau stellt und dabei beteuert, wie wichtig ihm die Wahrung der Intimsphäre sei. Im übrigen hätte diese Art Luxusspielzeug nicht an die schäbigen Strohpuffer am Pier von Oplontis gepaßt.

Wer immer diese nautische Schönheit gebaut hatte, wollte damit ein Fanal setzen. *Geld* schrie es aus allen Luken. Eine verhältnismäßig kurze Reihe von ockerroten Rudern lagen jetzt mustergültig ausgerichtet in Ruhestellung, dunkle Segel, ein Hauptmast für die Rahtakelung und noch ein zweiter fürs Focksegel und schmerzhaft vorbildlich gezurrte Leinen. Irgendwie war es dem Baumeister gelungen, den schlanken Kiel eines Kriegsschiffes mit ausreichend Kabinen- und Deckraum zu kombinieren, um dem Finanzier dieses sündhaft teuren Kleinods auch angemessenen Raum an Bord zu gewährleisten.

Als die Abendbrise, die vom offenen Meer hereinkam, auffrischte und die Jacht in eine sanfte

 Schaukelbewegung versetzte, schoß die Vergoldung am Heck und am Kopfputz der Göttin vom Masttopp Blitze herüber. Ein schnelles kleines Beiboot, die minutiöse Kopie, driftete im Windschatten des schnittigen Seglers – genau die gleichen Steuerpaddel, die gleichen Segel, wenn auch im Spielzeugformat, ja sogar das gleiche aufgemalte Auge. Während ich mir noch den Hals ausrenkte, wurde das Boot eingeholt, und nach etlichem geschäftigen Hin und Her sah ich es, elegant und sportsmäßig gerudert, auf den Strand zusteuern.

Ermuntert durch diesen glücklichen Zufall, schlenderte ich hinüber zum Landungssteg und hoffte auf eine Gelegenheit, mich mit den Ankömmlingen bekannt zu machen, die, so verriet mir mein Instinkt, nur zu Crispus' Menage gehören konnten.

An Bord waren zwei Männer: ein hagerer, aufgeweckter Matrose, der ruderte, und ein kleiner Fettwanst, der sich behaglich am Bug zurücklehnte. Ich machte mich nützlich und schnappte ihr Ankertau, sobald sie anlegten. Der Ruderer schiffte an; ich packte den Bug des Bootes; der Dicke stieg aus; dann legte der Matrose sofort wieder ab. Ich versuchte, mir nicht überflüssig vorzukommen.

Der Mann, der an Land gegangen war, trug hirschlederne Stiefel, an deren Verschnürung kupferne Halbmonde klimperten. Der Matrose hatte ihn Bassus genannt. Er war der Typ rollendes Faß, womöglich auf Rädern, der überall im Leben eine mächtige Schneise für sich plattwalzt.

Wir gingen den Strand hinauf. Ich taxierte ihn.

Wahrscheinlich hatte er je ein Bankfach in allen großen Häfen von Alexandria über Carthago und Massilia bis Antiochia, trug aber als vorsichtiger Seemann trotzdem stets genug Gold bei sich, um sich in unwirtlichen Gewässern von Piraten freizukaufen oder mit Kleinstadtbeamten zu würfeln, wenn er an Land ging. Er trug Ohrringe und einen Nasenklips und so viele Amulette, daß die Große Pest von Athen geflohen wäre. Sein Sonnengottmedaillon hätte einem normal gebauten Mann den Brustkasten eingedrückt.

Er war nicht einmal der Kapitän. Die Peitsche im Gürtel verriet mir, daß er bloß der Bootsmann war – der Aufseher, der jedem Ruderer auf der *Isis* das Fell abzog, der es wagte, das Schiff beim Krabbenfangen ins Schwanken zu bringen. Bassus verströmte das ruhige Selbstvertrauen eines Mannes, dessen Körperumfang ihm in jeder Kneipe Respekt verschafft. Wenn das bloß der Bootsmann war, dann hielt Aufidius Crispus, der Besitzer, sich vermutlich für einen Pflegebruder der Götter.

»Sie kommen von der *Isis,* ja?« eröffnete ich das Gespräch. Bassus ließ sich herab, mich flüchtig aus dem Augenwinkel zu mustern. »Ich muß dringend mit Crispus sprechen. Können Sie mir weiterhelfen?«

»Er ist nicht an Bord.« Kurz und schmerzlos.

»Das nehme ich Ihnen nicht ab!«

»Glauben Sie, was Sie wollen«, versetzte er gleichgültig.

Wir waren schon fast an der Straße. Ich versuchte es noch einmal. »Ich habe einen Brief, den ich Crispus aushändigen muß ...«

Bassus zuckte die Achseln und streckte mir die Hand hin. »Geben Sie ihn mir, wenn Sie wollen.«

»So einfach geht das nicht!« (Außerdem hatte ich den Brief des Kaisers oben im Gasthaus gelassen.)

Der Bootsmann – bisher ziemlich passiv – bildete sich nun doch eine Meinung über mich. Sie war unvorteilhaft. Er machte sich nicht die Mühe, mir das zu sagen. Er schlug einfach vor, ich solle ihm den Weg freimachen, was ich als entgegenkommender Mensch auch tat.

Während Bassus am Horizont verschwand, ging ich zurück zu Larius und trug ihm auf, Petronius so rasch wie möglich zu finden. Dann lenkte ich meine Schritte zurück zum Landungssteg und verlor mich abermals in dem Anblick von Aufidius Crispus' Jacht.

Ich muß zugeben, daß ich es ausnahmsweise als etwas hinderlich empfand, Nichtschwimmer zu sein.

XXXVI

Die Bucht von Oplontis bot den gewohnten Anblick wüsten Strandlebens: dumpfiger Seetang, zerbrochene Amphoren, angeschwemmte, salzsteife Fischernetze und die vergessenen Schals junger Mädchen, die anderes im Sinn haben, als auf ihre Sachen aufzupassen. Wespen steuerten im Sturzflug halb abgeknabberte Melonenschalen an. Rostige Degen und Schulterspangen bargen für unachtsame Spaziergänger Lebensgefahr. Wem es gelang, die durchtriebenen Bälger abzuwimmeln, die überteuerte Fangfahrten anpriesen, der trat statt dessen auf eine Qualle, die sich nur tot gestellt hatte.

Es wurde langsam Abend. Ein unsichtbarer Filter schien das grelle Tageslicht zu dämpfen; flirrende heiße Luft kühlte ab, und mit den Schatten, die sich plötzlich dehnten, legte sich ein magischer Hauch über die Szene, der das Strandleben beinahe angenehm erscheinen ließ. Menschen, die müde waren, hörten auf zu arbeiten. Familien, die des Streitens müde waren, trollten sich. Kleine Pinscher hörten auf, beharrlich die größten Bulldoggen zu belästigen, und begnügten sich mit jeder Hündin, die sie mit knapper Not bespringen konnten.

Ich schaute zum Gasthof. Larius hatte sich auf die Suche nach Petronius gemacht, und auch Ollia war, samt ihrem Kavalier, verschwunden. Der Strand lag ungewöhnlich öde da. Außer den Hunden und mir sah ich nur noch eine Gruppe junger Männer, Ladenschwengel nach Feierabend, die ziemlich lautstark Federball spielten, während ihre Freundinnen Treibholz für ein Feuer herbeischleppten. Die Fischer, die sich sonst hier breit machten, waren entweder schon losgesegelt, um nach Einbruch der Dunkelheit mit dem Strahl ihrer Laternen die Thunfischschwärme aufzubringen, oder aber sie waren noch nicht von ihren, übrigens einträglicheren, Touristenfahrten zum Felsen von Capreae zurück, von dem Kaiser Tiberius einst Leute gestürzt hatte, von denen er sich beleidigt fühlte.

Für mich hatte man nichts weiter übriggelassen als ein einziges umgestülptes Skiff, das im schrägen Licht der sinkenden Sonne silbrig zu schimmern begann.

Ich bin kein kompletter Idiot. Und diese dickbäuchige Nußschale sah ganz so aus, als hätte sie schon geraume Zeit hier gelegen. Natürlich schaute ich nach, ob etwa die Planken durchbohrt waren oder ob an einem Lenzloch der Spund fehlte. Mein handliches Boot wies keinerlei Mängel auf – oder zumindest keine, die einer übervorsichtigen Landratte aufgefallen wären.

Ich fand ein herrenloses Ruder, das an irgend jemandes wurmstichiger Mole lehnte, und dann ein zweites unter dem Skiff, sobald ich's geschafft hatte, es auf den Kiel zu stemmen. Ich schulterte mein Boot und schleppte es hinunter ans Wasser, unterstützt von den Freundinnen der Ladenschwengel, die froh waren über einen respektablen Zeitvertreib, bevor es dunkel wurde und ihre Verehrer auf dumme Gedanken kamen. Ich drehte mich ein letztes Mal nach Larius oder Petro um, aber da keiner von beiden sich blicken ließ, kletterte ich ins Skiff, brachte mit gespielter Tapferkeit den Bug zum Schaukeln und ließ mich von den Mädchen ins Wasser schieben.

Ein klobiges Stück Zimmermannsarbeit hatte ich da erwischt. Der Trottel, der es gebaut hatte, war wohl an dem Tag nicht ganz auf der Höhe gewesen. Es schlingerte über die Wellen wie eine beschwipste Fliege, die auf einem faulen Pfirsich tanzt. Ich brauchte einige Zeit, bis ich heraushatte, wie man dieses verrückte Ding auf Kurs hielt, aber schließlich kam ich doch ein gutes Stück voran. Die Brise fächelte mir angenehme Kühlung ins Gesicht, war aber ansonsten nicht gerade hilfreich. Das gestohlene Ruder hatte ein zerfressenes Blatt, und das andere war zu kurz. Der grelle Widerschein des Wassers frischte meinen Sonnenbrand auf und zwang mich, die Augen zusammenzukneifen. Aber das alles focht mich nicht an. Die Hartnäckigkeit, mit der Aufidius Crispus sich einer harmlosen Befragung widersetzte, bestärkte mich in dem Entschluß, koste es, was es wolle, an Bord der *Isis* und hinter das große Geheimnis zu kommen.

Ich legte mich kräftig in die Riemen, bis ich die halbe Strecke zwischen Oplontis und dem Schiff zurückgelegt hatte, und gratulierte mir zu meinem Elan und meiner Tatkraft. Vespasian würde stolz auf mich sein. Jetzt war ich dem Ziel schon so nah, daß ich den Namen lesen konnte, der hoch am Bug in eckigen griechischen Buchstaben prangte. Ich grinste triumphierend ... und spürte plötzlich etwas, was meine Siegesstimmung schlagartig umkippen ließ.

Ich hatte nasse Füße.

Kaum, daß ich die Kälte von unten wahrgenommen hatte, stand ich auch schon bis zu den Knöcheln im Salzwasser, und mein glückloses Skiff begann zu sinken. Sobald das Thyrrhenische Meer entdeckte, daß es durch die morschen Planken dringen konnte, sprudelte es von allen Seiten herein, und mein armes Boot soff in Sekundenschnelle unter mir ab.

Ich konnte nichts weiter tun als die Augen schließen, mir die Nase zuhalten und darauf hoffen, daß eine gutmütige Nymphe mich aus dem Wasser ziehen würde.

XXXVII

Larius holte mich raus. Ein Tanz mit einer Nereide hätte mehr Spaß gemacht.

Mein Neffe hatte offenbar meinen Aufbruch beobachtet und kam rechtzeitig bevor ich unterging. Immerhin war sein Vater Flußschiffer. Mit knapp zwei Jahren konnte Larius schon schwimmen. Er hielt nichts von dem verbissenen batavischen Kraul, das in der Armee gelehrt wurde. Mein Neffe hatte einen grauenhaften Stil, war aber dafür pfeilschnell.

Als ich zu mir kam (mit einem Gefühl, als habe mich ein Ungeheuer verschlungen und anschließend gegen eine Betonmauer wieder ausgespuckt), verrieten mir meine schmerzenden Körperteile, wie Larius meine Rettung zuwege gebracht hatte. Ich hatte Prellungen am Hals von seinem heroischen Zugriff und ein aufgeschlitztes Ohr, weil ihm mein Kopf im Eifer des Gefechts gegen eine Ankerboje geschmettert war. Meine Beine hatte er am scharfen Strandstein wundgeschleift, und zum guten Schluß wurde ich von Petronius Longus unter Einsatz seines Körpergewichts ins Lebens zurückgepumpt. Hinterher war ich heilfroh, lange stilliegen und meine gequetschte Luftröhre und mein durchgewalktes Fleisch schonen zu dürfen.

»Glauben Sie, er wird durchkommen?« hörte ich Larius fragen; es klang eher neugierig als besorgt.

»Ist anzunehmen.«

Ich gab ein Stöhnen von mir. Petronius wußte,

daß er ab jetzt ungeniert auf meine Kosten Witze machen konnte. Seine stählerne Faust trommelte auf meiner Schulter herum.

»Er war doch in der Armee. *Warum* kann er nicht schwimmen?« Das war wieder Larius.

»Oh ... ja, weißt du, in der Woche, als wir in der Grundausbildung Wassersport durchnahmen, da hatte Marcus Strafdienst.«

»Was hatte er denn angestellt?«

»Nichts Ernstes. Wir hatten einen hochgestochenen stellvertretenden Tribun, der sich einbildete, Marcus hätte mit seinem Mädchen poussiert.«

»Und? Hatte er?« fragte Larius endlich.

»Aber nein! Damals war er für so was noch viel zu schüchtern!« Gelogen. Aber Petronius hielt nichts davon, die Jugend vorzeitig zu verderben.

Ich rollte mich auf die Seite und linste aus geschwollenen Lidern zur *Isis*, doch sie war verschwunden.

Die tiefstehende Abendsonne durchdrang die blutgesprenkelte Salzmarinade auf meiner Haut und mißhandelte gnadenlos meine Schultern und Beine. Ich lag mit dem Gesicht im Sand und dachte über den Tod durch Ertrinken und andere aufmunternde Dinge nach.

Wie aus weiter Ferne hörte ich Petros drei kleine Töchter vor Vergnügen kreischen, während sie furchtlos im tückischen Meer Fangen spielten.

»Hör mal«, fragte Petronius feixend meinen Neffen, »wie kommt es eigentlich, daß du immer zur Stelle bist, wenn dieser Esel sein Leben aufs Spiel setzt?«

Larius schnaubte sich die Nase. Er ließ sich Zeit mit der Antwort, aber als er sprach, spürte ich, daß ihm dieses Geständnis ungeheuren Spaß machte.

 »Ich habe seiner Mutter versprochen, auf ihn aufzupassen«, sagte er.

XXXVIII

Am nächsten Tag entschieden meine Freunde, es sei höchste Zeit, mir das Schwimmen beizubringen.

Möglicherweise war es keine gute Idee, jemandem Unterricht zu erteilen, der noch derart unter Schock stand, daß er schon bei dem Gedanken daran, Meerwasser in die Lungen zu kriegen, erstarrte. Aber sie meinten es so ernst, daß ich kein Spielverderber sein wollte.

Es war hoffnungslos. Petronius konnte mich ja auch kaum am Zipfel meiner Tunika hochhalten, wie er das mit seinen Kindern machte, und als Larius aus Weinschläuchen Schwimmflügel machen wollte, ließen diese sich nicht aufblasen.

Immerhin, keiner lachte. Und niemand zankte mit mir, als ich fluchtartig aus dem Wasser stieg und mich in einen schattigen Winkel verkroch.

Ich blieb für mich und warf mürrisch mit Kieseln nach einem Einsiedlerkrebs. Ich zielte absichtlich daneben.

XXXIX

Als Helena kam, waren wir beim Essen.

Die Kinder hatten wir bei Ollia gelassen – bis auf Tadia, die Bekanntschaft mit einer Qualle gemacht hatte und immer noch so herzerweichend wimmerte (das arme Würmchen hatte sich auf die Qualle draufgesetzt), daß sie zum Trost ins Restaurant mitkommen durfte. Larius leistete Ollia Gesellschaft; wir hörten im Weggehen, wie sie über lyrische Dichtkunst diskutierten.

Wir aßen in einem Weingarten, wo auch Meeresfrüchte auf der Karte standen. Petronius hatte Silvia zuliebe die Küche inspiziert; ich will nicht behaupten, daß die Wirtin ihn gleich mit offenen Armen empfing, aber er hatte das Talent, sich Zutritt zu Orten zu verschaffen, um die weisere Männer einen Bogen gemacht hätten, und hernach auf ewig als Freund der Geschäftsleitung behandelt zu werden.

Helena hatte uns gesehen und war aus ihrer Sänfte gestiegen, bevor ich ihr behilflich sein konnte. Ich hörte, wie sie den Dienern erlaubte, sich einen Krug Wein zu genehmigen. Die Träger starrten mich an, aber ich hatte die halb schlafende Tadia auf dem Arm und machte wohl einen harmlosen Eindruck.

»Persönliche Lieferung, Durchlaucht?«

»Ja ... ich habe auf einmal irrsinnigen Tatendrang ...« Helena Justina klang atemlos, doch das mochte von der Anstrengung kommen, sich samt dem neuen Eimer meiner Mutter aus der engen Sänfte zu befreien. »Wenn ich jetzt zu Hause wäre, würde ich richtig loslegen; zum Beispiel in der Speisekammer, wo die Fässer mit den eingelegten Fischen stehen, Frühjahrsputz machen. Aber im Hause des Gastgebers wäre es unhöflich anzudeuten, daß vielleicht die Küchenamphoren leck sind ...« Sie war in schlichtes Grau gekleidet, aber ihre Augen leuchteten ungewöhnlich hell. »Ja, und da mir sonst nichts einfiel, dachte ich, ich kann mich auch mit dir befassen ...«

»Besten Dank! Wie mit einem häßlichen, klebrigen Ring auf einer Bodenfliese, der weggeschrubbt werden muß, wie?« Sie lächelte. Ich flüsterte mutig: »Wenn du lächelst, hast du schöne Augen, Helena.«

Sie hörte auf zu lächeln. Aber ihre Augen waren immer noch schön.

Ich schaute weg. Aufs Meer hinaus. Über die Bucht. Zum Vesuvius hinauf – irgendwohin. Irgendwann mußte ich den Blick zurückgleiten lassen. Ihre wundervollen Augen blickten endlich direkt in die meinen.

»Hallo, Marcus«, sagte sie vorsichtig, wie jemand, der sich den Launen eines Clowns anpaßt.

Und ich antwortete: »Hallo, Helena.« So artig, daß sie rot wurde.

Als ich die Tochter des Senators vorstellte, versuchte ich zwar, ihr jede Peinlichkeit zu ersparen, aber sie trug einen Eimer, und so etwas entging meinen Freunden nicht.

»Ah, die junge Dame bringt ihren eigenen Futtereimer mit?« Wenn Petronius Späße macht, merkt man gleich, daß er vom Aventin kommt. Ich fing den Blick auf, mit dem er beobachtete, wie seine neugierige Frau an Helena Maß nahm.

Arria Silvia hatte schon die Krallen ausgefahren, weil ihr schwante, daß mein vornehmer Gast vielleicht mehr sein könne als eine Geschäftsbekanntschaft. »Ich mag Falcos Mutter sehr gern«, erklärte sie majestätisch. (Silvia legte Wert auf die Feststellung, daß sie und Petro ältere Rechte auf meine Freundschaft hatten.)

»Meine Mutter ist bei vielen Leuten beliebt«, warf ich ein. »Ich mag sie mitunter auch.« Helena bedachte Silvia mit einem matten, verständnisvollen Lächeln.

Helena Justina wurde in großer, lärmender Runde stets sehr still, und so nahm sie wortlos Platz. Wir hatten Garnelen und Muscheln bestellt; ich war einmal mit Ihrer Durchlaucht fast durch ganz Europa gereist, die reinste Hadesfahrt, auf der wir nichts anderes tun konnten, als übers Essen zu schimpfen. Ich wußte, daß sie gern gut aß, also übersprang ich die höfliche Anfrage und bestellte ihr eine Portion Langusten. Ich gab ihr meine Serviette, und die Art, wie sie sich das wortlos gefallen ließ, mag Silvia auf die Fährte gebracht haben.

»Was ist denn mit deinem Ohr passiert, Falco?« Auch Helena konnte ziemlich neugierig sein.

»Stürmischer Flirt mit einer Mole.«

Petronius, der genüßlich seine Garnelen knackte, schilderte ihr, wie ich gestern versucht hätte, mich zu ertränken; Silvia steuerte ein paar humorvolle Einzelheiten über meine erfolglosen Schwimmversuche von heute bei.

Helena stutzte. »*Warum* kannst du nicht schwimmen?«

»Als ich's hätte lernen sollen, damals beim Militär, hatte ich grade Stubenarrest.«

»Weswegen?«

Die Frage hätte ich lieber übergangen, aber Petronius sprang hilfsbereit ein: »Wir hatten da einen Tribun, der sich einbildete, Marcus habe mit seinem Mädchen poussiert.«

»Ist das wahr?« Und dann setzte sie hinzu: »Wie ich dich kenne, schon, oder?«

»Aber natürlich!« bestätigte Petro strahlend.

»Danke!« murmelte ich.

Da schlürfte Petronius Longus, der im Grunde ein gutes Herz hatte, den Rest Sauce aus seiner Schüssel, stopfte sich ein Brötchen in den Mund, schenkte uns Wein nach, legte das Geld fürs Essen auf den Tisch, nahm sein erschöpftes Töchterchen auf den Arm, zwinkerte Helena zu – und trollte sich mitsamt seinem Weib.

Nach diesem bühnenreifen Abgang aßen Helena und ich schweigend unsere Teller leer. Sie hatte sich das Haar so aufgesteckt, wie ich es besonders gern mochte: in der Mitte gescheitelt und hinter den Ohren zusammengenommen.

»Falco, was guckst du denn so?« Mein flehender Blick gestand ihr, daß ich ihr Ohrläppchen liebkosen wollte – ihrer sagte, ich solle das besser lassen.

Ein Grinsen, gegen das ich einfach machtlos war, breitete sich über mein Gesicht. Helenas Miene ließ mich wissen, daß ein Flirt mit einem Aus-den-Augen-aus-dem-Sinn-Gigolo nicht ihrer Vorstellung von Urlaubsvergnügen entsprach.

Ich hob meinen Becher und prostete ihr zu; sie nippte an dem ihren. Sie hatte mehr Wasser als Wein verlangt, als ich ihr das erste Mal einschenkte, und nur ganz wenig getrunken. »Hast wohl dein Quantum schon in der Villa gehabt?« Sie sah mich verständnislos an. »Ist dein Schwiegervater am Ende ein Säufer?«

»Er trinkt ein, zwei Glas zu den Mahlzeiten. Wieso fragst du?«

»Na, die Flasche, die er abgefüllt hat, als ich bei euch war, hätte für die Siegesfeier eines Gladiators gereicht.«

Helena überlegte. »Vielleicht läßt er gern etwas übrig für die Sklaven, die ihm auftragen?«

»Vielleicht!« Wir glaubten beide nicht daran und wußten das auch.

Zeit, zur Sache zu kommen, wenn Flirten verboten war. »Wenn du heute schon nach Nola und zurück gefahren bist, hattest du doch einen ziemlich anstrengenden Tag. Also, was ist so dringend, daß es nicht bis morgen warten kann?«

Ein müdes, reumütiges Lächeln umspielte ihre Lippen. »Falco, ich muß dich um Verzeihung bitten.«

»Nur raus damit. Was hast du angestellt?«

»Ich habe behauptet, Aufidius Crispus sei nie in der Villa gewesen – und dann kommt dieser schreckliche Mensch, kurz nachdem du gegangen bist.«

»In einer Sänfte mit vergoldeter Spitze und Trägern in safrangelber Livree?«

»Du hast ihn gesehen!«

»War ja nicht deine Schuld.« Sie hätte allmählich wissen können, daß sie mich, wenn ich wütend war, nur mit diesen ernsten, reumütigen Augen anzuschauen brauchte. Ich war zwar nicht wütend, aber sie wußte offenbar auch so um ihren Zauber, was eine ganz vertrackte Wirkung auf mich hatte. »Willst du nicht von Anfang an erzählen?«

»Angeblich war es ein Beileidsbesuch. Jedenfalls hat man mir gesagt, Crispus sei gekommen, um mit Marcellus über seinen toten Sohn zu sprechen.«

»Also war er angemeldet?«

»Anscheinend, ja. Mein Schwiegervater wollte offenbar das Essen mit mir möglichst schnell hinter sich bringen und sich nachher ungestört mit seinem Gast unterhalten.« Sittsame Frauen wissen, daß sie von Männergesprächen ausgeschlossen bleiben; Helena dagegen reagierte merklich entrüstet. »Der Wein war für die beiden bestimmt. Dir entgeht aber fast nichts.«

Ich grinste geschmeichelt. »Marcellus hat dir wohl nicht verraten, worüber sie gesprochen haben?«

»Nein. Ich wollte freilich auch nicht allzu neugierig erscheinen. Und er meinte nur beiläufig, Crispus wolle sich wohl beliebt machen ... Fragst du mich denn gar nicht, warum ich mit Marcellus nach Nola gefahren bin?«

Ich rückte näher, stützte das Kinn in die Hand und fragte folgsam: »Helena Justina, warum warst du in Nola?«

»Um für dich einen Eimer zu kaufen, Falco – *und du hast ihn noch nicht einmal angeschaut!*«

XL

Es war ein Prachtstück von einem Eimer – schön geformt, großes Fassungsvermögen, die Bronze leuchtend wie die Sonne über dem Volsinii See, sauber vernietet und mit einem glattgehämmerten Griff versehen, damit man ihn auch bequem tragen konnte.

»Wunderbar! Was bin ich schuldig?«

»Man könnte viel mehr ausgeben ... für was viel Schlechteres ...« Sie nannte mir den Preis, und ich zahlte.

»Nur sehr wenige Leute verstehen es, einen ordentlichen Eimer einzukaufen. Ich habe Larius gleich gesagt, daß ich mich auf dich verlassen kann.«

»Ach, apropos ...« Sie langte unter ihre Stola, die sie einstweilen im Eimer verwahrte, denn es war ein lauer Abend. »Ich habe ihm was mitgebracht.«

Es war ein Miniaturhirsch, ebenfalls aus Bronze, und so klein, daß er bequem auf meiner Handfläche Platz hatte. Ein wunderschön gearbeitetes Stück, und ich bewunderte ihn auch gebührend, aber Helena Justina konnte jeden falschen Ton hören, egal auf welche Entfernung. »Stimmt was nicht – bist du gekränkt?«

»Eifersüchtig«, gestand ich.

»Spinner!« Lachend kramte sie wieder im Eimer. »Deine Mutter bat mich, für dich nach so was Ausschau zu halten.« Damit reichte sie mir ein in Tuch eingeschlagenes, ziemlich schweres Päckchen.

Es war ein Satz Löffel. Zehn Stück. Bronze. Ich wog sie in der Hand: wunderschön ausbalanciert. Sie hatten eine angenehm eiförmige, der Länge nach leicht gestreckte Kehlung und einen schleifenförmig nach hinten gebogenen Griff.

»Mit so einem Löffel dürfte mein Haferschleim viel besser schmecken!«

»Wisch sie nach dem Abspülen mit einem weichen Lappen trocken, damit sie nicht fleckig werden – gefallen sie dir?«

Sie waren einfach herrlich. Ich sagte es ihr. Ganz bestimmt hatten sie mehr gekostet, als meine Mutter ausgeben konnte. Ich griff nach meiner Börse, die schon kläglich geschrumpft war, als sie leise sagte: »Die sind von mir.« Das sah ihr mal wieder ähnlich. Keiner in der Familie Didius hatte je einen Satz Löffel besessen, die wirklich zusammenpaßten. Ich war gerührt.

»Helena ...«

»Laß dir deinen Haferschleim gut schmecken.«

Sie spielte mit einer Fingerschale. Ich ergriff ihre freie Hand – die linke –, küßte sie und ließ sie behutsam wieder los. Ein Armband aus tropfenförmigen Fayenceperlen klimperte ganz sacht an ihrem Handgelenk. Sonst nichts. Kein Silberreif.

Das war's also.

Zärtlich hielt ich meine zehn Löffel fest, obwohl ich mir dabei vorkam wie das Spielzeug einer reichen Dame, das man eben ausbezahlt hat. Ich gab mir keine Mühe, mein Gesicht zu beherrschen. Hätte ich aber tun sollen. Denn wie ich so dasaß und gekränkt vor mich hin schwieg, sah die Tochter des Senators mich an. Und sie erkannte auf den ersten Blick, wie ich ihr Geschenk deutete.

Ich hatte mich geirrt.

Der berühmte Moment, auf den es ankommt.
Zwei Sekunden, und eine Beziehung ist rettungslos zerstört.

Eine dumme, falsche Reaktion, und das ganze Leben ist hin.

XLI

In den nächsten paar Minuten sah ich mehr Türen sich schließen, als ich je auch nur einen Spaltbreit offen gewähnt hatte.

»Nur zwei Dinge, Falco.« Ihre ausdruckslose Stimme bestätigte mir, daß die Bereitschaft, mit mir zusammenzuarbeiten, zu einer unangenehmen Staatsbürgerpflicht geschrumpft war. »Erstens, mein Schwiegervater war in Nola, weil Aufidius Crispus ihn eingeladen hatte, bei den Spielen sein Ehrengast zu sein. Crispus spielte den Gastgeber im großen Stil; er hat die Spiele finanziert.«

»Und hat sich der Besuch gelohnt?« fragte ich vorsichtig.

»Nun, es gab Athleten zu sehen, Wagenrennen, dreißig Paar Gladiatoren, einen Stierkampf ...«

»Dann kann ich Crispus also in Nola finden?«

»Nein. Die Veranstaltung dauerte nur einen Tag.«

»Ah! Hat er immer soviel Gemeinsinn, oder kandidiert er gerade für den Magistrat?«

»Weder noch.«

»Aber er hat doch Anhänger werben wollen, oder?«

Informationen aus Helena herauszukitzeln war mir noch nie so schwer gefallen. Zum Glück machte die Chance, mich in meine Schranken zu verweisen, sie jetzt gesprächiger: »Aber das liegt doch auf der Hand, Falco. Wir sind hier in der Campania, und zwar zur Hauptferienzeit. Eine günstigere Gelegenheit, mit einflußreichen Römern ganz privat und zwanglos ins Gespräch zu kommen, kann ein ehrgeiziger junger Mann doch gar nicht finden. Im Laufe des Sommers wird der halbe Senat hier herunterkommen ...«

»Und Crispus kann Empfänge geben, Fäden ziehen, *manipulieren* – alles, ohne Verdacht zu erregen! Wenn er dagegen in Rom anfinge, in großem Stil Gesellschaften zu veranstalten, würde bald das halbe Forum Wetten darauf abschließen, was er vorhat ...«

»Genau.«

»Hier dagegen hält man ihn bloß für einen freigebigen und geselligen Burschen, der seine Ferien nach allen Regeln der Kunst genießt.« Diesmal nickte sie nur. »Das erklärt immerhin, warum Crispus sich nicht mit dem neuen Kaiser anfreunden will; der Mann hat selber Ambitionen auf den Purpur. Und Vespasian ist vielleicht nicht der einzige in Rom, der damit nicht einverstanden wäre ...«

»Ach, wenn ich das nur glauben könnte ...« Helena Justina vergaß ihre Zurückhaltung und schlug mit der flachen Hand auf den Tisch. »*Warum* haben die Leute bloß so wenig Vertrauen zu den Flaviern?«

»Vespasian und Titus machen Rom alle Ehre. Es gibt keine Skandale mehr – und damit natürlich auch weniger Spaß.«

»Sei doch nicht albern!« fuhr sie mich an. »Der erste anständige Kaiser in einem ganzen Menschenalter! Aber seine Neider werden Vespasian aus dem Amt drängen, nicht wahr? Noch bevor er richtig losgelegt hat, bevor er die Chance bekommt zu beweisen, was wirklich in ihm steckt ...«

»Halt, nicht so voreilig.« Von Natur aus war Helena optimistisch und eine Kämpfernatur; ich legte meine Hand auf die ihre. »Das sieht dir gar nicht ähnlich!«

Sie machte sich los. »Aufidius Crispus ist mächtig und skrupellos. Außerdem hat er zu viele Freunde in einflußreichen Positionen. Falco, tu was!«

»Ich kann ihn ja noch nicht mal finden!«

»Weil du dir nicht genug Mühe gibst!«

»Danke für das Kompliment!«

»Dein Selbstvertrauen braucht keine Aufmunterung. Du hast sowieso schon eine ziemlich hohe Meinung von dir!«

»Nochmals danke!«

»Mal ehrlich – was hast du denn bisher erreicht bei deiner Jagd nach Crispus? Du trödelst als Rohrverkäufer in der Gegend herum – und *gefällst* dir in der Rolle des findigen Unternehmers! Wahrscheinlich hast du mit allen Wirtinnen am Weg angebandelt ...«

»Ein Mann braucht auch ein bißchen Spaß am Leben.«

»Ach, halt den Mund, Falco! Hör zu, du *mußt* herausbekommen, was Crispus im Schilde führt, und es verhindern.«

»Das werde ich«, warf ich ein, aber sie war so in Fahrt, daß sie mich gar nicht hörte.

»Wenn du es schon nicht für den Kaiser tust, dann denk wenigstens an deine eigene Karriere ...«

»Die ist keinen Pfifferling wert. Ich tue es für dich.«

Ich sah zu spät, wie sie zusammenzuckte. »Ich bin nicht dein Lockvogel, der für ein paar schöne Worte jedem Neuzugang Rekruten zur Verfügung steht, Falco. Also spar dir die Süßholzraspelei!«

»Reg dich nicht auf, Helena, ich tue wirklich mein Bestes. Was du ›trödeln‹ nennst, ist methodische Feldforschung ...«

»Ach, und was ist bisher dabei rausgekommen?«

»Aufidius Crispus geht nirgends hin und empfängt auch niemanden – heißt es. Unter den betuchten Feriengästen hier an der Küste ist eine regelrechte Verschwörung des Schweigens im Gange ...« Ich brach ab und betrachtete sie besorgt. Frauen ihres Standes waren in der Regel sehr gepflegt, aber selbst der geschicktesten Kosmetikerin wäre es nicht gelungen, die Ringe unter Helenas Augen zu verdecken. Schminke ist manchmal ein verräterischer Freund. Ich riskierte es, noch einmal nach ihrer Hand zu greifen. »Hast du Kummer, Liebste?« Sie riß sich wütend los. »Helena – *was ist mit dir?*«

»Nichts!«

»Unsinn ... Also was wolltest du mir noch sagen?«

»Vergiß es!«

»Nette Mädchen streiten sich nicht mit Männern, die ihnen Langusten spendieren.«

»Hättest dich gar nicht so in Unkosten zu stürzen brauchen!« Ihre Miene war eisig; sie haßte mich für die, wie sie meinte, geheuchelte Anteilnahme. »Du und deine Freunde, ihr habt Garnelen gegessen; ich erwarte keine Sonderbehandlung ...«

»Wenn du das tätest, kämst du auch nicht in den Genuß, mit meinen Freunden speisen zu dürfen.«

»Ich mag Garnelen ...«

»Ist ja schon gut, Helena. Ich dachte, wir reden über den Frieden des Reiches – also erzähl mir endlich, was du weißt!«

Sie holte tief Luft. »Als Aufidius Crispus sich nach seinem Besuch bei meinem Schwiegervater verabschiedet hatte, kam ich zufällig in das Zimmer, in dem sie gegessen hatten. Die Diener hatten noch nicht aufgeräumt. Die Flasche war leer. Und auf dem Tablett standen *drei* Becher.«

»Alle benutzt?«

»Alle benutzt.«

»Vielleicht«, sagte ich nachdenklich, »hat Crispus jemanden mitgebracht. Seine Sänfte war geschlossen ...«

»Ich war auf dem Dachgarten, als er ging. Er war allein.«

Ein erhebender Gedanke: Eine Senatorentochter spioniert hinter Balustraden und zählt heimlich Weinbecher! »Könnte Barnabas dabei gewesen sein?«

»Das glaube ich kaum, Falco. Mein Schwiegervater hat ihn nie im Herrenhaus geduldet. Als ich noch verheiratet war, hatten wir nur hier bei Marcellus ein richtiges Familienleben; er verwies Barnabas auf seinen Platz und sicherte mir den der Hausfrau – daran hat sich übrigens bis heute nichts geändert. *Vielleicht* würde er Barnabas

 Schutz gewähren, aber er würde ihn niemals an einer geheimen Zusammenkunft mit einem Senator teilnehmen lassen.«

»Wir sollten die Möglichkeit nicht ausschließen. Könnte es denn sein, daß Marcellus einen heimlichen Hausgast hat? Jemand, von dem du nichts weißt?« Sie schüttelte den Kopf. »Helena, ich muß mich in der Villa rustica umsehen und ...«

»Such erst mal Aufidius Crispus!« unterbrach sie heftig. »Finde ihn – tu endlich das, wofür Vespasian dich bezahlt!«

Mürrisch beglich ich die Rechnung; dann verließen wir das Restaurant.

Wir schlenderten die Küstenstraße auf und ab, während wir auf die Rückkehr ihrer Träger warteten. »Soll ich dich bei Aemilius Rufus in Herculaneum einführen?«

»Nein, danke.«

»Du wirst also nicht hingehen?«

»Ich gehe, wenn ich es für richtig halte ... komm, laß uns nicht streiten ... da sind schon deine Träger. Ach, Hexchen ...«

»Hexchen?« Das ging ihr unter die Haut. Endlich hörte ich wieder ihr süßes, unvergleichliches, perlendes Lachen.

»Hatte Pertinax eigentlich einen Kosenamen für dich?«

»Nein.« Ihr Lachen erstarb augenblicklich. Plötzlich wandte sie sich mir zu: »Willst du mir eine Frage beantworten? Hast du deine Meinung über uns geändert, *während* du im Haus meines Ex-Mannes gearbeitet hast?«

Sie muß mir die Antwort vom Gesicht abgelesen haben.

Im Geiste sah ich wieder den luxuriösen Komfort des Hauses auf dem Quirinal vor mir, das Marcellus dem jungen Paar zur Hochzeit geschenkt hatte. Nur die Götter wußten, mit wie vielen Kostbarkeiten Verwandte und Freunde sie außerdem überschüttet hatten. Einiges davon hatten Geminus und ich sicher katalogisiert. Bettgiebel aus Schildpatt. Kristallene Servierschüsseln. Tabletts aus Goldfiligran. Mit exotischen Mustern bestickte Decken, um die selbst Königin Dido sie beneidet hätte. Ahorntische. Elfenbeinstühle. Lampenständer und Kandelaber. Truhen aus Kampferholz ... und unzählige wunderbar perfekte Löffel.

»Marcus, wenn es mir um ein *Haus* gegangen wäre, hätte ich doch nicht selbst die Scheidung gegen Pertinax eingereicht.«

»Ich versuche bloß, realistisch zu bleiben.«

Helena verschwand in der Sänfte, bevor ich mir auch nur ein Abschiedswort zurechtgelegt hatte. Sie schloß die Halbtür selbst. Die Träger bückten sich nach den Tragschienen; ich riß den Vorhang zurück; so durfte ich sie nicht fortlassen. »Nimm die Hand weg!« befahl sie.

»Warte, Helena – sehen wir uns wieder?«

»Nein. Es wäre ja doch sinnlos.«

»Das ist es *nicht!*« Das *durfte* es nicht sein.

Ich bedeutete den Trägern, daß sie sich noch einen Moment gedulden sollten, sie hörten nur auf Helenas Anweisungen.

Als ich mich dazu durchgerungen hatte, rückhaltlos ehrlich zu sein, um sie nicht zu verlieren, zog sie mit einem Ruck den Vorhang zu und sperrte mich aus. Ich brauchte nicht erst die Sibylle von Cumae zu befragen, um zu begreifen, daß Helena entschlossen war, mich endgültig aus ihrem Leben zu verbannen.

Da stand ich nun, den Mund halb geöffnet, um ihr zu sagen, daß ich sie liebte, indes die Träger mich ganz frech auslachten und ihre Herrin im Laufschritt davontrugen.

TEIL IV

Harfenspiele in Herculaneum

Der Golf von Neapolis

Juli

»Womöglich erwartet Ihr gar eine Truppe
spanischer Tänzer, Zigeunerinnen,
mit ihren lüsternen Liedern und Praktiken ...«

Juvenal: ELFTE SATIRE

XLII

Die Stadt Herculaneum war sehr klein, sehr verschlafen, und wenn überhaupt interessante Frauen dort wohnten, dann hielt man sie hinter verschlossenen Türen verborgen.

Die Straßen waren sauber und gepflegt. In Pompeji mußte der Stadtrat Trittsteine aufstellen lassen, damit die Fußgänger nicht durch den Unrat zu waten brauchten, der ihre Straßen verschandelte; die Räte von Herculaneum setzten auf breitere Bürgersteige – breit genug für eine Versammlung von Pastetenverkäufern. Dabei bekam man Abfall in Herculaneum so gut wie nie zu Gesicht.

Ich fand Herculaneum scheußlich. Lauter geschmackvolle, blitzsaubere Häuser, deren Besitzer wenig Charakter hatten, aber um so mehr von sich eingenommen waren. Die Straßen sahen aus wie geleckt. Die Männer verbrachten ihre Tage damit, das Geld zu zählen (wovon sie reichlich besaßen), während ihre braven Frauen sich in geschlossenen Sänften von der eigenen Haustür sicher bis vors Portal anderer ehrbarer Frauen tragen ließen, wo sie dann bei Mandelkuchen zusammensaßen und plauderten, bis es Zeit war, wieder heimzugehen.

Im Gegensatz zu Pompeji, wo wir regelrecht hatten brüllen müssen, um uns bemerkbar zu machen, konnte man in Herculaneum auf dem Forum, am höchsten Punkt der Stadt, stehend die Möwen unten im Hafen kreischen hören. Wenn in Herculaneum ein Kind plärrte, dann eilte eine Amme herbei, um ihm den Mund zuzuhalten, bevor es wegen Ruhestörung Ärger bekam. Hier sagten die Gladiatoren im Amphitheater vermutlich jedesmal *»Ich bitte um Verzeihung!«*, wenn ihre Schwerter taten, was sie sollten.

Ehrlich gesagt, Herculaneum ging mir derart auf die Nerven, daß ich am liebsten auf einen öffentlichen Brunnen gesprungen wäre und ein unflätiges Wort über den Marktplatz gebrüllt hätte.

Wir hatten uns deshalb dieses Sammelbecken der Mittelmäßigkeit bis zuletzt aufgehoben. Nun hatte unser Freund Ventriculux in Pompeji mich benachrichtigt, daß die Aufträge den Großteil meines Bleivorrats verschlingen würden. (Die Nachricht kam früher als erwartet, war allerdings keine Überraschung. Schließlich hatte ich damit gerechnet, daß der Klempner, getreu den Bräuchen seines Berufsstandes, mich ein bißchen übers Ohr hauen würde.) Also waren wir nach Herculaneum gezogen, samt Nero und einer letzten Wagenladung Rohrmuster, und hofften, endlich Näheres über Aufidius Crispus und seine Pläne zu erfahren (oder gar, falls ich ausnahmsweise einmal eine Glückssträhne erwischt haben sollte, herauszufinden, wo dieser glitschige Fisch mit seiner schnittigen Jacht vor Anker gegangen war).

Ich hatte keineswegs die Absicht, den Magistrat aufzusuchen, von dem Helena Justina gesprochen hatte. Ich war auf Draht; ich war zäh; ich verstand was von meinem Beruf. Ich brauchte keinen selbsternannten Leithammel. Ich würde mir meine Informationen schon selber beschaffen.

Während ich, auf der Suche danach, Herculaneum durchstreifte, mußte ich Larius gestehen, daß wir das Spesenkonto, das Vespasian äußerstenfalls bewilligen würde, erschöpft hatten.

»Heißt das, wir haben kein Geld mehr?«

»Ja. Bei Mißerfolgen wird er sehr knausrig.«

»Würde er dir mehr bezahlen, wenn du Ergebnisse vorweisen könntest?«

»Falls sie ihm etwas wert wären.«

Manch einer wäre in unserer Lage vielleicht in Panik geraten; mir war selbst etwas mulmig. Aber Larius meinte nur gleichmütig: »Dann müssen wir schleunigst was Brauchbares in die Hand bekommen!«

Die Einstellung meines Neffen gefiel mir. Er wußte das Leben zu nehmen. Wieder einmal ging mir durch den Kopf, wie gut sich Gallas Ältester mit seiner Hartnäckigkeit in meinem Beruf machen würde. Und diesmal sagte ich es ihm, während Nero auf Herculaneums breite Hauptstraße zutrottete. Larius erzählte mir statt dessen von einem Fassadenmaler, den er durch Ventriculux kennengelernt und der ihm angeboten habe, Figuren für irgendeinen Fries zu entwerfen ...

Mir war das neu. Ich sagte meinem Neffen, was ich von Künstlern hielte. Er schob das Kinn vor – mit jener irritierenden Hartnäckigkeit, die ich eben noch an ihm bewundert hatte.

Diese Hauptstraße war die sauberste und ruhigste, die ich je gesehen hatte. Das verdankte sie zum Teil einem tadellosen Vigilanten, der dort auf und ab marschierte, damit respektable Bürger, die wissen wollten, ob daheim das Essen bald fertig war, ihn fragen konnten, wie spät es sei. Außerdem diente er der Stadt dadurch, daß er Tagedieben wie uns klarmachte, warum auf dem Prachtboulevard von Herculaneum kein Fahrverkehr erlaubt sei.

Als er losblökte, hatte ich gerade die Poller bemerkt, die uns den Weg versperrten. Wir wollten eigentlich zum Gerichtsgebäude (ich konnte es schon von weitem sehen und auch die elegante Chaise, die davor stand und deren Bronzebeschläge die Sonnenstrahlen reflektierten). Über die Straße, die wahrscheinlich zum Forum führte, spannte sich ein Triumphbogen, zur Linken sah ich eine Reihe von Geschäften und rechts einen Brunnen, den Nero beehrte.

Ich hasse Aufpasser. Dieser hier verwies uns mit jener Wohlerzogenheit von der Straße, die von einem Provinzbeamten zu erwarten war, nämlich gar keiner. Um ein Haar hätte ich ihm gesagt, wo er sich sein piekfeines Offiziersstöckchen hinstecken könne ... Larius kam mir zuvor.

»Sag, es täte uns leid und wir würden wieder umkehren!«

Eigentlich konnte ich dem Mann nicht verdenken, daß er uns schlecht behandelte. Wir hatten den Fehler gemacht, zu einem Freiluftbarbier hinter den Gladiatorenkasernen von Pompeji zu gehen, der uns nach drei Stunden verbissener Schnippelei in veritable Halsabschneider verwandelt hatte. Außerdem aßen wir gerade in Weinblätter gewickelte Sardinen, was sich in Herculaneum auf offener Straße einfach nicht schickte.

Wir wendeten den Karren und fuhren hügelabwärts auf den Hafen zu. Zu beiden Seiten ging ein Netzwerk von Nebenstraßen und Gäßchen ab; Herculaneum war nach einem pedantischen, griechisch inspirierten Gitterplan erbaut worden. Um mir Ärger zu ersparen, übernahm Nero die Entscheidung und führte uns in ein malerisches Viertel mit überhängenden Balkonen und säulengeschmückten Arkaden; ein Korbflechter träumte auf seinem Schemel, und eine alte Frau, die Salat eingeholt hatte, zog mit einer anderen alten Schachtel, die eben vom Bäcker kam, über die moderne Gesellschaft her. In diesen Strudel buntbewegten Herculanesischen Lebens stürzte unser irrer Ochse sich nun voller Eifer.

Die Katastrophe brach rasch herein, wie Katastrophen das so an sich haben.

Nero steuerte nach rechts. Dort stand, angebunden vor einer billigen Pension, ein Lastesel, ein kräftiges Jungtier mit glänzenden Ohren und knackigem Hinterteil: Nero hatte die große Liebe seines Lebens entdeckt.

Er stieß beim Wenden mit dem Karren gegen den Säulengang einer Konditorei. Sein entzücktes Muhen erzeugte so gewaltige Schwingungen, daß vier Reihen Dachziegel heruntergepurzelt kamen. Töpferwaren gingen unter seinen Hufen in Scherben, als er uns entwischte und mit dem zierlich hochtrabenden Schritt eines Bullen auf Freiersfüßen über einen Trödlerstand wegsetzte. Jener Körperteil, der bei ihm eigentlich hätte entschärft sein sollen, stand derart bolzengerade, daß einem für das arme Grautier angst und bange wurde.

Frauen rannten auf Balkone hinaus. Unten in den Kolonnaden kreischten kleine Kinder vor Angst, verstummten dann aber – fasziniert von dem Schauspiel. Ich schnappte mir den Strick, den wir dem Ochsen sonst als Zugseil um die Hörner schlangen, setzte Nero nach und erreichte ihn just in dem Moment, da er sich aufbäumte und auf seine neue Liebe plumpsen ließ. Freund Langohr schrie aus Leibeskräften um Hilfe. Ein wohlmeinender, aber begriffsstutziger Küchenjunge packte den Vergewaltiger am Schwanz. Mir blieb die Luft weg und ich sah Sterne, als tausend Pfund kopulierendes Ochsenfleisch mich bei dem Versuch, dem eigenen Hinterteil Bewegungsfreiheit zu verschaffen, niederrissen und gegen die Mauer der Pension quetschten.

Diese bestand zum Glück nur aus lehmgefülltem Fachwerk, gab unter mir nach und bewahrte mich so vor Knochenbrüchen.

In einem Schauer von Stuck und Staub stolperte ich wieder ins Freie. Larius rannte auf dem Bürgersteig hin und her und brüllte nutzlose Ratschläge. Das einzige, was mir noch hätte helfen können, wäre ein ochsentauglicher Schiffskran gewesen. Ich wäre liebend gern abgehauen, aber ein Fünftel dieses verrückten Rindviehs gehörte Petronius Longus, meinem besten Freund.

Passanten wollten Freund Langohr beispringen und schlugen mit allem, was gerade zur Hand war, auf Nero ein. Larius und mich trafen sie dabei eher aus Versehen. Ich bekam zum Beispiel einen Eimer Wasser (*wenn* es denn Wasser war) ins Gesicht, und meinem Neffen flog ein Kürbis an die Kehle. Der Esel versuchte, Charakter zu zeigen, und schlug tapfer mit den Hinterbeinen aus, aber unter diesem Mordsgewicht konnte er sich letztlich nur auf eine schmerzhafte Überraschung gefaßt machen.

Als Neros triumphaler Augenblick nahte, rettete uns die Vorsehung. Die Beine seines Opfers versagten (ich hatte mich eher um sein Herz gesorgt). Esel und Ochs gingen zu Boden. Freund Langohr rappelte sich mit wild flackerndem Blick wieder auf. Ich warf Nero das Lasso um eine Hinterhand, Larius setzte sich auf seinen Kopf, unser sturer Ochse wehrte sich verbissen – und gab dann urplötzlich klein bei.

Wir hätten eigentlich die Helden der Stunde sein müssen. Zugegeben, ich rechnete mit einem Disput darüber, wer zu Bruch gegangene Schaufensterauslagen ersetzen müsse, und vielleicht auch mit einer Anzeige (gestützt auf einen weniger bekannten Paragraphen des augusteischen Ehegesetzes) wegen der Vergewaltigung eines Esels durch ein Zugtier. Was wirklich geschah, war *um vieles* interessanter. Der Vigilant hatte mitbekommen, daß wir unseren Ochsen mit dem Namen eines Kaisers riefen. Wir versicherten ihm, er müsse sich verhört haben. Wir riefen Nero »Schandfleck«; der Idiot reagierte nicht. Wir riefen Nero »Nero«, und er reagierte genausowenig, aber das zählte anscheinend nicht.

Larius und ich wurden verhaftet. Wegen Blasphemie.

XLIII

Die Arrestzelle für Landstreicher war ein umgebauter Laden neben dem Tempel.

»Na, das ist doch mal was anderes«, gluckste ich.

Mein Neffe schaute bedrückt. »Onkel Marcus, wie willst du meiner Mutter beibringen, daß ich im Kittchen war?«

 »Das wird nicht leicht werden!«

Der Wärter war ein liebenswerter Trottel, der sein Mittagessen mit uns teilte. Er trug einen grauen Spitzbart und Koteletten. Aus seiner ungezwungenen Art schlossen wir, daß in Herculaneum häufig harmlose Touristen eingelocht wurden. Er hatte zwar einen Keller, in den er jeden steckte, der ein bißchen fremdländisch aussah, aber Larius und mir erwies er die Ehre, uns oben an eine Bank anzuketten, wo er sich mit uns unterhalten konnte.

»Kennen Sie einen Senator mit Namen Crispus?« fragte ich, in erster Linie, um meinen Neffen mit meiner unerschütterlichen Professionalität zu beeindrucken.

»Nein, Falco.« Der Wärter war ein Mann, der erst redete und dann nachdachte. »*Aufidius* Crispus? Der hatte ein Haus in Herculaneum; hat's aber verkauft, um sich diese Jacht anzuschaffen ...«

»Haben Sie ihn in letzter Zeit gesehen?«

»Nein, Falco.« Er überlegte, entschied sich diesmal aber für Zurückhaltung.

Larius fand mein Vorgehen unproduktiv. »Zeig Roscius doch deinen Paß!« Ich zog ihn hervor; Roscius studierte ihn und gab ihn dann zurück.

Larius schloß verzweifelt die Augen. Ich reichte Roscius meinen Paß inzwischen ein zweites Mal. »Aha!« brummte er, ohne irgendwas zu kapieren; immerhin schwante ihm, daß einer dahinterstecken könne.

»Roscius, mein Freund, könnten Sie dieses Papier wohl einem Magistrat zuspielen? Wenn es einen gibt, der Aemilius Rufus heißt, nehmen Sie am besten den.« Helenas Rat zu befolgen ging mir zwar immer noch gegen den Strich, aber wer immer den Wärter verpflegte, hatte ihm kaltes Fleisch eingepackt, das an den Rändern schon unangenehm grün schillerte. Unsere eigene Familie war zu weit fort, als daß sie uns hätte versorgen können, und mir blieben noch etwa drei Stunden, bevor der knurrende Magen meines Neffen sich sehr unerquicklich auf seine Gemütsverfassung auswirken würde.

Roscius schickte den Paß an Helenas Freund. Anschließend ließ er seine Weinflasche kreisen, und wir tranken uns in aller Ruhe einen leichten Rausch an.

Als der friedliche Nachmittag zur Neige ging, erschienen zwei Sklaven mit dem Bescheid, einer von uns Knastbrüdern müsse im Loch bleiben, aber der andere dürfe mitkommen. Ich setzte Larius auseinander, daß er die Geisel machen müsse, da Rufus der Freund einer Freundin von mir sei.

»Beeil dich gefälligst!« knurrte Gallas Augapfel. »Ich könnte eine Portion Baiaeaner Bohnen mitsamt Schüssel verdrücken!«

Das Haus von Aemilius Rufus war eher bescheiden, aber wahrscheinlich besaß er anderswo noch ein paar architektonische Meisterwerke zum Vorzeigen. In dieser Bleibe jedenfalls herrschte die Atmosphäre eines unbesuchten Museums. Vor Wandfriesen mit Schlachtszenen waren schwere, pompöse Möbel gruppiert, auf die ich mich nie zu setzen gewagt hätte, aus Angst, etwas zu verrükken. Diesem Mausoleum fehlten Kinderlachen, Haustiere, das Plätschern eines Brunnens und lebendige Pflanzen.

Der Magistrat empfing mich auf einer Sonnenterrasse, die immerhin so schlampig und unaufgeräumt wirkte, wie man das gemeinhin von Sonnenterrassen gewohnt ist. Die Herrschaften, die hier saßen, hatten höflich gedämpfte Konversation getrieben, doch als ich in den Sonnenschein trat, nutzten sie diesen Vorwand und verstummten. Nach der Anstrengung, den ganzen Tag lang im Gericht die Augen offenzuhalten, entspannte Rufus sich jetzt lang ausgestreckt mit einem Pokal vor der Brust: ein vielversprechendes Zeichen.

Er hatte eine magere Aristokratin bei sich, die seine Schwester sein mußte, und noch eine junge Dame. Die drei waren um einen Korbtisch gruppiert, auf dem die unvermeidliche Gebäckschale stand. Die Schwester des Magistrats griff hin und wieder geziert nach einer Leckerei, während ihr Gast herzhaft zulangte. Es war Helena Justina. Ich betrachtete es als außerordentliche Ehre, daß mein Erscheinen ihr den Appetit verschlug.

Unvermeidlich: Kaum hat man sich für immer Lebewohl gesagt, stolpert man über die Dame, wo man geht und steht. Die meine saß also jetzt auf einer Sonnenterrasse in Herculaneum, leckte sich Mandelpastete von den Fingern und hatte einen so aufreizenden Honigklecks am Kinn, daß ich ihn mit Wonne abgeschleckt hätte.

Sie war in Weiß, wie ich sie am liebsten sah, und verhielt sich sehr still, was mir weniger lieb war. Sie behandelte mich wie Luft, aber ich dachte nicht daran, mich dadurch demoralisieren zu lassen.

Der erlauchte Sextus Aemilius Rufus Clemens, Sohn des Sextus, Enkel des Gaius aus dem Stimmrechtsstamm der Falerner; Tribun, Ädil, Ehrenpriester der Augustalen und derzeit rangältester Praetor, lehnte sich über die Nackenstütze seines

Diwans; ich erstarrte. Ich stand vor der gelungenen Kopie eines Apollo aus Praxiteles' Werkstatt. Hätte ich ihn, entkleidet und mit entrücktem Blick, auf einen Sockel gestellt, Geminus hätte ihn auf der Stelle gekauft. Ein klassisches Gesicht; intelligent und selbstbewußt; ein fast übertrieben zarter Teint im exquisiten Kontrast zu ungewöhnlich dunkelbraunen Augen. Helena Justinas Freund sah so blendend aus, daß ich ihn am liebsten angespuckt hätte, um zu sehen, ob vielleicht irgendwas an diesem Kunstwerk nicht farbecht sei.

Sein Aufstieg im öffentlichen Leben war kometenhaft schnell vonstatten gegangen. Ich schätzte ihn auf knapp über dreißig. In fünf Jahren würde er in einer der lukrativeren Provinzen eine Legion befehligen, und in zehn vielleicht Konsul sein. Da er mit seiner Schwester zusammenlebte, war er wohl Junggeselle, was seiner Beliebtheit bei den Wählern offenbar keinen Abbruch tat. Wahrscheinlich war er deshalb nicht verheiratet, weil die Auswahl zu groß war.

Er nahm meinen Paß von einem Silbertischchen, überflog ihn, winkte mich heran und musterte mich mit klaren dunklen Augen. »Didius Falco? Willkommen in Herculaneum!« Er schenkte mir das offene, freimütige Lächeln eines Ehrenmannes, und trotzdem glaubte ich nicht, daß er besser sei als die übrige Bagage in diesem Kaff. »Wie ich höre, haben wir seit heute ein nervöses Wrack von einem Eselchen in der Stadt, das sich wohl nie mehr von seinem Schock erholen wird ... Wie heißt Ihr Ochse denn nun *wirklich*?«

»Schandfleck!« erklärte ich mit fester Stimme.

 Er lächelte. Ich lächelte. Es würde sich bald ausgelächelt haben. »Mein Neffe und ich«, beharrte ich tapfer, »sind in dieser Stadt aufs ärgste gedemütigt worden und werden Anzeige erstatten wegen widerrechtlicher Festnahme! Übrigens war Nero einer der wenigen Kaiser, dem es gelang, sich um die Ehre, für einen Gott erklärt zu werden, zu drücken.«

»Aber in der Campania ist er heilig, Falco. Er hat eine Hiesige geheiratet!«

»Kalter Kaffee! Ist denn Poppaea Sabina nicht daran zugrunde gegangen, daß er sie während der Schwangerschaft in den Bauch trat?«

»Eine häusliche Kabbelei, die treue Campanianer tunlichst rasch wieder vergessen.« Die große Hoffnung unter Herculaneums Magistraten grinste mich an und entblößte dabei ein makellos strahlendes Gebiß. »Aber ›Blasphemie‹ als Festnahmegrund ist wirklich ein bißchen weit hergeholt. Wie wäre es, wenn ich mich statt dessen nach Ihren unorthodoxen Bleilieferungen erkundigte?« Sein verbindlicher Ton reizte mich. Mir sind unverblümte Fragen und ein hartes Soldatenknie in meine Weichteile lieber.

»Ist damit was nicht in Ordnung, Magistrat? Kann ich behilflich sein?«

»Es sind allerdings«, äußerte Rufus so zuvorkommend, daß mir das Blut in den Adern stockte, »*Klagen* laut geworden!«

»Also, das verstehe ich nicht, Magistrat! Es ist erstklassige Ware aus Britannien, und wir tun alles, um zu gewährleisten, daß auch unsere Installationen in bester handwerklicher Qualität ausgeführt werden.«

»Es sind ja auch nicht Ihre Kunden, die sich beklagen. Sondern die offiziellen Vertragsfirmen, die *Sie* unterbieten.«

»Pech«, murmelte ich.

Rufus zuckte die Achseln. »Haben Sie noch mehr von diesem Blei?«

»Nein, Magistrat, das ist die letzte Fuhre.«

»Na schön. Sie können sich Ihren Ochsen im Mietstall abholen, aber das Blei muß ich, wenn Sie sich nicht als Eigentümer ausweisen können, leider konfiszieren.«

Für einen Mann mit einem so hübschen Profil war er erstaunlich geschäftstüchtig.

Jetzt, da er sich meine Musterkollektion unter den Nagel gerissen hatte, waren wir auf einmal die besten Freunde. Er bot mir Platz an und kredenzte mir einen Becher von dem Wein, den er selber trank: ein hervorragender Jahrgang, bei dem meinem Freund und Connaisseur Petronius die Augen übergegangen wären.

»Sehr liebenswürdig von Ihnen, Magistrat – geben die Damen uns ebenfalls die Ehre?«

Seine beiden vornehmen Begleiterinnen hatten sich bisher im Hintergrund gehalten, aber wir wußten natürlich, daß sie die Ohren spitzten. Rufus gab mir einen Wink, den ich als Andeutung männlicher Komplizenschaft deutete, während die Damen sich huldvoll näherten, freilich nicht, ohne mit dem Klirren ihrer Armreifen zu betonen, wie lästig ihnen der Platzwechsel sei.

»Meine Schwester Aemilia Fausta ...« Ich machte eine feierliche Verbeugung; ihre Freundin saß mit spöttischem Gesicht dabei. »Helena Justina kennen Sie, glaube ich, bereits. Sie war gerade im Begriff, uns zu erzählen, was sie von Ihnen hält ...«

»Oh, er ist ein typischer Mann!« höhnte Helena, die sich diese Chance nicht entgehen lassen mochte. »Er hat grauenhafte Freunde, alberne Angewohnheiten, und seine ›geschäftlichen‹ Mätzchen sind lachhaft.«

Rufus warf mir einen neugierigen Blick zu; ich sagte ernst und gemessen: »Die Tochter des Camillus Verus genießt meine allergrößte Wertschätzung!« Es klang unaufrichtig; mit der Wahrheit ist das oft so.

Helena knutterte etwas Unverständliches und Rufus lachte. Er knüllte seine Serviette zusammen und warf sie nach ihr. Helena schlug sie mit der ungezwungenen Vertrautheit langjähriger Freundschaft zurück. Ich konnte mir vorstellen, wie sie als Jugendliche gemeinsam die langen Sommerferien verbracht hatten, wie sie geschwommen und gerudert und zusammen gepicknickt hatten. Eine Segelpartie nach Surrentum. Ausflüge nach Capreae. Baiae. Zum Avernus See. Heimliche Küsse in der Grotte der Sibylle von Cumae ... Ich malte mir aus, wie ein so einmaliges Exemplar strahlender Männlichkeit auf ein junges Mädchen gewirkt haben mochte.

Und vielleicht immer noch wirkte.

Der einfache Landwein im Gefängnis und dazu der hervorragende Tropfen hier auf der Sonnenterrasse befreiten mich aufs angenehmste von jeglichem Verantwortungsgefühl. Ich strahlte die Damen an, lehnte mich zurück und ließ mir's wohl sein.

»Sie arbeiten doch für Vespasian. Was führt Sie denn hierher zu uns?« Rufus spielte den ahnungslosen, zuvorkommenden Gastgeber.

Im Vertrauen auf Helenas Urteilsvermögen (schließlich hatte sie mich ja hergeschickt), sagte ich wahrheitsgemäß: »Vespasian möchte einen Senator namens Crispus ausfindig machen, der sich irgendwo hier in der Gegend aufhält, aber offenbar will niemand zugeben, ihn gesehen zu haben ...«

»Oh, *ich* habe ihn gesehen!«

»Davon hast du mir kein Wort gesagt!« Zum erstenmal ergriff die Schwester des Magistrats das Wort; sie hatte eine scharfe, fast quengelige Stimme.

Rufus sah sie an. »Nein«, sagte er bloß. Es klang nicht zänkisch, aber auch nicht entschuldigend. Ich erinnerte mich, daß Helena mir erzählt hatte, Aemilia Fausta habe Crispus heiraten wollen. Daß Crispus die Verlobung gelöst hatte, konnte ihre Familie als Beleidigung auslegen; kein Wunder also, wenn der Bruder ihr anhaltendes Interesse mißbilligte. Rufus wandte sich wieder an mich. »Ja, Aufidius Crispus hat sich kürzlich mit mir in Verbindung gesetzt. Wir haben uns in Stabiae im Bad getroffen.«

»Gab es einen besonderen Grund für diese Begegnung?«

»Nein«, antwortete der Magistrat ruhig, »den gab es nicht.« Und wenn, dann war es keiner, den ein geschniegelter junger Aristokrat einem Galgenvogel wie mir auf die Nase gebunden hätte.

»Ist er ein guter Freund von Ihnen?«

»Sagen wir einfach: Er ist ein Freund.«

Ich lächelte freundlich. »Ich möchte natürlich nicht indiskret sein, aber ich weiß zufällig, daß zwischen dem Senator und Ihrer Familie eine gewisse Verbindung bestand, Magistrat. Geplante

 Eheschließungen zwischen Personen von Stand sind immerhin gesellschaftliche Ereignisse.«

Ehrlich gesagt, ich fühlte mit ihm; schließlich hatte ich selber Schwestern. Außerdem war mir heiß, und ich hatte schon einen gehörigen sitzen.

Er gab sich erst abweisend, dann räumte er ein: »Meine Schwester hat eine Enttäuschung erlitten, das ist wahr. Nun, wir werden ihr Zerstreuung schaffen und sie auf andere Gedanken bringen. Aemilia Fausta wollte sich diesen Sommer der Musik zuwenden, nur habe ich leider bisher versäumt, einen Harfenlehrer für sie zu finden ...«

»Pech«, murmelte ich arglos.

»Wie ich höre, sind Sie ein vielseitig talentierter Mann, Falco. Sie spielen nicht zufällig auch die Kithara?« Rufus hatte mir meinen Lebensunterhalt weggepfändet und mußte wissen, wie dringend ich eine neue Verdienstquelle brauchte.

Nachdenklich musterte ich seine Schwester und versuchte dann, mir meinen heimlichen Pessimismus nicht anmerken zu lassen.

Niemand konnte es Aemilia Fausta verdenken, daß sie so flügellahm und griesgrämig dahockte. Bestimmt war es kein Vergnügen, als die reizlose Schwester eines atemberaubenden Traummannes durchs Leben zu gehen. Fausta paßte zu ihrem Haus – antik und unberührt wie eine alte griechische Statue, die seit vielen Jahren in einer abseitigen Galerie steht und langsam Staub ansetzt. Das Talent, Freude zu spenden, war ihr versagt geblieben. Sie hatte eine Vorliebe für Kleider in der Farbe minderwertiger Edelsteine – schmuddeliges Turmalingelb oder jenes molkige Grün des Peridot. Sie hatte eine etwas ungesunde Gesichtsfarbe, und die dicke Schminkschicht dar-

auf bröckelte in der Sonne wie eine alte Maske.
Selbst hier auf der hochgelegenen Terrasse, wo eine angenehme Brise vom Meer herauf wehte, rührte sich kein Härchen auf ihrem glattfrisierten Kopf, und bestimmt hätte es sie geärgert, wenn es doch geschehen wäre. Ihre Haare waren fast honigblond – aber eben nur fast.

Aber sie war eine junge Frau. Zu alt, um ohne triftigen Grund unvermählt zu bleiben, aber doch höchstens fünfundzwanzig. Das Familienquantum an Schönheit hatte ihr Bruder eingeheimst, aber sie war gewiß gebildet und reich, und im Gegensatz zu ihrer Freundin Helena Justina konnte man sie ausführen, ohne daß sie gleich jeden Mandelkuchen in Reichweite verputzte. Wenn man ihr den Staub herunterblies, sie durch die frische Luft jagte und frech in die richtigen Körperteile kniff, bis sie ein bißchen kreischte und in Wallung geriet – dann mochte aus der vornehmen Aemilia noch etwas halbwegs Annehmbares werden ...

Helena Justina durchbohrte mich förmlich mit mißbilligenden Blicken, und darum erklärte ich mich sofort bereit, die ehrenvolle Aufgabe zu übernehmen.

XLIV

Ich hatte Besseres zu tun, als hier herumzulungern und auf ein Wort mit einer Frau zu hoffen, die mir nur »Lebe wohl« zu sagen wußte. Also latschte ich zurück zum Gefängnis, um Larius zu befreien, und führte ihn in eine Imbißstube; dann retteten wir gemeinsam Petros in Ungnade gefallenen Ochsen. Nero hatte sich schon mit den Pferden und Maultieren im Mietstall angefreundet. Er führte sich auf wie ein Kind auf einem Fest und wollte nicht nach Hause gehen.

»Er sieht müde aus«, meinte Larius, als wir das störrische Vieh ins Freie schoben, um es anschirren zu können.

»Dazu hat er auch allen Grund!«

Ich brachte Larius bis an die Straße, die zurück nach Oplontis führte. Da kein Mann seinen Lehrling dabei haben mag, wenn er einer Dame das Harfespielen beibringt, erlaubte ich meinem Neffen, sich zu seinem Fassadenkletterer zu trollen. Ich betonte allerdings, daß es sich nur um eine vorübergehende Abmachung handelte; Larius nickte nicht sehr überzeugend.

Als Privatlehrer wohnte ich im Haus des Magistrats. Das sparte die Miete. Aber ich konnte mich nicht an die kalte, leblose Atmosphäre gewöhnen. Am Tage drang ständig Gekeife aus der Küche, und abends waren nie genug Lampen da. Rufus aß für gewöhnlich auswärts; ihm war wohl aufgefallen, daß sein Koch nicht kochen konnte.

Ich besorgte mir in der Stadt etliche Notenbücher, um mich auf meinen neuen Beruf einzustimmen. Aemilius Rufus hatte nicht übertrieben, als er behauptete, die hiesige Bevölkerung hielte Kaiser Nero noch immer die Treue. Eine Woche nach seinem Selbstmord hatten in Rom alle Läden die kaiserlichen Schnulzen aus ihren Regalen geräumt und als Einwickelpapier auf den Fischmarkt geschickt. In der Campania dagegen waren seine Potpourris noch reichlich zu haben. Für eine Anfängerin erschien mir Neros Quatsch bestens geeignet. Seine Kompositionen waren zwar einschläfernd lang, aber so hatte Fausta wenigstens viel zum Üben; sie waren extrem langsam, was das Selbstvertrauen meiner Schülerin stärken würde; und – ohne patriotische Gefühle verletzen zu wollen – sie zu spielen war die einfachste Sache der Welt.

Die Lyra wäre natürlich ein leichteres Instrument gewesen, aber eigensinnig, wie sie nun einmal war, hatte Aemilia sich auf eine Kithara kapriziert, ein herrliches Stück; der Schallkörper war mit Perlmutt eingelegt; die geschwungenen Jocharme mündeten in zierlich gedrechselten Hörnern; ein elfenbeinernes Plektron diente zum Zupfen der sieben Saiten. Wie gut *ich* die Kithara spielen konnte, ist eine Frage, die ich lieber offenlassen möchte (obwohl ich beim Militär eine Flöte besaß, mit der ich einen ganz schönen Spektakel veranstalten konnte). Und Aemilia Fausta wollte schließlich nicht von zu Hause ausreißen und zum Theater gehen. Vor den betrunkenen Gästen eines Festbanketts zu bestehen, dazu würde es reichen. Und im übrigen würde es wohl kaum das erste Mal sein, daß ein Lehrer sich mit einem Minimum an hastig angelesenem Grundwissen durch seinen Unterricht mogelte.

Allein, das edle Fräulein besaß jenen skeptischen Zug, der bei einer Freundin Helenas zu erwarten war. Einmal frage sie mich, ob ich schon lange spielte.

»Gnädigste, mit dem Musikunterricht ist es wie mit der Liebe; es kommt nicht darauf an, wie gut ich die Materie beherrsche, sondern ob es mir gelingt, das Beste in *Ihnen* zutage zu fördern!« Sie hatte keinen Humor. Ihre Eulenaugen starrten mich verstört an.

Ein Musiklehrer, der gut spielen kann, konzentriert sich in erster Linie auf die eigene Darbietung. Sie brauchte jemanden wie mich: sanfte Hände, ein einfühlsames Wesen – und fähig, der Dame mit einfachen Worten zu erklären, wo sie was falsch machte. Wie ich schon sagte: genau wie in der Liebe.

»Sind Sie verheiratet, Falco?« fragte sie. Die meisten wollen das wissen. Ich schenkte ihr mein unschuldiges Junggesellenlächeln.

Sobald das klargestellt war, stolperte Aemilia Fausta weiter durch ihre neueste kaiserliche Weise, und ich vertiefte mich in die nächste Lektion über die diatonische Tonleiter. (Ein Thema, über das ich mich zugegebenermaßen nicht sehr gewandt verbreiten konnte.)

Wir hielten unseren Unterricht im Haus ab. Um die Nachbarn nicht zu verärgern. (Sie zahlten nie Eintritt. Warum ihnen also einen Gratisohrenschmaus verschaffen?) Aus Gründen der Schicklichkeit saß eine Zofe bei uns. So konnte ich wenigstens während langweiliger Passagen das Kammerkätzchen unanständig ausführlich betrachten.

»Ich fürchte, da haben Sie gepatzt. Versuchen Sie's noch einmal ...«

An der Stelle stieß die Zofe, die eine Tunika säumte, einen spitzen Schrei aus, weil ihr das Nadelschälchen umgefallen war. Sie ließ sich auf die Knie nieder, um die Nadeln vom Boden aufzulesen, und als Kavalier half ich ihr suchen. Die Theaterfreunde unter den Lesern werden jetzt vielleicht denken, die Zofe hätte diese Gelegenheit genutzt, um mir ein Billett zuzuschieben. Aber dies war keine Komödie, also tat sie es nicht; was mich nicht weiter überraschte.

Immerhin, die Knie, auf denen sie über den Boden rutschte, hatten allerliebste Grübchen, sie klimperte mit den schwarzen Wimpern, und ihre kleinen Händchen waren schlank und zart – folglich hatte ich nichts dagegen, ein paar Minuten mit ihr auf dem Fußboden zuzubringen. Aemilia Fausta griff heftiger in die Saiten. Der Zofe und mir gelang es, die meisten ihrer Nadeln wieder einzusammeln.

Als ich wieder auf meinem Stuhl saß, entließ das Fräulein ihre Zofe.

»Endlich allein!« rief ich fröhlich. Fausta legte sich mächtig ins Zeug. Ich unterbrach sie mitten im Akkord und nahm ihr mit einer Geste zärtlicher Besorgnis, die zu meinem Repertoire gehörte, die Kithara fort. Sie sah mich ängstlich an. Ich blickte ihr tief in die Augen (die, um ehrlich zu sein, nicht die schönsten Augen waren, in die ich je aus beruflichem Interesse geblickt hatte). »Aemilia Fausta, ich muß Sie das jetzt einfach fragen: Warum sind Sie immer so traurig?«

Ich wußte die Antwort. Die Schwester des Magistrats verbrachte viel zuviel Zeit damit, verpaßten Gelegenheiten hinterherzuweinen. Es fehlte ihr an Selbstvertrauen; wahrscheinlich hatte sie nie welches gehabt. Aber was mich wirklich in Rage brachte, war, daß sie sich von ihrer Kosmetikerin ein vierzig Jahre altes Gesicht über ihre zwanzigjährigen Züge malen ließ. Trotz der vielen silbernen Handspiegel in ihrem Boudoir hatte sie sich wohl noch nie richtig angesehen.

»Ich höre Ihnen wirklich gerne zu«, ermunterte ich sie. Meine Schülerin gestattete sich einen beredten Seufzer. »Der Bursche verdient Ihre Liebe nicht, wenn er Sie so unglücklich macht ... Möchten Sie darüber sprechen?«

»Nein«, sagte sie. Eins meiner typischen Erfolgserlebnisse.

Ich saß erst einmal stumm da und machte ein gekränktes Gesicht, dann gab ich ihr die Kithara zurück. Sie nahm sie zwar, machte aber keine Anstalten weiterzuspielen. »Das geht jedem einmal so«, tröstete ich sie. »Die, die einem nachlaufen, sind erbärmliche Jammerlappen und der, der einem gefallen würde, ist blind.«

»Genau das sagt mein Bruder auch.«

»Wie heißt denn unser Held?«

»Lucius.« Daß sie mich auf die Folter spannen konnte, brachte sie beinahe zum Lächeln. »Es ist Aufidius Crispus. Als ob Sie das nicht längst wüßten!«

Ich überhörte den Tadel und wartete ab, bis sie sich wieder gefaßt hatte. »Was ist denn schiefgegangen?«

»Wir waren verlobt, und er verschob die Hochzeit immer wieder. Schließlich mußte sogar ich einsehen, daß er sich auf ein Dauerverlöbnis eingerichtet hatte.«

»So was kommt vor. Wenn er sich nun nicht sicher gewesen ist ...«

»Die Argumente kenne ich schon auswendig!« konterte sie knapp.

»Ja, kann ich mir denken. Aber das Leben ist zu kurz, um *einer* verlorenen Liebe nachzutrauern ...«

Aemilia Fausta betrachtete mich mit dem müden Blick einer Frau, die Zeit ihres Lebens unnötig gelitten hat. Eine Frau so leiden zu sehen macht mich krank.

»Lassen Sie mich Ihren Kummer lindern, mein Fräulein.« Sie schnitt eine Grimasse; offenbar machte sie sich keine Illusionen über ihre eigenen Reize.

Schließlich fragte ich leise in das Schweigen hinein: »Wissen Sie, wo Crispus ist?«

Jede vernünftige Frau hätte mir die Harfe über den Schädel geschlagen.

»Ich wünschte, ich wüßte es! Wenn Sie ihn finden, werden Sie mir Bescheid geben?« bat sie.

»Nein.«

»Aber ich muß ihn sprechen ...«

»Sie müssen ihn vergessen! Spielen Sie Harfe, mein Fräulein!«

Das Fräulein gehorchte.

Sie spielte noch immer, und es lag etwas in der Luft, das ein Außenstehender hätte mißdeuten können, als eine fröhliche Stimme rief: *»Schon gut, ich kenne den Weg!«*, und Helena Justina hereingesegelt kam.

Ich demonstrierte gerade den Fingersatz. Das geht am besten, indem man neben seiner Schülerin sitzt und die Arme um sie legt.

»Ooh! Nein, wir reizend! Laßt euch ja nicht stören!« gurrte Helena in einem Ton, der mir die Luft abschnürte. Aemilia Fausta spielte stur weiter.

Es war ein heißer Tag, und meine Schülerin und ich waren sehr leicht bekleidet. Für meine Musikstunden setzte ich immer einen Lorbeerkranz auf, der mir in die Stirn und über ein Auge rutschte, wenn ich mich zu meiner Schülerin neigte (was bei einem Harfenlehrer nicht ausbleibt). Helena Justina war sittsam in mehrere Lagen Stoff gehüllt und trug einen ziemlich merkwürdigen Sonnenhut (er sah aus wie ein zusammengefalteter Kohlkopf). Der Kontrast zwischen ihr und uns sprach Bände.

An einen Marmorsockel gelehnt verströmte sie majestätisches Mißfallen.

»Ich wußte ja gar nicht, daß Sie musikalisch sind, Falco.«

»Ich stamme von einer langen Ahnenreihe von Hobbyklimperern ab – lauter Autodidakten. Das hier ist allerdings eigentlich nicht mein Instrument.«

»Ach nein? Was denn dann? Lassen Sie mich raten – Panflöte?«

Aemilia Fausta, die sich ausgeschlossen fühlte, zupfte ihre eher behäbige Version eines temperamentvollen bacchischen Tanzes.

Da ich annahm, daß die Damen ungestört sein wollten, ging ich bald hinaus, schlich in meine Gesindekammer und blätterte die Seiten für Faustas nächste Unterrichtsstunde durch. Ich konnte mich nicht konzentrieren, solange ich Helena im Haus wußte.

Schließlich machte ich mich auf die Suche

nach etwas Eßbarem. Die Mahlzeiten waren hier karg und eintönig. Andererseits waren sie gratis, und wenn man einen widerstandsfähigen Magen hatte, konnte man essen, was und wieviel man wollte. (Der Magistrat hielt sich einen Leibarzt für wirklich ernste Folgen.) Munter pfeifend – schließlich hatte man mich engagiert, damit ich Musik ins Haus brächte – betrat ich die Halle. Ein altes Weib mit einem Putzlumpen floh mit entsetzter Miene, um sich bei Fausta zu beschweren. Die Damen saßen in dem Gärtchen im Innenhof; ich hörte Löffel auf Kuchentellern klimpern. Kein Platz für mich. Ich beschloß auszugehen.

Das Leben ist nie ganz trostlos. Als ich am Kabuff des Pförtners vorbeikam, streckte Aemilias Zofe die Hand durch den Vorhang und schob mir einen Brief zu.

XLV

Ich stand auf der Straße und las ihn leise lächelnd.

»Du siehst durchtrieben aus!« Camillus Verus' vornehme Tochter, dicht hinter mir.

»Das macht nur das Licht ...« Ich zog die Schultern hoch, damit sie nicht drüberlinsen konnte, verpatzte dann alles, ließ den Zettel fallen und grinste sie an. »Aemilia Faustas Zofe hat mir gerade ein Angebot gemacht, das ich leider werde ablehnen müssen.«

»Oh, wie *schade*!«

Ich schlenderte langsam los und überließ es ihr, ob sie sich anschließen wollte oder nicht.

Sie wollte.

»Ich dachte, wir hätten uns getrennt. Kannst du mich nicht in Frieden lassen?«

»Bilde dir ja keine Schwachheiten ein, Falco. Ich wollte Rufus besuchen ...«

»Pech gehabt. Der trägt sein apollonisches Profil im Gericht spazieren. Zwei Viehdiebe und eine Verleumdungsklage. Wir gehen davon aus, daß die Schafsdiebe schuldig sind, aber das mit der Verleumdung ist eine abgekartete Sache; der Neffe des Klägers ist Anwalt und braucht ein bißchen Reklame für seine noch junge Kanzlei ...«

»Du hast dich ja schon sehr gut eingelebt! Hätte gar nicht gedacht, daß Aemilia Fausta dein Typ ist.«

»Die Dünnen haben auch ihren Reiz. Außerdem mag ich Blondinen ... Und dann ist da ja immer noch die Zofe.«

»Oh, die siehst du bestimmt nicht wieder! Wenn Fausta dahinterkommt, daß ihr Mädchen dir schöne Augen macht, dann wird die Kleine verkauft sein, bevor du von unserem Spaziergang zurück bist.« Ein Handkarren, vollbeladen mit Marmor, quietschte vorbei. »Du verschwendest deine Zeit, Falco. Aemilia Fausta hat nichts übrig für ruppige Typen mit verwegenem Grinsen.« Mit einem ungeduldigen Hopser sprang sie vom Bürgersteig. »Fausta gefallen nur pomadisierte Aristokraten mit Roßhaarfüllung zwischen den Ohren.«

»Danke für den Tip! Ich werde in Zukunft mehr Rosenöl auftragen.« Mit unserer Kabbelei kehrte meine gute Laune zurück. »Weißt du, das Fräulein tut mir ganz einfach leid ...«

»Dann laß sie in Ruhe! Sie ist sehr verwundbar; daß einer mit treuherzig verlogenen Augen ihr weismacht, er könnte die Hände nicht von ihr lassen, schadet eher ...«

Wir waren an einer Ecke stehengeblieben und funkelten uns kampfeslustig an. Ich zupfte an einer von Helenas neuen Haarsträhnen. »Bist du in ein Infektionsbad geraden, oder fängst du an zu rosten?«

»Das heißt *ägyptische Kupfersinfonie*. Gefällt's dir nicht?«

»Wenn du dich schön findest damit.« Ich fand's scheußlich und hoffte, sie würde das merken. »Willst du damit jemand Bestimmtem imponieren?«

»Nein. Die neue Farbe gehört einfach zu meinem neuen Leben.«

»Was hat dir denn an dem alten nicht gepaßt?«

»Du, hauptsächlich.«

»Ich mag's, wenn ein Mädchen aufrichtig ist – aber man braucht's nicht gleich zu übertreiben! Da ist das Gericht. Ich lauf schnell rein und bestell dem Magistrat, daß eine ägyptische Karotte ihn erwartet, und dann geh ich heim und bezirze seine Schwester mit meinen lydischen Arpeggios!«

Helena Justina seufzte und legte mir die Hand auf den Arm, um mich zurückzuhalten.

»Vergiß Aemilius Rufus. Ich bin deinetwegen gekommen.«

Ich wartete, bis sie meinen Arm losließ, bevor ich sie wieder ansah.

»So? Und was willst du?«

»Das ist schwer zu erklären.« Die Bangigkeit in den schönen, klaren, weit auseinanderstehenden Augen brachte mich schlagartig wieder zur Vernunft. »Aber ich habe den Verdacht, daß jemand, von dem ich offenbar nichts wissen soll, in der Villa rustica herumschleicht ...«

»Wie kommst du darauf?«

»Ich höre Männerstimmen, nachdem Marcellus angeblich längst zu Bett gegangen ist. Die Dienstboten wechseln heimlich Blicke ...«

»Ängstigt dich das?« Sie zuckte die Achseln. Wie ich sie kannte, war sie eher wütend, daß man sie irrezuführen versuchte. Aber ich bekam es mit der Angst. Ich hatte den Nachmittag frei und bot ihr an, sie nach Hause zu begleiten.

»Ich bin mit Marcellus' Hausverwalter gekommen. Er macht Besorgungen und ...«

»Ich bringe dich heim.«

Genau, was sie bezweckt hatte; ich wußte es wohl.

Wir nahmen den Maulesel des Verwalters, dem wir ausrichten ließen, ich würde das Tier umgehend zurückschicken. Ich habe meine Damen am liebsten vor mir im Sattel; Helena bestand darauf, hinter mir zu sitzen. Es wurde ein arg holpriger Ritt, was ich dem Maulesel durchgehen ließ, weil Helena sich so die ganze Zeit über an mir festhalten mußte. Aber als wir gerade die Grenze zu Marcellus' Anwesen überquert hatten, passierte etwas, womit ich nicht gerechnet hatte. Helena wurde hinter mir unruhig, und ich zog die Zügel an, aber bevor ich ihr beispringen konnte, glitt sie im seidigen Rascheln weißer Röke, unter denen die längsten Beine in der Campania zum Vorschein kamen, an der Flanke des Maultiers herunter – dann erbrach sie sich, sterbenselend, über einem Zaun.

Mit schlechtem Gewissen rutschte auch ich aus dem Sattel und suchte hastig unter all den Glöckchen und Lederfransen nach einer Wasserflasche.

»Oh, ich hasse dich, Falco! Das hast du mit Absicht gemacht ...«

Ich hatte sie noch nie so elend gesehen. Es jagte mir regelrecht Angst ein. Ich setzte sie auf einen Findling und hielt ihr die Wasserflasche an den Mund. »Du erholst dich schneller, wenn du nicht sprichst ...«

»Das könnte dir so passen!« Sie brachte es fertig, mir eine feixende Grimasse zu schneiden.

Ich verfluchte mich insgeheim, während ich mein Halstuch naß machte und ihr damit das heiße Gesicht und den Hals abtupfte. Ihre Lippen waren wie ausgedörrt, und sie war ganz grün im Gesicht, ein verräterisches Zeichen, das mir, der ich selbst leicht reisekrank werde, wohl vertraut war. Besorgt kauerte ich über ihr, sie hatte den Kopf in den Händen vergraben.

Sobald ihr Atem wieder regelmäßig ging, blickte sie reumütig auf. Ich gab einem Jungen, der vorbeikam, eine Kupfermünze und den Auftrag, den Maulesel zum Gut zu bringen.

»Wir gehen zu Fuß hinterher, wenn du dich wieder besser fühlst.«

»Es geht schon ...«

»Nein, jetzt bleibst du erst mal sitzen!« Sie lächelte matt und gab nach.

Sie war immer noch sehr schwach. Ein weicherer Mann an meiner Stelle hätte sie in seine Arme genommen. Ich bemühte mich, mir nicht einzubilden, daß ich so ein Mann sei oder daß ihr diese Art Fürsorge willkommen gewesen wäre.

»Falco, hör auf, dazusitzen wie ein verlaufenes Küken! Erzähl mir lieber was! Wie gefällt es dir in Herculaneum?«

Ich setzte mich gerade und machte gehorsam den Mund auf. »Gar nicht. Es ist so ein trauriges Haus.«

»Rufus ist zuviel unterwegs. Und Fausta bleibt daheim und bläst Trübsal. Warum bist du eigentlich bei ihnen eingezogen?«

»Um mir als Musiklehrer Geld zu verdienen. Und dann dachte ich, ich könnte vielleicht über Aemilia Fausta an Crispus herankommen.«

»Indem du dem armen Mädchen den Kopf verdrehst – das ist unmoralisch!«

»Jemanden zu verführen ist ein sehr anstrengendes Geschäft, auch wenn die Sicherheit des Reiches auf dem Spiel steht.«

»Als du mich verführt hast«, fragte Helena giftig, »ging es dir da *auch* um die Sicherheit des Reiches?«

Die Kunst, uns gegenseitig zu verletzen, hatten wir schon beinahe so verfeinert wie ein altes Ehepaar.

»Nein«, war alles, was ich darauf sagte. Sollte sie sich den Rest doch selber zusammenreimen. Sie errötete. Ich wechselte das Thema. »Aemilia Fausta weiß übrigens über meine Arbeit Bescheid.«

»Oh, daß du dich zu deinem Job bekennst, gehört zu deinem miesen Charme! Hast du dich auch mit ihrem hübschen Bruder angefreundet?«

»Glaubst du etwa, Rufus wäre empfänglicher für meinen verlogen schmachtenden Augenaufschlag?«

Sie maß mich mit einem rätselhaften Blick und fragte: »Ist dir noch nicht klar, daß er dich aufgenommen hat, um dich besser im Auge behalten zu können?«

»Was hätte er davon?«

»Er will die Versöhnung zwischen dem Kaiser und Crispus selber zustande bringen – und damit seine Karriere vorantreiben.«

»Ich habe schon gemerkt, daß er mit allen Wassern gewaschen ist. Aber seine Zukunft ist doch gesichert ...«

»Er lebt schon lange fern von Rom. Er ist ungeheuer ehrgeizig, aber nicht bekannt genug.«

»Warum ist er von Rom weggezogen?«

»Wegen Nero. Jemand, der so gut aussah wie Rufus, war eine Bedrohung für das kaiserliche Ego. Ihm blieb nur selbstgewähltes Exil oder ...«

»Ein Besuch bei den Löwen in der Arena auf Staatskosten? Wieso sieht er eigentlich so gut aus? Hat sich seine Mutter mit einem makedonischen Vasenhändler im Gebüsch vergnügt?«

»Wenn seine Schwester so aussähe wie er, wäre es dir ganz recht!«

Ich lachte. »Wahrscheinlich wäre seine Schwester diejenige, die sich darüber am meisten freuen würde.«

Helena kauerte immer noch auf ihrem Findling, sah aber schon viel besser aus. Ich rollte mich auf den Bauch und streckte mich der Länge nach zu ihren Füßen aus. Ich war glücklich. Hier in der Sonne zu liegen, auf gutem Vesuver Ackerland, die klare Luft zu atmen, mich mit einem lieben Menschen unterhalten zu können, unter mir im blauen Dunst den Golf von Neapolis ...

Helenas Schweigen war so beredt, daß ich aufblickte.

Sie schien in einer ganz sonderbaren Stimmung befangen. Erst saß sie reglos da und schaute hinaus über die Bucht, dann schloß sie die Augen, und auf ihrem Gesicht spiegelten sich gleichzeitig Schmerz und Freude.

Das hatte nichts mit meinem Auftrag zu tun. Sonst hätte sie es mir gesagt.

Vielleicht dachte sie an ihren hübschen Freund.

»Es wird allmählich heiß.« Ich rappelte mich hoch. »Ich sollte dich in den Schatten bringen. Komm, gehen wir.«

Ich ging wohl zu schnell, denn Helena mußte ihre Hand in die meine legen, um mich zu bremsen. Weil es mir Freude machte, hielt ich ihre Hand fest, ob ihr das nun paßte oder nicht.

Es *war* heiß, trotzdem wurde es ein angenehmer Spaziergang. Ich brannte zwar darauf, möglichst schnell zur Villa zu kommen und mich dort umzusehen, aber auf dem Lande sollte ein Mann sich immer Zeit nehmen für ein schönes Mädchen. Schließlich weiß man nie, wann die Anforderungen des Stadtlebens einem dazu das nächste Mal Gelegenheit geben werden. Und man weiß nie, ob das Mädchen wieder mitmacht.

Wir wanderten durch die Weinberge. Der Weg machte eine Biegung, und wir sahen die Villa vor uns liegen. Auf der Reitbahn bewegte ein Mann zwei Pferde.

»Sind das Rennpferde? Ist er der Trainer?«

»Ja, das ist Bryon.« Sie überlegte kurz. »Falco, vielleicht lohnt es sich, die Ställe einmal anzuschauen.«

Ich schwang mich auf den Zaun vor der Koppel und hielt mich an einem Feigenbäumchen fest. Die Tochter des Senators, die kein Gefühl für Sitte und Anstand hatte, raffte ihre Röcke und kletterte neben mir auf das Gatter. Wir sahen zu, wie der Trainer das Pferd, das er gerade ritt, in gestrecktem Galopp über die Bahn jagte. Ich interessiere mich nicht für Rennpferde, aber unser luftiger Ausguck auf dem Zaun gab mir einen Grund, Helena festzuhalten ...

Genau gleichzeitig wandten wir uns einander zu. Auf die geringe Entfernung ließ sich unmöglich verhehlen, wie deutlich wir uns an die Vergangenheit erinnerten. Ich ließ sie los, bevor mir vor soviel Nähe schwindelig wurde. Dann sprang ich vom Zaun und half anschließend Helena herunter.

Sie reckte angriffslustig das Kinn. »Die Löffel hast du wohl ins Meer geworfen, oder?«

»Wo denkst du hin! Mein Vater ist Auktionator; ich weiß, was Löffel kosten ...« Wir waren Freunde. Nichts konnte das mehr ändern. Freunde, verbündet durch die Lust am Intrigenspiel; ständig im Streit, und doch nie wirklich böse aufeinander. Und die knisternde Spannung zwischen uns, sowohl gefühlsmäßig wie sexuell, kam mir sehr dauerhaft vor. »Sag, Helena, woran hast du vorhin auf dem Stein gedacht?«

Helena trat einen Schritt zurück, schüttelte den Kopf und sagte leise: »An etwas, dessen ich mir noch nicht sicher bin. Bitte, frag nicht weiter.«

XLVI

Als wir vor dem Herrenhaus ankamen, sah Helena schon wieder ganz abgekämpft aus. Normalerweise strotzte sie so vor Gesundheit, daß dieses plötzliche Unwohlsein mich ebenso erschreckte, wie es ihr offenbar peinlich war. Ich wich nicht von ihrer Seite, bis sie behaglich ausgestreckt auf einem Ruhebett in einer kühlen Kolonnade lag und ein Tablett mit dampfendem Boragotee vor sich hatte.

Helena schickte die Sklaven fort. Ich saß bei ihr und nippte von Zeit zu Zeit an einem Schälchen, das ich wie ein wohlerzogener junger Mann zwischen Daumen, Zeige- und Mittelfinger hielt. (Wenn er nicht zu stark ist, mag ich Boragotee ganz gern.)

Als ich mir gründlich den Mund verbrannt hatte, setzte ich die Teeschale ab, stand auf, vertrat mir die Beine und schaute mich unauffällig um. Von Marcellus keine Spur und nur wenige Dienstboten in der Nähe. Die Gärtner jäteten Unkraut in einem Mimosenbeet. Irgendwo im Haus hörte ich eine Frau heiser singend Fußböden scheuern. Ich griff nach Kanne und Sieb, schenkte Ihrer Durchlaucht Tee nach und stand dann neben ihr, als hätte ich nichts anderes zu tun, als dem Dampf nachzusehen, der sich über ihrem Becher langsam auflöste.

Das große Haus schien still und friedlich. Ich berührte Helena leicht an der Schulter, dann stakste ich davon, wie ein schüchterner Mann, der einem natürlichen Bedürfnis Abhilfe schaffen muß.

Der Pferdetrainer hatte mein Interesse geweckt.
Ich drehte eine Runde zu den Stallungen und Nebengebäuden in der Hoffnung, ihn hier zu finden. Die Ställe lagen zu meiner Linken. Zuerst kam der alte Viehhof, in dem jetzt offenbar Lasttiere und die Wagen untergestellt wurden; dahinter erstreckte sich ein höchstens fünf Jahre alter Neubau mit modernem Auslauf und luxuriösen Boxen. Mit der Umsicht und Behendigkeit, die zu erlernen mich ein halbes Leben gekostet hatte, huschte ich ungesehen hinein.

Hier hatten Pertinax und Barnabas früher ihre Vollblüter untergestellt. Daran bestand kein Zweifel. In der Geschirrkammer stand noch eins der silbernen Pferdchen, die ich in Pertinax' Haus in Rom zu Dutzenden gesehen hatte. Die meisten Boxen standen leer. Aber die beiden Pferde, die ich vorhin auf der Rennbahn gesehen hatte, wurden eben von einem stämmigen Stallknecht abgerieben.

»Hallo«, rief ich selbstbewußt, trat zu den beiden Gäulen und mimte den Pferdenarren. »Sind das die zwei, die Atius Pertinax in Rom hatte?«

Ich hasse Pferde. Sie können einen treten oder an die Wand drängen oder sich fallen lassen und einem die Beine brechen und die Rippen zerquetschen. Reicht man ihnen ein Zuckerstück, beißen sie einem womöglich die Finger mit ab. Ich behandele sie mit der gleichen Vorsicht wie Hummer, Wespen und Frauen.

Einer der beiden Gäule war in Ordnung, eigentlich was ganz Besonderes; sogar ich konnte das sehen. Ein stolzer, sanftmütiger Hengst mit fast purpurn leuchtendem Fell. »Grüß dich, mein Alter ...« Während ich dieses Prachtstück streichelte, warf ich einen Blick zu seinem Stallgefährten hinüber. Der Pferdeknecht nickte verständig, als er meine abfällige Miene sah.

»Das ist Goldschatz.« Da hatte offenbar jemand Humor bewiesen. Dieser Goldschatz war eine taube Nuß. Eifersüchtig reckte er mir den Kopf entgegen, schien aber zu wissen, daß in solch illustrer Gesellschaft ein windzerzauster Tannenwedel nicht die geringste Chance hatte.

»Wohl ein bißchen launisch, was? Wie heißt der hier?«

»Ferox. Wird manchmal schwierig. Aber Goldschatz besänftigt ihn.«

»Ferox ist wohl Ihr Champion, wie?«

»Schon möglich. Er ist jetzt fünf und tadellos in Form ... Sind Sie Züchter?«

Ich schüttelte den Kopf. »Ich komme von der *Armee*! Wenn unsere Legionen irgendwohin wollen, dann marschieren sie auf eigenen Füßen. Und falls die Strategie doch mal Gäule erfordert, dann werden behaarte, kurzbeinige Ausländer angeworben, die reiten können wie der Teufel, wissen, wie man die Viecher gesund erhält, und immer schön brav den Mist wegräumen. Funktioniert großartig.«

Er lachte. »Bryon«, stellte er sich vor.

»Angenehm. Falco.« Ich tätschelte Ferox weiter den Hals, um die Unterhaltung nicht abreißen zu lassen. »Dann sind Sie also der Trainer. Warum machen Sie denn die Arbeit eines Stallburschen? Habt ihr nicht genug Personal?«

»Die Stallknechte sind alle verkauft worden.«

»Ah! Nachdem Pertinax die Fähre zum Hades genommen hat?«

Er nickte. »Die Pferde waren seine Leidenschaft. Der alte Herr konnte den Anblick der Tiere nicht mehr ertragen. Hat praktisch über Nacht verkauft – Gäule und Knechte, einfach alles.«

»Ja, er nimmt sich den Tod seines Sohnes offenbar sehr zu Herzen. Wieso sind diese beiden noch hier?«

»Vielleicht hat es ihm später leid getan. Die zwei sind ihm von Rom hergeschickt worden.« Das war mir nicht neu. Im Haus auf dem Quirinal hatten wir Rechnungen über den Kauf dieser beiden an Marcellus gefunden. »Wen suchen Sie, Falco?« Er war freundlich, aber mißtrauisch.

»Kennen Sie Barnabas?«

»Ich weiß, wer er ist«, antwortete Bryon vorsichtig.

»Ich soll ihm eine Erbschaft aushändigen. Hat er sich in letzter Zeit mal blicken lassen?« Bryon zuckte die Achseln. »Sie hätten ihn doch bestimmt gesehen«, fuhr ich, nun schon dringlicher, fort. »Ich meine, wegen der Pferde.«

»Vielleicht ... wegen der Pferde.« Er bestätigte die These, ohne auch nur ein Jota nachzugeben. »*Falls* ich ihn sehe, werde ich ihm sagen, daß Sie nach ihm gefragt haben.«

Ich wehrte Goldschatz ab, der mich ausführlich beschnupperte, und tat so, als sei das Thema damit abgehakt. »Eine Villa am Vesuvius hätte ich mir im Sommer viel belebter vorgestellt. Habt ihr keine Feriengäste?«

»Nur die engste Familie.«

»Und die junge Dame?«

»Oh, die gehört dazu.«

Dieser Trainer war schnell dahintergekommen, daß ich mitnichten befugt war, hier herumzulaufen und seltsame Fragen zu stellen. Energisch wollte er mich zum Herrenhaus komplimentieren. Als wir an den älteren Stallungen vorbeikamen, versuchte ich, auch hier einen Blick auf die Boxen zu erhaschen. Endlich wurde es Bryon zu bunt, und er machte Schluß mit der Verstellungskomödie. »Wenn Sie mir sagen, was Sie suchen, Falco, dann sage ich Ihnen, ob wir's hier haben.«

Ich grinste ungeniert. Ich suchte nach den beiden Pferden, die mir von Rom nach Kroton gefolgt waren – und ihren geheimnisvollen Reiter, der eigentlich nur Barnabas sein konnte.

»Also gut: Es geht um zwei erstklassige Gäule – einen großen Rotschimmel, der aussieht, als wäre er zum Champion geboren, und trotzdem immer auf dem zweiten Platz gelandet ist, und einen Schecken, ein Lasttier ...«

»Haben wir nicht«, brummte Bryon gereizt.

Das stimmte; sie waren nicht da. Aber er fertigte mich so kurz angebunden ab, daß er die beiden irgendwann schon einmal gesehen haben mußte.

Er begleitete mich bis zurück zu der Kolonnade und machte dann, halb enttäuscht, halb erleichtert, kehrt, als er sah, daß Justina, die junge Dame, die zur Familie gehörte, mich mit sanftem, schläfrigem Lächeln willkommen hieß.

XLVII

Als ich, mein munteres Harfenistenliedchen auf den Lippen, zu Helena zurückkam, war ihr Schwiegervater bei ihr. Ich entschuldigte mich bei Caprenius Marcellus für mein unangemeldetes Erscheinen: »Helena Justina hatte einen leichten Sonnenstich, und da ich zufällig in der Nähe war ...«

Marcellus' Erscheinen setzte meinen Nachforschungen ein vorzeitiges Ende. Daran war nichts zu ändern; ich verabschiedete mich mit einer leichten Verbeugung von Ihrer Durchlaucht. Die bange Frage in ihren dunklen, gespannten braunen Augen konnte ich nicht beantworten.

Marcellus schien meine Geschichte problemlos zu glauben. Helena sah immer noch elend und erschöpft aus. Ich spürte, daß ihr mit einem Nickerchen unter einer weichen Decke und heißem Tee nicht geholfen war. Sie brauchte richtige Pflege und jemanden, der sich um sie kümmerte. Und meine sonst so selbständige Herzdame war offenbar auch dieser Meinung.

Als ich das Maultier des Verwalters die Auffahrt hinunterritt, konnte ich mich an kaum ein Wort erinnern. Nur ihre Augen sprachen zu mir; ich brachte es kaum übers Herz, sie zu verlassen.

Irgend etwas stimmte nicht. Noch ein Problem mehr. Noch ein Rest Vergangenheit, den es auszugraben galt, sobald ich Zeit dazu fand.

Zum Hades mit dem Verwalter, der in Herculaneum auf seinen Maulesel wartet; ich legte in Oplontis eine Pause ein und traf mich mit meinen Freunden zum Essen. Offen gestanden kamen sie mir viel entspannter vor, seit ich woanders wohnte.

Helena behielt recht mit ihrer Prophezeiung über das Schicksal der Zofe. Das arme Ding war auf dem Sklavenmarkt gelandet!

Mir sagte man kein Wort. Am nächsten Tag stellte ich Aemilia Fausta zur Rede. Sie hörte sich an, was ich zu sagen hatte, und drohte mit Kündigung. Ich beglückwünschte sie zu ihrem Entschluß; sie kapitulierte; ich blieb.

Dieses kleine Scharmützel mit Fausta trübte unser Lehrer-Schüler-Verhältnis nicht. Sie entwikkelte einen ganz unerwarteten Ehrgeiz. Kein Wunder – sie hatte nämlich einen neuen Ansporn gefunden: Fausta vertraute mir an, daß Aufidius Crispus ein Festbankett für seine Freunde plane, das hier vor der Küste stattfinden solle. Rufus war auch eingeladen. Er weigerte sich, seine Schwester mitzunehmen, und erklärte ihr, er habe bereits eine Begleiterin, eine Bekannte. Fausta schien verdutzt. Vielleicht waren die Mädchen, mit denen ihr Bruder umging, nicht gesellschaftsfähig; das würde dem großen Ereignis die richtige Würze verleihen.

Ich setzte überhaupt große Hoffnungen in Crispus' Fest. Teils für Aemilia Fausta, die entschlossen war, sich irgendwie hineinzuschmuggeln. Und teils, weil sie die Kithara mitnahm. Da sie jemanden brauchte, der unauffällig den Takt schlug (und sie mit seinen Überredungskünsten an unfreundlichen Türstehern vorbeilotste), nahm sie mich mit.

XLVIII

Heute abend würde ich ihm begegnen. Manchmal hat man so was im Gefühl.

Jemand aus unserer Familie, ein Mensch mit erfrischendem Humor, behauptet, wann immer die Weiber so was im Gefühl haben, stellt sich hinterher raus, daß der Angebetete entweder schwul ist, eine giftige Mutter hat oder ein Blasenleiden, das sein Privatleben stark beeinträchtigt. Zum Glück lernte ich Aufidius Crispus nie so gut kennen, als daß ich etwas über seine Familie oder seinen Gesundheitszustand erfahren hätte.

Er hatte sich eine Villa in Oplontis genommen (gemietet, geborgt, einfach nur für eine Nacht geklaut, wer weiß – wen *kümmerte* es, wenn das Ambiente stimmte, der Alkohol in Strömen floß und die schönen Tänzerinnen nach Tisch so gut wie nackt auftraten?). Angeblich hatte die Villa früher Poppaea Sabina gehört, Neros zweiter Frau. Diese Beziehung zum Kaiserhaus sagte mehr als genug über die Ambitionen unseres Gastgebers.

Poppaeas Villa war der beherrschende Blickfang des Ortes. Ihre Bewohner nahmen wahrscheinlich das Gewirr armseliger Fischerhütten jenseits ihres Anwesens gar nicht mehr wahr. Menschen, die derart im Luxus schwelgen, übersehen die Armen gern und gekonnt.

Der Mitteltrakt erstreckte sich über zwei Stockwerke und war umgeben von Alleen und Gärten. Eine große Terrasse mit angrenzendem Lustpavillon schaute aufs Meer hinaus. Die Seitenflügel bargen gewiß noch einmal an die hundert Räume, alle mit so erlesenem Geschmack eingerichtet, daß der nächste Bewohner der Villa sie todsicher komplett umkrempeln würde. Die Gemächer waren reif für eine Renovierung; das heißt, alles wirkte hinreißend, so, wie es war.

Ich hätte nie in einem so riesigen Domizil leben mögen. Aber ein Freizeitpoet konnte hier wunderbar seine Phantasie schweifen lassen.

Das Diner begann zur neunten Stunde, wie sich das gehört. Wir kamen zeitig an. Dem Sänftenstau auf der Straße nach Herculaneum nach, würde das eine der größten Veranstaltungen meines Lebens werden. Der Magistrat war schon vorausgefahren, um sein kleines Techtelmechtel abzuholen, aber Aemilia Fausta hatte sich eine Eskorte aus dem Stab ihres Bruders kommen lassen; die bahnte uns forsch einen Weg durch die Menge; wir drängten uns auf Staatskosten vor.

Die Mehrzahl der hiesigen Hautevolee (und auch ein paar einfache Schweine) wurde heute abend von Crispus bewirtet. Die ersten Gäste, die ich erkannte, waren Petronius Longus und Arria Silvia. Anscheinend hatte man auch sie überredet, den Wunsch des großen Mannes zu unterstützen, der seine Gastfreundschaft unbedingt auf breiter gesellschaftlicher Basis zelebrieren wollte.

Petronius würde seine Gratismahlzeit kassieren und sich dann dünnmachen. Ich wußte zufällig, daß Petro, seit er Wachthauptmann war, nicht mehr gewählt hatte. Er glaubte, ein Mann auf Staatssold solle unparteiisch sein. Ich war zwar nicht seiner Meinung, bewunderte ihn aber, weil er so hartnäckig an derlei Überspanntheiten festhielt.

Petro und Silvia sprachen zu dem Zeitpunkt nicht mit mir. Sie waren drinnen und beobachteten mit spöttischem Lächeln meinen Auftritt. Ich stand noch draußen, oder vielmehr ich trapste in meiner besten senfgelben Tunika vor dem Portal herum, während meine energische Begleiterin sich mit dem Haushofmeister stritt.

Der Mann, der die Gästeliste hütete, wußte sehr wohl Spreu von Weizen zu unterscheiden. Diese Veranstaltung war perfekt organisiert. Sich mit Gewalt Zutritt zu verschaffen war ausgeschlossen; sowie ich hier den starken Mann markiert hätte, wären die Muskelprotze mit ihren beschlagenen Ledermanschetten hinter den Pflanzkübeln hervorgesprungen, wo sie unauffällig um ein Damebrett postiert waren, hätten uns in einen eleganten Schwitzkasten genommen und achtkantig hinausbefördert.

Aemilia Fausta sprühte nicht gerade vor Ideen, aber wenn ihr mal ein Einfall kam, dann erkannte sie die vielleicht einmalige Gelegenheit und hielt daran fest. Ihr Auftritt war beeindruckend. Sie war in malvenfarbigen Musselin gehüllt, der ihre kleinen weißen Brüste ausstellte wie zwei Treibhauspilze im Fenster eines Gemüsehändlers. Ein zackenreiches Diadem saß ehern und unverrückbar auf ihrer hochgetürmten Frisur. Leuchtende Farbflecken, die teils sogar echt waren, brannten auf ihren Wangen. Die feste Absicht, Crispus zu sprechen, machte sie verschlagen und tückisch wie eine Bluthund auf der Fährte.

»Welcher Gastgeber«, höhnte Aemilia Fausta (ein kleines Persönchen, das sich jetzt freilich gewaltig reckte), »drückt wohl seinem Hausverwalter eine Gästeliste in die Hand, auf der auch der Hausherr und seine Tischdame aufgeführt sind? Lucius Aufidius Crispus hat Sie offenbar für weniger begriffsstutzig gehalten: *Ich*«, verkündete die edle Fausta mit unnachahmlicher Frechheit, *»bin seine Verlobte!«*

Das einzige, was diesen bravourösen Schachzug in meinen Augen trübte, war, daß die Dame diese dreiste Behauptung für die Wahrheit hielt.

Der Lakai gab sich geschlagen und ließ uns eintreten. Ich winkte Petro zu, ließ mir von einem außerordentlich hübschen Blumenmädchen einen Kranz verpassen und trug der Schwester des Magistrats ihre Kithara hinterher. Ein scharfsichtiger Zeremonienmeister hatte die Situation rasch erfaßt und komplimentierte Fausta mit einer Schale bithynischer Mandeln in eine Ecke, und eilte davon, um den Gastgeber zu warnen. Erstaunlich schnell kam er zurück, versicherte Aemilia Fausta, ihr Platz im Triklinium sei bereit, dort, wo Crispus mit den vornehmsten Gästen tafeln werde.

Ich weiß nicht, was ich erwartet hatte, aber die Art, wie seine abgelegte Braut empfangen wurde, war ein Hinweis darauf, daß Aufidius Crispus sich auf dem rutschigen gesellschaftlichen Parkett mit gefährlicher Sicherheit bewegte.

XLIX

Der Zeremonienmeister wollte sich bei mir entschuldigen.

»Lassen Sie nur, ich bin bloß ihr Harfenlehrer. Sie brauchen die Sitzordnung nicht zu ändern.«

Der Festschmaus sollte gleich beginnen, aber ich schlüpfte hinaus, um die Flotille unter die Lupe zu nehmen, die am Ufer vor der Villa festgemacht hatte. Die *Isis Africana* war leicht zu finden; sie ankerte an einer Mole etwas abseits vom Getümmel, draußen in der Bucht. Sie war dunkel, als wären bereits alle von Bord gegangen.

Crispus war inzwischen bestimmt im Haus. Ich ging über die Terrasse zurück und hoffte, noch vor der Veranstaltung einen Blick auf ihn zu erhaschen.

Das Atrium war vorwiegend in Rot gehalten und bestach durch eine Trompe-l'oeil-Kolonnade kannelierter Säulen, zwischen denen mit Emblemen verzierte hohe Flügeltüren sich öffneten. Durchs angrenzende Zimmer kam ich in einen ummauerten Garten – lebende Pflanzen ergänzten die Parktableaus, die als Fresken die Innenwände zierten. Dahinter lag der Empfangssalon, der, flankiert von zwei majestätischen Säulen, den Eingang zum eigentlichen Gartentrakt freigab – ein wunderbarer Effekt, eigens von den Architekten der Campania erdacht. Die meisten Besucher von Rang waren hier im Salon; Stimmengewirr, Wärme und der Duft unzähliger frischer Girlanden schlugen mir entgegen. Kleinere Nebenräume waren für das Fußvolk hergerichtet.

 Nirgends fand ich, was ich suchte. Also bahnte ich mir unverdrossen einen Weg zurück durch das Gebäude und landete mit etwas Glück und Instinkt beim hochmodern ausgestatteten Küchentrakt; wie erwartet, befand sich das Speisezimmer der Familie gleich nebenan.

Den Eingang des Trikliniums der Villa Poppaea flankierten zwei Hermen, gekrönt von geflügelten Kentauren. Der Raum war relativ klein, architektonisch in jenem ätherischen Stil gehalten, der dem ganzen Bau sein Gepräge gab, und beherrscht von einem Wandgemälde auf dem Architrav, wo sich, unter dem Schrein irgendeiner Schutzgottheit, geflügelte Seepferde vor einem Trompe-l'oeil-Hoftor tummelten.

Den traditionellen Eßtisch, an drei Seiten für je drei Personen gedeckt, schmückte ein schweres, besticktes Damasttuch, und über den langstieligen Blumenarrangements wehten Pfauenfedern; stolz aufgerichtete, radschlagende Pfauen gehörten zu den erlesenen Leitmotiven, die im Dekor der Villa immer wiederkehrten. Im Geist speicherte ich ein paar dieser anmutigen Kompositionsprinzipien für den Fall, daß ich bei mir zu Hause einmal ein Souper geben sollte.

Ich war zu früh gekommen; Crispus war noch nicht da. Der Ehrenplatz auf dem mittleren Polster war noch frei.

Aemilia Fausta zupfte zwar nervös an den Trauben neben ihrem Gedeck, war aber offensichtlich mit sich zufrieden; ihr Platz auf der Linken war nicht übertrieben ehrenvoll. Zwei Senatoren, die ich nicht kannte, waren da schon besser postiert, nämlich rechts und links vom Hausherrn. Zwei Frauen waren übermäßig mit Schmuck behängt, und zwei jüngere Männer hatten sich mit hochmodischen Mullgewändern festlich in Schale geworfen. Einer davon war unser blonder Apoll Rufus, der sich an der Stirnseite des Raumes mit einem der Senatoren unterhielt. Das berühmte Flittchen hatte er sich selbst überlassen; sie saß am unteren Ende des Tisches, direkt vor mir.

Ich erkannte sie im ersten Augenblick und sah mich ordentlich satt an ihr, bevor sie sich umdrehte und begriff: lange, wohlgeformte Beine, die verärgert auf und ab wippten, weil der Magistrat sie wie Luft behandelte; dazu ein Leib, der zugleich schlank und üppig war und in einem hauchzarten, silbrigen Etwas steckte, das einem Mann bestimmt wunderbar unter den Händen wegglitte, wenn er es wagte, sie in die Arme zu nehmen. Ein kleines Vermögen an Lapislazuliperlen schlang sich um ihren Hals. Dunkel schimmerndes Haar, über der Stirn gelockt und auf dem Oberkopf von einem golddurchwirkten Netz gebändigt, so daß man nur ahnen konnte, wie voll und schwer es in Wirklichkeit war. Das hübsche tiefblaue Geschmeide an ihrem Hals und das enganliegende Goldkäppchen ließen sie jünger und unschuldiger wirken. Heute abend war sie die schönste Frau in der ganzen Campania, aber hier hat man einen derben Geschmack, und so war ich vermutlich der einzige Mann, der das bemerkte.

Ein Sklave stellte ihr die Sandalen zurecht, und als sie sich umdrehte, um ihm zu danken, fiel ihr Blick auf mich.

Brauen, die ich über die ganze Weite des Circus Maximus hinweg erkannt hätte, schossen in die Höhe, als die Begleiterin des Magistrats ihre schönen braunen Augen auf mich heftete.

 Ich spitzte die Lippen und pfiff so unhörbar wie bewundernd. Die Tochter des Senators neigte ihr goldschimmerndes Haupt (wobei ich eine hinreißend kalte Schulter zu sehen bekam) und bedachte mich mit einem, wie sie wohl meinte, vernichtenden Blick.

Leider ging die Wirkung verloren, weil sie sich zuvor ein entschieden aufreizendes Blinzeln nicht verkneifen konnte.

Raunen und Rascheln kündigten an, daß Crispus im Anmarsch war; schnell drückte ich einem Sklaven die Kithara in den Arm, mit dem Auftrag, sie hinter Faustas Platz abzustellen. (Ich hatte nicht vor, den ganzen Abend mit diesem unhandlichen Instrument herumzulaufen.) Dann fügte ich mich in das Unvermeidliche und ließ mich zu den Räumen für das gemeine Volk abschieben. Zwar hätte ich gar zu gern Crispus gesehen, aber gutes Timing ist ein wichtiger Bestandteil meiner Arbeit. Jetzt, da seine Gäste an der Futterkrippe saßen und nur noch auf ihn warteten, war nicht der rechte Zeitpunkt, um die Aufmerksamkeit des erlauchten Mannes auf das Kommuniqué meines Kaisers zu lenken.

Ich warf einen Blick in den Empfangssalon, aber hier wurde schon die Vorspeise gereicht, und nur neben unfreundlich dreinblickenden Herren oder Frauen mit Wurstfingern und falschen Haaren war noch Platz. Ich umrundete eine Reihe von Kellnern mit Endiviensalat auf den geschulterten Tabletts und schlängelte mich dann durch bis zu Silvia und Petronius.

»Laß bloß die Muschelklößchen stehen!« warnte Silvia, kaum, daß sie mich begrüßt hatte. »Lucius hat schon vor einer halben Stunde gesehen, daß sie geronnen sind. Am oberen Tisch gibt's Straußenfleisch, aber das wird wohl nicht bis zu uns reichen ...«

»Na, was gibt's denn sonst noch, Lucius?« fragte ich aufgeräumt. Ich wußte natürlich, daß er Lucius hieß, obwohl *ich* ihn nur so nannte, wenn wir mächtig einen geladen hatten. »Ist das am Ende eins von diesen Festen, wo ein raffinierter Koch ein Faß Köhlerfisch so anrichtet, daß es aussieht wie vierzig verschiedene Sorten Fleisch?«

Petro grinste, sperrte den Mund auf und schob eine Handvoll Oliven hinein; sie waren ausgezeichnet – große, pralle Früchte aus Ancona, die in Öl- und Kräuterlösungen eingelegt wurden, bis sie ein Aroma entfalteten, das die kleine, harte, in Salzlake gelagerte Sorte aus Halmada nie erreichte.

Petronius erzählte, für den heutigen Abend seien so viele Hummer und Barsche gefangen worden, daß der Wasserspiegel in der Bucht sich um zwei Zoll gesenkt hätte. Zwei schon etwas angeheiterte Einheimische prahlten mit den Austern von Baiae; wir hörten schweigend zu und erinnerten uns dabei beide an jene Austern, die die Fischer in Britannien aus dem kalten, nebligen Kanal zwischen Rutupiae und Thanet heraufholen. Petro nahm einen Schluck Wein und verzog das Gesicht. Er hatte, seit ich aus Oplontis fort war, die verschiedensten Sorten des hiesigen Anbaugebietes probiert, und verbreitete sich nun gelehrt und begeistert über prickelnde Weißweine und würzigen Rotspon. Ich schaufelte die Horsd'oeuvres in mich hinein und grämte mich, daß ich seine Gesellschaft aufgegeben hatte.

Petro fehlte mir wirklich. Dieses schmerzliche Sehnsuchtsgefühl erinnerte mich daran, daß ich einen Auftrag zu erfüllen hatte. Je schneller ich ihn erledigte, desto eher konnte ich von Herculaneum fort und wieder zurück zu meinen Freunden ...

Falls die Mietkellner darauf spekulierten, früh nach Hause zu kommen, hatten sie sich verrechnet. Die Gäste hatten sich auf eine lange Nacht eingerichtet. Der Plebs achtete noch auf seine Manieren, aber die Senatoren und die Damen luden sich ungeniert den Teller voll und aßen doppelt soviel wie daheim. Schließlich kostete es hier nichts. Lärmen, Lachen und der Duft brutzelnder Weinsaucen wehten mit der kühlen Abendbrise gewiß bis ins drei Meilen entfernte Pompeji hinüber. Die Getränkesklaven schlitterten auf nassen Sohlen und kamen mit dem Einschenken kaum nach. Kein Zweifel, Crispus war auf dem besten Wege, sein Ziel zu erreichen. Es war genau die Art schauderhafter Gemeinschaftsvöllerei, die jeder als wunderbares Erlebnis in Erinnerung behalten würde.

Ich verputzte hastig einen mit Ingwer gewürzten Entenflügel, Salat und ein paar Bissen Schweinebraten in Pflaumensauce, bevor ich zum Triklinium zurückschlich. Die Dinge hatten sich hier schneller entwickelt, als mir lieb war. Der Hausherr samt seiner engeren Gesellschaft hatte sich schon zurückgezogen. Die beiden wandelnden Schmuckständer unterhielten sich über ihre Kinder, ohne den jüngeren Mann an ihrer Seite zu beachten, vor dem eine Tänzerin hypnotisch ihren Nabel kreisen ließ.

Nach der Präzision zu schließen, mit der die Bewirtung geplant und vonstatten gegangen war, nahm ich an, daß der Hausherr sich jetzt ein wenig unter die Gäste mischen würde. *Auf Tuchfühlung gehen* nannte Helena Justina das. Er würde von Tisch zu Tisch gehen und geschickt für sich Werbung betreiben. Aufidius Crispus war ein Spekulant großen Stils.

Ich machte kehrt, kämmte die Räume durch und bat immer wieder einen der gehetzten Kellner, mir Crispus zu zeigen, falls er in Sichtweite sei. Ein Duftsprenger lockte mich in einen Peristylgarten, weil er ihn dort vermutete, aber ich sah mich wieder enttäuscht.

Es war niemand da – außer einer Frau, die still auf einer Steinbank saß und so aussah, als erwarte sie jemanden. Eine junge Frau in duftigem Kleid mit wenig Schmuck und schönem, dunklem Haar unter einem goldgewirkten Netz ...

Es war ihre Sache, wenn sie sich einen Verehrer angelacht hatte. Ich würde mich nicht einmischen und ihr die Freude verderben. Wenn ich trotzdem blieb, dann nur, weil plötzlich ein Mann erschien. Er glaubte offensichtlich, sie habe nur auf ihn gewartet, und ich dachte das auch. Also blieb ich, um zu sehen, wer es war.

Ich kannte ihn nicht. Aber nachdem ich das festgestellt hatte, blieb ich trotzdem, weil Helena Justina mir ganz den Eindruck machte, als kenne sie ihn ebensowenig.

L

Er tauchte aus einem Hibiskusgebüsch auf, als habe er etwas getrieben, wovon eine wohlerzogene Dame besser nichts wissen sollte. Er war betrunken genug, Helena als willkommene Erscheinung zu begrüßen, und nicht so betrunken, daß ihre frostige Reaktion ihn abgeschreckt hätte. Sie würde mit der Situation fertig werden; dieser torkelnde Lüstling war keine schlimmere Bedrohung als M. Didius Falco im Liebesrausch.

Ich drückte mich eng an eine Säule. Es dunkelte inzwischen, und so bemerkte keiner mich in meinem Versteck. Er sagte etwas, was ich nicht mitbekam, aber ihre Antwort war dafür um so deutlicher: »Nein. Ich sitze hier allein, weil ich das so will!«

Der Mann warf sich schwankend in Positur. Helena hätte sich schleunigst wieder unter die Gäste mischen sollen, aber sie war nun einmal ein eigensinniges Geschöpf; vielleicht schien ja auch der Bursche, mit dem sie *wirklich* hier verabredet war, ein kleines Risiko wert. Er redete wieder auf sie ein, aber sie blieb fest: »Nein! Bitte gehen Sie!«

Er lachte. Natürlich.

Da stand sie auf. Der schimmernde Stoff ihres Abendkleides fiel ebenmäßig und gerade von ihren Schulterspangen hernieder und betonte gerade dadurch die Kurven seiner Trägerin.

»Oh, ihr Götter! Ich habe Kopfweh.« Helena war wütend. »Ich habe Herzweh, der Lärm macht mich schwindelig, und vom Essen wird mir übel!

Ich sitze hier, weil ich keine Gesellschaft will –
und die Ihre schon gar nicht!«

Sie versuchte, an ihm vorbeizurauschen, unterschätzte aber seine Beweglichkeit. Er packte sie am Arm. Betrunken oder nicht, er war flink; seine andere Hand grapschte ihr brutal unters Kleid, als ich mit einem Schrei über das niedrige Mäuerchen zwischen den Säulen setzte, das uns trennte. Ich packte ihn bei den Schultern und zerrte ihn weg.

Zwei Köpfe prallten zusammen; einer davon gehörte mir. Mein Gegner war ziemlich sportlich; er erholte sich unerwartet rasch von seinem Rausch und landete ein paar gut gezielte Schläge. Der Ingwer stieß mir auf, doch ich war so wütend, daß ich kaum etwas davon spürte. Als seine Zielsicherheit nachließ, nahm ich ihn in die Zange und landete ein paar unbarmherzige Schwinger auf genau die Körperteile, die mein Trainer immer geschont sehen wollte. Anschließend schleifte ich ihn zu einem Brunnen.

Noch ehe er ernsthaft ertrinken konnte, warnte Helena: »Hör auf, Falco! Du bringst ihn ja um!«

Also tauchte ich ihn ein paarmal unter und ließ es dann gut sein.

Ich zerrte ihn durch die Kolonnade zum Hauptausgang und trat ihm unterwegs ein paarmal kräftig mit meiner Festtagssandale ins Kreuz; zuletzt so heftig, daß er der Länge nach hinfiel. Ich wartete, bis er sich wieder aufgerappelt hatte, dann machte ich kehrt und lief zu Helena zurück.

»Warum bist du hier rumgeschlichen?« fragte sie zum Dank für ihre Rettung.

»Purer Zufall.«

»Du sollst mir gefälligst nicht nachspionieren!«

»Erwarte nicht, daß ich tatenlos zusehe, wie man dich überfällt!«

Sie saß auf dem Brunnenrand und hatte schützend die Arme um die Knie geschlungen. Ich strich ihr über die Wange, doch sie zuckte zurück.

»Wenn du immer noch hier draußen sitzen möchtest, halte ich Wache.«

»Hat er dir weh getan?« fragte sie.

»Nicht so sehr wie ich ihm.« Ihre Miene verdüsterte sich. »Er hat dich durcheinander gebracht. Du solltest jetzt nicht allein sein.« Sie fluchte. Ich biß mir auf die Lippe. »Entschuldige, es ist mir nur so rausgerutscht. Ich hab ja gehört, was du gesagt hast ...«

Dann flüsterte Helena Justina etwas, was wie mein Name klang, griff nach der Hand, vor der sie eben noch zurückgeschreckt war, und schmiegte ihr Gesicht daran. »Marcus, Marcus, ich habe nur nach einem ruhigen Fleckchen gesucht, wo ich ungestört nachdenken könnte.«

»Über was denn?«

»Alles, was ich anfange, geht schief. Was ich mir auch wünsche, es geht nie in Erfüllung ...«

Während ich noch nach einer Antwort suchte, blickte sie plötzlich auf. »Verzeih mir ...« Sie hielt meine Hand fest, damit ich nicht davonlaufen konnte, fragte aber unvermittelt in ihrer gewohnten Stimme, so als ob nichts geschehen wäre: »Wie kommst du mit Crispus voran? Hast du mit ihm gesprochen?«

Ich gestand, daß ich ihn noch nicht einmal gefunden hätte. Da sprang die vornehme junge

Dame mit einem Satz vom Brunnenrand hoch
und entschied, es sei wohl am besten, wenn sie die Sache in die Hand nähme. Bevor ich erwähnen konnte, wie verhaßt es mir sei, bevormundet zu werden, hatte sie mich schon aus dem Garten geschleift und sich an mich gehängt, ob es mir nun paßte oder nicht.

LI

Ich hätte das nie zulassen dürfen. Ihr Vater wäre strikt dagegen, daß sein Herzblatt sich auf so was einließe, und in meinem Beruf arbeitet man sowieso am besten allein.

Andererseits fand Helena Justina immer einen plausiblen Grund, um sich über gesellschaftliche Konventionen hinwegzusetzen, und während wir jetzt die weitläufigen Empfangsräume durchkämmten, sparte es natürlich eine Menge Zeit, jemanden dabei zu haben, der den Gesuchten identifizieren konnte. Oder, wie in unserem Fall, auch nicht; Crispus war nämlich nirgends zu finden.

»Ist er ein Freund deiner Familie?«

»Nein. Mein Vater kennt ihn kaum. Aber Pertinax. Als wir verheiratet waren, kam er öfter zum Essen ...« Wahrscheinlich gab's Steinbutt in Kümmelsauce.

Im Garten hakte sie sich bei mir ein. Helena hatte eine Aversion gegen große Gesellschaften.

Je mehr Leute sich um sie drängten, desto in sich gekehrter wurde sie. Darum klammerte sie sich jetzt an mich; ich war zwar nach wie vor eine Nervensäge, aber immerhin doch ein vertrautes Gesicht.

»Hmm!« machte ich versonnen, als wir am anderen Ende des Gartens zwischen den zart duftenden Rosenbosketten haltmachten und zurückschauten auf die gewaltigen kannelierten Säulen des Festsaals. »So eine Suchaktion könnte Spaß machen, wenn wir Zeit hätten, sie zu genießen ...« Unternehmungslustig schob ich meinen Kranz in den Nacken, doch Helena erwiderte ernsthaft:

»Wir haben aber keine Zeit!«

Sie zerrte mich zurück ins Haus, und wir begannen, die kleineren Räume abzusuchen. Auf dem Weg durchs Atrium trafen wir auf einen der Senatoren, die im Triklinium gespeist hatten. Er war mit seiner Frau schon im Aufbruch, nickte Helena zu Abschied zu und streifte mich mit einem finsteren Seitenblick, als sei ich genau die Art fieser plebejischer Lebemann, die er auf einer solchen Festivität mit einer Senatorentochter im Schlepptau erwartet hätte.

»Das ist Fabius Nepos«, flüsterte Helena, die sich nicht bemüßigt fühlte, ihren Arm aus dem meinen zu ziehen, bloß um den Blutdruck eines alten Moralapostels zu schonen. »Sehr einflußreicher Mann im Senat. Arg verknöchert und hält auf Tradition; nicht für Spekulationen zu haben ...«

»Sieht ganz so aus, als hätte zumindest einer der erhofften Kollaborateure sich nicht einseifen lassen!«

Als wir noch einmal einen Blick ins Triklinium warfen, sahen wir Aemilia Fausta allein dort sit-

zen und verdrossen an ihrer Kithara zupfen.
Herzlos kichernd verdrückten wir uns. Als nächstes entdeckten wir einen langgestreckten Korridor mit Wartebänken für Audienzbesucher. Hier stand Faustas Bruder mit einer Gruppe ähnlich schmuck ausstaffierter Aristokraten herum, die an ihren Weinbechern nippten und zusahen, wie ein paar junge Kellner auf dem Boden kniend würfelten. Rufus schien überrascht, uns zusammen zu sehen, doch da er keine Anstalten machte, Helena zurückzufordern, winkte ich nur kurz, und wir zogen weiter.

Helena schien nicht in der Stimmung, brav zu ihrem Kavalier zurückzukehren. Sie war jetzt Feuer und Flamme für unsere Mission. Eifrig lief sie vor mir her, stieß Türen auf und überflog rasch die Gesichter der Anwesenden. Die ordinären Späße der Zecher und die überraschenden Paarungen, die sich im Laufe des Abends ergeben hatten, schien sie kaum wahrzunehmen. Zu einer Festivität dieser Art würde man seine Großtante Phoebe kaum mitbringen wollen.

»Ich denke, eine Tante könnte es verkraften«, widersprach Helena. (So, wie ich meine liebe Tante Phoebe kannte, hatte sie wahrscheinlich recht.) »Wenn bloß deine Mutter nie dahinterkommt, daß du hier gewesen bist!«

»Und wenn, dann sage ich, du hättest mich mitgeschleift ...« Plötzlich mußte ich lächeln. Ich hatte eine sehr willkommene Veränderung an ihr bemerkt. »Du hast dir ja die Haare gewaschen!«

»Mehr als einmal«, gestand Helena. Dann wurde sie rot.

In einer Kolonnade spielten die Musiker, die mit den spanischen Tänzerinnen gekommen waren, jetzt zu ihrem eigenen Vergnügen – ungefähr sechsmal so gut wie zuvor für die Mädchen.

Nach halbstündiger vergeblicher Suche blieben wir entmutigt stehen.

»Das ist doch sinnlos!«

»Gib nicht auf! Ich finde ihn schon!« Die Stimme in mir, die losschnauben wollte, daß ich ihn auch allein finden würde, verstummte bereitwillig vor dem Ruf der Leidenschaft. Wenn Helena Justinas Augen so vor Entschlossenheit blitzten, war sie einfach unwiderstehlich ...

»Hör auf damit, Falco!«

»Womit denn?«

»Mich so anzusehen, daß es mir bis in die Zehen kribbelt!«

»Wenn ich Sie ansehe, Gnädigste, dann muß ich so schauen!«

»Ich hab das Gefühl, als würdest du mich gleich rücklings in ein Gebüsch zerren ...«

»Da könnte ich mir einen besseren Platz vorstellen«, sagte ich und zog sie auf ein leeres Sofa.

Das kapriziöse Fräulein strampelte sich los, kaum, daß ich sie genüßlich im Clinch hatte. Ich landete in der Stellung auf den Polstern, die die Parzen am liebsten an mir sehen: platt auf der Nase.

»Natürlich!« rief sie. »Er wird sich ein Séparée besorgt haben! Daß ich darauf nicht gleich gekommen bin!«

»Wie? Hab ich was verpaßt?«

»Mach schnell, Falco! Steh auf und setz deinen Kranz gerade!«

Zwei Minuten später hatte sie mich ins Atrium zurückgezerrt, wo sie Crispus' Kammerdiener energisch den Weg zum Ankleidezimmer seines

Herrn entlockte. Drei Minuten danach standen wir in einem Schlafzimmer mit tiefroter Decke, vor dessen Fenstern das Meer rauschte.

In den fünf Sekunden seit unserem Auftritt in sein geliehenes Boudoir hatte ich zwei Dinge über Aufidius Crispus begriffen. Seine Kleidung ließ keinen Zweifel an seinen Ambitionen: Er trug ein Festgewand, das mit dem Saft abertausender tyrischer Schnecken zu jenem leuchtend violetten Purpur eingefärbt war, von dem die Kaiser glauben, daß er ihren Teint besonders vorteilhaft zur Geltung bringt. Im übrigen waren ihm anscheinend die Parzen gewogener als mir: Als wir eintraten, hatte er die hübscheste der spanischen Tänzerinnen rücklings auf ein Bett niedergeworfen und bearbeitete, ihre Rose hinterm Ohr und ihre halbe Brust im Mund, mit atemberaubender Kraft ihr Tambourin.

Ich barg Helenas Gesicht an meiner Schulter, um ihr den peinlichen Anblick zu ersparen.

Dann wartete ich, bis er fertig war. In meinem Beruf macht sich Höflichkeit immer bezahlt.

LII

Die Tänzerin schlüpfte an uns vorbei nach draußen; die Rose nahm sie zur gefälligen Wiederverwendung mit. Das Ständchen war offenbar rasch und routinemäßig vonstatten gegangen.

»Bitte um Vergebung, Senator, habe ich Sie aus dem Takt gebracht?«

»Ehrlich gesagt, nein!«

Helena Justina setzte sich rasch und noch kerzengerader als sonst auf einen Schemel. Sie hätte draußen warten können, aber ich war froh, daß sie blieb und mir zur Seite stand. Crispus streifte sie mit mäßig interessiertem Blick. Dann ließ er sich in einem Lehnsessel nieder, strich seine Purpurfalten zurecht, setzte einen Lorbeerkranz auf und bedeutete mir mit einem Wink, daß die Audienz eröffnet sei.

»Senator! Ich würde Ihnen gern für die Einladung zu Ihrem erlesenen Symposion danken, aber ich kam in Begleitung von Aemilia Fausta, und so kann von ›Einladung‹ wohl kaum die Rede sein!« Er lächelte matt.

Er war Mitte fünfzig, hatte aber noch immer ein fast jungenhaftes Gesicht. Mit seinem dunklen Teint sah er trotz der schon etwas fülligen Züge sehr gut aus (und war sich dessen offenbar hinreichend bewußt). Seine auffallend gleichmäßigen Zähne sahen aus, als putze er sie mit zerstoßenem Horn. Unter dem Kranz (den er trug, als wäre er damit auf die Welt gekommen) bewunderte ich die kunstvolle Haartracht, die sein Friseur ihm verpaßt hatte. (Wahrscheinlich erst heute nachmittag, so jedenfalls schloß ich aus dem fettigen Geruch gallischer Pomade, der über dem Gemach hing.)

»Was kann ich für Sie tun, junger Mann? Zuerst einmal: Wer sind Sie?«

»Marcus Didius Falco.«

Er stützte nachdenklich das Kinn in die Hand. »Sind Sie der Falco, der meinen Freund Maenius

Celer mit Magenkrämpfen und ein paar abenteuerlich schillernden blauen Flecken heimgeschickt hat?«

»Schon möglich. Vielleicht hat Ihr Celer auch bloß eine schlechte Auster erwischt und ist außerdem gegen eine Mauer gerannt ... Ich bin Privatermittler. Und ich bin einer der Kuriere, die schon seit geraumer Zeit versuchen, Ihnen einen Brief von Vespasian auszuhändigen.«

Man spürte die Spannung förmlich, als er sich jetzt aufmerksamer zurechtsetzte.

»›*Sie gefallen mir nicht, Falco!*‹ Das sollte ich doch jetzt sagen, nicht wahr? Und wann würden Sie erwidern: ›*Das macht nichts, Senator. Sie sind mir auch nicht besonders sympathisch!*‹« Ich begriff sofort, daß meine Mission hier sehr viel schwieriger werden würde als bei Oberpriester Gordianus. Crispus wollte offenbar unsere Unterhaltung genießen.

»Jetzt werden Sie mich vermutlich hinauswerfen lassen, Senator.«

»Aber warum sollte ich?« Er musterte mich mit einigem Interesse. »Sie sind also Privatermittler! Was für Fähigkeiten braucht man denn zu dem Beruf?«

»Oh, Urteilsvermögen, Weitblick, schöpferische Ideen, Verantwortungsbewußtsein, Durchhaltevermögen – plus der Fähigkeit, Mist in eine Kloake zu schaufeln, bevor die Leute sich über Geruchsbelästigung beklagen!«

»Also so ziemlich das gleiche, was ein Verwaltungsbeamter auch können muß!« Er seufzte. »Und was wollen Sie hier, Falco?«

»Herausfinden, was Sie im Schilde führen – was allerdings mehr oder minder auf der Hand liegt!«

»Ach, wirklich?«

»Ja. Es gibt eine Menge öffentlicher Ämter, die Sie anstreben könnten. Und bei allen bräuchten Sie die Fürsprache des Kaisers – mit einer Ausnahme.«

»Was für ein haarsträubender Einfall, Falco!« versetzte er liebenswürdig.

»Verzeihen Sie, aber in meinem Beruf habe ich es nun einmal mit haarsträubenden Dingen zu tun.«

»Vielleicht sollte ich Ihnen etwas Besseres anbieten?«

»Immer offen für Anregungen«, sagte ich und wich Helenas Blick aus.

Er lächelte, ließ aber den Worten keine Taten folgen.

»Zur Sache, Falco! Ich weiß, womit Flavius Vespasianus den guten Gordianus abgespeist hat. Also, was hat er mir zu bieten?«

Daß er vom Kaiser sprach, wie von einem einfachen Bürger, zeugte von krasser Respektlosigkeit.

»Wie haben Sie das von Gordianus erfahren, Senator?«

»Zum einen: Falls der Kranz, den Sie tragen, heute abend von mir spendiert wurde, so stammt er aus einer Lieferung, die per Schiff aus Paestum gekommen ist.«

»Paestum, aha! Und wer, außer einem klatschsüchtigen Blumenverkäufer, streut noch das Gerücht aus, daß Gordianus nach Paestum geht?«

Da ich mich so beharrlich an der Frage festbiß, trat ein gefährliches Glitzern in seine Augen (deren Braunton den Frauen verführerisch erscheinen mochte. Sie standen aber zu eng beieinander, um dem klassischen Ideal zu genügen). »Ich weiß es von ihm selbst. Er schrieb mir, daß sein Bruder tot ist, und ...« Crispus stockte.

»Und er hat Sie gewarnt!« Barnabas.

»Ja, er hat mich gewarnt«, bestätigte er freundlich. »Wollen Sie das gleiche tun?«

»Ja. Aber ich möchte mit Ihnen auch verhandeln.«

»Ach! Und was haben Sie zu bieten?« fragte er höhnisch. (Mir fiel ein, daß ihm halb Latium gehörte, von seinem sündteuren Festgewand und der schicken Jacht ganz zu schweigen.) »Vespasian hat doch kein Geld. Er hat *nie* welches gehabt; der Mann ist ja geradezu berühmt für seine leeren Taschen! Und immer bis über beide Ohren verschuldet. Als Gouverneur von Afrika – dem lukrativsten Posten im ganzen Reich – hat er seinen Kreditrahmen dermaßen überschritten, daß er mit alexandrinischem Frischfisch handeln mußte ... Wieviel zahlt er Ihnen, Falco?«

»Zu wenig.« Ich grinste.

»Ja, warum unterstützen Sie ihn dann?« säuselte er. Ich fand, es sei leicht, mit ihm ins Gespräch zu kommen – wahrscheinlich, weil es schwer fallen würde, ihn zu kränken.

»Das tue ich gar nicht so sonderlich. Allerdings sehe ich Rom lieber von einem Mann regiert, der seinem Buchhalter peinliche Fragen stellt, bevor sein Hausverwalter den Metzger bezahlt, als von einem Wahnsinnigen wie Nero, der sich für einen Sproß der Götter hielt und glaubte, nur weil er den Purpur trage, dürfe er seinen persönlichen Eitelkeiten freien Lauf lassen, echte Talente ausmerzen, die Staatskasse plündern, halb Rom in Schutt und Asche legen – und zahlende Theaterbesucher zu Tode langweilen!«

Crispus lachte lauthals. Ich hatte nicht im Traum damit gerechnet, daß ich ihn mögen würde, und fing an zu begreifen, warum ihn alle Welt für gefährlich hielt; ein populärer Mann, der über unsere Witze lacht, ist viel bedrohlicher, als ein ausgemachter Schurke es je sein könnte.

»Ich singe nie vor Publikum!« versicherte Crispus mir leutselig. »Ein wirklich vornehmer Römer engagiert dafür Profis ... Schauen Sie, meiner Meinung nach hatten Galba, Otho, Vitellius und Vespasian, die uns seit Neros Tod beglückt haben – ganz zu schweigen von etlichen anderen Prätendenten, die ihren Hintern nicht mal auf die Thronkante hieven konnten –, uns anderen (oder speziell mir, wenn Sie so wollen!) nur das bißchen Glück voraus, im entscheidenden Moment über eine bewaffnete Streitmacht zu verfügen. Otho konnte die Prätorianer für sich gewinnen, und die anderen waren alle in Provinzen stationiert, wo die Legionen zwangsläufig den eigenen Oberbefehlshaber in den Himmel heben. Wenn *ich* also im Vierkaiserjahr in Palästina gewesen wäre ...«

Er stockte, lächelte und ließ wohlweislich jede hochverräterische Äußerung unausgesprochen.

»Habe ich nicht recht, Falco?«

»Doch, Senator – bis zu einem gewissen Punkt.«

»Und der wäre?« erkundigte er sich, immer noch betont freundlich.

»Ihr politisches Urteil – das mir doch recht scharfsinnig scheint – sollte auch Sie zu der Einsicht führen, der wir uns alle beugen müssen: Eine turbulente Ära hat ihren natürlichen Abschluß gefunden. Rom, Italien, ja das ganze Imperium sind ausgelaugt vom Bürgerkrieg. Laut allgemeinem Volksentscheid ist Vespasian der Kandidat, der siegreich aus dem Machtkampf hervorging. Die Frage, ob jemand anderer ihn theoretisch hätte in die Schranken weisen können, ist also nicht relevant. Bei allem gebotenen Respekt, Senator!«

Hier stand Aufidius Crispus auf, trat zu einem Postament und schenkte sich Wein ein. Ich lehnte dankend ab. Helena drückte er, ohne zu fragen, einen Becher in die Hand.

»Das ist nicht die Frau, mit der Sie gekommen sind«, bemerkte er spöttisch, wieder an mich gewandt.

»Nein, Senator. Das ist eine hochherzige junge Dame, die sich bereit fand, mir bei der Suche nach Ihnen behilflich zu sein. Sie versteht sich hervorragend aufs Blindekuhspielen.«

Helena Justina, die unserer Unterhaltung bisher stumm gefolgt war, stellte ihren Becher unberührt zur Seite. »Die Dame, in deren Begleitung Didius Falco herkam, ist meine Freundin. Ich werde Fausta gegenüber dieses Gespräch nie erwähnen, aber mich beschäftigt doch sehr, welche Absichten Sie ihr gegenüber verfolgen.«

Crispus schien zunächst völlig verblüfft über diese Dreistigkeit einer Frau, aber er faßte sich rasch wieder und antwortete ihr ebenso offen wie vorher mir: »Es könnte reizvoll sein, meine Position in diesem Fall zu überdenken.«

»Das kann ich mir lebhaft vorstellen. Hypothetisch natürlich!«

»Natürlich!«

»Ein Mann, der den Palatin im Auge hat, könnte sich darauf besinnen, daß Aemilia Fausta aus guter Familie kommt, einen Konsul zu ihren Vorfahren zählt und einen Bruder hat, der auf dem besten Wege ist, dieses ehrenvolle Amt ebenfalls zu erringen. Ihr Profil würde auf der Rückseite eines Silberdenars sicher gut wirken; sie ist jung genug, um eine Dynastie zu gebären, so treu und anhänglich, daß sie jeden Skandal vermeiden würde ...«

»*Zu* anhänglich!« unterbrach er.

»Macht Ihnen das zu schaffen?« mischte ich mich ein.

»Früher *hat* mich das gestört, ja. Heute auch.«

»Warum haben Sie ihr dann einen Platz an Ihrer Tafel angeboten?« Helena war unerbittlich.

»Weil ich keinen Grund sehe, die Dame zu demütigen. Wenn Sie ihre Freundin sind, dann versuchen Sie ihr klarzumachen, daß ich eine politische Heirat eingehen könnte – aber *nicht* mit diesem Sturm von Leidenschaft auf ihrer Seite und der Flaute auf der meinen.« Es gelang ihm nur mit knapper Not, ein Schaudern zu unterdrücken. »Unsere Ehe wäre ein Fiasko. In ihrem eigenen Interesse sollte Faustas Bruder sie mit einem anderen vermählen ...«

»Das wäre dem armen Mann gegenüber, auf den die Wahl träfe, in höchstem Maße unfair.« Helena hielt ihn offensichtlich für einen ausgemachten Egoisten. Vielleicht war er einer; vielleicht hätte er das Wagnis auf sich nehmen sollen – und beide, sich und Fausta, ins häusliche Elend jeder Durchschnittsehe stürzen. »Was werden Sie also tun?« fragte Helena leise.

»Wenn das Fest zu Ende ist, bringe ich sie auf meiner Jacht heim nach Herculaneum. Unterwegs werde ich ihr, unter vier Augen, ganz ehrlich sagen, daß sie sich keine Hoffnungen machen soll. Aber nur keine Angst. Sie wird sich nicht aufregen; sie wird mir nicht glauben; das hat sie bis jetzt noch nie getan.«

Nach soviel Freimütigkeit blieb nichts mehr zu sagen.

Ich stand auf und holte den Brief, den ich seit so vielen Wochen bei mir trug, aus den Falten meiner Tunika. »Vespasians Billetdoux?« Er lächelte entspannt.

»Ganz recht.« Ich reichte ihm das Schreiben. »Werden Sie es lesen, Senator?«

»Ich denke schon.«

»Vespasian erwartet, daß ich ihm Ihre Antwort überbringe.«

»Verständlich.«

»Sie brauchen vielleicht Bedenkzeit ...«

»Entweder die Antwort erübrigt sich, oder ich gebe Ihnen noch heute abend Bescheid.«

»Besten Dank, Senator. Dann warte ich, wenn Sie erlauben, draußen in der Kolonnade.«

»Aber bitte.«

Er behandelte die Angelegenheit ganz sachlich und nüchtern. Der Mann hatte Talent. Bei dem Gespräch über Fausta hatte er eine gewisse Empfindsamkeit für andere bewiesen, die heutzutage selten war. Außerdem hatte er einen wachen Verstand, Humor und Organisationstalent, und er war zugänglich. Crispus hatte ganz recht; er war den Flaviern ebenbürtig. Vespasians Familie stand seit vielen Jahren im Dienste des Imperiums, und war doch nach wie vor so engstirnig und provinziell, wie dieser weltgewandte, liebenswerte Mann es nie hätte sein können.

Ich mochte ihn. Tatsächlich. Vor allem, weil er sich im Grunde seines Herzens selbst nicht ganz ernst nahm.

»Eines hätte ich sie gern noch gefragt, Falco.«

»Nur zu.«

»Nein«, versetzte Aufidius Crispus. »Darüber möchte ich erst sprechen, wenn diese Dame sich zurückgezogen hat.«

LIII

Helena Justina maß uns beide mit verächtlichem Blick und schlüpfte dann aus dem Zimmer – wie vorhin die Tänzerin, nur aggressiver und ohne Rose.

»Geheimniskrämerei kann sie nicht ausstehen«, entschuldigte ich die Tochter des Senators.«

»Scharf auf sie?« Seine Augen glitzerten. Andere Menschen zu manipulieren war ihm ein Vergnügen. »Ich könnte das vielleicht arrangieren ...«

»Nett gemeint, aber die Dame schaut mich ja nicht mal an!«

Er grinste. »Falco, Sie sind mir ein seltsamer Palastkurier! Wenn Flavius Vespasianus mir geschrieben hat, warum schickt er Sie dann noch her?«

»Sie haben doch selbst gesagt: Man engagiert einen Profi! Was wollten Sie mich fragen, Senator? Und warum nicht im Beisein der Dame?«

»Es betrifft ihren Gatten ...«

»Ex-Gatten.«

»Pertinax Marcellus war, wie Sie richtig sagen, von Helena Justina geschieden ... Was wissen Sie über ihn?«

»Übertrieben ehrgeizig und unterbelichtet.«

»Wohl nicht Ihr Typ? Ich habe kürzlich seine Todesanzeige gelesen.« Er sah mich forschend an.

»Stimmt, er ist tot.«

»Ach ja?«

»Wenn Sie's doch selbst gelesen haben.«

Er starrte mich an, als hätte ich etwas vielleicht nicht ganz Aufrichtiges gesagt. »Pertinax war in ein Projekt verwickelt, über das ich einiges weiß, Falco.« Crispus' Beteiligung an dem Komplott hatte nie nachgewiesen werden können, und er würde sich wohl kaum freiwillig als Verschwörer entlarven. »Gewisse Leute hatten ein nicht unbeträchtliches Kapital zusammengetragen – ich frage mich, wer jetzt darüber verfügt.«

»Staatsgeheimnis, Senator.«

»Heißt das, Sie wissen es nicht, oder wollen Sie es mir nicht verraten?«

»Entweder – oder. Sagen Sie mir erst, warum Sie das interessiert.«

Er lachte. »Aber, aber!«

»Verzeihen Sie, Senator, aber ich habe Besseres zu tun, als in der Sonne zu sitzen und zuzuschauen, wie die Trauben reifen. Reden wir also offen miteinander! Das Geld wurde in einem Gewürzlager gehortet. Der Mann, der es dort versteckt hat, ist offenbar verschwunden; er war übrigens Helena Justinas Onkel.«

»Falsch!« konterte Crispus. »Er ist tot.«

»Tatsächlich?« fragte ich mit schnarrender Stimme und roch wieder den Verwesungsgeruch jenes Leichnams, den ich die Cloaca Maxima hinuntergespült hatte.

»Spielen Sie nicht Katz und Maus mit mir. Ich weiß, daß er tot ist. Der Mann trug einen auffallenden Ring; einen riesengroßen Smaragd, ziemlich geschmacklos.« Crispus trug nicht einmal für sein Bankett Schmuck. »Der bewußte Mann hat den bewußten Ring nie vom Finger gezogen. Und doch habe ich ihn gesehen, Falco. Man hat ihn mir gezeigt: heute abend, in diesem Haus.«

Ich glaubte ihm sofort. Er sprach von einem der Ringe, die Julius Frontinus, der Prätorianerhauptmann, von den aufgedunsenen Fingern der Leiche aus dem Lagerhaus gezerrt hatte. Er sprach von der Kamee, die ich verloren hatte.

Also war der Ring Barnabas in die Hände gefallen. Und Barnabas mußte heute abend hier in Oplontis gewesen sein.

Meine Gedanken überschlugen sich. Crispus hatte offenbar die Hoffnung nicht aufgegeben, doch noch an die von den Verschwörern gehorteten Silberbarren heranzukommen und mit deren Erlös seine eigenen Pläne zu fördern. Halb Latium und eine schnittige Jacht waren am Ende doch nicht genug, um sich das Wohlwollen aller Provinzen, des Senats, der Prätorianer *und* des wankelmütigen Pöbels auf dem Forum zu sichern ...

Um ihn von der Sinnlosigkeit seiner Pläne zu überzeugen, gab ich preis, was ich mir inzwischen zusammengereimt hatte: »Curtius Gordianus warnte Sie in seinem Brief vor Pertinax' Freigelassenem, einem gewissen Barnabas, der sich zum

Rächer seines Herrn aufgeschwungen hat. Dieser Barnabas war heute abend hier, nicht wahr?«

»Ja.«

»Und was wollte er? Sie etwa als Geldgeber für sein albernes Korngeschäft gewinnen?«

»Mir scheint, Sie haben mich nicht ganz verstanden, Falco«, meinte Crispus auf seine freundliche, gewinnende Art.

Er blickte mich forschend an. Ich kam mir vor wie ein Idiot, der durch Zufall auf ein wichtiges Indiz gestoßen ist, ohne dessen Bedeutung zu verstehen.

Crispus' Andeutung hatte ich tatsächlich nicht verstanden, aber ich bin kein Amateur, den seine eigene Unsicherheit zum Aufgeben verführt.

Wo immer sich der Kornhandel in dieses Rätselspiel fügte, würde Aufidius Crispus im Vordergrund stehen. Ich fragte mich, ob er – vielleicht zusammen mit Pertinax vor dessen Tod – sich eine kleine Variante der ursprünglichen Verschwörung ausgedacht hatte – einen Extratrick, von dem nur sie beide profitiert hätten. Ob Crispus immer noch hoffte, damit durchzukommen? War Barnabas heute abend hier gewesen, weil er sich an dem von Crispus und seinem Herrn ausgeheckten Schwindel beteiligen wollte? Und hatte der hilfsbereite, ehrliche Makler daraufhin beschlossen, daß Barnabas besser aufgehoben wäre, wenn er mir in einer feuchten Gefängniszelle seine Lebensgeschichte erzählte?

»Sie wissen, daß Barnabas als Mörder von Longinus gesucht wird? Wollen Sie ihn ausliefern, Senator?«

Ich wußte, daß Aufidius Crispus unter der leutseligen Fassade ein gefährlicher Mann war, der, wie die meisten seines Schlages, ebenso schnell ein lästiges Mitglied aus den eigenen Reihen wie einen Gegner auslöschen würde. Vielleicht sogar noch schneller. »Versuchen Sie's mal in der Villa Marcella«, schlug er ohne Zögern vor.

»Hab ich's mir doch gedacht! Ich habe keine Handhabe für eine Hausdurchsuchung, aber wenn das ein verläßlicher Tip ist, kann ich den Freigelassenen festnehmen ...«

»Meine Tips sind immer verläßlich.« Aufidius lächelte sein unbekümmertes Lächeln. Dann wurde sein Gesicht streng. »Allerdings rate ich Ihnen, Falco, sich auf eine Überraschung gefaßt zu machen!«

Damit war ich entlassen. Er hielt Vespasians ungeöffneten Brief in der Hand, und ich wollte ihm Gelegenheit geben, die Papyrusrolle zu lesen, bevor die Tinte verblaßte oder die Käfer sich darüber hermachten. Die Klinke schon in der Hand, wandte ich mich noch einmal um.

»Ein Wort zu Ihrem Freund Maenius Celer. Ich habe ihn geschlagen, weil er eine Dame belästigt hat.«

»Das sieht ihm ähnlich!« Crispus zuckte die Achseln. »Er meint es nicht böse.«

»Sagen Sie das der Dame!«

Überrascht blickte Crispus auf. »Was denn? Camillus' Tochter? Aber sie sah doch ...«

»... ganz makellos aus? Nun, das tut sie immer.«

»Ist das eine offizielle Anklage?«

»Nein«, knurrte ich geduldig. »Das ist die Erklärung dafür, warum ich Ihren Freund geschlagen habe.«

»Worauf wollen Sie nun eigentlich hinaus, Falco?«

Ich hätte es ihm nicht erklären können.

Er war ein ebenso kluger wie umsichtiger Spekulant. In einem offenen Wettstreit mit den Flaviern hätte ich womöglich ihm meine Stimme gegeben. Aber ich wußte, daß der altmodische, strenge Vespasian (der wie ich der Meinung war, daß es nur dann Spaß macht, mit einer Frau ins Bett zu gehen, wenn sie einverstanden ist) die angeblich harmlosen Eskapaden eines Maenius Celer aufs schärfste verurteilt hätte. Und ich hatte die Erfahrung gemacht, daß Männer, die meine Ansichten über Frauen teilten, auch im politischen Leben die zuverlässigeren Partner waren. Woraus folgt, daß Aufidius Crispus sich soeben meine Stimme verscherzt hatte.

Unser Gespräch war sinnlos geworden.

LIV

Helena war verschwunden. Ich hätte sie gern gesucht, hatte aber Aufidius Crispus versprochen, in der Kolonnade zu warten. Ziellos schlenderte ich über die Terrasse. Erst als das Stimmengewirr des Haupthauses hinter mir verklungen war und nur noch ein paar vereinzelte Lampions die Dunkelheit erhellten, blieb ich an einem schmalen Pier stehen, der weit in die Bucht hinausragte.

Ich lauschte dem Plätschern der Wellen. Seit Crispus mich als seltsamen Kurier bezeichnet hatte, wußte ich, daß er mich trotz seiner Verbindlichkeit für einen Schwachkopf hielt. Solange Vespasian mich weiterbeschäftigte, würde Crispus seine Verachtung auch auf ihn ausdehnen.

Crispus gegenüber war ich ohnmächtig gewesen. Plötzlich verlor ich allen Glauben an mich. Ich sehnte mich nach einem Menschen, der mich getröstet hätte, aber nun, da Helena sich von mir getrennt hatte, war ich ganz allein.

Rasche Schritte erklangen auf den Stufen vorm Haus. Crispus kam aus dem Hauptgebäude. Ich konnte ihn sehen, aber nicht einholen, dazu hatte er es zu eilig.

Ich hätte ihm natürlich nachrufen können. Aber es wäre sinnlos gewesen. Er machte keine Anstalten, in der Kolonnade nach mir zu suchen. Seine Entscheidung war gefallen: Vespasians Brief würde unbeantwortet bleiben. Ich hatte geglaubt, der Mann würde sich von seinem Vorhaben abbringen lassen. Der Bote, der diese heikle Aufgabe zuwege bringen konnte, war jedenfalls nicht ich.

Ich gebe nicht so leicht auf. Ich nahm die Beine in die Hand und setzte ihm nach.

Im Haus ging inzwischen alles drunter und drüber. Ich fand niemanden, der noch so weit bei Sinnen war, daß er mir hätte sagen können, welchen Weg Crispus genommen habe. Vielleicht wollte er Aemilia Fausta abholen? Ich ging wieder ins Triklinium. Sie war da, aber immer noch allein.

Diesmal entdeckte sie mich. »Didius Falco!«

»Mein Fräulein ...« Ich stieg über die flach hingestreckten Gestalten etlicher junger Herren, die ihrer aristokratischen Konstitution heute abend entschieden zuviel zugemutet hatten. »Haben Sie Crispus gesehen?«

»Schon eine ganze Weile nicht mehr«, gestand Fausta mit einem Blick, aus dem deutlich der Argwohn spanischen Tänzerinnen gegenüber sprach. Beim Gedanken an mein eigenes klägliches Versagen empfand ich Mitleid und setzte mich zu ihr. »Sie sehen bedrückt aus, Falco!«

»So fühle ich mich auch!« Ich stützte die Ellbogen auf und rieb mir die Augen. »Ich habe mir Ruhe verdient. Ich will nach Hause, heim zu einer liebevollen Frau, die mich mit einem Becher Milch ins Bett packt!«

Fausta lachte. »Muskat oder Zimt? In der Milch, meine ich.«

Widerstrebend lachte ich mit. »Eher Muskat.«

»O ja, Zimt wird klumpig, wenn er lange steht ...« Wir hatten nichts gemeinsam. Das Geplänkel erstarb.

»Haben Sie Helena Justina gesehen?« Ich wollte Helena erzählen, was passiert war, und fragen, was sie davon hielt.

»Oh, Helena ist mit meinem Bruder weggegangen. Es sah mir nicht so aus, als ob Dritte willkommen gewesen wären«, warnte Fausta, als ich wie elektrisiert aufsprang. In meiner Luftröhre saß plötzlich ein Knoten; ich versuchte, mir nichts anmerken zu lassen. Die Schwester des Magistrats lächelte mich so sanft an wie eine hungrige Seeanemone. Und als sei ich eine zappelnde Krabbe. »Helena Justina wird nicht erfreut sein, wenn Sie dazwischen platzen ...«

»Sie ist's gewohnt. Ich hab mal für sie gearbeitet.«

 »O Falco, nun seien Sie doch nicht so naiv!«

»Wieso?« würgte ich, immer noch im leichten Plauderton, heraus. »Was hat sie denn für ein Geheimnis?«

»Sie schläft mit meinem Bruder«, verkündete Fausta triumphierend.

Ich glaubte ihr nicht. Ich kannte Helena besser. Es gab viele Männer, an denen sie Gefallen finden mochte, aber bildschöne, schlanke, blonde, erfolgreiche Magistrate – die ihre Tischdamen bei Festbanketten wie Luft behandelten – waren nicht ihr Typ. Dessen war ich mir sicher.

In dem Moment betraten Helena und Aemilius Rufus den Raum

Und auf einmal glaubte ich es doch.

LV

Er hatte den Arm um sie gelegt. Entweder mußte Helena aus irgendeinem Grund gestützt werden, oder der Magistrat hielt sie gern im Arm. Ich konnte es ihm nicht verargen; mir ging es mit Helena genauso.

Als Rufus in seiner safrangelben Festtagsrobe hereingerauscht kam wie ein schillernder Krokus, neigte er sein goldenes Haupt zu ihr hinunter und flüsterte ihr eine Zärtlichkeit ins Ohr. Der einzige Fluchtweg führte dicht an ihnen vorbei; also blieb ich stehen, wo ich stand, und warf trotzig den Kopf zurück. Nun flüsterte Helena Rufus etwas zu; dieser gab mir einen Wink.

Ich blieb ganz kühl und trat auf sie zu.

Aemilius Rufus ödete mich mit seinem unbeschwerten, nichtssagenden Lächeln an. Ich machte mir nicht die Mühe, ihm den Mund zu verschandeln. Kein Grund, sich die Knöchel wundzuschlagen. Wenn es das war, was Helena Justina wollte, dann war jede Szene sinnlos. Er hatte den Rang (was mich kalt ließ), aber er hatte auch die Frau. Ich konnte nur den kürzeren ziehen.

Helena blieb stumm und hielt den Blick gesenkt; Rufus übernahm die Führung: eine starke Frau, die sich von einem Durchschnittsmann unterbuttern läßt. Sie warf sich weg an diesen Laffen. Aber das tun ja die meisten.

»Wie ich höre«, sagte Rufus, »fungieren Sie von Zeit zu Zeit als Helenas Leibwächter. Nun, sie braucht Sie jetzt!« Seiner betont lässigen Art nach mußte er irgendeine Katastrophe vertuschen, von der ein so niederes Subjekt wie ich nichts zu wissen brauchte.

Ich hasse es, wenn man mich von oben herab behandelt. »Bin für die nächste Zeit völlig ausgebucht.«

Helena wußte, wann ich wütend war, besonders, wenn mein Zorn ihr galt. »Didius Falco! Wir haben heute abend etwas erfahren, was ganz unglaublich klingt. Aber wenn es wahr ist ... ich *muß* mit dir sprechen ...« Ein paar Nachtschwärmer tauchten auf und drängten uns grölend beiseite. »Aber nicht hier ...« stammelte sie hilflos.

Ich zuckte die Achseln. Ich wollte sowieso gerade gehen. Da Crispus Aemilia Fausta auf seiner

Jacht heimbringen wollte, war ich für den Rest der Nacht mein eigener Herr.

Rufus ließ Helena los. »Ich kümmere mich um deine Sänfte.«

Er verließ den Raum. »Du hast dich ja schnell getröstet!« giftete ich Helena an. Im Schein der Lampen glänzten ihre Augen so dunkel wie schwarze Oliven; bei meiner gefühllosen Stichelei schlug sie sie mit einem so verzweifelten Blick zu mir auf, daß mich unverhofft die Reue überkam.

Helena ging eilig hinter dem Magistrat her; ich schloß mich an. Als wir ins Atrium kamen, bedeutete uns Rufus, daß er alles Nötige veranlaßt habe, und wandte sich dann einer anderen Gruppe zu. Bestimmt dauert diese Affäre schon lange, dachte ich verbittert. Wir warteten draußen, wo eine Brise vom Meer herauf wehte und es friedlicher war.

Die Luft war merklich abgekühlt, aber immer noch angenehm. Selbst ich mußte zugeben, daß der Golf von Neapolis eines der schönsten Fleckchen auf der Karte des Imperiums war.

Es war eine laue, schöne Nacht, und ich konnte nichts weiter damit beginnen, als die friedvolle Stimmung mit der Frau an meiner Seite zu teilen – die sich einst so geheimnisvoll zärtlich an mich geschmiegt hatte, heute aber wieder ganz sie selbst war: die Tochter eines Senators und die Geliebte eines Magistrats. Welten trennten sie von einem Niemand wie mir.

Ihre Sänfte ließ eine Ewigkeit auf sich warten.

»Wie ist es mit Crispus gegangen?« fragte sie tonlos, als das Schweigen allzu bedrückend wurde.

»Ich konnte ihn nicht überzeugen.«

»Was wird er jetzt tun?«

»Ich weiß nicht.«

»Vielleicht weiß er es selbst noch nicht.« Sie sprach ruhig, nachdenklich. Ich ließ sie reden. »So ist er nun mal. Er entscheidet aus einer Laune heraus und ändert seine Meinung ganz unvermittelt wieder. Einmal hat er sich mit Pertinax über Pferde unterhalten. Nach langem Hin und Herr als sich endlich alle darauf geeinigt hatten, auf wen sie wetten wollten, kaprizierte Crispus sich urplötzlich auf ein anderes Pferd.«

»Und? Hat er gewonnen?«

»Nein, das war ja das Verrückte. Er hat sogar meist viel Geld verloren. Er begriff einfach nicht, wie gut Pertinax sich mit Pferden auskannte.«

Unwillkürlich war mein Interesse geweckt. »Machte es ihm etwas aus, zu verlieren?«

»Nein. Geld oder das Gesicht zu verlieren – das hat ihn noch nie geschreckt.«

»Auch die Politik ist ihm anscheinend bloß ein Spiel. Eine Zerstreuung. Ihn treibt nicht die Empörung über irgendeine Ungerechtigkeit, ja nicht einmal wirklicher Ehrgeiz! Gordianus war viel leidenschaftlicher bei der Sache! Wenn das Schlimmste, was Crispus dem Kaiser vorwirft, ist, daß Vespasian damals in Afrika das Geld ausging, dann nagt gewiß keine unbezwingliche Eifersucht an ihm ...« Die Ruhe, die Helena ausstrahlte, half mir, das Problem für mich zu analysieren. »Man könnte ihn vielleicht umstimmen. Er hat Talent; er sollte eine angemessene Position bekommen. Aber der Kaiser hat den Falschen geschickt, um ihn zurückzugewinnen. Crispus hält mich für ungefähr so bedeutend wie ein Löckchen in einem Lämmerschwanz; und er hat recht damit ...«

»O nein, das hat er nicht!« Ihre Stimme kam wie von sehr weit her. »Du schaffst es, Falco. Du schaffst es bestimmt!« Plötzlich wandte sie sich mir zu und lehnte sich an mich. »O Marcus, ich halte das alles nicht aus – Marcus, nimm mich in den Arm! Bitte, nur einen Augenblick ...«

Ich machte mich schroff von ihr los.

»Die Frauen anderer Männer haben zwar gewisse Reize – aber Sie müssen schon entschuldigen, ich bin heute abend nicht in Stimmung!«

Sie stand aufrecht wie eine Lanze, und ich hörte sie erschrocken nach Luft ringen.

Ich hatte mich selbst schockiert.

Zeit zum Aufbruch. Träger in der Marcellus-Livree kamen mit ihrer Sänfte herbeigeeilt. Rufus war nirgends zu sehen.

»Zwei Dinge wollte ich dir sagen«, flüsterte Helena. »Mit einem muß ich selber fertig werden. Aber ich bitte dich, mich zur Villa zu begleiten ...«

»Warum kann das nicht dein hübscher Freund besorgen?«

»Weil ich dich dabei haben möchte.«

»Und warum sollte ich wieder für dich arbeiten?«

Sie blickte mir fest in die Augen. »Weil du ein Profi bist und weil du siehst, daß ich Angst habe!«

Ich *war* ein Profi. Das vergaß sie nie. Manchmal wünschte ich, sie würde es tun.

»Also gut. Zu den üblichen Bedingungen«, antwortete ich leise. »Wenn ich dir eine Anweisung gebe, dann befolgst du sie ohne Widerrede. Und um wirklich etwas ausrichten zu können, muß ich wissen, wovor du dich fürchtest.«

»Vor Gespenstern.«

Damit ging sie zu ihrer Sänfte, ohne sich noch einmal umzublicken. Sie wußte, daß ich ihr folgen würde.

Es war eine einsitzige Sänfte. Ich mußte die zwei Meilen bis zur Villa hinterhertippeln; Zeit genug, mich in meinen Zorn auf Rufus hineinzusteigern.

Helena hatte vier Sänften- und zwei dralle kleine Fackelträger, und alle sechs machten ein Gesicht, als wüßten sie genau, warum Ihre Durchlaucht mich mitbrächte. In den Weinbergen passierten wir viele lauschige Fleckchen, wo es sich angeboten hätte, Rast zu machen und die Aussicht zu bewundern. Ich ertrug zähneknirschend die Verachtung der Träger, als wir nirgends anhielten und sie ihren Irrtum erkannten.

Das Haus lag still im Finstern.

»Laß mich vorausgehen!« Ich war wieder ihr Leibwächter, und so hielt sie sich dicht hinter mir, nachdem ich ihr aus der Sänfte geholfen hatte. Ich ließ sie erst ins Haus eintreten, nachdem ich mich davon überzeugt hatte, daß alles ruhig war. Hier auf dem Land brauchte man keinen Portier zu rufen; die hohen Flügeltüren waren weder abgesperrt noch verriegelt.

»Komm mit, Falco, wir müssen unbedingt etwas besprechen!«

Auf den Fluren brannten kleine Tonlämpchen, aber wir begegneten nirgends einer Menschenseele. Wir machten im Obergeschoß vor einer schweren Eichentür halt, hinter der ich ihr Schlafzimmer vermutete. »Hör zu«, sagte ich kurz angebunden. »Ich kann in Streitstimmung nicht arbeiten. Eine Klientin zu beschimpfen war unprofessionell; ich bitte um Entschuldigung.« Dann öffnete ich die Tür, ohne ihre Antwort abzuwarten, und schob sie mit sanftem Druck über die Schwelle.

Der kleine Vorplatz bot eine Schlafnische für eine Sklavin, aber Helena war nicht der Typ, der die ganze Nacht über Dienstboten um sich behielt. Das Schlafzimmer hinter den geschlossenen Portieren war erleuchtet, aber als ich die Tür hinter uns geschlossen hatte, standen wir praktisch im Dunkeln. Ich sagte etwas Banales wie: »Findest du dich zurecht?« Dann streifte ich im Finstern Helena Justina, die sich mir zugewandt hatte. Ich mußte also rasch entscheiden, ob ich ehrerbietig zurücktreten solle – oder nicht.

Die Entscheidung fiel von selbst. Es wurde ein langer Kuß, mit einer Menge angestauter Frustration meinerseits, und falls ich wirklich glaubte, daß sie mit dem Magistrat schlief, dann mag man sich wundern, warum ich es so weit kommen ließ.

Ich wunderte mich selber. Aber ich hatte nichts dagegen, Ihrer Durchlaucht zu beweisen, daß ihr, egal was sie anderswo finden mochte, in der rohen Umarmung ihres Leibwächters Besseres geboten würde ...

Als ich anfing zu glauben, daß ich sie überzeugt hätte, fiel drüben im Schlafzimmer krachend eine metallene Lampe zu Boden.

LVI

Bebend vor Erregung stürmte Helena als erste ins Schlafzimmer. Ich sah gerade noch, wie jemand durch eine Geheimtür entwischte: schmaler Körperbau, dünne Beine, helles Haar und Kinnbart, gehüllt in eine weiße Tunika – ein Gestalt, die mir irgendwie bekannt vorkam. Beinahe hätte ich ihn erwischt; wir waren beide gleichermaßen überrascht, aber mir lief die Galle über, weil er der Dame aufgelauert hatte.

Ich mußte ihn laufenlassen. Ich mußte, weil Helena, kaum daß sie in ihr Schlafzimmer gerannt war, einen Schrei ausstieß und in Ohnmacht fiel.

Ich konnte sie gerade noch auffangen; sie war unverletzt. Ich trug sie aufs Bett, griff nach einer Tischglocke und läutete stürmisch; dann rannte ich hinaus auf den Balkon. Der Mann war wie vom Erdboden verschluckt. Ich sauste zurück auf den Innenkorridor und schrie aus Leibeskräften um Hilfe.

Helena kam wieder zu sich. Unter besänftigendem Gemurmel beugte ich mich über sie, öffnete ihren Gürtel und nestelte das blaublitzende Geschmeide an ihrem Hals auf; sie wehrte benommen ab. Unter den schweren Lapislazuli trug sie ein hauchzartes Kettchen, das bis tief in ihren Ausschnitt reichte. Ich zog es heraus und erwartete ein Amulett.

Wie töricht von mir: Helena wurde mit dem bösen Blick ganz allein fertig. Der Anhänger an dem Kettchen war mein silberner Ring. Instinktiv griff sie danach und ließ ihn nicht mehr los.

Mein Lärmen hatte das Personal alarmiert; aufgeregt stürzten ihre Mägde ins Zimmer. Ich drängte mich an ihnen vorbei, überließ alle Erklärungen Helena und machte mich an die Verfolgung des Eindringlings. Für mich stand fest: Es konnte nur Barnabas gewesen sein.

Ich hetzte hinüber zu den Stallungen, überzeugt, ihn hier zu finden. Der Trainer Bryon erschien in höchster Verwirrung. Er war ein ziemlich kräftiger Mann, doch bevor er wußte, wie ihm geschah, hatte ich ihn an beiden Armen gepackt und mit dem Hinterkopf gegen einen Pfosten geschlagen.

»Wo ist er?«

Seine Augen richteten sich unwillkürlich auf den Bau, wo die Rennpferde untergebracht waren. Ich setzte im Laufschritt über den Hof. Der reizbare Champion Ferox scheute, bäumte sich auf und trommelte mit den Hufen gegen die Holzverschalung, aber sein Kamerad, dieser zerzauste Flederwisch, wieherte mir freudig entgegen. Ich blickte verzweifelt in die Runde. Dann sah ich es: Ein windiges Holztreppchen führte neben der Box des abgehalfterten Kleppers zu einer Bodenkammer hinauf. Ohne zu überlegen, stürmte ich nach oben. Der Freigelassene hätte mir leicht den Schädel einschlagen können, als ich die Luke aufstemmte; zum Glück war er nicht da.

»Alle Achtung!«

Es war der bestausgestattete Heuboden, den ich je gesehen hatte: ein Gitterbett, ein Elfenbeintisch, ein Amor, der eine Muschellampe hielt, ein Weinregal, die Überreste eines dreigängigen Menüs auf einem Silbertablett, Olivenkerne, verstreut wie Karnickellosung – ein *schlampiger* Bewohner ... der durch Abwesenheit glänzte.

Der grüne Unglücksmantel hing an einem Kleiderhaken neben dem Bett.

Bryon versuchte Ferox zu beruhigen, als ich in den Stall hinunterkam.

»Ich suche immer noch nach Barnabas – aber jetzt weiß ich, daß er hier ist!«

Ohne Zweifel hatte man die Dienstboten angewiesen, den Freigelassenen nicht zu erwähnen. Bryon warf mir einen finsteren Blick zu. »Er kommt und geht. Meistens geht er; jetzt ist er wieder weg.«

Ferox scheute aufs neue, und Bryon behauptete, ich würde das Pferd ängstigen. »Wir können das auf angenehme Art regeln, Bryon – oder auch anders!«

»Ich weiß wirklich nicht, wo er steckt, Falco – vielleicht bei dem Alten. Aber von mir haben Sie das nicht – so was kann mich Kopf und Kragen kosten ...«

»So wie ich Barnabas kenne, stimmt das!«

Ich rannte hinaus.

Ich wußte, daß ich kaum eine Chance hatte, ihn aufzuspüren, aber wenn Marcellus und er miteinander im Bunde waren, bestand wenigstens die Hoffnung, daß der Freigelassene sich hier sicher fühlen und also auf dem Anwesen bleiben würde.

Ich durchkämmte den ganzen Gutshof und scheuchte sogar die Hühner auf; dann suchte ich das Haus ab. Diesmal sollte jeder merken, daß ich Bescheid wußte. Ich stürmte in unbewohnte Salons, schloß Dachkammern auf, drang in die Bibliothek ein. Ich stellte Gästezimmer auf den Kopf. Ich betatschte die Latrinenschwämme und zählte nach, wie viele davon feucht waren. Ich fuhr mit dem Finger über die Sitzpolster im Speisezimmer und prüfte, welche Staub angesetzt hatten und welche nicht. Nicht einer der triefäugigen Sklaven, die ich aus ihren Verschlägen trommelte, konnte jetzt noch behaupten, er wisse nichts von einem dünnen, bärtigen Mann im Hause seines Herrn oder habe noch nicht gehört, daß der übellaunige Kurier des Kaisers nach ihm fahnde. Sie krabbelten einer nach dem anderen heraus und standen halb nackt herum, bis die ganze Villa taghell erleuchtet war: Wo immer er sich versteckt hatte, jetzt saß er unweigerlich dort fest.

Ich hieß die Sklaven Truhen vorrücken und leere Fässer umkippen. Wenn ich mit meiner Untersuchung fertig war, würden sie mindestens eine Woche brauchen, um wieder Ordnung zu schaffen. Es gab nicht einen Ballen schmutziger Wäsche, dessen Verschnürung ich nicht mit meinem Messer aufgeschlitzt hätte, und keinen Sack Getreide, gegen den ich nicht so lange trat, bis er platzte. Mit einem Beutel Hühnerfedern, die als neue Kissenfüllung vorgesehen waren, ließ sich eine herrliche Schweinerei veranstalten. Katzen stoben jaulend vor mir davon. Die Tauben auf dem Dach trippelten im Finstern von einem Fuß auf den anderen und gurrten verstört.

Schließlich landete ich in dem Wohnraum, wo Helena und Marcellus schweigend beisammensaßen, ganz erschlagen von der Verwüstung, die ich angerichtet hatte. Helena trug einen langen Wollschal fest über die Brust gebunden. Ich legte ihr noch eine Stola über die Knie.

»Haben Sie ihn gefunden?« fragte der Konsul und gab endlich das Versteckspiel auf.

»Natürlich nicht. Ich bin fremd hier, und er kennt Ihre Villa in- und auswendig. Aber er ist hier! Ich hoffe bloß, er liegt zusammengekrümmt in einem Backofen, das Gesicht in der Asche und einen Schürhaken im Ohr! Und wenn er jetzt anfängt, Ihre Schwiegertochter zu bedrohen, dann wünschte ich, jemand würde den Ofen anzünden, solange er noch drin ist!«

Ich ließ mich neben Helena Justina auf ein Knie nieder. Marcellus konnte der Blick, mit dem ich sie ansah, nicht entgangen sein. Aber das war mir jetzt egal. »Hab keine Angst. Ich lasse dich nicht allein!«

Ich spürte ihren mühsam unterdrückten Zorn, als sie sich jetzt Marcellus zuwandte; ihre Stimme bebte vor Entrüstung. »Das ist ungeheuerlich!« Es schien, als habe sie auf meinen Beistand gewartet, bevor sie den Alten angriff. »Ich kann's kaum fassen – was hatte er in meinem Zimmer zu suchen?«

»Dummheit. Hast du ihn erkannt?« fragte der Konsul vorsichtig.

»Und ob!« zischte Helena. Ich hatte das merkwürdige Gefühl, daß ihre Antwort Marcellus mehr sagte als mir. »Ich nehme an, er wird mit mir sprechen wollen. Aber heute abend will ich ihn nicht sehen – ich bin zu angegriffen. Er soll morgen kommen und sich anmelden lassen vorher, wie sich das gehört!«

 Ich sprang auf. »Helena Justina«, das kommt nicht in Frage!«

»Mischen Sie sich nicht ein, Falco!« brauste der Konsul auf. »Sie haben hier nichts verloren. Verlassen Sie mein Haus!«

»Nein, Falco bleibt«, gab Helena in ihrer überlegenen Art zurück. »Er arbeitet für mich.« Die beiden trugen einen stummen, nur mit Blicken geführten Kampf aus, aber Helena hatte so ruhig und bestimmt gesprochen, daß mit ihrem Einlenken nicht zu rechnen war.

Verärgert rutschte der Konsul auf seinem Sitz hin und her. »Helena ist hier nicht in Gefahr, Falco. Niemand wird mehr ihre Privatsphäre verletzen.«

Ich wollte losbrüllen, daß Barnabas schließlich ein Mörder sei, aber womöglich hätte ihn das erst recht zum Äußersten getrieben.

Helena schenkte mir ein mattes Lächeln. »Was heute nacht geschehen ist, war zwar ein Fehler, aber ungefährlich für mich«, sagte sie. Ich widersprach nicht mehr. Ein Leibwächter hat die Aufgabe, Angreifer abzuwehren; die Erklärung ihrer niederträchtigen Motive überläßt man besser den liberalen Philosophen.

Ich machte Marcellus klar, daß Helena erschöpft sei und ich fest entschlossen war, sie bis auf ihr Zimmer zu begleiten.

In Helenas Schlafzimmer drängten sich die Dienstboten. Um ihrer Sicherheit willen, war mir das recht. Im übrigen war die Lage jetzt so ernst, daß ich mir neckische Flausen – wie Helena auf dunklen Vorplätzen zu küssen – verkneifen mußte.

Ich geleitete sie über die Schwelle und zwinkerte ihr dann aufmunternd zu. Dem Klienten das *Gefühl* der Sicherheit zu vermitteln war Teil meiner erstklassigen Serviceleistungen. »Siehst du, ganz wie in alten Zeiten!«

»Ich bin so froh, daß du da bist!«

»Schon gut. Du brauchst Ruhe. Wir reden morgen weiter. Aber ich bin strikt dagegen, daß du Barnabas triffst.«

»Wenn es sein muß, werde ich ihn empfangen ...« Sie stockte. »Du weißt noch nicht alles über ihn, Marcus ...«

»Dann sag's mir!«

»Erst, wenn ich ihn gesprochen habe.«

»Aber du wirst nicht mit ihm sprechen. Ich dulde nicht, daß er dich noch einmal belästigt!« Sie rang zornig nach Luft, doch dann trafen sich unsere Blicke, und sie beruhigte sich wieder. Ich schüttelte den Kopf und sagte zärtlich: »Ach, Prinzessin, ich bin mir nie sicher, ob du nun meine Lieblingsklientin bist – oder bloß die streitsüchtigste!«

Sie fuhr mit den Fingerknöcheln über die Nase wie ein Kätzchen, das seinen Herrn genervt hat und sich nun wieder einschmeicheln will. Ich grinste und zog mich zurück; sie trug immer noch das golddurchwirkte Netz über dem Haar, mit dem sie so jung und schutzbedürftig aussah. Ihre Zofen umschwirrten sie, um ihr beim Auskleiden zu helfen, und ich redete mir ein, wir ständen wieder so gut miteinander, daß Helena Justina mit Freuden ihre Frauen entlassen und mich bei sich behalten hätte.

Die ganze Nacht streifte ich ums Haus und hielt Wache. Sie würde es nicht anders erwarten.

Barnabas ließ sich nicht mehr blicken, und doch trat ich beherzt auf, in der Hoffnung, er würde meinen furchterregenden Stechschritt hören können, während ich unermüdlich nach ihm Ausschau hielt.

LVII

Am nächsten Morgen brachte ich Helena nach Oplontis und ließ sie dort in der Obhut von Petronius und Silvia, während ich nach Herculaneum zurückkehrte, um meine Sachen zu holen.

»Sie sehen verärgert aus. Das ist doch hoffentlich nicht meine Schuld!« kicherte Aemilia Fausta mit mädchenhafter Schadenfreude. Ich war die ganze Nacht auf gewesen, und nach dem Stündchen Schlaf, das ich mir während Helenas Frühstück gegönnt hatte, erst recht wie zerschlagen. Ich war per Anhalter auf einem Mistkarren hergekommen; meine unzähligen Flohbisse konnten das beweisen; im übrigen hätte meine Galle die aufgeplatzten Soleier, die man im Hause Aemilius zu Mittag reichte, heute bestimmt nicht vertragen.

Aemilia Fausta, die am liebsten vor aller Welt damit geprahlt hätte, daß sie letzte Nacht von dem berühmten Aufidius Crispus heimgebracht worden war, entschuldigte sich scheinheilig dafür, mich sitzengelassen zu haben. »Ich konnte

Sie leider nicht finden, Falco, sonst hätte ich Sie natürlich in meine Pläne eingeweiht ...«

»Ihre Pläne kenne ich schon; gestern hat Crispus mir seine genannt.« Fausta hätte sich für ihre Koketterien keinen schlechteren Zeitpunkt aussuchen können. »Keine Sorge«, knurrte ich. »Die Frauen auf dem Fest haben sich nur so um mich gerissen ... Und Sie? Auf der *Isis* heimgesegelt, hm? Es ist doch hoffentlich nichts Unschickliches geschehen?«

Fausta beteuerte leidenschaftlich, es sei alles ganz harmlos gewesen (was natürlich das Gegenteil nahelegte). Ich konnte mir nicht vorstellen, daß ein Junggeselle, allein mit ihr auf einer Luxusjacht, die Gelegenheit ungenutzt lassen würde.

»Mein Fräulein, beherzigen Sie in Zukunft die Regel: Folge dem Ruf der Natur und entschuldige dich hinterher bei der Kapelle!«

Zum Glück hörte man in just dem Augenblick, daß in der Küche wieder einmal die Fetzen flogen, und so mußte sie abrauschen, um die Hausfrau zu spielen. Sie sah ganz aus wie eine Frau, die eine Küchenmagd zusammenstauchen konnte.

Voll Ingrimm zog ich dem Hausverwalter meinen Lohn aus der Nase und machte mich dann auf die Suche nach Fausta, um mich zu verabschieden.

»Meine Musikstunden werden mir fehlen!« klagte sie, freilich in ganz munterem Ton. Sie griff nach der Kithara (die Crispus, ganz Kavalier, offenbar ebenfalls auf seiner Jacht heimbefördert hatte) und klimperte drauflos wie eine Muse, die von Apollo in einem Privatissimum belehrt worden ist. Ich konnte mir eine Bemerkung über diese nervenaufreibende Vitalität nicht verkneifen.

»Soll das heißen, Aufidius Crispus hat sich wieder mit Ihnen ausgesöhnt?« Ich hoffte zwar immer noch, daß er Fausta den Laufpaß gegeben hatte, aber allzu zuversichtlich war ich nicht mehr; er war im Umgang mit Frauen offenbar ebenso wankelmütig wie mit Pferden – und wie vielleicht auch in der Politik.

Fausta lispelte affektiert: »Falls Aufidius Crispus den Purpur erringen sollte, dann wäre natürlich auch Platz für eine Kaiserin an seiner Seite ...«

»Oh, natürlich!« schnarrte ich. »Und zwar eine, die vor lauter Herzensgüte keinen Einwand erhebt, wenn er sich mit leicht geschürzten Tänzerinnen amüsiert! Aber er wird ihn *nicht* erringen – weil nämlich Leute wie ich sich eher von den Furien in Stücke reißen lassen, als daß es soweit kommt! Aemilia Fausta, wenn es Ihnen um einen ehrenvollen Platz in der Gesellschaft zu tun ist, dann sollten sie jemanden wie Caprenius Marcellus heiraten und ihm einen Erben schenken ...« (Daran sieht man, für welche Klientel ich normalerweise arbeite.) Eigentlich wollte ich es Faustas Phantasie überlassen, herauszufinden, wie die Mutterrolle angesichts der angegriffenen Gesundheit des Konsuls und seines hohen Alters wohl zu erringen sei, aber sie schaute so selbstgefällig drein, daß ich zur Strafe deutlicher wurde: »Bringen Sie ihn dazu, seinen Namen unter einen Ehevertrag zu setzen. Dann suchen Sie sich einen Wagenlenker oder einen Masseur, der Ihnen hilft, einen alten Mann sehr glücklich zu machen – und richten sich auf eine lange und reiche Witwenschaft ein!«

»Sie sind abscheulich!«

»Nur praktisch.«

Meine Gardinenpredigt über Crispus hatte sie
aus dem Gleichgewicht gebracht. Ihr Kopf beugte sich über die Kithara; das ausgebleichte, zu einem makellosen Chignon geschlungene Haar sah aus wie starrer neuer Lack auf einer Steinbüste. »Sie werden mich also verlassen ... Ich hörte von meinem Bruder, daß Sie jetzt für Helena Justina arbeiten.«

Unsere Blicke trafen sich, und wir dachten beide an das letzte Mal, da Fausta ihren Bruder und Helena in einem Atemzug genannt hatte.

Ich sagte vorsichtig: »Ich glaube, Sie haben sich geirrt.«

»So? Worin denn?«

»Ihr Bruder«, sagte ich ruhig, »hat *kein* Verhältnis mit Ihrer Freundin.« Ich war mir meiner Sache sicher. Der Magistrat hatte Helena auf dem Bankett mit einem flüchtigen Winken verabschiedet. Ihm sah das ähnlich. Aber ich wußte zufällig, daß Helena einen Geliebten zum Abschied küßte.

»Dann muß es ein anderer sein!« So schnell gab Aemilia Fausta nicht auf. »Vielleicht«, meinte sie hinterhältig, »der Mann, vor dem Sie sie angeblich beschützen sollen?«

Die Frau war einfach lächerlich. Ich weigerte mich, auf einen so absurden Verdacht einzugehen.

Inzwischen war mir aufgefallen, daß meine neue Klientin mir heute morgen gar zu bereitwillig nach Oplontis gefolgt war, und meine Unruhe trieb mich zurück. Ich hatte mich nicht getäuscht. Helena Justina hatte nun einmal ihren eigenen Kopf. Kaum, daß ich nach Herculaneum aufgebrochen war, hatte sie sich unter einem Vorwand bei Silvia entschuldigt und war allein zur Villa Marcella zurückgekehrt.

Kein Zweifel: Sie suchte die Begegnung mit Barnabas.

Ich fand sie auf einer schattigen Terrasse auf dem Ruhebett ausgestreckt; sie stellte sich schlafend. Ich kitzelte sie mit einer Blume am Fuß. Sie schlug lammfromm die Augen auf.

»Entweder tust du, was ich sage, oder ich gebe den Auftrag zurück.«

»Ich tue doch immer, was du sagst, Falco.«

»Lüg mir nichts vor!« Ich war zu stolz, sie zu fragen, ob sie den Freigelassenen gesehen habe, und sie erwähnte ihn nicht. Es liefen auch zu viele Dienstboten herum, als daß man sich hätte vertraulich unterhalten können. Ich streckte mich hundemüde unter einer Buchsbaumhecke aus. »Ich muß ein bißchen schlafen. Rühr dich nicht von der Stelle, ohne mich zu wecken!«

Als ich aufwachte, war sie, ohne mir etwas zu sagen, ins Haus gegangen. Irgend jemand hatte eine Blume in den Riemen meiner rechten Sandale geflochten.

Ich stürmte durchs Haus, bis ich sie gefunden hatte.

»Gnädigste, Sie sind unmöglich!« Ich ließ die Blume in ihren Schoß fallen. »Das einzig Angenehme an diesem Auftrag ist, daß ich nicht mehr über diatronische Tonleitern reden muß.«

»Wärst du lieber in Herculaneum und würdest Harfenunterricht geben?«

»Nein. Ich bin lieber hier und beschütze dich – vor dir selber, wie gehabt!«

»Oh, hör auf, mich zu schikanieren, Falco«, rief sie vergnügt. Ich grinste sie an. Es war wunderbar: meine Lieblingsbeschäftigung.

TEIL V

Der Mann, den es nicht gab

Der Golf von Neapolis

Juli

»Komm zu mir, meine Galatea. Was soll dir das wüste, freudlose Meer? ... Sieh nur die bunten Blumen, die hier am Bach im Moose blühn! Sieh die lichte Pappel, die über meiner Höhle rauscht, und erquicke dich im kühlen Schatten der Reben. Komm zu mir und achte nicht der Wogen, die schäumend an die Küste branden.«

Vergil: NEUNTE EKLOGE

LVIII

Bis auf einen Schönheitsfehler konnte man die Villa Marcella als Feriensitz nur empfehlen. Sie war perfekt ausgestattet, bot das schönste Panorama im ganzen Reich, und wenn man die richtigen Beziehungen hatte, war der Aufenthalt sogar gratis. Ein Gast brauchte nur zu vergessen, daß er dieses noble Anwesen mit einem kaltblütigen Mörder teilte.

Ich hatte nicht die Absicht, Barnabas noch länger frei herumlaufen zu lassen. Am ersten Tag ging ich, während Helena und der Konsul sicher im Schutz ihrer Sklaven zu Mittag speisten, wieder in die Stallungen. Bryon machte kein Geheimnis daraus: »Er ist schon weg.«

Ein Blick auf den Luxusheuboden bestätigte das: Der Unterschlupf des Freigelassenen war unberührt. Nur sein Mantel war vom Haken verschwunden.

»Wo wollte er hin?«

»Keine Ahnung. Aber er kommt zurück. Was kann er auch sonst tun?«

»Etwas Gefährliches!« rief ich, heftiger als beabsichtigt.

Diese zweite Nacht verbrachte ich auf dem Balkon vor Helenas Schlafzimmer. Ich hatte sie nicht vorgewarnt, aber eine Zofe brachte mir ein Kissen; Helena wußte also Bescheid.

Wir frühstückten zusammen auf dem Balkon, wie Verwandte in der Sommerfrische; sehr merkwürdig. Dann nahm ich mir noch einmal die Ställe vor.

Diesmal kam ein besorgter Bryon mir schon auf dem Hof entgegen. »Falco, er ist die ganze Nacht nicht heimgekommen; das ist ungewöhnlich.«

Ich fluchte. »Dann ist er abgehauen!«

Der Trainer schüttelte den Kopf. »Der doch nicht. Hören Sie, ich bin doch nicht blöd. Erst ist er hier, aber niemand soll es wissen. Dann kommen Sie ... und jetzt fühlt er sich wohl in die Enge getrieben.«

»Sie haben's erfaßt. Bryon, ich muß endlich die Wahrheit wissen!«

»Dann warten Sie's ab. Der kommt zurück.«

»Hat er Ihnen Geld gegeben, damit Sie das sagen? Decken Sie ihn etwa?«

»Warum sollte ich? Ich bin hier geboren und habe geglaubt, ich gehöre zur Familie. Mein Fehler! Über Nacht hat man mich verkauft. Dann haben sie mich zurückgeholt, doch bloß wegen der Pferde. Ein zweifacher Schock, und beide Male hat man mir kein Wort gesagt. Oh, ich bin immer gut mit ihm ausgekommen. Aber so wie früher wird es nie wieder. Glauben Sie mir: Der taucht schon wieder auf.«

»Sie meinen, weil er auf den Alten angewiesen ist?«

Bryon lächelte grimmig: »Wohl eher umgekehrt!«

Mehr war nicht aus ihm herauszubekommen.

Er kam tatsächlich zurück. Und ich fand ihn. Doch bis dahin geschah noch eine ganze Menge.

An diesem Morgen wollte Helena Justina ein wenig Luft schnappen und begleitete den Gärtnerburschen, der täglich den Blumenkranz an der Herme am Grenzsaum des Anwesens wechselte. Natürlich begleitete ich sie. Plötzlich tauchten zwei Mietesel auf und mit ihnen Petronius Longus, Arria Silvia und ein Korb, der bis oben hin vollgestopft war mit Picknicksachen: ein generalstabsmäßig vorbereitetes Rendezvous.

Petronius hatte schon seit unserer Ankunft auf eine Gelegenheit gewartet, um mit mir eine Kneipentour machen zu können. Das war seine Chance! Wahrscheinlich bildete er sich ein, so ein richtiger Ausflug in der würzigen Bergluft würde mir guttun.

Ich war ärgerlich. »Wie stellst du dir das vor? Ich bin hinter einem Mörder her, der jeden Augenblick auftauchen kann. Da werde ich doch nicht im Gebirge rumkraxeln ...«

Helena schnitt mir das Wort ab. »Sei doch nicht so muffig! Ich bin dabei, also mußt du auch mitkommen.« Bevor ich noch was sagen konnte, hatte sie den Jungen heimgeschickt, mich mit gutem Zureden auf einen Esel verfrachtet und war selbst hinter mir aufgestiegen. Sie hielt sich an meinem Gürtel fest; ich mich an meinem Zorn. Mit Mühe.

Es war ein windstiller, dunstiger Morgen mit jenem fahlen, glasigen Himmel, der in der Campania meist einen drückend heißen Tag ankündigt. Petronius übernahm die Führung. Mein Esel war der störrischere von beiden, was sehr zur Erheiterung beitrug.

Wir ritten erst durch fruchtbares, schwarzglänzendes Ackerland und dann in die fruchtbaren Weinberge, die damals noch fast bis zum Gipfel des Vesuvius reichten und Bacchus zu seinem natürlichen Schutzpatron machten. Als unser Pfad sich höher und immer höher schlängelte und die Luft spürbar dünner wurde, begleitete uns schließlich nur noch der zähe, genügsame Besenginster. Zu der Zeit war der Vesuvius viel majestätischer als heute und gut doppelt so groß – ein behäbiger, üppig bebauter Berg.

Petronius Longus kehrte bei einem Winzer am Wegrand ein. Mir stand der Sinn jetzt nicht nach Trinken. Ich hatte immer schon einmal auf den Paß hinauf gewollt, wo Spartakus, der Führer des Sklavenaufstandes, einer Konsularmee getrotzt hatte und beinahe die Regierung gestürzt hätte; ich war genau in der richtigen Stimmung für einen kleinen Staatsstreich.

Helena kam mit mir.

Wir ritten so weit, wie das Gelände für den Esel gängig war; bis weit in den Niederwald hinauf, wo, wie ich gehört hatte, noch Wildschweine hausten. Als der Weg zu steil wurde, stiegen wir ab, banden unseren Grauschimmel an einen Baum und gingen zu Fuß in Richtung Gipfel. Das letzte Stück führte über eine Geröllhalde und war sehr beschwerlich; Helena blieb stehen.

»Zu anstrengend für dich?«

»Ein bißchen. Ich warte unten beim Esel auf dich.«

Sie kehrte um. Ich ging weiter. Ich hatte mir eingebildet, ich wäre gern ein Weilchen allein, aber sowie sie fort war, fühlte ich mich einsam.

Ich hatte den Gipfel bald erreicht, begutachtete das Panorama, entschied, das historische Erlebnis habe den Einsatz nicht gelohnt, und stieg wieder zu Helena hinab.

Sie hatte ein Cape ausgebreitet und saß, die Sandalen aufgebunden, gedankenverloren da. Als sie sich umblickte, ließ ich sie spüren, daß ich gewissermaßen Bestandsaufnahme machte. Sie trug ein lindgrünes Kleid, in dem sich sehr schön zeigte, daß sie etwas herzuzeigen hatte. Ihr Haar war gescheitelt und so zurückgekämmt, daß die Ohren freiblieben – genau, wie ich es früher so gern gehabt hatte. Falls sie unter meinem Blick errötete, merkte ich es ihr jedenfalls nicht an. Wie schade, daß ich mir nicht einreden konnte, sie hätte dieses hübsche Tableau eigens für mich inszeniert.

»Bist du bis zum Gipfel gekommen? Wie war's denn?«

»Oh, ein Kegel mit einer riesigen Felskuhle und gewaltigen, mit wildem Wein überwucherten Schründen. Dorthin hat die Rebellenarmee wohl fliehen können, nachdem Crassus sie aufgebracht hatte ...«

»Ist Spartakus eins deiner Idole?«

»Jeder, der gegen das System kämpft, ist für mich ein Held.« Ich war kurz angebunden, weil das alles im Moment unwesentlich schien. Wir hatten wahrhaftig Wichtigeres zu besprechen. »Willst du mir nicht endlich sagen, wozu diese Spritztour gut sein soll?«

»Ich wollte unbeobachtet mit dir sprechen.«

»Über Barnabas?«

»Ja und nein. Ich habe ihn gestern getroffen«, gestand Helena. »Es ging hochanständig zu. Wir saßen im Garten, und ich aß Honigkuchen. Er hatte mich dringend um ein Gespräch gebeten. Zum einen hat er nämlich kein Geld mehr ...«

Das machte mich wütend. »Du bist von seinem Herrn geschieden worden. Da hat er kein Recht, bei dir zu schnorren!«

»Nein«, sagte sie nach einer unbehaglichen Pause.

»Du hast ihm doch nicht etwa Geld gegeben?«

»Nein.« Ich wartete. »Die Lage ist ziemlich kompliziert«, sagte sie und klang ganz erschöpft. Ich brachte sie mit meinem strengen Ermittlerblick unnachsichtig weiter in Verlegenheit. »Aber ich bin vielleicht bald selber knapp ...«

Helena in finanzieller Bedrängnis, das konnte ich mir nicht vorstellen. Sie hatte von einer Verwandten Land geerbt, und nach der Scheidung hatte ihr Vater ihr einen Teil der Mitgift übereignet, die ihr Ex-Mann zurückzahlen mußte. Pertinax selbst hatte ihr ein kleines Vermögen in Form kostbarer Gewürze überschrieben. Sie war also reicher als die meisten Frauen, und Helena Justina war nicht der Typ, der sein Geld für Tiaren hinauswirft oder es an eine zwielichtige religiöse Sekte verschwendet.

»Falls du nicht vorhast, mit einem *sehr* anspruchsvollen Ballettänzer anzubandeln, kann ich mir nicht vorstellen, daß du pleite gehst!«

»Ach, weißt du ... aber lassen wir das. Ich möchte, daß du mir eine Frage beantwortest: Was ist in der Villa Poppaea passiert, was dich so aufgebracht hat?«

»Nichts von Bedeutung.«

»Hatte es mit mir zu tun?« bohrte sie unbeirrt weiter.

Gegen Helenas Eindringlichkeit war ich immer machtlos. Und so platzte ich heraus: »Schläfst du mit Aemilius Rufus?«

»Nein«, sagte sie.

Sie hätte antworten können: *Natürlich nicht; wie kannst du so etwas Törichtes denken?* Das hätte viel emphatischer geklungen, aber ich hätte ihr weniger geglaubt.

So glaubte ich ihr. »Vergiß die Frage. Hör zu,
wenn du das nächste Mal mit Barnabas Honigkuchen schnabulierst, dann werde ich hinter der Pergola stehen.« Ihr Schweigen zerrte an meinen Nerven. »Prinzessin, er ist ein Mörder auf der Flucht und –«

»Nicht jetzt, Marcus, bitte! Ich werde schon mit ihm fertig. Irgend jemand muß ihn in die Wirklichkeit zurückholen ...«

Ich war hingerissen von ihrer Beharrlichkeit. »Helena Justina, du kannst doch nicht jedes Problem im Reich zu deinem eigenen machen!«

»Aber ich fühle mich verantwortlich ...« Ihr Gesicht wirkte seltsam entrückt. »Ich habe wahrhaftig genug Sorgen, quäl du mich nicht auch noch ...«

»Was denn für Sorgen?«

»Ach, nichts. Erledige du deine Arbeit für den Kaiser, dann kümmern wir uns um Barnabas.«

»Meine Arbeit kann warten; erst einmal kümmere ich mich um dich ...«

»Das kann ich schon selber!« brach es plötzlich aus ihr heraus. »Ich komme allein zurecht. Immer. Ich werd's ja auch müssen – das habe ich sehr wohl begriffen!«

»Du redest Unsinn.«

»Nein, ich sage nur die Wahrheit! Du weißt nichts von mir, gar nichts. Leb du dein Leben, wie du willst – aber wie konntest du das über mich und Rufus sagen? Wie konntest du so etwas auch nur *denken*?«

Ich hatte Helena nie so verletzt gesehen. Ich war so daran gewöhnt zu sticheln, daß ich gar nicht mehr spürte, wann ich zu weit ging; diesmal war ich entschieden zu weit gegangen.

»Du hast ja recht, es ging mich nichts an ...«

»Nichts, was mich betrifft, geht dich was an! Geh weg, Falco, geh doch, geh!«

»Na, das ist doch mal ein Befehl, den ich verstehe!« Vor lauter Hilflosigkeit verlor jetzt auch ich die Beherrschung. »Du hast mich engagiert, weil ich gut bin – zu gut, um meine Zeit an einen Klienten zu verschwenden, der mir partout kein Vertrauen schenkt.« Helena antwortete nicht. Ich stakste hinüber zum Esel. »Ich reite zurück. Willst du jetzt vernünftig sein und mitkommen oder auf diesem Berg versauern?« Immer noch keine Antwort.

Ich band den Esel los und schwang mich in den Sattel.

»Nur keine Angst«, sagte ich giftig. »Wenn ein wilder Eber aus dem Unterholz kommt, brauchst du ihn bloß so anzufauchen wie mich gerade.«

Helena Justina regte sich nicht und sagte kein Wort. Ich ritt los, ohne mich umzuschauen.

LIX

Drei Minuten lang ritt ich forsch bergab. Sobald der Pfad breiter wurde und ich wenden konnte, kehrte ich um.

Helena Justina saß noch genauso da, wie ich sie verlassen hatte. Ihr Gesicht konnte ich nicht sehen; nichts und niemand hatte sie angegriffen: bloß ich.

Als mein Herzschlag wieder halbwegs normal war, trat ich zu ihr, beugte mich vor und strich ihr mit dem Daumen über den Kopf.

»Ich dachte, du hättest mich verlassen«, sagte sie mit halb erstickter Stimme.

»Glaubst du, das könnte ich?«

»Wie soll ich das wissen?«

»Ich hab ja selber gedacht, ich hätte dich verlassen«, gestand ich. »Aber ich bin schließlich ein Idiot. Wenn du nur immer schön da bleibst, wo ich dich wiederfinden kann, dann komme ich jedesmal zurück.« Ich hörte sie leise schluchzen.

Ich kniete mich vor sie hin und nahm sie in die Arme. Ich hielt sie fest umschlungen, und nachdem ein paar heiße Tränen in den Ausschnitt meiner Tunika getropft waren, wurde sie langsam ruhiger. Wir saßen ganz still da, während ich meine Kraft auf sie überströmen ließ und die Spannung, mit der ich nun schon so lange lebte, daß sie mir fast zur zweiten Natur geworden war, wich.

Endlich faßte Helena sich wieder und blickte auf. Ich schob zwei Finger unter das Kettchen um ihren Hals und zog meinen alten Silberring hervor. Sie wurde rot. »Bis vor kurzem habe ich ihn noch getragen ...« Sie brach verlegen ab.

Mit beiden Händen riß ich die dünne Kette entzwei; Helena stockte der Atem, und sie fing den schmalen Reif in ihrem Schoß auf. Ich nahm ihn und suchte die Inschrift: *Anima mea,* »meine Seele«. Ich griff nach ihrer linken Hand und steckte ihr den Ring höchstpersönlich wieder an. »Trag ihn. Ich habe ihn dir nicht geschenkt, damit du ihn versteckst!«

Helena schien zu zögern. »Marcus, als du mir

 den Ring geschenkt hast, warst du da in mich verliebt?«

Erst da begriff ich, wie ernst die Lage war.

»Ich habe mal eine Regel für mich aufgestellt«, sagte ich. »Verliebe dich nie in eine Klientin ...« Sie blickte gequält zu mir hoch und entdeckte das Flackern in meinen Augen. »Liebste, ich habe eine Menge Regeln aufgestellt und die meisten davon übertreten! Kennst du mich denn immer noch nicht? Ich habe Angst, daß du mich verachten könntest und daß andere es merken – aber ich bin verloren ohne dich. Wie kann ich es dir beweisen? Soll ich gegen einen Löwen kämpfen? Meine Schulden bezahlen? Wie ein Irrer den Hellespont durchschwimmen?«

»Du kannst doch gar nicht schwimmen.«

»Das zu lernen ist ja grade der Clou dabei.«

»Ich werde es dir beibringen«, flüsterte Helena. »Ich möchte, daß du dich behaupten kannst, falls du mal in einen Strudel gerätst!«

Dieser Strudel war gerade tief genug. Ich sah sie an. Sie sah zu Boden. Dann fing sie an zu beichten. »An dem Tag, als du nach Kroton fuhrst, hatte ich solche Sehnsucht nach dir, daß ich in deine Wohnung ging. Wir müssen auf der Straße aneinander vorbeigelaufen sein.«

Sie beugte den Kopf auf die Knie und unterdrückte abermals ein Schluchzen. Mein Lachen klang bitter. »Das hättest du mir sagen sollen.«

»Du wolltest mich verlassen!«

»Nein.« Meine rechte Hand streichelte ihren Nacken und ertastete eine Kuhle, die als Nest für meinen Daumen wie gemacht schien. »Nein, mein Herz. Das wollte ich nie.«

»Du hast es aber gesagt!«

»Ich bin Privatermittler. Alles Gerede. Das meiste davon falsch.«

»Ja«, sagte sie nachdenklich, hob den Kopf und nickte. »Ja, Didius Falco, manchmal redest du wirklich dummes Zeug.«

Ich grinste und gab ihr noch ein paar Kostproben.

Eben durchbrach die Sonne den Glast über der Bucht, und im Nu blaute der Himmel erst über den Küstentälern und lachte dann auch auf unseren Berghang nieder. Wohlige Wärme hüllte uns ein. Die elegant geschwungene Küstenlinie trat klar hervor; an ihrem offenen Ende erschien die Insel Capreae wie ein dunkler Klecks. Unter uns tüpfelten die spielzeugkleinen, weißen, rotgedeckten Häuser von Herculaneum, Oplontis und Pompeji die Talmulden; auf den Hängen duckten sich Dörfer und vereinzelte Gehöfte zwischen die Felsen.

»Hmm! Genau die Traumaussicht, derentwegen man eine schöne Frau auf den Berg schleppt, ohne sich dann auch nur einmal der Aussicht zu widmen ...«

Als die wärmenden Sonnenstrahlen unser Plätzchen erreichten, bettete ich Helena auf den Rücken und streckte mich, auf den Ellbogen gestützt, neben ihr aus. Sie fing an, mein Ohr zu streicheln, als sei es etwas ganz und gar Wunderbares. Mein Ohr konnte gar nicht genug davon kriegen; ich neigte den Kopf, damit sie besser drankam, und aalte mich unter ihren forschenden Blicken. »Was fasziniert dich denn da so?«

»Oh, eine schwarze Tolle, die immer ungekämmt aussieht ...« Zufällig wußte ich, daß Helena meine Locken mochte. »Eine dieser edlen, langen, geraden Nasen, wie von einem etruskischen Grabmal ... Augen, die immer in Bewegung sind, ohne je zu verraten, was sie gesehen haben. Grübchen!« (Kichernd bohrte sie den kleinen Finger in eins hinein.)

Ich drehte blitzschnell den Kopf, faßte den Finger mit Zähnen und tat so, als wolle ich ihn aufessen.

»Und tadellose Zähne.«

»Was für ein herrlicher Tag!« Ich hatte schon immer ein Faible für mildes, warmes Klima gehabt. Ich hatte auch schon immer ein Faible für Helena gehabt. Ich konnte mich kaum erinnern, wann es je sinnvoll erschienen wäre, etwas anderes zu behaupten. »Mein bester Freund betrinkt sich selig in Gesellschaft seiner lieben Frau, also kann ich ihn getrost vergessen. Ich liege hier in der Sonne und habe dich endlich einmal ganz für mich allein, und weißt du was? Gleich werde ich dich küssen ...« Sie lächelte zu mir auf. Mir lief ein Schauder über den Nacken. Hier mit mir allein schien sie endlich ganz gelöst. Auch ich war so entspannt, daß es gleich aus sein würde mit der Entspannung ... Helena tastete im selben Augenblick nach mir, da ich sie fester an mich zog und endlich, endlich küßte.

Viele, viele Sekunden später blickte ich mit ernster Miene zum Himmel auf. »Dank dir, Jupiter!«

Helena lachte.

Das grüne Kleid, das sie trug, war zu leicht und duftig, um zu verhüllen, daß sie sonst nichts weiter anhatte. Es war an den Ärmeln mit facettierten Glasknöpfen zusammengehalten, die in reichgestickten Schlaufen steckten. Ich nestelte einen Knopf auf, um zu sehen, was passieren würde; Helena lächelte und kämmte meine Locken mit den Fingern. »Soll ich dir helfen?«

Ich schüttelte den Kopf. Die Knöpfe gingen schwer auf, aber Eigensinn und anderes beflügelten mich inzwischen so, daß ich mich unverdrossen weiter vorarbeitete. Dann wanderte ich mit den Lippen über ihren Arm, und da ihr das zu gefallen schien, machte ich gleich mit dem anderen Ärmel weiter.

Meine Hand glitt von ihrem Handgelenk zu ihrer Schulter und wieder hinab, nur daß sie jetzt nicht mehr ihrem Arm folgte. Ihre kühle, zarte Haut, an die nie ein Sonnenstrahl kam, erschauerte; Helena holte tief Luft und bog sich mir entgegen; ich mußte mich gewaltig anstrengen, damit meine Finger aufhörten zu zittern.

»Weißt du, wo das hinführen soll, Marcus?«

»Ich will's hoffen! Du hast dir doch wohl nicht eingebildet, ich würde die Chance, dich ganz für mich allein auf einem Berggipfel zu haben, nicht bis ins letzte auskosten?«

»Aber natürlich nicht«, versicherte Helena ruhig. »Was glaubst du, warum ich dich hierher gelotst habe?«

Und da sie eine praktisch veranlagte Frau war, machte sie die restlichen Knöpfe selber auf.

Lange, lange danach, als ich wirklich vollkommen wehrlos war, trottete ein wilder Eber aus dem Unterholz.

»Grrr!« knurrte die Tochter des Senators liebenswürdig über meine nackte Schulter.

Der Eber schnupperte, machte mit mißbilligendem Grunzen kehrt und trollte sich gemächlich.

LX

Als Petronius Longus von seinem eigenen Schnarchen erwachte, spiegelten sich widerstreitende Gefühle auf seinem Gesicht. Er merkte sehr wohl, daß wir in ganz anderer Stimmung vom Gipfel zurückgekehrt waren. Während er schlief, hatten Helena und ich seinen Wein ausgetrunken (was freilich bei den Preisen hier nicht ins Gewicht fiel) und lagen nun, aneinandergeschmiegt wie zwei verspielte junge Hunde, im kühlen Schatten. Als ein Mann mit ausgeprägtem Respekt vor gesellschaftlichen Schranken war Petronius verständlicherweise hin und her gerissen.

»Falco, du mußt dich vorsehen!«

Ich verbiß mir das Lachen. Seit zehn Jahren beobachtete Petro nun schon meine verqueren Beziehungen, aber nun fühlte er sich zum erstenmal bemüßigt, mir einen brüderlichen Rat zu geben.

»Vertrau mir«, sagte ich (das hatte ich auch Helena gesagt. Ich verscheuchte den Gedanken an jenen entscheidenden Moment, da sie, als ich meine Leidenschaft zügeln wollte, aufgeschrien und mich nicht losgelassen hatte ...).

Petro grollte: »Beim Hades, Marcus! Was willst du tun, wenn etwas schiefgeht?«

»Mich bei ihrem Vater entschuldigen, meiner Mutter beichten und einen Priester ausfindig machen, der moderate Tarife hat ... Wofür hältst du mich?«

Meine Schulter schmerzte, aber um nichts in der Welt hätte ich mich bewegt. Die Wonne meines Lebens hatte ihren Kopf an mein Herz gebettet und schlief tief und fest. All ihre Sorgen waren wie fortgeblasen; an ihren Wimpern, die jetzt ruhig und friedlich ihre Wangen überschatteten, glitzerten immer noch die Spuren der hilflosen Tränen danach. Ich hätte auch fast geweint.

»Die Dame sieht das aber vielleicht anders. Du solltest diese Liaison beenden, bevor es zu spät ist!« riet mir Petro – ausgerechnet jetzt, wo sein Ausflug ins Gebirge dafür gesorgt hatte, daß an Schlußmachen gar nicht mehr zu denken war.

Seine Frau wachte auf. Ich sah zu, wie Silvia die Szene deutete: Helena Justina eng an meine Seite geschmiegt, ihre Knie unter den meinen; ihr schönes Haar von meinem Arm zerzaust; ihr tiefer Schlaf; meine ernste, friedliche Stimmung ...

»Marcus! Was wirst du tun?« fragte sie besorgt. Silvia liebte klare Verhältnisse.

»Ich werde diesen Auftrag erfüllen und so rasch wie möglich mein Honorar kassieren ...« Ich schloß die Augen.

Falls Silvia glaubte, daß wir gegen die Moral verstoßen hätten, dann gab sie offenbar mir die Schuld, denn als Helena erwachte, gingen die beiden zusammen fort, um sich frisch zu machen. Als sie zurückkamen, trugen sie die heimlichtuerische, zufriedene Miene zweier Frauen zur Schau, die endlich einmal ungestört hatten tratschen können. Silvia hatte das Haar im Nacken zu einem Knoten geschlungen, so wie Helena es gewöhnlich trug, und das ihre war dafür hochgebunden. Es stand ihr. Sie sah aus, als wollte sie augenblicklich irgendeine typisch athenische Pose auf einer schwarzgrundierten griechischen Vase einnehmen. Wie gern wäre ich der übermütige Hellene gewesen, der hinter dem Vasenhenkel auf der Lauer lag, um sie einzufangen ...

»Da wird man ja ganz konfus«, witzelte Petro. »Welche von den beiden ist denn nun meine?«

»Oh, wenn's dir recht ist, nehme ich die mit den Flatterbändern.«

Wir wechselten einen Blick. Wenn einer von zwei Freunden heiratet und der andere bleibt Junggeselle, dann wird, ob zu Recht oder zu Unrecht, vermutet, daß beide fortan nach verschiedenen Regeln leben. Es war lange her, seit Petro und ich zuletzt so einmütig und ungezwungen miteinander gewesen waren.

Jeder, der Petronius und seine Vorliebe für Wein kannte, wußte auch, daß er die Gelegenheit nutzen und für daheim vorsorgen würde. Gründlich, wie er nun einmal war, suchte er so lange, bis er einen trockenen Weißen für ein paar Kupfermünzen die Amphore gefunden hatte (»ein ehrliches, süffiges Tröpfchen«, wie er mir mit Kennermiene verriet), und sicherte sich soviel davon, wie er nur irgend bekommen konnte: Während Helena und ich unsere Bergtour machten, kaufte er ein ganzes Faß zusammen. Kein Witz. Eine Kufe, so groß wie seine Frau. Mindestens zwanzig Amphoren. Genug für tausend Karaffen (und noch mehr, wenn er den Wein mit Wasser streckte).

Silvia hoffte, ich würde ihn von diesem Wahn-

sinnskauf abbringen, aber er hatte schon bezahlt.
Wir mußten warten, bis er seinen Namen in das Faß gebrannt und mit dem Winzer verabredet hatte, wann er mit Nero und dem Karren wiederkommen würde – die einzige Möglichkeit, dieses Trumm von hier wegzuschaffen. Silvia und ich wollten wissen, wie er denn nun seine Familie heimzubringen gedenke (ganz zu schweigen davon, wo sie wohnen sollten, wenn ihr Haus voller Wein wäre), aber er war völlig euphorisch. Außerdem wußten wir, daß er es irgendwie schaffen würde. Petronius Longus hatte schon ganz andere Dinger gedreht.

Endlich waren wir bereit zum Aufbruch.

Ich hatte die mit den Bändern im Haar erwischt. Diesmal saß sie vor mir im Sattel und war auffallend still. Als wir bei der Villa ankamen, konnte ich sie kaum gehen lassen. Ich sagte ihr noch einmal, daß ich sie liebe, dann mußte ich sie hineinschicken.

Petronius und Silvia hatten taktvoll unten an der Auffahrt gewartet. Als ich mit dem Esel zurückkam, verharrten sie in höflichem Schweigen.

»Ich besuche euch, sobald ich kann, Petro.« Ich muß ziemlich blaß ausgesehen haben.

»Beim Jupiter!« rief Petronius und schwang sich aus dem Sattel. »Komm, wir trinken noch einen Wein, bevor du gehst!« Silvia verkniff sich für diesmal jeden Tadel.

Es dämmerte schon, als wir uns mit einem Weinschlauch unter eine Pinie zurückzogen. Wir drei tranken nicht zuviel, aber doch mit einer gewissen stillen Verzweiflung, nun, da Helena uns verlassen hatte.

 Als ich später zum Haus hinaufging, dachte ich darüber nach, daß die Liebe genauso in die Beine geht wie ans Herz und an die Brieftasche. Und dann bemerkte ich etwas, was mir zuvor entgangen war: Das Klingeln der Glöckchen an einem Ledergeschirr führte mich zu zwei struppigen, wundgerittenen Maultieren, die, den Futterbeutel umgehängt, etwas abseits vom Weg unter den Zypressen angebunden waren. Ich lauschte, aber sonst war alles ruhig. Selbst wenn ein heimliches Liebespaar von der Küste den Berg heraufgekommen wäre, hätte es sich wohl kaum so weit auf ein Privatgrundstück vorgewagt, um unbehelligt einem Schäferstündchen zu frönen. Ich streichelte den Tieren den Hals und setzte gedankenverloren meinen Weg fort.

Als ich wieder oben bei der Villa anlangte, war, seit ich Helena heimgebracht hatte, eine Stunde verstrichen.

Jeder Kofferdieb oder Mörder hätte in das Haus eindringen können. Die Dienstboten, die Helena empfangen hatten, waren längst wieder verschwunden. Trotzdem ging ich in der beruhigenden Gewißheit nach oben, daß zumindest ihr Schlafzimmer gut bewacht sei; eine Vorsichtsmaßnahme, auf der ich bestanden hatte. Das bedeutete zwar, daß ich selbst höchstens fünf Minuten höflich mit ihr würde plaudern können, aber irgendwie freute ich mich auf diese alberne Komödie vor den anderen, darauf, den mürrischen Leibwächter zu spielen, nur knorrige Schale und derbe Witze ...

Vor Helenas Gemächern angelangt, öffnete ich die schwere Tür, schlüpfte hinein und schloß sie leise wieder hinter mir. Es war der pure Leichtsinn; ich würde einen Riegel anbringen müssen. Der Vorplatz lag wieder im Dunkeln, und wieder schimmerte von drinnen Licht durch die Portieren.

Sie hatte Besuch. Jemand sprach, und es war nicht Helena. Ich hätte mich zurückziehen sollen. Ich forderte die Enttäuschung geradezu heraus, hatte aber solche Sehnsucht nach ihr, daß ich einfach nicht mehr anders konnte.

Das grüne Kleid lag zusammengefaltet auf einer Truhe; die Sandalen hatte sie achtlos auf dem Läufer vor ihrem Bett abgestreift. Helena hatte etwas Dunkleres, Wärmeres mit langen wollenen Ärmeln angezogen. Ihr Haar war zu einem Zopf geflochten, der ihr über eine Schulter fiel. Sie sah adrett, ernst und unendlich müde aus.

Sie war so spät heimgekommen, daß man ihr das Essen auf einem Tablett serviert hatte. Sie saß mit dem Gesicht zur Tür, und beobachtete so mit vor Schreck geweiteten Augen, wie ich den Vorhang beiseite schlug und zornbebend die Szene betrat.

Sie hatte einen Mann bei sich.

Er saß in einem Sessel mit dem Rücken zu mir und futterte Nüsse. Helena schien gedrückter als sonst, während sie an einem Hühnerbein nagte, und doch aß sie so ruhig weiter, als sei die Gegenwart dieses Menschen in ihrem Schlafzimmer nichts Ungewöhnliches.

»Na, so was! Sie müssen Barnabas sein! Ich schulde Ihnen eine halbe Million Gold ...«

Er blickte auf.

Dieser Mann hatte mich damals im Lagerhaus

angegriffen, und wahrscheinlich war er derjenige, den ich von Ferne gesehen hatte, wie er Petro in seinem Ochsenkarren auf der Straße nach Capua belästigte. Dann sah ich ihn mir genauer an. Nach drei Monaten der Jagd auf den Mann im grünen Umhang erkannte ich endlich, wer er wirklich war. Die alte Mutter des Freigelassenen in Calabria hatte die Wahrheit gesagt: *Barnabas* war tot.

Ich kannte diesen Mann. Es war Helena Justinas Ex-Gatte; sein Name war Atius Pertinax.

Dem *Tagesanzeiger* zufolge war auch er tot.

LXI

Für einen Mann, der vor drei Monaten ermordet worden war, sah er ganz gesund aus. Aber wenn ich ein Wörtchen mitzureden hatte, würde das nicht lange so bleiben. Das nächste Mal würde ich den Tod von Atius Pertinax selber arrangieren. Und dafür sorgen, daß er dauerhaft wäre.

Er trug eine sehr schlichte Tunika und hatte sich einen Kinnbart wachsen lassen, aber ich erkannte ihn doch. Er war acht- oder neunundzwanzig. Helles Haar und schmale Gestalt. Er hatte fahle Augen, die ich vergessen hatte, und eine sauertöpfische Miene, die ich nie vergessen würde. Permanente Übellaunigkeit hatte die Augenpartie verengt und einen verkniffenen Zug um seinen Mund gegraben.

Ich war ihm schon einmal begegnet. Nicht, als ich ihn auf dem Weg zur Transtiberina beschattete, sondern im Jahr zuvor. Ich spürte noch, wie seine Soldaten mich zu Brei schlugen, und hörte seine Stimme, die mich mit wüsten Schimpfnamen verhöhnte. Und ich sah noch seine käsigen Beine unter der Senatorentoga aus meiner Wohnung staksen, wo er mich – blutspuckend, hilflos – neben einer zertrümmerten Bank hatte liegenlassen.

Er war ein Hochverräter und ein Dieb; ein Leuteschinder, ein Mörder. Und doch duldete Helena Justina ihn in ihrem Schlafzimmer. Na ja, bestimmt hatte er schon tausendmal so bei ihr gesessen, damals, in dem vornehmen, geschmackvoll eingerichteten, blaugrauen Zimmer, das er ihr im gemeinsamen Haus überlassen hatte ...

»Ich habe mich geirrt. Sie heißen nicht Barnabas!«

»Ach nein?« Er wußte offenbar noch nicht, wie er auf mein plötzliches Erscheinen reagieren sollte.

»Nein«, antwortete ich ruhig. »Aber offiziell ist Gnaeus Artius Pertinax Caprenius Marcellus nur noch ein Häufchen Asche in einer Urne ...«

»Jetzt verstehst du endlich das Problem!« rief Helena.

Ich wunderte mich, daß sie es in so einem Augenblick fertigbrachte, dazusitzen und zu essen, bis ich merkte, *wie* sie an ihrem Hühnerbein knabberte: Es war gewissermaßen ein Protest; sie weigerte sich, Pertinax' selbstverschuldeten Problemen ihren Appetit zu opfern.

Ich trat näher. Abgesehen davon, daß ich vorhatte, ihn zu verhaften, war es gute römische Sitte, in Gegenwart eines moralisch Höherstehenden aufzuspringen. Pertinax versteifte sich, blieb aber eisern sitzen.

»Wer zum Henker sind Sie?« Er hatte schon immer zuviel Wind gemacht. »Und wer hat Ihnen erlaubt, das Schlafzimmer meiner Frau zu betreten?«

»Ich heiße Didius Falco. Ich gehe, wohin ich mag. Ach, übrigens – sie ist nicht mehr Ihre Frau!«

»Ich habe schon von Ihnen gehört, Falco!«

»Sie und ich, wir sind doch alte Bekannte. Einmal haben Sie mich sogar festgenommen«, erinnerte ich ihn, »aus einer puren Laune heraus, doch ich schmeichle mir, daß ich nicht nachtragend bin. Sie haben meine Wohnung verwüstet – dafür habe ich allerdings mitgeholfen, Ihr Haus auf dem Quirinal unter den Hammer zu bringen. Ihre griechischen Vasen haben sich gut verkauft.« Ich lächelte hämisch. »Vespasian war sehr zufrieden. Ihr Cupido von Praxiteles war dagegen eine Enttäuschung ...« Ich wußte, daß Pertinax einen schwindelerregenden Preis dafür gezahlt hatte. »War nämlich nur eine Fälschung; aber das haben Sie ja wohl gewußt ...«

»Ich fand immer, er hätte zu große Ohren«, meinte Helena im Plauderton. Pertinax schwieg eingeschnappt.

Ich rückte mit dem Absatz einen Schemel zurecht und setzte mich so, daß ich Helena schützen und ihn im Auge behalten konnte. Ob Pertinax wohl spürte, daß ich erst vor wenigen Stunden – und mit einer Leidenschaft, die mich mit Stolz erfüllte – ihr Liebhaber gewesen war? Ein Blick auf ihn belehrte mich: Er wäre nie auf den Gedanken gekommen.

»Also, was ist passiert?« überlegte ich laut. »Im April dieses Jahres platzten plötzlich die Prätorianer herein, um Sie zu verhaften ...« Er hörte mich mit so blasierter Miene an, als würde ich mich hoffnungslos lächerlich machen. »Barnabas trug Ihre Senatorentoga; die kurzsichtigen Prätorianer schleppten *ihn* ins Gefängnis. Er rechnete höchstens mit einer schlimmen Tracht Prügel, wenn sie hinter den Betrug kämen. Der arme Barnabas hat sich an dem Tag entschieden auf einen schlechten Handel eingelassen. Einer Ihrer Mitverschwörer beschloß nämlich, den Pechvogel im Knast zum Schweigen zu bringen ...«

Pertinax krümmte sich, die schmalen Schultern vornübergebeugt, in seinem Sessel zusammen. »Schluß damit, Falco!«

»Sie kriegten bald spitz, daß Ihre Komplizen einer nach dem anderen vom Palast abgeschossen wurden.« Ich beobachtete ihn scharf, während er das schluckte. Bryon, der Trainer, hielt ihn für einen in die Enge Getriebenen, Verzweifelten; mir war er bloß unangenehm. Tatsächlich war Pertinax mir so zuwider, daß sich meine Nackenhaare sträubten, bloß weil ich im selben Raum mit ihm saß. »Falls Sie wieder auftauchten, wären Sie gebrandmarkt gewesen, genauso auf der Abschußliste wie die anderen. Nun war Ihr Halbbruder tot. Sie gaben sich für ihn aus, holten seine Leiche aus dem Gefängnis, bestatteten ihn und erwiesen ihm eine letzte Ehre, indem Sie seiner Mutter die Wahrheit erzählten. Dabei hätte ein falsches Wort von dieser bekloppten alten Hexe in Tarentum Sie entlarven können. Dann wurde Ihnen klar, daß die Ähnlichkeit zwischen Barnabas und Ihnen eine erstklassige und vielleicht dauerhafte Maske bot. Nur sitzen Sie jetzt einen Schritt von der Sklaverei entfernt fest!«

Pertinax, dessen Manieren so ungehobelt waren, wie von einem Kalabrier zu erwarten, knackte noch eine Nuß. Wäre er ein Bürgerlicher gewesen, dann hätte er nach meiner Enthüllung schon mit einem Fuß im Gefängnis gestanden. Ich wußte so gut wie er, daß ich gegen den Sohn eines Konsuls mit meinen Schlußfolgerungen allein nichts ausrichten konnte. Aus verschiedenen Gründen, die allesamt persönlicher Natur waren, hätte ich ihm liebend gern die Faust in seine Pistazien gerammt – nachdem er sie verspeist hatte.

Helena Justina war mit dem Essen fertig und räumte ihr Tablett fort. Dann kniete sie sich hin und sammelte die Schalen ein, die Pertinax verstreut hatte; ganz die Ehefrau, die vor den Dienstboten verheimlichen möchte, was für ein Klotz ihr Gatte ist. Pertinax, ganz Ehemann, ließ es geschehen.

»Sie existieren nicht mehr!« sagte ich ihm, so gehässig ich konnte, ins Gesicht. »Ihr Name wurde von der Senatorentafel gelöscht. Sie haben weniger gesellschaftlichen Rang als ein Gespenst.« Pertinax rutschte nervös auf seinem Sessel hin und her. »Und jetzt scheitern auch noch all Ihre Versuche, Kontakt zu Ihren Mitverschworenen aufzunehmen. Mußte Curtius Longinus sterben, weil er, als er Sie quicklebendig in Rom wiedersah, drohte, Sie bloßzustellen, um so Vespasians Wohlwollen für sich und seinen Bruder zu erringen? »Er schwieg.« Und auch Crispus hat jetzt eigene Pläne, in denen für Sie kein Platz mehr ist. Sie haben ihn in Oplontis getroffen. Sie versuchten, ihn unter Druck zu setzen, aber er zeigte Ihnen die kalte Schulter; hab ich recht? Ihren Platz im Triklinium bekam eine *Frau* – Aemilia Fausta, die noch nicht einmal geladen war –, und dann setzte Crispus mich auf Ihre Spur, in der Hoffnung, ich würde Sie ihm vom Halse schaffen. Aufidius Crispus«, sagte ich sehr betont, »treibt auch ein doppeltes Spiel und würde mit Freuden zusehen, wie man Sie erdrosselt, Pertinax!«

Helena, die noch immer am Boden kniete, setzte sich jetzt auf die Fersen.

»Das reicht«, sagte sie ruhig.

»Zu gewagt, Durchlaucht?«

»Zu gehässig. Was hast du vor, Didius Falco?«

Gute Frage. Der Ex-Konsul würde mir schwerlich erlauben, seinen geliebten Sohn mit Gewalt vom Gut fortzuschleppen.

»Mach einen Vorschlag«, sagte ich ausweichend.

Helena Justina faltete die Hände im Schoß. Wie immer hatte sie einen Plan: »Die einfachste Lösung wäre, den Verschwörer Pertinax in Frieden im Marcellus-Mausoleum ruhen zu lassen. *Ich* finde, mein Gatte sollte seine früheren Fehler bereuen und ein neues Leben beginnen.« Obwohl Helena ihm zu helfen versuchte, saß Pertinax unbeteiligt daneben und kaute vorwurfsvoll an den Nägeln. Er hatte nichts beizusteuern.

»Als Barnabas?« forschte ich. »Schön. Seine Kinder werden das volle Bürgerrecht bekommen; seine Nachkommen können vielleicht sogar Senatoren werden. Ein Freigelassener kann seine Talente nutzen; ein Vermögen ansammeln; sogar Marcellus beerben, falls der es über sich bringt, mit einem entsprechenden Testament einen Skandal heraufzubeschwören. Du bist eine wunderbare Frau, Helena Justina; es ist eine wunderbare Lösung, und er kann sich glücklich preisen, daß du ihm so selbstlos beistehst. Die Sache hat nur einen Haken!« knurrte ich. »Pertinax, der Verschwörer, gilt als tot – aber *Barnabas* wird als Brandstifter gesucht – und wegen vorsätzlichen Mordes an einem Senator.«

»Wovon sprichst du, Falco?« Helenas Blick glitt rasch zwischen Pertinax und mir hin und her.

»Aulus Curtius Longus starb bei einem Brand im Kleinen Herkulestempel. ›*Barnabas*‹ hat das Feuer gelegt.«

Ich hatte Helena bisher mit den Einzelheiten verschont. Sie war erschüttert, aber ihr Verstand arbeitete weiter mit der Präzision eines Uhrwerks. »Kannst du das beweisen?«

Pertinax machte sich endlich doch die Mühe, dazwischenzurufen: »Natürlich nicht! Der Hund lügt doch!«

»Aber Falco, wenn du der Sache auf den Grund gehen willst«, argumentierte Helena, »dann käme es zur Gerichtsverhandlung ...« An der Art, wie sie Pertinax' Einwurf ignorierte, merkte man, daß die beiden verheiratet gewesen waren. »Und ein Prozeß würde eine Menge Peinlichkeiten der jüngsten Vergangenheit ans Licht zerren ...«

»O ja, die Gerüchteküche wird brodeln!« pflichtete ich ihr bei.

»Curtius Gordianus würde sein Priesteramt in Paestum wieder verlieren; und was wird aus Aufidius Crispus, dem man zugesichert hatte, seine Irrtümer der Vergangenheit vertraulich zu behandeln?«

Ich lachte leise. »Ja, ihnen bliebe freilich keine

Chance mehr, diskret aus dem Komplott auszusteigen! Helena Justina, wenn dein Ex-Mann deinen Vorschlag aufgreift, dann könnte ich ihm beim Kaiser Rückendeckung geben.« Lieber hätte ich ihm einen Legionärshinterhalt gelegt: in einer dunklen Nacht einen Graben quer über den Weg gezogen, bestückt mit Pfählen, die vor Widerhaken strotzten ... aber beim Kaiser würde ich mehr gewinnen, wenn ich ihn als bußfertigen Sünder ablieferte. »Er muß jetzt entscheiden, welchen Weg er gehen will.«

»Ja, das muß er.« Ihr Blick ließ mich los und richtete sich abschätzig auf ihn. Er sah sie ausdruckslos an. Jetzt, da ich seine wahre Identität kannte, begriff ich, warum Helena sich solche Sorgen um ihre Zukunft gemacht hatte. Er lebte, hatte aber seinen ganzen Besitz verloren. Also forderte er jetzt seine Morgengabe zurück. Mindestens die, vielleicht auch noch mehr.

Mir war, als hätten die beiden sich vor kurzem gestritten. Aber vielleicht bildete ich mir das auch nur ein.

Helena Justina stand vorsichtig auf und stützte sich mit einer Hand im Kreuz ab, als täte ihr der Rücken weh.

»Ich muß euch jetzt beide bitten zu gehen.« Sie läutete. Eine Sklavin erschien so prompt, als lege man erhöhten Diensteifer an den Tag, wenn Pertinax im Hause war.

»Ich komme mit Ihnen«, sagte ich zu ihm. Ich war fest entschlossen, ihn nicht aus den Augen zu lassen.

»Das ist nicht nötig, Falco!« widersprach Helena rasch. »Er kann die Villa nicht verlassen. Er hat keine Identität – kann nirgendwohin ...«

»Außerdem«, mischte Pertinax sich mit schlecht gespielter Nonchalance ein, »habe ich gleich Ihre dreckigen Schergen auf dem Hals, wenn ich mich mal zu rühren wage!«

»Was soll das heißen?«

»Wissen Sie das nicht?«

Helena klärte mich schließlich mit gepreßter Stimme auf: »Zwei Männer verfolgen Gnaeus auf Schritt und Tritt. Gestern abend zum Beispiel ist er ausgeritten, und sie haben ihn die Nacht über daran gehindert, aufs Anwesen zurückzukehren.«

»Wie sahen die beiden aus?« fragte ich neugierig.

»Einer ist ein Kerl wie ein Gladiator, der andere ein Zwerg.«

»Das sagt mir jetzt gar nichts. Es ist Ihnen aber offensichtlich doch gelungen, sie irgendwann abzuschütteln?«

»Die zwei ritten Mietesel; ich habe ein anständiges Pferd.«

»Ach, was Sie nicht sagen ...« Ich verschwieg, daß ich die beiden Maultiere heute abend auf dem Gelände seines Vaters gesehen hatte. »Ich arbeite allein. Mit den beiden habe ich nichts zu tun.«

Wenn Helena glaubte, ich würde sie mit einem Mann in ihrem Schlafzimmer allein lassen, war sie schief gewickelt. Aber Pertinax warf ihr fast augenblicklich ein flüchtiges »Gute Nacht« zu, grinste mich höhnisch an und ging hinaus auf den Balkon.

Ich folgte ihm bis zu der steilen Holzstiege und sah ihm nach, bis er verschwand: eine dürre Gestalt mit etwas zuviel Selbstvertrauen. Am anderen Ende des Gartens drehte er sich noch einmal um und blickte zurück. Was er sah, war ein kräftiger, schwarzer Schatten im Türrahmen, der vor dem gedämpften Schlafzimmerlicht deutlich zu erkennen war.

Ich trat zurück in den Raum, schloß die Tür und legte den Riegel vor. Ihre Zofe war da, deshalb konnten Helena und ich nicht offen miteinander reden, aber ich sah doch, daß sie erleichtert war. Ich beschränkte mich auf ein lakonisches: »Hätte ich mir denken können, daß einer wie er keine Eßmanieren kennt und nicht weiß, daß man die Tür hinter sich zumacht!« Sie lächelte matt.

Ich sagte gute Nacht und ging in mein Zimmer. Das Mädchen kümmerte sich um sie. Heute nacht war Helena sicher.

Was man von Pertinax nicht unbedingt sagen konnte. Als er sich zum Haus zurückwandte, um mir einen letzten finsteren Blick zuzuwerfen, war ihm nämlich etwas entgangen: zwei dunkle Gestalten, die aus der Finsternis unter dem Balkon hervortraten.

Einer wie ein Gladiator, der andere ein Zwerg ... Sie mußten meine Schritte über sich gehört haben. Und als sie wie verzerrte Schatten auf einem beschlagenen Handspiegel über den Hof huschten, war ihnen gewiß auch klar, daß ich sie unweigerlich sehen würde.

Als Pertinax sich endlich trollte, schlichen sie ihm auf leisen Sohlen nach.

LXII

Am nächsten Morgen lungerte ich in der Villa herum und wartete darauf, daß etwas passieren würde. Ich fand den Ex-Konsul in einem weitläufigen Garten hinter dem Herrenhaus, wo er sich mit einem seiner Gärtner über Spargel unterhielt.

»Haben Sie Ihren Sohn heute morgen schon gesehen?« Ich hoffte im stillen, die beiden Eindringlinge hätten Pertinax während der Nacht eins über den Schädel geschlagen. Aber Marcellus enttäuschte mich.

»Ja. Falco, wir sollten uns einmal unterhalten ...«

Er machte den Gärtner noch auf ein paar welke Pflanzen aufmerksam, die aussortiert gehörten, dann schlenderten wir mit Rücksicht auf die Beschwerden des Konsuls sehr langsam an den kunstvollen Blumenrabatten vorbei. Man merkte, daß die wahre Liebe des Landschaftsgärtners den Büschen und Sträuchern gehörte. Er hatte doppelt soviel schnörkelig beschnittenen Buchsbaum und Rosmarin gesetzt wie üblich; seine Spaliere und Steinbegrenzungen verschwanden fast unter üppigem Lorbeer und frei wuchernden Quitten. Überall bogen sich die Sprossengitter unter schwer duftendem Jasmin; sorgfältig gehegte Maulbeerbäume bildeten einen eigenen kleinen Hain. Und von den zwölf bekannten Rosensorten zählte ich mindestens zehn.

»Was haben Sie jetzt vor?« fragte Marcellus ohne Umschweife.

»Meine Weisungen reichen nicht aus. Ich werde mit dem Kaiser reden müssen, bevor ich etwas unternehme.« Wir hatten vor einem ovalen Fischteich haltgemacht, dessen sonnenbeschienener, unbewegter Wasserspiegel unser Bild zurückwarf: einen auffallend großen, hageren Mann und daneben einen kleineren, kräftigen. Ich hockte mich hin und bewunderte ein ungewöhnlich schönes Immergrün. »Darf ich mir einen Ableger nehmen?«

»Nur zu, bedienen Sie sich.«

Ich entschied mich für einen Schößling, der so aussah, als wolle er wieder Wurzeln austreiben; Marcellus sah belustigt zu. »Familienkrankheit, Konsul! Was nun Ihren Sohn betrifft, so würden Sie wohl kaum zulassen, daß ich ihn am Schwanz meines Esels festbinde und mit Gewalt nach Rom schleife. Und außerdem wäre das auch ganz sinnlos, solange ich nicht weiß, ob der Kaiser vielleicht beschließt, daß er einen so prominenten Mann wie Sie unmöglich vor den Kopf stoßen kann, indem er Ihren einzigen Erben einsperrt. Schließlich war auch Caesar Domitian an dem Komplott beteiligt. Und Ihren Sohn weniger nachsichtig zu behandeln ginge nicht an.«

Ich hatte mich hier auf ein recht gefährliches Wagnis eingelassen, aber der Kaiser liebte einfache Lösungen, und ein Amnestieangebot würde Marcellus vielleicht zum Einlenken bewegen.

Er musterte mich verschlagen. »Warum ziehen Sie den Unfall im Herkulestempel in Zweifel?«

»Weil es kein Unfall war! Aber ich bin nicht auf den Kopf gefallen. Jeder Durchschnittsrichter könnte einen *Barnabas* verurteilen. Dagegen dürfte es sehr schwer fallen, einen zu finden, der sich gegen die aalglatten Anwälte behaupten kann, die sich mit der Verteidigung eines Konsulsohns einen Namen machen wollen!«

»Mein Sohn ist unschuldig!« beharrte Marcellus.

»Das sind die meisten Mörder – wenn man sie fragt!« Marcellus war klug genug, seinen Ärger nicht zu zeigen. »Konsul, Helena Justinas Plan scheint mir wirklich die vernünftigste Lösung ...«

»Nein! Das kommt nicht in Frage. Mein Sohn soll seinen Namen und seinen Rang wieder einnehmen. Es muß einen Weg geben.«

»Sie beabsichtigen, unter allen Umständen zu ihm zu halten?«

»Er ist mein Erbe.«

Wir drehten eine Runde unter einer Pergola.

»Konsul, eine Rehabilitation dürfte schwer sein. Was, wenn Vespasian findet, daß es zu viele Fragen aufwirft, wenn man Tote ins Leben zurückholt? Da Ihr beträchtliches Vermögen unbestreitbar ein Motiv für einen Betrüger darstellt, könnte es dem Kaiser gefallen zu behaupten: *›Dieser Mann ist ein hergelaufener Freigelassener, der aus dem Tode seines Herrn Profit schlagen will!‹*«

»Ich verbürge mich für seine wahre Identität.«

»Ach, Konsul! Sie sind ein alter, kranker Mann, der seinen heißgeliebten Erben verloren hat. Da ist es nur natürlich, daß sie sich *wünschen*, er wäre noch am Leben ...«

»*Helena* wird für ihn bürgen!«

Ich grinste. »Wie wahr. Und welch ein Glück für ihn!«

Wir hielten beide einen Moment inne und lächelten unwillkürlich bei dem Gedanken daran, wie Helena bei jedem Irrtum und jeder Verwechslung mit fliegenden Fahnen herbeieilte, um die Wahrheit aufzudecken.

»Sie hätten sich niemals trennen dürfen!« klagte

der Konsul verbittert. »Ich hätte es nicht zulassen dürfen. Helena hat die Scheidung nie gewollt ...«

»Helena Justina glaubt an die Ehe als ein Band inniger Gemeinschaft, das vierzig Jahre hält. Aber sie wußte auch, daß die Ehe mit Ihrem Sohn diesem Ideal nicht entsprach.«

»Oh, die beiden könnten schon miteinander auskommen! Mein Sohn hat eine große Zukunft. Es muß etwas für ihn getan werden ...«

»Ihr Sohn, Konsul, ist ein ganz gewöhnlicher Verbrecher!« Das war zwar die Wahrheit, half uns aber nicht weiter. Also fügte ich in versöhnlicherem Ton hinzu: »Ich denke, Vespasians altmodischer Respekt vor einem Patriziernamen wird Pertinax Marcellus schützen; er wird am Leben bleiben und sich um die Totenmasken Ihrer Ahnen kümmern können. Auf einen Verbrecher mehr im Senat kommt es schließlich nicht an!«

»Was für eine gehässige Einstellung.«

»Ich nenne die Dinge nur beim Namen, Konsul, ich habe das Gefängnis in Herculaneum kennengelernt; es ist barbarisch. Wenn ich Pertinax Ihrer Obhut unterstelle, habe ich dann Ihr Ehrenwort, daß Sie ihn auf dem Anwesen festhalten?«

»Selbstverständlich«, versetzte er pikiert. Ich war zwar nicht überzeugt davon, daß Pertinax sich an die Abmachung halten würde, doch mir blieb keine andere Wahl. Marcellus konnte ein Heer von Sklaven aufbieten, um die Verhaftung seines Sohnes zu verhindern. Die bewaffnete Kavallerie, mit der Pertinax versucht hatte, mir vor Capua den Weg abzuschneiden, bestand vermutlich aus Schmieden und Wagenlenkern vom Gut, denen man mit Eisenhelmen ein martialisches Aussehen verpaßt hatte.

»Er wird sich verantworten müssen für das, was man ihm zur Last legt«, warnte ich.

»Mag sein«, antwortete der Konsul obenhin.

Sein unerschütterliches Selbstvertrauen frustrierte mich über die Maßen; da sprachen wir über Hochverrat und Mord, aber es war mir überhaupt nicht gelungen, ihm den Ernst der Lage vor Augen zu führen.

Die Unterredung war offensichtlich beendet.

Ich fand Helena auf ihrem Balkon. Strahlend eilte ich auf sie zu; sie hatte sich auf einem Ruhebett ausgestreckt und nippte an einem Becher Wasser.

»Fühlst du dich nicht wohl?«

»Bin nur noch nicht ganz wach ...« Als sie lächelte, trat ein feuchtes Schimmern in ihre Augen, das mir den Atem stocken ließ.

»Hör zu, was Pertinax angeht, so sind wir jetzt auf die Kurierdienste angewiesen. Aber so wie ich die Beamten im Palast kenne, sollten wir nicht allzu bald mit einem Schiedsspruch rechnen ...« Helena suchte in meinem Gesicht nach einer Reaktion. Ich stockte, dann fragte ich leise: »Wie lange weißt du es schon?«

»Seit dem Bankett.«

»Und hast mir kein Wort gesagt!«

»Bist du etwa eifersüchtig auf *Pertinax*?«

»Unsinn! Natürlich nicht ...«

»Marcus!« schalt sie sanft.

»Na ja, was erwartest du? Letzte Nacht dachte ich, er sei aus demselben Grund in dein Schlafzimmer gekommen wie ich.«

»Oh, das bezweifle ich!« Sie lachte trocken. Ich saß auf der Balkonbrüstung und versuchte, mir

einen Reim auf ihre seltsame Antwort zu machen,
als man einen Boten zu mir führte.

Es war ein Sklave aus Herculaneum; Aemilius Rufus hatte nach mir geschickt. Es ging wohl um Crispus. Ich für meinen Teil hatte das Interesse an Crispus verloren – allerdings war er erstens die einzige Beute, für die Vespasian mich bezahlen würde, und zweitens brauchte ich dringend Geld.

Ich schickte die Diener fort. Helena redete mir zu. »Es könnte doch wichtig sein, Marcus; ich finde, du solltest gehen.«

»Aber nur, wenn du bis zu meiner Rückkehr bei Petro und Silvia bleibst.«

»Gnaeus würde mir nie etwas tun.«

»Das kannst du so genau gar nicht wissen«, grollte ich gereizt, weil sie schon wieder den vertraulichen Namen benutzte.

»Er braucht mich.«

»Das will ich nicht hoffen! *Wofür?*«

Mittlerweile war ich so aufgebracht, daß ihr gar nichts anderes übrigblieb, als zu beichten. »Das wird dich bestimmt wütend machen: Der Konsul hat Pertinax davon überzeugt, daß er mich ein zweites Mal heiraten sollte.« Sie hatte recht. Ich war wütend. »Du wolltest es ja unbedingt wissen! Caprenius Marcellus hat nur noch zwei Ziele im Leben: eine glanzvolle Karriere für Gnaeus und einen Erben. Ein Enkel würde den Fortbestand der Güter sichern ...«

»Davon will ich nichts hören. Du erschreckst mich manchmal, Helena! Wie kannst du so etwas auch nur aussprechen?«

»Ach, ein Mädchen braucht schließlich einen Ehemann!«

Das war nicht nur unfair sondern gemein. Ich

zuckte die Achseln und suchte nach Worten, um zu erklären, daß es mir an allem fehlte – gesellschaftlichem Rang, Verbindungen, Geld. Heilloser Zorn überkam mich. »Na, bei dem weißt du wenigstens schon, was dich erwartet! Gleichgültigkeit, Mißachtung – und jetzt wahrscheinlich noch weit Schlimmeres. Hat er dich geschlagen? Keine Angst, das kommt schon noch!« Helena saß wie erstarrt, während ich tobte wie eine wild gewordene Färse in einem Melonenacker.

»Du weißt das bestimmt ganz genau«, versetzte sie schließlich gekränkt. »Schließlich bist du ein Mann!« Ich rutschte von der Brüstung herunter.

»Mach du nur ruhig, was du willst! Wenn du eine Stellung brauchst und einen Namen, dann geh doch zu ihm zurück ...« Mühsam beherrscht senkte ich meine Stimme, denn sie sollte sich meine Worte gut einprägen: »Aber sowie du genug hast von alldem, werde ich kommen und dich da rausholen!« Ein Schritt noch bis zur Tür. »*Das* nennt sich Loyalität!«

»Marcus!« Es klang flehentlich. Ich kehrte ihr den Rücken und tat, als hätte ich sie nicht gehört.

An der Straße entdeckte ich Pertinax. Er bewegte seine Pferde auf der Reitbahn; sogar auf diese Entfernung konnte man erkennen, daß er völlig in seiner Beschäftigung aufging. Er hatte beide Rennpferde geholt und ließ eines im Schatten, während er das andere trainierte. Hier war ein Profi bei der Arbeit. Jeder Schritt, jedes Kommando stimmte, es war eine Freude, ihm zuzusehen. Goldschatz schnupperte im Gras nach giftigen Pflanzen, mit denen er sich Magengrimmen holen könnte. Pertinax ritt Ferox, den Champion. Wäre er allein gewesen, ich hätte ihn gestellt und reinen Tisch gemacht, aber Bryon war bei ihm.

Bryon, der an einem Pfosten lehnte und Feigen lutschte, beäugte mich neugierig, doch in Gegenwart seines Herrn behielt ich meine Gedanken für mich. Pertinax behandelte mich wie Luft. Die scheinbar beiläufige Eleganz, mit der er sich im Sattel hielt, schien Sinnbild dafür, daß er mir gegenüber immer und überall im Vorteil sein würde.

Unter den Zypressen lag frischer Eselsmist, aber die beiden Tiere, die ich gestern abend dort entdeckt hatte, waren verschwunden. Mein Gefühl sagte mir freilich, daß ich sie bald wiedersehen würde.

Ich hatte schon fast die Hauptstraße erreicht, als ein Junge mich einholte.

Er hatte freilich bloß bis zur Herme laufen müssen, denn dort saß ich auf einem Poller und verfluchte mich, weil ich mit Helena gestritten hatte; erst mich, dann sie, dann *ihn* ... ich war kreuzunglücklich.

»Didius Falco!«

Der Knirps hatte Fischflecke auf der Toga, eine Hautkrankheit, mit der man sich besser nicht näher beschäftigt, und schmutzige, grindverkrustete Knie.

Er gab mir ein Wachstäfelchen. Die Schrift kannte ich noch nicht, und doch machte mein Herz einen Satz. Die Mitteilung war nur kurz, und ich las Helenas Verärgerung aus jedem Wort heraus:

Er hat mich nie geschlagen, obwohl ich immer darauf gefaßt war, daß es einmal soweit kommen würde. Wie kannst du glauben, ich könnte zu ihm zurück, nachdem ich dir begegnet bin?
Gib acht, daß du nicht ins Wasser fällst. HL

Daheim auf dem Aventin fand ich bisweilen Liebesbriefe unter meiner Fußmatte. Ich hatte es mir zur Regel gemacht, belastende Korrespondenz niemals aufzuheben. Aber ich hatte das Gefühl, wenn meine schmerzensbleichen Nachkommen in vierzig Jahren meine persönliche Hinterlassenschaft ordneten, dann würden sie, in Leinen eingeschlagen und zwischen Siegelwachs und Griffelkasten versteckt, *diesen* Brief finden.

LXIII

Die Tatsache, daß er um meinen Besuch gebeten hatte, hieß noch lange nicht, daß Aemilius Rufus daheim sein würde. Er war den ganzen Tag bei Gericht. Aus reiner Höflichkeit aß ich in seinem Haus zu Mittag, während ich auf ihn wartete. Rufus war klug und aß auswärts.

Endlich geruhte Rufus heimzukehren. Ich steckte den Kopf zur Tür hinaus. Er sprach mit einem Fackelträger, einem gutaussehenden illyrischen Sklaven, der auf der Eingangstreppe kauerte und den Dochthalter einer bemerkenswerten

Laterne putzte; sie hatte bronzene Tragketten, glanzlose Hornwände zum Schutz der Flamme und einen abnehmbaren Deckel, in den Luftlöcher gebohrt waren.

»Sieh da, Falco!« Rufus war nach seinem guten Mittagessen so liebenswürdig wie unsicher auf den Beinen. »Na, bewundern Sie meinen Sklaven?«

»Nein, Magistrat. Ich bewundere seine Lampe!«

Wir wechselten einen neckischen Blick.

Er führte mich in sein Arbeitszimmer. Wenigstens dieser Raum hatte ein bißchen Atmosphäre; Rufus sammelte hier die Souvenirs von seinen Auslandsreisen: wunderliche Gurden, Stammesspeere, Schiffsflaggen, mottenzerfressene Trommeln – die Art Plunder, hinter denen mein Bruder Festus und ich als Jungen her waren, bevor wir uns auf Wein und Weiber umstellten. Rufus bot mir etwas zu trinken an; ich lehnte dankend ab, und da auch er nichts nahm, wurde er langsam wieder nüchtern. Er warf sich auf einen Diwan und gönnte mir den Blick auf sein Profil und die goldschimmernden Reflexe in seinem Haar. Der Gedanke an die Frauen und mehr noch an die Art Männer, auf die sie fliegen, ließ mich verdrossen seufzen. Ich hockte mich auf einen niederen Schemel.

»Sie wollten mich sprechen, Magistrat«, erinnerte ich ihn geduldig.

»Ja, allerdings! Didius Falco, es ist merkwürdig, aber wenn Sie da sind, kommt Leben ins Haus!« Viele Leute behaupten das; kann mir nicht denken, warum.

»Geht es um Crispus, Magistrat?«

Vielleicht versuchte er noch immer, mit Crispus ins Geschäft zu kommen, denn er überging meine Frage. Den nächsten Gedanken unterdrückte ich rasch wieder: daß seine Schwester mich bei Rufus angeschwärzt haben könnte. »Ich hatte Besuch im Amt«, beklagte er sich. Magistrate in langweiligen Städten wie Herculaneum erwarten ein ruhiges Leben. »Sagt der Name Gordianus Ihnen etwas?«

»*Curtius* Gordianus«, berichtigte ich vorsichtig, »ist der neugewählte Oberpriester des Heratempels in Paestum.«

»Ich sehe, Sie sind auf dem laufenden!«

»Ein guter Privatermittler liest den Forum-*Anzeiger.* Gordianus kenne ich allerdings persönlich. Was wollte er von Ihnen?«

»Er verlangt, daß ich jemanden verhafte.«

Wie ein eiserner Ring legte sich die Beklemmung um meine Brust. »Atius Pertinax?«

»Dann ist es also wahr?« fragte Rufus wachsam, »Pertinax Marcellus lebt?«

»Ja, leider. Als die Parze seinen Lebensfaden durchschneiden wollte, hat irgendein Trottel sie am Ellbogen gepackt. Haben Sie auf dem Bankett davon erfahren?«

»Crispus machte so eine Andeutung.«

»Das sieht ihm ähnlich! Dabei hatte ich gehofft, ihn und Pertinax gegeneinander ausspielen zu können ... genau das hatten Sie auch vor, oder?«

Er grinste. »Gordianus scheint fest entschlossen, die Dinge zu verkomplizieren.«

»Ja. Darauf hätte ich gefaßt sein müssen.« Dieser neuerliche Streich des Oberpriesters paßte zu seiner Sturheit. Und jetzt, da der Magistrat Gordianus erwähnt hatte, wußte ich auch, wer die zwei seltsamen Schatten letzte Nacht gewesen waren. »Er hat zwei Späher losgeschickt, die Pertinax rund um die Uhr bewachen.«

»Heißt das, Sie haben ihn gesehen?«

»Nein, die beiden.«

Der Magistrat musterte mich skeptisch. »Gordianus hat mir da eine aberwitzige Geschichte aufgetischt. Können Sie Licht ins Dunkel bringen, Falco?«

Ich konnte. Und ich tat es.

Als ich zu Ende war, pfiff Rufus leise vor sich hin. Er stellte mir vernünftige, juristische Fragen und war danach mit mir einer Meinung; die Beweise stützten sich in der Hauptsache auf Indizien. »Wenn ich Pertinax Marcellus festnehmen lasse, *könnten* vielleicht neue Fakten ans Licht kommen ...«

»Ein gewagtes Spiel, Magistrat. Wenn eine Witwe mit nicht mehr als zwei Sesterzen in der Tasche Ihnen diesen Fall vorgetragen hätte, Sie hätten sie nicht bis zu Ende angehört.«

»Oh, das Gesetz ist unbestechlich, Falco!«

»Ja, und die Richter *hassen* es, Geld zu verdienen! Woher wußte Gordianus überhaupt, daß Pertinax hier ist?«

»Von Crispus. Hören Sie, Falco, ich muß Gordianus ernst nehmen, ob ich will oder nicht. Sie sind doch kaiserlicher Agent; wie bewertet man den Fall in Rom?«

»*Ich* bin der Meinung, falls Gordianus einen Prozeß erzwingt, dann gibt es eine Schlammschlacht von hier bis zum Kapitol. Aber er könnte trotz der schlechten Beweislage Erfolg haben. Wir wissen beide, daß der Anblick eines gramgebeugten Bruders, der nach Gerechtigkeit und Rache schreit, die Geschworenen zu rühren vermag – am Ende schneuzen sie sich in ihre Togen und fällen den Schuldspruch.«

»Dann soll ich Pertinax also festnehmen?«

»Ich glaube, er hat Curtius Longinus getötet, der vermutlich drohte, ihn zu entlarven. Später versuchte er dann auch Gordianus umzubringen. Das sind schwerwiegende Anschuldigungen. Es geht mir gegen den Strich, ihm zu einer Amnestie zu verhelfen, bloß weil er der Adoptivsohn eines Konsuls ist.«

Aemilius Rufus lauschte meinem Appell mit der Vorsicht und Zurückhaltung, auf die ich bei einem Provinzmagistraten hätte gefaßt sein sollen. Wäre ich das Opfer einer heimtückischen Verfolgung gewesen, die sich nur auf fadenscheiniges Beweismaterial stützte, dann wäre mir seine Gründlichkeit wahrscheinlich willkommen gewesen. So aber hatte ich das Gefühl, wir verschwendeten bloß unsere Zeit.

Wir redeten noch eine geschlagene Stunde um den heißen Brei herum. Am Ende beschloß Rufus, die Entscheidung Vespasian zu überlassen: genau die Art fauler Kompromiß, die mir zutiefst verhaßt war. Wir hielten den nächsten kaiserlichen Kurier an, der durch die Stadt kam. Rufus entwarf einen stilvollen Brief. Ich verfaßte einen knappen Bericht. Wir schärften dem Boten ein, die Nacht durchzureiten. Trotzdem konnte er frühestens morgen bei Sonnenaufgang in Rom sein, aber Vespasian las seine Post gern bei Tagesanbruch. Beim Gedanken an Rom überkam mich Heimweh. Am liebsten wäre ich selber mit der Depesche zum Palatin gerannt.

»Tja. Jetzt können wir nur noch abwarten.«
Der Magistrat schwang seinen athletischen Körper hoch, so daß er einen Dreifuß erreichen und uns Wein einschenken konnte. »Da wollen wir doch die Zeit so angenehm wie möglich nutzen, nicht wahr?«

Freiwillig hätte ich mir seine Gesellschaft nicht ausgesucht, und so wäre ich eigentlich lieber gegangen, aber Berichteschreiben macht mich immer furchtbar durstig. Erst recht, wenn der Wein auf Kosten eines Magistrats geht.

Um ein Haar hätte ich einen Besuch in den öffentlichen Bädern vorgeschlagen, aber irgendeine rettende Gottheit bewahrte mich davor. Stattdessen stand ich auf, streckte mich und trat an den Dreifuß, um mir meinen Becher zu holen; dann ließ ich mich überreden, neben ihm auf dem Diwan Platz zu nehmen, damit wir leichter miteinander anstoßen könnten – als die guten Freunde, die wir nicht waren. Aemilius Rufus bedachte mich mit seinem entspannten, strahlenden Lächeln. Ich steckte die Nase dankbar in seinen Falerner, der ausgezeichnet war.

»Wie schade«, sagte er, »daß wir uns so selten gesehen haben, solange Sie meine Schwester unterrichteten. Aber ich habe immer auf eine Gelegenheit gehofft, das nachholen zu können ...«

Dann spürte ich seine Rechte auf meinem Schenkel, während er mir vorschwärmte, was für schöne Augen ich hätte.

LXIV

Ich habe nur eine Methode für solche Fälle. Doch bevor ich meine Faust auf sein hübsches delphisches Kinn niedersausen lassen konnte, zog er seine Hand zurück. Jemand, den er offenbar nicht erwartet hatte, trat ins Zimmer.

»Didius Falco, ich bin ja so froh, daß Sie noch da sind!« Klare Augen, blühender Teint und ein rascher, leichter Schritt: Helena Justina, die Wonne meines Herzens. »Rufus, verzeih, ich wollte Fausta besuchen, aber sie ist wohl ausgegangen ... Falco, es ist schrecklich spät geworden. Falls Sie auch zurück zur Villa wollen, dürfte ich mich vielleicht unter Ihren Schutz begeben? Natürlich nur, wenn das Ihre Pläne nicht durcheinanderbringt und nicht zuviel Mühe macht ...«

Da der Magistrat den besten Falerner weit und breit hatte, leerte ich meinen Becher, bevor ich antwortete.

»Für eine Dame«, sagte ich, »scheue ich keine Mühe.«

LXV

»Du hättest mich warnen sollen!«

»Du hast es nicht besser verdient!«

»Ich hielt ihn für einen Edelmann – er hat mich völlig überrumpelt ...«

Helena kicherte. Sie piesackte mich durchs Fenster ihrer Sänfte, während ich brummelnd nebenherzockelte. »Na ja, wenn du dich auch mit ihm auf *einen* Diwan setzt, vor lauter Weinseligkeit nicht merkst, wie dir die Tunika übers Knie hochrutscht, und ihn mit schmachtenden Rehaugen ansiehst ...«

»Ich finde das unerhört! Ein ehrlicher Bürger sollte trinken können, wo es ihm gefällt, ohne daß Männer, die er kaum kennt und obendrein nicht leiden kann, das gleich als Einladung auffassen, ihm Avancen machen zu dürfen ...«

»Du warst betrunken.«

»Das hat nichts damit zu tun. Außerdem war ich's nicht! Was für ein Glück, daß du ausgerechnet heute Fausta besuchen wolltest ...«

»Glück«, versetzte Helena schnippisch, »hatte nicht das Geringste damit zu tun! Du warst so lange weg, daß ich anfing, mir Sorgen zu machen. Übrigens habe ich Fausta unterwegs getroffen.« Plötzlich lächelte sie. »Hast du dich gefreut, als ich kam?«

Ich hielt die Sänfte an, hob sie heraus und ließ die Träger vorangehen, während wir in der Dämmerung folgten und ich ihr meine Freude demonstrierte.

 »Marcus, rate mal, warum Fausta nach Oplontis gegangen ist! Sie hat herausbekommen, daß ein gewisser Jemand wieder die Villa Poppaea benutzen wird – und zwar wieder, um den Flottenkommandanten zu bewirten.«

»Crispus?« stöhnte ich, zu sehr mit anderen Dingen beschäftigt.

»Was ist nur so Besonderes am Statthalter von Misenum?« wunderte sich Helena, unbeeindruckt von den Zerstreuungen, die ich ihr zu bieten hatte.

»Keine Ahnung ...«

»Marcus, ich werde noch meinen Ohrring verlieren. Warte, ich nehme ihn ab.«

»Zieh aus, was du willst.« Und dann hatte ihre Frage sich doch in meinem Kopf festgesetzt. Der vermaledeite Kommandeur der misenischen Flotte hatte sich geschickt zwischen mich und meine romantische Stimmung gedrängt.

Ohne sich um das britische Geschwader zu kümmern, das eigentlich kein zivilisiertes Volk ernst nehmen kann, formiert sich die römische Marine auf die einzige für einen so langgezogenen Staat strategisch vernünftige Weise: mit einer Flotte drüben in Ravenna, zum Schutz der Ostküste, und einer zweiten im Westen, nämlich bei Misenum.

Allmählich zeichneten sich Antworten auf verschiedene Fragen ab.

»Sag mal«, wandte ich mich nachdenklich an Helena, »abgesehen von Titus und den Legionen, was war der entscheidende Triumph in Vespasians Kampf um den Purpur? Was war damals in Rom am schlimmsten?«

Helena schauderte. »Ach, alles! Soldaten auf

allen Straßen, Leichen auf dem Forum, Feuersbrünste, Fieber, Hungersnot ...«

»Hunger! In einem Senatorenhaushalt habt ihr vermutlich nicht sonderlich zu darben brauchen, aber in unserer Familie hatte bald keiner mehr einen Krümel Brot.«

»Das Getreide!« ergänzte sie. »Es kam kein Nachschub mehr. Ägypten beliefert ganz Rom. Vespasian hatte die Unterstützung des Statthalters von Ägypten, blieb den ganzen Winter über in Alexandria und ließ Rom wissen, daß *er* die Kornschiffe kontrolliere und sie ohne sein Einverständnis vielleicht nicht kommen würden ...«

»Richtig! Nun stell dir vor, du wärst ein Senator mit außerordentlichen politischen Ambitionen, aber *deine* Verbündeten säßen in verschlafenen Provinzen wie Noricum ...«

»Noricum!« echote sie.

»Genau. Von da ist nichts zu erwarten. Der Statthalter Ägyptens steht immer noch auf Vespasians Seite, und die Versorgung ist gesichert. *Aber*: Nehmen wir doch einmal an, wenn dieses Jahr die Kornschiffe auf die Halbinsel Puetoh zusegeln ...«

»Schneidet die Flotte ihnen den Weg ab!« Helena war zu Tode erschrocken. »Marcus, wir müssen die Flotte aufhalten!« (Ich hatte eine seltsame Vision von Helena Justina, wie sie, einer Göttin gleich, vor Neapolis über einem Schiffsbug schwebte und mit gebieterisch erhobenem Arm einem Konvoi unter vollen Segeln Einhalt gebot.) Sie dachte angestrengt nach. »Glaubst du, daß wir richtig vermuten?«

»Ich denke schon. Und es geht hier nicht um ein paar Sack Weizen auf einem Eselsrücken!«

»Wieviel?« hakte Helena pedantisch nach.

»Na ja, ein Teil wird aus Sardinien und Sizilien importiert; die genaue Menge weiß ich natürlich nicht, aber ein Schreiber im Büro des Versorgungsamts hat mir einmal erzählt, daß Rom pro Jahr fünfzehn Billionen Scheffel Getreide braucht ...«

Die Tochter des Senators gestattete sich die Ungezogenheit, durch die Zähne zu pfeifen.

Ich grinste sie an. »Die nächste Frage lautet: Wer ist der eigentliche Drahtzieher bei diesem niederträchtigen Plan – Pertinax oder Crispus?«

»Oh, die Antwort liegt doch auf der Hand!« erklärte Helena mit ihrer raschen, unerschütterlichen Logik. »Schließlich ist *Crispus* derjenige, der den Flottenkommandanten hofiert.«

»Stimmt. Ich nehme an, ursprünglich steckten beide unter einer Decke, aber jetzt, da Pertinax sich auf Schritt und Tritt Feinde schafft, wird er für Crispus zu einem Sicherheitsrisiko. Die Kornschiffe brechen im April nach Ägypten auf.« Ich rekapitulierte: Nonen des April – *Galatea* und *Venus von Paphos*; vier Tage vor den Iden – *Flora*; zwei Tage vor Maibeginn – *Lusitania, Concordia, Parthenope* und *Die Grazien* ... »Die Hinreise dauert drei Wochen, und zurück – gegen den Wind – brauchen sie gut zwei Monate. Da müßten die ersten doch schon bald wieder zurück sein!«

»Weißt du«, meinte Helena skeptisch, »wenn diese Katastrophe sich wirklich auf dem Wasser abspielt, dann bist du geliefert!« Ich dankte ihr für ihr Vertrauen und ging schneller. »Marcus, wie, glaubst du, werden sie vorgehen?«

»Nun, den Schiffen hier vor der Küste den Weg versperren und damit drohen, sie an einen geheimen Ort zu entführen. Wenn *ich* an ihrer Stelle wäre, würde ich abwarten, bis der Senat einen störrischen Prätor als Unterhändler schickt, und dann die Säcke schön langsam einen nach dem anderen über Bord werfen. Die Vision vom Golf von Neapolis als gigantischer Schüssel Haferbrei, würde wahrscheinlich bei den Herren in Rom die gewünschte Wirkung erzielen.«

»Ich bin froh, daß du *nicht* an ihrer Stelle bist. Wer«, fragte sie dann neugierig, »wer hat dich eigentlich beauftragt, diese Getreideimporte zu überprüfen?«

»Niemand. Da bin ich von selber drübergestolpert.«

Aus irgendeinem Grund fiel Helena mir lachend um den Hals.

»Nanu? Wofür ist das?«

»Oh, mir gefällt der Gedanke, daß ich meine Zukunft in die Hand eines Mannes gelegt habe, der so tüchtig ist in seinem Beruf!«

LXVI

Ich beschloß, die Villa Poppaea zu stürmen, während Crispus dort war.

Im Idealfall hätte ich ein solches Wagnis allein in Angriff genommen. Meine Erfahrung als Ermittler würden mich schnurstracks zu den Verschwörern führen, und das natürlich genau in dem Moment, da sie die Einzelheiten ihres niederträchtigen Plans festlegten. Mit solch hieb- und stichfesten Beweisen ausgestattet, würde M. Didius Falco, unser Held und Halbgott, sie überwältigen und eigenhändig der ganzen Bande Halseisen anlegen ...

Die meisten Privatermittler brüsten sich mit solchen Idealfällen. Bei mir war da schon immer ein bißchen Sand im Getriebe.

Diesmal fing es damit an, daß Helena, Petronius und Larius, die alle drei schrecklich neugierig waren, unbedingt mitwollten. Wir hatten einen Auftritt wie zweitklassige Tempeltrommler – zu laut und zu spät. Während wir noch auf der Terrasse standen und darüber diskutierten, wie wir am besten ins Haus gelangen könnten, brach die Festgesellschaft auf. Sie kamen zwar direkt an uns vorbei, aber es war trotzdem nicht daran zu denken, sie zu einem Geständnis zu bewegen, ja nicht einmal einen zusammenhängenden Satz hätte man ihnen mehr entlockt.

Crispus selbst führte den Exodus an, die Füße voraus und Gesicht nach unten; er war jenseits von Gut und Böse. Die Sklaven, die ihn zu seinen Skiff brachten, hatten einfach den Eßtisch, über dem er zusammengebrochen war, mitsamt dem Besinnungslosen hinausgetragen und ihn wie ein übriggebliebenes Dessert abgestellt; an einem der Tragegriffe hing sein welker Kranz, vom anderen baumelten seine Schnürbänder. Es würde lange dauern, bis der hohe Herr aufwachte. Und vernehmungsfähig würde er dann nicht sein.

Die Gäste, die Crispus bewirtet hatte, waren der Kommandant vom Flottenstützpunkt Kap Misenum nebst einem Stab seiner Kapitäne. Bei der Marine hat man offenbar eine eiserne Natur.

Während der letzten Bürgerkriege hatte auf dem Schwarzen Meer das Piratentum beängstigende Ausmaße angenommen, aber hier an der Westküste war seit den Tagen des Pompejus alles ruhig geblieben. Die Misenum-Flotte hatte also nicht viel mehr zu tun, als ihren vielfältigen gesellschaftlichen Verpflichtungen nachzukommen. Rings um die Bucht von Neapolis wurden allabendlich Feste gefeiert, und so schwärmte die Marine fast jeden Tag aus, um auf Privatveranstaltungen Wein und andere geistige Getränke zu schnorren. Sie vertrugen Unmengen, und vor ihrer Fähigkeit, hinterher trotz Schlagseite unter Absingen lustiger Lieder in sagenhaft obszöner Version fehlerfrei auf Heimatkurs zu bleiben, konnte ein nüchterner Mann nur neidvoll erblassen.

Jetzt schlurften sie das Fallreep zu ihrem Schiff hinauf, und weil sich jeder an den Schultern seines Vordermanns festhielt, sahen sie aus wie eine Kette liebender Blutsbrüder. Sie hoben die Knie zu einem letzten lustigen Tänzchen, und dabei wäre ums Haar einer ins Wasser gefallen, aber als er eben in hohem Bogen über dem Geländer schwebte, hievten seine Kameraden ihn mit bewundernswerter Zentrifugalkraft und einem im Chor geschmetterten *Hauruck* wieder retour. Der letzte klappte die Landungsbrücke hoch, und schon war der ganze trunkene Spuk verschwunden.

Der Abend wirkte trister ohne sie. Petronius meinte, sein Respekt vor der Marine habe sich in den letzten zehn Minuten verdreifacht.

Wir wollten schon gehen, als Helena Justina sich ihrer Freundin erinnerte. Ich hätte Fausta sich selbst überlassen, wurde jedoch überstimmt. (Ein Grund, weshalb ein Ermittler allein arbeiten sollte: damit ihn keiner zu guten Taten verleitet.)

Das Fräulein hockte im Atrium und weinte zum Steinerweichen. Sie hatte sich über die Amphoren hergemacht. Nur ein Weinhändler mit sinkendem Umsatz (falls es so einen überhaupt gibt) würde das als Rezept gegen Liebeskummer empfehlen.

Um sie herum war das Personal emsig beim Aufräumen, keiner kümmerte sich um das zerzauste Schreckgespenst, das da auf den Knien lag und schluchzte. Ich sah, wie Helena erstarrte. »Die Sklaven verachten sie! Eine Frau, die sich gehen läßt, vor der haben sie keinen Respekt; aber bei ihr ist es noch schlimmer. Sie hat keinen Mann, der sich um sie kümmert ...«

Larius und Petro traten verlegen beiseite, aber Helena hatte bereits einen Sklaven zur Rede gestellt. Er erklärte, Fausta sei wieder einmal ungebeten in die Villa gekommen. Bei dem Bankett sei es hoch hergegangen: lauter Männer mit rein weiblicher Unterhaltung ...

»Und Aufidius Crispus«, rief Helena gebieterisch, »lag in den Armen einer spanischen Tänzerin?«

»Nein, Herrin ...« Der Sklave blickte hilfesuchend auf Petro und mich. Wir grinsten. »Es waren nämlich zwei!« Er hätte gern auch noch Einzelheiten preisgegeben, aber Helena war nicht interessiert.

Offenbar hatte Fausta sich die Enttäuschung zu Herzen genommen und sich still jenem abgrundtiefen Schmerz hingegeben, der ihre Spezialität war; Crispus hatte sie vermutlich nicht einmal bemerkt. Jetzt saß sie hier in einer unbewohnten Villa fest, und die Lieferanten rüsteten zum Aufbruch, nachdem sie alle leeren Amphoren von einer Mole ins Meer geworfen hatten.

Helena ruhte nicht eher, als bis jemand Faustas Sänfte brachte. Ihre Träger waren heute abend ein paar liburnische Sklaven, die ein schlechtes Gespann abgaben; der eine hinkte, der andere hatte lauter Furunkel im Nacken. »Wir können sie doch nicht diesen Dummköpfen anvertrauen«, jammerte Helena.

Ohne direkt Verantwortung zu übernehmen, schafften Larius und ich Fausta in die Sänfte. Die Sklaven trugen sie bis zu unserem Gasthof in Oplontis, aber während wir noch beratschlagten, wie es weitergehen solle, kollerte Fausta aus ihrem Tragsessel und fiel in den Sand. Im Sturz verfluchte sie alle Männer und benannte die Teile, die ihnen schrumpfen und abfallen sollten, so minutiös, daß mir ganz schlecht wurde.

Ich hatte sie und ihre Sippschaft gründlich satt. Aber Helena zuliebe willigte ich ein, noch mehr von einem andernfalls bestimmt sehr angenehmen Abend zu opfern und dafür zu sorgen, daß sie heil nach Hause käme.

Mit etwas Glück würde ein Räuber, der eine Küchenmagd zum Aufwärmen seiner Suppe brauchte, Fausta vorher entführen.

Vorher setzte ich allerdings Helena in ihre Sänfte. Das dauerte ziemlich lange, aus Gründen, die außer mir keinen etwas angehen.

Inzwischen hatte sich Dunkelheit über die Küste gesenkt. Als ich zum Gasthof zurückkam, war Fausta verschwunden. Trotz der späten Stunde fand ich Larius noch auf einer Bank im Hof, wo er dem Kindermädchen Ollia Gedichte vortrug; wenigstens war er von Catull zu Ovid übergegangen, der eine bessere Einstellung zur Liebe und, was noch entscheidender ist, zum Sex hat.

Ich setzte mich zu ihnen. »Warst du poussieren, Onkel?«

»Mach dich doch nicht lächerlich! Keiner Senatorentochter würde es gefallen, wenn man sie zwischen lauter neugierigen Spinnen und Tannenzapfen auf die nackte Erde bettet!«

»Wirklich nicht?« fragte Larius.

»Bestimmt nicht«, log ich. »Wer hat denn Aemilia Fausta von den Sandflöhen weggelockt?«

»Ein gutmütiger Wachthauptmann außer Dienst. Er kann es nicht mit ansehen, wenn Aristokratenschwestern betrunken an fremden Stränden herumsitzen.«

Ich seufzte. Petronius Longus hatte immer schon ein Herz für unglückliche Mädchen gehabt. »Dann hat er sie sich also über die Schulter geworfen, in die Sänfte verfrachtet, und ihre klägliche Entourage endlich selbst nach Herculaneum gebracht, während sie ihm vorschwärmte, was für ein netter Mann er doch sei?«

Larius lachte. »Du kennst deinen Freund wirklich gut!«

»Und ob! Er wird nicht mal ein Trinkgeld verlangen. Was hat Silvia dazu gesagt?«

»Nichts – aber das mit viel Nachdruck!«

Es war eine herrliche Nacht. Ich beschloß, Nero anzuspannen und Petro entgegenzufahren. Larius wollte mir Gesellschaft leisten; und weil sie noch sehr jung und entsprechend unlogisch waren, kam Ollia zu seiner Gesellschaft mit.

Am Haus des Magistrats erzählten uns die Türsteher, daß Petronius und seine Herrin bereits angekommen waren. Da die junge Dame auf ihren Festtagsschuhen nicht allzu sicher gewesen sei, habe Petro ihr nach oben geholfen. Um keine unliebsamen Anträge von Aemilius Rufus abwehren zu müssen, warteten wir vorsichtshalber im Wagen.

Petro, der sehr lange auf sich warten ließ, schien, als er endlich kam, höchst erstaunt, uns hier zu finden. Wir waren inzwischen eingenickt. So sprang er denn auf den Bock und nahm die Zügel. Er konnte sowieso am besten von uns kutschieren.

»Nimm dich vor diesem Magistrat in acht«, schärfte ich ihm ein. »Sein Falerner ist zwar sehr anständig, aber ihm möchte ich nicht im Dunkeln hinter einer Säule im Badehaus begegnen ... Hat seine Schwester dir viel Ärger gemacht?«

»Abgesehen von dem üblichen *Männer sind abscheulich, warum kriege ich keinen ab?*-Gewimmere eigentlich nicht, nein.« Ich verlor ein paar harte Worte über Fausta, doch Petronius behauptete, das arme Ding sei eigentlich ganz süß.

Larius döste an Ollias bequemer Schulter. Auch ich kuschelte mich in eine Ecke und ließ mich vom sachten Ruckeln und Knarren auf der holprigen Straße und von den lauen Lüften der kampanischen Nacht in den Schlaf lullen.

Der unwandelbar gutmütige Petronius Longus summte leise vor sich hin, während er uns alle heimfuhr.

LXVII

Zwei Tage später versuchte der Magistrat, Atius Pertinax festzunehmen. Petros Tochter hatte Geburtstag, und deshalb war ich rasch mit einem Geschenk nach Oplontis gefahren. Weil ich ihn so schnöde abgewiesen hatte, machte Rufus sich nicht die Mühe, mich vorzuwarnen, und so verpaßte ich die große Szene.

Allerdings gab es da nicht viel zu verpassen. Rufus hätte meinen Rat beherzigen sollen: Da die Villa Marcella zum Meer hin ausgerichtet war, kam – wer unbemerkt bleiben wollte – am besten von oben, vom Berg her. Aber als Vespasians Befehl eintraf, schnappte Rufus Aemilius sich einen Trupp Soldaten und preschte die Prachtstraße zum Anwesen hinauf, so daß man ihn schon von weitem kommen sah.

Marcellus empfing ihn eisig, hieß ihn die Villa durchsuchen, setzte sich in den Schatten und wartete, bis dem Trottel aufging, was eigentlich auf der Hand lag: Pertinax war entflohen.

Sobald die Aufregung sich gelegt hatte, folgte Helena Justina mir mit der Neuigkeit nach Oplontis.

»Gnaeus ist Hals über Kopf mit Bryon davongeritten. Bryon kam später, offenbar in aller Unschuld, mit den beiden Pferden zurück und bestellte uns, sein junger Herr habe sich zu einer Kreuzfahrt entschlossen ...«

»Ja, hat er den ein Schiff?«

»Bryon hat ihn auf Aufidius Crispus' Jacht abgeliefert.«

»Und weiß Crispus von dem Haftbefehl gegen Pertinax?«

»Das ist vorläufig unklar.«

»Wo lag denn die Jacht?«

»In Baiae. Aber Bryon sah sie auslaufen.«

»Großartig! Also hat der geniale Rufus Pertinax auf den schnellsten Segler zwischen Sardinien und Sizilien gescheucht ...«

Dieser Magistrat war einfach zu nichts zu gebrauchen. Ich würde ein Schiff chartern und selbst nach der *Isis Africana* suchen müssen. Aber heute war es schon zu spät dafür, und so blieb mir wenigstens noch ein Abend mit meiner Herzensdame.

Silvana war das Geburtstagskind (Petros mittlere Tochter; sie war vier), und zur Feier des Tages durften die Kinder mit uns zu Abend essen. Das verzögerte sich allerdings, weil ausgerechnet heute eine dieser erfreulichen Familienkrisen ausbrach, ohne die kein Urlaub vollkommen ist. Es fing damit an, daß Arria Silvia das Kindermädchen Ollia in Tränen aufgelöst fand.

Zwei knappe Fragen nach Ollias Monatskalender ergaben, daß ich mit meiner Prophezeiung über den Fischerjungen offenbar recht behalten hatte. (Er trieb sich immer noch täglich bei uns rum.) Ollia leugnete, was den Verdacht zur Gewißheit werden ließ. Silvia gab Ollia eins hinter die Ohren, um ihren eigenen Gefühlen Luft zu machen, dann befahl sie Petro und mir, den lästigen Hummernfischer zur Schnecke zu machen – typisch, jetzt, wo's zu spät war!

Wir fanden den jungen Gigolo an einen bleiverstärkten Anker gelehnt, wie er sich gerade seinen Schnurrbart striegelte. Petro drehte ihm einen Arm auf den Rücken, und zwar weiter, als ein Arm normalerweise reicht. Natürlich schwor er, das Mädchen nie angerührt zu haben; damit hatten wir gerechnet. Wir zerrten ihn zu der Torfhütte, wo er mit seinen Eltern hauste, und während der Junge schmollte, legte Petro den Alten das moralische Dilemma in dürren Worten dar: *Ollias* Vater war ein Legionärsveteran, der über zwanzig Jahre in Ägypten und Syrien gedient hatte, bis er mit doppeltem Sold und drei Orden ausschied – nicht zu vergessen eine Urkunde, die Ollia zu seiner ehelichen Tochter erklärte. Jetzt leitete er eine Boxerschule, wo er bekannt war für seinen strikten Moralkodex und seinen Kämpfern unbedingte Treue zu ihrem Trainer nachgesagt wurde ...

Der alte Fischer war ein zahnloser, glückloser, ehrloser Wicht, den man mit keinem Filetiermesser an sich rangelassen hätte, aber ob aus Furcht oder aus List, uns machte er jedenfalls keine Schwierigkeiten. Der Junge willigte schließlich ein, Ollia zu heiraten, und da Silvia das Mädchen nie hierlassen würde, beschlossen wir, daß der Fischerjunge mit uns nach Rom kommen müsse. Seine Verwandten schienen von diesem Ergebnis sehr beeindruckt. Wir akzeptierten es als die bestmögliche Lösung.

Die Neuigkeit, daß ein hinterhältiger Wurm mit Seetangschnurrbart sie zu einer ehrbaren Frau machen würde, öffnete bei Ollia abermals die Schleusen, was nur recht und billig war. Larius, dem wir mit Rücksicht auf seine Künstlernatur

die ordinären Einzelheiten verschwiegen hatten,
sah mich aus verzweifelten Hundeaugen an.

»Ollia ist reingefallen mit ihrem glitschigen Kerl«, erklärte ich. »Endlich hat sie begriffen, *warum* ihre Mutter sie andauernd gewarnt hat: Die nächsten fünfzig Jahre wird sie damit zubringen, für diesen Fehler zu bezahlen. Wenn er nicht draußen den Weibern nachstellt, wird er den ganzen Tag im Bett rumliegen, nach seinem Essen schreien und sie eine faule Schlampe schimpfen. Nun weißt du's hoffentlich zu schätzen, daß Frauen, die sich's leisten können, ihre Vorkehrungen treffen ...«

Larius stand wortlos auf und half Petronius bei der Weinbestellung.

Helena Justina, die sich mit den Kindern beschäftigt hatte, während Silvia die arme Ollia tröstete, bedachte mich mit dem langen, kühlen Blick einer Senatorentochter, die erstmals einen Blick auf die Schattenseite des Lebens geworfen hat und findet, auch dies sei ein Los, das jede Frau, die sich's leisten kann, gern mit Geld abwendet.

Wir gaben uns redlich Mühe, und so wurde es doch noch ein schöner Abend.

Kaum, daß Petronius mit einem Tablett voll Brot und Wein zurückkam, ließ die Spannung nach. Das liebevolle Tätscheln seiner groben Hände tat den erschöpften Nerven wohl, und allmählich versammelte er uns alle um einen Tisch. Ich fand mich neben Silvia wieder, und da sie heute abend wahrhaftig noch mehr Sorgen hatte als gewöhnlich, legte ich ihr zur Aufmunterung die Hand aufs Knie (der Tisch war so schmal, daß man sein Gegenüber praktisch auf dem Schoß hatte). Silvia, die dachte, es sei Petro, gab dem einen Tritt, und Petro sagte, ohne von seinem Teller aufzuschauen: »Falco, laß die Finger von meiner Frau.«

»Warum benimmst du dich so schlecht, Falco?« tadelte Helena mich vor den anderen. »Leg die Hände auf den Tisch, und wenn du unbedingt Anstoß erregen mußt, dann mach mir schöne Augen.«

Ich quälte mich mit der Frage herum, ob Helena am Ende so schroff mit mir sei, weil sie sich um den flüchtigen Pertinax sorge. Ich beobachtete sie, aber sie merkte es; ihr blasses Gesicht verriet nichts.

Es war einer jener Abende, da eine ländliche Tanzgruppe im Gasthof auftrat. Diese Gruppe war so gut – oder so schlecht – wie die meisten anderen auch. Sie hüpften und sprangen und warfen die Beine eine Spur zu gleichgültig (schließlich sollten wir Ihnen Geld in den Hut werfen). Die Mädchen lächelten tapfer, als sie hinterher mit ihren Körbchen herumgingen und Rosen und handgeschnitzte Flöten feilboten. Nur heimlich fluchten sie auf den vierschrötigen, schwarzhaarigen jungen Mann, der uns das Geld für den Tand aus der Nase ziehen sollte. Der hatte einen besonderen Hang dazu, sich zu den Gästen zu setzen, seine Füße in den kuriosen Tanzpumps zu entlasten und einen Schluck aus anderer Leute Karaffe zu schnorren. Während er sich mit Petronius unterhielt, legte ich den Arm um Helena und schwelgte in Erinnerungen an die guten alten Zeiten, da mein Bruder Festus immer gut mit dem Flötenspieler stand. Deshalb bekamen wir stets ein Gratisinstrument aus seiner selbstgeschnitzten Kollektion, statt daß wir hätten die Musiker bezahlen müssen ...

Petro beugte sich zu Helena hinüber. »Wenn er anfängt, von seinem älteren Bruder zu schwärmen, nehmen Sie ihm besser den Weinbecher weg!« Sie tat es. Ich ließ sie gewähren, denn sie lächelte mich dabei so zärtlich an, daß ich ganz schwach wurde. Petronius reichte ihr galant eine Walnuß. Er hatte unter anderem die Gabe, eine Walnußschale so geschickt knacken zu können, daß der Kern unversehrt blieb, ja beide Hälften noch von dem hauchzarten, papierenen Häutchen zusammengehalten wurden. Nachdem sie die Nuß verspeist hatte, ließ Helena den Kopf auf meine Schulter sinken und hielt meine Hand.

So saßen wir alle bis spät in den Abend hinein unter einem Weinspalier, während das dunkle Meer herüberschimmerte und Männer in knappen Tuniken den Staub über den Hibiskusblättern zu einem feinen Dunstschleier aufwirbelten. Ollia hatte Bauchweh, und mein armer Larius Herzschmerz. Ich dachte an Pertinax, den ich morgen suchen wollte. Helena lächelte verträumt. Petronius und Silvia beschlossen, sie hätten sich in diesen Ferien genug erholt und es sei Zeit, heimzukehren.

Keiner der neuen Flöten ließ sich auch nur ein Ton entlocken. (Das ist immer so, aber Petro und ich fielen immer wieder drauf rein.)

Da Silvana Geburtstag hatte, gingen wir alle mit hinauf, um die Kinder zu Bett zu bringen. Ich wußte nicht, wann und wie ich Helena wiedersehen würde, und zog sie deshalb in einen Winkel, um mich ausgiebig von ihr zu verabschieden. Jemand rief herauf, es sei Besuch für mich da. Petronius zwinkerte mir zu und ging hinunter, um sich darum zu kümmern.

Eins der Kinder, deren Übermut mittlerweile auszuarten drohte, trippelte ihm im Nachthemd hinterher. Zwanzig Sekunden später hörten wir, obwohl es oben laut genug herging, die Kleine schreien.

Ich war als erster über den Flur und die Treppe hinunter. Petronilla stand wie angewurzelt auf der Stelle und schrie aus Leibeskräften. Ich nahm sie auf den Arm. Sonst gab es nichts, was ich hätte tun können.

Petronius Longus lag mit weit von sich gestreckten Armen im Hof. Ein brutaler Schlag hatte ihn an jener besonders empfindlichen Stelle zwischen Hinterkopf und Nacken getroffen. Das Blut, da so verräterisch langsam aus der Wunde sickerte, sagte alles.

Eine kleine Ewigkeit lang stand ich einfach da, sein Kind im Arm, und konnte mich nicht bewegen. Ich konnte nichts für ihn tun. Ich wußte, er war tot.

LXVIII

Unter den polternden Schritten, die mir gefolgt waren, hörte ich Silvias klappernde Sandalen heraus. Wie ein Pfeil schoß sie an mir vorbei und warf sich über Petro. Mir war, als stöhne sie: *»O du mein Einziger!«*, aber da muß ich mich wohl verhört haben.

Ich drückte irgendwem das Kind in den Arm, lief zu Silvia und versuchte behutsam, sie von dem Leblosen fortzuführen. Helena Justina kam mir nach, kniete nieder und tastete nach Petros Puls.

»Marcus, komm hilf mir, er lebt!«

Von dem Moment an arbeiteten wir Hand in Hand. Das Leben barg wieder Hoffnung. Und es gab eine Menge zu tun. Larius ritt auf einem Esel los, um einen Arzt aufzutreiben. Ollia, die auf einmal erstaunliche Geistesgegenwart bewies, gelang es, Silvia zum Aufstehen zu überreden. Ich wollte Petro nicht bewegen, aber es wurde von Minute zu Minute dunkler, und wir konnten ihn nicht hier draußen liegen lassen. Helena requirierte ein Zimmer im Erdgeschoß (ich vermute, sie hat dafür bezahlt), und wir trugen ihn auf einer behelfsmäßigen Bahre hinein.

Von Rechts wegen wäre er tot gewesen. Ein kleinerer Mann hätte den Schlag nicht überlebt. *Ich* hätte ihn nicht überlebt. Vermutlich hielt irgendeine Schurke, der auf Schläge mit stumpfen Gegenständen spezialisiert war, mich jetzt für tot.

Petro lag in tiefer Bewußtlosigkeit; sein Zustand war gefährlich. Selbst wenn er wieder zu sich kam, würde er vielleicht nie mehr er selbst sein. Aber er war ein kräftiger, kerngesunder Mann mit Vitalität und Ausdauer. Larius schaffte einen Arzt bei, der die Wunde behandelte, uns erklärte, Petronius habe nicht viel Blut verloren, und meinte, wir könnten nun nichts weiter tun als ihn warmhalten und abwarten.

Helena tröstete die Kinder. Helena richtete Silvia mit Decken und Kissen ein bequemes Lager in Petros Krankenzimmer. Helena bezahlte den Arzt, scheuchte die Gaffer fort und beruhigte Ollia und Larius. Ich sah sie sogar zusammen mit Ollia die Kätzchen der Kinder füttern. Dann schickte sie einen Boten zur Villa hinauf, der ausrichten sollte, sie würde die Nacht über hier bleiben.

Ich machte die Runde um den Gasthof, wie Petro es sonst abends tat.

Ich stand draußen auf der Straße, lauschte in die Dunkelheit und sann auf Rache. Ich war mir sicher, wer dahintersteckte: Atius Pertinax.

Ich ging in den Stall und fütterte Nero. Als ich wieder in das Zimmer kam, wo Petro lag, saß Silvia mit Tadia im Arm vor seinem Bett und wiegte das Kind in den Schlaf. Ich lächelte, aber wir redeten nicht miteinander, um die Kleine nicht wieder munter zu machen. Ich wußte, daß Silvia mir die Schuld gab. Ausnahmsweise hatten wir einmal keinen Grund, uns zu streiten: Ich fühlte mich schuldig.

Ich löschte alle Kerzen bis auf eine und hielt dann bei ihm die Nachtwache. Sein Gesicht wirkte seltsam eingefallen. Und unter den Schrammen und blauen Flecken des Sturzes, war es so bleich und ausdruckslos, daß ich ihn kaum wiedererkannte. Wir waren seit zehn Jahren Freunde; wir hatten am Ende der Welt, in Britannien, zusammen in einer Kaserne gehaust und später auf den Gewaltmärschen während der Ionier-Unruhen ein Zelt geteilt. Daheim in Rom hatten Petro und ich seither mehr Weinkrüge geteilt, als ich hätte zählen mögen, hatten gegenseitig über unser Mädchen gespottet und über unsere Gewohnheiten gelacht, Gefälligkeiten und Scherze getauscht und nur dann gestritten, wenn seine Arbeit mit meiner kollidierte. Er war für mich der Bruder, der mein leiblicher Bruder, der Held, nie hatte sein können.

Er merkte nicht, daß ich bei ihm war. Irgendwann stahl ich mich hinaus; seine beiden größeren Töchter schliefen zusammengerollt an seiner Seite.

Ich schlich die Treppe hinauf und in Petros altes Zimmer. Hier drehte ich die Matratze um und fand Petros Schwert. Ich nahm es mit und lehnte es an mein Bett.

Im anderen Zimmer sprach Helena mit Ollia und Larius; ich steckte den Kopf zur Tür hinein, um die Häupter meiner Lieben zu zählen, und brachte es fertig, Helena majestätisch zurechtzuweisen. »Das war ganz und gar unnötig, aber danke, daß du geblieben bist. Ohne dich hätten wir hier das reinste Chaos. Ich will dich nicht mit unseren Sorgen belasten ...«

»Deine Sorgen sind meine Sorgen«, erwiderte Helena ruhig.

Ich lächelte, von Rührung übermannt, dann gab ich Larius einen Wink. »Schlafenszeit!«

Aber Helena hatte Ollia eben dazu bewegt, sich ihr anzuvertrauen, und Larius schien mit zu diesem Seminar zu gehören; ihre Stimmengemurmel drang noch geraume Zeit zu mir herüber.

Es war um die dritte Stunde des neuen Tages. Ich lag, die Arme verschränkt, auf dem Rücken, den Blick auf die Fensternische an der gegenüberliegenden Wand gerichtet, und wartete auf den Morgen und meine Chance, Rache zu nehmen. Eine Diele knarrte; ich erwartete Larius, aber es war Helena.

Wir kannten einander so gut, daß es keiner Worte bedurfte. Ich streckte ihr die Hand hin und rückte auf dem grauenhaften Bett zur Seite. Sie blies die Lampe aus, dann löschte ich mein Bettlicht.

Ich lag noch immer auf dem Rücken, aber jetzt waren meine Arme fest um Helena geschlungen. Ihre kalten Füße fanden eine Kuhle zwischen meinen Beinen, um sich zu wärmen. Ich erinnere mich deutlich, wie wir beide in dem Moment seufzten, aber ich weiß nicht mehr, wer von uns zuerst einschlief.

Sonst geschah nichts. Es gibt mehr als einen Grund, miteinander im Bett zu liegen. Helena wollte bei mir sein. Und ich brauchte sie.

LXIX

Die nächsten drei Tage durchstreifte ich die Bucht in einem gemieteten Schiff aus Pompeji, ein schwerfälliger Kahn, dessen träger Kapitän meine Eile nicht begriff oder nicht begreifen wollte. Wieder war ich auf der Suche nach der *Isis Africana*, und wieder schien all mein Bemühen nur Zeitverschwendung. Jeden Abend kehrte ich erschöpft und entmutigt zu unserem Gasthof zurück. Gegen Abend des ersten Tages kam Petronius wieder zu sich; er war noch sehr still und verwirrt, aber doch bei klarem Verstand. Auch seine allmähliche Genesung konnte meinen glühenden Zorn nicht eindämmen. Wie ich erwartet hatte, war ihm keine Erinnerung an den Überfall geblieben.

Am dritten Tag schrieb ich an Rufus und bot ihm die Zusammenarbeit an. Ich teilte ihm mit, was geschehen war und benannte die neue Anklage gegen Pertinax: Mordversuch an einem römischen Wachthauptmann mit Namen Lucius Petronius Longus. Der Botenjunge, den ich losgeschickt hatte, kam zurück mit der Nachricht, man erwarte mich im Hause Aemilius. Larius fuhr mich mit Neros Karren hin.

Rufus war ausgegangen. Seine Schwester wollte mich sprechen.

Ich traf Aemilia Fausta in einem kühlen Raum, dessen Fenster vom behäbigen Schatten eines Walnußbaumes verdunkelt wurden. Sie wirkte kleiner und schmächtiger denn je. Ihre Blässe wurde noch unterstrichen durch das wenig schmeichelhafte Aquamarin ihres altjüngferlichen Kleides.

Ich war verärgert. »Ich hatte erwartet, Ihren Bruder zu treffen. Hat er meinen Brief bekommen?« Fausta, die meine Reaktion offenbar vorausgeahnt hatte, nickte schuldbewußt. »Aha, also doch! Bildet er sich ein, er könnte den Täter ohne mich fassen?«

»Mein Bruder sagt, Spitzel hätten sich nicht in die Aufgaben eines Staatsbeamten einzumischen ...«

»Ihr Bruder redet zuviel!« Ich ließ sie merken, wie wütend ich war. Ich hatte eine lange Fahrt umsonst gemacht und einen Tag für meine Suchaktion verloren.

»Es tut mir leid«, flüsterte Fausta, »so leid um Ihren Freund. Ist er schwer verletzt, Falco?«

»Wer immer ihn überfallen hat, wollte jemandem den Schädel spalten.«

»Ihm?«

»Mir.«

»Wird er wieder gesund werden?«

»Das hoffen wir. Mehr kann ich nicht sagen.«

Sie saß kerzengerade in einem Korbstuhl, einen langen, fransenbesetzten Schal über die Knie gebreitet. Ihr Gesicht war seltsam starr, und ihre Stimme klang tonlos.

»Falco, gibt es keinen Zweifel, daß Pertinax Marcellus der Angreifer war?«

»Sonst hatte niemand ein Motiv. Sicher, viele Leute können mich nicht leiden; aber keiner außer ihm haßt mich so, daß er mir den Tod wünscht!«

»Mein Bruder«, fuhr sie fort, »hält es für vorteilhaft, daß Crispus und Pertinax jetzt zusammen sind ...«

»Da irrt Ihr Bruder. *Pertinax* hat jedes Gefühl für Moral verloren. Seine wahnwitzigen Anschläge zeigen überdeutlich, wie schlimm es um ihn steht. *Crispus* braucht man bloß seine überkandidelten Flausen auszutreiben.«

»Ja, Falco«, pflichtete sie mir leise bei.

Ich musterte sie nachdenklich und sagte dann: »Vespasian ist mit seiner Politik nicht einverstanden, und *Ihnen* mißfällt sein privater Lebenswandel – aber das alles schmälert nicht seine Befähigung für den Staatsdienst.«

»Nein«, versetzte sie mit traurigem Lächeln.

Meine Kopfhaut juckte erwartungsvoll – ein untrügliches Zeichen. »Mein Fräulein, haben Sie Informationen für mich?«

»Vielleicht. Mein Bruder hat, in der Absicht, Pertinax zu verhaften, ein Treffen mit Crispus vereinbart. Ich fürchte das Schlimmste. Sextus kann so unbeherrscht sein ...«

»Sextus? Oh, Ihr Bruder! Ich darf doch wohl annehmen, daß Pertinax von diesem freundschaftlichen Rendezvous nichts weiß?« Ob Aufidius Crispus nun seine Entscheidung gefällt hatte? Wollte er sich Vespasians Gunst sichern und den flüchtigen Pertinax ausliefern? Oder schaffte er sich bloß ein lästig gewordenes Anhängsel vom Hals, bevor er selbst nach dem Purpur griff? Unterdessen versuchte Aemilius Rufus (der seine Chance sehr wahrscheinlich wieder verpatzen würde), Pertinax zu schnappen, damit er ruhmbedeckt in Rom Einzug halten könne ... Bei diesem ehrgeizigen Projekt hatte mir keiner eine aktive Rolle zugedacht. »Aemilia Fausta, wo findet diese Begegnung statt?«

»Auf See. Mein Bruder ist noch vor Mittag nach Misenum aufgebrochen.«

Ich stutzte. »Er sollte der Flotte lieber nicht trauen. Crispus hat gute Freunde in der Trierarchie ...«

»Die«, bemerkte Aemilia Fausta sachlich, »hat mein Bruder auch!«

»Ah!«

Unvermittelt das Thema wechselnd, fragte Fausta: »Kann ich Ihrem Freund und seiner Familie irgendwie helfen?«

»Eigentlich nicht. Aber danke für den guten Willen.«

Wie so oft fühlte Fausta sich zurückgestoßen. »Sie finden, ich sollte mich da nicht einmischen ...«

»Genau«, sagte ich. Ein Gedanke ging mir durch den Kopf, den ich aber mit Rücksicht auf Petro gleich wieder verwarf.

Und doch – ich konnte mir vorstellen, daß Aemilia Fausta genau der Typ Frau war, die sich nach ihrer leidenschaftlichen Schwärmerei für Crispus in den Erstbesten verlieben würde, der sich ihre Sorgen anhörte. Das Szenarium wäre nicht neu. Mein Zeltkamerad Petronius, ein kräftiger, toleranter Mensch, der gern etwas Zartes auf den Knien schaukelte, zog eine Spur von glühenden Verehrerinnen hinter sich her, die ihn aus Gründen, die ich nicht näher erforschen mochte, als ihren Retter priesen. In der Regel blieb er ihnen freundschaftlich verbunden. Er würde also nicht wollen, daß ich mich seinetwegen mit Fausta herumstritt.

»Es gibt«, lenkte ich ein, »doch etwas, was Sie tun könnten. Petronius ist jetzt transportfähig, und ich möchte ihn nach Hause bringen. Könnten Sie der Familie ein paar anständige Sänften für eine bequeme Reise borgen? Oder noch besser: Ihren Bruder überreden, einen bewaffneten Geleitschutz bereitzustellen? Er wird das verstehen. Dann könnte ich auch Helena Justina ungefährdet in die Stadt zurückschicken ...« Fausta nickte dankbar. »Aber jetzt muß ich handeln, mein Fräulein, und zwar rasch! Sie sagten, das Treffen findet ›auf See‹ statt. Können Sie sich etwas genauer ausdrücken?«

»Versprechen Sie mir, daß Aufidius Crispus nichts geschieht?«

»Ich verspreche nie etwas, worauf ich keinen Einfluß habe. Aber mein Auftrag lautet, ihn unversehrt nach Rom zu bringen. Also, wo findet das Treffen statt?«

»Auf Capreae«, sagte sie. »Heute nachmittag. Unterhalb der Jovisvilla.«

LXX

Ich brauchte ein Schiff, und zwar schnell.

Ich rannte aus dem Haus. Nero, der kein Schamgefühl kannte, schloß gerade Freundschaft mit einem Paar struppiger Maultiere, die in einem Schwarm von Fliegen vor einem Portikus angebunden waren. Ich kannte die Maulesel. Larius lehnte an einer schattigen Mauer und plauderte mit ihren Reitern: einem Muskelprotz, dem man ungern im Dunkeln begegnet wäre, und einem bärtigen Zwerg. Beide trugen weiße, grünpaspelierte Tuniken, die Livree war mir nur allzu vertraut: Gordianus' Verwalter und sein Liliputanerspezi.

»Larius, laß dich nicht mit fremden Männern ein!«

»Das ist Milo ...«

»Milo bringt Unheil. Nun komm, wir haben's eilig. Mach Nero Beine, ich muß mir ein Schiff besorgen ...«

»Oh, Milo hat eines vor der Küste liegen ...«

»Ach, tatsächlich?« Ich zwang mich zu einem höflichen Ton.

Milo feixte. Der Kerl verursachte mir Kopfschmerzen; der einzige Trost war, daß meine nicht halb so schlimm sein konnten wie jenes Kopfbrummen, das ich ihm seinerzeit mit einem gewissen Porphyrgefäß beigebracht hatte. »Überzeugen Sie sich selbst!« höhnte er.

»Ich will's höflich formulieren: Zeigen Sie mir Ihr Schiff und ich verspreche, Gordianus nicht zu sagen, daß Sie mir die Mitarbeit verweigern wollten! Also los – die Schwester des Magistrats hat mich auf Pertinax' Spur gebracht!«

Am Südrand der Stadt bot ein überwölbter Deich einen hübschen Aussichtspunkt, wo die Bürger von Herculaneum auf dem Weg zu den Vorortbädern entlangschlenderten und die Schiffe betrachten konnten, die, ihren strengen Hafenbestimmungen zum Trotz, malerisch am Kai ankerten. Die Hafenmeisterei strotzte nicht gerade vor Kränen und Flaschenzügen zum Beladen und Löschen, hielt dafür aber auch für die weniger schmucken Pötte einen Liegeplatz bereit. Milos Knirps übernahm Nero und die Maulesel. »Er hat eine Hand für Tiere ...«

»Wahrscheinlich zieht er deshalb mit Ihnen durch die Gegend!«

Das Schiff, zu dem Milo uns führte, war die *Skorpion*, eine klobige Holzschaluppe. Die Besatzung war offenbar schon in Alarmbereitschaft. Sowie Larius, Milo und ich an Bord geklettert waren, zog ein Matrose die Landungsbrücke ein.

Ungepflegt und schwerfällig, wie ich ihn in Erinnerung hatte, empfing uns der Oberpriester Gordianus an Deck; seine Elefantenohren waren von einer Kapuze verdeckt, gerade so, als könne er seit dem Tode seines Bruders nicht mehr richtig warm werden. Sein Gesicht war immer noch grünlich-bleich, aber auf dem kahlen Schädel leuchteten rosa Flecken vom Sonnenbrand.

Wir gaben uns die Hand wie zwei Oberbefehlshaber im Krieg.

»Schön, daß wir endlich wieder zusammenkommen, Falco! Immer munter und wohlauf?«

»Ein paarmal bin ich nur mit knapper Not davongekommen. Vor ein paar Tagen hat Pertinax versucht, mich auf die gleiche Weise aus dem Weg zu räumen, wie er es auch schon bei Ihnen probiert hat ... Wie sind Sie dahintergekommen, daß er noch lebt?«

»Sie hatten ganz recht, mein Bruder hat tatsächlich versucht, mich zu warnen. Er hinterlegte den Brief bei seinem Bankier. Nachdem Sie Kolonna verlassen hatten, wurde er mir überbracht.«

»Und wie geht es Ihrem verwundeten Stellvertreter, Gordianus?« Halb und halb hatte ich die Antwort schon erwartet. Gordianus schlug die Augen gen Himmel: Der junge Priester war tot. Noch eine Mordanklage gegen Pertinax, leider wie immer ohne Beweise.

Die *Skorpion* segelte in die Bucht hinaus. Gordianus erkundigte sich, ob ich das Schiff wiedererkannt hätte. Ich verneinte, und wirklich, *gesehen* hatte ich es noch nicht, aber als Gordianus dem Kapitän zurief, er solle Kurs auf Capreae nehmen, fiel mir ein, daß ich wohl schon von der *Skorpion gehört* hatte. Der Kapitän war ein alter Bekannter von mir: ein lebhaftes Kerlchen mit glänzenden kleinen Knopfaugen und einem Hut wie ein umgestülpter Wiesenchampignon, der nun darauf wartete, endlich erkannt zu werden.

»*Laesus!* Was wäre das an einem anderen Tag für eine freudige Überraschung!«

Ich stellte meinen Neffen vor, der mit seinem Künstlerblick Laesus' seltsam verschiedenhälftiges Gesicht musterte. Plötzlich kam mir ein Gedanke, und ich blickte prüfend zwischen Gordianus und dem Kapitän hin und her. »Kennen Sie beide sich etwa schon lange?«

Gordianus lachte. »Nein. Wir trafen uns zufällig, als ich ein Schiff suchte, um meinen Hausstand von Kolonna nach Paestum zu überführen. Später fiel Ihr Name, und ich erfuhr von Ihren gemeinsamen Abenteuern.«

»Es gehört schon Glück dazu, jemand Zuverlässigem zu begegnen.«

»Stimmt. Laesus bleibt, bis diese Sache geregelt ist. Er hat mir geholfen, Aufidius Crispus zu finden; als Crispus dann meine Vermutung über den wahren ›Barnabas‹ bestätigte, hat Laesus sich zusammen mit Milo an Pertinax' Fersen geheftet.« Wir lehnten uns an die Reling, und die Mannschaft setzte das Großsegel für die Wende vor der Küste von Surrentum. »Falco, was halten Sie von diesem Rufus?« fragte Gordianus unvermittelt. »Mir macht der Mann einen ziemlich nachlässigen Eindruck.«

»Oh, er ist intelligent und sehr gewissenhaft.« Ich war nicht so dumm, Gordianus gegenüber einen jungen Senatsbruder zu kritisieren, bloß weil der ein Faible für alten Wein und junge Kellner hatte. Andererseits war der verpatzte Versuch, Pertinax festzunehmen, wirklich unverzeihlich. »Seine Tolpatschigkeit in der Villa Marcella spricht, denke ich, für sich selbst.«

Gordianus räusperte sich mißbilligend. »Unreif und egoistisch!« lautete sein markiges Urteil über den Magistrat. Deshalb hatte er privat Pertinax weiter verfolgt, obwohl er dessen offiziellen Haftbefehl schon angezettelt hatte.

Mit einer plötzlichen Erkenntnis wandte ich mich an Milo: »Wenn du Pertinax auf der Spur warst, dann mußt du auch dabei gewesen sein, als er meinen Freund im Gasthof überfallen hat!« So war es. Milo machte mich immer wütend – aber noch nie so wie jetzt. »Jupiter und Mars! Warum hast du Petronius Longus denn nicht gewarnt?«

»Pertinax hatte nach Ihnen gefragt!« schnaubte Milo gehässig. »Tut mir leid, daß wir nicht bleiben und Ihrem Freund helfen konnten, aber wir hatten Order, Pertinax zurück zur Jacht zu folgen ...«

Ich flüchtete ans andere Ende des Schiffes, um den Verwalter nicht in lauter kleinen, mundgerechten Stücken an die Fische zu verfüttern.

Die Fahrt nach Capreae ist immer weiter als vermutet. Der mürrische alte Kaiser Tiberius hatte seinen Lieblingssitz nicht von ungefähr gewählt; es blieb reichlich Zeit, Besuchern ein grimmiges

 Willkommen zu bereiten, bevor einlaufende Schiffe anlegten.

Ich wurde nicht seekrank, aber mir graute die ganze Zeit über davor.

»Geht es dir gut, Onkel Marcus?« fragte Larius fürsorglich. Ich erklärte ihm, daß Leuten mit empfindlichem Magen mit freundlichen Anfragen durchaus nicht gedient ist.

Larius, der ganz vernarrt war in Schiffe und sich auf See nie unwohl fühlte, lehnte neben mir und genoß die Überfahrt. Als die schier endlosen Klippen der Sorrentiner Halbinsel gemächlich vorbeizogen, hielt er das Gesicht in den Wind, ließ sich vergnügt vom Gischt besprühen und blinzelte hinaus auf das sonnenüberflutete Panorama.

»Onkel Marcus, Helena hat gesagt, ich soll mit dir reden.«

»Wenn's um dein verdammtes Wandgemälde geht; dafür bin ich jetzt nicht in der Stimmung.«

»Nein, es geht um Ollia.«

»Oh, das kann doch bloß ein Scherz sein!« Er sah mich vorwurfsvoll an. »Entschuldige! Na, schieß los.«

»Ollia bekommt kein Kind. Da hat Silvia sich geirrt. Zwischen Ollia und dem Fischerjungen ist nichts passiert ...«

»Meine Güte, warum hat sie es dann nicht geleugnet? Oder wenigstens er?«

»Das haben beide getan.«

»Stimmt. Also was ist nun wirklich los?«

»Er lief hinter ihr her, und sie wußte nicht, wie sie ihn loswerden sollte. Alle anderen haben die falschen Schlüsse gezogen ...«

»Alle außer dir, wie?«

Larius wurde rot. Ich verkniff mir ein Lächeln. Ernsthaft fuhr er fort: »Ollia hatte solche Angst vor Silvia, daß sie sich nicht getraute, die Wahrheit zu sagen.« Ich grinste. »Der Fischerjunge wollte gar nichts von ihr ...«

»Ja, aber was wollte er dann?«

»Er möchte nach Rom. Um vorwärts zu kommen.« Ich schnaubte verächtlich. »Ach, er ist gar kein so übler Kerl«, versicherte Larius. »Petro sagt, jetzt, wo er sich so angestrengt hat, sollten wir ihn auch mitnehmen. Mein Vater könnte ihn als Ruderer einstellen. Dann wäre ich frei ...«

»Ach, und wozu?«

»Um Freskenmaler in Pompeji zu werden.«

Eigentlich hatte er sich ganz gut herausgemacht, seit wir aus Rom fort waren. Er bedrängte mich nicht weiter wegen seiner künstlerischen Ambitionen, aber wahrscheinlich nur, weil ohnehin schon alles abgemacht war.

»Na, dann bestell Ollia meinen Glückwunsch ...«

»Ach, apropos Ollia ...«

Ich stöhnte, um nicht laut herauszulachen. »Ich kann's mir schon denken. Ollia hat erkannt, daß ihr Traummann ein Laternenpfahl mit schwarzen Fingernägeln ist, der obendrein Gedichte rezitiert, stimmt's?« Larius versteckte die Hände hinterm Rücken, aber ich stellte erfreut fest, daß er mir ansonsten standhielt.

Sie hatten einen dieser hübschen, reizenden Pläne, mit denen junge Leute sich so vorschnell das Leben vergällen. Larius bestand darauf, ihn mir zu schildern: heim nach Rom; Beichte bei seiner Mutter; zurück nach Pompeji; Berufsausbildung; Geld verdienen und sparen, bis man sich ein Zimmer mit Balkon würde mieten können ...

»Mit Balkon! Unabdingbar für einen alleinstehenden Herrn!«

»Onkel Marcus, warum bist du nur immer so zynisch?«

»Ich bin ein Junggeselle, der die Segnungen des Balkons genießt!«

Ach ja, und dann würden sie heiraten; zwei Jahre warten, bis Larius mehr Geld beisammen hatte; im Abstand von je zwei Jahren drei Kinder bekommen; und den Rest ihrer Tage beschaulich damit zubringen, das freudlose Leben anderer Leute zu beklagen. Es gab zwei Möglichkeiten; entweder würde sich das auswachsen und Ollia mit einem Sandalenschuster durchbrennen – oder Larius (wenn ich ihn richtig einschätzte) würde das ganze verrückte Luftschloß Wirklichkeit werden lassen.

»Helena Justina hat das also alles herausbekommen? Was meint sie denn dazu?«

»Sie hält es für eine gute Idee. Helena hat mir auch meinen ersten Auftrag gegeben«, setzte Larius verschmitzt hinzu. »Ich habe ihr ein Porträt gezeichnet: dich im Tiefschlaf mit offenem Mund.«

»Das hat sie bestimmt nicht behalten, oder?«

»Freilich! Sie wollte ein Souvenir ...«

Ich sagte nichts, weil ein Matrose aus dem Ausguck meldete: Capreae.

Als wir losgesegelt waren, war es bedeckt gewesen. Doch als wir uns jetzt der Insel näherten, riß die Wolkendecke mit einemmal auf, und wir glitten im gleißenden Sonnenlicht über ein azurblau strahlendes Meer.

Aus dem Haupthafen kam uns eine Regatta von Vergnügungsbooten entgegen, deren Segel wie dunkelrote Tupfen über die Wellen hüpften. Wäre die *Isis Africana* bei dieser scheinbar willkürlichen Jagd mit von der Partie gewesen, hätten wir sie wohl nie entdeckt, aber Curtius Gordianus gab Laesus Weisung, den Kurs zu ändern. Langsam und gründlich erforschten wir die einsamen Buchten, die nur vom Meer her zugänglich sind. Rings um die Insel herrschte lebhafter Verkehr von Fischerbooten und Ausflugskähnen, aber kein Störenfried wagte sich in die durchsichtig klare Lagune, in der unsere *Skorpion* nach langer Suche endlich die *Isis* vertäut fand.

Crispus und Pertinax badeten. Es war ein seltsam friedliches Bild.

Wir segelten näher, und Laesus warf den Anker aus. Die Schwimmer hatten uns entdeckt. Gordianus winkte Crispus zu wie ein alter Freund, den ein glücklicher Zufall hergeführt hat. Wir sahen Crispus auf dem Rücken treiben, als versuche er, Zeit zu gewinnen; vielleicht verfluchte er uns auch im stillen. Dann kraulte er gemächlich hinter Pertinax her, der sofort auf die Jacht zugeschwommen war. Sobald klar wurde, saß sie nicht den Anker lichteten, ließen der Oberpriester und ich uns samt Milo in einem Skiff hinüberrudern.

Als wir an Bord kletterten, stand Aufidius Crispus an Deck und trocknete sich ab; sein untersetzter, muskulöser Körper war schwarz behaart. Pertinax war in die Kombüse verschwunden, als wolle er sich ungestört ankleiden; vielleicht hoffte er, wir wären zufällige Besucher, die nicht lange bleiben würden. Crispus warf eine weite rote Tunika über und schüttelte sich das Wasser mit einer Verve aus den Ohren, an die ich mich in ganz anderem Zusammenhang erinnerte.

»Welch eine Überraschung!« sagte er, ohne freilich im geringsten überrascht zu wirken. »Gnaeus! Komm einmal her, ich möchte dir ein paar alte Freunde vorstellen!«

Da ihm nun nichts anderes übrigblieb, schlurfte Atius Pertinax an Deck. Er trug eine schön gegürtete weiße Tunika und hatte seine gewohnte starre Miene aufgesetzt. Als er Gordianus erkannte, wurde sein wasserblauer Blick vorsichtig. Mühsam rang er sich ein Lächeln ab und kam mit ausgestreckter Hand näher.

Gordianus, der wohl an seinen Bruder denken mußte, erstarrte. Er brachte es nicht über sich, die dargebotene Hand zu ergreifen. Da trat ich vor.

»Ich heiße Falco«, sagte ich und sah befriedigt, wie Pertinax erschrocken den Kopf zurückwarf. »Ich sollte eigentlich tot sein – aber Sie schließlich auch!« Dann nahm ich Haltung an und erklärte feierlich: »Gnaeus Atius Pertinax Carenius Marcellus, auch genannt Barnabas, im Namen des Imperators Vespasian Augustus, Sie sind verhaftet! Ich nehme Sie in Gewahrsam und werde Sie unverzüglich Rom überstellen. Sie haben das Recht auf eine Verhandlung vor Ihren Senatsbrüdern oder können sich, wie jeder Bürger Roms, direkt an den Kaiser wenden. Allerdings«, setzte ich mit Wonne hinzu, »müßten Sie dafür erst beweisen, wer Sie wirklich sind!«

»Wie lautet die Anklage?« stammelte Pertinax.

»Oh, Hochverrat, Mord, Brandstiftung, Überfall auf einen römischen Wachthauptmann – und ein Mordanschlag auf mich!«

LXXI

Pertinax schien mich jetzt zum erstenmal wahrzunehmen. Und doch hatte seine Arroganz kaum einen Dämpfer bekommen. Ich glaube, er begriff gar nicht, daß zum zweitenmal seit der Niederschlagung ihres Komplotts *er* es war, dem Gefängnis drohte, während seine Komplizen ihn seelenruhig im Stich ließen. Um ein Haar hätte er mir leid getan – aber wenn mir jemand nach dem Leben trachtet, schweigt mein besseres Ich.

Ich stand mit leicht gespreizten Beinen an Deck, spürte das Schlingern unter mir und das kapriziöse, wendige Temperament der *Isis* im Gegensatz zur schweren, behäbigen *Skorpion.*

Pertinax warf einen schrägen Blick auf Crispus und glaubte offenbar, ich würde auch ihn verhaften. Crispus zuckte bloß die Achseln. Ich nickte Milo zu. Das Skiff, mit dem wir herübergerudert waren, bot nur Platz für drei, und so kehrte zuerst Milo mit dem Gefangenen zur *Skorpion* zurück, um anschließend Gordianus und mir das Boot wieder herzuschicken.

Das Skiff hielt schaukelnd auf die Jacht zu. Crispus tauschte Höflichkeiten mit Gordianus aus und gratulierte ihm zu seinem ehrenvollen neuen Posten in Paestum. Beide ignorierten mich, als befänden sie sich auf einem hochwichtigen Bankett.

Auch ich war nicht in der Stimmung, mir zu gratulieren. Ich würde mich erst wieder wohl fühlen, wenn ich Atius Pertinax sicher hinter dicken Gefängnismauern wußte.

Ich ließ Gordianus den Vortritt ins Skiff.

»Danke für die Auslieferung des Gefangenen, Crispus!« Die Jacht wiegte sich geschmeidig auf den Wellen, ich spürte, wie mein Gleichgewicht in Gefahr geriet, und klammerte mich an die Reling. »Vespasians Dankbarkeit ist Ihnen gewiß.«

»Das freut mich.« Crispus lächelte. Hier auf seiner Jacht wirkte er älter und unscheinbarer als bei seinem Auftritt in der Villa Poppaea – dafür aber eher wie ein Mann, mit dem man ganz gern einmal zum Angeln gegangen wäre.

»Meinen Sie das ernst? Darf ich Sie demnach von der Liste derer streichen, die einen üblen Streich gegen ägyptische Kornschiffe planen?«

»Da bin ich abgesprungen«, antwortete Crispus scheinbar ganz freimütig.

»Was denn – keinen Erfolg bei der Flotte gehabt?«

Er machte keinen Versuch, den Plan zu leugnen. »Ach, der Kommandant und seine Kapitäne trinken mit jedem, der bezahlt – aber die Marine sieht sich als treue Soldaten. Eins muß man Ihrem Vespasian lassen, Falco – seine Armee ist absolut loyal.«

»Die Männer wissen eben, daß er ein guter General ist, Crispus.«

»Wollen wir hoffen, daß er auch einen guten Kaiser abgibt.«

Ich musterte sein Gesicht. Helena hatte recht; er war ein guter Verlierer. Die Frage war nur, ob er diesmal wirklich verloren hatte. Der einzige Weg, das herauszufinden, war, ihn gewähren zu lassen und scharf im Auge zu behalten.

Als ich mich über die Reling schwang, um ins Skiff hinunterzusteigen, stützte mich Crispus. »Danke. Sie können Vespasian um jeden Posten

bitten, der Ihnen genehm wäre«, versprach ich,
immer noch bemüht, ihn zu retten.

Aufidius Crispus warf einen verstohlenen Blick zum Skiff hinunter, wo Gordianus sich schwerfällig am Bug niedergelassen hatte. »Aber bei mir wäre es mit einem törichten Priesteramt nicht getan!«

Ich grinste. »Sagen Sie einfach, was Ihnen vorschwebt! Viel Glück, Crispus, und auf Wiedersehen in Rom ...«

Vielleicht.

Bis jetzt war alles glattgegangen – zu glatt; ich hätte es wissen müssen. Die Parze, die mein Schicksal lenkt, hat einen makabren Sinn für Humor.

Das Beiboot der *Skorpion* hatte uns etwa die halbe Strecke zurück zum Mutterschiff gerudert, als ein Neuankömmling in der Lagune erschien. Gordianus blickte mich an. Es war eine Trireme von der Misenum-Flotte.

»Rufus!« zischte ich. »Das sieht ihm ähnlich: Taucht mit seinem Rosenknospenkranz auf, wenn das Fest praktisch aus ist!«

Der Neuankömmling war unauffällig herangeglitten, aber kaum, daß wir die Trireme entdeckt hatten, fingen sie an, die Trommel zu schlagen. Auf der uns zugewandten Seite tauchten im Takt achtzig Ruder ins Wasser. Als die Trireme Fahrt gewann, brachen sich die Sonnenstrahlen in den Schilden und Speerspitzen des Geschwaders, das auf dem Kampfdeck Stellung bezogen hatte. Am Bug des unauffällig grau-blau gehaltenen Kriegsschiffes flammte stolz ein scharlachroter Blitz, und ein eindrucksvoll gemaltes Auge verlieh ihm einen Hauch von Lebendigkeit, als es jetzt dank der Kraft dreier vollbesetzter Ruderbänke mit todbringender Geschwindigkeit auf uns zuschoß. Hinter uns hörte ich den Warnschrei von Bassus, dem Bootsmann der *Isis.*

Der Matrose, der unser Skiff ruderte, hielt inne. Wenn die Triremen auch gewissermaßen die Arbeitspferde der Marine waren und in der Bucht häufig auftauchten, verschlug es einem dennoch den Atem, eine so mit voller Kraft dahinfliegen zu sehen. Nichts auf dem Meer war so schön – und so bedrohlich.

Gordianus und ich sahen das Schiff auf uns zusteuern. Wir waren vor Angst wie gelähmt. Wir sahen seinen Rachen – die schweren, bronzeverkleideten Planken, die ihm als Sturmbock dienten; das tückisch gezackte, stets hungrig aufgesperrte Maul hart über der Wasserlinie. Es kam uns so nahe, daß wir das Knirschen der Riemendolle hörten und beim Heben der Ruder das Wasser von den Blättern spritzen sahen. Im nächsten Augenblick warf unserer Ruderer sich flach auf den Boden, und wir klammerten uns am Skiff fest. Riesige Brecher aus dem Kielwasser der Trireme schlugen gegen unsere erbärmliche Nußschale.

Wir warteten, wohl wissend, daß eine Trireme auf der eigenen Kiellänge wenden kann. Hilflos auf den gepeitschten Wogen schaukelnd wie ein prächtig aufgezäumtes Treibgut, wartete auch die *Isis Africana.* Aber die Trireme stoppte nicht. Haarscharf vor dem Aufprall traf Aufidius Crispus seine letzte spontane Entscheidung. Ich erkannte seine rote Tunika, als er untertauchte.

Seine mutwillige Spielernatur, diese betrübliche Charakterschwäche, hatte ihn abermals zur falschen Entscheidung verleitet.

Er geriet direkt unter die Ruderblätter an Steuerbord. Nur auf der obersten der drei Ruderbänke, am Braßbaum, von wo aus die Schaufeln zu sehen waren, dürfte man ihn überhaupt bemerkt haben. Einmal noch erhaschte ich einen Blick auf seinen gespenstisch kreiselnden Rumpf. Etliche Ruder waren blockiert. Zwei knickten ab. Die übrigen aber pflügten unaufhaltsam weiter wie die geriffelte Flosse eines gigantischen Fisches; und so rammte der schlanke Kiel des mächtigen Kreuzers die zierliche Jacht mit voller Breitseite. Der Sporn traf sie mit ungebremster Wucht und – daran konnte kein Zweifel bestehen – in bestialischer Absicht. Die Trireme bohrte sich mit einem einzigen gewaltigen Stoß in die *Isis* und strich dann unverzüglich die Riemen: das klassische Manöver der Flotte, um dem aufgebrachten Feind die zertrümmerten Planken aus dem Rumpf zu reißen, sowie beide Schiffe wieder aufeinanderprallen. Die *Isis* war freilich so leicht gebaut, daß die Trireme, statt sich von ihr loszumachen, den lädierten Rumpf der Jacht mit sich schleppte.

Totenstille legte sich über die Lagune.

Ich las am Bug der Trireme, daß sie *Pax* hieß. In den schwachen Händen eines inkompetenten Kleinstadtmagistrats wurde sie diesem Namen freilich kaum gerecht.

Unser Bootsmann hatte sein Ruder verloren; er schwamm ihm nach und ließ uns, bis er es gefunden hatte, auf den noch immer wild schaukelnden Wellen allein. Als wir ihn wieder an Bord gezogen hatten, wendete er das Skiff; wir machten uns bereit, zu retten, was zu retten war. Die Besatzung der *Isis* klammerte sich an die Takelage, bis sie an Bord der *Pax* übergeholt wurde. Die Marinesoldaten schwärmten über den mächtigen Bronzerammbock aus und hackten die Reste der Jacht herunter. Geborstene Planken des einst so wunderschönen Spielzeugs tanzten auf den Wellen. Aus dem vibrierenden Wrack hörten wir die Schreie eines eingeschlossenen Matrosen. Ohnmächtig wandten Gordianus und ich uns ab und erklommen eine Strickleiter zum Deck der Trireme, um den Magistrat zur Rede zu stellen. Wir kamen am Heck herauf. Rufus machte keine Anstalten, uns entgegenzugehen, daher durchmaßen wir beide der Länge nach das riesige Schiff, bis wir ihn in einer Gruppe Matrosen erblickten, die eben unter dem Kommando des finster dreinblickenden Bootsmanns Aufidius Crispus' sterbliche Überreste über die Reling hievten.

Noch ein Leichnam.

Dieser landete mit dumpfem Aufprall an Deck, wo sich unter ihm im Nu eine trübe Lache von jener eigentümlich hellroten Färbung bildete, die Blut annimmt, wenn es sich mit Salzwasser mischt. Wieder ein brutaler, sinnloser Tod. Ich spürte, daß Gordianus vor Zorn ebenso außer sich war wie ich. Er riß sich den Mantel von den Schultern, und wir hüllten den zerschmetterten Körper darin ein. Gordianus bedachte Aemilius Rufus mit einem einzigen Wort, bevor er sich abwandte: »*Vergeudung!*«

Ich war nicht so zurückhaltend.

»Was sollte dieses grauenvolle Manöver? Behaupten Sie ja nicht, Vespasian hätte das angeordnet – Vespasian ist kein solcher Tor!«

Aemilius Rufus zögerte. Er sah noch immer atemberaubend gut aus, aber die selbstbewußte Art, mit der er mich einmal beeindruckt hatte, wirkte schal. Er war nichts weiter als ein sprunghafter Aristokrat ohne Urteilsvermögen und bar jeder praktischen Intelligenz. Ich hatte es während der Großen Rebellion in Britannien erlebt und sah es nun hier zu Hause wieder: zweitklassige Beamte mit imposant klingendem, aber hohlem Namen, die tüchtige, tapfere Männer mutwillig in den Tod schickten.

Er gab keine Antwort. Ich hatte auch keine erwartet.

Rufus hatte den Blick über die Riege der geretteten Besatzungsmitglieder schweifen lassen und verbarg nur mühsam seine Bestürzung, als er den einen Mann nicht finden konnte, den er suchte.

»Bedaure! Ein tragischer Unglücksfall! Aber immerhin ist das Problem Crispus damit gelöst ...«

»Crispus war nie ein Problem!« Meine schroffe Antwort brachte ihn vollends aus dem Gleichgewicht.

»Falco, was ist mit Pertinax geschehen?«

»Wenn es nach Ihnen ginge, würde er jetzt die Austern füttern. Aber nur keine Angst, er dürfte auf der *Skorpion* sicher sein ...«

Ich hätte es besser wissen müssen.

Als wir an die Reling traten und nach meinem Freund Laesus Ausschau hielten, entdeckten wir, daß die *Skorpion* während des Tumults die Anker gelichtet hatte. Sie hatte schon ein gutes Stück Vorsprung gewonnen und hielt direkt aufs offene Meer zu.

LXXII

Noch mußten Wrackteile von der Trireme losgeschlagen und geborstene Ruder eingeholt werden. Trotzdem hätten wir die *Skorpion* noch eingeholt. Aber als wir die Verfolgung aufnahmen, gerieten wir mitten in die Regatta, die ich zuvor schon gesehen hatte. Die *Skorpion* war bereits jenseits der tanzenden kleinen Bootsschar, und so blieb unserer schwerfälligen Trireme keine andere Wahl, als sich zwischen diesen Nußschalen durchzuschlängeln, auf denen freilich niemand den Ernst der Lage begriff. Die Eigner der Boote waren Senatorensöhne und Neffen von Stallmeistern, und weil wir ihr Rennen gestört hatten, beschlossen diese hochfahrenden Jünglinge, es geschähe uns ganz recht, wenn sie zur Strafe ihre schmissigen Jollen um uns scharen würden wie aufgescheuchte Elritzen, die an einer mit Wasser vollgesogenen Semmel naschen.

»Beim Jupiter!« schrie Gordianus verzweifelt. »Pertinax muß Laesus überwältigt haben, und jetzt macht er sich aus dem Staub! Ach, und er hat Milo ...«

»Was kümmert mich Milo«, versetzte ich. »Er hat meinen Neffen Larius!«

Die Trireme verfügte über ein Segel, aber das hatte man vor dem Angriff eingeholt, und nun verloren wir kostbare Minuten, bis es wieder gesetzt war. Unterdessen hielt das Handelsschiff schon auf die Spitze der Halbinsel zu. Der frische Wind, der uns nach Capreae hinausgetragen hatte, verhalf auch ihm noch zu mindestens fünf

Knoten, als er Kurs auf die Landzunge nahm. In einer Schleife vor der Küste von Amalfi verloren wir die *Skorpion* aus den Augen.

»Wie hat er das nur gemacht?« jammerte Gordianus.

»Gut plazierte Freunde!« antwortete ich verbittert. »Ihr und mein Verbündeter, der ach so vertrauenswürdige Laesus, muß von Anfang an mit Pertinax unter einer Decke gesteckt haben!«

»Falco, was wollen Sie damit sagen?«

»Daß wir das Opfer einer kalabrischen Clique geworden sind. Als ich in Kroton Laesus das erste Mal traf, war das kein Zufall; er muß dort gewesen sein, um Pertinax abzuholen. Mir schien gleich, als hätte er ein ganz entgeistertes Gesicht gemacht, als ich von Pertinax' Tod sprach! Und ich könnte schwören, daß Laesus versucht hat, mich zu vergiften. Nachdem Pertinax Ihren Stellvertreter überfallen hat, ist er bestimmt auf der *Skorpion* entflohen. Als Laesus sich anbot, Sie nach Paestum zu bringen, da handelte er in Pertinax' Auftrag ...«

»Aber warum?«

»Sie stammen beide aus Tarentum und kannten sich gewiß schon lange, bevor Pertinax von Marcellus adoptiert wurde. Tarentum ist eine jener kalabrischen Gaunerstädte, wo die Einheimischen unerschütterlich zusammenhalten.«

Mein Herz sank, als mir einfiel, daß Laesus früher die Alexandriaroute gesegelt hatte: Pertinax mußte ihn hierher zitiert haben, weil er den genauen Kurs der jährlichen Kornlieferungen kannte. Crispus war tot, aber Pertinax war wieder auf freiem Fuß und kannte den Plan seines einstigen Komplizen, der damit den Kaiser und ganz Rom hatte erpressen wollen. Pertinax, dessen Adoptivvater ihm aberwitzige Flausen in den Kopf gesetzt hatte!

Auf den ersten Blick stellte Pertinax, verglichen mit einem hochbegabten Mann wie Crispus, gar keine Bedrohung für das Imperium dar. Aber man denke nur an Caligula und Nero: Rom hat die fatale Angewohnheit, geisteskranke Möchtegernkaiser ins Herz zu schließen.

Der Magistrat Aemilius Rufus trat zu mir: schon wieder Ärger.

»Wir werden die Flüchtigen bald überholen«, prahlte er. Und hatte sich wie gewöhnlich verrechnet. Wir holten die *Skorpion* überhaupt nicht mehr ein. Als wir endlich die Landspitze nach Positanum umrundeten, schwammen eine Menge Deckplanken im Wasser, aber das Schiff selbst war und blieb verschwunden.

Es gab keinen Grund mehr zur Eile, und so rafften die Matrosen das Segel.

Dann, plötzlich, ein Schrei aus dem Ausguck. Vor uns im Wasser erkannte man hektische Bewegung. Die *Pax* schwamm heran und zog dann vorsichtig die Ruder ein. Ein paar Mann Besatzung der *Skorpion* klammerten sich an schwimmendes Treibholz; wir holten sie an Bord. Und dann schluchzte ich vor Erleichterung. Matt grinsend, aber so erschöpft, daß er kein Wort herausbrachte, trieb mein Neffe auf dem Rücken. Mit letzter Kraft versuchte er, einen Mann zu bändigen, der kopflos um sich schlug. »Milo!« rief Gordianus. »O Falco, Ihr tapferer junger Neffe hat meinen Verwalter gerettet!«

Ich brummte, daß Larius noch nie viel Verstand bewiesen habe.

Offenbar hatten wir einen sehr lebhaften Auftritt versäumt. Als Milo sah, wie triumphierend Atius Pertinax den Kapitän der *Skorpion* begrüßte, lief er Amok. Doch Laesus überwältigte ihn und fesselte ihn mit Angelruten. Mein Neffe stand mit Unschuldsmiene daneben; der Kapitän schlug Pertinax vor, Larius als Geisel zu behalten.

»Beim Jupiter, das hat er sich unterstanden? Aber wie bist du ins Wasser geraten, Larius, und wo ist das Schiff?«

Mein Neffe setzte wieder einmal seine nonchalante Miene auf. »Oh, die *Skorpion* hätte dringend eine neue Pechabdichtung gebraucht, das war mir aufgefallen. Also stellte ich mich seekrank und ging unter Deck. Zufällig hatte ich aus unserer Zeit als Bleihändler noch einen Meißel im Ranzen, und mit dem habe ich mich dann über die Bilgen hergemacht. Die Würmer hatten mir da übrigens schon gut vorgearbeitet. Der Kielraum war so porös, daß die *Skorpion* den nächsten Sturm sowieso nicht überlebt hätte. Na ja, es dauerte nicht lange, und ich hatte ihr mehr Löcher in den Rumpf geschlagen, als ein Weinsieb hat ...«

»Und was geschah dann?«

»Na, was wohl? Sie ist gesunken.«

Während der Sohn meiner Schwester als Held gefeiert wurde, hörte ich, daß alle, die schwimmen konnten, von Bord gesprungen waren, als die *Skorpion* ins Schlingern geriet. Milo war noch immer gefesselt, Aber das heikle Gewissen meines Neffen trieb ihn dazu, den Verwalter zu retten: keine leichte Aufgabe für ein vierzehnjähriges Bürschchen. Selbst als Larius ihm ein schwimmendes Rundholz unterschob, brauchte er all seine Kraft, um den muskelbepackten Milo, der in wilder Panik um sich schlug, über Wasser zu halten. Als wir die beiden auffischten, sah mein guter Junge sehr mitgenommen aus.

Wir ruderten die *Pax* so nahe wie möglich an die Felsen heran und ließen Boote zu Wasser. Am Strand sammelten wir noch ein paar durchweichte Besatzungsmitglieder auf, aber Laesus wie Pertinax waren entwischt. Es hieß, sie seien zusammen in die Lactarii-Berge hinaufgestiegen. Aemilius Rufus ruderte mit der Trireme nach Positanum und stellte eine Suchmannschaft zusammen.

Erfolg hatte er damit keinen. Typisch.

Ich blieb im Hafen unterhalb der steil an den Hang gebauten kleinen Stadt und spendierte Larius eine kräftige Mahlzeit, um ihn wiederzubeleben. Milo blieb ebenfalls an seiner Seite; er floß über vor Rührung und Dankbarkeit, aber wenn ich hoffte, er würde sich revanchieren und eine gute Flasche Wein spendieren, so hatte ich mich geirrt. Als die Aufregung sich etwas gelegt hatte, raunte Larius mir zu: »Pertinax hat irgendwo bei Neapolis ein Versteck – er hat mit dem Kapitän darüber gesprochen, daß er dort hin will.«

»Damit kann nur das Gehöft gemeint sein!«

Die röhrende Baßstimme gehörte Bassus. Nachdem die Trireme die *Isis* versenkt hatte, war es uns gelungen, den Bootsmann aus dem Wasser zu ziehen, bevor das Gewicht seiner goldenen Amulette ihn auf den Grund zog. Nun saß er schon geraume Zeit hier und hatte stumm vor sich hingebechert: aus Trauer über den Verlust seines Herrn, der Jacht und seines Lebensunterhalts. Ich bat ihn, sich zu uns zu setzen. Die Bank senkte sich gefährlich unter seinem Gewicht, als Bassus sich neben Larius, Milo und mir niederließ.

»Waren Sie schon mal auf diesem Hof, Bassus?«

»Nein, aber ich habe gehört, wie Pertinax sich bei Crispus beklagt hat, weil es dort so schäbig und runtergewirtschaftet sei. Das war sein Vorwand, um sich bei uns an Bord einnisten zu können ...«

»Bassus! Denken Sie nach! Wo liegt dieses Gehöft?«

»Keine Ahnung. Er hat bloß gesagt, daß es da mörderisch stinkt.«

Larius lachte plötzlich – ein leises, zuversichtliches Glucksen tief in seiner Kehle.

»O Onkel Marcus, das wird dir nicht gefallen – aber es könnte die Klitsche sein, von der dieser Mann dich verjagt hat: der mit dem hübschen Mädchen und dem großen, zutraulichen Hund!«

Mein Gefühl sagte mir, daß Larius auf der richtigen Fährte war.

Also leerten wir unsere Becher, standen ein bißchen schwankend auf und wandten uns zum Gehen. Ich fragte: »Kommen Sie mit uns, Bassus?« Aber er war so bekümmert über den Verlust der *Isis*, daß er in Positanum und beim Wein bleiben wollte.

Er begleitete uns allerdings bis vors Tor. Als wir einen Moment lang blinzelnd auf der Schwelle verharrten, hörte ich Bassus spöttisch auflachen. »Na, wenn das nicht Schicksal ist!« Damit deutete er südwärts aufs Meer hinaus. »Seht doch nur, da kommen sie ...«

Was sich da langsam auf die Küste von Amalfi zubewegte, war das eindrucksvollste Schiff, das ich je gesehen hatte. Die Königsbarke der Ptolemäer soll angeblich noch größer gewesen sein, aber ich hatte nie die ägyptische Flotte mit eigenen Augen sehen dürfen. Das hier war jedenfalls ein Monstrum. Wenn dieser Kreuzer vor Anker ging, überragte er unweigerlich alle anderen Schiffe, so wie die mehrstöckigen Gebäude in Rom die flachen Katen auf dem Land.

Die Barke besaß nicht nur das normale Rahsegel, sondern auch ein ganzes Arsenal von Topsegeln. Weit, weit hinter ihr erkannte ich ein paar dunkle Kleckse, die, zwar noch scheinbar reglos kiellastig unter ihrer schweren Fracht, sich alsbald unerbittlich nähern würden.

»Bassus? Was zum Hades ist das?«

Er kniff angestrengt die Augen zusammen, indes das Ungetüm der Steilküste unmerklich näher rückte. »Wahrscheinlich die *Parthenope* ... könnte aber auch die *Venus von Paphos* sein ...«

Und da begriff ich: Das erste der Kornschiffe war angekommen.

LXXIII

Meine Gedanken rasten.

»Bassus, ich achte Ihre Treue zu Crispus. Ich hatte übrigens auch eine gute Meinung von ihm. Aber er ist tot. Und wenn wir nichts unternehmen, wird Atius Pertinax die Kornschiffe kapern und Rom bedrohen.«

Der Bootsmann hörte mir wie immer ungerührt zu. »Ich schaffe das nicht allein. Ich brauche Ihre Hilfe, Bassus, oder das Spiel ist aus. Sie haben den Herrn verloren, dessen Schiff Sie führten, und Sie haben die Jacht verloren. Jetzt biete ich Ihnen die Chance, sich einen Ruf als Held zu machen und einen Ehrensold zu verdienen ...«

Während er den nächsten Becher leerte, dachte Bassus über meinen Vorschlag nach. Der Wein machte ihn anscheinend zugänglicher. »Na schön. Ich denke, ich kann damit leben, ein Held zu sein. Aber wir müssen uns einen Plan ausdenken ...«

Ich hatte keine Zeit, um den heißen Brei herumzureden. Seit ich in die Campania gekommen war, hatte ich unablässig darüber nachgegrübelt, und mein Plan war bereits fix und fertig. Ohne groß auf meine weise Voraussicht und Findigkeit hinzuweisen, erklärte ich Bassus, wie wir vorgehen sollten.

Ich ließ ihn in Positanum zurück, wo er mit den Kornschiffen Kontakt aufnehmen sollte. Sobald der Großteil des Konvois sich in der Bucht von Salernum, also noch außer Sicht der misenischen

 Flotte, versammelt hätte, würde er mir Nachricht geben.

Als der Magistrat seine geliehene Trireme wieder um die Landzunge zurückführte, bat ich ihn, meine kleine Schar in Oplontis abzusetzen – ohne ihm freilich zu verraten, warum. Gordianus wußte Bescheid. Er hatte sich angeboten, den Leichnam des Aufidius Crispus nach Neapolis zu eskortieren; mir blieben also Larius und Milo. Larius hatte heute schon genug fürs Imperium geleistet und blieb im Gasthof.

Milo und ich machten uns auf den Weg zum Bauernhof.

Als wir uns vorsichtig am Spalier entlang anpirschten, schlug mir der gleiche Geruch entgegen wie beim erstenmal. Der Hof war noch genauso verwahrlost. Nur der Hund lag nicht an seiner Kette; darüber war ich zuerst ganz froh, bis mir der Gedanke kam, daß er womöglich frei herumstreichen könnte. Es dämmerte schon; nach dem langen, heißen Tag schlug einem der Gestank ungepflegter Tiere und abgestandener Jauche unangenehm auf den Magen. Milo hielt sich immer ein paar Schritte hinter mir.

»Sie sind aber auch zu nichts nütze«, erklärte ich ihm freundlich. »Sieht mir ähnlich, daß ich mir einen wie Sie aufhalse, Milo, ein großer Hund ist wie ein Bodybuilder – der reinste Feigling, bis er Angst riecht.« Auf dem unsympathischen Gesicht des Verwalters standen dicke Schweißtropfen, und seine Furcht roch sogar ich. »Der Köter hat uns doch noch gar nicht entdeckt ...«

Bevor wir uns ans Haus heranwagten, durchkämmten wir erst einmal die stinkenden Nebengebäude. In dem zerfallenen Mistschuppen, der als Stall diente, fanden wir einen kräftigen Schecken.

»Pertinax hat diesen Zigeuner als Packpferd benutzt, als er mir nach Kroton folgte! Würde mich nicht wundern, wenn der Halunke auf dem Rotschimmel ausgeritten ist ...«

Ich ging, immer wieder nach ekligen Schmeißfliegen schlagend, voran, und wir waren schon fast am Haus, als wir plötzlich beide wie angewurzelt stehenblieben; der Wachhund schnitt uns den Weg ab.

»Nur keine Angst, Milo. Ich mag Hunde ...«

Stimmt, aber den da mochte ich nicht. Er knurrte, was zu ihm paßte. Ich schloß daraus, daß wir es hier nicht mit der Art Köter zu tun hatten, der den Schwanz einzieht, wenn man ihn scharf ansieht und »Buh!« macht.

Wenn er sich auf die Hinterbeine stellte, war er so groß wie ein ausgewachsener Mann – eins dieser schwarzbraunen Monster, die als Kampfhunde gezüchtet werden, mit Stiernacken und kleinen, tückischen Augen. Milo hatte ihm ein paar Pfund voraus, aber ich war die Art mundgerechter Leckerbissen, den diese Bestie besonders gern aufs Korn nahm. Und wirklich starrte der Hund mich an.

»Braver Zerberus!« ermunterte ich ihn beherzt. Hinter mir hörte ich Milo japsen. Was ich brauchte, war ein vergiftetes Hühnchen, aber da Milo tatenlos zugesehen hatte, wie man Petro den Schädel spaltete, war ich gern bereit, ihn statt dessen als Köder zu verwenden.

Ich flüsterte Milo zu: »Wenn Sie ein Stück Schnur dabei haben, lege ich ihn an die Leine.« Der Hund freilich hatte andere Pläne. Das Grollen in seiner Kehle wurde unheilverkündend. Ich konzentrierte mich ganz darauf, ihn zu besänftigen.

Ich redete immer noch auf ihn ein, als er zum Sprung ansetzte.

Ich rammte ihm den Ellbogen in die Brust und spreizte haltsuchend die Beine, während ich seinem Teufelsschlund auszuweichen suchte. Sein Atem roch nach Aas, und sein Gebiß war einfach unglaublich. Ich hätte ihn anbrüllen sollen; solchen Biestern muß man zeigen, wer der Herr ist. Aber ich kam nicht dazu.

»Zurück, Milo!«

Immer dasselbe mit diesem Milo: Man gibt ihm einen Befehl, und prompt tut er das Gegenteil. Zum Glück für uns beide hatte Milo seine ganz eigene Vorstellung davon, wie man einen Hund zähmt: Er packte ihn von hinten, riß ihm die Fänge auseinander, drehte den mächtigen Schädel mit einem scharfen Ruck nach hinten und brach Fido das Genick.

Wir standen mit zitternden Knien im Hof. Ich gab zu, daß wir jetzt wohl quitt seien.

Laesus war im Haus. Ich stöberte ihn auf; Milo nahm ihm sein Seemannsmesser ab.

Wir zerrten ihn über die Schwelle nach draußen. Die traurige Seite seines Gesichts landete in einem Kuhfladen; die fröhliche konnte sehen, was Milo mit dem Hund angestellt hatte.

»Falco, bitte!« keuchte er, bemüht, sein altes freundliches Grinsen wieder vorzuholen. Ich ging zunächst drauf ein.

»Laesus! Ich hatte gehofft, daß wir uns noch mal über den Weg laufen, alter Freund. Ich wollte Sie nämlich warnen: Wenn Sie das nächste Mal in

Ihrer Lieblingskneipe Fischsuppe mit Safransauce bestellen, dann nehmen Sie sich vor der Belladonna in acht, die druntergemischt wird!«

Milo fand den Gedanken, daß jemand meine Suppe vergiftet hätte, so amüsant, daß er das Gesicht des Kapitäns gleich noch tiefer in den Mist drückte.

»Ich hab mein Schiff verloren!« klagte Laesus dumpf. Als alter Seebär konnte er faule Fische verkraften, aber beim Hautkontakt mit den Freuden der Landwirtschaft verlor der arme Kerl die Nerven.

»Das ist wahrhaftig eine Tragödie! Sie können entweder meinen Neffen dafür verantwortlich machen – oder sich selbst die Schuld geben, weil Sie meine geweihte Ziege aufgefuttert haben!« Laesus stöhnte und versuchte, etwas zu erwidern, aber Milo vergnügte sich auf die ihm liebste Weise – indem er seine Muskelkraft einsetzte, um einen Übeltäter auf möglichst unangenehme Art zu bestrafen. »Laesus, wo ist Pertinax?« fragte ich streng.

»Ich weiß nicht ...« Milo zeigte Laesus, welche Körperteile überhaupt keinen Druck vertragen. Ich zuckte zusammen und schaute schnell weg.

Ich setzte Laesus auseinander, was ich mir über Treueschwur und Bündnispakt in Tarentum zusammengereimt hatte. »Ich hätte daran denken sollen, daß ihr Kalabrier zusammenhaltet wie dieser klebrige Kot hier! Auf dem Markt in Kroton haben Sie mich wahrscheinlich bloß gerettet, weil ein erschlagener kaiserlicher Agent auf dem Forum sogar in Bruttium Aufsehen erregt hätte. Sie wollten mich lieber in aller Stille beseitigen – und haben es nur durch Zufall nicht geschafft! Ich habe mich gewundert, wieso Sie mich mit aller Gewalt überreden wollten, doch mit Ihnen nach Rhegium zu segeln. Bestimmt wäre ich mit Bleigewichten in den Schuhen über Bord gesprungen! Gordianus kann von Glück sagen, daß er Milo bei sich hatte, solange er auf Ihrem Schiff war. So, und jetzt frage ich dich noch einmal, Kerl: Wo ist Pertinax? Sag's mir, oder du wirst nicht bloß Mist zu fressen kriegen, sondern Milo wird die Felder mit dem düngen, was von dir übrigbleibt!«

Milo hob den Kapitän an Nacken und Füßen gerade so weit aus dem Kot, daß Laesus hervorwürgen konnte: »Er hat hier eine Nachricht bekommen ... Sein Vater ist krank ... Aber ...«

»Aber was?« knurrte ich.

»Er will unterwegs vielleicht seine Ex-Frau besuchen!«

LXXIV

Wir machten einen raschen Erkundungsgang über den Hof, aber die Bewohner waren offenbar ausgeflogen. Wir fanden nur üble Gerüche, Ameisen in der Käsepresse und emsig surrende Fliegen. Schließlich stießen wir auf dem Feldweg mit dem Schurken zusammen, der mich beim erstenmal vom Hof verjagt hatte.

Milo hatte alle Hände voll mit Laesus zu tun, der eine Chance zur Flucht witterte und wie wild um sich schlug. Also knöpfte ich mir den Bauern vor. Er war frisch und ausgeruht, während mich nach diesem anstrengenden Tag die Müdigkeit übermannte. Wir umkreisten einander. Er hatte zwar diesmal seinen Knüppel nicht dabei, aber seine Haltung verriet mir, daß er der geborene Ringer war. Ich bevorzugte Sportarten, wo es auf Geschicklichkeit ankommt. Wir gerieten in ein kurzes Handgemenge, und schon lag ich völlig atemlos auf dem Rücken. Aber auch ich hatte in den Ferien Kondition gewonnen; so rappelte ich mich denn rasch wieder auf und erwartete, diesmal geistesgegenwärtiger, den nächsten Schlag.

Der kam aber nicht. Wie ein weißer Blitz war plötzlich etwas herangeschossen und der Bauer der Länge nach hingeschlagen. Eine Ziege hatte ihn wie im Flug gefällt – eine Ziege, die mir irgendwie bekannt vorkam ... Ich sagte: »Ihr Vieh ist ja gut trainiert!« Dann zog ich dem hingestreckten Tölpel eins über, daß er die Besinnung verlor. Wenn er aufwachte, würde er gräßliches Kopfweh haben und feststellen, daß wir längst über alle Berge waren.

Die Ziege, die ihn niedergeworfen hatte, mekkerte voller Leidenschaft und stürzte sich auf mich. Ich mußte mich anstrengen, um nicht das Gleichgewicht zu verlieren, während ich die Liebkosungen einer alten Freundin aus Kroton abwehrte.

Laesus machte ein schuldbewußtes Gesicht. »Jedesmal, wenn das Feuer brannte, rannte sie weg. Sie macht einem bloß Ärger, Falco, Sie können sie wiederhaben ...«

Und so verließen wir den verdreckten Schlupfwinkel: Milo zerrte Laesus an einem Strick hinter sich her, und ich führte meine geweihte Ziege an der Leine.

Als wir in Oplontis ankamen, schickte ich Milo mit Laesus nach Herculaneum, damit er ihn dort sicher in einer Gefängniszelle abliefere. Ich hatte noch eine Rechnung mit Pertinax offen und deshalb zu tun. Milo hatte Verständnis dafür; alte Rechnungen begleichen war sozusagen sein Hobby.

Helena Justina war noch im Gasthof, aber Pertinax hatte sich nicht blicken lassen. Er würde Helena nach wie vor in der Villa Marcella vermuten. Und selbst wenn er herausbekam, daß sie bei uns war, brauchten wir ihn jetzt nicht mehr zu fürchten. Aemilia Fausta hatte Wort gehalten: Die Sänften für unseren Verwundeten und seine Familie waren eingetroffen – und dazu eine bewaffnete Eskorte aus Herculaneum, lauter kampflustige junge Männer, die aussahen, als würden sie erst zustechen und dann Fragen stellen.

Ich nahm Larius beiseite.

»Ich will hinauf zur Villa rustica. In der Zwischenzeit bist du für unsere Familie verantwortlich. Sieh zu, daß sie möglichst bald aus der Campania fortkommen. Es gefällt mir nicht, daß Pertinax sich so intensiv mit Helena beschäftigt. Aber wenn ich offen mit ihr darüber spreche, wird sie tausend Einwände finden. Also sagen wir lieber, Petronius Longus müsse als besonders wichtiger Zeuge so rasch wie möglich nach Rom zurück. Und ich werde Helena Justina bitten, mitzufahren ...«

»Damit alles glattgeht?« Larius grinste.

»Ja, das ist gar nicht so dumm ...« Dann sah ich

mir meinen Neffen richtig an. »Du hast dich auf dieser Reise gut gehalten. Ich könnte dich brauchen, Larius. Und dreimal im Monat die Schlacht von Actium zu zeichnen ist doch geisttötend. Du solltest lieber deinen Mumm nutzen und deine Entschlußkraft – das imponiert den Mädchen! Möchtest du nicht mein Assistent werden, wenn wir wieder in Rom sind?«

Mein Neffe lachte. Und dann sagte er mir rundheraus, daß er dafür nicht dumm genug sei.

Ich schickte den kleinen Troß noch am selben Abend los. Die Fackeln breiteten ihren durchdringenden Harzgeruch über die Kavalkade: ein Zug quengeliger Kinder und sperriger Gepäckstücke, angeführt von Larius und Ollias Fischerjungen, die Nero mit Petros Weinfaß kutschierten. Wir hatten wahrhaftig eine seltsame Souvenirsammlung zusammengetragen! Milos Knirps kümmerte sich um meine Ziege, die ich mit Nero auf den Hof von Petros Vetter schicken wollte.

Als es drauf ankam, versagte mein schöner Plan und ich gestand Helena die Wahrheit.

»Ja, Marcus, ist gut.« In einer echten Notlage hatte sie sich immer ruhig und besonnen gezeigt, auch wenn Gehorsam gegen meine Anordnungen nicht gerade ihre starke Seite war. »Hast du immer noch vor, Pertinax zu verhaften?«

»Er hat jetzt zwei Morde auf dem Gewissen und obendrein noch den Angriff auf Petronius. Egal, wie sein alter Vater darüber denken mag, Pertinax ist nicht mehr bloß ein Verschwörer, der auf Amnestie hoffen darf. Seit seiner Verhaftung auf der *Isis* muß ihm das klar sein. Aber womöglich setzt er jetzt erst recht alles auf eine Karte.«

»Ich hatte so gehofft, wir könnten einen Weg für ihn finden ...«

»Ich mag nicht, daß du ihn verteidigst!«

Helena schlang mir die Arme um den Hals. »Marcus, nach nur vier Minuten in deinen Armen bist du mir näher als er mir nach vier Jahren Ehe ist – aber das heißt nicht, daß ich überhaupt keine Loyalität für Pertinax empfinde.«

Ich nahm ihr Gesicht in meine Hände. »Helena! Du kannst ihm jetzt nicht mehr helfen!«

»Ich weiß«, sagte sie leise.

»Da bin ich mir nicht so sicher. Wenn du wieder in Rom bist, bleib im Haus, und wenn Pertinax versucht, mit dir Verbindung aufzunehmen, dann mußt du *unter allen Umständen* ablehnen!«

»Marcus, versprich mir nur eins: Bring ihn nicht um!«

»Ich will ihn nicht töten.« Sie schwieg. »Helena, Liebste, irgend jemand muß es vielleicht tun.«

»Wenn es sein muß, dann soll ein anderer die Verantwortung auf sich nehmen. Marcus, was du auch tust, du und ich, wir werden auf immer damit leben müssen ...«

Dieses »auf immer« war unwiderstehlich. Plötzlich sah und spürte ich sie wieder so wie vor dem Überfall auf Petronius. »Aber wenn ich ihn entkommen lasse und er bringt noch einen Menschen um, dann muß ich auch *damit* leben!«

Helena stieß einen Seufzer aus. »Dann werde diesmal ich ihn begraben müssen.«

»Pflichtgefühl ist etwas Wunderbares.«

Sie hatte Tränen in den Augen. »Und was wird aus mir, wenn er dich tötet?«

»Soweit wird es nicht kommen«, sagte ich schroff. »Das kann ich dir versprechen!«

Sie verstummte, als ich sie fester an mich zog, ihre bangen Augen anlächelte und jeden Gedanken an Pertinax verscheuchte. Sie schmiegte sich an mich, und mir wurde wieder bewußt, wie sehr ich sie begehrte. Sie sah völlig erschöpft aus. Fast eine Woche lang hatte sie es mit mir hier in dem schäbigen Gasthof ausgehalten und sich nie beklagt, wenn ich spät nachts heimkam, viel zu müde, um zu essen, was sie mir aufgehoben hatte, geschweige denn, ihr meine Liebe zu beweisen.

»Wir haben hier zusammengelebt«, sagte ich reumütig, »und ich war so in meine Arbeit vergraben, daß ich's nicht einmal gemerkt habe!«

»Ach ja!« Helena lächelte ihr leises, verhaltenes Lächeln. »Ich hab mir immer gedacht, daß das Leben mit dir so sein würde!«

»Eines Tages werden wir alles nachholen, das verspreche ich dir.«

Helena Justina stand reglos da und musterte mich. »Du weißt, daß ich mir nichts sehnlicher wünsche«, sagte sie.

Dann küßte ich sie, küßte sie so, daß sie nicht denken sollte, das sei womöglich unser letzter Kuß; und Helena küßte mich wieder – so lange und zärtlich, daß ich fast Angst bekam, sie dächte es doch.

Alles wartete auf uns. Ich mußte sie gehen lassen.

LXXV

In der Villa Marcella wurde ich von Gordianus empfangen.

»Ich dachte, Sie halten Totenwache, Oberpriester?«

»Die Sorge hat mich hergetrieben. Wo ist Milo?«

»In Herculaneum. Er bringt den Kapitän ins Gefängnis. Und wie steht es hier?«

»Caprenius Marcellus hatte einen Schlaganfall...«

»Glauben Sie das bloß nicht! Als Invalide ist der Alte ungefähr so echt wie eine unlustige Ehefrau, die sich mit Kopfweh rausredet ...«

»Aber es ist wahr, Falco. Der Arzt sagt, noch so eine Attacke, und es ist aus mit ihm.«

»Und Pertinax?«

»Keine Spur von ihm – aber sein Vater ist fest überzeugt, daß er kommt.«

»Bleiben also nur noch Sie und ich, Oberpriester.«

Ja, wir warteten in der Villa auf ihn. Und Pertinax, der irgendwo dort draußen auf der Lauer lag, wartete auf die Ankunft der Kornschiffe aus Alexandria.

Mit Schlaganfällen kannte ich mich aus. Mein Großonkel Scaro, ein alter Schwerenöter und Exzentriker, hatte etliche erlitten (starb allerdings daran, daß er sein selbstgeschnitztes Gebiß verschluckte). Ich ging ins Krankenzimmer, um mir ein Bild von Marcellus' Zustand zu machen.

Die Diagnose war korrekt. Es ist bitter, einen intelligenten Menschen auf so ein Häuflein

Elend reduziert zu sehen. Das Schlimmste dabei war, daß seine Sklaven schreckliche Angst hatten.

Da ich nichts weiter zu tun hatte, setzte ich mich an sein Bett und versuchte, seine Wünsche zu erraten. So war zumindest rasch jemand zur Hand, wenn er Durst hatte oder sein Kissen aufgeschüttelt haben wollte. Ich leistete ihm Gesellschaft, las ihm vor; ja, einmal half ich dem armen Alten sogar auf seinen Nachtstuhl. Die Spannbreite meines Berufs überrascht mich immer wieder: vorgestern ein Schiffsuntergang, gestern ein saftiges Handgemenge, heute Krankenpfleger bei einem siechen Konsul.

»Das machen Sie recht gut«, lobte Gordianus, der eben hereinschaute.

»Ich komme mir schon vor wie eine treusorgende Ehefrau. Demnächst werde ich mich über mein knappes Nadelgeld beschweren, und der Konsul wird meine Mutter als alte Hexe beschimpfen, die sich überall einmischt.«

»Was sagt er denn da grade?«

»Ah ... er will sein Testament ändern.«

Der Konsul lallte aufgeregt: »Helena ... Gnaeus!«

Ich fragte: »Sie wollen Ihre Güter Helena vermachen, damit die sie an Ihren Sohn weitergeben kann?« Er sank zufrieden in die Kissen zurück. Ich verschränkte die Arme und ließ ihn spüren, daß ich unbeeindruckt war. »Sie haben Glück, daß Sie der Dame trauen können! Die meisten würden Ihr Geld nehmen und mit dem nächstbesten Muskelmann auf und davon gehen.«

Wieder sabbelte er fieberhaft drauflos. Ich überließ es Gordianus, ihn zu beruhigen. Jeder, der versuchte, Helena zu benutzen, um Pertinax zu helfen, hatte sich meine Sympathie verscherzt.

Nachdem Gordianus gegangen war, gifteten Marcellus und ich uns stumm an. Ich sagte in leichtem Plauderton: »Helena Justina wird Ihren Sohn niemals wieder heiraten!«

Caprenius Marcellus schaute erbittert. Der Ex-Konsul hatte endlich erkannt, *wer* der hergelaufene Halunke aus der Gosse war, der seiner Schwiegertochter den Kopf verdreht hatte.

Wir warteten vier Tage. Dann schickte mir Bassus eine vertrauliche Botschaft aus Positanum, in der er mir mitteilte, daß nun genügend Korntransporter versammelt seien, um den nächsten Schritt meines Plans in Angriff zu nehmen. Daraufhin ging ich nach Oplontis und führte ein freundliches Gespräch mit dem Vater von Ollias Fischerjungen. Als ich an diesem Abend die Thunfischboote mit ihren schaukelnden Laternen am Bug hinaussegeln sah, wußte ich, daß sich überall, wo sie ihre Netze auswarfen, die Nachricht verbreiten würde: Aulus Curtius Gordianus, ein würdiger Priester (wir alle wissen über Priester Bescheid!), dem sein Bruder eine Villa auf den Klippen von Surrentum vermacht hat, feiert diese Erbschaft heute abend mit einem intimen Fest für seine Freunde. Angeblich war diese Veranstaltung ein streng gehütetes Geheimnis; man munkelte von einer Tänzerin mit unerhörten Maßen, die eigens aus Valentia geholt werde – und der Weinvorrat sei schier unerschöpflich.

Die Tänzerin mit den aufregenden Maßen blieb leider ein leeres Versprechen, doch ansonsten warf Gordianus sich mit einem Enthusiasmus in dieses Unternehmen, der Anlaß zu Spekulationen über die Abenteuer seiner Jugend bot. Es war eine sternklare Nacht, aber er ließ trotzdem riesige Feuer anzünden, damit etwaige ungeladene Gäste leichter den Weg zu ihm finden würden. Und als die grölenden Kapitäne der misenischen Flotte samt ihrem Kommandanten auf dem Anwesen einfielen, seufzte der gute Gordianus nur wie ein Mann, der keinen Ärger will, und ließ sie ungehindert den Weg in seinen Weinkeller finden.

Es gab gerade so viel zu essen, daß die Leute sich einreden konnten, mit einer solchen Grundlage würden sie mehr vertragen als gewöhnlich. Dazu prickelnde Weine und schwere, junge Lagen und solche, die Gordianus' Bruder bestimmt schon fünfzehn Jahre gelagert hatte. Jeder konnte sich frei nach Lust und Laune bedienen ... Einem Gastgeber, der so großzügig war, waren die sonst so gewitzten Seeleute nicht gewachsen: Sie gaben sich gegenseitig gute Ratschläge, wie man am besten einen Kater vermeidet – und dann betrank sich ausnahmsweise auch die Marine einmal bis zur Bewußtlosigkeit.

Eine Stunde vor Tagesanbruch kehrte ich dem entwürdigenden Schauspiel den Rücken, erklomm den Pfad hinterm Haus und richtete den Blick nordwärts übers Meer. Als ich die Augen zusammenkniff, war mir, als könne ich die gewaltigen, geisterhaften Schatten ausmachen, die wie wandelnde Windmühlen in schwerfälligem Zickzackkurs jenseits von Capreae vor dem Wind halsten. Ich wußte, daß sie dort draußen waren, und konnte jetzt beruhigt aufatmen: Ein stattlicher Teil der fünfzehn Billionen Scheffel Weizen, die Rom im nächsten Jahr brauchte, würde ihre Fahrt sicher und unbehelligt beenden.

 Ich kehrte sofort nach Oplontis zurück.

Während der Alte noch schlief, durchsuchte ich Haus und Anwesen. Pertinax blieb verschwunden. Statt dessen fand ich Bryon und erzählte ihm, daß ich den Plan seines jungen Herrn durchkreuzt hätte.

Als ich meinen Kater halbwegs ausgeschlafen hatte, nahm ich mir noch einmal die Stallungen vor; sie wirkten jetzt noch öder und verlassener als zuvor. Daß nicht einmal Bryon sich blicken ließ, wunderte mich, und nach einer Weile begann ich nach ihm zu rufen. Schwache Schläge aus dem neuen Pferdestall antworteten mir. Ich stürzte hin und fand den Trainer gefesselt in der Geschirrkammer eingesperrt.

»Alle Götter, was ist geschehen?« Obwohl sehr kräftig, so hatte Bryon dennoch eine gehörige Tracht Prügel eingesteckt. Die Lippen waren aufgeplatzt, so daß er kaum sprechen konnte. Gesicht und Oberkörper waren so mit blauen Flekken übersät, daß allein der Anblick schon weh tat. Die Brutalität kam mir bekannt vor. »Ich kann's mir schon denken: Pertinax! Das hat ihm bestimmt Spaß gemacht ...«

Ich half Bryon ins Freie, tunkte sein Halstuch in eine Tränke und betupfte sein zerschundenes Gesicht.

»Hab ihn auf dem Speicher erwischt ... gesagt, was Sie mir erzählt haben, über seine Pläne ...«

»Und da ist er über Sie hergefallen? Bryon, Sie können von Glück sagen, daß Sie mit dem Leben davongekommen sind. Wo ist Pertinax jetzt? Beim Alten?«

»Er ist weg, Falco.«

Das glaubte ich nicht so recht. Pertinax

brauchte dringend Geld. Ich zerrte Bryon mit mir ins Haus. Aber die Dienstboten versicherten, niemand sei bei Marcellus gewesen. Bryon immer noch am Kragen, betrat ich das Krankenzimmer.

»Erzähl dem Konsul, was passiert ist!« Beim Anblick des Schwerkranken stockte der bullige Mensch einen Augenblick, gab sich einen Ruck und legte los: »Ich habe dem jungen Herrn gesagt, daß der kaiserliche Agent weiß, was er plant, und daß er aufhören soll, immerzu davonzulaufen ... und sich endlich seinen Richtern stellen ...«

»Und er ist über Sie hergefallen, hat Sie zusammengeschlagen und dann eingesperrt? Hat er sich nach seinem kranken Vater erkundigt?«

»Nein. Aber ich hab ihm erzählt, daß der Konsul einen schlimmen Anfall hatte und immerzu nach ihm gerufen hat ...«

»Das haben Sie ihm also klargemacht ... und trotzdem ist er einfach abgehauen?«

»Ja«, bestätigte Bryon leise, ohne den Konsul anzusehen. »Er ist weg. Ich kenne doch den Gang von seinem Roten.«

Ich trat an das Bett, in dem der Konsul reglos, mit geschlossenen Augen lag. »Sehen Sie den Tatsachen ins Auge, Konsul! Atius Pertinax hat Sie schmählich im Stich gelassen! Nun brauchen Sie ihn auch nicht mehr zu schützen!«

Wie er jetzt so dalag, war von seiner achtungsgebenden Größe nichts mehr zu spüren. Er war einer der reichsten Männer der Campania und hatte doch alles verloren, woran sein Herz hing. Wir gingen leise hinaus.

Der Ex-Konsul würde Pertinax nicht mehr unterstützen. Krankheit und Verrat hatten gesiegt, wo ich gescheitert war.

Pertinax war ein ausgezeichneter Reiter und bestens mit dem Gelände vertraut. Ich ritt hinaus zum Suchtrupp des Magistrats, um den Männern einzuschärfen, sie sollten unter keinen Umständen den Rotschimmel passieren lassen, aber Pertinax hatte die Postenkette offenbar bereits durchbrochen. Wir hatten keine Ahnung, wohin er sich wenden würde – vielleicht nach Tarentum. Wir hatten seine Spur verloren. Ich kehrte zur Villa zurück.

Wenn einen die engsten Verwandten so hartherzig im Stich lassen, dann ist das letzte, was man will, und das erste, was man bekommt, der Anstandsbesuch neugieriger Nachbarn. Aemilius Rufus saß bei Marcellus und machte dem Kranken seine Aufwartung. Seine Schwester, die ihn begleitet hatte, stand auf der Terrasse.

Sie trug tiefe Trauer, hatte den Schleier zurückgeschlagen und blickte traurig aufs Meer hinaus.

»Aemilia Fausta! Es tut mir so leid um Crispus. Gern würde ich Ihnen sagen, daß es nie soweit hätte kommen dürfen, aber das macht die Tragödie nur um so schlimmer. Nur eines müssen Sie mir glauben: Ich konnte nicht das geringste für ihn tun!«

Sie schien all ihren Kummer um den wankelmütigen Geliebten zu dessen Lebzeiten ausgelebt zu haben. Jetzt, da er tot war, nahm sie mein Beileid gefaßt entgegen. Ich sagte leise: »Wenn Sie später einmal lesen, wie das Volk in Misenum und Poteoli alljährlich zusammenströmt, um den eintreffenden Kornschiffen zuzujubeln, dann können Sie lächelnd an ein Kuriosum denken, über das niemand spricht: Unter der Regentschaft der beiden Konsuln, die *dieses* Jahr das hohe Amt verwalten, segelten die Schiffe aus Alexandria unbemerkt vorbei ...«

»Es ist also vorbei?«

»Schiffe in der Nacht! Vielleicht kommen noch ein paar Nachzügler, aber die kann Vespasian schützen, sobald ich meinen Bericht abgeliefert habe.«

Sie zog die schwarze Kapuze enger um ihr blasses Gesicht. »Crispus war ein Mann mit ganz besonderen Fähigkeiten, Falco. Sie können stolz sein, ihn gekannt zu haben.«

Ich überging die Antwort hierauf. Und dann, nach einer kleinen Pause, sagte ich lächelnd: »Kräftige Farben stehen Ihnen.«

»Ja, nicht wahr?« Sie stimmte ihr neues, beherztes Lachen an. »Didius Falco, Sie hatten recht. Mein Bruder widert mich an, ich werde nicht mehr bei ihm bleiben. Vielleicht heirate ich tatsächlich einen reichen alten Mann, und wenn er gestorben ist, genieße ich mein Leben als Witwe (in kräftigen, dunklen Farben), bin unmäßig in meinen Ansprüchen, zanke mich mit den Leuten – oder spiele, sehr stümperhaft, die Kithara.«

Ich verbot mir den Gedanken, daß dieses ehrbare Fräulein sich womöglich hier im majestätischen Portikus des Konsuls umgesehen hatte, um in aller Ruhe den Wert seiner Besitzungen zu überschlagen.

»Aemilia Fausta«, versetzte ich statt dessen galant, »bei meiner Ehre als Harfenlehrer versichere ich Ihnen, Sie spielen sehr gut!«

»Sie sind und bleiben ein Lügner, Falco«, sagte sie.

Sie heiratete den Ex-Konsul; wir setzten am nächsten Tag den Ehevertrag auf. Curtius Gordianus befragte das Orakel und fabrizierte den üblichen Schwindel über »gute Omen für einen langen und glücklichen Lebensbund«. Kummer und Krankheit hatten den Geist des Konsuls verwirrt, und deshalb sprach ich stellvertretend für ihn das Treuegelübde. Niemand war so unhöflich zu fragen, was in der Hochzeitsnacht geschehen sei; vermutlich gar nichts. Selbstverständlich änderte der Bräutigam sein Testament und vermachte nun alles seiner jungen Frau und den noch ungeborenen Kindern. Ich half Marcellus auch bei der Abfassung des Testaments.

Aemilie Fausta habe ich nie wiedergesehen, aber von Zeit zu Zeit gab sie mir Nachricht. Sie führte ein untadeliges, glückliches Leben als Witwe und starb beim Ausbruch des Vesuvius. Vordem hatte Fausta den Konsul hingebungsvoll gepflegt. Er blieb lange genug am Leben, um noch zu erfahren, daß seine Güter und die Ehre seiner berühmten Ahnen in guter Obhut waren. Neun Monate nach der Hochzeit brachte Aemilia Fausta einen Knaben zur Welt.

Ihren Sohn habe ich, Jahre später, einmal gesehen. Er hatte den Vulkanausbruch überlebt und war zu einem strammen Jüngling herangewachsen. Er lenkte einen Streitwagen, hatte den Ellbogen auf die Stange gestützt und wartete geduldig ab, bis eine Verkehrsstockung weiter vorn auf der Straße behoben war. Für jemanden mit mehr Geld, als ein einzelner Mensch von Rechts wegen besitzen dürfte, machte er einen ganz anständigen Eindruck. Er hatte braunes Haar, eine breite, ernsthafte Stirn und einen unbekümmerten Gesichtsausdruck, der mir irgendwie bekannt vorkam.

Seine Mutter hatte ihn Lucius getauft; nach Crispus, nehme ich an.

Noch ein anderes Ereignis darf ich nicht auslassen. Bryon überbrachte mir die schlechte Nachricht. Am Tag nach der Hochzeit, als ich mich zum Aufbruch rüstete, kam er und beichtete. »Falco, ich weiß, wo Pertinax sein könnte.«

»Wo? Heraus damit!«

»In Rom. Wir hatten Ferox und Goldschatz für ihr erstes Rennen gemeldet, im Circus Maximus ...«

»In Rom!« Dorthin hatte ich Helena Justina geschickt, um sie in Sicherheit zu bringen.

»Ich habe mit der neuen Herrin gesprochen«, fuhr Bryon fort. »Scheint's eine Frau, die weiß, was sie will! Ferox soll nach wie vor starten. Sie hat mir auch verraten, daß der Konsul Ihnen ein besonderes Vermächtnis zugedacht hat, Falco. Er scheint Sie zu mögen ...«

»Da bin ich aber neugierig. Was ist es denn?«

»Er schenkt Ihnen Goldschatz.« Ich habe nie viel Glück im Leben gehabt, aber das ging nun wirklich zu weit. »Ihre Durchlaucht läßt ausrichten, Sie sollen die Güte haben und ihn mitnehmen, wenn Sie abreisen.«

Jeder Bürger hat das Recht, Erbschaften zurückzuweisen. Um ein Haar hätte ich das getan.

Andererseits konnte ich die Schindmähre immer noch an einen Abdecker verkaufen. Bei all seinen Schwächen war der Gaul doch gut genährt und auf den ersten Blick frei von gefährlichen Krankheiten; viele der Pastetenverkäufer entlang der Via Triumphalis und vor der Basilika verkauften weit schlimmeres Zeug.

Also behielt ich ihn und sparte das Geld für die

Heimfahrt, mußte mich dafür freilich die ganze Via Appia hinauf mit diesem schielenden, x-beinigen, launischen Biest rumquälen, das jetzt mir gehörte.

TEIL VI

Das Haus auf dem Quirinal

Rom

August

»Menschen eines bestimmten Charakters müssen notwendigerweise ihrer Natur gemäß handeln. Wer das nicht will, der könnte genausogut der Feige verbieten, ihren Saft zu spenden. Vergiß im übrigen nie, daß sowohl du wie der Mensch dort binnen kürzester Frist sterben werdet und daß man sich bald darauf nicht einmal mehr eurer Namen erinnern wird!«

Marc Aurel: SELBSTBETRACHTUNGEN

LXXVI

Rom! Schon das geschäftige Summen der Großstadt überzeugte mich: Pertinax mußte hier sein.

Sogar jetzt im August, da die Hälfte der Einwohner verreist und die Luft so kochend heiß war, daß man sich beim Atmen Leber und Lunge versengte, kehrte mit der Ankunft in Rom das wirkliche Leben in meine Adern zurück, eine Wohltat nach dem nervtötenden Flimmern über der Campania. Begierig sog ich die Großstadtatmosphäre in mich auf: die Tempel und Brunnen, die erstaunliche Höhe der schäbigen Mietskasernen, die Arroganz der kultivierten Sklaven, die am Straßenrand entlangtrotteten, die Tropfen auf meinem Kopf, wenn mein Weg unter dem düsteren Bogen eines Aquädukts hindurchführte – muffige Kleider und lebhaftes Temperament, ein süßer Hauch von Myrrhe im sauren Mief eines Bordells, ein frischer Oreganoduft über dem unverwechselbaren Gestank vom Fischmarkt. Mit geradezu kindlicher Freude durchstreifte ich diese Gassen. Aber nach und nach dämpfte sich meine Begeisterung. Rom hatte sich über tausend Gerüchte erregt, seit ich fort war, aber keines davon betraf mich. Es begrüßte meine Rückkehr mit der Gleichgültigkeit eines gekränkten Hundes.

Zuerst mußte ich das Pferd so schnell wie möglich loswerden.

Mein Schwager Famia war Pferdedoktor bei den Grünen. Einen meiner Verwandten um einen Gefallen zu bitten war mir zwar zuwider, aber nicht einmal ich konnte in einer Wohnung im sechsten Stock ein Rennpferd halten, ohne bei den Nachbarn anzuecken. Famia war noch der erträglichste unter den Ehemännern, die meine fünf Schwestern der Familie aufgebürdet hatten, und er war mit Maia verheiratet, die meine Lieblingsschwester hätte sein können, wenn sie sich nicht ausgerechnet für ihn entschieden hätte. Maia, die sonst so helle und scharf war wie die Kupfernägel, die die Priester an Neujahr in die Tempeltüren schlagen, schien für die Fehler ihres Gatten blind und taub. Vielleicht hatte er aber auch bloß so viele, daß sie mit dem Zählen nicht mehr nachkam.

Ich fand Famia in den Ställen seines Clubs, beim Circus Flaminius. Er hatte hohe Wangenknochen, Schlitze, wo eigentlich die Augen hingehören, und war ebenso breit wie groß. Er konnte sich denken, daß ich etwas von ihm wollte, weil ich mir gefallen ließ, daß er zehn Minuten lang über die miserable Darbietung der Blauen herzog, deren Fan ich war – was er natürlich genau wußte.

Nachdem Famia seinen Spaß gehabt hatte, erklärte ich ihm mein kleines Problem, und er nahm mein Pferd in Augenschein.

»Ist das 'n Spanier?«

Ich lachte. »Famia, sogar ich weiß, daß die Spanier die allerbesten sind! Der da ist so spanisch wie mein linker Schuh.«

Famia holte einen Apfel hervor, den Goldschatz ihm begierig aus der Hand fraß. »Und wie reitet er sich?«

»Furchtbar. Den ganzen Weg hat er nur Faxen gemacht, dabei habe ich ihn wirklich geschont. Ich hasse dieses Pferd, Famia. Aber je mehr er

mir zuwider wird, desto anhänglicher gebärdet
sich dieser unselige Tolpatsch!«

Während mein Pferd Famias Apfel mümmelte und danach kräftig rülpste, sah ich es mir noch einmal genau an. Manche Pferde spitzen die Ohren schlau und wachsam; das meine schlackerte nur beständig damit. Eine mitfühlende Seele hätte sagen können, es sähe immerhin ganz intelligent aus; ich war weniger sentimental.

»Du bist von der Campania bis hierher geritten? Gut! Das stärkt seine Vorderläufe.«

»Wozu?«

»Na, für die Rennbahn zum Beispiel. Oder was hast du mit ihm vor?«

»So schnell wie möglich verkaufen. Allerdings nicht vor Dienstag. Da läuft ein Champion mit Namen Ferox – der lohnt einen kleinen Einsatz, wenn du mich fragst. Meine Mähre und er waren Stallgefährten. Ich habe dem Trainer versprochen, daß mein Klepper auf den Parcours darf; angeblich hat er nämlich 'ne beruhigende Wirkung auf Ferox.«

»Ach, das alte Ammenmärchen! Also ist dein Pferd auch gemeldet?«

»Mach keine Witze! Ich nehme an, es wird Ferox bei den Boxen Gesellschaft leisten, bis zum Start. Dann nehme ich meinen Klepper wieder mit.«

»Ach, laß ihn doch ruhig starten«, ermunterte mich Famia. »Was hast du zu verlieren?«

Ich beschloß, seinem Rat zu folgen. Vielleicht würde Atius Pertinax auftauchen, um Ferox laufen zu sehen. Wenn auch ich als Eigner im Circus erschien, würde man mir den Zutritt hinter die Kulissen nicht verwehren.

 Ich schulterte mein Gepäck und machte mich auf den Heimweg. Ich schleppte das ganze Zeug hinterm Kapitol vorbei, um dem Tempel der Juno Moneta meine Reverenz zu erweisen, der Schutzpatronin des Geldes, das bei mir immer so knapp war. So kam ich beim Starttor des Circus Maximus auf den Aventin; ich hielt inne und dachte flüchtig an Goldschatz, ernsthafter dagegen an Pertinax. Am Haus meiner Schwester Galla machte ich halt, um ein paar Worte mit Larius zu wechseln.

Ich hatte ganz vergessen, wie wütend meine Schwester über die Zukunftspläne ihres Sohnes sein würde.

»Du hast versprochen, auf ihn aufzupassen!« empfing sie mich vorwurfsvoll. Nachdem ich ihre Jüngsten abgewimmelt hatte, vier raffinierte Rakker, die im Nu spitzkriegten, ob ein Onkel womöglich Geschenke im Rucksack hatte, gab ich Galla einen Kuß.

»Wofür war der denn?« knurrte sie. »Wenn du was zu essen willst – bei uns gibt's bloß Kutteln!«

»Ach, Schwesterherz, ich esse Kutteln für mein Leben gern!« Gelogen, wie meine ganze Familie wußte, aber ich war halb verhungert. Bei Galla gab es tagein, tagaus nichts weiter als Kutteln. In ihrer Straße war ein Stand für Innereien, Schweinefüße und so weiter, und Galla war eine faule Hausfrau, die weite Wege scheute. »Was beschwerst du dich? Dein Sohn ist heil und gesund und hat eine dralle kleine Freundin, die weiß, was sie will – seinen Ruhm als Lebensretter von Schiffbrüchigen nicht zu vergessen!«

»Aber ein Freskenmaler!« höhnte Galla verächtlich.

»Warum nicht? Er hat Talent, die Arbeit wird

gut bezahlt, und dein Sohn wird bestimmt nicht arbeitslos.«

»Ich hätte es wissen müssen! Wenn einer dafür sorgen würde, daß der Junge auf dumme Gedanken kommt, dann du! Sein Vater«, klagte meine Schwester spitz, »ist *äußerst* ungehalten!«

Ich teilte meiner Schwester mit, was ich vom Vater ihrer Kinder hielt, und sie bemerkte dazu, wenn das meine Meinung sei, dann bräuchte ich nicht auf ihrer Sonnenterrasse rumzusitzen und ihren Kindern das Abendbrot wegzuessen.

Wieder daheim! Ein unvergleichliches Gefühl. Ich schaufelte die fetttriefenden Innereien in mich hinein und lächelte still.

Larius kam und half mir mein Gepäck heimzuschleppen: Gelegenheit zu einem Gespräch unter vier Augen. »Wie war die Reise, Larius?«

»Ach, wir sind klargekommen.«

»Und wie geht es Petronius?«

»Du kennst ihn ja. Der beklagt sich nicht.«

Mein Neffe war auffallend einsilbig. »Und du?« bohrte ich weiter. »Wie geht es dir?«

»Kann auch nicht klagen. Fragst du gar nicht nach deiner Herzensdame?«

»Sobald ich mich ausgeruht und ein Bad genommen habe, werde ich Helena Justina besuchen. Warum fragst du? Gibt es etwas, was ich wissen sollte, bevor ich sie sehe? Raus damit!«

Larius zuckte nur die Achseln.

»Es heißt, Pertinax sei wieder in Rom. Hat das, worüber du offenbar nicht reden willst, mit ihm zu tun?«

»Onkel Marcus, es ist nichts passiert. Helena Justina hat sich manchmal nicht wohl gefühlt, aber Silvia war ja da. Jeder kann schließlich reisekrank werden ...«

Ich war einmal vierzehnhundert Meilen mit Helena Justina gereist, ohne daß sie auch nur einmal geklagt hätte; ich wußte genau, wie ausdauernd sie war. Was mochte mich wohl zu Hause erwarten? Doch bevor ich mich mit Rätselraten selber ins Bockshorn jagen konnte, schulterte ich meinen Rucksack und stapfte die steile Gasse hinauf, aus der mir schon der altvertraute Geruch von der Brunnenpromenade entgegenwehte.

Nachdem Larius gegangen war, trat ich hinaus auf den Balkon. Unser Block stand auf halber Höhe des Aventin, und sein einzig unbestreitbarer Vorzug war die herrliche Aussicht.

Rom beherbergte gewiß viele Flüchtlinge. Männer, die vor ihren Müttern davongelaufen waren; ihren Schulden; ihren Geschäftspartnern; ihrer eigenen Unzulänglichkeit. Oder sie liefen, wie Gnaeus Atius Pertinax Caprenius Marcellus, vor dem Schicksal davon.

LXXVII

Ich hatte Sehnsucht nach Helena, doch ein häßlicher, kleiner Zweifel hatte sich in meinem Innern eingenistet.

Als ich mich aufmachte, um mir im Bad den

Reisestaub vom Körper zu waschen, wurde es gerade dunkel.

Das Gymnasium stand gleich neben dem Castortempel; seine Stammkunden aßen um diese Zeit zu Abend. Auch Glaucus, der Eigentümer, würde um diese Zeit zu Hause sein. Darüber war ich ganz froh, denn Glaucus würde die Auswirkungen von zwei Monaten in der Campania auf meine Konstitution höhnisch kommentieren und mich wieder in Form walken wollen. Dafür war ich heute abend einfach zu müde.

Die Badeanstalt blieb in der Regel bis nach der Essenszeit geöffnet. Die Räume waren gut beleuchtet, und auch auf den Gängen brannten überall Tonlampen. Trotzdem wurde es um diese späte Stunde ein wenig unheimlich. Irgendwo lungerten noch Bedienstete herum, die einem den Rücken schrubben würden, aber die meisten Leute, die so spät noch kamen, behalfen sich lieber selbst. Viele Kunden waren brave Mittelstandsvertreter mit einem soliden Beruf. Hafen- und Aquäduktbaumeister zum Beispiel, die bis spät abends auf der Baustelle gebraucht wurden; Akademiker, die in der Bibliothek am Octavia-Portikus jedes Zeitgefühl verloren hatten, und Geschäftsleute.

Ich ließ meine Sachen im Umkleideraum, ohne darauf zu achten, was an den übrigen Haken hing. Im heißen Becken schrubbte ich mich erst einmal kräftig ab, stieg anschließend ins kalte Wasser und ging dann durch die schwere Doppeltür ins Schwitzbad, um zu entspannen. Dort saß schon jemand. Ich nickte. Um diese Stunde gingen die Badegäste gewöhnlich stumm aneinander vorbei, aber als meine Augen sich an den Dunst gewöhnt hatten, konnte ich den Mann ausmachen. Er war Mitte fünfzig, hing seinen Gedanken nach und erkannte mich im gleichen Augenblick, da mir seine lebhaften Brauen und der jugendliche Bürstenschnitt verrieten, wen ich vor mir hatte: Helenas Papa.

»Didius Falco!«

»Camillus Verus!«

Unsere Begrüßung war herzlich. Er mochte meine etwas rauhe Art, und mir gefiel sein hintergründiger Humor. Ich ließ mich neben ihm nieder.

»Ich höre, Sie waren in der Campania.«

»Eben zurückgekommen. Sie sind spät dran, Senator!«

»Ich brauchte ein bißchen Ruhe«, gestand er. »Wie schön, daß ich Sie gerade heute abend hier treffe.«

Mich beschlich das untrügliche Gefühl, daß mir eine schlechte Nachricht bevorstand. »Hat das einen besonderen Grund, Senator?«

»Didius Falco, ich hoffe«, erklärte Camillus in auffallend feierlichem Ton, »daß Sie mir sagen können, wer mir die Ehre erweist, mich zum Großvater zu machen.«

Ein paar Schweißperlen liefen von meinem Haaransatz erst langsam über die linke Schläfe hinab, dann in plötzlicher Eile am Ohr vorbei, den Hals hinunter und auf meine Brust. Von da tropften sie auf das Handtuch, das ich über den Schoß gebreitet hielt.

»Darf ich annehmen, daß Sie bisher nichts davon gewußt haben?« fragte der Senator ruhig.

»Ganz recht.«

Meiner Weigerung, zu glauben, daß sie mir etwas so Entscheidendes verschweigen würde, stellten sich lebhafte Bilder in den Weg: Helena Justinas Ohnmachtsanfall; ihr häufiges Unwohlsein; ihre vorzeitige Umkehr bei der Besteigung des Vesuvius; ihre Geldsorgen ... Helena, die in meinen Armen weinte, ohne daß ich je erfuhr, warum. Dann andere intimere Erinnerungen. »Offenbar war man der Meinung, das ginge mich nichts an!«

»Ah«, machte ihr Vater traurig. »Ich will ganz offen sein, Falco: Meine Frau und ich dachten, es ginge Sie sehr wohl etwas an.« Ich schwieg. Zweifel malten sich auf seinem Gesicht. »Wollen Sie leugnen, daß es immerhin so sein könnte?«

»Nein.« Ich hatte nie daran gezweifelt, daß Camillus Verus meine Gefühle für seine Tochter sehr schnell erraten hatte. In meiner Hilflosigkeit verschanzte ich mich hinter Geschwätz: »Ein Privatermittler, der ein reges Gesellschaftsleben führt, trifft zwangsläufig auf Frauen, die mehr von ihm erwarten, als er zu geben bereit ist. Bislang ist es mir nie schwergefallen, einem Magistrat begreiflich zu machen, daß alle Klagen gegen mich reine Schikane sind!«

»Bitte, Falco, reden Sie doch ernsthaft mit mir!«

Ich holte tief Luft. »Sie erwarten doch wohl nicht, daß ich Ihnen gratuliere, Senator. Und Sie werden mir auch nicht gratulieren wollen ...« Wenn das verärgert klang, dann deshalb, weil ich mich auf einmal regelrecht hintergangen fühlte.

»Wäre es denn so furchtbar?«

»Einfach entsetzlich!« sagte ich, und es war die reine Wahrheit.

Der Senator lächelte gequält. Er traute mir zu, daß wir, sollte seine Tochter mich wollen, uns schon durchschlagen würden – auch ohne die üblichen Segnungen wie Geld für die Brötchen oder elterliche Unterstützung ... Er legte mir die Hand auf den Arm. »Habe ich Sie aus der Fassung gebracht?«

»Ehrlich gesagt, ich weiß es nicht.«

Camillus wollte mich als Bundesgenossen. »Es hätte wenig Sinn, wenn ich wie ein altmodischer Censor meine Senatsrechte geltend machen wollte. Was geschehen ist, war nicht illegal ...«

»Aber es hilft auch keinem!« rief ich.

»So etwas dürfen Sie nicht sagen! Helena hat in ihrer Ehe mit Pertinax schon genug gelitten. Diese Heirat war ein Fehler, und ich habe mir geschworen, den nicht zu wiederholen. Ich möchte, daß meine Tochter glücklich wird!« Er klang verzweifelt. Natürlich liebte er seine Tochter über alles – aber das tat ich schließlich auch.

»Ich kann Helena Justina nicht vor sich selbst schützen.« Ich stockte. »Nein, das ist unfair. Ihr gesunder Menschenverstand verblüfft mich immer wieder ...« Ihr Vater wollte etwas einwenden, doch ich winkte ab. »Nein, nein, sie hat schon recht, Senator! Sie verdient ein besseres Leben, als ich ihr je bieten könnte. Ihre *Kinder* verdienen etwas Besseres – und, um die Wahrheit zu sagen, meine auch! Senator, verzeihen Sie mir, aber wir können nicht darüber reden. Schon deshalb nicht, weil sie fuchsteufelswild wäre, wenn sie wüßte, daß wir hier über ihre Zukunft beratschlagen. Wollen wir nicht das Thema wechseln? Sie haben vorhin Atius Pertinax erwähnt, und um ihn geht es. Kennen Sie seine Lage?«

Camillus Verus schnaubte zornig; der Senator hatte nichts übrig für seinen Schwiegersohn. Nun empfinden zwar die meisten Väter so, aber in seinem Fall war die Einstellung berechtigt. Seine Tochter *war* zu gut für diesen Nichtswürdigen.

Der Senator wußte, daß Pertinax noch am Leben war. Ich warnte ihn, der Flüchtige sei wahrscheinlich in Rom.

»Im Rückblick gesehen war es nicht gut, Helena hierher zu schicken. Doch nun ist es nicht mehr zu ändern. Geben Sie mir Ihr Wort, Senator, daß Sie Ihre Tochter nicht aus dem Haus lassen, bis ich Pertinax festgenommen habe?«

»Selbstverständlich ... soweit es in meiner Macht steht. Aber ihr Zustand sollte sie daran hindern, in der Stadt herumzuflanieren.«

Ich schluckte. »Ist sie wohlauf?«

»Mir sagt ja keiner was!« klagte ihr Vater. Immer wenn er von seinen Damen sprach, mimte Camillus Verus den Unterdrückten, als müsse er daheim die traditionelle Rolle des Paterfamilias spielen: die Rechnungen bezahlen, viel Lärm machen, ohne daß jemand auf ihn hört – und von allen an der Nase herumgeführt werden. »Aber sie sieht sehr angegriffen aus.«

»Ja, das ist mir auch aufgefallen.«

Wir tauschten einen sorgenvollen Blick.

Nach dem abschließenden Erfrischungsbad gingen wir hinaus in den Umkleideraum und zogen uns an. Oben auf der Treppe vor dem Gymnasium reichten wir einander die Hand. Wenn Camillus Verus wirklich der kluge Kopf war, für den ich ihn hielt, dann konnte er an meinem Gesichtsausdruck meine Verbitterung erkennen.

Er zögerte verlegen. »Werden Sie kommen und Helena besuchen?«

»Nein.« Wie man es auch drehte oder wendete, mit der Antwort hatte ich mich zur feigen Ratte degradiert. Ein einsames Leben. »Aber richten Sie ihr aus ...«

»Ja, Falco?«

»Schon gut. Lieber nicht.«

Hier war Vernunft angesagt. Kein Mensch konnte verlangen, daß eine hochwohlgeborene Römerin – *Vater im Senat, zwei Brüder im diplomatischen Dienst, standesgemäße Erziehung, leidlich hübsches Gesicht, eigenes Vermögen im Wert von einer Viertelmillion* – sich in aller Öffentlichkeit zu einem Techtelmechtel mit einem gewöhnlichen unzivilisierten Briganten wie mir bekannte.

LXXVIII

Es war spät. Bald würde es ganz dunkel sein. Ich war ruhelos, ein Mann, der Sehnsucht nach seiner Herzensdame hat, ihr aber nicht gegenübertreten kann. Die naheliegende Alternative wäre gewesen, in einer Weinschenke einzukehren und so viel zu trinken, daß ich nachher bis zu meiner Wohnung torkeln oder stockbesoffen im Straßengraben landen würde.

Statt dessen ging ich in den Palast.

Man ließ mich warten. Ich war so wütend über Helenas Geheimniskrämerei, daß ich ausnahmsweise keine Zeit zum Nachdenken gebrauchen konnte. Ich lümmelte mich auf einen Diwan und steigerte mich in den Kummer über das mir zugefügte Unrecht hinein, bis ich drauf und dran war, heimzurennen und mich auf meinem eigenen Balkon zu betrinken. Gerade als ich mich dazu entschlossen hatte, rief mich ein Lakai hinein. Kaum, daß Vespasian mich sah, fing er an, sich zu entschuldigen.

»Verzeihen Sie, Falco, Staatsgeschäfte.« Wohl eher ein Schäferstündchen mit seiner Mätresse! »Sie sehen niedergeschlagen aus!«

»Ach, ich habe nur gerade über die Frauen nachgedacht, Cäsar.«

»Das erklärt alles. Möchten Sie einen Becher Wein?« Ich hatte ihn so nötig, daß ich lieber dankend ablehnte.

»Gute Reise gehabt?«

»Ach, ich kann immer noch nicht schwimmen und werde nach wie vor seekrank ...«

Der Kaiser musterte mich nachdenklich.

Ich war viel zu müde und überhaupt nicht gut drauf; meinen Rapport verpfuschte ich gründlich. Andere, wichtigere Leute hatten ihm ohnehin schon das meiste erzählt. Und Aufidius Crispus' sinnlosen Tod in allen Einzelheiten zu schildern schien reine Zeitverschwendung.

»Der Censor hat das als *›ein bedauerliches Schiffsunglück‹* dargestellt«, brummte der Kaiser ungehalten. »Wer befehligte denn die Trireme, deren Steuermann seinen Beruf verfehlt hat?«

»Der Prätor von Herculaneum, Cäsar.«

»Ach der! Ist in Rom aufgetaucht, der Mann. Habe gestern mit ihm gesprochen.«

»Der zeigt wohl sein klassisches Profil im Palast herum und hofft auf einen lukrativen Auslandsposten! Sextus Aemilius Rufus Clemens – guter Name und lange Karriere als mittelmäßiger Staatsbeamter. Er ist ein Idiot, aber was kann ihm das in seiner Position schon schaden? Jetzt, da Crispus tot ist, wird er bei der Verteilung von Auszeichnungen wohl vor mir drankommen?«

»Sachte, Falco! Ich pflege keine Prämien auszusetzen, wenn Senatoren ertrinken.«

»Natürlich nicht. Als das Unglück geschah, wußte ich sofort, daß *ich* dafür würde gradestehen müssen.«

»Rufus hat außerordentlich hilfreiche Pläne zur Modernisierung der Flotte vorgelegt«, grollte der Kaiser vorwurfsvoll.

»Oh, damit kann ich auch dienen, Cäsar, die misenische Flotte braucht eine Generalüberholung: mehr Disziplin und weniger Alkohol!«

»Ja, ich hatte den Eindruck, Rufus schielt nach dem Admiralsstab ...« Ich war wütend, doch dann sah ich den Kaiser schmunzeln.

»In Zukunft bleibt die Präfektur der misenischen Flotte Männern meines Vertrauens vorbehalten. Aber ich will diesem Rufus gern die Chance geben, sich bei einem Kommando zu bewähren. Er soll eine Legion übernehmen ...«

»Ach? Vielleicht in einer Provinz an der Front, wo seine Inkompetenz besser zur Geltung kommt?«

»Nicht doch, Falco. Wir alle müssen uns damit abfinden, daß zu einer Karriere im Staatsdienst der Umweg über einen trostlosen Posten am Ende der zivilisierten Welt gehört ...«

Ich mußte grinsen. »Was haben Sie ihm zugedacht, Cäsar?«

»Nun, ich glaube, im Binnenland ist er am besten aufgehoben. Das erspart uns seine nautischen Glanzleistungen. Ich schicke ihn nach Noricum!«

»Noricum!« Crispus' Provinz. Dort sagen sich Fuchs und Hase gute Nacht. »Ich denke, das würde Crispus gefallen!«

»Hoffentlich«, versetzte der Kaiser in trügerisch sanftem Ton.

Unser neuer Flavier-Kaiser war kein rachsüchtiger Mensch. Einer seiner Vorzüge war ein ganz eigener Sinn für Humor.

»Wäre das alles, Falco?«

»Mehr kann ich wohl nicht erwarten. Ich würde Sie um eine Prämie für die Rückführung von Gordianus angehen, aber das haben wir ja schon abgehakt.«

»Durchaus nicht. Ich habe bereits Anweisung gegeben. Sind eintausend genug?«

»Ein Tausender! Das wäre ein gutes Honorar für einen Feierabendpoeten, der eine zehnzeilige Ode gedrechselt hat! Geradezu fürstlich für einen Lyraspieler am Theater ...«

»Falsch! Lyraspieler verlangen heutzutage mindestens zweitausend, bevor sie sich bequemen, von der Bühne zu gehen. Wozu braucht ein Mann wie Sie eigentlich Geld?«

»Für Brot und Wein. Dann geht das meiste an meinen Hausherrn. Manchmal träume ich davon, ihn auszutauschen. Cäsar, auch ich hätte gern eine Wohnung, wo ich mich am Rücken kratzen kann, ohne mir gleich den Ellbogen abzuschürfen. Ich arbeite, um zu leben – und meinem Leben fehlt es derzeit entschieden an Eleganz!«

 »Frauen?«

»Komisch, das werde ich immer wieder gefragt.«

»Seltsam, in der Tat! Meine Spione haben mir berichtet, daß Sie reicher aus der Campania zurückgekehrt sind, als Sie es bei Ihrem Aufbruch waren.«

»Ja, ja, ich bin stolzer Besitzer eines lahmen Rennpferdes und einer geweihten Ziege. Die Ziege habe ich aufs Altenteil geschickt, aber wenn Sie sich das nächste Mal einen Backenzahn an einer knorpeligen Fleischpastete ausbeißen, können Sie sich bei Falcos Pferd bedanken. Übrigens ist Rom auch reicher geworden. Um ein Gutteil von fünfzehn Billionen Scheffel Weizen, die leicht hätten in die falschen Hände geraten können ...«

Er schien mir gar nicht zuzuhören. »Titus möchte wissen, wie dieses Pferd heißt.«

Na, großartig! Ich war erst seit sechs Stunden wieder in Rom, und schon hatte der ältere Sohn des Kaisers von meiner Erbschaft Wind bekommen! »Goldschatz. Aber bestellen Sie Titus, er soll sein Geld nicht zum Fenster hinauswerfen! Ich lasse den Klepper nur laufen, um den Buchmachern einen Gefallen zu tun; die hatten in letzter Zeit so wenig zu lachen ...«

»Endlich mal ein ehrlicher Pferdebesitzer!«

»Oh, Cäsar, ich wünschte, ich hätte die Nerven, um zu lügen und zu stehlen wie andere Leute, aber die Zustände in unseren Gefängnissen sind ja bekannt, und ich fürchte mich vor Ratten. Wenn ich mal richtig lachen will, dann rede ich mir ein, daß meine Kinder eines Tages stolz auf mich sein werden.«

»Welche Kinder?« herrschte der Kaiser mich an.

»Oh, die zehn kleinen Bälger vom Aventin, die anzuerkennen ich mir nicht leisten kann!«

Vespasian rückte seinen schweren Leib zurecht, seine Stirn bewölkte sich, und er preßte die Lippen auf die ihm eigene Weise zusammen. Mittlerweile wußte ich, daß wir immer dann, wenn seine Stimmung wechselte und er aufhörte, mich zu piesacken, den entscheidenden Moment einer Audienz erreicht hatten. Der Herr der Welt musterte mich auf einmal freundlich wie ein nachsichtiger Onkel, der für den Augenblick nicht daran denken wollte, wieviel es an mir auszusetzen gab.

»Ihr Manöver mit den Kornschiffen war ausgezeichnet. Der Präfekt des Versorgungsamtes hat Weisung, eine angemessene Belohnung festzusetzen ...« *Die* Sprüche kamen mir bekannt vor: Das Geld konnte ich mir an den Hut stecken! »Für Gordianus gebe ich Ihnen eintausend – und erhöhe auf zehn, wenn Sie mit Pertinax Marcellus ebenso diskret fertig werden.«

Knickerig! Auf Vespasians Vergütungsskala allerdings über die Maßen großzügig. Ich nickte.

»Offiziell ist Pertinax tot. Es dürfte sich erübrigen, sein Ableben noch einmal im *Tagesanzeiger* zu melden.«

»Was mir wirklich gelegen käme«, erklärte der Kaiser, »wäre ein handfester Beweis seiner Schuld.«

»Sie glauben, ein Prozeß...?«

»Nein. Aber wenn wir *ohne* Prozeß mit ihm abrechnen, sind Beweismittel vielleicht um so mehr vonnöten!«

 Ich war Republikaner. Ein Kaiser mit Moralvorstellungen verblüffte mich.

In diesem Stadium war es freilich so gut wie unmöglich, Beweise gegen Pertinax in die Hand zu bekommen. Das einzige seiner Opfer, das überlebt hatte, war Petronius Longus, und auch der hätte vor Gericht nichts Wesentliches auszusagen. Blieb nur noch unser Kronzeuge Milo, der Verwalter von Gordianus. Aber Milo war ein Sklave. Und das hieß, seine Aussage würde nur dann vor Gericht zugelassen, wenn sie der Zeuge unter der Folter gemacht hätte.

Leider war Milo ein so hartnäckiger Dickkopf, daß er die Bemühungen eins berufsmäßigen Folterknechts womöglich damit quittiert hätte, die Zähne zusammenzubeißen, seine gewaltigen Muskeln anzuspannen – und den Geist aufzugeben.

»Ich werde mein möglichstes versuchen«, versprach ich feierlich.

Der Kaiser grinste.

Ich war auf dem Weg nach draußen, als mich aus einem Türspalt jemand spöttisch grüßte.

»Didius Falco, Sie alter Gauner! Ich dachte, Sie vergeuden Ihre Kräfte noch immer an die Frauen von Neapolis!«

Ich drehte mich um, wie immer auf der Hut, solange ich mich im Palastbezirk befand, und erkannte die krumme Gestalt im Türrahmen. »Momus!« Der Sklavenaufseher, der mir geholfen hatte, Pertinax' Besitz aufzulösen. »Momus, die weitverbreitete Annahme, daß ich meine ganze Freizeit mit den Huren verbringe, geht mir langsam auf die Nerven! Hat man etwa Dinge über

mich verbreitet, die ich vielleicht dementieren
sollte?«

»Massenhaft! Ihr Name taucht zur Zeit in den unmöglichsten Zusammenhängen auf. Haben Sie Anacrites gesehen?«

»Sollte ich?«

»Nehmen Sie sich vor ihm in acht!« warnte Momus. Die beiden konnten einander nicht riechen. Kein Wunder, ihre Prioritäten waren zu verschieden.

»Anacrites ist ungefährlich. Als ich ihn das letzte Mal sah, war er gerade zum Buchhalter degradiert worden.«

»Oh, aber gerade denen kann man doch nie trauen! Dieser Oberspion erzählt überall rum, daß er Sie wegen einer verschwundenen Bleilieferung verhören will, die eigentlich dem Schatzamt gehört. Es heißt, er hätte sogar schon eine Pritsche auf den Namen Didius Falco im Mamertinischen Gefängnis gebucht.«

»Ach, da machen Sie sich mal weiter keine Sorgen. Das ist eine abgekartete Sache zwischen ihm und mir.«

Er grinste und ließ mich gehen, rief mir aber nach: »Übrigens, Falco, was hat es mit dem Pferd auf sich, das Sie geerbt haben sollen?«

»Es heißt Pechvogel«, antwortete ich, »aus dem Gestüt derer von Schmalhans und Trauerkloß! Wetten Sie nicht auf ihn, der bricht sich garantiert ein Bein.«

Ich verließ den Palast an der Nordseite des Palatin. Auf halbem Weg kam ich an einer Schenke vorbei. Da änderte ich meine Meinung und trank mir doch noch einen Rausch an.

LXXIX

Das Scharren eines sehr energischen Besens weckte mich.

Daraus entnahm ich zweierlei. Jemand hielt es für seine Pflicht, mich zu wecken. Und ich hatte letzte Nacht doch noch nach Hause gefunden, denn wenn man in die Gosse fällt, lassen einen die Leute in Frieden.

Ich stöhnte und knurrte ein bißchen, als Vorwarnung. Der Besen verstummte gekränkt. Ich warf mir eine Tunika über, stellte fest, daß sie schmutzig war, und verdeckte die Flecken mit einer zweiten. Ich wusch mir das Gesicht, putzte die Zähne und kämmte mich, aber mein Zustand wurde dadurch nicht besser. Mein Gürtel fehlte, und ich fand nur einen Schuh. Ich stolperte hinaus.

Die Frau, die es sich zur Aufgabe machte, meine Wohnung in Ordnung zu halten, hatte schon geraume Zeit in aller Stille Wunder gewirkt, ehe sie dieses Gescharre mit dem Besen anfing. Ihre schwarzen Augen durchbohrten mich verächtlich. Mit dem Zimmer war sie fertig, als nächstes würde sie sich auf mich stürzen.

»Ich wollte dir Frühstück machen, aber es wird wohl eher ein Mittagessen!«

»Tag, Mutter«, sagte ich.

Ich setzte mich an den Tisch, weil meine Beine mich nicht tragen wollten. Ich versicherte meiner Mutter, es sei schön, wieder daheim zu sein, wo einem die liebende Mama ein anständiges Essen vorsetzte.

»Du hast dich also wieder in die Nesseln gesetzt!« knurrte meine Mutter, unbeeindruckt von meinen Schmeicheleien.

Sie stellte mir das Essen hin, und während ich hilflos darin herumstocherte, wischte sie den Balkon auf. Ihren neuen Bronzeeimer hatte sie gefunden – und meine Löffel.

»Die sind gut. Nettes Muster.«

»Sie sind ein Geschenk von einem netten Menschen.«

»Hast du sie schon besucht?«

»Nein.«

»Und Petronius Longus?«

»Auch nicht.«

»Was hast du heute vor?«

Die meisten Männer in meinem Beruf sind gewitzt genug, um sich vor den neugierigen Anwandlungen ihrer Familie zu schützen. Welcher Klient nimmt sich schon einen Detektiv, der immer erst seiner Mutter Bescheid sagen muß, ehe er das Haus verläßt?

»Ich muß jemanden suchen.« Meine Geistesgegenwart hatte unter dem Essen gelitten.

»Warum bist du so gereizt? Was hat der arme Kerl überhaupt verbrochen?«

»Mord.«

»Ach du meine Güte!« Meine Mutter seufzte. »Es gibt wirklich Schlimmeres!«

Damit spielte sie wohl auf meine Missetaten an.

»Wenn ich's mir recht überlege«, brummte ich, während ich den Löffel abspülte und mit einem weichen Tuch trockenrieb, wie Helena es mir aufgetragen hatte, »dann gehe ich doch lieber ins Wirtshaus.«

 Bei dem Gedanken an Alkohol kam mir fast die Galle hoch. Unter qualvollen Rülpsern machte ich mich auf den Weg zu Petronius.

Er blies daheim Trübsal; für den Dienst war er noch zu schwach. Das erste, was er mir sagte, war: »Falco, warum ist das Betrugskommando hinter dir her?«

Anacrites.

»Ein Mißverständnis wegen meiner Spesenabrechnung.«

»Lügner! Anacrites hat mir gesagt, was auf dem Haftbefehl steht.«

»Ach, wirklich?«

»Er hat versucht, mich zu bestechen!«

»Damit du was tust, Petro?«

»Dich ans Messer liefere ...«

»Heißt das, daß du mich festnehmen willst ...«

»Sei nicht albern!«

»Rein aus Neugier. Wieviel hat er dir denn geboten?«

Petro grinste. »Nicht genug!«

Petronius würde niemals mit einem Palastspion zusammenarbeiten, aber Anacrites wußte sehr wohl, daß er nur das Gerücht auszustreuen brauchte, mit meiner Verhaftung sei Geld zu verdienen, und schon würde bei der nächsten Gelegenheit, da mein Hausherr seine Mieteintreiber vorbeischickte, irgendein Habenichts auf einer Hintertreppe vom Aventin seine Chance wittern und mich verpfeifen. Aus dieser Patsche würde ich mich ohne störende Unannehmlichkeiten wohl kaum befreien können.

»Keine Angst«, sagte ich lahm. »Das biege ich schon wieder hin.« Petronius lachte bitter.

Arria Silvia kam herein, um ein Auge auf uns

zu haben. Wir redeten eine Weil um den heißen
Brei herum: erst über ihre Heimreise, dann über meine, über mein verrücktes Rennpferd und sogar über die Jagd nach Pertinax, alles, ohne Helena ein einziges Mal zu erwähnen. Erst als ich schon im Aufbruch war, riß Silvia die Geduld. »Dürfen wir annehmen, daß du über Helenas Zustand Bescheid weißt?«

»Ihr Vater hat mich unterrichtet.«

»Unterrichtet!« echote Silvia empört. »Warst du schon bei ihr?«

»Sie weiß, wo sie mich findet, falls sie mich sehen möchte.«

»Also wirklich, Falco, alles was recht ist ...«

Ich tauschte einen Blick mit Petro, und er sagte leise zu seiner Frau: »Misch dich lieber nicht ein. Die beiden regeln das auf ihre Weise.«

»Nein, die Dame regelt das lieber allein!« blaffte ich die beiden an. »Mit euch hat sie also gesprochen?«

»Ich hab sie gefragt!« korrigierte Silvia vorwurfsvoll. »Das sah doch ein Blinder, wie arg das arme Mädchen sich quälen mußte.«

Das hatte ich befürchtet.

»Na, darauf könnt ihr euch direkt was einbilden! *Mir* hat sie nämlich keinen Ton gesagt! Und bevor ihr mich an den Pranger stellt, solltet ihr euch einmal fragen, wie ich mir bei der ganzen Geschichte vorkomme: Helena hatte *keinen* Grund, mir ihren Zustand zu verschweigen! Und ich weiß sehr wohl, warum sie's doch getan hat ...«

Silvia fiel mir entsetzt ins Wort: »Du glaubst, ein anderer ist der Vater!«

Der Gedanke war mir nie gekommen. »Das«, bemerkte ich kühl, »wäre eine Möglichkeit.«

Petronius, der in gewissen Dingen sehr direkt war, schien schockiert. »Das glaubst du doch nicht im Ernst!«

»Ich weiß nicht, was ich glauben soll.«

Ich wußte es sehr wohl. Und das war viel schlimmer.

Ich sah mich noch einmal nach den beiden um, die wütend und miteinander im Bunde dastanden; dann ging ich.

Mir einzureden, ich sei nicht der Vater dieses Kinds war beleidigend für Helena und erniedrigend für mich. Und doch wäre die Wahrheit schlimmer: Wer war ich denn? Wie lebte ich? Wenn Helena Justina mein Kind nicht auf die Welt bringen wollte, konnte ich ihr das nicht verdenken.

LXXX

Ein Tag im Bett ist nie völlig vergeudete Zeit. Irgendwo in dem Vakuum zwischen dem Moment, da man sich einredet, man sei wach, und sich, eine halbe Ewigkeit später, wirklich aufrappelt, entwarf ich einen Plan, wie ich Pertinax' Spur wiederfinden könnte. Ich kramte eine meiner Lieblingstuniken hervor. Sie war einmal malvenfarbig gewesen, hatte sich vom vielen Waschen aber in ein häßlich blasses Grau verfärbt. Ich ging zum Friseur und ließ mir die Haare ganz kurz schneiden. Dann mischte ich mich unters Volk.

Um die zauberische Stunde kurz vor Einbruch der Nacht überquerte ich den Tiber auf dem Pons Aurelius. Ich war allein. Niemand wußte, wohin ich ging, oder würde mich vermissen, wenn ich nicht zurückkam. Keiner der Menschen, die sich bislang um mich gesorgt hatten, würde heute abend einen Gedanken an mich verschwenden.

Die Zeiten ändern sich. In meinem Fall gewöhnlich zum Schlechteren hin.

Der Rauch von tausend Badehauskaminen wehte über der Stadt. Ich räusperte mich und löste damit das Schluchzen, das in meiner Kehle lauerte. Inzwischen wußte Helena Justina, daß ich wieder in Rom war. Ihr Vater hatte ihr bestimmt von unserem Gespräch erzählt. Wie nicht anders zu erwarten, unternahm sie keinen Versuch, sich mit mir in Verbindung zu setzen. Dabei hatte ich es ihr so leicht gemacht und war den ganzen Tag daheim im Bett geblieben.

Der Weg über den Pons Aurelius war nicht der kürzeste zu meinem Ziel, aber das war mir gerade recht.

Die Transtiberina erwacht abends erst richtig zum Leben. Nur ein Informant mit Gehirnschaden geht dann allein hierher.

Also tat ich es.

Beim zweitenmal sehen diese Winkel immer ganz anders aus.

Als ich endlich die Straße gefunden hatte, die ich suchte, war sie noch genauso düster und eng, wie ich sie in Erinnerung hatte, aber die Weinschenke hatte zwei Tische auf die Straße gestellt, und ein paar Lädchen, die mir damals, während der Siesta, gar nicht aufgefallen waren, hatten jetzt ihre Holzgitter weggeräumt und hofften auf Kundschaft. Bei einem Bäcker erstand ich ein Gebäck, das halb so groß war wie meine Faust, zäh wie die Fleischklößchen meiner Schwester Junia und so schmackhaft wie eine alte Pferdedecke.

Ich nahm mir reichlich Zeit, um diese Köstlichkeit gebührend zu würdigen, besonders die paar harten Bröckchen, die entweder Nüsse waren oder gut geröstete Bohrasseln, die sich in den Teig gemogelt hatten.

Währenddessen linste ich verstohlen zu jenem Fenster im ersten Stock des Hauses hinauf, in dem der angebliche Barnabas seinerzeit gewohnt hatte.

Das Fenster war zu klein und die Mauer zu dick, als daß man viel hätte erkennen können, aber zumindest ein Schatten wanderte hin und her. Ein unverhoffter Glücksfall.

Ich leckte mir eben die Finger sauber, als drüben zwei Männer aus dem Haus traten. Einer war ein Kümmerling mit einem Tintenfaß am Gürtel, offenbar ein Schreiber. Der andere, der sich, ohne auf das lebhafte Geschnatter seines Gefährten zu achten, verstohlen nach allen Seiten umblickte, war Pertinax.

Die beiden gaben sich die Hand und gingen auseinander. Ich ließ das Tintenfaßmännchen vorbei, das die Richtung einschlug, aus der ich gekommen war, und wollte Pertinax folgen. Wie gut, daß ich mir Zeit ließ. Zwei Männer, die an einem der Tische vor der Schenke in ein Brettspiel vertieft gewesen waren, standen abrupt auf. Noch bevor Pertinax die nächste Ecke erreichte, setzten auch sie sich in Bewegung: ihm nach, und zwar direkt vor meiner Nase. Auch diese beiden trennten sich. Einer überholte Pertinax, der andere schlenderte hinterher. Als der Nachzügler an die Ecke kam, trat eine weitere Gestalt zu ihm. Eine plötzliche Eingebung ließ mich hastig in einen Torweg zurückweichen. Als Nummer zwei und drei zusammentrafen, war ich nahe genug, um ihr leises Gespräch zu belauschen.

»Da geht er. Critus ist vor ihm.«

»Und Falco?«

»Noch kein Glück. Ich habe den ganzen Tag seine sämtlichen Kneipen abgeklappert und dann erfahren, daß er daheim geblieben ist. Jetzt bleibe ich erst mal bei dir. Falco finden wir sowieso am besten mit dem da als Köder!«

Die beiden nahmen je einen Bürgersteig und trotteten hinter Pertinax her. Das konnten nur Anacrites' Männer sein. Ich wartete, bis sie außer Sicht waren.

Noch ein Problem. Jetzt würde ich Pertinax darauf stoßen müssen, daß er verfolgt wurde. Solange es ihm nicht gelang, die Palastwächter abzuschütteln, konnte ich nicht an ihn heran, ohne daß man mich gleich mitverhaftet hätte.

Alles in allem schien mir dies der ideale Zeitpunkt für einen Becher Wein.

LXXXI

Jetzt am Abend war die Weinschenke brechend voll. Die Stammkundschaft waren Pflasterer und Heizer, muskulöse Männer in der Arbeitstunika mit großem Durst und schweißgebadet. Ich schlängelte mich ausgesucht höflich zwischen ihnen durch zur Theke vor, bestellte bei der häßlichen alten Wirtin einen Krug und sagte, ich würde draußen Platz nehmen. Wie vermutet, kam die Tochter, um mir den Wein zu bringen.

»Was macht ein hübsches Mädchen wie Sie in dieser Spelunke?«

Tullia schenkte mir das Lächeln, das sie für Freunde reserviert hatte, und stellte Krug und Becher auf den Tisch. Ich hatte ganz vergessen, was für ein hübsches kleines Ding sie war. Ihre großen dunklen Augen musterten mich verstohlen, wie um festzustellen, ob ich wohl für einen Flirt empfänglich wäre, und ich stellte mir ernsthaft die gleiche Frage. Aber heute abend blieb ich kalt und traurig: genau der griesgrämige Brummbär, um den leichte Mädchen, die was von ihrem Geschäft verstehen, einen großen Bogen machen.

Tullia kannte sich aus. Als sie davontrippeln wollte, packte ich sie am Handgelenk.

»Geh nicht! Bleib hier und leiste mir Gesellschaft!« Sie lachte gekünstelt und versuchte geschickt, sich loszumachen. »Setz dich zu mir, meine Süße ...« Sie sah mich aufmerksamer an, wollte feststellen, wie betrunken ich sei, und merkte verdutzt, daß ich stocknüchtern war.

»'n Abend, Tullia!« Erschrocken glitt ihr Blick zur Tür. »Ich habe was verloren, Tullia. Hat bei euch jemand einen Ring mit einem großen grünen Stein abgegeben?« Jetzt wußte sie, woher sie mich kannte – und konnte sich denken, daß ich in keiner besonders versöhnlichen Stimmung war. »Ich heiße Falco«, erinnerte ich sie leise. »Und ich muß mit dir sprechen. Wenn du deine Boxerfreunde zu Hilfe rufst, wirst du dich morgen auf der anderen Seite vom Fluß wiederfinden und den Prätorianern Rede und Antwort stehen müssen. Bei *mir* hast du den Vorteil, daß ich eine Schwäche für hübsche Mädchen habe. Die Prätorianer sind bekannt dafür, daß sie nichts und niemanden leiden können.«

Tullia setzte sich. Ich lächelte sie an. Sie fiel nicht darauf herein.

»Was wollen Sie, Falco?«

»Dasselbe wie beim letztenmal. Ich suche Barnabas.«

Jemand steckte den Kopf heraus. Ich nahm einen leeren Becher vom Nachbartisch und schenkte Tullia freigebig ein. Der Kopf verschwand.

»Er ist fort«, sagte Tullia, aber es klang nicht nach der Wahrheit.

»Ach, interessant! Ich weiß, daß er in Kroton und am Kap Colonna war ...« Ich sah ihr an, daß sie von diesen Orten noch nie gehört hatte. »Und dann suchte er sich genau die gleiche Sommerfrische in der Campania aus wie ich. Als er eben aus dem Haus ging, konnte ich sehen, wie schön braun er geworden ist. Aber ich bin nicht scharf drauf, mit ihm zu sprechen, wenn eine Abordnung von Palastspionen zuhört.«

 Die Kellnerin schien nicht im mindesten überrascht, zu hören, daß »Barnabas« in der Klemme steckte. Aber daß der Palast hinter ihm her war, erschreckte sie.

»Sie lügen, Falco!«

»Warum sollte ich? Warnen Sie ihn lieber, wenn er ein Freund von Ihnen ist. Habt ihr beide etwa ein Techtelmechtel?«

»Vielleicht!« versetzte sie trotzig.

»Was Festes?«

»Kann schon sein.«

»Dann sind Sie dümmer, als ich dachte!«

»Was soll das heißen, Falco?«

»Ich kann es einfach nicht mit ansehen, wenn eine schöne Frau sich wegwirft! Was hat er Ihnen versprochen?« Sie schwieg. »Ich kann's mir schon denken! Aber lassen Sie sich davon einwickeln? Nicht doch! Sie sehen aus, als wüßten Sie, daß Männern nicht zu trauen ist.«

»Ihnen traue ich genauso wenig, Falco!«

»Kluges Kind!«

Ihre billigen Ohrringe funkelten, als Tullia ein Licht vom Nachbartisch holte, um mich besser in Augenschein nehmen zu können. Sie war hochgewachsen, und in anderer Stimmung hätte es mir gewiß Vergnügen gemacht, sie zu betrachten.

»Er ist nicht aufrichtig zu Ihnen«, warnte ich.

»Er hat gesagt, er will mich heiraten!«

»Der Mann hat Geschmack! Aber warum haben Sie trotzdem Zweifel?«

»Ich glaube, er hat eine andere«, verkündete Tullia, den Kopf auf die niedlichen Ellbogen gestützt, und musterte mich prüfend.

Ich dachte flüchtig über diese andere Frau nach. »Schon möglich. In der Campania ist er mal einer hinterhergelaufen.« Es war nicht leicht, mein Gesicht unter Kontrolle zu halten. »Aber wenn Sie's ihm auf den Kopf zusagen, würde er bestimmt leugnen ... es sei denn, Sie hätten handfeste Beweise. Wie wär's, wenn Sie ein bißchen Detektiv spielten? Jetzt, wo er weg ist, könnten Sie sein Zimmer durchsuchen. Sie wissen doch bestimmt, wie man da reinkommt?«

Selbstverständlich wußte sie's.

Gemeinsam gingen wir über die Straße und erklommen die schmutzige Stiege, die nur noch von ein paar wenigen Latten zusammengehalten wurde. Der Gestank eines großen, ungeleerten Nachtkübels aus dem Treppenschacht stieg mir in die Nase, und von irgendwoher erklang das herzerweichende Gewimmer eines Säuglings. Die Tür zu Pertinax' Zimmer hatte sich unter der Sommerhitze verzogen, und man mußte sich mit dem ganzen Körpergewicht dagegenwerfen, um sie aufzustemmen.

Der Raum war ohne jede Ausstrahlung, teils weil ihn, im Gegensatz zu dem Heuschober in der Campania, niemand mit schmucken Kleinodien ausgestattet hatte, teils weil Pertinax einfach keinen Charakter besaß, der sich seiner Bleibe hätte mitteilen können. Ich sah ein Bett mit einer einzigen, ausgebleichten Decke, einen Schemel, ein Korbtischchen, eine Truhe mit zerbrochenem Schloß – lauter Sachen, die mit dem Zimmer vermietet wurden. Pertinax hatte nur den dreckigen Teller beigesteuert, einen Haufen leerer Amphoren, einen Stapel schmutziger Wäsche, ein Paar sündteure Stiefel, an denen noch der Mist von dem Gehöft am Vesuvius klebte, und ein paar offene Satteltaschen. Vor lauter Faulheit hatte er noch nicht einmal ausgepackt.

Hilfsbereit, wie ich war, erbot ich mich, Tullia zu helfen. Sie blieb derweil an der Tür stehen und lauschte ängstlich auf Geräusche von unten.

Ich fand zwei interessante Indizien.

Das erste lag auf dem Tisch: ein Dokument, auf dem die Tinte kaum getrocknet war und das offensichtlich heute abend von dem Schreiber abgefaßt worden war, den ich mit Pertinax hatte aus dem Haus kommen sehen. Ich überflog das Blatt, und mein Gesicht verdüsterte sich.

Das zweite fand ich in der Truhe, die ansonsten leer war. Pertinax mußte es vergessen haben, und auch ich entdeckte es nur, weil ich – eine Berufskrankheit – mit der flachen Hand alles abtastete. So stieß ich auf einen großen eisernen Schlüssel.

»Was ist das?« flüsterte Tullia.

»Ich bin mir nicht sicher. Aber ich kann's rauskriegen. Am besten, ich nehme ihn mit. Und jetzt sollten wir hier verschwinden!«

»Nicht, bevor Sie mir sagen, was auf dem Papier steht!«

Tullia konnte nicht lesen. Aber mein grimmiger Gesichtsausdruck hatte ihr verraten, daß es sich um etwas Wichtiges handeln mußte.

»Das ist ein Dokument in doppelter Ausführung, aber noch nicht unterschrieben ...« Ich sagte ihr, worum es sich handelte. Sie wurde erst blaß, dann rot vor Zorn.

»Für wen? Barnabas?«

»Das ist zwar nicht der Name, den der Schreiber eingesetzt hat, aber das Dokument ist für ihn gedacht. Tut mir leid, Kindchen.«

Tullia reckte wütend das Kinn. »Und wer ist die

Frau?« Ich beantwortete ihr auch das. »Die aus der Campania?«

»Ja, genau die.«

Was wir gefunden hatten, war ein Ehevertrag, ausgestellt auf Gnaeus Atius Pertinax und Helena Justina, die Tochter von Camillus Verus.

Nun, Ihre Durchlaucht hatte ja gesagt: Ein Mädchen braucht einen Ehemann.

LXXXII

»Ist sie schön?« fragte Tullia gepreßt, während wir die Treppe hinunterrannten.

»Geld macht immer schön. Übrigens – ist er gut im Bett?«

Tullia lachte höhnisch. Ich holte tief und glücklich Luft.

Als wir wieder sicher in der Schenke waren, packte ich das Mädchen bei den Schultern. »Wenn Sie ihn zur Rede stellen wollen, dann nur, wenn Ihre Mutter dabei ist!« Tullia sah trotzig zu Boden. Wahrscheinlich wußte sie inzwischen, daß er gewalttätig werden konnte. »Er wird Ihnen weismachen wollen, es gäbe einen ganz plausiblen Grund für dieses Dokument ...«

Sie hob den Kopf. »Um an das Geld zu kommen, von dem er dauernd redet?«

»Kindchen, alles, was Barnabas jetzt noch zu erwarten hat, ist das Grab eines Freigelassenen.«

 Vielleicht glaubte sie mir nicht, aber sie hörte wenigstens zu. »Er wird Ihnen erzählen, er sei schon einmal mit dieser Frau verheiratet gewesen und bräuchte ihre Hilfe, um an ein großes Vermögen heranzukommen. Aber machen Sie sich nichts vor: Wenn er das Geld in die Finger bekommt, hat er für Sie keine Verwendung mehr!« In ihre Augen trat ein zorniges Funkeln. »Tullia, die Kaiserlichen sind ihm auf den Fersen – und die Zeit läuft ihm davon!«

»Wieso?«

»Weil laut Ehegesetz eine Frau, die nach einer Scheidung mehr als achtzehn Monate unvermählt bleibt, keine Erbschaft antreten *kann*! Wenn er also über seine Ex-Frau an ein Erbe kommen will, dann muß er sich beeilen!«

»Wann sind sie denn geschieden worden?«

»Keine Ahnung. Ihr Freund mit dem geldgierigen Blick war der Ehemann; fragen Sie ihn!«

Nachdem ich meinen Köder ausgelegt hatte, verabschiedete ich mich und bahnte mir einen Weg zum Ausgang. Draußen hatten sich zwei neue Gäste über meinen noch halb gefüllten Krug hergemacht. Ich wollte gerade ein paar passende Worte sagen, als ich die beiden erkannte. Im selben Augenblick wußten Anacrites' Spürhunde, wen sie vor sich hatten.

Ich trat den Rückzug an, gab Tullia in der Schenke ein Zeichen und öffnete die Tür, durch die sie mich beim erstenmal hinausgelassen hatte.

Zehn Sekunden später stürzten die Spione in den Schankraum, stierten wie wild um sich und entdeckten die offene Tür. Die Pflasterer machten ihnen bereitwillig Platz, versammelten sich aber gleich wieder mit eisernem Schulterschluß.

Ich sprang hinter der Theke vor, winkte Tullia zu und nahm den Vorderausgang: der älteste Trick der Welt.

Den Heimweg wählte ich so, daß ich nicht über Spion Nummer drei stolpern konnte, falls der immer noch auf der Hauptstraße rumlungerte.

Als ich über den Fluß zurückkehrte, war es schon zu spät, um weiterzusuchen. Der erste Ansturm der Lieferkarren ließ bereits nach; auf den Straßen drängten sich zwar noch Wein-, Marmor- und Fischtransporte, aber die erste Hektik, die immer gleich nach der Sperrstunde ausbricht, war verebbt. Restaurantbesucher traten, begleitet von gähnenden Fackelträgern, durch finstere Gassen den Heimweg an. Hin und wieder huschte ein einsamer Spaziergänger durch die Schatten, bemüht, nicht aufzufallen und nur ja keine Diebe anzulocken. Wo Laternen draußen an den Loggien hingen, brannten sie jetzt langsam aus – oder wurden absichtlich von Einbrechern gelöscht, die nachher im Schutz der Dunkelheit mit ihrer Beute entkommen wollten.

Wahrscheinlich ließ der Oberspion auch meine Wohnung beobachten, deshalb ging ich zu meiner Schwester Maia. Sie war eine bessere Hausfrau als die übrigen und außerdem nachsichtiger mit mir. Trotzdem war es ein Fehler, bei ihr Unterschlupf zu suchen, denn sie empfing mich gleich mit der Nachricht, daß Famia gerade heute den Jockei zum Essen mitgebracht habe, der am Donnerstag beim Rennen mein Pferd reiten solle.

 »Bei uns gab's heute Kalbshirn. Es ist noch was da, wenn du Appetit hast«, sagte Maia. Schon wieder Innereien! Maia kannte mich lange genug, um zu wissen, was ich davon hielt. »Meine Güte, Marcus, du bist ja schlimmer als die Kinder! Nun reiß dich zusammen und mach endlich mal ein fröhliches Gesicht!«

Ich gab mir redlich Mühe und war bald ebenso lustig wie Prometheus an seinem Felsen, wenn er auf den täglichen Raben wartet, der ihm ein Stück von seiner Leber wegfrißt.

Der Jockei hatte sich bisher nichts zuschulden kommen lassen, aber das besagte nicht viel. Er war eine Zecke. Und mich hielt er für sein neues Schaf. Doch ich war's gewohnt, Parasiten abzuwimmeln. Er würde sich noch wundern.

Sein Name fällt mir nicht mehr ein. Ich habe ihn absichtlich vergessen. Alles, was ich noch weiß, ist, daß er und Famia mir viel zuviel Geld aus der Tasche ziehen wollten. Dabei hätte von Rechts wegen der Jockei *mich* bezahlen sollen, schließlich gab *ich* ihm die Chance, sich im vornehmsten Stadion der Stadt, mit Titus Cäsar in der Ehrenloge, das Herz aus dem Leibe zu reiten. Er war winzig, hatte ein zerfurchtes, brutales Gesicht, trank zuviel, und nach der Art zu schließen, wie er meine Schwester ansah, bildete er sich ein, die Frauen müßten ihm zu Füßen liegen.

Maia beachtete ihn gar nicht. Eins muß man meiner jüngsten Schwester lassen: Anders als die meisten Frauen, die einmal im Leben einen furchtbaren Fehler begangen haben, stand sie wenigstens dazu. Nachdem sie Famia einmal geheiratet hatte, verspürte sie nie das Bedürfnis, ihre Probleme noch durch Affären zu vermehren.

Der Jockei hatte gerade erst angefangen, Famia und mich unter den Tisch zu trinken, als ich mich unsterblich blamierte. Man hatte mich losgeschickt, eine neue Amphore zu holen, aber ich schaute heimlich bei den Kindern rein. Sie hätten schon im Bett sein sollen, doch ich fand sie noch lebhaft in ihr Spiel vertieft. Maia erzog ihre Kinder zu erstaunlich gutartigen Geschöpfen; sie merkten an meinem geröteten Gesicht, was mit mir los war, und so bezogen sie mich erst ein Weilchen in ihr Spiel mit ein, dann erzählte eins mir eine Geschichte, bis ich einnickte, worauf sie auf Zehenspitzen aus dem Zimmer schlichen. Ich könnte schwören, daß Maias älteste Tochter flüsterte: »Der ist versorgt! Sieht er nicht süß aus, wenn er schläft ...«

Ich hatte eigentlich vorgehabt, nur so lange bei Maia zu bleiben, bis etwaige Spione vor meinem Haus sich verzogen hätten. Dann wollte ich zur Falco-Residenz zurückschleichen. Ob sich dadurch etwas geändert hätte, werde ich nie erfahren. Aber es besteht immerhin die winzige Chance, daß, wäre ich in jener Nacht heimgegangen, statt bei meiner Schwester zu schlafen, ein Leben hätte gerettet werden können.

LXXXIII

August.

Schwüle Nächte und heißes Blut. Nach wenigen Stunden war ich schon wieder wach und fühlte mich so zerschlagen und elend, daß ich lange nicht mehr einschlafen konnte. Keine gute Jahreszeit für Männer mit unlösbaren Problemen und Frauen mit einer schwierigen Schwangerschaft. Ich dachte an Helena. Ob sie wohl auch in dieser stickigen Hitze wach lag und an mich dachte?

Am nächsten Morgen erwachte ich erst spät. Maia führte ein ruhiges Haus.

Mich die ganze Nacht in den Kleidern herumzuwälzen machte mir nichts aus. Aber die ausgebleichte Tunika von gestern konnte ich nicht mehr sehen. Das Verlangen, diesen faden Fetzen Grau auszutauschen, wurde mir fast zur fixen Idee.

Da ich nicht riskieren durfte, in meiner Wohnung Anacrites' Spürhunden in die Arme zu laufen, überredete ich meine Schwester, für mich hinzugehen.

»Melde dich unten in der Wäscherei. Geh nicht rauf! Ich will nicht, daß die dich bis hierher verfolgen. Aber Lenia hat bestimmt ein paar Sachen für mich fertig ...«

»Dann gib mir das Geld für die Rechnung«, verlangte Maia, die eine klare Vorstellung von den Geschäftsbeziehungen zwischen Lenia und mir hatte.

Maia blieb sehr lange fort. Also ging ich schließlich doch in der alten Tunika aus dem Haus.

Zuerst mußte ich feststellen, wann Helena geschieden worden war. Das Archiv des Censors war geschlossen, weil Feiertag war, ein häufiges Ärgernis in Rom. Ich kannte den Wachmann, der es schon gewohnt war, daß ich außerhalb der Öffnungszeiten aufkreuzte; gegen das übliche kleine Entgelt ließ er mich beim Seiteneingang rein.

Das Dokument, das ich brauchte, mußte Anfang letzten Jahres hinterlegt worden sein, denn danach war Helena nach Britannien gefahren, wo sie mich kennenlernte. Dank dieser Anhaltspunkte hatte ich binnen einer Stunde, was ich suchte. Mein Schuß ins Dunkel war geradeaus ins Ziel gegangen: Helena Justina hatte ihre Ehe vor genau achtzehn Monaten gelöst. Wenn Pertinax sie dazu bringen wollte, ihn noch in der für die Erbschaft maßgeblichen Zeit zu heiraten, dann blieben ihm ganze drei Tage.

Als nächstes ging ich auf den Aventin und versuchte dort, den Mann aufzutreiben, der vielleicht den eisernen Schlüssel aus Pertinax' Truhe würde identifizieren können. Hier war ich auf vertrautem Boden, auch wenn ich selten in diese engen Gassen kam. Ich bog um eine Ecke, wo ein Korbflechter seine Waren mitten auf dem Bürgersteig aufgebaut hatte – lebensbedrohlich für die Fußgänger. Ich suchte seinem unsozialen Flechtwerk auszuweichen, stieß mir den großen Zeh am Rinnstein und stand kurz darauf vor einem Brunnen, auf dem ein Flußgott dem traurigen Rinnsal, das aus seinem Nabel sickerte, ebenso verdrossen nachsah wie schon vor drei

Monaten. Ich kniete mich auf den bemoosten Rand, schöpfte mit der hohlen Hand einen Schluck Wasser und fing dann an, mich von Tür zu Tür durchzufragen.

Als ich endlich an die richtige kam, war der stämmige, schwarzbärtige Bewohner zu Hause und ruhte sich gerade nach dem Mittagessen aus.

»Ich bin Didius Falco. Wir sind uns schon mal begegnet ...« Er erinnerte sich an mich. »Ich möchte Ihnen etwas zeigen. Ich muß wissen, woher dieser Gegenstand stammt. Aber sprechen Sie bitte nur, wenn Sie sich sicher genug sind und Ihre Aussage vor Gericht wiederholen können.«

Damit zog ich den Schlüssel hervor. Der Mann wog ihn in der Hand und besann sich gewissenhaft, ehe er sprach. An dem Schlüssel war nichts Besonderes: Er war ziemlich lang, hatte einen ovalen Ring und einen dreigezackten Bart. Aber mein potentieller Zeuge fuhr dann mit dem Zeigefinger über einen kaum sichtbar über dem Bart eingeritzten Buchstaben – ein »H«. Dann blickte er auf und sah mich aus dunklen, seelenvollen orientalischen Augen an.

»Ja«, sagte der Priester vom Kleinen Tempel des Herkules Gaditanus traurig. »Das ist unser verlorener Tempelschlüssel.«

Endlich ein konkreter Beweis.

Als ich sah, wie der Priester sich mit einer Serviette den Bart wischte, fiel mir ein, daß ich noch nichts gegessen hatte. Ich machte bei einer Garküche halt und hinterher einen Spaziergang am Fluß, um über die bisherigen Ergebnisse meiner Ermittlungen nachzudenken. Als ich zu Maia zurückkehrte, war ich schon optimistischer.

Maia war bei Lenia gewesen, zum Essen heimgekommen und besuchte jetzt unsere Mutter, aber sie hatte mir ein Bündel Kleider dagelassen, die ich nicht eben erfreut wiedererkannte; es waren all die Tuniken, die ich nie aus der Wäscherei abgeholt hatte, weil sie entweder zerrissene Ärmel hatten oder Brandflecken von der Öllampe. Die anständigste war noch die, die ich getragen hatte, als wir die Leiche aus dem Lagerhaus verschwinden ließen.

Ich beschnupperte die Tunika, überwand mich, zog sie über und dachte gerade über meinen nächsten Schachzug gegen Pertinax nach, als Maia heimkam.

»Danke für die Wäsche! Hast du was rausgekriegt?«

»Witzbold! Lenia läßt dir ausrichten, daß dauernd jemand nach dir fragt – und da die Nachricht von einer Frau ist, die dich engagieren möchte, dachte sie, es interessiert dich vielleicht ...«

»Klingt ja ganz vielversprechend.«

»Lenia sagt ...« Maia, eine pedantische Nachrichtenübermittlerin, richtete sich auf eine wortgetreue Rezitation ein. »›*Bitte treffen Sie Helena Justina im Haus auf dem Quirinal. Sie hat in eine Unterredung mit ihrem Gatten eingewilligt und möchte zuvor mit Ihnen sprechen!*‹ Bearbeitest du einen Scheidungsfall, Marcus?«

»Das Glück hätte ich gern. Wann soll ich denn dort sein?«

»Das ist der Haken – der Diener, der die Nachricht brachte, hat gesagt, heute morgen. Ich hätte dir schon mittags Bescheid gesagt, aber du warst ja nicht da ...«

Ich stieß einen halblauten Fluch aus und rannte wie der Blitz aus dem Haus meiner Schwester, ohne ihr einen Kuß zu geben, mich für das gestrige Abendessen zu bedanken oder ihr ein Wort der Erklärung zu gönnen.

Der Quirinal, auf den Helena und Pertinax nach ihrer Hochzeit gezogen waren, zählte nicht zu den vornehmsten Vierteln, auch wenn es den Leuten, die in diesem hübschen und luftigen Bezirk wohnten, selten so schlecht ging, wie sie behaupteten. Als Vespasian noch ein junger Politiker war, kam sein Jüngster, Domitian, der Wermutstropfen in der Erfolgsgeschichte des Kaisers, in einer kleinen Wohnung in der Granatapfelstraße zu Welt. Später bauten sich die Flavier auf dem Quirinal ihren Familiensitz, von dem aus sie dann den Kaiserpalast eroberten.

Es war ein merkwürdiges Gefühl, zu diesem Haus zurückzukehren, in dem ich gearbeitet hatte, als wir Pertinax noch für tot hielten. Merkwürdig auch, daß Helena ihr altes Zuhause als neutrales Terrain ansah.

Nach der Haushaltsauflösung war das Gebäude unverkauft geblieben; Geminus nannte so was »eine Gelegenheit, die auf den richtigen Kunden wartet«, und im Klartext heißt das: zu groß, zu teuer und mit dem üblen Ruf belastet, Gespenster zu beherbergen.

Wie wahr.

Ich hatte einen Mann aus dem Palast als Pförtner hier abgestellt, bis die Eigentumsfrage geregelt sein würde. Auf mein dringendes Klopfen hin erschien er fast sofort. Mir sank das Herz: Das bedeutete womöglich, daß ihn heute schon vor mir jemand aus seinem gewohnten Dienstschlaf geweckt hatte.

»Falco!«

»Ist ein gewisser Pertinax hier gewesen?«

»Ich habe doch gleich gewußt, daß mit dem was nicht stimmt! Er hat gesagt, er wäre ein Käufer ...«

»O Jupiter! Ich hab Ihnen doch ausdrücklich gesagt, Sie sollen keine Spekulanten reinlassen! Ist er noch da?«

»Nein, Falco ...«

»Und wann kam er?«

»Vor Stunden.«

»Mit einer Dame?«

»Die kam allein ...«

»Sie ist doch nicht mit Pertinax fort?«

»Nein, Falco ...«

Ich ließ mich auf den Schemel des Pförtners fallen, preßte die Hände an die Schläfen, bis ich mich einigermaßen beruhigt hatte, und ließ ihn der Reihe nach erzählen, was passiert war.

Zuerst hatte Pertinax Einlaß begehrt. Er war aufmerksam wie ein potentieller Käufer herumgegangen, und da es nichts mehr zu stehlen gab, hatte der Pförtner ihn sich selbst überlassen. Dann kam Helena. Sie fragte nach mir, trat aber ohne Zögern ein.

Bei ihrer Begrüßung wirkten sie und Pertinax wie ein Paar – wahrscheinlich, dachte sich der Pförtner, eins von denen, die einander praktisch noch fremd sind, weil ihre Verwandten die Heirat erst vor kurzem arrangiert haben. Jedenfalls ginge sie nach oben, und dort hörte der Pförtner sie streiten – nichts Ungewöhnliches, wenn zwei Menschen sich ein Haus ansehen: Einem gefällt immer die Aussicht, während der andere die Lage unmöglich findet. Mein Mann hielt also still, bis die Stimmen oben immer heftiger wurden. Gleich darauf fand er Helena Justina geisterbleich und zitternd, während Pertinax von der Galerie herunterbrüllte. An dem verdutzten Pförtner vorbei rannte sie aus dem Haus. Pertinax lief ihr nach, überlegte es sich aber im letzten Moment anders.

»Hat er etwas gesehen, was ihn stutzig machte?«

»Die Dame sprach draußen mit einem Senator. Der merkte, wie aufgeregt sie war, half ihr in die Sänfte und befahl den Trägern, sich zu beeilen ...«

»Hat er sie begleitet?«

»Ja. Pertinax lungerte am Eingang rum, bis er sie zusammen aufbrechen sah, dann verschwand er.«

Zuerst hielt ich den Senator für Helenas Vater, doch erwies sich das als Irrtum. Ein heftiges Klopfen, und Milo, der Hundezähmer, stand in der Tür.

»Falco – endlich!« keuchte er atemlos. »Ich habe schon überall nach Ihnen gesucht. Gordianus bittet Sie dringend, sofort zu kommen ...«

Gordianus hatte ebenfalls ein Haus auf dem Quirinal; auf dem Weg dorthin erzählte Milo, der Oberpriester sei nach Rom gekommen, weil er immer noch fest entschlossen sei, den Tod seines Bruders zu rächen. Da der Quirinal ein respektabler Bezirk war, hatte Gordianus sich nach der schwülen Nacht unbegleitet auf einen Morgenspaziergang gewagt. Dabei hatte er Pertinax erkannt, war ihm bis zum Haus gefolgt, hatte Helena ankommen und kurz darauf in äußerster Erregung wieder hinauseilen sehen. Und dann hatte er sie in aller Eile heimgebracht.

»Sie meinen, in sein Haus?«

»Nein, zu ihr nach Hause ...«

Ich blieb wie angewurzelt stehen.

»Obwohl sein eigenes mit allen Dienern nur drei Straßen entfernt liegt? Er, ein Senator, ist zu Fuß durch die ganze Stadt bis zur Porta Capena gelaufen? Warum diese Eile? Warum war die Dame so verzweifelt? War sie krank? Am Ende gar verletzt?« Milo wußte auf all diese Fragen keine Antwort. Unterdessen konnten wir schon die Straße sehen, in der Gordianus wohnte, aber ich rief: »Nein Milo, da muß etwas geschehen sein! Sagen Sie Ihrem Herrn, ich werde später zu ihm kommen ...«

»Falco! Wo wollen Sie denn hin?«

»Zur Porta Capena!«

LXXXIV

Der alptraumhafte Weg quer durch Rom dauerte eine geschlagene Stunde.

Endlich erreichte ich die friedliche Porta Capena. Wie üblich wollte mich der Türsteher nicht einlassen.

Ich drohte; er zuckte die Achseln. Er sah aus wie ein König, und ich kam mir vor wie ein Flegel. Er stand drinnen; ich blieb draußen auf der Schwelle.

Inzwischen war ich so erhitzt von meinem Lauf

und so von Sinnen vor Angst, daß ich den Burschen beim Kragen seiner Tunika packte, ihn gegen den Türpfosten stieß und mir gewaltsam Zutritt verschaffte. Falco: immer gut für einen zarten Wink.

»Wenn du dir einen Gefallen tun willst, Freundchen, dann fang an, dir die Freunde des Hauses zu merken!«

Eine scharfe Frauenstimme erkundigte sich, wer da solchen Lärm mache. Im Nu fand ich mich in einem Empfangssalon wieder, Auge in Auge mit der edlen Julia Justa, der Frau des Senators.

»Ich bitte um Entschuldigung«, sagte ich gepreßt. »Aber der Mensch da draußen wollte mich einfach nicht vorlassen ...«

Helena Justinas Mutter und ich standen nicht gerade auf freundschaftlichem Fuß miteinander. Was mir am meisten zu schaffen machte (da ihre Mutter mich, um ehrlich zu sein, nicht leiden konnte), war, daß Helena zwar Gestik und Mienenspiel von ihrem Vater geerbt hatte, im Aussehen aber ganz der Mutter nachschlug. Wenn diese wohlvertrauten, klugen Augen mich mit so ganz anderem Blick ansahen, war es mir direkt unheimlich.

Julia Justa, eine sehr gut gekleidete Frau mit einem Gesicht, das mit den besten Ölen und Salben gepflegt wurde, die es für eine Millionärsgattin zu kaufen gab, wirkte heute bleich und abgespannt. Auch schien sie nicht recht zu wissen, wie sie sich mir gegenüber verhalten solle.

»Falls Sie«, begann Helenas Mutter zögernd, »falls Sie gekommen sind, um meine Tochter zu besuchen ...«

»Julia Justa, ich habe schreckliche Dinge gehört. Bitte, wie geht es Helena?«

»Sie ist nicht ganz wohl.« Wir standen beide. Es schien entsetzlich stickig im Zimmer. Ich konnte kaum atmen. »Helena hat das Kind, das sie erwartet, verloren«, sagte ihre Mutter. Dann musterte sie mich mit gequälter Miene, ungewiß darüber, was von mir zu erwarten sei – und gleichwohl sicher, daß es nur etwas Unangenehmes sein könnte.

Der Gattin eines Senators in deren eigenem Hause den Rücken zu kehren ist unerhört, aber ich interessierte mich auf einmal lebhaft für eine Delphinstatuette, die als Lampe diente. Ich zeige meine Gefühle nun mal nicht gern vor anderen Leuten, ehe ich sie nicht selbst ergründet habe.

Der Delphin war ein niedlicher kleiner Kerl, aber mein Schweigen bekümmerte ihn. Ich wandte meine Aufmerksamkeit wieder der Frau des Senators zu,

»Also, Didius Falco! Was haben Sie dazu zu sagen?«

»Mehr als Sie denken.« Meine Stimme schepperte, als hätte ich in ein Metallgefäß gesprochen. »Ich werde alles Helena sagen. Darf ich sie sehen?«

»Vorläufig nicht.«

Sie wollte mich aus dem Haus haben. Gute Manieren und schlechtes Gewissen geboten eiligsten Rückzug. Um gute Manieren habe ich mich noch nie viel geschert. Ich beschloß, nicht von der Stelle zu weichen.

»Julia Justa, werden Sie Helena sagen, daß ich da bin?«

»Das geht nicht, Falco – der Arzt hat ihr ein starkes Schlafmittel gegeben.«

Ich sagte, in dem Fall wolle ich keine Umstände machen, aber falls Julia Justa nicht ausdrücklich dagegen sei, würde ich warten.

Ihre Mutter war einverstanden. Wahrscheinlich ahnte sie, daß es nur Ärger mit der vornehmen Nachbarschaft geben würde, wenn man mich hinausgeworfen hätte und ich dann wie ein mieser Gläubiger ums Haus gestrichen wäre.

Ich wartete drei Stunden. Inzwischen hatte man mich vergessen.

Endlich ging die Tür auf.

»Falco!« Helenas Mutter starrte mich an. Soviel Beharrlichkeit hätte sie mir wohl nicht zugetraut. »Man hätte sich um Sie kümmern sollen!«

»Danke, ich hatte keine Wünsche.«

»Helena schläft noch.«

»Ich kann warten.«

Mein entschlossener Ton ließ Julia Justa aufhorchen. Ich hielt ihrem neugierigen Blick grimmig stand.

»Julia Justa, war für das Unglück, das heute geschah, die Natur verantwortlich, oder hat der Arzt Ihrer Tochter etwas verordnet, um nachzuhelfen?«

Die Frau des Senators sah mich mit Helenas bestürzten, zornigen Augen an. »Wenn Sie meine Tochter kennen, dann wissen Sie die Antwort darauf!«

»Oh, ich kenne Ihre Tochter, sie ist ungemein vernünftig. Ich weiß auch, daß Helena Justina nicht die erste unverheiratete Mutter wäre, der man eine Lösung für ihre Notlage aufgedrängt hätte!«

»Helenas Familie zu beleidigen wird Ihnen nicht weiterhelfen.«

»Verzeihen Sie. Ich hatte lange Zeit zum Nachdenken. Das tut nie gut.«

Julia Justa seufzte ungeduldig. »Falco, das führt doch zu nichts! Warum sind Sie immer noch hier?«

»Weil ich Helena sprechen muß.«

»Ich muß Ihnen sagen, Falco – sie hat nicht nach Ihnen gefragt!«

»Und wollte sie sonst jemanden sehen?«

»Nein.«

»Dann wird es ja auch niemanden stören, wenn ich weiter warte.«

Darauf sagte Helenas Mutter, wenn ich gar nicht umzustimmen sei, wolle sie mich lieber gleich zu Helena führen, damit ich dann endlich allen den Gefallen tun könne heimzugehen.

Es war ein kleiner Raum, ihr ehemaliges Kinderzimmer. Es war bequem eingerichtet und das genaue Gegenteil ihres vornehmen Boudoirs im Hause Pertinax.

Helena lag reglos in einem schmalen Bett unter einer Leinendecke. Sie schlief so fest, daß nichts sie hätte aufwecken können. Aus ihrem Gesicht war alle Farbe gewichen, sie wirkte erschöpft. Da ich nicht allein mit ihr war, brachte ich es nicht über mich, sie zu berühren, aber in meiner Verzweiflung flüsterte ich: »Das hätte man ihr nicht antun dürfen! Sie ist ja regelrecht besinnungslos – wie soll sie denn merken, daß jemand bei ihr ist?«

»Sie hatte starke Schmerzen. Sie brauchte Ruhe.«

Ich kämpfte den Gedanken, daß sie *mich* brauchen könnte, nieder. »Ist sie noch in Gefahr?«

 »Nein«, sagte ihre Mutter.

»Sagen Sie mir die Wahrheit: Hat Helena das Kind gewollt?«

»O ja!« antwortete ihre Mutter ohne Zögern.

Sie wollte ihre Gereiztheit nicht zeigen, aber ich erriet auch so, wieviel Spannung in dieser Familie geherrscht hatte. Helena Justina machte es anderen ebensowenig leicht wie sich selbst. »Das hat Sie wohl in eine schwierige Lage gebracht«, mutmaßte Julia Justa mit leiser Stimme. »Sicher sind Sie jetzt erleichtert?«

»Mir scheint, Sie haben mich gründlich durchschaut«, antwortete ich gepreßt.

Helena sollte wissen, daß ich heute bei ihr gewesen war.

Da ich ihr sonst nichts dalassen konnte, streifte ich meinen Siegelring vom Finger und legte ihn auf den silbernen Dreifuß neben ihrem Bett. Zwischen dem geschliffenen Wasserglas und dem Häuflein elfenbeinerner Haarnadeln nahm sich mein abgewetzter Ring mit dem Sprung im roten Stein und dem Grünspan am Reif klobig und häßlich aus, aber sie würde ihn immerhin bemerken und sich erinnern, wo sie ihn gesehen hatte.

»Bitte räumen Sie den nicht fort!«

»Ich werde ihr sagen, daß Sie da waren«, wandte Julia Justa vorwurfsvoll ein.

»Danke«, sagte ich. Aber den Ring ließ ich trotzdem da.

Ihre Mutter begleitete mich hinaus.

»Falco«, sagte sie eindringlich, »es *war* ein Unfall.«

Ich würde nur glauben, was ich aus Helenas
Mund erfuhr. »Und was ist geschehen?«

»Geht Sie das wirklich etwas an, Falco?« Ich überließ die Antwort ihr. »Der frühere Mann meiner Tochter«, fuhr sie widerstrebend fort, »bat sie um eine Aussprache. Es kam zum Streit. Sie wollte fort. Er versuchte, sie zurückzuhalten. Sie riß sich los, strauchelte und stürzte auf der Treppe ...«

»Also trifft Pertinax die Schuld!«

»Es hätte leicht auch so passieren können.«

»Das glauben Sie doch selber nicht!«

Julia Justa zögerte. »Nein.« Für den Augenblick schien das Kriegsbeil zwischen uns begraben. »Diese heftige Auseinandersetzung hat Helena gewiß geschadet ... Hatten Sie die Absicht, wiederzukommen?«

»Wenn ich kann.«

»Also das nenne ich großzügig!« rief die Frau des Senators. »Didius Falco, Sie lassen sich erst blicken, wenn das Fest vorüber ist; das ist wohl so üblich bei Ihnen – nie zur Stelle, wenn man Sie wirklich braucht. Aber dann sollten Sie es jetzt auch dabei belassen und wegbleiben!«

»Vielleicht kann ich etwas für Helena tun ...«

»Das bezweifle ich! Nach dem, was geschehen ist, Falco, wird es meiner Tochter nur recht sein, wenn Sie ihr nie mehr unter die Augen kommen!«

Ich grüßte die Frau des Senators zuvorkommend, denn ein Mann sollte eine dreifache Mutter immer höflich behandeln (besonders, wenn sie gerade eine drastische Behauptung über das älteste und reizendste ihrer Kinder aufgestellt hat – und er sie später damit brüskieren will, daß er ihre Prognose als falsch entlarvt).

 Als ich das Haus Camillus verließ, mußte ich daran denken, wie Helena Justina mich angefleht hatte, Pertinax nicht zu töten – und daß ich es, wenn ich ihn zu fassen bekäme, womöglich doch tun würde.

LXXXV

Ich ging auf dem schnellsten Weg in die Transtiberina und hinauf in seine Kammer. Ich war unbewaffnet. Ein törichter Einfall. Aber all seine persönlichen Sachen waren fort und er ebenfalls.

Die Weinschenke auf der anderen Straßenseite hatte Hochbetrieb, aber statt Tullia bediente ein Fremder. »Morgen!« rief er nur hastig, als ich ihn fragte. Vermutlich erkundigten sich dauernd irgendwelche Männer nach Tullia.

Ich hinterließ keine Nachricht; es hätte sich ja doch niemand die Mühe gemacht, der jungen Dame auszurichten, daß schon wieder ein hoffnungsvoller Kavalier nach ihr Ausschau gehalten habe.

Danach lief ich sehr lange ziellos in der Stadt herum.

Auf dem Pons Emilius machte ich halt. Unter dem dreifachen Tuffsteinbogen, der den Hauptausgang der Cloaca Maxima markierte, war irgendwann in den letzten drei Monaten ein aufgedunsener Leichnam entlanggetrieben und unerkannt von den dunklen, aufgewühlten Wassermassen fortgeschwemmt worden. Ich trug damals die Verantwortung. Und jetzt ... Haben Sie gewußt, daß nur Kaiser und totgeborene Kinder in Rom beigesetzt werden dürfen? Für unser armes Fünkchen Leben spielte das freilich keine Rolle. Ich hatte eine schmerzliche Vorstellung davon, wie man mit Frühgeburten verfuhr. Und wer weiß, wenn ich ein anderer gewesen wäre, einer, der nicht gar so neutral zu den Göttern stand, dann hätte ich vielleicht im Rauschen des Tibers das grausame Strafgelächter der Parzen vernommen.

Stunden nachdem ich der Transtiberina den Rücken gekehrt hatte, tauchte ich bei Maia auf. Sie sah mich aufmerksam an, dann gab sie mir zu essen, hielt die Kinder fern, hielt Famia samt seinem Weinkrug fern und schickte mich bald zu Bett. Kaum lag ich im Finstern, waren die Gedanken wieder da.

Als es nicht mehr zu ertragen war, überließ ich mich dem Schlaf.

Pertinax konnte sich überall in Rom versteckt haben, aber der nächste Tag war ein Donnerstag, und am Donnerstag sollte sein Champion im Circus Maximus laufen. Wo ich ihn dann finden würde, wußte ich: irgendwo zwischen den zweihunderttausend Zuschauern, die Ferox anfeuerten.

Famia, der ein großes Ereignis gern damit feierte, daß er sich schon im ersten Morgengrauen in krankhafte Erregung hineinsteigerte, wollte mich gleich frühmorgens aus dem Haus zerren, aber wenn ich den ganzen Vormittag in der prallen Sonne im Stadion hockte, wäre ich für nichts mehr zu gebrauchen. Und wer einmal die feierliche Eröffnungsprozession in die Arena hat einziehen sehen, kann dieses Zeremoniell getrost ein paarmal überspringen. Wen interessiert schon ein blasierter Magistrat, der in seiner triumphalen Quadriga die Parade anführt, wenn es Männer zu schnappen gilt, die Priester ermorden, Familienväter zusammenschlagen und das Leben ungeborener Kinder auslöschen, noch bevor die Eltern auch nur die Chance hatten, sich über ihre Namen zu streiten?

Als erstes ging ich bei meiner Schwester Galla vorbei. Ich hatte Glück; Larius war noch zu Hause.

»Guten Morgen, junger Künstler! Ich habe einen Auftrag für Sie.«

»Aber es muß schnell gehen.« Er grinste. »Wir müssen nämlich alle in den Circus und einen gewissen Gaul anfeuern.«

»Zuviel der Ehre! Hör zu. Ich brauche eine kleine Skizze ...«

»Stehst du Modell für ein Medaillon auf einer keltischen Trinkschale?«

»Doch nicht ich!« Ich sagte ihm, wen ich gezeichnet haben wollte. Und dann sagte ich ihm auch, warum. Larius machte sich ohne ein weiteres Wort an die Arbeit.

Die Trauer um ein Ungeborenes macht die Betroffenen stumm. Um meinen Neffen nicht in Verlegenheit zu bringen, zog ich ihn auf, ob er etwa sein Erspartes auf mein Pferd verwetten wolle. »Keine Angst«, versicherte Larius freimütig. »Anfeuern werden wir deinen Goldschatz – aber gesetzt wird heute auf Ferox!«

Ich ging zur Porta Capena. Niemand in der Familie Camillus empfing Besucher. Ich trug dem

Pförtner meine ergebensten Grüße auf, obwohl
ich gleich das Gefühl hatte, daß er sie nicht ausrichten würde.

Als ich an einem Blumenladen vorbeikam, kaufte ich einen Riesenstrauß Rosen zum entsprechenden Preis.

»Die sind aus Paestum«, flötete das Blumenmädchen wie zur Entschuldigung.

Ich erklärte sie gnädig für passabel und gab Helenas Adresse an. Ich wußte sehr wohl, daß ihr eine Blume, die ich auf meinem Balkon gezogen hatte, lieber gewesen wäre, denn sie war eine Romantikerin. Aber ihre Mutter sah aus wie eine Frau, der man mit einem teuren Bukett imponieren konnte.

Helena war inzwischen gewiß wieder bei Bewußtsein, aber man ließ mich trotzdem nicht zu ihr. Also trollte ich mich wieder, ohne etwas anderes mitnehmen zu können als die Erinnerung an ihr starres, weißes Gesicht von gestern.

Da mich niemand liebte, ging ich zum Rennen.

Gegen Mittag kam ich an, gerade rechtzeitig zum Auftritt der Athleten. In dem äußeren Gewölbe wurden die üblichen kruden Geschäfte abgewickelt, ein befremdlicher Kontrast zu den feinsinnigen Gemälden und Goldornamenten, den Stuck- und Steinmetzarbeiten unter den Arkaden. In den Garküchen und an den Getränkeständen gab es lauwarme, fetttriefende Pasteten und einen Fingerhut voll Wein zu Wucherpreisen. Die Dirnen priesen lauthals ihre Dienste an und wetteiferten mit den Schleppern der Buchmacher um Kundschaft.

Einen Verbrecher ausgerechnet im größten Stadion von Rom fangen zu wollen war verrückt.

Ich kam durch eines der Tore am Aventin. Ganz links von mir, über den Startgattern, lag die Präsidentenloge; gegenüber, vor dem Palatin, der prächtig ausgeschlagene kaiserliche Balkon; zur Rechten die Apsis mit dem Triumphbogen für den festlichen Auszug der Sieger. Auf den ersten beiden Rängen war es mittlerweile unerträglich heiß, und trotz der mittäglichen Flaute empfing mich schier ohrenbetäubender Lärm.

In früheren Tagen, als Männlein und Weiblein noch kunterbunt durcheinander saßen und der Circus Maximus der beste Ort war, sich eine neue Liebschaft zu suchen, hätte ich keine Chance gehabt, jemanden zu finden, ohne seine Platznummer zu kennen. Und selbst heute, da die Augusteische Verordnung die Geschlechter züchtig voneinander trennte, konnte ich nur die Reihen mit Bestimmtheit ausschließen, die Frauen, Knaben mit ihren Tutoren und den Priesterkollegien vorbehalten waren. Pertinax würde es nicht riskieren, sich auf dem unteren Podium sehen zu lassen, wo einer seiner Senatsbrüder ihn hätte erkennen können. Und da er ein unverbesserlicher Snob war, würde er auch die oberste Galerie meiden, auf der sich die niedrigsten Stände und die Sklaven versammelten. Allein, der Circus erstreckte sich über die ganze Talsohle zwischen dem Viehmarkt und der alten Porta Capena; er faßte eine Viertelmillion Besucher, nicht eingerechnet die emsig hin und her schwirrenden Hilfskräfte, die Ädilen, die als Ordnungshüter über die Menge wachten, die Taschendiebe und Luden, die nach den Ädilen ausspähten, die Parfumfräuleins und Kranzmädchen, die Weinhändler und Nußverkäufer.

Ich nahm mir einen Block vor und suchte hier das Meer von Gesichtern ab. Mir wurde bald schwindlig, und die Köpfe verschwammen vor meinen Augen zu einem undeutlichen Nebel.

Das war keine Methode, einen Floh im Hafersack zu suchen. Also huschte ich treppab zu den Arkaden, ging von Stand zu Stand und zeigte überall das kleine Porträt vor, das Larius für mich gezeichnet hatte. Am Ende der Budengasse traf ich auf Famia, der mir etliche Bekannte vorstellte, und ich zeigte ihnen das Bild von Pertinax.

Danach blieb mir nichts anderes übrig, als anstandshalber die Bemühungen meines Schwagers zu würdigen, der versucht hatte, aus meinem Unglücksklepper ein respektables Rennpferd zu machen.

Mit hochgebundenem Schwanz, die zerzauste Mähne sauber geflochten, sah Goldschatz so stattlich aus wie möglich und war dennoch eine Katastrophe. Famia hatte eine Satteldecke für ihn aufgetrieben, aber auf die goldenen Fransen und perlenbestickten Brustbänder, mit denen seine Rivalen geschmückt waren, würde er verzichten müssen. Ohne mich um Famias Entrüstung zu scheren, bestand ich darauf, den Goldschatz – wenn ich schon einmal im Leben mein eigenes Pferd ins Rennen schicken konnte – für die Blauen laufen zu lassen. Ich versuchte Famia damit zu besänftigen, daß mein Klepper ja ohnehin haushoch verlieren würde; er tobte; ich blieb fest.

Ferox sah einfach prächtig aus mit seinem fast purpurnen Fell; man hätte sich vor seinen Flanken rasieren können. Er erregte ungemeines Aufsehen, als er und Goldschatz Seite an Seite auf dem Viehmarktsforum warteten; die Buchmacher übertrafen einander mit den Witzen und Scherzen, die neue Kundschaft anlocken sollten. Ferox würde für die Marcellus-Pertinax-Mannschaft, die Weißen, an den Start gehen.

Ein Weilchen mimte ich den stolzen Eigner und ließ mir den Spott der Pointeure gefallen, die annahmen, ich würde allen Ernstes auf meine Schindmähre setzen, dann gingen Famia und ich zum Mittagessen.

»Wettest du auch, Falco?«

»Nur einen winzigen Betrag.«

Famia würde es für schlechten Stil halten, wenn ein Eigentümer auf ein fremdes Pferd setzte. Darum verschwieg ich ihm, daß Larius in meinem Namen fünfzig Goldsesterze auf Ferox setzen würde – meine ganze Barschaft.

Als wir zum Circus zurückkamen, hatten die Pferderennen schon begonnen, doch uns blieb laut Startliste noch eine gute Stunde Zeit. Ich überzeugte mich, daß Goldschatz den Ferox schön ruhig hielt und so meine Wette sicherte. Während ich Ferox den Hals klopfte, fiel mir ein kleiner Händler mit einer Kiepe voll gefüllter Weinblätter auf, der nervös herumzappelte: offenbar ein Mann mit Magenbeschwerden – oder einer wichtigen Botschaft. Letzteres war der Fall; der Kleine redete mit Famia, aber beide schauten mich dabei unausgesetzt an. Geld ging von Hand zu Hand. Die Kiepe mit den Weinblättern trollte sich, und Famia kam auf mich zu.

»Du schuldest mir zehn Denar.«

»Warte bis morgen, wenn ich meinen Wettgewinn kassiert habe!«

»Dein Mann sitzt im zweiten Rang, auf der Seite vom Aventin, gleich bei den Richterlogen. Er hat sich auf Höhe der Ziellinie postiert.«

»Und wie komme ich unauffällig an ihn ran?« Famia spottete, das sei mit meiner wohlbekannten häßlichen Visage unmöglich, erwies sich aber doch als ganz hilfreich. Fünf Minuten später war ich durch einen der schattigen Stände bei den Startgattern geschlüpft und zwängte mich durch die Schwingtüren.

Lärm, Hitze, Gerüche und Farben waren überwältigend. Ich stand in der Arena, direkt an der Rennbahn, hielt Eimer und Schaufel in der Hand, und wartete, bis die Reiter vorbei waren. Dann zockelte ich los, diagonal über die Startlinie, und kratzte aufs Geratewohl mit meiner Schaufel im Sand herum. Nach einigem Bücken und Kratzen kam ich bis zur *Spina*, der Barriere zwischen den beiden Längsbahnen, wo ich mich vorsichtig umschaute. Ich fühlte mich wie ein Pikkel auf der Nase eines Rechtsverdrehers – aber Famia hatte recht: Kein Mensch achtet auf die Sklaven, die die Pferdeäpfel einsammeln.

Ich nahm zum erstenmal die atemberaubenden Ausmaße des Circus wahr. Vom weißen Kreidebalken an der Startlinie aus war das Ziel so weit entfernt, daß ich es nur mit zusammengekniffenen Augen überhaupt erkennen konnte. Während ich, Schaufel und Eimer in Bereitschaft, die Bahn entlangtrottete, ragten über mir prunkvolle Schreine und die Statuen von Apollo, Kybela und Viktoria in den Himmel. Zum erstenmal bewunderte ich die gewaltige vergoldete Bronzewand zwischen den Senatssitzen und der eigentlichen Arena. Dahinter stiegen erst zwei terrassierte Marmorränge auf, darüber ein schlichter holzverschalter und dann die Galerie mit den Stehplätzen. Als ich wieder einmal mit meiner Schaufel in den Sand fuhr, bemerkte ich im Bereich von Podium und Spina einen schillernden Rand – Spuren früherer Prunkveranstaltungen. Im Circus gibt es weder Markisen noch Baldachine; auf dem Sand hätte man ein Omelett braten können. Der durchdringende Geruch erhitzter Pferde vermischte sich mit Knoblauchdünsten und Parfumdüften.

Zwischen zwei Rennen arbeitete ich mich bis zu dem Obelisken aus rotem Granit vor, den Augustus ins Zentrum der Spina hatte setzen lassen; von dort schlich ich langsam an die Ziellinie und die Richterloge heran. Hier waren die Ränge immer besonders dicht besetzt. Zuerst sah ich über der flimmernden Hitze der Arena nur verschwommene weiße Flecken, aber allmählich wurden Einzelheiten erkennbar: Frauen, die ihre Fußschemel zurechtrückten und sich die Stola über eine Schulter drapierten; Männer mit vom Essen geröteten Gesichtern, die gereizt in die Sonne blinzelten; Soldaten in Uniform; Kinder, die unruhig auf ihrem Sitz quengelten oder in den Gängen rauften.

Die nächste Pause zwischen den Rennen füllten Akrobaten und Bodenturner. Ein Teil der Zuschauer erhob sich und wanderte umher. Vor dem Podium hockend begann ich, systematisch den zweiten Rang abzusuchen. Zwanzig Minuten dauerte es, dann hatte ich ihn gefunden. Mir war so, als hätte er mich im selben Moment entdeckt, aber er schaute gleich wieder weg. Jetzt, da ich ihn aufgespürt hatte, schien es unglaublich, daß mir diese Physiognomie zuvor so lange entgangen war.

Ich blieb ganz ruhig und suchte weiter. Und
richtig! Zwei Reihen tiefer und zehn Plätze nach links versetzt, entdeckte ich Anacrites. Ab und zu sah er sich nach Pertinax um, doch die meiste Zeit ließ er den Blick über die anderen Plätze schweifen. Nach wem *er* suchte, war nicht schwer zu erraten. Am Ende von Pertinax' Reihe und in der nächsthöheren erkannte ich zwei Spione, die mit Anacrites zusammen ein Dreieck formten, in dem Pertinax eingeschlossen, zugleich aber vor mir sicher war. Keiner der Spitzel hatte einen Blick für die Arena übrig.

Ich stand auf. Pertinax ebenfalls. Ich überquerte die Bahn in Richtung des vergoldeten Schutzschirms. Er zwängte sich an den Leuten in seiner Reihe vorbei. Er hatte mich also doch gesehen! Ich wußte es, und Anacrites wußte es auch, aber ihm war nicht klar, wo ich steckte. Nachdem Pertinax über etliche Füße gestolpert war, erreichte er den Aufgang. Selbst wenn ich über die Wand geklettert wäre, zu den empörten Aristokraten auf ihren Marmorthronen, hätte er sich längst durch das nächstgelegene Vomitarium verdrückt, bevor ich auch nur die Treppe erreicht hätte. Plötzlich machte Anacrites dem nächsten Ädilenaufgebot ein Zeichen und deutete unmißverständlich auf mich. Nicht nur war ich drauf und dran, Pertinax' Spur abermals zu verlieren, sondern ich lief auch noch Gefahr, selbst verhaftet zu werden.

Im nächsten Augenblick erzitterte der Boden vom Galopp donnernder Hufe. Entsetzt schaute ich hoch und geradewegs auf das gebleckte Gebiß eines schwarzen Hengstes, der direkt auf mich zusteuerte. Trickreiter: diesmal zwei Männer in Barbarenbeinkleidern, die Arm in Arm hochaufgerichtet auf einem Pferd standen. Mit einem teuflischen Schrei und rollenden Augen beugte sich einer von beiden zur Seite, während der andere ihn in der Balance hielt. Sie nahmen mich beim Schlafittchen wie eine leicht angefaulte Trophäe. Der eine Reiter sprang ab, und der andere preschte mit mir als lebendem Ballast weiter. Während ich in heller Panik mit meiner Schaufel ruderte, versuchte ich so zu tun, als sei dieser Wahnsinnsritt die schönste Lustbarkeit meines Lebens.

Das Publikum war ganz aus dem Häuschen und Anacrites sauer. Da ich mich nicht für ein Reitergenie hielt, teilte ich seine Meinung.

Wir kanterten um die drei konischen Zielpfosten und den Consusaltar am Ende der Spina, schwenkten haarscharf und schossen in unvermindertem Tempo auf der anderen Seite zurück, über die ganze Länge des Stadions bis zu den Startgattern. Hier nahm mich Famia in Empfang.

»Beim Jupiter! Famia, war dieser Wahnsinnige etwa ein Freund von dir?«

»Ich hab ihn gebeten, nach dir Ausschau zu halten ... Wir sind nämlich gleich dran!«

Mein Schwager schien ernsthaft anzunehmen, daß ich am Geschick meines schielenden Kleppers interessiert sei.

Wir kamen als nächste. Auf einmal lag ein Knistern in der Luft; es hatte sich herumgesprochen, daß dieses Rennen sich lohnen würde. Famia sagte, die Wetten auf Ferox stünden schwindelerregend hoch. Und der Champion machte ja auch wirklich etwas her – die hohen, schlanken Fesseln, der kräftige Körperbau, das glänzende Fell.

Er schien zu wissen, daß heute sein großer Tag war. Als Bryon dem Jockei beim Aufsitzen half, nickten er und ich einander höflich zu. Und dann entdeckte ich auf einmal jemanden, der nicht an Ferox interessiert schien, sondern statt dessen angespannt die Zuschauerreihen absuchte. Dieser Jemand war eine Frau und hielt Ausschau nach Pertinax, keine Frage.

Hastig rief ich Famia zu: »Da drüben ist eine Bekannte von mir ...«

Dann drängte ich mich auch schon durch die Menge, während mein Schwager fand, daß ich bei so einem wichtigen Ereignis mir die Weiber aus dem Kopf schlagen solle.

LXXXVI

»Tullia!«

»Falco!«

»Ich habe gestern nach Ihnen gesucht.«

»Da war ich bei Barnabas.«

»Werden Sie ihn wiedersehen?«

»Das kommt ganz auf sein Pferd an«, sagte die Kellnerin aus der Transtiberina mürrisch. »Er glaubt, er hat einen Sieger erwischt – aber seine Wettmarken hat er mir gegeben.«

Ich nahm Tullia beim Arm und zog sie übers Viehmarktforum zu einem schattigen Plätzchen neben dem kleinen Rundtempel mit den korinthischen Säulen. Ich war nie drin gewesen, wußte nicht einmal, welcher Gottheit er geweiht war, aber die Architektur hatte mir schon immer gefallen. Im Gegensatz zu den protzigen Tempelbauten fernab vom Fluß lockte dieser keine halbseidenen Geschäftemacher und Marktschreier an, und einem großäugigen jungen Mädchen im schmucken Festgewand ausgerechnet hier einen unsittlichen Antrag zu machen schien geradezu anrüchig.

»Tullia, ich möchte Ihnen etwas vorschlagen.«

»Wenn's was Dreckiges ist, können Sie's gleich vergessen!«

»Haben Sie genug von den Männern? Wie würde es Ihnen gefallen, viel Geld zu haben?«

Tullia versicherte, das würde ihr ausnehmend gut gefallen. »Wieviel Geld, Falco?«

Wenn ich jetzt gesagt hätte: eine halbe Million, dann hätte sie mir nicht geglaubt. »Sehr viel. Eigentlich sollte Barnabas es bekommen, aber ich finde, Sie haben es mehr verdient ...«

Das fand Tullia auch. »Und wie kriege ich's, Falco?«

Ich lächelte verstohlen. Und dann erklärte ich dem Schankmädchen, wie es mir helfen könne, Pertinax in die Enge zu treiben, und dabei selbst ein Vermögen einstreichen würde, das so hübsch sei wie ihr niedliches junges Gesicht.

»Ja«, sagte Tullia. Ich mag Mädchen, die sich nicht lange zieren.

Wir gingen zurück zum Sattelplatz. Goldschatz blickte in die Runde, als fände er den Trubel einfach wunderbar. Ein Komiker! Als Famia seinem Jockei das erste Mal aufsitzen half, warf mein wunderbarer Gaul ihn prompt wieder ab.

»Wer ist denn das, Falco?« fragte Tullia.
»Goldschatz. Er gehört mir.«

Tullia kicherte. »Na, dann viel Glück! Oh – hier, nehmen Sie die!« Damit drückte sie mir ein Lederbeutelchen in die Hand. »Seine Wettmarken. Warum sollte Barnabas gewinnen? Schließlich hat er die Wette auf *Ihren* Namen abgeschlossen – er hat sich nämlich nicht getraut, seinen eigenen anzugeben.«

Wenn das seinem Humor entsprach, dann hatte Pertinax wahrscheinlich auch den Namen für meine armes Pferd ausgesucht.

Da ich meine ganze Barschaft auf Ferox gesetzt hatte, wollte ich mir das Rennen auch ansehen. Daher sauste ich los wie der Blitz, als Titus Cäsar, dessen Bekanntschaft ich einmal im Zuge meiner Ermittlungen gemacht hatte, mich in die Präsidentschaftsloge einladen ließ.

Es war so ungefähr das einzige Fleckchen im ganzen Circus, wo Anacrites nicht wagen würde, Hand an mich zu legen.

Titus Cäsar war die jüngere, umgänglichere Ausgabe seines kaiserlichen Papas. Er kannte mich gut genug, um nicht überrascht zu sein, als ich mit der Toga unterm Arm erschien, statt mich wie die meisten Bürger dem Sohn des Imperators tadellos gewandet zu präsentieren.

»Vergebung, Cäsar, aber ich habe beim Mistauflesen ausgeholfen. Die Reinigungskolonne ist ein bißchen unterbesetzt.«

»Falco!« Wie sein Vater sah Titus mich meist so ratlos an, als wisse er nicht, ob ich sein lästiger Untertan sei oder der lustigste Scherzartikel des Tages. »Mein Vater hat gesagt, daß Sie von Ihrem

 Goldschatz nichts halten – damit dürfte er also der Sieger des Tages sein.«

Ich lachte beklommen, während ich hastig in meine Toga schlüpfte. »Cäsar, die Gewinnchancen gegen meinen armen Klepper stehen hundert zu eins!«

»Na, das wäre aber mal ein ordentlicher Reibach!« Titus zwinkerte mir strahlend zu.

Ich erklärte dem Sohn des Imperators, er sei doch wohl alt genug, um seinen Purpur nicht für eine struppige Schindmähre zu verwetten. Titus schaute nachdenklich. Dann drückte der junge Cäsar sich den Kranz aufs lockige Haupt, erhob sich, um den Gaffern einen Grund zum Jubeln zu geben, und ließ feierlich ein weißes Taschentuch fallen: das Startzeichen für unser Rennen. Es war ein Flachrennen für die Fünfjährigen. Zehn Pferde waren gemeldet, aber das erste scheute schon vor der Startbox. Bis Ferox' Name relativ spät auf dem Rennkalender erschien, war der allgemeine Favorit ein mauretanischer Grauschimmel gewesen; die Neunmalklugen setzten allerdings ihr Geld auf einen stämmigen Rappen mit thrakischem Blut. Unser Ferox war ein echter Spanier. Von der stolzen Kopfhaltung über die bebenden Nüstern bis hin zum hungrigen Glitzern in seinen Augen verriet alles an ihm Rasse.

Als die Sklaven die Seile kappten und die Startgatter aufflogen, hatte der Mauretanier, kaum, daß die Pferde über die Startlinie setzten, bereits die Nase vorn. Ferox war nur eine Halslänge hinter ihm. Goldschatz war von einem Braunen mit weißer Fessel und tückisch-scheelem Blick abgedrängt worden und machte das Schlußlicht.

»Ah!« entfuhr es Titus im Ton eines Mannes,

der seine letzte Tunika dem Buchmacher verpfändet hat und sich fragt, ob sein Bruder ihm eine borgen wird. (Sein Bruder war der knausrige Domitian, also standen die Chancen schlecht.) »Ein Spätzünder, wie? Taktik, Falco?« Ich sah ihn an, grinste und lehnte mich dann zurück, um Ferox' Triumph mitzuerleben.

Sieben Runden bieten reichlich Gelegenheit zu verständiger Fachsimpelei. Wir waren uns einig, daß das Feld sich wacker behauptete, daß der graue Mauretanier in exzellenter Form sei, ohne Ansporn aber offenbar an Boden verlieren und sich auf Dauer nicht würde an der Spitze halten können. Scheelauge rannte in weitem Bogen um die Zielpfosten, und der kleine schwarze Thraker sah hinreißend aus, leichtfüßig und elegant.

Als man das vierte der Holzeier, mit denen die Runden gezählt werden, von der Brüstung nahm, verstummte jeder Laut in der Präsidentschaftsloge. Allmählich hatte sich ein Kopf-an-Kopf-Rennen zwischen Ferox und dem Mauretanier herauskristallisiert. Ferox war gut bei der Sache und kanterte mit hochgerecktem Schweif übers Geläuf. Er hielt den Kopf hoch und war schneller als die anderen, aber es dauerte nicht lange, bis mir der Verdacht kam, daß unser schöner purpurner Hengst *Freude* daran hatte, jemanden vor sich zu sehen.

»Mir scheint, Ihrer schiebt sich nach vorn«, bemerkte Titus halb aus Höflichkeit, halb hoffnungsvoll. »Vielleicht wird er jetzt aufholen.«

»Da hätte er aber noch ein schweres Stück Arbeit vor sich«, erwiderte ich düster.

Goldschatz war inzwischen tatsächlich nicht mehr an neunter, sondern an achter Stelle, aber nur, weil ein kapriziöser Rotfuchs gestrauchelt, gestürzt und ausgeschieden war.

Ich besah mir mein Pferd einen Moment lang. Es war einfach grauenhaft. Vor soviel plumper Unbeholfenheit konnte man nur gnädig den Blick abwenden. Selbst ich, als sein Eigner, hatte den Eindruck, der arme Gaul habe einen Termin im Schlachthaus gemacht, bevor er an den Start ging. Den Kopf hielt er so, als hätte er Angst, sein Jockei wolle ihn erdrosseln, und seine Hinterläufe, die zu keinem rechten Rhythmus mit den Vorderläufen fanden, schwebten immer ein bißchen zaudernd über der Bahn.

Immerhin wippte zumindest sein Schwanz recht keck auf und ab. Trotzdem war er so erbärmlich schlecht, daß ich fast wünschte, ich hätte aus reiner Barmherzigkeit (wir Verlierer müssen zusammenhalten!) auf ihn gesetzt.

Zu Beginn der sechsten Runde behauptete Ferox immer noch den hart umkämpften zweiten Platz.

Goldschatz hatte gerade erkannt, daß vor ihm das tückische Scheelauge rannte, das ihn beim Start so übel gerempelt hatte. Er revanchierte sich und überholte den unfairen Gegner. Dabei geriet er ein bißchen arg nahe an den Braunen heran, wurstelte sich aber mit knapper Not vorbei. Diesmal verkniff Titus sich jeglichen Kommentar. Der sechste Platz in einem Feld von sieben (nach einem Zusammenstoß hatte man einen schwerfälligen Falben disqualifiziert): kein Grund zum Jubeln. Besonders, wenn das Rennen nur noch anderthalb Runden dauert.

Der Lärm auf den Tribünen schwoll an. Ich sah, wie dem Goldschatz die Ohren zuckten. An der Spitze kam Bewegung auf. Der Brandgraue auf dem dritten Platz trabte schon so lange allein vor sich hin, daß er fast eingeschlafen wäre. Ein Apfelschimmel, den bislang niemand ernst genommen hatte, überholte ihn und spornte damit Ferox an, der freilich seinen Lieblingsplatz, eine Halslänge hinter dem Mauretanier, eisern beibehielt. Ich bekam feuchte Hände. Ferox war Zweiter: Er würde in jedem Rennen Zweiter sein.

Was ich auch anfing, alles schien schiefzugehen. All meine Ziele schienen unerreichbar. Keiner meiner Wünsche ging in Erfüllung. Wer hatte das doch gleich gesagt? ... Helena! *Helena, als sie glaubte, ich hätte sie verlassen, und zugleich wußte, daß sie unser Kind erwartete* ... Ich sehnte mich so sehr nach ihr, daß ich fast ihren Namen gerufen hätte. (Womöglich hätte ich es sogar getan, aber Titus Cäsar pflegte Helena immer mit diesem abwägenden Blick zu betrachten, der mich in Alarmbereitschaft versetzte.)

Das Feld war weit auseinandergezogen, als es jetzt zum sechstenmal an der Richterloge vorbeizog. Die Zuschauer feuerten Ferox an, weil er doch bestimmt in der letzten Runde zum triumphalen Siegesspurt ansetzen würde. Als die Spitze die Zielpfosten umrundete, sagte mir mein Gefühl, daß es nie dazu kommen würde.

Die Pferde waren kaum mehr als eine halbe Runde vom Ziel entfernt – als ich, und mit mir das ganze Stadion, eine unerhörte Entdeckung machte: Mein Goldstück konnte laufen, als hätte seine Mutter es mit dem Wind gezeugt.

Sie kamen in gestrecktem Galopp auf uns zu. Noch hatte Goldschatz fast das ganze Feld vor sich, aber als er nun loslegte, bot sich uns ein unvergleichliches Schauspiel. Der Jockei hatte alle Hände voll zu tun, sich im Sattel zu halten, während dieser Trottel von einem Pferd fand, es sei nun an der Zeit, sein Talent unter Beweis zu stellen. Die Herzen der Zuschauer flogen ihm entgegen, obwohl die meisten mit jeder Länge Vorsprung, die er gewann, sauer verdientes Geld einbüßten. Er war das ewige Schlußlicht, die geborene Niete – und doch raste er jetzt so leichtfüßig am Feld vorbei, als sei das ein Sonntagsspaziergang.

Ferox ging als zweiter durchs Ziel. Goldschatz war der Sieger. Er führte mit drei Kopflängen.

Titus Cäsar klopfte mir auf die Schulter. »Falco! Was für ein herrliches Rennen! Sie sind bestimmt sehr stolz.«

Ich sagte ihm, daß ich mir bettelarm vorkäme.

Es dauerte Stunden, ehe ich mich endlich loseisen konnte. Titus entlohnte meinen Jockei mit einem Beutel Gold. Auch ich bekam ein Geschenk, aber meines war ein Fisch: Titus versprach mir einen Steinbutt.

»Ich weiß ja, Sie sind ein guter Esser ...« Er hielt höflich besorgt inne. »Aber wird Ihr Koch auch wissen, wie man ihn zubereitet?«

»Oh, der Koch kann sich da ruhig freinehmen!« versicherte ich ihm fröhlich. »Meinen Steinbutt mache ich immer selbst ...«

Mit Kümmelsauce.

Zwei Herrschaften machten den Reibach. Einer war Titus Cäsar, der sich als Erstgeborener eines großen Kaisers mit einem gewissen Recht als Liebling der Götter betrachten durfte. Der ande-

re, und das werde ich ihm nie verzeihen, war
mein heimtückischer, verschlagener Schwager Famia, der Pferdedoktor.

Die anderen amüsierten sich großartig. Ich mußte gute Miene zum bösen Spiel machen, denn wer weiß, ob ich noch einmal erleben würde, daß Leute sich darum rissen, meinen Wein zu zahlen. Leider mußte ich einen klaren Kopf behalten. Alles, was mir von diesem widerlichen Fest in Erinnerung geblieben ist, sind Famias besoffenes Gegröle und meine dreijährige Nichte, die mit Pertinax' Wettmarken spielte, Tullias Geschenk an mich, das freilich vollkommen wertlos war. Marcia legte die beinernen Plättchen im Kreis um sich aus und steckte eins nach dem anderen in den Mund. Die Erwachsenen versuchten ihr vergeblich klarzumachen, daß das nichts zum Essen sei.

Sobald ich konnte, ging ich zu Gordianus.

»Oberpriester, im Laufe des Abends wird eine Schankkellnerin aus der Transtiberina Ihnen ein Dokument vorbeibringen. Daran sind zunächst noch ein paar Änderungen nötig.«

»Und um was handelt es sich?«

»Um einen Ehevertrag. Mit Empfehlung des Bräutigams. Er glaubt, seine Verlobte wolle ihn vor der Unterzeichnung noch einmal prüfen lassen. Morgen haben Sie und ich dann eine Verabredung mit Pertinax.«

»Wie das, Falco?«

»Wir richten eine Hochzeit aus«, sagte ich.

LXXXVII

Der Tag, an dem wir Pertinax verheirateten, war erfrischend klar, denn in der Nacht hatte es ausgiebig geregnet.

Meine erste Aufgabe bestand darin, zum Viehmarkt hinunterzuspringen und ein Schaf zu kaufen. Das billigste, das man den fünf Gottheiten des Ehebundes noch zumuten konnte, war ein geflecktes Kerlchen, das für religiöse Zwecke ganz brauchbar schien, auch wenn es für Lammbraten in Rotweinsauce recht kümmerlich gewesen wäre. Doch diesmal brauchten die Götter unser Opfer ohnehin nicht lange in dankbarer Erinnerung zu behalten.

Als nächstes erstand ich bei einem widerlichen Blumenhändler vor dem Castortempel ein paar angewelkte Kränze. Meine Schwester Maia borgte uns ihren Brautschleier. Maia hatte vor ihrer Hochzeit bei einem Tuchmacher den Webstuhl bedient; der Meister in der Werkstatt hatte eine Schwäche für unsere Maia, und so war ihr safrangelber Schleier aus extrafeinem Tuch und besonders lang. Maia verlieh ihn an arme Mädchen auf dem Aventin; er hatte schon bei vielen Mesalliancen mitgewirkt, bevor er für die Trauung von Pertinax mißbraucht wurde. Meine Mutter hätte uns den obligaten Kuchen backen können, aber ich wollte sie nicht mit hineinziehen.

Als ich, mein flauschiges Mitbringsel im Schlepptau, auf Gordianus traf, scherzte er: »Ich hoffe, Sie sehen die heutige Veranstaltung als Probe für Ihre eigene Hochzeit an!«

Das Schaf, das auf meiner Seite war, blökte kläglich.

Mit Tullia waren wir auf dem Juliusforum, vor dem Tempel der Venus Genetrix, verabredet.

»Wird er auch wirklich kommen?« fragte der Priester aufgeregt.

»Er hat mich gestern abend bei uns in der Schenke gesucht. Meine Mutter hat ihm die Botschaft ausgerichtet und den Vertrag entgegengenommen. Sie meint, er hätte ihr ohne weiteres geglaubt.«

»Und wenn er nicht kommt«, sagte ich ruhig, »dann gehen wir eben alle wieder nach Hause.«

Gordianus machte sich wie üblich die meisten Sorgen. »Wenn er erfährt, daß sein Vater geheiratet hat, geht er uns bestimmt nicht mehr auf den Leim.«

»Aemilia Fausta hat mir versprochen, ihre Hochzeit nicht öffentlich bekanntzugeben«, beruhigte ich ihn. »Sorgen Sie sich nicht zu früh!«

Die Sonne schien auf die vergoldeten Dächer des Kapitols, als wir vom Forum nordwärts gingen.

Es war eine kleine Hochzeitsgesellschaft, genau wie wir es Pertinax versprochen hatten: die Braut, der Priester, dessen Gehilfe, der den Kasten mit den geheimen Gerätschaften trug, und ein vierschrötiger Flötist, der auf einer winzigkleinen Flöte blies. Der Vasall des Priesters trug Militärstiefel, war aber wohl kaum der erste grüne Junge, der seiner geistlichen Berufung in unpassender Kleidung nachgab.

Den Flötisten (niemand anderer als Milo) ließen wir draußen Wache stehen. Als der Pförtner unseren kümmerlichen Zug hereinließ, nahm er besonders den priesterlichen Gehilfen (mich – aus »religiösen Gründen« dicht verschleiert) mißtrauisch in Augenschein. Ich drückte ihm den Gegenwert einer fürstlichen Mahlzeit in die Hand und empfahl ihm zu verschwinden. Im Gehen sagte er noch, daß der Bräutigam bereits eingetroffen sei. Wir hätten ihn auf der Stelle verhaften können, doch mußten wir erst noch die Trauung hinter uns bringen; das hatte ich der Braut versprochen.

Atius Pertinax, alias Barnabas, stand im Atrium. Zur Feier des Tages hatte er sich rasiert und eine Toga angezogen, trug aber wie gewöhnlich sein griesgrämiges Gesicht zur Schau. Er wurde blaß, als er Gordianus erblickt, hatte ihn aber vor kurzem vor dem Haus auf dem Quirinal mit Helena reden sehen, und der Priester wiegte ihn vollends in Sicherheit, als er jetzt mit strenger Miene erklärte: »Ich hätte lieber nichts mit Ihnen zu schaffen, Pertinax, aber ich kenne die Braut seit vielen Jahren, und sie hat mich gebeten, die Trauung vorzunehmen.«

»Die Formalitäten können wir uns sparen«, fauchte Pertinax. Ich bemerkte ein leichtes Zittern unter dem glänzenden Safran, doch ansonsten bewahrte die Braut ihr sittsames Schweigen. Ein hochgewachsenes, anmutiges Geschöpf, vornehm verhüllt vom prächtigen, üppigen Schleier meiner Schwester; das hauchfeine Tuch erlaubte ihr zu sehen, wohin sie trat, entzog umgekehrt jedoch ihr liebliches Antlitz jedem neugierigen Blick.

»Wie's beliebt. Bei Hochzeiten wie bei Begräbnissen«, verkündete Gordianus feierlich, »ist der zeremonielle Rahmen den Beteiligten freigestellt. Um die Götter, das Gesetz und die Gesellschaft zufriedenzustellen, bedarf es lediglich einer Opferung, eines Vertrags und der Heimführung der Braut ins Haus ihres Gatten. Die Braut ist bereits erschienen – ungewöhnlich, aber kein Verstoß gegen den Ritus. In Abwesenheit ihrer Familie hat die junge Dame sich entschlossen, auf einen Brautführer zu verzichten und ...«

»Das sieht ihr ähnlich!« platzte Atius Pertinax heraus. Diejenigen unter den Anwesenden, die Helena kannten, sahen keinen Grund zu widersprechen. »Also, worauf warten wir noch?«

Die Kränze wurden verteilt. Mit erstaunlicher Behendigkeit bedeckte Curtius Gordianus sein Haupt und hatte im Nu einen tragbaren Altar im leeren Atrium aufgeschlagen. Der Pförtner hatte, bevor er sich davonmachte, noch rasch den Brunnen aufgedreht – eine festliche Note für diese nüchterne Veranstaltung.

Nach einem flüchtigen Gebet bedeutete der Priester seinem weißverschleierten Gehilfen, das Opfertier zu bringen. Im nächsten Moment war das arme Lämmchen tot. Gordianus waltete rasch und sauber seines Amtes. Am Kap Colonna hatte er sich beachtliche Geschicklichkeit im Umgang mit Opfermessern erworben.

Er betrachtete die Organe des Tieres, die entschieden elend aussahen, und verkündete sodann, zur Braut gewandt und bar jeder Ironie: »Sie werden ein langes, glückliches und fruchtbares Leben führen!«

Pertinax schien inzwischen ziemlich nervös, und das nicht ohne Grund. Wenn schon die erste

 Eheschließung ein riskantes Wagnis ist, dann muß die Wiederholung geradezu lächerlich erscheinen. Der Priester hatte die Verträge mitgebracht; Pertinax wurde angewiesen, als erster zu unterschreiben. Dann trug der priesterliche Gehilfe die Dokumente zur Braut hinüber, die schrecklich langsam ihren Namen malte. Gordianus verwickelte Pertinax unterdessen in eine höfliche Plauderei.

Mit der Unterzeichnung der Verträge war dem vorgeschriebenen Ritus Genüge getan. Curtius Gordianus lachte kurz und grimmig auf.

»So, und nun darf der glückliche Bräutigam die Braut küssen ...«

Vier Schritte trennten das Paar noch, als sie langsam den Schleier hob und Pertinax sich gegen Helenas kühl-überlegene Verachtung wappnete. Allein, das Gesicht, das sich ihm enthüllte, war jünger, kesser: ein hübsches Lärvchen mit großen dunklen Augen und kleinen weißen Zähnen, einem blühenden Teint, Glitzerohrringen und einer so vollkommenen Unschuldsmiene, daß sie nur schamlos falsch sein konnte.

»Tullia!«

»Beim Jupiter!« rief ich mitfühlend, »wie's scheint, haben wir Seiner Gnaden die falsche Braut zugeführt!«

Als er sich auf sie stürzen wollte, warf ich meinen weißen Schleier zurück.

»Falco!«

»Auch einen vorgefertigten Vertrag sollte man nie unterschreiben, ohne ihn noch einmal zu lesen. Ein Schurke könnte leicht wichtige Details abgeändert haben! Verzeiht, es war eine Lüge, daß Helena Justina die Dokumente prüfen wollte, aber auch ihre Einwilligung in diese zweite Heirat war schließlich nichts als gelogen ...«

Tullia raffte die Röcke und gab Fersengeld. Ich klappte hurtig den geheimnisvollen Kasten auf, den der priesterliche Gehilfe bei jeder Trauung unterm Arm hat. In unserer Familie kursiert der Witz, daß der fromme Jüngling darin sein Vesperbrot spazierentrage – ich aber hatte ein Schwert in meinem Zauberkasten!

»Halt, im Namen des Kaisers, Gnaeus Atius Pertinax, ich verhafte Sie auf Befehl Vespasians ...«

Hämisches Grinsen verzerrte seinen Mund und entblößte einen schiefen Eckzahn. »Nicht so schnell, Falco!« Dann wandte er sich um und stieß einen durchdringenden Pfiff aus. »Sie sind nicht der einzige, der sich auf Betrug versteht, Falco!« Aus einem verdeckten Seitengang brachen ein halbes Dutzend hochgewachsener Krieger mit Schuppenpanzerbeinkleidern und entblößtem Oberkörper hervor.

»Der Bräutigam hat gern seine eigenen Trauzeugen dabei, wenn er vor den Altar tritt!« höhnte Pertinax.

Seine waffenstarrende Hausmacht schien nicht mit Nüssen nach mir werfen zu wollen. Pertinax hatte ihnen offensichtlich befohlen, mich zu töten.

LXXXVIII

Glücklicherweise hatte ich nicht damit gerechnet, daß der düpierte Bräutigam sich nur mit einer Rede bedanken würde. Zuerst war ich überrascht. Aber dann stand ich mit dem Rücken zur Wand, hatte das Schwert gezückt und erwartete meine Angreifer.

Bei einem Mann wie Pertinax mußte man einfach mit so etwas rechnen. Weiß der Himmel, wo er die martialischen Burschen aufgetrieben hatte. Sie sahen aus wie germanische Söldner und waren aufgedunsene Kerle, die offenbar weder beim Bier noch bei der Blutwurst maßhalten konnten, aber aufs Kämpfen verstanden sie sich – besonders, wenn es sechs zu eins für sie stand. Offenbar hatte ein gestrenger Legionärshauptmann von der Rheinarmee diese ungeschlachten Kerle einem harten Drill unterworfen. Sie trugen riesige keltische Schwerter mit flacher Klinge, die sie bald über dem Kopf, bald in Hüfthöhe schwangen, so daß ich kaum wußte, wie ich mich darunter wegducken sollte. Mit meiner kurzen Römerwaffe war nichts dagegen auszurichten. Unter meinem Priestergewand trug ich ein Lederwams und Armschützer, doch was nützte mir das angesichts dieser sechs Mordgesellen, die sich offensichtlich schon darauf freuten, mich nach Metzgerart zu häuten!

Pertinax lachte.

»So ist's recht! Nur immer schön bei Laune bleiben!« zischte ich, ohne die Germanen aus den Augen zu lassen. »Sowie ich mit diesen

Schoßhündchen fertig bin, kümmere ich mich um Sie.«

Pertinax wandte sich zum Ausgang. Aber Tullia war vor ihm dort. Die Angst vor ihm, den sie so glänzend betrogen hatte, schien ihr Flügel zu verleihen. Sie flitzte durch den Pförtnergang, vorbei an den beiden leeren Wächternischen und zog das mächtige, eisenbeschlagene Tor auf. Tullia war draußen – und herein polterte Milo.

Beim Anblick unseres humorlosen Monsters blieb Pertinax abrupt stehen und machte gleich darauf kehrt. Ich sah ihn zur Treppe rennen, war aber gefangen, hart bedrängt von einem halben Dutzend Keltenklingen, die zu parieren ich schon fast keine Kraft mehr hatte. Es war Curtius Gordianus, der Pertinax nachsetzte – eine plumpe, schwerfällige Gestalt, die freilich jetzt, angefeuert vom langgenährten Rachedurst, eine erstaunliche Behendigkeit an den Tag legte. Der Oberpriester hastete die Stufen hinauf und schwang das scharfe Messer, mit dem er das Lämmchen geopfert hatte.

Milo in seiner Begriffsstutzigkeit überlegte ernsthaft, was zu tun sei: mein idealer Bundesgenosse!

»Tun Sie mir einen Gefallen, Milo. Werfen Sie die Flöte weg und greifen Sie ein Schwert!«

Milo beschaffte sich das auf eine ebenso simple wie praktische Weise: Er packte den nächsten Söldner und rammte den bärenstarken Kerl so lange gegen die Wand, bis dem die Augen aus dem Kopf traten und er seine Waffe freiwillig fallenließ.

»Bravo, Milo! Nur weiter so!« keuchte ich, entwaffnete einen zweiten, dem ich mit solcher Gewalt ins Gemächt trat, daß er, falls er ein Frauenliebhaber war, noch lange zu leiden haben würde.

Jetzt konnten Milo und ich uns Rücken an Rükken von der Wand aus vorarbeiten. Die Gegner legten sich zwar desto grimmiger ins Zeug, aber zu zweit konnten wir sie besser in Schach halten. Als zwei von verschiedenen Richtungen her angriffen, duckten wir uns blitzschnell und ließen sie sich gegenseitig durchbohren.

Das rabiate Nahkampftraining ging schneller zu Ende als gedacht. Die beiden Germanen, die noch laufen konnten, bargen ihre Verwundeten. Die Toten warfen Milo und ich auf der anderen Straßenseite in die Gosse, so daß man sie für Opfer einer Schlägerei unter Betrunkenen halten würde.

»Sie sind getroffen, Falco!«

Noch spürte ich keinen Schmerz, aber die lange Schnittwunde in meiner linken Seite blutete heftig. Nach fünf Jahren als Privatermittler gab es zwar keinen Grund mehr, beim Anblick des eigenen Blutes in Ohnmacht zu fallen, aber gerade heute machte mir diese Verletzung einen Strich durch die Rechnung. Milo fand, ich müßte zum Arzt, doch ich schüttelte nur den Kopf.

Wir rannten ins Haus zurück und suchten Gordianus. Auf unser Rufen kam keine Antwort. Ich schloß das Tor ab und steckte den Schlüssel ein. Dann suchte ich den Hahn und drehte den Brunnen ab. Lähmende Stille legte sich über das leere Haus.

Mit gespitzten Ohren schlichen wir die Treppe hinauf. Nacheinander rissen wir alle Türen auf. Leere Salons und ungelüftete Schlafzimmer. Lük-

kenlose Staubschichten auf geschnitzten Giebeln.
Von der stickigen Luft benebelte Fliegen, die immer wieder gegen die getünchten Wände prallen.

Gordianus war im Eckzimmer am Ende des Korridors. Er hockte so zusammengesunken vor der marmornen Wandverkleidung, daß ich schon fürchtete, er sei tot. Doch nein: Die Verzweiflung hatte ihn übermannt.

»Ich hatte ihn – mit dem Messer – aber er schlug zu, und ich habe versagt ...«

»Es ist nun einmal nicht dasselbe, ob man ein Opfertier am Altar tötet oder einem Menschen ans Leben will«, sagte ich tröstend. Äußerlich hatten Pertinax' Schläge ihn nicht ernstlich verletzt, aber in seinem Alter forderten Schock und Anstrengung ihren Preis. Sein Atem ging so schwer und rasselnd, daß ich mir um sein Herz Sorgen machte.

Gemeinsam trugen Milo und ich ihn hinunter, und ich ließ die beiden hinaus. »Milo, bringen Sie ihn heim und sorgen Sie dafür, daß er ärztliche Pflege bekommt.

»Ich komme zurück.«

»Nein. Was hier noch zu tun bleibt, geht nur mich etwas an.«

Milo legte mir einen Druckverband an, dann ging er mit seinem Herrn fort.

So hatte ich es gewollt: nur Pertinax und ich.

Als erstes verschloß ich wieder das Tor von innen. Pertinax hatte, als er noch hier wohnte, natürlich seinen eigenen Schlüssel gehabt, aber der würde ihm jetzt nichts mehr nützen. Wenn ich als Erbschaftsverwalter im Einsatz bin, wechsle ich als erstes die Schlösser aus.

Langsam ging ich vom Torgang zum Inneren des Hauses. Einer von uns würde vielleicht diesen Weg auch zurückgehen. Es war der einzige Ausgang. Dies war schließlich ein Herrschaftshaus. In Rom wimmelte es von Fassadenkletterern, und dieses schmucke Anwesen war für Multimillionäre mit wertvollen Schätzen erbaut worden. Die Außenmauern waren, aus Sicherheitsgründen, völlig nackt und kahl. Die Fenster gingen alle nach innen, und das meiste Licht kam von den Innenhöfen und durchs offene Atriumdach. Was sich draußen auf den Straßen abspielte, gehörte in eine andere Welt.

Er war hier. Und ich. Ich hatte den Schlüssel; wir würden beide hier bleiben – so lange, bis ich ihn gefunden hatte.

Ich machte mich auf die Suche. Das Haus hatte viele Zimmerfluchten, und manche Flure waren so verwinkelt, daß er unbemerkt an mir hätte vorbeischlüpfen können. Deshalb mußte ich manche Ecken zweimal kontrollieren. Darüber verging viel Zeit. Meine Wunde begann zu brennen. Langsam drang das Blut durch den Verband. Ich ging leise – teils um ihn nicht zu warnen, teils um meine Kräfte zu schonen. Schließlich hatte ich alle Räume abgesucht. Und dann fiel mir der eine Ort ein, den ich ausgelassen hatte; endlich wußte ich, wo er war.

Langsam schlich ich ein zweites Mal den rot ausgeschlagenen Korridor entlang. Dann stand ich zwischen den beiden Sockeln, die einmal Basaltbüsten getragen hatten, vor jenem blaugrauen Zimmer, in dem *sie* früher geschlafen hatte. Ich kam mir vor wie ein Liebhaber, der auf vertrauten, heimlichen Pfaden wandelt.

Auf dem silberweißen Fußbodenmosaik entdeckte ich einen kleinen, dunkelroten Fleck. Schwerfällig kniete ich nieder und berührte ihn mit dem Finger. Trocken! Am Ende war der, den ich suchte, schon tot.

Ich rappelte mich wieder auf und schleppte mich zu der kleinen Tür in der Wandverkleidung. Sie war geschlossen. Als ich sie aufstieß, funkelten mich quer durch Helenas Garten seine zornglühenden Augen an.

LXXXIX

Ich humpelte zu einem Steinbänkchen und ließ mich vorsichtig ihm gegenüber nieder. »Uns hat's beide übel erwischt!«

Pertinax zog eine Grimasse, versuchte meinen Zustand abzuschätzen und brachte sich mühsam in eine bequemere Stellung. »Wie soll es weitergehen, Falco?«

»Einem von uns wird schon was einfallen ...«

Er lagerte im Schatten, ich saß in der Sonne. Wenn ich auch in den Schatten wollte, würde der Feigenbaum mir die Sicht auf ihn versperren. Also blieb ich, wo ich war.

Er gehörte zu den nervösen, zappeligen Typen; ich hatte sehr viel Zeit.

»*Ihr* Garten«, sagte ich leise und sah mich um. Das gleiche Refugium wie damals, gedämpftes

 Sonnenlicht, üppiges Grün. Auf einer Seite der Kolonnade ein verwitterter Steinsitz mit Löwentatzenfüßen. Gestutzte Hecken und ein schwacher Hauch von Rosmarin. Sanft bewegter Goldregen. Und die Statue eines kecken Knaben, der Wasser schöpfte, ein verschmitztes Kerlchen in zerlumpter Tunika, der ganz den Eindruck machte, als hätte Helena ihn selbst ausgesucht.

»Genau der richtig Ort für ein Gespräch«, sagte ich. »Und der rechte Ort zum Sterben für einen, den es sowieso nicht gibt ... Keine Angst, ich habe Ihrer ersten Frau versprochen, Sie nicht zu töten.« Ich sah ihn aufatmen und fuhr mit eisiger Stimme fort: »Ich werde Ihnen nur eine Reihe harter, aber nicht tödlicher Schläge verpassen, die Ihr Leben so qualvoll machen, daß Sie von sich aus dem Sterben den Vorzug geben!«

Gordianus hatte gute Vorarbeit geleistet. Vielleicht besser so; Sterben braucht seine Zeit.

Er lag, auf den Ellbogen gestützt, auf der Erde. Es gab offenbar keine Stellung, in der die Wunde ihm nicht zu schaffen machte. Er mußte, um atmen zu können, einen Arm schräg gegen das Heft des Opfermessers pressen, das Gordianus ihm zwischen die Rippen gestoßen hatte. Es herauszuziehen wäre riskant gewesen. Manch ein Mann hätte das Wagnis auf sich genommen; ich hätte es getan.

»Ein Feldscher könnte das Messer sicher rausholen«, sagte ich und grinste, damit er begriff, daß ich keinen Arzt ins Haus lassen würde.

Er war kalkweiß. Ich wahrscheinlich auch. Das kommt von der Anspannung.

Er dachte, er liege im Sterben. Ich wußte es.

Meine Lider wurden schwer. Ich spürte, wie er sich hoffnungsvoll bewegte. Ich öffnete die Augen wieder und lächelte.

»Das ist doch sinnlos, Falco.«

»Das ganze *Leben* ist sinnlos.«

»Warum wollen Sie mich unbedingt tot sehen?«

»Das werden Sie schon noch erfahren.«

»Das Theater heute war sinnlos«, ächzte Pertinax. »Wozu der Trick mit der Kellnerin? Ich kann die Ehe jederzeit annullieren lassen ...«

»Dazu müßten Sie erst hier herauskommen!«

Sein glasiger Blick verriet mir, daß ihm die Sinne schwanden.

»Hat Helena das ausgeheckt?« fragte er, als wäre ihm plötzlich eine Erleuchtung gekommen.

»Halten Sie sie für so rachsüchtig?«

»Wer weiß, wozu sie fähig wäre!«

Ich wußte es. Man nehme eine beliebige Situation, stelle sich vor, wie man am ehesten darauf reagieren würde; dann suchte man nach der verschrobensten Abweichung – und da wäre Helena. Helena, die ihre seltsame Wahl mit einer Selbstverständlichkeit traf, als könne ein Mensch mit nur einem Hauch von Kultur und Moral nur so und nicht anders handeln.

»Helena Justina wollte Ihnen helfen. Auch als sie schon wußte, daß Sie ein Mörder und Verräter sind ...«

»Niemals!« widersprach er brüsk. »Ich habe sie nur um dieses eine gebeten, aber sie ...« Er sah, wie ich den blutdurchtränkten Verband richtete. »Wir könnten uns gegenseitig helfen, Falco. Allein hat doch keiner von uns beiden eine Chance.«

»Meine ist nur eine Fleischwunde. *Sie* verbluten innerlich.«

Ob es nun stimmte oder nicht, die Drohung schreckte ihn jedenfalls.

»Wenn Sie so große Stücke auf Helena Justina halten«, begann er hinterhältig, »wissen Sie dann auch, daß sie sich in der Campania eine Schwangerschaft eingehandelt hat?« Aus seinem Mund klang das, als handele es sich um nichts weiter als einen Sonnenstich auf einer Ferienreise.

»Nein«, antwortete ich ruhig. »Das hat sie mir nie erzählt.«

»Aha! Mein Vater hat es gemerkt, als sie bei ihm zu Gast war.«

Wenn man bedachte, wie angegriffen sie in der Campania manchmal gewirkt hatte, war das verständlich. Jeder, der Helenas normale unverwüstliche Gesundheit kannte, hätte ihren Zustand erraten können. Ich eingeschlossen.

Obwohl Pertinax im Schatten lag, trat ihm der Schweiß auf die Stirn; er blies die Backen auf und atmete vorsichtig wieder aus. »Ich nehme an«, sagte ich nachdenklich, »Ihr Vater kam auf die Idee, die Situation auszunutzen ... Helenas Ruf zu wahren und dem Kind einen ehrbaren Namen zu geben?«

»Ich glaube, er ist mehr an einem Enkel interessiert als an mir!«

»Haben Sie sich mit ihm gestritten?«

»Schon möglich.«

»Ich habe ihn besucht, nachdem Sie fort waren. Mir scheint, seine Einstellung Ihnen gegenüber hatte sich sehr gewandelt.«

»Wenn Sie's denn durchaus wissen müssen, Falco: Mein Vater wollte nur unter der Bedingung für mich gradestehen, daß ich mich wieder mit Helena aussöhne. Und als sie mein großzügiges Angebot ausschlug, gab er mir die Schuld ... Aber das wird sich schon wieder einrenken ...«

»Dieses Kind«, sagte ich nachdenklich, »das muß doch irgendwo einen Vater haben?«

»Ja, und ich wünschte, ich wüßte, wer es ist! Wenn sie sich mit dem Kutscher ihres Vaters amüsiert hat, dann ist es egal, aber bei einem Mann von Stand hätte ich ein Druckmittel gegen sie. Falco, Sie waren doch ihr Leibwächter. Wenn Sie gut waren, dann müssen Sie doch wissen, wem sie ihre Tür offengelassen hat!«

Ich lächelte leise. »Ich versehe meinen Dienst sehr gewissenhaft. Das können Sie mir glauben.«

»Haben Sie Helena Justina je mit einem anderen flirten sehen?«

»Ich wüßte keinen, der an mir vorbeigekommen wäre.«

»Sie spielt die Stolze und verweigert mir die Antwort – und Sie sind auch keine Hilfe!«

»Was ist Ihnen des Rätsels Lösung wert?«

»Sie wissen's also doch? Nichts!« knurrte er giftig. »Ich komme schon von allein dahinter!«

»Wollen Sie's etwa aus ihr herausprügeln?« Pertinax gab keine Antwort. Aber mein Tonfall warnte ihn. Er musterte mich jetzt aufmerksamer. »Macht dieser Mann Ihnen zu schaffen?«

»Nicht im geringsten! Als ich ihr sagte, daß sie dumm sei, wenn sie mein Angebot ausschlüge, da gab sie zu, daß sie unsere Ehe nicht vergessen könne. Aber ein anderer habe jetzt ein Recht auf sie ...«

Ich stieß einen langen, vielsagenden Pfiff aus. »Das ist hart! Irgendein Betrüger, der nach ihrer

 Mitgift schielt, muß ihr weisgemacht haben, er sei in sie verliebt.«

Er starrte mich an, als wisse er nicht, ob ich mich über ihn lustig machte.

Meine Wunde brannte so sehr, daß ich mich kaum noch aufrecht halten konnte.

»Da wir gerade von Geld sprechen – ich habe Neuigkeiten für Sie, Pertinax. Caprenius Marcellus ist zu dem Schluß gekommen, daß er von Ihnen nur immer wieder Enttäuschungen ernten würde. Also hat er einen anderen Weg eingeschlagen!«

»Einen anderen Weg? Was soll das heißen?«

»Nun, er hat das gleiche getan, wie Sie heute – er hat geheiratet!«

Im ersten Moment glaubte er mir nicht. Dann spürte er, daß ich die Wahrheit sagte. Aber sein irrer Verstand begann gleich wieder emsig nach einem Ausweg zu suchen.

»Es ist aus, Pertinax«, sagte ich. »Sie haben Helena Justina genauso verloren, wie Sie mit all Ihren anderen Plänen gescheitert sind. *Ich* weiß, warum sie Sie verlassen hat. Und Marcellus wußte es auch.«

Er lag im Schatten an der Mauer und verbiß sich die Frage. Ich sagte es ihm trotzdem.

»Sie haben sich nie bemüht, sie wirklich kennenzulernen. Oder haben Sie in all den Jahren, die Sie mit ihr verheiratet waren, entdeckt, daß Helena, wenn ein Mann sie glücklich gemacht hat, in seinen Armen weint?«

Die Wahrheit dämmerte ihm.

»Stimmt«, sagte ich, »der Grund, warum Sie Helena verloren haben, ist so alt wie die Welt – *sie hat einen Besseren gefunden!*«

Pertinax war blind vor Wut. Als er auf allen vieren zu mir herüberrobben wollte, rutschte die Hand, die das Messerheft hielt, ab, und sein Arm schürfte der Länge nach über den Kiesweg. Ich blieb reglos sitzen. Im entscheidenden Moment hielt ich die Augen geschlossen, hörte aber das scharfe Zischen, mit dem die Luft entwich, als der Opferdolch seine Lunge durchbohrte.

Er war auf der Stelle tot. Daher wußte ich, daß ihm, als er vornübersank, das Messer des Oberpriesters ins Herz gedrungen war.

XC

Als mein Herz wieder regelmäßig schlug, stand ich langsam auf. Helenas Garten.

Eines Tages würde ich ihr einen anderen schenken; einen, in dem es keine Gespenster gab.

Erschöpft schleppte ich mich zum Tor. Endlich bekam ich den Schlüssel ins Schloß und stand im gleißenden Sonnenlicht auf der Straße. Ein Hündchen mit niedlichem Stummelschwanz beschnupperte die Zeltplane, die ein reinlicher Hausverwalter über die Leichen der germanischen Söldner gebreitet hatte; unterdessen saßen die vornehmen Anwohner vom Quirinal in ihren Salons und beschwerten sich.

Ich pfiff dem kleinen Hund; der wackelte mit seinem Stummelschwanz wie ein Verschwörer.

Eine Mietsänfte stand im Schatten einer Säulenhalle. Daneben saß die Kellnerin Tullia.

»Nett, daß Sie gewartet haben!« Freilich nicht aus reiner Nächstenliebe: Ihr Ehevertrag steckte nämlich noch immer in meinem Gürtel. Ich reichte ihr die Schriftrolle und eröffnete ihr, daß sie sich ab sofort als reiche Witwe betrachten dürfe.

»Gehen Sie mit diesem Dokument zu meiner Bank. Das Geld, das ich Ihnen versprochen habe, ist eine Erbschaft, die Atius Pertinax seinem Freigelassenen Barnabas ausgesetzt hatte; da Sie nun die Witwe des Freigelassenen sind, gehört das Geld Ihnen. Falls der Bankier die Unterschrift auf dem Ehevertrag moniert, erinnern Sie ihn daran, daß Sklaven, die in aller Form in die Freiheit entlassen werden, oft den Namen ihres früheren Herrn annehmen.«

»Wie hoch ist die Erbschaft?« fragte Tullia eifrig.

»Eine halbe Million.«

»Treiben Sie keinen Scherz mit mir, Falco!«

Ich lachte. »Aber das würde ich mir doch nie erlauben! Seien Sie klug und geben Sie nicht gleich alles in der ersten Woche aus!«

Sie rümpfte die Nase, eine geborene Geschäftsfrau. Dieses Mädchen würde sein Geld mit eiserner Hand zusammenhalten. »Kann ich Sie irgendwo absetzen?«

»Danke, aber ich muß erst noch eine Leiche wegschaffen.«

Tullia lächelte und zog mich am Ärmel zu ihrer Sänfte. »Ich war seine Frau, Falco. Überlassen Sie es mir, ihn zu bestatten.«

Ich konnte mir das Lachen nicht verkneifen.
»Pflichtbewußtsein ist doch etwas Wunderbares!«

Tullia brachte mich zu meinem Gymnasium. Als ich ausgestiegen war, küßte sie mich zum Abschied.

»Vorsicht, mein Kind – allzu viel Aufregung vertrage ich heute nicht mehr!«

Ich sah zu, wie sie sich mit dem würdigen Ernst einer Frau in ihren Sitz zurücklehnte, die genau weiß, wie sie den Rest ihres Lebens gestalten wird. Ich hatte das Gefühl, daß Männer nur eine sehr untergeordnete Rolle darin spielen würden.

Sie beugte sich noch ein letztes Mal vor, als die Träger schon antrabten. »Haben Sie Ihren Wettgewinn schon abgeholt, Falco?«

»Ferox hat verloren!«

»Oh, aber Pertinax hat auf Goldschatz gesetzt!« belehrte mich Tullia lachend, ehe sie den Vorhang zuzog, um sich – nun, da sie eine reiche Frau war – vor den neugierigen Blicken des Pöbels zu schützen.

Ich wankte ins Haus, um mich von Glaucus verarzten zu lassen, und dachte verzweifelt an den Weg, den diese verflixten beinernen Plättchen letzte Nacht genommen hatten ...

»Was zum Hades ist dir denn über die Leber gelaufen?« fragte Glaucus, weniger erschrocken über meine Wunde als über mein finsteres Gesicht.

»Ich hab gerade ein Vermögen gewonnen, aber meine Nichte hat's aufgegessen.«

Mein Trainer Glaucus war ein umsichtiger Mann. »Setz das Kind auf einen Nachttopf und warte ab!«

Wir führten dann noch eine lebhafte Diskussion darüber, ob Knochen sich unter Einwirkung von Magensäure auflösen, aber damit möchte ich Sie nicht behelligen.

Er reinigte und verband die Wunde. Dann nahm auch ich mir eine Sänfte, ließ mich zur Porta Capena bringen und träumte von der neuen Wohnung, die ich mir würde leisten können, wenn es gelänge, Marcia ein paar der Wettmarken wieder zu entlocken ...

Nichts geht jemals völlig reibungslos ab. Als ich an der Einmündung der Straße, in der die Familie Camillus residierte, meine Träger entlohnte, fielen mir ein paar Kerle auf, die vor einer Garküche herumlungerten: Anacrites' Spione! Sie hatten sich ausgerechnet, daß ich früher oder später versuchen würde, Helena zu sehen. Wenn ich jetzt auf das Haus des Senators zuging, würde ich meinen Genesungsurlaub in einer Gefängniszelle verbringen.

Zum Glück war ich als Liebhaber keine Niete und kannte den Hintereingang im Haus des Senators.

Als ich mich wie ein Marmordieb in den Hof stahl, stand Camillus Verus plötzlich mit gekreuzten Armen vor seinem Fischteich und starrte auf die Karpfen hinunter.

Ich hüstelte diskret. »Schöner Abend, Senator!«

»Ach, Falco.«

Ich half ihm, den Fischen Grimassen zu schneiden. »Ich sollte Sie warnen, Senator, wenn ich nachher Ihr Haus verlasse, ist es gut möglich, daß man mich auf offener Straße verhaftet!«

»Dann haben die Nachbarn doch wenigstens wieder Gesprächsstoff.« Die Tunika, die Glaucus mir geliehen hatte, besaß nur einen Ärmel. Camillus' Blick blieb an meinem Verband haften.

»Pertinax ist tot.«

»Wie das?«

»Später, Senator. Bevor ich mich erinnern kann, muß ich vergessen lernen.«

Er nickte. Ein Karpfen schnellte mit dem Maul aus dem Wasser, aber wir hatten nichts für ihn und starrten bloß schuldbewußt in seine Glupschaugen.

»Helena hat nach Ihnen gefragt«, sagte ihr Vater.

Er begleitete mich bis zum Atrium. Die Statue, die ich ihm aus dem Hause Pertinax geschickt hatte, stand nun auf dem ihr gebührenden Ehrenplatz. Er bedankte sich, und wir betrachteten sie mit einer Ruhe, die sich angesichts des lebenden Modells schwerlich hätte aufrechterhalten lassen.

»Ich weiß immer noch nicht«, meinte Camillus versonnen, »ob ich sie nicht doch in Marmor hätte bestellen sollen ...«

»Bronze paßt besser«, sagte ich und lächelte ihm zu, damit er merkte, daß es als Kompliment für seine Tochter gedacht war. »Bronze strahlt viel mehr Wärme aus!«

»Machen Sie, daß Sie zu ihr kommen«, drängte der Senator. »Sie redet nicht und sie weint nicht. Sehen Sie zu, was Sie ausrichten können ...«

Ihre Mutter und eine ganze Schar Zofen waren bei ihr. Und ein Mann, bei dem es sich nur um den Arzt handeln konnte. Meine Rosen standen neben Helenas Bett, mein Siegelring steckte an ihrem Finger. Sie überhörte mit eigensinniger Miene hunderterlei weise Ratschläge.

Ich lehnte in der Tür wie ein Profi, der eisenharte, ungerührte Privatermittler, den nichts umwirft. Sie sah mich sofort. Helena hatte ein ausdrucksstarkes Gesicht, auf dem sich all ihre Empfindungen aufs lebhafteste widerspiegelten. Wann immer dieses Gesicht aufleuchtete, bloß weil ich lebendig und auf meinen zwei Beinen ein Zimmer betrat, war der eisenharte, ungerührte Blick nur sehr schwer beizubehalten.

Ich widmete mich weiter der Aufgabe, den Türrahmen abzustützen, während ich nach einem jener abgeschmackten Kalauer suchte, die sie in einer solchen Situation von mir erwarten würde. Da entdeckte sie den Verband.

»Also, das ist typisch«, rief sie, »daß du ausgerechnet dann blutverschmiert auftauchst, wenn anderer Leute Doktor zur Stelle ist, um dich gratis zu verbinden!«

Ich schüttelte den Kopf: Es sei nur ein Kratzer. Und ihre Augen antworteten, egal was ich ihr angetan hätte, sie sei froh, daß ich endlich da war.

In meinem Beruf arbeitet man am besten allein, aber es wäre ein schönes Gefühl zu wissen, daß ich, wenn ein Auftrag erledigt war, zu einer Frau heimkehren könnte, die mich nach Herzenslust verspotten würde, wenn ich anfangen sollte zu prahlen. Eine, der ich tatsächlich fehlen würde, wenn ich einmal nicht mehr nach Hause käme.

In einem Zimmer zu bleiben, in dem eine Dame

untersucht wurde, verstieß gegen jede Anstandsregel. Zum Glück war der Doktor gerade im Aufbruch. Ich verstellte ihm den Weg.

»Gestatten, Didius Falco. Ich wohne hinter der Via Ostiana, über der Wäscherei Adler, an der Brunnenpromenade.« Er machte ein verdutztes Gesicht. Ich sagte: »Seien sie so freundlich und schicken Sie Ihre Liquidation an mich!«

Die Frauen im Raum verstummten mit einem Schlag. Aller Augen richteten sich auf Helena. Helena schaute mich unverwandt an.

Der Arzt war ägyptischer Herkunft. Er hatte einen Vierkantschädel und Brauen, die über der starken, geraden Nase zusammenstießen. Er machte einen sehr gelehrten Eindruck, war aber in praktischen Dingen offenbar ziemlich begriffsstutzig.

»Ich war im Glauben, der Senator ...«

»Der Senator«, erklärte ich nachsichtig, »ist der Vater dieser jungen Dame. Ihm verdankt sie Leben, Unterhalt, Erziehung und die Heiterkeit ihrer honigbraunen Augen. Aber diesmal werde ich Ihre Rechnung begleichen.«

»Ja, aber warum ...?«

»Denken Sie in Ruhe darüber nach«, sagte ich freundlich.

Damit nahm ich ihn beim Ellbogen und schob ihn aus dem Zimmer.

Denk darüber nach. Nein, jetzt nicht denken. Das war dein Kind. Unser Kind. Denk daran, Marcus.

Ich hielt die Tür auf. Julia Justa brachte es irgendwie fertig, das aufgeregt schnatternde Frauensvolk hinauszuexpedieren. Ich hörte noch trippelnde Füße und raschelnde Röcke hinter mir, dann schloß sich die Tür.

 Schweigen. Helena Justinas große, fragende Augen. Helena und ich.

»Marcus ... Ich war mir nicht sicher, ob du zurückkommen würdest.«

»Aber Prinzessin, habe ich dir nicht gesagt, du sollst nur immer schön am selben Fleck bleiben, damit ich dich wiederfinden kann. Ich komme jedesmal zurück ... Versprich mir bloß eines – *versprich* mir, Helena, daß du mir's beim nächsten Mal sagen wirst!«

In dem Schweigen, das jetzt folgte, lagen aller Schmerz und alles Leid dieser Welt. Und endlich, endlich füllten sich Helenas Augen mit ihren ungeweinten Tränen.

»Schau«, fuhr ich behutsam fort. »Ich hatte einen Auftrag zu erfüllen. Ich hatte tausend Dinge im Kopf. Aber du mußt mir glauben, Helena – wenn ich gewußt hätte, daß du mich brauchst, dann hätte ich alles liegen- und stehenlassen...«

»Ich weiß«, hauchte sie. »Das habe ich doch die ganze Zeit gewußt.«

Das war es also. Im tiefsten Innern hatte ich den wahren Grund schon immer gekannt.

»Ich dachte«, flüsterte sie nach einer Weile mit halb erstickter Stimme, *»ich dachte, wir hätten noch soviel Zeit ...«*

»O Helena!«

Sie streckte die Arme nach mir aus, noch bevor ich eine Bewegung machten konnte. Mit drei Schritten hatte ich das Zimmer durchquert, schwang mich auf ihr Bett, und dann hielt ich Helena endlich in meinen Armen, so fest, daß ihr verzweifeltes Schluchzen, das sich nun löste, kaum zu spüren war. Als ich schließlich meinen Griff lockerte und ihren Kopf an meine Brust bet-

tete, strich Helenas Hand über meinen Verband.
Wir schwiegen. Als sie ihr Gesicht an meine Wange legte, war es naß von Tränen, und ein paar davon hatte ich geweint.